M. R. Mathias

DAS SCHWERT UND DER DRACHE

amazon crossing

Das Buch

Pael, Hofmagier von Westland, vergiftet König Balton, damit dessen Sohn Glendar den Thron besteigen kann. Glendar ist jedoch lediglich eine Marionette in den Händen des Magiers, der nach der Weltherrschaft strebt. Auf dem Totenbett vertraut der Herrscher jedoch seinem jungen Knappen Mikahl ein mächtiges Schwert an und beauftragt ihn, dieses Schwert den Riesen zu bringen. Mikahl macht sich auf den Weg.

Die Brüder Gerard und Hyden finden bei ihrer Suche nach Falklingeiern einen magischen Ring. Der Jüngere, Gerard, nimmt diesen Ring an sich, während der Ältere ein Falklingsküken erhält, das überraschenderweise aus einem Ei geschlüpft ist und das er Klaue nennt. Es wird sein Vertrauter. Auf einem Sommerfest wird Gerard von der jungen Hexe Shaella angesprochen und von ihr beauftragt, ein Drachenei für ihren Vater, den Hofmagier Pael, zu stehlen. Shaella verliebt sich jedoch in Gerard, während ihr Vater ihn lediglich als Opfer für seine finsteren Absichten benötigt.

Sie alle haben letztlich nur ein Ziel: Der Palast der Hexenkönigin Willa im fernen Königreich Hochwander. Der Fels, auf dem er sich erhebt, besteht aus einem mächtigen magischen Gestein, dem Hüterstein.

Der Kampf um diesen Stein entbrennt und wird das weitere Schicksal der Welt entscheiden.

Der Autor

M. R. Mathias hat sich in einem Tempo vom unbekannten Schriftsteller zum preisgekrönten Bestsellerautor entwickelt, von dem die meisten Angehörigen der schreibenden Zunft nur träumen können. Er ist ein erfolgreicher Autor epischer Fantasyromane, -novellen und -kurzgeschichten. Obgleich er mit dem Schreiben, Veröffentlichen und Bewerben seiner Bücher alle Hände voll zu tun hat, hilft M. R. auch weiterhin Indie-Autorenkollegen, indem er auf Twitter, Facebook und dergleichen über ihre Bücher schreibt. Sein umfangreiches Wissen über Eigenwerbung im Bereich Self-Publishing hat er in dem Buch *The First Ten Steps* zusammengefasst. Es ist zum bedeutenden Leitfaden für Indie-Autoren geworden, der die Navigation in den oft trüben Gewässern der Social-Media-Plattformen erleichtert, wenn es darum geht, sein E-Book potenziellen Lesern näher zu bringen. Mit seinen »Indie Kindy«-Aktionen, bei denen er Kindle Touchs und/oder Kindle Fires mit vorinstallierten Indie-Publikationen verschenkt, hat Mathias eine ganz neue Stufe der Cross-Promotion erreicht. Diese Aktionen generieren für die beteiligten Autoren und für Indie-Veröffentlichungen im Allgemeinen viel Aufmerksamkeit.

M. R. Mathias

DAS SCHWERT UND DER DRACHE

Band 1 der Hüterstein-Trilogie

Fantasyroman

Übersetzt von Oliver Hoffmann

amazon crossing

Die Originalausgabe erschien 2012 unter dem Titel
»The Sword And The Dragon« im Selbstverlag.

Deutsche Erstveröffentlichung Amazon E.U. Sàrl,
5 Rue Plaetis, L-2338, Luxembourg
Dezember 2014

Umschlaggestaltung: bürosüd° München, www.buerosued.de
Lektorat: Alfons Winkelmann
Korrektorat und Satz:
Verlag Lutz Garnies, Haar bei München
www.vlg.de
Printed in Germany
by Amazon Distribution GmbH
Amazonstraße 1
04347 Leipzig, Germany

ISBN 978-1-477-82642-3

www.amazon.com/crossing

KAPITEL 1

GERARD SKYLER WISCHTE SICH MIT DEM FREIEN Arm den Schweiß von der Stirn, bevor er ihm in die Augen tropfen konnte. Die turmhohe Nistklippe ein zweites Mal zu erklimmen war weitaus schwerer als erwartet. Niemand hatte je versucht, den Aufstieg an zwei Tagen hintereinander zu wiederholen. Sein zerschundener Körper schmerzte immer noch von der Klettertour des Vortags, doch er konnte es sich nicht leisten, innezuhalten und eine Rast einzulegen. Er befand sich über dreihundert Fuß über dem felsigen Grund der Schlucht. Ein Sturz wäre zweifellos tödlich gewesen. Das Letzte, was er in diesem Augenblick brauchen konnte, waren brennende Augen und eine verschwommene Sicht.

Ein paar Dutzend Fuß über ihm war das breite, flache Sims, das man die »Lippe« nannte. Dort würde er sich hinlegen, seinen schmerzenden Leib strecken und seine Muskeln entspannen, ehe er weiter hoch zu den Nistsimsen kletterte, um die kostbaren Falklingseier einzusammeln.

Er hatte noch nie begriffen, warum die verdammten Vögel so hoch auf der Klippe und so spät im Frühling nisteten. Alle anderen Vogelarten hatten schon gebrütet und waren in den Norden gezogen. Warum er so dumm war, den Felsen ein zweites Mal zu erklimmen, war eine weitere Frage, die er sich ständig stellte. Doch er wusste die Antwort bereits: Er tat es für seinen älteren Bruder Hyden.

Gerard streckte die freie Hand nach oben aus und schob sie geschickt in eine kleine Spalte über seinem Kopf. Als er sich hochzog, bröckelte der Stein plötzlich. Staub und Geröll rieselten auf sein hochgerecktes Gesicht herab. Zum Glück hielt er den Mund geschlossen und hatte die Füße noch nicht von den Stellen wegbewegt, an denen sie Halt gefunden hatten. Er rutschte nicht ab, aber er musste mit seinem rasenden Herzen und dem sandigen Steingrieß fertig werden, der sich auf seinem Gesicht sammelte.

»Verdammt, Hyden! Du schuldest mir ein Dutzend Paar Stiefel«, murmelte er.

Er schüttelte den Kopf und neigte ihn nach unten, damit der Sand hinabrieseln konnte. Dann schob er die Unterlippe vor und blies in seine Augen, während er noch einmal den Kopf schüttelte. Der Gedanke daran, wie albern er in diesem Augenblick aussehen musste, hätte ihn beinahe zum Lachen gebracht, doch er kämpfte dagegen an.

Der Großteil der körnigen Erde hatte sich mit seinem Schweiß vermischt und in Schlamm verwandelt. Schließlich rieb er sich über die Augenlider, sorgte so wieder für freie Sicht und suchte dann einen neuen Halt. Diesmal trug der Fels sein Gewicht.

***

Weit unter ihm schritt Hyden Skyler auf dem Grund der Schlucht auf und ab und sah besorgt nach oben, um die Fortschritte seines kleinen Bruders zu beobachten. Er selbst hätte diesen Aufstieg machen sollen, denn Gerard hatte seinen schon hinter sich. Ihr Vater und ihre Onkel hatten beschlossen, dass Hyden in diesem Jahr am Boden bleiben sollte. Er war schließlich die größte Hoffnung des Skyler-Clans, den prestigeträchtigen Sommertagswettbewerb im Bogenschießen zu gewinnen, die größte Hoffnung seit einer ganzen Generation.

Hyden hatte sich vehement dagegen gewehrt. Sein Onkel Condlin hatte ihn gewaltsam zurückhalten müssen, als man ihm gesagt hatte, er werde dieses Jahr nicht klettern. Hyden hatte alle Beteiligten in seinem Zorn in den Einigungskreis zitiert, selbst die Ältesten.

»Warum kann ich nicht beides tun?«, hatte er eingewandt.

Die Ältesten erklärten, der Grund sei, dass der Wettbewerb und die Ei-Ernte in diesem Jahr zu dicht beisammen lägen. Nicht einmal der erfahrenste Kletterer konnte diese zermürbende Ernte ohne eine Zerrung oder Dehnung abschließen. Die Ältesten – Hydens Großvater, sein Vater und fünf seiner Onkel – wollten nicht, dass ihm etwas zustieß, das seine Zielfähigkeit beeinträchtigen konnte. Auf keinen Fall.

Wie die meisten jungen Männer mit einem feinen Sinn für Unrecht hatte sich Hyden in die Situation hineingesteigert. Erst nach langen Stunden des Beruhigens und Erklärens lenkte er schließlich ein. Die Argumente der Ältesten konnte er jetzt, da sich seine brennende Enttäuschung abgekühlt hatte, nachvollziehen. Die Tatsache, dass das Preisgeld des Wettbewerbs dem Gegenwert mehrerer Dutzend Falklingseier entsprach, half ihm, die Sache aus dem richtigen Blickwinkel zu betrachten, und die Vorstellung, seinen Namen dauerhaft in den Sommertagsturm graviert zu sehen, hatte durchaus auch etwas. Wenn er den Wettbewerb gewann, würden die Ehre und der Respekt, die er nicht nur in seinem Clan, sondern auch unter den Männern des Königreichs erringen würde, bei Weitem mehr Befriedigung bringen als die Teilnahme an der Ei-Ernte.

Auf hundert Schritte konnte Hyden drei von fünf Pfeilen ins Magierauge setzen. Die anderen beiden Pfeile würden im Königsring landen, das aber bloß, weil die Zielscheibe nicht groß genug war, um alle Pfeilspitzen aufzunehmen. Selten genug landete sein Pfeil weiter außen im Königinnenring, und dann auch nur wegen des Windes oder sonstiger widriger Umstände. Selbst an den windigsten Tagen wichen sie nicht weiter von der Mitte ab. Er schoss so genau, wie es eine Zielscheibe einem Menschen ermöglichte. Vier Pfeile im Magierauge zu versenken war so gut wie unmöglich. Den Bogenschützen der Elfen, die den Wettbewerb in den vergangenen vier Jahren gewonnen hatten, war es allerdings gelungen. Wenn Hyden in diesem Jahr gewinnen wollte, würde es auch ihm gelingen müssen.

Hydens sture Weigerung, am Boden zu bleiben, hatte sich in gewisser Hinsicht ausgezahlt. Er wies darauf hin, dass die Ältesten ihm nicht garantieren konnten, dass er den Wettbewerb gewinnen würde. Er hatte vorgebracht, dass der finanzielle Verlust durch den Ausfall seiner Eierernte sein Heim und seine Familie ruinieren würde. Er war erst achtzehn Winter alt und hatte noch keine eigene Familie, würde aber bald eine haben, und es ging ums Prinzip. Nach Clansrecht ging ein Großteil des Geldes, das durch den Verkauf der Falklingseier erzielt wurde, an den Ernter. Keiner der Ältesten konnte Hyden in diesem Punkt widersprechen, doch dann hatte sich Gerard plötzlich freiwillig gemeldet, an seiner statt zu klettern. Die Ältesten erinnerten den jüngeren Bruder daran, dass ein zweiter Aufstieg sehr gefährlich sein würde, ganz zu schweigen davon, dass alle Ehre und die Erträge der Ernte selbst Hyden gehören würden, nicht ihm. Allerdings waren die Ältesten auch darüber erfreut, dass Hyden bekommen würde, was ihm zustand, auch ohne klettern zu müssen.

Hyden hatte sich Gerard nie verbundener gefühlt; er hatte auch noch nie mehr Liebe für ihn empfunden. Als er sah, wie sein kleiner Bruder schließlich den Rand der Lippe erreichte, atmete er erleichtert auf. Er hatte sich noch nie im Leben so viele Sorgen und Gedanken gemacht und hoffte einfach, dass Gerard auch ja nichts zustieß. Gewöhnlich versuchte er eher, den frechen Bruder aus diesem oder jenem Grund zu töten.

Der kleine Condlin oder vielleicht Ryal half Gerard aufs Sims. Hyden konnte nicht sagen, welcher seiner vielen Vettern da oben war. Von dort, wo er stand, sahen sie alle gleich aus mit ihrer sonnengebräunten Haut, dem schlanken Wuchs und dem dichten, dunklen Haarschopf, der allen Clansangehörigen gemein war.

Er wusste nicht genau, welche seiner Vettern schon geklettert waren, denn er hatte die ganze Woche hinter Onkel Condlins Hütte Pfeile geschossen, während die anderen Mitglieder des Skyler-Clans nacheinander die heilige Nistklippe erstiegen. Er wusste nur, dass Gerard am Vortag mit acht unversehrten Eiern von der Ernte zurückgekehrt war. Er hatte gehört, dass dies das bisher beste Einzelergebnis in diesem Jahr gewesen war, und Gerard stolzierte den ganzen Abend mit stolzgeschwellter Brust umher. Onkel Condlin brachte nur sieben Eier herunter. Ihr Vater Harrap hätte auch sieben gebracht, aber wegen eines wütenden Falklings hatte Harrap eines fallen lassen müssen, um seine Augen vor den rasiermesserscharfen Klauen zu schützen.

Es war eine Schande, ein Ei zu verschwenden, auch wenn es darum ging, sich selbst zu schützen. Ihr Vater hatte sich nicht mehr blicken lassen, seit er seine sechs verbleibenden Eier vor zwei Tagen in eine kleine Kiste voller »Aufbewahrungsmoos« gepackt hatte. Er war in die Wälder gegangen, um Absolution zu suchen. Die Eier waren bis zu seiner Rückkehr sicher aufbewahrt. Das Aufbewahrungsmoos verhinderte – wie der Name sagte –, dass aus den Falklingseiern etwas schlüpfte, solange sie darin verpackt waren.

Gerard und Hyden wussten, dass ihr Vater sich irgendwohin zurückgezogen hatte, um die Verzeihung der Clansgöttin zu erbitten. Hyden hatte im Vorjahr das Gleiche getan, nachdem beim Abstieg eines der Eier in seinem Rucksack zerbrochen war. Er hoffte, die Weiße Frau würde seinem Vater bald ein Zeichen geben.

Die Falklingseier waren dem Clan heilig und den Bewohnern des Königreichs, die sie jedes Jahr beim Sommertagsfest kauften, viel Geld wert. Nur die Skylers wussten, wo sich die Nistklippe befand. Sie hätten zwar ein gewaltiges Vermögen verdienen können, wenn sie alle Eier auf einmal geerntet hätten, doch das taten sie nicht. Jeder Clansangehörige, der die Felswand erklimmen konnte, durfte jedes Jahr einen Ernteversuch unternehmen, aber nur, wenn er außerhalb der Saison ausreichend Tage dazu beigetragen hatte, sich um die Nester und die frei gewordenen Nistbereiche zu kümmern. Lose Steine, alte Nester und andere schädliche Dinge wie etwa

Skorpione und Blutraben wurden entfernt oder verscheucht, damit die Falklinge jeden Frühling sichere Nistplätze fanden.

Während der Ernte war es verboten, weniger als zwei Eier in einem Nest zu lassen, weswegen manchmal der Aufstieg eines Mannes – und damit seine gesamte Ernte – nichts einbrachte. Die Falklinge waren wilde Raubvögel, ihre Flügelspannweite betrug bis zu einer Manneslänge. Manchmal griff ein wütender Vogel einen Kletterer an, verletzte ihn oder brachte ihn gar zum Absturz. Manch ein Mitglied des Skyler-Clans hatte schon den Tod auf dem Grund der Schlucht gefunden.

Hyden erwartete nicht viel von Gerard. Die tiefer liegenden Nester würden inzwischen alle nur noch zwei Eier enthalten, und der Aufstieg war so anstrengend, dass er nicht glaubte, dass Gerard erneut bis in die oberen Bereiche würde vordringen können. Zwei oder drei Eier würden reichen. Das hatte er Gerard auch am Morgen gesagt, als sie das Lager abgebaut hatten. Hyden würde warten, bis alle anderen Eier verkauft waren, und dann den Preis erhöhen. Das Geld, das er mit zwei Eiern erzielte, würde ihm für den gesamten Winter reichen. Drei würden ihm nicht nur verschaffen, was er brauchte, sondern auch, was er gerne wollte.

»Ich werde dir mindestens ein halbes Dutzend holen«, hatte Gerard geprahlt. »Du wirst auch den Wettbewerb gewinnen. Dann schuldest du mir ein neues Paar Thalheimer Pferdelederstiefel und einen Magierhut.«

Hyden lachte beim Gedanken an die einfachen Wünsche seines Bruders. Gerards Unreife zeigte sich noch oft, obwohl er nur ein Jahr jünger war als Hyden. Zumindest die neuen Stiefel waren eine vernünftige Forderung. Gerard konnte sich mit dem, was ihm seine acht Eier einbringen würden, eine Wagenladung Magierhüte und ein Dutzend Paar Stiefel kaufen. Wenn die Ältesten den Anteil des Clans entnommen hatten, würde Gerard immer noch ein kleines Vermögen bleiben.

Hyden suchte sich einen Felsblock, setzte sich in den Schatten, den die Sonne des frühen Vormittags warf, und knabberte an einem Stück getrockneten Wildfleischs. Gerard würde auf der Lippe eine Weile ausruhen, ehe er in die Nistsimse weiterkletterte.

Die Oberfläche des Felsens würde sich jetzt rasch aufheizen und in der Morgensonne so heiß werden wie eine Pfanne. Aber nur für eine kurze Zeit, denn für die Sonne wäre die Felswand rasch bloß noch Erinnerung. Für den Rest des Tages würde die Wand in ihrem eigenen Schatten abkühlen.

Eine Bewegung weiter oben fiel Hyden ins Auge. Vom Rand der Lippe hing ein langes grünes Band an einem krummen Stab herab. Da kaum ein Luftzug herrschte, flatterte es nur träge. Es verschwand so schnell, wie es aufgetaucht war, und dann machte sich einer seiner Vettern an den langen Aufstieg, um zu ernten. An der hellgrünen Farbe seines Kopfputzes erkannte Hyden, dass es einer der Söhne Onkel Condlins war. Gerards Kopfputz war rot mit blauen Streifen, und das war der einzige, der ihn interessierte.

Die bunten Schmuckhüte dienten eher dazu, die wilden Vögel abzuschrecken, als zu irgendeinem anderen Zweck, doch jeder Zweig des Clans hatte eigene Farben und eigene Muster. Hydens bestand aus leichtem Draht und war geformt wie ein Vogel mit gespreizten Schwingen. Am Rahmen waren rote und goldene Bänder befestigt. Gerards sah ähnlich aus, hatte aber rote und blaue Bänder. Die Kopfbedeckungen erweckten den Eindruck, dass auf dem Kopf des Kletterers schon ein bunter Vogel saß. Sie waren bestenfalls eine Ablenkung und landeten üblicherweise auf dem Grund der Schlucht, lange bevor der Kletterer wieder herunterkam. Hyden trug sie äußerst ungern, besonders bei Wind. Er warf seine meist nach einer Weile hinab, aber einmal hatte ihm ein wütender Falkling das Ding vom Kopf gerissen, sodass er fast in den Tod gestürzt wäre.

Es ging das Gerücht, der tödliche Sturz seines Großonkels Jachen sei ausschließlich auf seinen Kopfputz zurückzuführen gewesen. Dennoch galt es als schlechtes Omen, ohne Kopfputz von der Lippe aufzubrechen. Zwei von Hydens Vettern hatten ein paar Jahre zuvor zu klettern versucht, nachdem der Wind ihre Kopfbedeckungen vom Sims geweht hatte. Dass beide Jungen an jenem Tag gestorben waren, hatte dem alten Aberglauben noch Nahrung gegeben.

Bald sah Hyden seinen eigenen rot-goldenen Kopfputz an der Felswand nach oben steigen. Dieser Anblick zauberte ihm ein Lächeln auf die Lippen. Das hatte er nicht erwartet. Gerard musste ihn zuvor im Lager aus seinem Gepäck genommen haben. Er war stolz, dass sein kleiner Bruder ihn auf diese Weise ehrte. Sein Herz quoll beinahe über vor Gefühlen, und er beschloss spontan, Gerard auf dem Markt einen Magierhut, eine Magierrobe und einen Zauberstab zu kaufen, selbst wenn er den Wettbewerb nicht gewinnen sollte. Es machte ihm nicht einmal etwas aus, dass Gerard den störenden Kopfputz später abstreifte und in die Schlucht fallen ließ.

Der Vetter, der vor Gerard kletterte, war der kleine Condlin. Er war pummelig, seine Bewegungen langsam und überlegt. Er kletterte mehr seitlich als aufwärts, als wolle er die gesamte Breite der Felswand abdecken. Nie streckte er die Hand zu weit aus, und er war immer vorsichtig. Gerard hingegen war schnell wie eine Eidechse, und schon bald war er ein paar Hundert Fuß über der Lippe.

Die Felswand war weit über tausend Fuß hoch. Für Hyden sah es aus, als versuche Gerard, sie ganz zu erklimmen. Soweit er wusste, war das noch niemandem gelungen. Ein Bereich etwas oberhalb der Stelle, an der sich Gerard gerade befand, war so voller nistender Vögel, dass der graubraune Stein von ihren Leibern wie schwarz gestreift wirkte. Gerard hatte es wohl durchaus ernst gemeint mit seiner Prahlerei, ein halbes Dutzend Eier mitzubringen. Hyden hoffte, sein Bruder würde sich da oben nicht in Gefahr bringen, nur weil er versuchte, vor ihm anzugeben. Im Augenblick war er so weit oben in den Nestern, wie Hyden je gewesen war.

Gerard sah etwas glitzern und schimmern, dort, ein paar Dutzend Fuß rechts und ein Stück unter ihm in einem alten, zerstörten Nest jenseits einer breiten Spalte. Er konnte nicht erkennen, was es war, aber es war aus Metall und glänzte golden. Aus irgendeinem Grund kreischte ihn kein Falkling an, und es stürzte sich auch keiner auf ihn, als er sich zu diesem Bereich vorarbeitete. Obwohl er auch gar nicht mehr darauf achtete, was die Falklinge taten. Was da auch in dem Nest lag, es fesselte seine Aufmerksamkeit und lenkte seine Konzentration vom Klettern ab. Es lagen schon fünf Eier in seiner gepolsterten Umhängetasche. Er war entschlossen, das sechste zu bekommen, obwohl sein Bruder auch über fünf froh und glücklich wäre. Er wusste, dass er sich bald auf den Rückweg machen musste, um nicht nach Sonnenuntergang noch in der Wand zu sein. Ein Abstieg im Dunkeln war unmöglich, aber dieses verdammte glänzende Ding hatte seine Neugier mehr als nur geweckt.

Visionen von juwelenbesetzten Reichtümern und vom Lob der Clanskameraden und Ältesten erfüllten seinen Geist. Er musste es schaffen. Er würde erst zum Ende des Sommers oder vielleicht sogar kurz vor Wintereinbruch wieder hier klettern. Dann wäre es vielleicht nicht mehr da. Wenn er es sich jetzt nicht holte, würde er es vielleicht nie mehr finden, selbst wenn es genau da blieb, wo es war.

Er schüttelte den Kopf, um ihn freizubekommen, und suchte dann nach einem Weg, die Kluft zu überwinden, die zwischen ihm und seiner Beute lag. Wenn er nur ein paar Dutzend Fuß weiterstieg, konnte er über eine Engstelle hinweg greifen und dann zu dem Ding hinunterklettern. Es war riskant, aber er war überzeugt, es schaffen zu können.

Während er sich hoch zu der Nische vorarbeitete, wanderte die Sonne über den oberen Rand des Felsens und tauchte die gesamte Wand in Schatten. Er brauchte länger, als er gedacht hatte, aber schließlich erreichte er die Stelle, an der er sich über die Kluft hinwegstrecken konnte. Er kauerte sich auf ein schmales Sims und drückte sich fest an die Felswand. So konnte er mit seinem ganzen Gewicht auf den Füßen stehen und hatte beide Hände frei.

Seine Handflächen waren feucht und schmierig von den Kotflecken, in die er in diesem dicht mit Nestern besetzten Bereich gefasst hatte. Er schüttelte die Arme aus und ließ das Blut wieder hineinströmen, während er darauf wartete, dass der Dreck trocknete. In seinem Hinterkopf ertönte die Warnung, dass er sich bereits auf dem Rückweg hätte befinden müssen, doch er ignorierte sie. Auf dem Weg hoch zur Nische hatte er ein weiteres Ei eingesammelt, sodass das versprochene halbe Dutzend voll war. Jetzt musste er nur noch den kleinen Schatz erreichen, der ihn dort lockte. Sobald er ihn hatte, konnte er mit dem Abstieg beginnen.

Nach wenigen Augenblicken rieb er sich die Hände energisch an den Hüften ab. Der eingetrocknete Kot zerbröselte und rieselte in die Tiefe. Dann scharrte er nacheinander mit den Spitzen seiner alten Stiefel über den Sims, bis er einen guten Stand gefunden hatte. Mit der linken Hand fand er einen festen Halt nicht zu weit oben, streckte sich nach rechts und griff über die Kluft hinweg, so weit er konnte. Immer noch fehlten mindestens zwei Fuß. Er schnaubte frustriert und verlagerte sein Körpergewicht wieder auf das schmale Sims.

Er wechselte die Position, sodass er jetzt weiter unten zupacken und sich weiter strecken konnte. Nach einem erneuten Versuch musste er aber feststellen, dass sein rechter Fuß noch immer ein paar Zoll von einem sicheren Halt auf der anderen Seite entfernt war. Als er sich jetzt zurückzog, verrutschte sein linker Fuß ein wenig. Sein Herz hämmerte in seiner Brust wie ein aufgeschreckter Vogel. Fast wäre er gestürzt, aber der Instinkt und der gesunde Menschenverstand übernahmen die Führung.

Nach ein paar tiefen, ruhigen Atemzügen verlagerte er vorsichtig sein Gewicht weiter zurück.

Er würde auf seine Beute verzichten und sich an den Abstieg machen müssen. Das war das einzig Vernünftige. Wenn er sich beeilte, konnte er den Grund der Schlucht noch bei Einbruch der Nacht erreichen. Hyden wäre glücklich über sechs Eier, und die Ältesten und der Clan würden seine Bemühungen und sein Klettergeschick preisen.

Er warf einen raschen Blick hinüber zu dem Gegenstand und überlegte es sich sogleich anders. Er war hier, und er wollte die Chance nicht vertun, die ihm die Göttin gewährt hatte. Was auch immer das war, er würde es bergen.

Gerard kniff die Augen zusammen. Im Halbschatten erkannte er endlich, worum es sich handelte. Es war ein Ring. Er glänzte golden, hatte einen großen gelben Stein und sah äußerst wertvoll aus. Er lockerte seinen Nacken. Der Ring würde ihm gehören, beschloss er. Er konnte ihn erreichen und dennoch vor der Dunkelheit unten sein. Andernfalls konnte er, wenn es sein musste, auf der Lippe schlafen.

Er sah sich die andere Seite der Spalte genau an, registrierte die Details, die Kanten, die Winkel und die Form des Steins. Dann holte er tief Luft, sammelte sich und sprang.

Hyden lief wieder besorgt auf und ab. Sein Vetter hatte schon fast wieder die Lippe erreicht, aber Gerard war noch immer weit oben im Herz der Nistsimse. Es sah aus, als sei er neben einem breiten vertikalen Felsspalt festgefroren. Offenbar muss Gerard diese Nacht auf der Lippe zubringen. Er war nicht sicher, ob sein Bruder bis zum Einbruch der Nacht auch nur so weit absteigen konnte, und hätte sich vor Sorge am liebsten die Haare gerauft.

»Das ist meine Schuld«, sagte er zu sich selbst. Er wusste, dass niemandem je der Abstieg von der Felswand im Dunkeln gelungen war, und Gerard lief die Zeit davon. »Ich hätte dich nie für mich klettern lassen sollen. Das hast du jetzt von deiner Prahlerei, Gerard! Schaff dich einfach hier herunter, bevor es zu spät ist.«

Hyden blieb stehen und starrte ängstlich hinauf, während sich sein Bruder zum zweiten Mal über den Spalt streckte. Er hatte das Gefühl, das Herz bliebe ihm stehen, als er ihn zittern und abrutschen sah. Sein Herz dröhnte auf einmal wie eine Felltrommel.

»Oh, Gerard, nicht abstürzen!«, flehte er, auch wenn sein Bruder ihn nicht hören konnte. »Hol Luft und sammle dich. Gut so! Jetzt spiel nicht weiter herum und komm herunter, ehe dich die Dunkelheit erwischt!«

Hydens Nackenmuskeln schmerzten und waren verspannt, weil er nahezu den ganzen Tag nach oben geschaut hatte, aber er konnte den Blick nicht abwenden.

Gerard schien sich gefangen zu haben, gleich würde er den Abstieg beginnen. Wenige Sekunden später stieß sich Gerard einfach ab und sprang von einer Seite der Spalte zur anderen, und da war Hyden sicher, dass sein Herz wirklich losdröhnte. Der Donnerschlag, der Hydens Brust zerriss, war so heftig, dass selbst er das seltsame, entsetzliche Gefühl hatte, er würde fallen.

KAPITEL 2

GERARDS VORDERER FUSS SCHOB SICH BEI DER Landung genau in den Spalt, auf den er gezielt hatte, und seine Finger fanden Halt in einer kleinen Spalte auf der anderen Seite der Kluft. Er hielt nur kurz inne, um Atem zu holen, als habe er nicht gerade eine Kluft siebenhundert Fuß über den Grund übersprungen. Fast lässig sah er auf die kleine, glitzernde Beute hinab und griff danach. Sie gehörte ihm.

Hyden hatte beim Auf-und-ab-Gehen zu Gerard hinaufgeschaut. In dem Augenblick, als sein Bruder abgesprungen war, blieben Hydens Füße an einem schienbeinhohen Felsblock hängen, und der Schwung schleuderte ihn zu Boden. Er war so gefesselt von Gerards Sprung, dass er im Fallen nicht einmal nach unten sah. Das war im Nachhinein auch besser so, denn so konnte er den Steinhaufen nicht sehen, in den er mit dem Kopf knallte. Als er die Augen wieder öffnete, war es fast vollkommen dunkel. Blut rann aus der Wunde an seiner Schläfe und verklumpte sich in seinem langen schwarzen Haar. Er wusste nicht so genau, wo er sich befand oder was gerade vor sich ging.

»Hyden?«, fragte eine vertraute Stimme. »Ich dachte schon, du würdest nie wieder zu dir kommen.«

Durch den Schmerz hindurch fand Hyden die Orientierung wieder. Es war der kleine Condlin, der mit ihm sprach. Seine Finger ertasteten die Platzwunde über seinem Ohr, und ein scharfer Schmerz durchzuckte ihn, als er sie berührte. Während er nach Luft schnappte, schoss ihm Gerards Sprung durch den Kopf.

»Gerard!«, krächzte er panisch, während er versuchte, sich aufzurappeln. »Wo ist Ger…?«

»Er ist von der Lippe schon fast wieder herunter«, sagte der kleine Condlin, der nicht verstand, warum sich Hyden Sorgen machte. Er hatte wohl nicht gesehen, wie Gerard sein Leben riskiert hatte, indem er wie ein Narr von Griff zu Griff sprang. Er fasste Hyden am Arm und half ihm auf.

Hyden zuckte zusammen, als er die Welt allmählich wieder scharf sah. Er brauchte ein paar Minuten, aber dann beruhigte er sich. Es war inzwischen fast dunkel, doch er fand den Felsblock, auf dem er zu Mittag gegessen hatte, und setzte sich.

»Gerard ist wirklich schon fast wieder unten?«, fragte er.

»Ja«, grinste der kleine Condlin. »Er ist ein ebenso guter Kletterer wie du; vielleicht sogar besser.« Er versuchte, seine pubertäre Belustigung zu unterdrücken, aber es gelang ihm nicht. »Was ist dir denn hier unten zugestoßen?« Damit brach er in Gelächter aus.

Hyden fauchte den spottenden Vierzehnjährigen drohend an. Sogleich erstarb das Lachen des Jungen. Rasch wandte er den Blick ab und widmete seine Aufmerksamkeit einem dunklen Steinhaufen zu seinen Füßen.

Einige Augenblicke lang schwiegen beide, schließlich ergriff Hyden das Wort. »Wie war deine Ernte?«, fragte er.

Die Augen des kleinen Condlin leuchteten. Er brannte darauf, jemandem von dem Glück zu erzählen, das er in diesem Jahr gehabt hatte. »Fünf Eier, Hyden!« Aufgeregt hob er eine Hand und wackelte mit allen Fingern. »Fünf!«

»Großartig!«, sagte Hyden etwas weniger enthusiastisch als beabsichtigt. Er freute sich für Condlin, war aber noch immer etwas enttäuscht, weil er um einen eigenen Aufstieg gebracht worden war. Im Vorjahr hatte der kleine Con nur ein Ei geerntet. Dies war sein zweites Erntejahr, und fünf Eier waren schon für einen erfahrenen Kletterer ein hervorragendes Ergebnis, von einem Neuling ganz zu schweigen.

»Ich habe es genauso gemacht, wie es mir mein Vater erklärt hat«, plapperte der Junge aufgeregt. »Ich habe nicht versucht, so hoch zu kommen wie Gerard. Ich bin zu den Seiten geklettert.«

»Ich hab's gesehen«, sagte Hyden und nickte respektvoll.

Hyden hatte bei seiner zweiten Ernte nur drei Eier geborgen, ehe er fast über den Rand der Lippe gefallen war. Bei dieser Erinnerung dachte er wieder an Gerard. Es war inzwischen fast dunkel. Er stand auf und ging zum Fuße der Felswand, um nach seinem Bruder zu sehen.

»Was ist mit deinem Gesicht passiert, Hyden?«, fragte der kleine Condlin. Auch wenn er sich in sicherem Abstand befand, achtete er darauf, dass in seiner Stimme nur Besorgnis mitschwang.

»Mich haben große haarige Katzbalger angegriffen«, erwiderte Hyden mit ausdruckslosem Gesicht. Doch er konnte nicht ernst bleiben, sondern grinste beim Gedanken an sein Ungeschick. »Was meinst du denn?«

Der kleine Condlin wirkte enttäuscht und seufzte tief. Er war der vierte von fünf Brüdern, wusste also, wo er in der Hackordnung stand. Er hatte wohl gehofft, seine erfolgreiche Ernte würde ihm etwas mehr Respekt verschaffen. Condlin schien den Abstand zwischen sich und Hyden abzuschätzen, nahm wohl all seinen Mut zusammen und bereitete sich darauf vor, blitzschnell das Weite zu suchen. »Ich glaube, du bist gestolpert und hast dir den dicken Kopf aufgeschlagen.«

»Ja.« Hyden lachte über die durchaus angebrachte Vorsicht des Jungen. »So war es. Ich habe Gerard zugesehen, der sich wie ein völliger Trottel verhielt, und dabei nicht aufgepasst, wo ich hinlaufe.« Er machte ein zerknirschtes Gesicht, und sein Vetter entspannte sich ein wenig.

»Also, ich muss sagen, du siehst deutlich besser aus als vorher. Diese Beule betont deine Augen.«

Hyden brach in Gelächter aus. Eine solche Kühnheit hätte er dem Jungen nicht zugetraut. Er wollte etwas sagen, aber da schnitt ihm eine willkommene Stimme das Wort ab.

»Was ist denn so verdammt komisch, Hyden?«, fragte Gerard aus der Dunkelheit, dort, wo die Felswand in den Grund der Schlucht überging.

Eine Woge der Erleichterung schlug über Hyden zusammen. Unmittelbar danach folgte eine Welle des Zorns. »Nicht so komisch ist auf jeden Fall, was du heute da oben abgezogen hast! Du hättest dir …«

Er verstummte abrupt, und der kleine Condlin keuchte laut. Gerard hielt ihnen aus der Dunkelheit den Ring entgegen. Selbst im Licht der Sterne fing der bernsteinfarbene Stein noch genug Licht ein, um hell zu funkeln.

Es sah fast aus, als leuchte er von innen heraus.

»Wo hast du den her?«, fragte der kleine Condlin ehrfürchtig.

»Aus der Pluderhose deiner Schwester«, erwiderte Gerard sarkastisch. Er hatte Schmerzen und an mehreren Stellen Abschürfungen, war müde und nicht in der Stimmung für dumme Fragen. Er sah Hyden an und versuchte abzuschätzen, wie wütend sein Bruder tatsächlich war. »Er befand sich hoch oben in einem kaputten Nest neben einem Spalt. Dem, über den ich gesprungen bin«, sagte er, um Hyden wissen zu lassen, welches Risiko er eingegangen war und dass er nichts mehr davon hören wollte. Nach einem kurzen Augenblick übergab er den Ring zögernd seinem älteren Bruder.

Hyden bedachte ihn mit einem seltsamen Blick. Er brauchte ein Weilchen, bis er verstanden hatte, was die Geste bedeutete. Gerard war für ihn geklettert, nicht für sich selbst. Er schenkte ihm den Ring. Kopfschüttelnd lehnte Hyden ab.

»Du wolltest ihn so sehr, dass du dein Leben dafür riskiert hast. Er gehört dir. Du hast ihn dir verdient.«

Gerard legte den Kopf schief und musterte Hyden noch etwas länger. Ein solches Geschenk abzulehnen hätte er als Beleidigung auslegen können. War Hyden wütend, weil Gerard diesen Sprung gewagt hatte? Damit konnte er nicht umgehen – Hyden hatte ihn noch nie beleidigt. Er blickte tiefer und sah in den Augen seines Bruders jedoch so viel Liebe, Respekt und Erleichterung, dass kein Raum für Zweifel blieb. Hyden wollte wirklich, dass er den Ring behielt. Er nahm ihn wieder an sich, und ein breites Grinsen ging über sein Gesicht.

»Wenn du die auch ablehnst, trete ich dich dahin, wo es wehtut.«

Gerard nahm seine Umhängetasche ab und hielt sie Hyden stolz hin. »Ein halbes Dutzend, wie versprochen.«

Da gab Hyden ihrem Vetter die Tasche und zog Gerard für eine stürmische Umarmung an sich, die er erwiderte. Als seine Hände sich hinter Hydens Rücken fast berührten, schob Gerard den Ring auf seinen Finger. Gleich darauf schob Hyden ihn an den Schultern ein wenig zurück und sah ihm tief in die Augen.

»Jag mir nie wieder solche Angst ein.« Er wies auf die Platzwunde an seinem Kopf. »Du hättest mich beinahe umgebracht.«

Es war inzwischen zu dunkel, um eine Rückkehr zu den Erntehütten auch nur in Erwägung zu ziehen. Daher machten sie ein Feuer an der Stelle, an der Hyden und Gerard in der Nacht zuvor gelagert hatten. Sie erzählten einander Geschichten und lachten viel über die Tatsache, dass Hyden als Einziger den Boden nicht verlassen hatte, aber auch als Einziger gestürzt war.

Während der kleine Con einen Eintopf aus getrocknetem Rindfleisch zubereitete, inspizierte Hyden die Eier, die ihm sein Bruder gebracht hatte. Er konnte seine Begeisterung über das, was er sah, kaum in Worte fassen. Alle sechs waren unbeschädigt und lagen in einem Bett aus Aufbewahrungsmoos. Gerard schien seit dem Morgen um einiges erwachsener geworden zu sein. Das Funkeln des Ringes im Feuerschein und sein müder, ernster Gesichtsausdruck ließen ihn alles andere als jugendlich wirken. Hyden sah einen Mann, wo er noch am Morgen nur einen Jungen gesehen hatte. Es war ein seltsamer Anblick, denn er betrachtete sich meist nicht einmal selbst als erwachsen.

»Jetzt müssen nur noch Wendlin, Jeryn und Tylen ernten«, teilte ihnen der kleine Con mit. »Sie lagern am anderen Ende der Schlucht. Wahrscheinlich glauben sie, ich sei abgestürzt, weil ich heute Nacht nicht ins Lager zurückgekommen bin.«

»Wenn sie dächten, du wärst abgestürzt, würden sie nach deiner Leiche suchen«, sagte Hyden ausdruckslos.

»Oder einen Freudentanz aufführen«, setzte Gerard lachend hinzu.

»Sie haben dich wahrscheinlich herunterkommen sehen«, vermutete Hyden. »Genau wie ich.«

»Wie hättest du ihn denn sehen sollen, Beulenkopf?«, feixte Gerard. »Du warst doch vollauf damit beschäftigt, die Steine zu küssen.«

Darüber lachten sie alle herzlich. Der kleine Condlin füllte Hydens und Gerards Schalen mit Eintopf, dann wartete er, bis einer von beiden aufgegessen hatte. Seine Schale war drüben im Lager seiner Brüder. Hyden hatte sich den Bauch vollgeschlagen, während Gerard und der kleine Condlin mit Klettern beschäftigt gewesen waren, also schlürfte er nur ein paar Mundvoll und reichte die Schale dann an seinen jungen Vetter weiter. Gerard hingegen stürzte sich auf sein Essen wie ein verhungernder Hund.

»Gehst du morgen mit uns zurück zu den Hütten?«, fragte Hyden.

»Zurück zu Tylens Lager«, antwortete Condlin. »Wendlin und Jeryn klettern am frühen Morgen. Tylen geht als Letzter, da er der Älteste im Clan ist, der nicht im Rat sitzt.« Der kleine Condlin erzählte immer gern von seinen Brüdern, aber wenn er vom ältesten Bruder Tylen sprach, war seine Brust noch stolzgeschwellter als sonst. »Tylen wird dieses Jahr den Rekord meines Vaters brechen.«

Hyden wusste tief in seinem Herzen, dass Gerard ein Dutzend Eier hätte mit herunterbringen können, hätte der Ring nicht seine Aufmerksamkeit gefordert. Ein Aufstieg so hoch mitten in die Nistzone war selten. Gerard war höher geklettert als jeder andere, den Hyden je beobachtet hatte. Das Wetter war außerordentlich günstig gewesen, und die Falklinge selbst hatten sich weit weniger aggressiv gezeigt als in den meisten anderen Jahren. Aber er war dennoch nicht sicher, ob er so gut hätte klettern können wie sein Bruder an diesem Tag. Diesen Sprung hätte er nie riskiert, so viel stand fest. Was er ebenfalls sicher wusste, war, dass auch Tylen klettern konnte wie eine Eidechse. Wenn der morgige Tag so perfekt war wie der vergangene, mochte Tylen wirklich eine Chance haben, den Rekord des großen Condlin zu brechen. Doch diesen Gedanken behielt Hyden für sich, weil Brust und Kopf des kleinen Condlin schon geschwellt genug waren.

Sobald Gerard aufgegessen hatte, legte er sich hin und schlief ein. Der kleine Condlin tat es ihm bald nach. Hyden nahm sich nach dem Essen Zeit, um das getrocknete Blut von seinem Kopf abzuwischen. Er deckte den kleinen Condlin mit seiner Decke zu und legte sich dicht ans Feuer. Es war ein langer, ereignisreicher Tag gewesen, und auch er schlief rasch ein.

Am nächsten Morgen sammelte der kleine Condlin nicht gerade leise im grauen Licht vor der Morgendämmerung seine Sachen ein. Er weckte Hyden und Gerard mit Augen voller Aufregung und Stolz. Unablässig schwatzend verlor er keine Zeit und brach bald auf. Er wollte seine Brüder noch vor ihrem Aufstieg erwischen. Gerard wollte einen Stein nach ihm werfen, weil er sie ohne Grund geweckt hatte, fand aber keinen, der ihm nicht den halben Schädel zertrümmert hätte.

Der Tag begann mit viel Ächzen und Stöhnen. Hyden hatte heftige Kopfschmerzen. Es war nicht so sehr die eigentliche Wunde, die ihm Probleme bereitete, sondern ein tiefer innerer Schmerz, der sich anfühlte, als rolle in seinem Schädel ein heißer Stein umher. Selbst bei der kleinsten Bewegung schien ihm dieser Stein das Gehirn zu versengen.

Gerard ging es nicht besser. Wie glühende Drähte, die seine Muskeln durchschnitten, breitete sich Schmerz in Schultern, Rücken und Beinen aus. Er bewegte sich sehr mühsam und unter hörbarer Anstrengung, wagte aber nicht zu klagen. Er wollte nicht, dass Hyden ihn als Jammerlappen aufzog.

Hyden gelang es, Wasser abzukochen. Vor seinem Aufbruch hatte der kleine Condlin wenigstens das Feuer wieder in Gang gebracht. Er warf Chicoréewurzel und ein wenig Eukalyptus in den Topf, und der warme Geruch lockte Gerard ans Feuer, den Becher in der Hand. Die dunkle, aromatische Flüssigkeit schenkte ihren Körpern wieder ein wenig Energie und half, die Schmerzen und Zipperlein halbwegs zu vertreiben. Nach ein paar Bechern ging es ihnen wieder so gut, dass sie das Lager abbauen und sich auf den Rückweg zu den Erntehütten machen konnten.

Während Hyden das Feuer löschte, wartete Gerard darauf, dass sie losmarschieren konnten. Hyden ging zu der Schultertasche mit den Eiern hinüber und wollte sie aufheben, hielt dann aber plötzlich inne. Er hörte ein Geräusch aus der Tasche.

»O nein!«, sagte er in der Annahme, eines der Eier sei zerbrochen.

»Sind sie noch ganz?«, fragte Gerard besorgt. Er beobachtete Hydens Gesicht und versuchte, die Reaktion seines Bruders beim Blick in die Tasche einzuschätzen. Er erwartete Erleichterung oder Kummer, erkannte jedoch einen leicht verwirrten Ausdruck, der sich langsam zu einem Grinsen mit weit aufgerissenen Augen des Staunens wandelte. Die Neugier übermannte Gerard, und er eilte an die Seite seines Bruders.

Hyden fasste vorsichtig in die Tasche. Als er die Hand wieder zum Vorschein brachte, umfasste sie behutsam ein piepsendes kleines Falklingsküken. Während Gerard neben ihm niederkniete, holte Hyden mit der freien Hand ein Stück getrocknetes Wildfleisch aus seinem Rucksack, riss ein Stück mit den Zähnen ab und kaute es gut durch.

»Glaubst du, es ist der Vogel der Prophezeiung?«, fragte Gerard und ließ seinen Blick vom Vogel zu seinem Bruder und wieder zurück wandern. »Oder war es einfach schlechtes Aufbewahrungsmoos?«

»Ich … hm … weiß … nicht«, antwortete Hyden kauend. Als das Wildfleisch weich war, spie er sich einen Klumpen davon in die Hand. Er ließ das Fleisch über dem sperrenden Schnabel des grauen Kükens baumeln, und es verschlang das

Zeug gierig. Sofort piepste es nach mehr. Hyden biss ein weiteres Stück Fleisch ab, kaute es und fütterte damit den hungrigen Vogel. Mit Gerards Hilfe stellte er aus seinem grob gewebten Hemd ein improvisiertes Nest her. Kaum hatte sich das Küken hineingeschmiegt, war es schon eingeschlafen.

Von Rechts wegen war es aus Hydens Ei geschlüpft, aber Gerard hatte es geerntet. Hyden wandte sich mit ernstem Gesichtsausdruck an seinen Bruder.

»Du hast es von der Felswand geholt, aber es ist geschlüpft, nachdem du es mir gegeben hast. Ich weiß nicht, ob die Legende wahr wird oder nicht, aber wenn, wer ist dann der Auserwählte? Ich oder du?«

»Die Ältesten werden es wissen«, erwiderte Gerard, der versuchte, sich des genauen Wortlauts der Lagerfeuergeschichte über die Prophezeiung zu erinnern. Umsonst: Er hatte ein Dutzend unterschiedliche Varianten der Geschichte gehört.

Die bekannteste Version der Legende besagte, dass die Götter eines Tages die Ernte eines Clansangehörigen durch ein spezielles Ei segnen würden. Selbst Aufbewahrungsmoos würde nicht verhindern, dass aus dem gesegneten Ei ein Küken schlüpfen würde. Zwischen dem glücklichen Clansangehörigen und seinem Falkling würde dann ein Band entstehen, und sie würden in die Welt ziehen, um gemeinsam Außergewöhnliches zu vollbringen. Sie würden Abenteuer über alle Vorstellungskraft hinaus erleben. Sie würden über die Berge ziehen und das Meer überqueren und ein aufregendes Leben führen. Sie würden in der Ferne der Göttin dienen und sich vielleicht einen Platz an ihrer Seite im Himmel verdienen.

Nachdem Hyden die Tasche mit den fünf verbleibenden Eiern geschultert hatte, nahm er mit beiden Händen behutsam das Hemdnest auf. Sie verließen die Schlucht, Gerard voran, und während sie am Waldrand entlanggingen, achtete er besonders darauf, dass sein Bruder nicht über Äste oder sonstige Hindernisse stolpern konnte. Der Weg war nicht weit, aber an manchen Stellen steinig und schwer begehbar. Er sollte geheim bleiben, deshalb benötigten sie für das kurze Stück zu den Erntehütten eine ganze Weile.

Am frühen Vormittag erreichten sie die Gruppe grob zusammengezimmerter Hütten. Sie versuchten, so unauffällig wie möglich die Hütte ihres Großvaters zu erreichen, aber vergebens. Geschichten von Gerards Sprung am Vortag hatten bereits die Runde gemacht; Clansangehörige hatten die Felswand aus der Ferne beobachtet und von den Ereignissen berichtet. Eine Handvoll jüngerer Knaben kam angerannt, um Gerard auszufragen. Weil die Frauen des Clans an der Ernte nicht teilnehmen durften, verzehrten sich die Knaben, die noch nicht alt genug zum Klettern waren, nach Aufmerksamkeit und stürzten sich auf ihn wie ein Rudel Aasfresser. Sie wollten wissen, wie gut Gerards zweite Ernte gelaufen war und ob sie wussten, wie gut sich der kleine Condlin geschlagen hatte.

Gerard verscheuchte sie, soweit möglich, aber ein paar von ihnen erspähten das Falklingsküken in Hydens Händen und gerieten völlig aus dem Häuschen. Wenige Augenblicke später hatte die Geschichte vom Geschenk der Göttin an Gerard – oder vielleicht Hyden – jedes Paar Ohren im Umfeld der Hütten erreicht.

Ihr Großvater hörte die Neuigkeit von einer Schar seiner Großneffen und empfing sie freundlich. Er bat sie rasch in seine schäbige kleine Hütte. Die Knaben, die ihnen wie ein Rattenschwanz folgten, funkelte er finster an, woraufhin sie sich in alle Richtungen zerstreuten. Dann schloss er die Elchhauttür und band sie zu.

»Auf den Tisch, Junge«, sagte der Großvater mit sichtlicher Aufregung im faltigen Gesicht.

Hyden legte das Bündel behutsam auf den Tisch, während Gerard sich zur Lebensmittelkiste begab und Brot und Käse herausholte, als sei er hier zu Hause. Im Rat und in der Öffentlichkeit war dieser Mann der Clansälteste. Alle Skylers begegneten ihm mit äußerstem Respekt, aber hier in seiner Erntehütte war er einfach ihr Großvater.

Dieser beugte sich nun über den Tisch und betrachtete das Küken einen Augenblick lang, dann strich er sich das lange Haar mit den Silbersträhnen aus dem Gesicht und setzte sich. Er bedeutete den Jungen, das Gleiche zu tun, und winkte Gerard, er solle Brot und Käse mitbringen.

»Das ist ein Wunder«, sagte er mit seiner tiefen, krächzenden Stimme. »Daraus wird Großes entstehen.« Er sah erst Gerard, dann Hyden an, dann erlosch das Lächeln auf seinem Gesicht langsam. »Möglicherweise aber auch Schreckliches.«

Gerard gab Hyden ein Stück Brot und schnitt für sie beide Käse ab, während er sprach.

»Die Geschichte sagt, ein Mann werde ein Ei ernten, und daraus werde etwas für ihn schlüpfen. Dann werden er und der Falkling ausziehen und gemeinsam Großes vollbringen.«

»Ja, Gerard«, nickte der Großvater. »Das sagt die Geschichte.«

Er erhob sich langsam, ging auf die andere Seite der kleinen Hütte und wühlte in einem Haufen Felle und Lederbeutel herum.

»Aber das ist nur eine Geschichte. Die wahre Legende ist in der alten Sprache verfasst – der Sprache der Drachen und Zauberer. Die Prophezeiung mag echt sein oder auch nicht. Darüber haben die Ältesten und ich schon oft gestritten.«

Er unterbrach sich plötzlich, als sei ihm etwas eingefallen. Er kramte noch eine Weile und zog dann etwas aus einer alten Tasche, die aus dem Fell irgendeines zotteligen Gebirgstiers gefertigt war.

»Da ist sie!«, rief er aus. »Die Übersetzung meines Vaters.« Er öffnete das zerfledderte Buch und betrachtete die Seiten.

Ein paar lange Augenblicke vergingen, und beinahe schien es, als habe er die beiden Jungen vergessen, die an seinem Tisch saßen.

Hyden grinste seinen Bruder an. Er wollte sich gerade räuspern, um den alten Mann höflich an ihre Anwesenheit zu erinnern, aber das erledigte das Falklingsküken für ihn.

Ein Beben durchlief den federlosen kleinen Vogel, und er

stellte sich zitternd auf seine winzigen Krallenfüße, reckte den Hals, öffnete den Schnabel und kreischte nach Futter. Sogleich zog Gerard Trockenfleisch aus seinem Rucksack und reichte es Hyden, der es wieder kaute und den Vogel damit fütterte.

»Ist dies das erste Mal, dass du ihn fütterst?«, fragte ihr Großvater mit einem Ausdruck kindlicher Begeisterung im alten Gesicht. Sein Buch hatte er jetzt anscheinend völlig vergessen; gebannt sah er zu, wie Hyden ein weiteres Stück vorgekauten Fleischs aus dem Mund nahm und es dem Vogel hinhielt.

»Hm … nein«, antwortete Hyden kauend. »Ich habe ihn heute Morgen schon einmal gefüttert.«

»Dann wird er dein Vertrauter sein«, sagte der alte Mann nüchtern. Nun sprach er mit der Stimme des Clansältesten, nicht mit der ihres Großvaters. »Er wird jetzt nur noch mit dir eine Bindung eingehen, Hyden. Du bist seine Mutter.«

In diesem Moment schienen sich alle Augen auf Gerard zu richten und nach einem Zeichen der Enttäuschung oder einer anderen Reaktion des Unmuts zu suchen. Allerdings war Gerard nicht sehr aufgebracht. Er hatte schließlich den Ring. Außerdem, sagte er sich, welcher Clansangehörige, der auf sich hielt, wollte schon Mutter werden?

»Die Ältesten und ich werden uns bei Mondaufgang darüber beraten«, teilte ihr Großvater ihnen mit und öffnete erneut das alte Buch. »Bleibt heute Nacht in der Nähe der Hütten. Wir werden darüber reden wollen, mit … euch beiden«, setzte er noch hinzu, ehe Gerard die Frage stellen konnte, die ihm auf der Zunge lag.

Das Gesicht in dem alten Buch vergraben, verschwand der Älteste.

KAPITEL 3

»WO WILLST DU HIN, MIK?«, FRAGTE RÖTEL, DER die Nachtschicht als Stallmeister in den königlichen Stallungen der Seeburg versah.

»Darf ich dir nicht sagen«, erwiderte Mikahl. Er war der persönliche Knappe des Königs von Westland, und der König hatte ihn mit sehr bedrückter Stimme angewiesen, sich unauffällig auf eine lange Reise vorzubereiten. Mikahl war fast sicher, dass der König mit »unauffällig« unbemerkt gemeint hatte, und hatte gefragt, ob er auch das Pferd des Königs satteln solle. Die Antwort war jedoch eindeutig gewesen. »Du wirst allein gehen, Mik, und die Reise wird lang sein. Niemand darf etwas von deinem Aufbruch mitbekommen.«

Das Gespräch hatte vor Kurzem stattgefunden, unmittelbar nach dem Festmahl für die Sommertagsdelegation. Mikahl und der König waren allein gewesen. Erst langsam begriff er, wie seltsam es eigentlich gewesen war. »Halte dich einfach bereit, Mik«, hatte König Balton ihm befohlen. »Ich werde später am Abend versuchen, nach dir zu schicken, und dir weitere Anweisungen erteilen.«

All das kam ihm sehr rätselhaft vor. König Balton, der Herrscher ganz Westlands, hatte offenbar Angst. Die Art, wie er den gesamten Speisesaal durchquert und ihm mit weit aufgerissenen, hin und her huschenden Augen diese Worte ins Ohr geflüstert hatte, war beunruhigend gewesen. Obendrein hatte der König Mikahl durch die Hintertür der Küche hinausgeschickt, damit der Großteil des Adels und der Burgbediensteten ihn nicht weggehen sah. So hatte König Balton sich noch nie verhalten, zumindest nicht Mikahl gegenüber. Das war alles sehr ungewöhnlich, und Mikahl sorgte sich um die Gesundheit des Königs. Schließlich war der Mann zweifellos schon recht alt, aber er hatte sich noch nie so benommen. Vielleicht war seine Zeit gekommen?

»Pah!« Mikahl schalt sich selbst für solche Gedanken. König Balton war ein großer Mann, gerecht und weise. Er war schrecklich nett zu Mikahl und bis zu deren Tod auch zu dessen Mutter. Da stimmte etwas nicht. Die plötzliche Reise musste äußerst wichtig sein, dass sie so geheim bleiben musste und dem König solche Sorgen bereitete.

Mikahl sah den naseweisen Stallmeister an, überlegte kurz und zog dann ein kleines, aber kunstvoll verziertes Silberfläschchen aus seiner Satteltasche.

»Ich erfahre nie, wohin ich soll oder warum«, log er. »Aber im Moment ist mir das egal, denn den wollte ich immer schon mal probieren. Ich habe ihn beim Abendessen aus dem königlichen Fass abgefüllt.«

»König Baltons eigener Branntwein?«, fragte Rötel begierig.

»Ganz genau.« Mikahl nahm einen Schluck und reichte dem Mann die Flasche. »Missy, die Dienerin, hat den ganzen Tisch abgelenkt, indem sie sich weit vorbeugte und mit dem Arsch wackelte, während ich meinen Flachmann füllte.«

Mikahl tat so, als trinke er mit und ließ den Stallmeister das Fläschchen langsam leeren. Seine Geschichte wirkte wie ein Zauber. Jeder männliche Burgbedienstete kannte die Größe von Missys Brüsten genau. Sie waren so groß, dass nicht einmal die Priester den Blick abwenden konnten. In Wirklichkeit trank Mikahl oft aus dem königlichen Fass. Das war nur eines der vielen Privilegien, die seine Stellung als Knappe des Königs mit sich brachte.

Das Fläschchen enthielt nicht genug Branntwein, um Rötel schlafen zu legen, wohl aber, um seinen Geist zu umnebeln. Solange in seinem Kopf Bilder von Missys Riesenbrüsten herumschwirrten, würde er nicht über Mikahl und dessen Angelegenheiten grübeln. Zumindest hoffte er das.

Als er gerade mit dem Beladen seines Packpferds fertig war, spähte ein Mann durch die Stalltür. Er rümpfte die Nase über den frischen Pferdegeruch und teilte Mikahl mit, König Balton verlange seine erneute Anwesenheit – sofort.

Während Mikahl dem Diener durch die Unzahl vom Fackelschein erleuchteter Gänge der Burg folgte, wurde ihm klar, dass sie weder in den Rats- noch in den Thronsaal und auch nicht zurück in den Speisesaal gingen. Mikahl war fast zwanzig Jahre zuvor im Dienerflügel geboren worden. Er hatte seine gesamte Kindheit damit zugebracht, durch die Flure und Korridore der Burg zu laufen, hatte sie aber noch immer nicht komplett erkundet. Die vierte Treppe, die sie erklommen, verriet ihm aber eindeutig, wohin sie unterwegs waren: ins private Schlafgemach des Königs. Seit er Knappe war, hatte er die königliche Wohnung erst ein Mal betreten.

Als sie den oberen Treppenabsatz erreicht hatten und sich der eichenen Doppeltür zur königlichen Wohnung zuwandten, trat Lord Alvin Gregory heraus. Er war ausgesprochen bleich, und sein trauriger Gesichtsausdruck ließ Mikahl fast das Blut in den Adern gefrieren.

Lord Gregory war ein guter Freund und der vertrauteste Berater des Königs. Er war auch der derzeitige Herr der Feste Seegrund und im gesamten Reich als Lord Löwe oder der Löwenfürst bekannt, weil er mit großem Mut, Stolz und Geschick kämpfte. Er war der Inbegriff der Tapferkeit und ein berühmter Sieger beim Ringkampfturnier des Sommertags. In diesem Augenblick wirkte er jedoch überhaupt nicht wie ein wilder, tapferer Kämpe. Seine normalerweise leuchtend grünen Augen wirkten gehetzt, sein Gesichtsausdruck war finster und ernst.

Bevor Mikahl Knappe des Königs geworden war, hatte er drei Jahre lang als Lord Gregorys Knappe gedient. Dieser hatte ihn höfische Etikette, Bräuche und alles andere gelehrt, was er wissen musste, um an der Seite König Baltons zu dienen. An die Tage, die Mikahl in Seegrund zugebracht hatte, dachte er gern zurück. Der Mann war sein Mentor und Freund, und er erkannte sofort, dass etwas Schreckliches geschehen sein musste.

Lord Gregory trat zu Mikahl und legte ihm die Hand auf die Wange. Er sah ihn lange und durchdringend an, dann zwang er sich zu lächeln. Er nickte Mikahl zu, eine Geste, die zu gleichen Teilen aus Respekt und Bedauern zu bestehen schien, und verschwand dann wortlos die Treppe hinab. Mikahl starrte noch lange nach dem Verschwinden des Lords ins Leere. Dann zog ihn der Diener am Ärmel zu den Gemächern des Königs.

Die Wohnung war heiß und still. Ein Dutzend Kerzen und eine trübe flackernde Laterne konnten den schön eingerichteten Raum kaum erhellen. Mikahl hatte erwartet, den König auf einem seiner hochlehnigen Stühle oder der Polsterdiwane sitzen zu sehen, doch er lag unter Stapeln dicker Decken im Bett.

»Ah, Mikahl«, sagte der König schwach. Ein müdes Lächeln breitete sich auf seinem feuchten grauen Gesicht aus. Er war kaum wiederzuerkennen. Balton Collum schien dem Tode so nah zu sein, dass Mikahl der Kopf schwirrte.

Ein scharfer Blick des Königs schickte die Diener und den Priester in dem schwarzen Gewand, der ihm beistand, rasch zur Tür hinaus. Sobald sie allein waren, bedeutete König Balton ihm, sich zu ihm auf die Bettkante zu setzen.

»Wir haben keine Zeit zu plaudern, Mik«, krächzte der alte Mann. »Das Gift hat sein Werk fast vollendet.«

»Gift?« Mikahl war entsetzt. Wer würde so etwas tun? Alle liebten und achteten den König. Mikahl rutschte sprachlos von der Bettkante und kniete vor dem Mann nieder, der am ehesten so etwas wie ein Vater für ihn gewesen war. Er fragte sich, wie lange der König schon wusste, dass man ihn vergiftete. Allerdings nahm er es allzu stoisch hin. Warum die Geheimnisse? Lag er tatsächlich im Sterben? Der Ausdruck in König Baltons Augen legte den Gedanken nahe, aber Mikahl erschien es vollkommen unsinnig.

»Geh in den Tempel am Tor an der Nordstraße«, flüsterte König Balton. »Vater Petri hat etwas, das du auf deine Reise mitnehmen sollst. Bring das, was er dir gibt, tief ins Riesengebirge. Ein Riese namens Borg wird dich empfangen und zu seinem König führen.«

Als hätten diese Worte dem vergifteten alten Mann alles Leben entzogen, sank sein Kopf zur Seite.

Lange bewegten sich nur seine Augen und die schwer atmende Brust.

Mikahl wischte sich eine verirrte Träne von der Wange.

»Borg?«, fragte er. »Wer ist Borg?«

»Er ist der Wächter des Südens«, krächzte der sterbende König. »Geh tief ins Riesengebirge, Mik. Er wird dich finden und nähren. Bring Vater Petris Paket dem König der Riesen.«

Mikahl begriff, dass der König gerade vor seinen Augen starb. Er rannte zur Tür und rief den Priester und die Diener herein.

Dann stand er da und sah voller Entsetzen zu, wie einer der Diener König Balton half, aus einem Kelch zu trinken, während der Priester ein Gebet sprach, das Mikahl nur allzu gut von der Beerdigung seiner Mutter ein paar Jahre zuvor in Erinnerung hatte.

Plötzlich riss der König den Arm hoch und zeigte direkt auf die Tür. Weit aufgerissene weiße Augen voller Autorität und Liebe lagen auf Mikahl. Der König schickte ihn fort. Nachdem er sich die Tränen abgewischt hatte, ging er und gab sein Bestes, sich nicht umzudrehen. Es war das Schwerste, was er je getan hatte.

Rötel, der Stallmeister, murmelte gerade wütend vor sich hin, als Mikahl die Stallungen wieder betrat. Der Mann war damit beschäftigt, zwei weitere Pferde reisefertig zu machen. Eines war schon gesattelt, das andere wartete geduldig auf den angetrunkenen Stallmeister. Es war viel zu spät für einen Ausritt in die Wälder. Mikahl erkannte, dass eines der Pferde Lord Brach gehörte, und das bereitete ihm Sorgen.

Lord Brach, der Herrscher der nördlichen Bereiche Westlands, war Prinz Glendars ständiger Begleiter.

Er und dieser unheimliche kahlköpfige Zauberer Pael wichen offenbar nie von der Seite des Thronerben von Westland. König Balton hatte Brach im privaten Gespräch oft Lord Stiefellecker genannt, denn der Mann stimmte allem zu, was Prinz Glendar oder der Zauberer vorschlugen. Mikahl war alles andere als ein Adliger und mischte sich nicht in deren Spiele ein, aber er wusste, Prinz Glendar würde jetzt den Thron besteigen, und der faule Narr hatte schon seit vielen Jahren nicht mehr in der Gunst seines Vaters gestanden. Prinz Glendar hatte durch König Baltons Tod am meisten zu gewinnen. In Mikahls Augen war wahrscheinlich er oder einer seiner Männer der Mörder. Warum sonst sollten sie um diese Nachtzeit einen Ausritt vorbereiten?

Mikahl begriff plötzlich, dass man über seine Abreise genau das Gleiche sagen würde. Als König Baltons persönlicher Knappe, der ständig Zugang zu ihm hatte, hätte er ihm leicht Gift unterschieben können. Er wäre verdächtig, aber Lord Gregory und seine Frau, Lady Trella, würden für seine Rechtschaffenheit bürgen. Jeder, der König Balton nahestand, wusste, dass Mikahl seinen König liebte und von ganzem Herzen respektierte. Das Problem war, dass der zukünftige König Glendar Lord Gregory nicht leiden konnte und auch nicht so genau wusste, was seinen Vater wirklich bewegte. Wenn Glendar an der Ermordung seines eigenen Vaters beteiligt gewesen war, konnte Mikahl leicht als Sündenbock enden. Doch das war im Augenblick egal; sein König hatte ihm auf dem Totenbett Anweisungen erteilt. Er würde Borg finden und Vater Petris Paket dem König der Riesen bringen – oder bei dem Versuch sterben.

Er ging zu dem schwer beschäftigten Rötel hinüber und tippte ihm auf die Schulter. Mikahl wollte nicht, dass Lord Brach oder seine Männer ihm folgten. Er musste einen Weg finden, sie daran zu hindern.

Als der Stallmeister sich umdrehte, versetzte er ihm einen brutalen Kinnhaken. Rötel brach zusammen und blieb auf dem schmutzigen Stallboden liegen. Dann führte Mikahl die beiden Pferde zur Auslaufkoppel hinter dem Stall, wo er sie fest aufs Hinterteil schlug, sodass sie in die Dunkelheit davongaloppierten.

Ohne Zeit mit Vorbereitungen seines eigenen Aufbruchs zu vergeuden, schwang er sich auf sein Pferd Windhuf und führte das Packpferd durch das unbewachte Tor auf die kopfsteingepflasterten Straßen der Innenstadt. Er folgte König Baltons Anweisung genau und ritt schnurstracks zur Kapelle.

Vater Petri erwartete ihn. Der Priester wirkte traurig und ängstlich zugleich, als er Mikahl mitsamt seiner beiden Pferde die Stufen zum Eingang hinauf und in die Kapelle führte.

Die Kuppeldecke der Kapelle spannte sich hoch über ihnen, und Reihe um Reihe leerer Holzbänke erstreckte sich zu beiden Seiten. Auf seinem Pferd, dessen klappernde Hufschläge laut und dumpf durch das leere Gebäude hallten, fühlte sich Mikahl fehl am Platz. Während sie sich durch den Mittelgang auf den Altar zubewegten, schienen die Götter und Göttinnen in den Buntglasfenstern finster auf ihn herabzublicken. Eines der Pferde wieherte ängstlich, und das unheimliche Geräusch jagte ihm einen Schauer über den Rücken.

»Komm, Mikahl«, sagte der Priester. Er nahm ihm die Zügel des Packpferds ab, führte sie aus dem Gebetsraum hinaus und einen langen Gang entlang, durch mehrere bogenförmige Durchgänge und dann in eine große, fast leere Kammer an der Rückseite der Kirche. Mikahl hatte diesen Raum noch nie gesehen, und sein Anblick war fast ein Schock. Einen solchen Raum hätte man in einem sakralen Gebäude nie vermutet. Ein mit Stahlbändern beschlagenes großes Tor nahm eine gesamte Wand ein. Zwei andere Wände waren mit Hunderten von Waffen versehen: Schwerter, Armbrüste, Langbögen und Piken, aber auch Schilde, Helme und verschiedene Teile von Ketten- und Plattenpanzern.

»Das ist ein Geheimgang aus der Burg für den König im Falle einer Belagerung«, beantwortete Vater Petri die Frage, die Mikahl im Kopf herumging. »Du folgst dem Pfad mit dem

Dornengebüsch zur Rechten an der Wand entlang bis zu den Abwasserrohren. Folge dann dem übelriechenden Bach von der Burg weg bis tief in den Nordwald. Halt dich von der Stadt fern. Selbst zu dieser späten Stunde sind in Burgblick noch Menschen unterwegs. Falls nötig, bleib im Wald, bis du Kreuzlingen erreichst. So hoch im Norden solltest du ungefährdet dorthin können, wohin dich der König gesandt hat.«

Mikahl hatte gehofft, von Vater Petri Näheres darüber zu erfahren, wer Borg war und wohin er genau musste, doch die letzten Worte des Priesters verrieten, dass er sein Ziel nicht kannte. Er wollte mindestens ein Dutzend Fragen stellen, aber er hielt den Mund und stellte nur die, die nicht warten konnte.

»König Balton sagte, Ihr hättet etwas für mich?« Die Eindrücke überstiegen Mikahls Begriffsvermögen, also dachte er nicht weiter nach. Er kannte seine Anweisungen. Es war nicht an ihm, sie zu hinterfragen.

Vater Petri nickte kurz, griff in seine Robe und zog ein kunstvolles ledernes Schriftrollenbehältnis hervor.

»Dies ist die Nachricht, die du überbringen sollst.« Er bückte sich, hob etwas Schweres vom Boden auf und gab es ihm. Es war ein langes schwarzes Lederfutteral, wie man es zum Schutz eines kostbaren Langbogens oder Stabs benutzte. Mikahl steckte das Schriftrollenbehältnis sorgfältig in seine Satteltasche und nahm dann das Futteral.

Sobald er das Gewicht in seinen Händen spürte, wusste er, worum es sich handelte. Die Konsequenzen schlugen wie eine Woge in seinem Kopf zusammen, und er hätte es vor Angst beinahe fallen gelassen. Er musste all seinen Mut zusammennehmen: Es war Eisendorn, König Baltons berühmtes Schwert. Er wusste es, weil es zu seinen Pflichten gehört hatte, es zu polieren, was er tausend Mal getan hatte. Er hatte mit eigenen Augen den Reichtum an Gold und Juwelen gesehen, mit denen das lederumwickelte Heft und die Parierstange besetzt waren. Er hatte die begehrlichen Blicke derer gesehen, die es besitzen wollten, aber auch die Furcht, die es erregen konnte. Er hatte die magische Klinge rot erglühen sehen, als sie Lord Clyle den unverschämten Kopf von den Schultern getrennt hatte, und erinnerte sich noch lebhaft daran, wie König Balton damit in der Schlacht von Kaltfrost mindestens ein Dutzend der wilden Halbblutriesen erschlagen hatte. Tatsächlich war es im Vergleich zu seinem alten Eisenschwert leicht, doch es jetzt in der Hand zu halten ließ in Mikahl den Wunsch aufkeimen, sich auf der Stelle in Luft aufzulösen.

»Du darfst es nur benutzen, um dein Leben zu retten oder zu verhindern, dass du die Klinge verlierst.« Die strenge Miene des Priesters wurde weicher. »Aber vergiss niemals: Dein Leben ist mehr wert als das Schwert.«

Mikahl sah den Priester stirnrunzelnd an. Es war eine überaus tödliche Last, die er da tragen sollte, und er wusste es.

»Es zu benutzen, würde Menschen anlocken wie das Aas die Fliegen«, sagte er. »Wie soll ich …?«

»Wir …«, blaffte Vater Petri und hob eine Hand, um Mikahls Protesten zuvorzukommen. Seine Stimme war streng, und der Mann wirkte bekümmert.

»Wir müssen die Aufgaben nicht verstehen, die man uns stellt, Knappe.«

Die Verwendung dieses wenig ruhmreichem Titels und die damit verbundene Anspielung auf die Herkunft seiner Befehle durchdrangen die Worte des Priesters.

»Wir müssen tun, was man uns sagt, Mikahl, und zwar so gut wir können.«

Mikahl schluckte schwer. Prinz Glendar, der zukünftige König Glendar, würde Eisendorn höchstwahrscheinlich sofort in Besitz nehmen wollen. Wenn er feststellte, dass das Schwert verschwunden war, wären Glendars Kumpane und sein Zauberer Pael sogleich hinter ihm her. Er sah es schon vor sich: Ein Dutzend Adlige mit all ihren Männern würden ihn jagen, und auf seinen Kopf wäre ein hoher Preis ausgesetzt; Kopfgeldjäger und Fährtensucher würden aus allen Teilen des Reiches eintreffen und die Belohnung einstreichen wollen, die König Glendar zweifellos aussetzen würde. Plötzlich erschien ihm das Riesengebirge wie der sicherste Aufenthaltsort, und mit jedem verstreichenden Augenblick fand er mehr Gründe, rasch dorthin zu gelangen. Es drängte ihn zum Aufbruch.

Nach einem knappen Abschied öffnete Vater Petri das große Tor, und Mikahl glitt in die Nacht hinaus. Ein Blick hinauf zur Burg am See versetzte ihm einen Stich in die Eingeweide, und er spürte plötzlich einen Kloß in der Kehle. Er hatte den Großteil seines Lebens dort verbracht. Seine Mutter war Küchenhilfe gewesen, und er selbst hatte auf die eine oder andere Weise im Dienste des Königreichs gestanden, seit er laufen konnte. Zuerst war er Botenjunge und Kerzenlöscher gewesen, dann Stallbursche und für eine Weile sogar Gehilfe eines Schreibers. Als er älter wurde, hatte er mit den Soldaten exerziert und sich auf dem Exerzierplatz so hervorgetan, dass es aufgefallen war. Lord Gregory hatte ihn als Knappen angenommen, und er hatte fast drei Jahre drunten in der Feste Seegrund verbracht und gelernt, wie man sich in Adelskreisen zu benehmen hat. Außer den Reisen, die er mit dem König unternommen hatte und die nie weit weggeführt hatten, war er nie fort gewesen. Jetzt verließ er seine Heimat und hatte Zweifel, ob er je würde wiederkehren können.

Weil seine Mutter tot war, hatte er hier eigentlich keine Familie, aber sowohl König Balton als auch Lord Gregory waren für ihn zu Vaterfiguren geworden. Er hatte seinen leiblichen Vater nie gekannt, war aber bisher dennoch nie ohne Anleitung gewesen. Nun war er auf sich allein gestellt.

Dass er Eisendorn zu Recht besaß, war ein Geheimnis, das nur ein sterbender König und sein loyaler Priester kannten, und daher war Mikahl klar, dass man ihn bald als Dieb der schlimmsten Sorte brandmarken würde, oder schlimmer noch: als Mörder. Rötel würde jedem von seinen Vorbereitungen spät in der Nacht erzählen. Seine Stellung als Knappe des Königs bedeutete auch einen uneingeschränkten Zugang zu dessen privater Rüstkammer. Man würde ihn nicht nur beschuldigen, den König vergiftet, sondern höchstwahrscheinlich auch, das Schwert gestohlen zu haben. Doch diese Dinge vergaß er bei einem Blick zurück auf seine Heimat. Er war auf dem Weg zu einem Riesen, den er nicht kannte, und bald würde ihm ein ganzes Königreich auf den Fersen sein. Mikahl konnte sich nicht vorstellen, noch einsamer zu sein, als er sich im Augenblick fühlte.

Würde er je zurückkehren können? Er nahm sich ein paar Minuten Zeit, um sich schweigend von seiner Mutter zu verabschieden, und wischte sich die Tränen von den Wangen. Sanft und beruhigend drang König Baltons Stimme an sein Ohr. »Denke, dann handle«, sagte sie. Es war einer der Lieblingssätze des Königs, wenn Unentschlossenheit den Fortschritt einer Sache behinderte oder etwas nicht vorankam.

Denke, dann handle. Mikahl sagte sich das Mantra immer wieder vor.

Zögernd lenkte er Windhuf von dem stinkenden Abwasserrinnsal weg und tiefer in den Nordwald. So ritt er eine Weile, bis er sicher war, Burgblick, die Stadt, die aus dem Fuß der Außenmauer der Burg am See herauswucherte, weit hinter sich gelassen zu haben. Es war dunkel, und er war umgeben von dichtem Wald, doch er wusste genau, wo er war. Nun musste er nur noch einen Weg finden, sein Ziel zu erreichen, ohne erwischt zu werden.

Der Klang fernen Hufschlags auf einer festgetretenen Straße ließ eine Eule in der Nähe jäh auffliegen. Mikahl erstarrte und versuchte trotz seines pochenden Herzens herauszuhören, wie nah diese Hufschläge waren. Er erkannte, dass er viel zu dicht an der Nordstraße war. Schließlich war er froh, dass der Reiter auf die Burg zugaloppierte, nicht davon weg. Es war wahrscheinlich nur ein Bote aus Meergmünd oder Kreuzlingen; nichts Außergewöhnliches.

Er musste eine Entscheidung treffen. Würde er sich auf die Straße wagen, käme er zügig voran, riskierte jedoch aufzufallen. Würde er weiter durch den Nordwald reiten, würde er irgendwo hinter Kreuzlingen auf den Mittweg stoßen. Auf dem einen könnte er den Reyhallwald unbemerkt erreichen, auf dem anderen würde er jedoch einen ganzen Tag früher dort eintreffen. In Kreuzlingen wollte er sich nicht blicken lassen. Es war eine recht große Stadt, aber die Leute dort achteten stets auf nächtliche Reisende. Manch ein Bandit streifte zu dieser Jahreszeit über ihre Straßen. Die Sommertagsreisenden waren unterwegs, und die meisten von ihnen waren so unvorsichtig, wie man nur sein konnte. Wenn er durch die Wälder ritt und die Stadt umging, bestand die Möglichkeit, dass Glendar oder vielmehr sein Zauberer Pael Leute auf dem Mittweg nach ihm suchen ließe, noch ehe er ihn überhaupt erreichte.

»Denke, dann handle!« Diesmal vermeinte er die Worte fast zu hören. Ehe er sich's versah, hatte er Windhuf zur Straße gelenkt. »Um der Götter Willen, du bist der persönliche Knappe des Königs, und das weiß jeder«, sagte er sich. Außerhalb der Burg wusste noch keiner, dass man den König vergiftet hatte. Wenn jemand ihn aufzuhalten versuchte, konnte er sich herausreden. Niemand würde seine Worte in Zweifel ziehen; in seinen Sattel war das königliche Siegel gestickt, und Windhuf war unübersehbar ein Schlachtross aus dem Gestüt der Burg. Sobald Windhuf und das Packpferd auf der festgetretenen Straße waren, trieb er beide Tiere nach und nach zu einem stetigen Galopp an. Er bezweifelte, dass jemand den Mut haben würde, ihn zu befragen.

Er hatte die richtige Entscheidung getroffen. Bei Tagesanbruch lag Kreuzlingen ein paar Meilen hinter ihm, und er glaubte nicht, dass auch nur eine Seele bemerkt hatte, wie er vorbeigeritten war. Die Stichstraße, die die Nordstraße mit dem Mittweg verband, führte nicht direkt durch Kreuzlingen und war wie ausgestorben gewesen. Östlich der Stadt am Kreuzweg lagen nur ein paar verstreute Hütten und Gehöfte. Der Mittweg war normalerweise eine stark frequentierte Überlandhandelsroute, aber dennoch stand die Sonne voll am Himmel, ehe er einen anderen Menschen sah.

Ein alter Schäfer, der seine Schafe offenbar zum Scherer in der Stadt trieb, scheuchte seine Tiere mit einem entschuldigenden Winken aus Mikahls Weg. Als der Mann außer Sicht war, beschloss er, die Pferde rasten zu lassen. Er ließ sie eine Weile am Straßenrand grasen, während er die kühle Frische des späten Frühlingsvormittags genoss.

Er musste bald eine weitere Entscheidung treffen, aber er war zu gefangen in dem friedlichen Tag, um sich darüber Sorgen zu machen. Im Laufe der Nacht hatte er beschlossen, alles Tag um Tag auf sich zukommen lassen und zu genießen, was möglich war. Der Sommer war bereit, das Zepter zu übernehmen. Hoch am Himmel flogen Vögel, und das Summen verschiedener Insekten erfüllte die Luft. Er beobachtete, wie sie zwischen den bunten Wildblumen hin und her schwirrten, von denen die südwärts sich wellenden Hügel übersät waren. Irgendwann wurde in dieser Richtung das Land flach und verwandelte sich in einen Flickenteppich goldbrauner Getreidefelder, doch hier diente es den vielen Herdentieren auf dem Weg zum Markt als Weideland.

Vor ihm, so weit das Auge reichte, erstreckte sich Richtung Norden der Reyhallwald wie ein großer grüner Nebel, der schwer auf der Oberfläche des Landes lag. Hinter Mikahl gab es bloß Ärger, weshalb er sich nicht umsah. Er wusste, drei Tagesritte hinter Kreuzlingen lagen die See und die geschäftige Stadt Meergmünd. Beide Orte musste er wohl ein für allemal hinter sich lassen. Er bezweifelte, dass er sie je wiedersehen würde.

An diesem Tag ritt er, so weit er konnte, erreichte das Städtchen Halter aber nicht ganz. Es war auch besser so. Die Verlockung, in einem Gasthaus zu schlafen und eine warme Mahlzeit zu sich zu nehmen, war stärker, als er gedacht hatte. Doch letztlich siegte der gesunde Menschenverstand, und als die Sonne unterging, führte er die Pferde ein gutes Stück in den Reyhallwald hinein und band sie in der Nähe einer üppigen Grasfläche an. Er entschied sich gegen ein Feuer. Er hatte jede

Menge gepökeltes Trockenfleisch und zwei ganze Laibe Käse. Er striegelte und tränkte die Pferde, dann aß er selbst. Danach lehnte er sich an einen Baum und starrte zwischen den Ästen hindurch zum Sternenhimmel hinauf. Bald übermannte ihn die Erschöpfung, und er fiel in einen tiefen, traumlosen Schlaf.

Das Morgenrot hatte die Welt gerade berührt und den Himmel pfirsichrosa gefärbt, als das Schnauben eines unbekannten Pferdes und das raue, drängende Flüstern eines Mannes Mikahl jäh aus dem Schlaf rissen. Als eine andere Stimme fragte: »Töten wir ihn?«, wusste Mikahl, dass er richtig in Schwierigkeiten steckte.

KAPITEL 4

WENN SICH DER ÄLTESTENRAT DES SKYLER-Clans traf, gab es normalerweise ein großes Festmahl, begleitet von vielen Lustbarkeiten und Zeremonien, aber diesmal nicht. Die Frauen des Clans warteten vier Tage entfernt in den Ausläufern des Riesengebirges in ihrem Heimatdorf. Niemand war da, der die Hütten hätte dekorieren und die üppigen Mahlzeiten zubereiten können, die sonst vor einem solchen Ereignis serviert wurden. Die Männer vernachlässigten allerdings die Traditionen nicht komplett. Sie sandten Knaben aus, um genügend Windbruch für ein Freudenfeuer zu sammeln, und drei ältere Jungen, um Frischfleisch zu jagen. Andere kamen, um die Hütte des Ältesten auszuräumen, die als Versammlungshalle dienen würde. Hyden und Gerard waren gezwungen, mit dem Falkling in die kleinere Hütte ihres Vaters umzuziehen.

Nachdem sie sich eingerichtet hatten, fütterte Hyden das Küken erneut, dann beschloss er, der Vogel brauche ein dauerhafteres Nest. Er wartete, bis das Küken schlief, ging hinaus und sammelte Zweige und Stroh. Damit baute er in einem leeren Eimer das neue Nest. Als der Falkling erwachte, siedelte er ihn aus seinem Hemd in das neue Heim um. Das winzige Ding zischte seine Abneigung gegen den Eimer in die Welt. Hyden hielt diesen Ausbruch irrtümlich für Hunger und fütterte das Küken, bis es nichts mehr fressen konnte. Der Falkling protestierte weiter. Erst nachdem Hyden das Hemd zerrissen hatte, in dem er den Vogel zuerst getragen hatte, und die Fetzen zu dem Küken in den Eimer stopfte, gab es endlich Ruhe. Inzwischen war es später Nachmittag, und ihm dröhnte der Schädel. Er säuberte erneut seine Wunde. Danach legte er sich neben das Eimernest und fiel in einen tiefen Schlaf.

Während Hyden das neue Nest baute, packte Gerard Hydens fünf Eier zusammen mit seinen eigenen und denen ihres Vaters ein. Danach stellte er sich all den Fragen, die seine Vettern so unbedingt beantwortet haben wollten.

Er genoss es, im Mittelpunkt der Aufmerksamkeit zu stehen. Sie fragten nach seinem kühnen Sprung und der extremen Höhe seines Aufstiegs, aber vor allem fragten sie nach dem Falklingsküken. Gerard versuchte, sich darüber nicht zu ärgern. Er war sogar irgendwie froh, denn er wollte niemandem den wahren Grund für seinen Sprung oder den ausgedehnten Aufstieg sagen, geschweige denn von dem Ring, den er in seiner Gürteltasche verstaut hatte. Früher am Tag war nämlich etwas Seltsames passiert, und er war sicher, dass der Ring daran schuld war. Er gestand es sich nur äußerst ungern ein, aber er hatte deswegen ein wenig Angst.

Sein Onkel Pylen hatte ihn gefragt, ob er es Hyden übelnahm, dass das Küken bei ihm geschlüpft war.

»Natürlich nicht«, hatte er erwidert. Leider kamen immer mehr Fragen in diese Richtung, und Gerard fühlte sich allmählich unwohl. Schließlich schrie er innerlich mitten in eine Frage Onkel Pylens hinein: »Hör auf, Onkel Pylen! Geh weg! Lass mich in Ruhe!«

Er hatte es nicht laut gesagt, aber Pylen führte seine Frage nicht zu Ende. Er verstummte einfach, seine Augen trübten sich verwirrt, und dann stand er auf und ging weg. Der Ring an Gerards Finger war warm geworden, und ein kribbelndes Gefühl von Energie strömte durch ihn hindurch. Die Energie des Ringes schien aufzuwirbeln und sich wie unsichtbarer Rauch um Onkel Pylen zu legen. Gerard spürte sie mehr, als dass er sie sah, aber sie war zweifellos da. Der Ring war magisch, und das war Grund für ebenso viel Angst wie Erregung.

Lange stand Gerard einfach da und sah Onkel Pylen nach, der fortging, als hätten sie nie miteinander gesprochen.

Schließlich hatte er den Ring vom Finger gezogen und weggesteckt. Er tat sein Bestes, das Ereignis zu vergessen, doch es gelang ihm nicht.

Er beschloss, Hyden zu erzählen, was geschehen war, aber dieser war eingeschlafen. Am Ende plauderte er lange genug mit den jüngeren Knaben, dass das Ereignis fast völlig in seiner Erinnerung verblasste, obwohl er immer wieder spürte, wie die Hitze des Ringes seinen Finger kribbeln ließ, auch wenn er ihn weggesteckt hatte. Erst später, als er seinen Vater stolz über das Hüttengelände schreiten sah, konnte er die Erinnerung ganz loslassen. Er eilte mit stolzgeschwellter Brust und hoch erhobenen Hauptes an die Seite seines Vaters und lächelte strahlend.

»Ich habe acht Eier, Vater«, prahlte er mit einer viel höheren Stimme als beabsichtigt. »Dazu sechs, nein, na ja, fünf für Hyden.«

»Ich weiß, mein Sohn«, erwiderte sein Vater mit einem ebenso breiten Lächeln. »Ich habe die Weiße Frau gebeten, mir ein Zeichen zu senden, wenn sie mir meine Verschwendung verziehen hat.« Er blieb stehen und breitete weit die Arme aus, um seinen Sohn zu umfangen. »Siehe da, sie sandte mir viel mehr als nur ein schlichtes Zeichen!«

Er drückte Gerard und zauste ihm das Haar, als sie sich wieder in Bewegung setzten. »Ich bin stolz auf dich, mein Sohn. Gut gemacht.«

Gerards Schritt wurde nun noch selbstbewusster, und er ging mit hoch erhobenem Kopf weiter.

»Wo ist Hyden?«

»Der schläft in deiner Hütte«, antwortete Gerard. »Er ist gestern über irgendwelche Steine gestolpert und hat sich den Schädel aufgeschlagen.«

»Hmm.« Der Gesichtsausdruck seines Vaters war besorgt. »Das sehe ich mir besser mal an.«

»Ja«, stimmte Gerard in spöttischem Ernst zu. »Wirklich. Schließlich ist er jetzt Mutter!«

Er war nicht sicher, glaubte aber, seinen Vater tief aus dem Innern lachen gehört zu haben, als er sich entfernte.

Hyden war wach und fütterte das kreischende Küken, als sein Vater die Hütte betrat. Er nahm die Öllampe vom Haken am Eingang und trat damit näher. Er hielt sie hoch über den Eimer, um das Küken darin sehen zu können. Lange stand er da und betrachtete den Jungvogel. Hyden schaute grinsend auf. Sein Vater erwiderte sein Grinsen, nur dass es das Lächeln eines Ältesten war, nicht das eines Vaters.

»Das bringt große Verantwortung mit sich, mein Sohn. Nimm sie nicht auf die leichte Schulter. Die Aufzucht dieses Göttergeschenks und alle Entscheidungen, die du von nun an triffst, werden bestimmen, ob du eine schreckliche oder eine großartige Zukunft vor dir hast.«

Hyden wusste nicht so genau, was das alles bedeutete, aber er nickte, als habe er verstanden. Er spürte, wie sich das Verhalten seines Vaters änderte, als er neben ihm niederkniete und einen genaueren Blick in den Eimer warf. Die Ernsthaftigkeit des Ältesten verflog, und Vaterstolz und Staunen kamen zum Vorschein.

»Es frisst viel«, sagte Hyden aufgeregt. »Ich habe es schon häufiger gefüttert, als ich mich erinnern kann.«

»Seine Mutter würde es mit Brocken frischen Fleischs, Käfern, Mäusen, Eichhörnchen, Kaninchen und dergleichen füttern«, sagte ihm sein Vater. »Ich glaube, das Pökelfleisch ist nicht nahrhaft genug, um ihm das Bäuchlein zu füllen.«

Das klang einleuchtend. Das Pökelfleisch machte auch ihn unterwegs nicht besonders satt. Es linderte meist kaum seine Hungerkrämpfe. Er beschloss, etwas Frischfleisch aufzutreiben, wenn das Küken wieder schlief. Irgendwer im Lager hatte sicher welches.

»Der Eimer war eine gute Idee«, sagte sein Vater. »Der Falkling kann nicht herausfallen, und du kannst ihn problemlos überall mit hinnehmen.«

Er sah Hyden an und wartete, bis sein Sohn ihm in die

Augen schaute. »Ist Gerard eifersüchtig? Er hat das Ei aus der Wand geholt, oder?«

»Ja. Er hat das Ei für mich geholt, aber er hat auch selbst einen Schatz gefunden. Ich glaube, der gefällt ihm besser als dieses kleine Küken.«

»Oh, das hat er gar nicht erwähnt, als wir vorhin miteinander sprachen.«

»Er hat ihn mir angeboten, da er ihn auf meinem Anstieg fand.«

Hyden sagte nicht, worum es sich handelte. Er hatte das Gefühl, schon zu viel gesagt zu haben. Er wollte Gerards Vertrauen nicht missbrauchen. Wenn sein Bruder ihrem Vater von dem Ring erzählen wollte, würde er es schon selbst tun.

»Ich habe gesehen, dass er ihn behalten wollte, also lehnte ich ihn ab, ohne ihn zu verletzen. Hoffe ich.«

»Ja«, kam die gemurmelte Antwort. Sein Vater spürte wohl sein Zögern, und Hyden merkte, dass er Respekt für seinen Versuch hatte, sich nicht in die Angelegenheiten seines jüngeren Bruders zu mischen. Gerard, das wusste er, würde ihm seinen Fund zeigen, wenn und falls er es wollte. Das war nicht Hydens Aufgabe.

»Sie werden bald das Reh übers Feuer hängen, das Orvin und seine Brüder erlegt haben.« Sein Vater stützte sich auf Hydens Schulter, um sich wieder aufzurichten, und ächzte dabei angestrengt. »Du solltest versuchen, ein großes Stück Leber zu bekommen. Die ist fettarm und voller guter Dinge. Das oder die Lende. Schneid sie in dünne, lange Streifen von der Größe eines Regenwurms.«

»Ja«, nickte Hyden und merkte mit einem Mal, wie alt sein Vater geworden war. »Danke für den Rat.«

»Beeinträchtigt deine Kopfwunde deine Zielsicherheit?«, fragte sein Vater, als er die Laterne wieder an ihren Haken am Eingang hängte.

»Ich glaube nicht«, antwortete Hyden.

In Wirklichkeit hatte er den Wettbewerb völlig vergessen,

und ihm fiel wieder ein, wie wichtig dieses Ereignis seinem Vater und den anderen Ältesten war.

»Ich fange morgen wieder an zu üben.«

Sein Vater lächelte und nickte.

»Das ist die erste von vielen weisen Entscheidungen, die du hoffentlich treffen wirst, mein Sohn.«

Hyden verstand zumindest theoretisch, dass die Ältesten seines Clans den Wettbewerb gewinnen wollten. Doch warum sie Jahr um Jahr mit solcher Ernsthaftigkeit und Energie auf den Sieg drängten, entzog sich seinem Verständnis.

Generationenlang waren die Jäger des Skyler-Clans die besten Bogenschützen des Reiches gewesen. Die Ältesten sprachen oft von jenen Zeiten, aber das war vor Hydens Geburt gewesen.

Die Elfen, von denen man seit fast hundert Jahren nichts mehr gehört hatte, waren im Jahr von Hydens Zeugung in den Wald der Ewigkeit zurückgekehrt. Wohin genau sie verschwunden oder warum sie wieder zurückgekommen waren, wusste niemand so genau. Doch seit ihrer Rückkehr dominierten sie den Sommertags-Wettbewerb im Bogenschießen. Noch seltsamer war die Tatsache, dass es der einzige Wettbewerb war, an dem sie je teilnahmen.

Auf ihre hochmütige Art und Weise beharrten die Elfen darauf, dass der Titel immer schon ihnen gehört hatte. Sie sagten, der Skyler-Clan hätte ihn nur für eine Weile gewinnen können, weil sie sich um einen anderen Wald gekümmert und deshalb nicht teilgenommen hätten. Doch der Älteste sprach davon, dass die Jäger des Skyler-Clans vor langen Jahren selbst die Elfenbogenschützen geschlagen hatten.

Der Clan achtete die Elfen als Volk, hatte früher sogar Seite an Seite mit ihnen, den Riesen und den Bewohnern des Königreichs gegen das Böse gekämpft. Doch dass die Elfen jetzt schon so lange ungeschlagen waren, dass nur einige der Ältesten sich an einen Sieg des Skyler-Clans erinnerten, erregte den Unmut des Clans.

Den jährlichen Wettbewerb gab es schon länger als die menschliche Rasse. Seit Beginn der Geschichtsschreibung kamen die Menschen des Reiches jedes Jahr am ersten Sommertag im heiligen Tal Leif Greyn im Schatten des großen schwarzen Monolithen, der einfach »die Spitze« hieß, friedlich zusammen, um dem Geiste des Lebens und des Wettbewerbs zu frönen. Es gab Schwertkämpfe und Tjosten ebenso wie den Dreisteinwurf und das große Baumziehen. In den letzten Jahrzehnten war der Faustkampf zum größten Ereignis geworden. Er lockte so viele Zuschauer an wie noch kein anderer Wettkampf zuvor. Doch wie den Elfen ging es dem Skyler-Clan nur um einen Wettstreit: das Bogenschießen.

Händler aller Art kamen zum Sommertagsfest und bauten Verkaufswagen oder Zeltpavillons auf. Pferde und Rinder wurden begutachtet und gehandelt. Erzähler, Barden und Marionettenspieler sowie Wahrsager, Magier und Scharlatane standen an jeder Ecke. Es war eine festliche Zusammenkunft in einer weitgehend angenehmen Atmosphäre und für die Clansangehörigen der Höhepunkt des Jahres. Sie trieben am Sommertag immer Handel mit den geernteten Falklingseiern, seit der Zeit, da alles begonnen hatte. Zudem wurden Waren und Vorräte erworben, die die Berge dem Clan nicht bieten konnten. Aber wirklich wichtig war nur der Wettbewerb.

Hyden wusste, er musste gut sein. Alles andere als ein Sieg würde seine Leute enttäuschen. Das Ereignis war zur Leidenschaft des Ältesten geworden, und ihn zu gewinnen hatte sich in den letzten Jahren zur Besessenheit entwickelt.

Die Gewinner der einzelnen jährlichen Wettkämpfe erhielten nicht nur ein kleines Vermögen in Gold, sondern ihr Name wurde auch in den Fuß der Spitze graviert, wo ihn alle sehen konnten. Im letzten Jahr hatte Hyden dort gestanden, während sein Großvater die Namensliste verlas. Er wies auf die Clansangehörigen hin, wenn deren Name an die Reihe kam. Einige Jahre lang hatten immer nur seine Ahnen den Wettbewerb gewonnen, unter anderem sein Großvater. Dann folgten in den nächsten achtzehn Jahren ausschließlich Elfennamen: Vagion, Droitter, Pattoom und Ghanderion. Alle klangen sehr seltsam und waren schwer auszusprechen. Hyden wollte in diesem Jahr unbedingt gewinnen, nicht für sich, sondern für seine Leute. Doch er musste zugeben, dass er auch nichts dagegen hatte, seinen Namen in die Spitze graviert zu sehen, für alle Ewigkeit unsterblich gemacht.

»Nimm nicht die ganze Leber!«, bellte ihn eine wütende junge Stimme an.

Die Worte rissen Hyden aus seiner Trance. »Tut mir leid«, murmelte er.

Unabsichtlich hortete er das gute Fleisch einer Beute, die er nicht selbst erjagt hatte. Mit einem entschuldigenden Grinsen nahm er ein paar der dunklen Leberstreifen zusammen mit den hellroten Lendenstreifen mit zurück zur Hütte. Hyden hatte immer noch Kopfschmerzen, und ihm war ein wenig schwindlig. Er fragte sich, ob der Tagtraum, in dem er sich verloren hatte, von seiner Kopfwunde herrührte. Er fühlte sich seltsam, konnte das Gefühl nicht richtig beschreiben. Gleich darauf ertappte er sich dabei, wie er die Fleischstreifen in seiner Hand anstarrte. Wieso hatte er so blutige Hände, wenn er nur so wenig von dem Fleisch abgeschnitten hatte?

Gerard wartete in der Hütte auf ihn. An der Art, wie sein kleiner Bruder auf seinem Stuhl herumrutschte, erkannte Hyden, dass etwas nicht stimmte. Er ignorierte Gerard erst einmal und machte sich daran, die Fleischstreifen über den Eimerrand zu drapieren. Kreischend erwachte das Vögelchen, reckte den Hals und schnappte nach der Mahlzeit. Eine instinktive Erkenntnis überkam Hyden. Es war wie die angenehme Erinnerung an ein bevorzugtes Nahrungsmittel. Nur sehnte er sich nach einem Geschmack, den er ganz sicher noch nie gekostet hatte. Er wollte die rohe Leber selbst essen. Merkwürdig.

»Hyden!« Gerards Wort war halb Flüstern, halb Brüllen. »Komm her und hör zu.«

Nachdem er sich versichert hatte, dass der Falkling allein an die Streifen herankam, setzte er sich an den Tisch und schenkte Gerard seine volle Aufmerksamkeit.

Gerard erzählte ihm ebenso ängstlich wie aufgeregt, wie er Onkel Pylen mithilfe des magischen Ringes durch einen Gedanken fortgeschickt hatte. Dasselbe hatte gerade bei ihrem Vater am Kochfeuer funktioniert. Ihr Vater habe sich ihm genähert und gefragt, ob er über irgendetwas reden wolle, und falls ja, sei er bereit zuzuhören. Gerard hatte mit Mühe den Mut aufgebracht, den Ring wieder anzustecken, doch nach dem Vorfall mit Pylen wollte er noch nicht mit seinem Vater darüber reden.

»Ich befahl ihm in Gedanken, Sharoo dieselbe Frage zu stellen«, sagte er mit großen Augen und wedelte dabei mit den Händen. »Er tat es! Er ging einfach hinüber zu Sharoo und sprach ihn an. Ich fühlte das Kribbeln des Ringes im ganzen Körper, Hyden. Ich spürte, dass er es geschehen ließ. Ich schwöre es.«

»Pah.« Hyden hatte seine Zweifel. Er merkte normalerweise, wenn Gerard log oder übertrieb, aber anscheinend sagte sein Bruder dieses Mal die Wahrheit.

»Ich will dir glauben, wenn …« Er hielt einen Augenblick inne, und langsam machte sich ein teuflisches Grinsen auf seinem Gesicht breit. »Komm. Beweis es mir.«

Sie eilten nach draußen. Hyden suchte die Gruppen von Männern und Knaben nach jemand Bestimmtem ab. Gerard folgte ihm ängstlich und bedeckte den Ring mit einer Hand. Hyden führte ihn auf die andere Seite des Hüttengeländes.

»Da drüben am Brunnen.« Er zeigte hinüber. »Siehst du Tevar und seinen Bruder Darry?«

»Ja«, antwortete Gerard, der sich fragte, was sein Bruder vorhatte.

»Lass Tevar Sharoo erzählen, was er in der Nacht vor unserem Aufbruch aus dem Dorf mit Sharoos Schwester gemacht hat.«

Ein breites Grinsen zeigte sich auf Gerards Gesicht. Das würde toll werden.

»Ruf sie herüber.«

Hyden rief sie herbei, und als sie alle beieinanderstanden, eröffnete er das Gespräch.

»Wie war deine Ernte, Tevar – und deine, Darry?«

»Ich habe vier Eier«, sagte Tevar stolz.

»Ich drei. Ich hätte noch zwei weitere kriegen können, wenn ich früher aufgebrochen wäre«, setzte Darry hinzu.

»Ich hörte, du wirst uns verlassen, weil Gerard dir dieses Falklingsküken gebracht hat«, sagte Tevar. »Wo gehst du denn zuerst hin?«

Hyden verstand die Frage zunächst nicht. Er wollte Tevar gerade fragen, was er meinte, aber da war der Junge schon zum Kochfeuer unterwegs, denn er gehorchte gerade blind Gerards stummem Befehl.

»Was ist denn in den gefahren?«, fragte Darry. »He, Tev, wo willst du denn hin?«

»Lass ihn«, sagte Gerard gähnend. Er war plötzlich sehr müde. »Du hast drei Eier, hm? Das ist ganz schön gut.« Gerard legte Darry den Arm um die Schultern und brach plötzlich in die Knie.

Im selben Augenblick entstand am großen Feuer ein Tumult. Es ertönten Rufe, Stöhnen, dann ein urtümliches Kampfgeschrei. Mehrere Männer brachen in Gelächter aus. Dann raste Tevar an ihnen vorbei, einen entsetzten Ausdruck auf dem Gesicht. Der ältere und viel größere Sharoo war ihm dicht auf den Fersen und schwang ein brennendes Holzscheit wie einen Knüppel. Ein paar von Sharoos Brüdern trabten hinter ihnen her und taten halbherzig so, als versuchten sie, ihren erzürnten Bruder aufzuhalten.

Lachend wandte sich Hyden zu seinem kleinen Bruder um, aber Gerard lag zusammengerollt zu Darrys Füßen, schnarchend und im Tiefschlaf. Mit Darrys Hilfe schaffte er seinen Bruder zurück in die Hütte und ins Bett.

Nachdem alle etwas von dem Frischfleisch gegessen hatten, traf sich der Ältestenrat in der Hütte von Hydens Großvater.

Hyden wies man an, in der Hütte seines Vaters zu warten und sich bereitzuhalten, mit dem Falklingsküken vor den Rat zu treten, wenn man ihn riefe. Man trug ihm auch auf, sich um Gerard zu kümmern. Dankenswerterweise schrieben alle das plötzliche Einschlafen seines Bruders der Tatsache zu, dass er an zwei Tagen in Folge die Nistklippe erklommen hatte. Hyden unterstützte diese Sicht der Dinge. Er wusste jedoch, dass sein Bruder nicht nur vor Müdigkeit plötzlich zusammengeklappt war. Die Riesin Berda, die das Gebirgsdorf des Clans besuchte, wenn die Teufelsziegenherde ihres Mannes in der Nähe weidete, hatte dem Skyler-Clan viele Geschichten erzählt. Hyden erinnerte sich an eine, in der ein Magier ein Pferd durch einen Zauber hatte fliegen lassen. Der Magier hatte danach mehrere Tage schlafen müssen, denn Zauberei forderte ihren Tribut vom Menschen. Hyden nahm an, etwas Ähnliches sei Gerard widerfahren. Zumindest hoffte er es.

Während Hyden wartete, beobachtete er durch den offenen Eingang der Hütte ihres Vaters das erlöschende Kochfeuer. Es war nur noch ein Haufen Glut geblieben, in dem gelegentlich eine Flamme aufflackerte, kurz tanzte und dann erlosch, woraufhin sich ein Rauchfaden in die Luft kringelte. Er wünschte, die Ältesten würden ihn bald rufen. Er wünschte auch, er hätte sich viel mehr von dem Hirschfleisch genommen, ehe es an den Spieß wanderte. Das Falklingsküken war schon wieder wach und bettelte kreischend um Futter. Als er es mit dem letzten rohen Fleischstück fütterte, trat sein Vater ein.

»Die Ältesten möchten jetzt das Falklingsküken sehen«, sagte er in seinem liebevollen, väterlichen Tonfall. »Wir haben beschlossen, dass wir daheim in der Versammlungskammer mithilfe des Drachenschädels die Weiße Frau herbeirufen müssen, ehe wir dir mit einer gewissen Sicherheit einen Rat erteilen können.«

Sein Vater ging zu Gerard hinüber, der schlafend dalag. Er kniete neben ihm nieder und fuhr ihm mit der Hand durchs Haar.

»Wir sind uns alle einig, dass dein Schicksal und das Gerards auf seltsame Weise miteinander verknüpft sind. Ich hoffe nur, es ist keine schlechte Weise. Die Weiße Frau wird uns hoffentlich helfen, euch gut zu beraten, doch ihre Befragung wird warten müssen, bis wir nach dem Sommertagsfest wieder zu Hause sind.«

Hyden war sicher, dass sein Vater recht hatte. Gerards Kraft und Liebe hatten ihm das Falklingsküken beschert. Auch wäre Gerard nicht da oben gewesen und hätte den Ring gefunden, den er anscheinend so liebte, wenn er nicht an Hydens statt geklettert wäre. Plötzlich überfiel ihn eine seltsame Erkenntnis: Er begriff, dass all die kleinen Ereignisse der Gegenwart eines Tages größere beeinflussen würden. Er hatte das Gefühl, einige würden großartig, andere hingegen schrecklich sein. Das kam ihm alles sehr seltsam vor. Er konnte nur tun, worum ihn sein Vater bat: versuchen, gute Entscheidungen zu treffen, und alles Erdenkliche tun, um den Falkling großzuziehen, der im Augenblick wieder nach Futter schrie.

In der überfüllten Hütte seines Großvaters blieb den Ältesten nur ein Augenblick, um voller Ehrfurcht und Staunen das hungrige Falklingsküken anzustarren. Hyden hielt den Eimer schützend in den Händen, während er ihn im Raum herumzeigte. Ein Aufruhr draußen lenkte die Aufmerksamkeit der ganzen Versammlung von dem Vogel ab. Dann keuchte jemand laut auf. Eine weitere Stimme rief etwas, das dringend klang. Gleich darauf platzte der kleine Condlin in die Hütte des Ältesten. Sämtliche Blicke richteten sich auf den verschwitzten Jungen mit den weit aufgerissenen Augen.

»Wendlin ist von der Felswand gestürzt!« Er schluckte, als ihm die Tränen kamen. Im Raum explodierten förmlich besorgte Fragen, doch der Junge hob die Hand, um sie alle zum Schweigen zu bringen.

»Das ist noch nicht alles«, schluchzte er. »Jeryn sitzt im Dunkeln oberhalb der Lippe fest.«

KAPITEL 5

»DAS IST NUR EIN JUNGE«, FLÜSTERTE EINE RAUE Männerstimme. »Der ist leichte Beute.«

Mikahl öffnete ein Auge einen Spaltbreit und konnte den Stiefel eines Mannes ausmachen, der dicht neben seinem Kopf stand.

»Er hat üppige Vorräte, Jerup«, sagte eine andere Stimme aus der Nähe der Pferde.

Mikahl erkannte an dem schlechten Zustand des Stiefels, dass der Mann, der ihm am nächsten stand, nicht zur Königsgarde gehörte. Wahrscheinlich Banditen. Lautlos verfluchte er sich selbst, nicht besser vorbereitet gewesen zu sein. Sein Schwert hing an Windhufs Sattel, und der Bogen befand sich noch in dem Futteral am Tragegestell des Packpferds. Er hatte einen Dolch an der Hüfte, aber so, wie er lag, konnte er unmöglich herankommen, ohne dass es auffiel.

»Gewachster Käse, hartes Brot«, sagte der Mann bei den Pferden leise. »Ah, was ist das? Ein silberner Flachmann. Pah! Er ist leer, aber aus echtem Silber.«

Mikahl begriff, dass der Mann gleich das Schwert des Königs finden würde. Es hing an Windhufs Sattel.

Denke, dann handle, rezitierte er das Mantra. Er gähnte und drehte sich wie im Schlaf um, wobei er darauf achtete, die Augen geschlossen zu halten. Am Ende lag er in einer Fötushaltung da, den Kopf den Pferden zugewandt und die Hand am Dolch.

»Der hat mal einen gesunden Schlaf, Donniel«, sagte der Mann neben ihm. »Lass dir ruhig Zeit und schau mal, was wir noch so haben.«

»Er muss den Flachmann ausgetrunken haben, ehe er eingeschlafen ist«, sagte Donniel etwas lauter. Der Bandit war jetzt offenbar weniger wachsam, er grunzte und kicherte, während er weiter den Packsattel durchwühlte.

Mikahl gefiel es überhaupt nicht, dem Mann, der neben ihm stand, den Rücken zukehren zu müssen, aber er musste bald handeln, solange er sie noch überraschen konnte. Einer gegen zwei – seine Chancen standen nicht sehr gut, aber er stellte fest, dass er keine Angst hatte.

»Ein hübscher Langbogen, Jerup.« Diesmal schrie Donniel fast. »Ich wette, der ist sein Gewicht in Gold wert.«

Die Sonne begann jetzt, die Welt zu färben, und in ihrem Licht musste Donniel den goldenen Löwen sehen, der auf Windhufs Sattel gestickt war.

»Er steht im Dienste des Königs, Jerup!« Seine Stimme klang plötzlich ängstlich. »Wir sollten ihn in Ruhe lassen.«

»Nö. Wir können ihn einfach umbringen«, sagte Jerup kalt und schwang ein Bein über Mikahls Körper, sodass er breitbeinig über ihm stand.

Mikahl wagte einen Blick nach oben, und sobald er sah, dass Jerups Aufmerksamkeit seinem Partner galt, griff er an.

Der Dolch bohrte sich in Jerups Weichteile und dann tief in die Innenseite seines Oberschenkels. Heißes Blut spritzte, als Mikahl die Klinge wieder herausriss, dann brach Jerup über ihm zusammen. Die Armbrust, die er in der Hand gehabt hatte, fiel zu Boden, und beim Aufprall ging der Bolzen los. Das rasiermesserscharfe Projektil prallte von einem Baum ab, Rinde spritzte, dann durchtrennte es Windhufs Haltestrick. Das verblüffte Pferd riss sich von Donniel los, als habe ihm eine unsichtbare Hand aufs Hinterteil geklatscht, und raste in vollem Galopp tief in den Wald.

»Oh … o nein! Donnie, komm her und hilf mir!«, bat Jerup mit zusammengebissenen Zähnen. »Beeil dich, ehe er …«

Da traf Mikahls blutbeschmierter Dolch Jerups Kinn. Schnell zwang er den Mann, sich von ihm herabzuwälzen, und

Jerup heulte auf, als sich durch die plötzliche Bewegung seine Wunde bemerkbar machte.

Donniel schien keine Ahnung zu haben, was er tun sollte: das Weite suchen oder Jerup helfen. Er ging auf Mikahl zu, aber als sich Mikahl abrollte und aufstand, sah Donniel den goldenen Löwen auf der Brust seiner Tunika und erstarrte. Jerup war jetzt offenbar auf sich selbst angewiesen, denn Donniel hatte wohl den Eindruck, sein Freund würde sowieso nicht davonkommen.

»Donnie!« Jerups Stimme war schwach und voller Entsetzen. »Komm … Komm her und hilf mir, Mann!«

Mikahl ging auf ihn zu. Donniel löste die Zügel, die am Zaumzeug des Packpferds befestigt waren.

Er war nicht schnell genug.

Nach einem raschen Wurf aus dem Handgelenk überwand Mikahls Dolch die Entfernung zwischen ihnen. Er verfehlte den Banditen und bohrte sich in den Ast, um den die Lederzügel gewickelt waren. Mit einem Quieken rannte Donniel los, kam aber plötzlich ruckartig zum Stehen. Zu Mikahls Überraschung hatte der Dolch Donniels Ärmel an den Baum geheftet. Das Gesicht des Mannes zeigte Panik, Bedrängnis und Furcht, als Mikahl auf ihn zukam, wurde jedoch seltsamerweise ruhiger, als sie einander schließlich gegenüberstanden. Er sah mit verdächtiger Hektik über Mikahls Schulter hinweg.

»Wir … äh … Ich habe dir ni… nichts getan, Mann!«, stammelte Donniel. »Wir … äh … haben nichts genommen. Also ist … nichts passiert, oder?«

Mit ausdruckslosem Gesicht löste Mikahl die Zügel des Packpferds. Diese beiden Narren waren ihm egal. Er wollte nur Windhuf finden und aufbrechen.

Gerade als Mikahl sich wegdrehte, um sein Packpferd in den Wald zu führen, hörte er ein Surren. Der von Jerup abgeschossene Bolzen verfehlte ihn, drang aber in Donniels Hals. Die scharfe Spitze verletzte sowohl seine Luftröhre als auch seine

Halsschlagader. In nur wenigen Momenten verrann Donniels Leben in einem gurgelnden, flehenden Zischen aus seinem Hals, während Jerup verzweifelt versuchte, der Blutung Einhalt zu gebieten.

Windhufs Spur war leicht zu erkennen. Das verängstigte Reittier hatte auf seiner Flucht Äste abgebrochen und Unterholz zertrampelt. Dass Mikahl die Spuren mit Augen suchen musste, aus denen heiße salzige Tränen strömten, machte es ihm jedoch schwer, dem Fluchtweg des Pferdes zu folgen.

Er war traurig, hatte Angst und zitterte am ganzen Leib beim Gedanken daran, dass er Jerup das Leben genommen hatte. Seine Klinge hatte die lebenswichtige Ader im Bein des Mannes getroffen. Er und Donniel würden zweifellos bald verbluten. Die Tatsache, dass sie räuberische Banditen waren und ihn hatten töten wollen, trug wenig dazu bei, die Leere zu füllen, die er in sich spürte. Mehr als einmal musste er stehen bleiben, weil sein Leib unter einem schrecklichem Schluchzen bebte. Er konnte erst wieder klar denken, nachdem er seine Gedanken geordnet und mehrfach tief Luft geholt hatte.

Er war jetzt so sehr ein gesuchter Mann, wie man es im Königreich Westland nur sein konnte. Das half ihm, seine bedrohliche Situation aus dem richtigen Blickwinkel zu sehen, aber es tröstete ihn nicht über das hinweg, was er getan hatte. Einen Menschen zu töten war eine große Sache. Er hatte zwar mehr als einen Mann sterben sehen, doch hatte Mikahl noch nie einen töten müssen. Er kämpfte sich durch die intensiven Gefühle hindurch, die auf ihn einstürmten, und fand einen Weg, weiterzumachen. Er hatte keine Wahl. Eisendorn hing an Windhufs Sattel, und das Pferd war durchgegangen. Er musste es schnell finden.

In seinem verzweifelten Zustand merkte Mikahl kaum, dass die Sonne schon hoch am Himmel stand. Er kam immer tiefer in den Wald, viel tiefer, als er je vorgehabt hatte. Bis er das bemerkte, war es Nachmittag. Jetzt musste er die Nacht hier im Wald verbringen. Selbst wenn er Windhuf bald fand, würde es dunkel sein, bevor er die Straße wieder erreicht hätte. Er sah sich noch einmal um. Er wusste nicht einmal, ob er aus dem Wald auch wieder herauskommen, geschweige denn die Handelsstraße finden würde.

Er verbannte die Reue über die Tötung des Banditen aus seinen Gedanken. Die Angst, erwischt zu werden, ließ jetzt nach, denn er hatte andere Sorgen. Er musste das Pferd einholen, koste es, was es wolle. Windhufs Spur führte nach Norden, sodass Mikahl keine unnützen Wege ging; doch wenn das Pferd die ganze Nacht lang weiter umherwanderte, ließ sich nicht sagen, was für eine Kreatur des Waldes das Tier vielleicht reißen würde. Solange er denken konnte, gab es Gerüchte über Schreckenswölfe und Säbelzahnkatzen, aber er hatte nie gesehen, dass solche größeren Raubtiere aus dem Reyhallwald kamen. Doch er hatte keine Zweifel, dass es hier draußen Wesen gab, die ein Pferd oder auch einen Menschen töten konnten und würden.

»Denke, dann handle«, sagte er sich erneut.

Mikahl versuchte, das unverkennbare Pfeifen nachzuahmen, mit dem der Stallbursche oft die königliche Herde von der Weide hereingerufen hatte. Mit dem Wissen, dass keiner von Prinz Glendars Männern ihn hier inmitten des Nirgendwo suchen würde, fühlte er sich ein wenig besser. Er würde Windhuf und Eisendorn finden und sich ins Riesengebirge begeben, und wenn er dabei umkäme. Bei dem Gedanken zuckte er zusammen und unterdrückte ein Lachen, als die Bedeutung dieser Worte sich ihm vollends erschloss.

Nachdem er zum vierten Mal gepfiffen hatte, hörte er, wie das Pferd in der Ferne missbilligend schnaubte. Er beschleunigte seinen Schritt; der Wald wurde etwas lichter.

Schließlich wich der Wald einer beträchtlichen Lichtung. Jenseits davon, auf der anderen Seite der üppigen blumenbestandenen Fläche, lag ein Teich. In Ufernähe sah er Windhuf, dessen Zügel sich in einem Busch verfangen hatten. Das arme Pferd wollte unbedingt trinken und zerrte mit aller Kraft. Als er sich dem verärgerten Tier näherte, sah er erleichtert, dass die Klinge des Königs noch immer fest am Sattel hing.

Das Packpferd wieherte und stampfte, froh, seinen Gefährten wiederzusehen. Windhuf reagierte darauf mit einem frustrierten Schnauben. Bald hatte Mikahl sie Seite an Seite am Teichufer angepflockt, wo sie zufrieden tranken und grasten.

Die Lichtung war voller Leben. Insekten summten geschäftig vorbei, und die Vögel sangen und riefen.

Mikahl sah einen Hasen auf der Flucht vor einem unsichtbaren Raubtier am Rand des Waldes entlangrennen, und an der Anzahl der verschiedenen Spuren im Uferschlamm erkannte er, dass dies ein häufig frequentiertes Wasserloch war. Es war ein schöner, friedlicher Ort, und er beschloss, hier eine Weile zu rasten.

Er wusch sich im Teich. Außer bei den Kämpfen um Kaltfrost hatte er noch nie im Leben so viel Blut gesehen und war froh, dass es sich von Kleidung und Haut komplett abwaschen ließ.

Anschließend breitete er seine Sachen zum Trocknen in der warmen Abendsonne aus und machte sich daran, mit einem Öltuch sein Kettenhemd von dem getrockneten Blut zu befreien. Danach schnitt er mit seinem Dolch den kunstvoll eingestickten Löwen von Westland aus seinem Sattel. Es ging langsam voran. Das Emblem war mit winzigen emaillierten Drahtfäden sorgsam aufgenäht. Der Sattel war ein Geschenk König Baltons zu Mikahls letztem Geburtstag gewesen, und er vergoss einige Tränen, weil er ihn so verschandeln musste. Da auch seine Tunika die Löweninsignien des Königreichs trug, band er einfach einen faustgroßen Stein daran und warf sie mitten in den Teich. Von jetzt an würde er versuchen, sich unter die einfachen Leute zu mischen. Alles, was ihn mit dem König oder Königreich in Verbindung brachte, würde nur die falsche Art von Aufmerksamkeit erregen. Lange stand er da und betrachtete die Kreise, die das Bündel im Wasser hervorgerufen hatte.

Plötzlich fiel ihm auf, dass es im Wald totenstill geworden war. Er drehte sich langsam um die eigene Achse, bemerkte aber nichts Außergewöhnliches. Sicher lag es nur an dem Geräusch, das seine Tunika im Wasser verursacht hatte, er wusste jedoch, dass das nicht stimmte. Er zog seine feuchte Hose wieder an und nahm sein Schwert von Windhufs Sattel. Nachdem er das Kettenhemd wieder übergestreift hatte, gürtete er sein Schwertgehänge um und packte leise seinen Langbogen aus. Er hatte ihn gerade erst gespannt, da ertönte aus dem Wald rechts das Krachen brechender Äste und berstenden Unterholzes. Das Geräusch war so laut, als werde ein großer Baum zerfetzt. Was auch immer es verursacht hatte, es musste riesig sein.

Mikahls Herz raste. Er musste sich nicht extra daran erinnern, dass er nicht mehr im Nordwald direkt vor der Seeburg war. Dies war der Reyhallwald, aus dem die Ungeheuer in all diesen Lagerfeuergeschichten stammten. Daran, wie Windhuf und das Packpferd rings um ihn schnaubten und stampften, erkannte er, dass auch sie Angst hatten.

Er bemerkte eine flüchtige Bewegung jenseits des Teichs. Von rechts ertönte erneut das schwere Krachen von Holz, begleitet vom Gekreisch Tausender aufgescheuchter Vögel. Was immer es auch war, es kam näher. Er ergriff die Zügel der Pferde und führte sie vom Teich weg zu der Seite der Lichtung, die den näher kommenden Geräuschen gegenüberlag. Er versuchte, sich nicht umzuschauen, aber es gelang ihm nicht. Der Lärm wurde zu einem ständigen knackenden, mahlenden Knirschen, das von einem seltsamen Zischen begleitet war. Zuerst sah er nichts, doch dann geschah etwas, das ihn erschütterte.

Ein Baum, der etwas größer war als die umstehenden, erzitterte plötzlich heftig, warf loses Laub ab und scheuchte Vögel auf. Er stand nicht direkt auf der Lichtung, sondern ein kleines Stück im Wald.

Über der zuckenden Baumkrone zogen die aufgescheuchten Vögel unregelmäßige Kreise, und jeder einzelne von ihnen machte seiner Verärgerung Luft. Mikahl hatte keinerlei Vorstellung, was einen Baum dazu bringen konnte, sich so jäh zu rütteln und zu schütteln. Auch die Erde mochte gebebt haben, doch diesmal begleitete ein langes, schleimiges Gebrüll die gewaltsame Erschütterung.

Mikahl konnte sich das nicht mehr ansehen. Er befand sich noch immer mitten auf der Lichtung. Er wollte schnell in den Wald, also schwang er sich in den Sattel Windhufs und trieb sein Reittier zum Galopp an. Das verängstigte Packpferd warf sich in die andere Richtung und entriss ihm den Zügel. Er hätte das Tier verfolgt, aber das Geräusch berstender Bäume und ein lautes Platschen veranlassten Windhuf, aus eigenem Antrieb in den Wald zu galoppieren. Mikahl wäre beinahe rückwärts aus dem Sattel geworfen worden. Äste peitschten Brust und Schultern und rissen an seinem Gesicht, während er sich bemühte, sich aufzurichten. Ein tief hängender Ast hätte ihn fast geköpft, doch irgendwie gelang es ihm, sein panisches Pferd zu verlangsamen und zu wenden.

Die Oberfläche des Teichs brodelte, kniehohe Wellen breiteten sich aus. Mikahl rieb sich die Augen und schaute erneut hin. Auf der anderen Seite des Teichs lag ein Baumstamm, den jemand frisch von seinen Ästen befreit hatte. Er glitt aus eigenem Antrieb über den Boden hinweg auf das Wasser zu. Klumpen feuchter Erde fielen noch von seinem Wurzelballen. Gebüsch, Holzbrocken und Stücke anderer kleinerer Bäume hatten sich in den gezackten Bruchstellen verfangen. Kurz vor dem Ufer hielt der Baumstamm inne.

Mikahl tätschelte Windhuf, um ihn zu beruhigen, obwohl er selbst völlig verunsichert war. Er lenkte das Pferd ein Stückchen näher, sodass sie zwischen den Bäumen einen Überblick über den Großteil der Lichtung hatten.

Die Oberfläche des Teichs beruhigte sich, und die Vögel kehrten zu ihren Nestern zurück. Das Packpferd trottete in einem weiten Kreis ziellos umher. Wäre es nicht so nah am Wasser gewesen, hätte er vielleicht den Versuch gewagt, es einzufangen. Stattdessen pfiff er und rief nach dem Tier.

Schließlich blieb sein Blick an etwas sehr Seltsamem hängen. Ein Baum oder Holzklotz hob sich langsam aus dem Teich und richtete sich auf wie eine Säule. Wie der Baumstamm, der noch am Ufer lag, hatte er keinerlei Äste. Er tauchte so langsam auf, dass er an der Teichoberfläche keine Wellen schlug. Er sah aus wie ein riesiger Totempfahl, der sich langsam den Göttern entgegenhob. Zwei Ästchen schoben sich aus seinen Seiten. Aus beiden Enden sprossen kleinere Zweige hervor, die wie Klauen aussahen. Mikahl rieb sich erneut die Augen und blinzelte. Es waren Klauen. Das Ding ragte jetzt fast zwanzig Fuß aus dem Wasser. Ehe Mikahl weitere Einzelheiten erkennen konnte, schoss es blitzschnell auf die Lichtung und warf sich auf das ahnungslose Packpferd, das gerade auf dem Weg zurück zum Wasser war.

Als die riesige Kreatur ihren Satz machte, ruckte auch der Baumstamm am Ufer vorwärts. Mikahl begriff, dass das Ungeheuer, dessen Kieferknochen knapp vor ihrem Ziel zuschnappten, daran festgebunden war, wie ein Hund, der von seiner straff gespannten Leine zurückgerissen wurde. Ein großes rosa Maul öffnete sich und enthüllte Reihen fingerlanger, spitzer Zähne. Dann schoss eine zuckende, gespaltene Zunge hervor, doch das Packpferd bockte und konnte beiseitespringen. Aber die Kreatur war noch nicht am Ende. Sie zischte, und ihre Zunge schoss erneut hervor. Diesmal wickelte sie sich um den Hals des Pferdes. Das Packpferd bäumte sich auf, wand sich und versuchte zu entkommen, allerdings vergebens. Das riesige Echsenungeheuer zog es bereits auf sein geiferndes Maul zu.

Ohne auch nur einen Augenblick zu überlegen, was er da tat, zog Mikahl sein Schwert und lenkte Windhuf in vollem Galopp auf die Lichtung.

KAPITEL 6

DER ZAUBERER PAEL STAND SEIT FÜNFUNDZWANzig Jahren im Dienste Westlands. Er war am Tage von Glendars Geburt gekommen und hatte sich mit seiner schlauen Magie einen Weg durch die gesamte Seeburg bis zum Schlafzimmer der Königin gebahnt. Dort löschte er ihr das Lebenslicht aus wie bei einer alten Talgkerze, während der kleine Glendar noch an ihrer Brust saugte.

Pael zog Glendar auf und spielte im Leben des Jungen die Rolle der fürsorglichen Mutter. Als er in die Schule kam, war Pael da. Wenn er sich wehtat, war Pael da. Wenn er Trost, Hilfe oder einfach nur eine kleine Aufmunterung brauchte, war Pael da. Langsam und scheinbar mühelos hatte der Zauberer Glendar nach seinem Willen geformt.

Es war leicht gewesen. König Balton hatte mit den ständig zerstrittenen östlichen Königreichen alle Hände voll zu tun gehabt oder war auf der Jagd mit Lord Gregory und Lord Ellrich gewesen. Keiner der Könige und Königinnen des Ostens erinnerte sich anscheinend an die Kriege oder auch nur an die darauffolgenden Generationen der Hoffnung und des Friedens. Es sah aus, als sei außer Westland kein Königreich mehr mit seinen Grenzen oder den schon ewig bestehenden Handelsabkommen zufrieden. Manche Herrscher waren kühn genug, die Stärke ihrer Nachbarn herauszufordern. Verteidigungsmaßnahmen wurden auf die Probe gestellt, Schwächen ausgenutzt und Allianzen geschmiedet. So hatte es ausgesehen, seit Glendar lebte, und Pael war das recht. Pael hatte einen großen Plan und war sehr geduldig. Manche hätten gesagt, er sei so geduldig wie die Zeit.

»Aber, Hochzauberer Pael«, sagte Glendar kühl vom Thron seines verstorbenen Vaters aus, »die Macht des Königreichs liegt in diesem Schwert.«

»Nur symbolisch«, log Pael. »Aber egal, wir werden Eisendorn bald wiederhaben, mein Prinz.«

»Das heißt Eure Hoheit!«, korrigierte Glendar etwas heftiger als beabsichtigt. »Ich bin jetzt König, Pael.«

Der Zauberer hatte ihn am Morgen auf dem Thron sitzend vorgefunden, er wollte gerade den Hof einberufen. Es war lächerlich. Bisher hatte Pael sich beherrscht, aber jetzt reichte es.

Bisher hatte der Zauberer vor dem Thron gestanden, aber jetzt huschte er mit wehender schwarzer Robe direkt dahinter. Sein kalkweißer kahler Schädel presste sich gegen die Seite des Throns, und sein heißer, nach Chemikalien riechender Atem drang an Glendars Ohr.

»Du wirst König sein, wenn ich es sage, Junge!« Seine Stimme war voller Boshaftigkeit und Macht. »Morgen wirst du deinen Vater beerdigen, mit Tränen in den Augen. Übermorgen werde ich dich die Krone aufsetzen lassen.«

Pael kam bereits wieder hinter dem Thron hervor und stieg die Stufen hinunter. Er schien zu gleiten, als bewegten sich seine Beine unter der bodenlangen Robe überhaupt nicht. Am Fuß der Treppe drehte er sich um und sah den finster dreinblickenden Prinzen noch einmal an.

»Danach, Glendar, danach darfst du vielleicht mein König sein.«

Paels wegwerfende Geste verhinderte, dass Glendar den Doppelsinn der letzten Aussage begriff.

»Wir haben Wichtigeres zu tun, Glendar.« Paels Stimme wurde ernst. »Lord Ellrich lässt bereits unauffällig nach dem Schwert suchen, und Lord Brach hat die Mobilmachung befohlen, die demnächst an allen Mauern der Städte Westlands hängen wird. Bald werden er und seine Hauptleute losreiten und alle gesunden Männer und Knaben, die kämpfen können, zusammentrommeln; das heißt, nachdem du formell den Befehl gegeben hast. Schließlich bereitet Lord Gregory sich darauf vor, mit der Gruppe von Wettkämpfern, die dieses Jahr Westland vertreten werden, zum Sommertagsfest zu reiten.«

»Lord Gregory ist ein Anhänger meines Vaters«, sagte Glendar. »Er wird sich gegen unsere Pläne stellen. Ich glaube nicht, dass wir ihm vertrauen können.«

»Du glaubst nicht.« Es war keine Frage, sondern eine Feststellung. »Das ist dein größtes Problem, Junge«, sage Pael spöttisch. »Ich weiß, dass wir Lord Gregory nicht trauen können. Was meinst du, warum er demnächst zum Sommertag reiten muss, obwohl er sich doch eigentlich auf die Bestattung seines Königs vorbereiten möchte? Bevor dein Vater starb, bekam er den Befehl, dieses Jahr die Wettkämpfer anzuführen. Ich ließ deinen Vater diese Befehle unterzeichnen. Lord Gregory wird aus der Ferne weinen und trauern, während wir hier die Dinge regeln. Wenn er wiederkommt …«

Pael hielt inne, weil ihm ein Gedanke kam. Er lachte über die Absurdität des Zufalls und das alte Sprichwort, das zu der Situation passte.

»Zwei Fliegen mit einer Klappe schlagen«, murmelte er laut.

»Was?«, fragte Glendar.

Er verstand nie, was der Zauberer leise vor sich hin murmelte. Meist fiel es ihm sogar schwer, Pael zu folgen, selbst wenn er verständlich sprach.

»Nichts!« Paels heiteres Lächeln verblasste. »Wenn Lord Gregory vom Sommertag zurückkommt, kümmern wir uns um ihn.«

Ein finsteres Grinsen schlich sich auf Glendars Gesicht, als er die seltsame Betonung begriff, mit der Pael gesagt hatte: »*Wenn* Lord Gregory zurückkommt.«

»Du solltest später mit einer symbolischen Eskorte das Grab deiner Mutter im Garten besuchen«, schlug Pael vor.

Das Flackern der Fackeln, die in den Halterungen an den Wänden des Thronsaals brannten, spiegelte sich in der weißen

Kopfhaut des Zauberers, sodass sein Schädel aussah wie ein magisches brennendes Ei.

»Bleib ein Weilchen dort und leg ihr Blumen auf den Stein.«

»Aber Pael …«, sagte Glendar.

»Tu, was ich dir sage!«

Er wusste, Glendar brannte darauf, als neuer König Hof zu halten, doch es war einfach noch zu früh.

»Du wirst noch genug Zeit haben zu herrschen, Sohn.« Paels Stimme klang nun tröstend und mitfühlend. »Du wirst der König von Westland sein und bald auch der König aller östlichen Lande. Höre meine Worte: Du wirst der König der Könige sein, wenn du nur etwas Geduld hast.«

Pael verließ den Thronsaal. Glendar war nach wie vor ein verzogenes Kind, und auch nur im Geringsten auf seine Launen eingehen zu müssen brachte das Blut des Zauberers zum Kochen. Für einen Augenblick fragte er sich, was er bei dem Jungen falsch gemacht hatte, und dann verfluchte er sich selbst, weil er dachte wie eine gluckende Mutter. Das war jetzt im Grunde alles egal, sagte er sich. Nun, da König Balton tot war, herrschte *er* in Westland, nicht Glendar. Er würde den Jungen mit Magie beherrschen, falls nötig, aber er bezweifelte, dass das je erforderlich sein würde. Glendar war Wachs in seinen Händen.

Eine Dienerin mit einem Tablett voller Fleisch und Brot traf Pael auf dem Gang und erstarrte. Ihre Augen wanderten zum Saum ihrer Schürze. Als er vorbeiging, zitterte sie so sehr, dass er das Besteck auf dem Tablett klappern hörte. Ihre Angst widerte ihn fast ebenso sehr an wie der Anblick des ganzen Essens; wahrscheinlich weiteres Futter für dieses fette Schwein Lord Ellrich. Der beleibte Herrscher der Sumpflande hatte sich dauerhaft in den königlichen Gästewohnungen einquartiert. Zweifellos wollte er Glendars Gehör und Gunst erringen. Das einzig Gute, was Pael an dem fettleibigen Mann finden konnte, war seine schöne erblühende Tochter, Lady Zasha. Später würde er dem Mädchen und ihren Damen vorschlagen, in den Garten zu gehen und etwas frische Luft zu schöpfen, weil es sie von der traurigen, betrüblichen Vorbereitung auf das königliche Begräbnis ablenken würde. Er würde ihnen nicht sagen, dass Glendar da sein würde. Sie würden einfach zufällig aufeinandertreffen.

Pael fielen ein Dutzend Gründe ein, warum Glendar Zasha zu seiner Königin machen sollte. Zum einen liebte das Volk sie, aber der Hauptgrund war, dass es kein Gerede geben würde, wenn ihr Vater den Tod fand, solange Lady Zasha seine Braut war. Um diese schwierige Aufgabe würde er sich kümmern, sobald die Ehe vollzogen war.

»Eins nach dem anderen«, murmelte Pael vor sich hin, während er sich in einen wenig bekannten Gang drückte. Um seinen Turm zu erreichen, musste er ein Labyrinth von Gängen, Tunneln und Treppen durchqueren. In manchen wimmelte es nur so von Personal und trauernden Besuchern, in anderen war er praktisch allein. Überdies gab es Gänge, die nur er kannte.

Die Außenmauern der Burg waren rautenförmig angelegt. Die vier Spitzen der Raute waren jeweils von einem Turm gekrönt und wiesen in die vier Himmelsrichtungen. Die Südwestmauer ragte über dem gewaltigen Gewässer auf, das den Namen Löwensee trug und dem die Burg den Namen Seeburg verdankte. Der Großteil der Adligen und Kaufleute, die in der Burg lebten, residierte in den kleineren Türmen und Wohnungen, die sich dort rings um den gewaltigen Königsturm gruppierten. Die meisten von ihnen hatten einen Blick auf den See. Die Südwestmauer war auch die einzige ohne Tor. Sie brauchte keines, denn es hätte sich bloß auf den See geöffnet.

Paels persönlicher Turm lag in der südlichsten Ecke des Geländes. Er überragte eine viel genutzte Kaserne für die Wachen.

Pael wusste, dass der alte König Balton Spione in den Ecktürmen und unter den Angehörigen der Mauerpatrouillen hatte, die ein Auge auf ihn halten sollten. Er fragte sich, ob sie noch da waren. Er und König Balton hatten anfangs ein recht gutes Verhältnis zueinander gehabt, doch dem König von Westland hatte missfallen, auf welch subtile Weise Pael in mehreren Situationen Einfluss auf ihn ausüben wollte.

Pael hatte sich immer auf Lord Brachs Seite geschlagen. Sie beide hatten ständig das Königreich erweitern wollen, sei es durch Gewalt oder durch Ränke. König Balton hingegen war ein Mann des Friedens gewesen, der die Lektionen aus den alten Kriegen gelernt hatte, auch wenn er damals noch nicht gelebt hatte. Balton Collum hatte auch die Geschichten von Frieden und Hoffnung nicht vergessen, die die Jahre nach dem Sieg über die Dämonen und deren Austreibung erfüllt hatten. Doch Pael hatte ihm die Treue gehalten. Der Zauberer hatte mit seinen arkanen Fertigkeiten und auch mit viel harter Arbeit dazu beigetragen, das Königreich zu stärken. Aber König Balton hatte ihm nie wirklich vertraut, und Pael hatte das immer gewusst.

Der Magier setzte die Spione des Königs zu seinem Vorteil ein, indem er dafür sorgte, dass sämtliche seiner verdächtigen Handlungen weit oberhalb der Augen der Wachpatrouillen stattfanden. Dazu brauchte er eine Möglichkeit, sich schnell und unauffällig zwischen den Stockwerken seines Turms zu bewegen. Also baute er einen verborgenen Aufzug ein. Es war ein zylindrischer kleiner Käfig, in den sich mit Mühe und Not drei Männer quetschen konnten. In jeden Boden in Paels Turm sowie einem halben Dutzend Stockwerke darunter bis hinab ins unterste Stockwerk der Verliese war genau in der Mitte ein Loch gebohrt worden. Mithilfe des mächtigen, von Natur aus magischen Stoffs namens Hüterstein fuhr der Aufzug auf Paels Befehl auf und ab und hielt in den Stockwerken an, die er erreichen wollte. Das erlaubte Pael, unauffällig an komplizierten, fragwürdigen Zaubern und anderer schwarzer Magie zu arbeiten, sich aber dennoch immer wieder mal lesend in seiner Bibliothek oder beim Kartenzeichnen in seinem Kartenraum sehen zu lassen.

Dank seiner Erfindung bekamen keine unbefugten Augen seine wirklich wichtigen Angelegenheiten zu Gesicht. Die unteren Stockwerke, die man von der Burgmauer und dem Eckturm aus einsehen konnte, verfügten weiterhin über Wendeltreppen und Treppenabsätze, die innen an der Außenmauer verliefen. Pael ließ den Fahrstuhlschacht auf diesen unteren Stockwerken von Steinmetzen ummauern, damit man den Käfig nicht sah, wenn er im Turm auf und ab fuhr. Natürlich tötete er die Steinmetze, nachdem die Arbeit getan war. Die oberen Stockwerke waren nur über seinen Aufzug erreichbar. Treppen und Treppenabsätze oberhalb des Eckturms hatte er entfernen lassen, um Platz zu gewinnen. Nur Pael und sein Gehilfe Schimmer wussten, wie man den Aufzug bedient, und in ganz Westland wusste nur Pael, dass es Schimmer gibt.

Schimmer war ein Wichtel, ein kleiner, minderer Dämon, der die Gestalt vieler verschiedener Lebewesen annehmen konnte, solange sie nicht zu groß waren. Er konnte sich in ein Menschenkind verwandeln, in eine ausgewachsene Zwergin oder einen dünnen, hungrig aussehenden Wolf und in fast jede Kreatur, die kleiner war. Er hatte die Gestalt eines kleinen Jungen, als Pael im zweitobersten Stockwerk seines Turms aus dem Aufzug glitt. Dieses Stockwerk bestand aus einem großen, kreisrunden Raum mit mehreren offenen Fenstern. Pael nannte ihn das Nest.

»Was gibt's Neues?«, fragte der Magier, der über dem Boden aus dicken Hartholzbohlen zu schweben schien.

»Nur ein Vogel ist zurückgekehrt, Meister«, antwortete Schimmer mit seiner dünnen, zarten Stimme.

Er hielt Pael eine fingergroße Schriftrolle hin. Pael betrachtete die Reihen leerer Käfige an den Wänden mit den Regalen. Nur zwei Falklinge und eine Taube waren noch da. Einen Augenblick lang ruhte sein Blick auf Schimmer. Egal, in welcher Gestalt der Wichtel war, seine Augen blieben immer pechschwarze Teiche ohne jegliche Spur von Weiß. Selbst einen Mann wie Pael konnte das aus der Fassung bringen.

Er legte die Schriftrolle ungelesen auf einen Tisch, der übersät war mit Fläschchen und Tiegeln in verschiedensten Formen. Er hob eine kleine Flasche auf, die eine klare blaue Flüssigkeit enthielt, betrachtete sie im Licht einer Öllampe und schwenkte sie, als studiere er ihre Konsistenz. Die Flüssigkeit war zäh wie Honig. Zufrieden mit dem, was er sah, gab er vorsichtig einen Tropfen davon in ein anderes Fläschchen, das mit trübem gelbem Urin gefüllt zu sein schien. Diese Mischung schwenkte er, bis sie eine helle grünliche Farbe annahm, dann hob er sie an die Nase und schnupperte.

»Ich habe eine Aufgabe für dich, mein kleiner Freund«, sagte er zu dem Wichtel, ehe er den Inhalt des Fläschchens trank. Nur ein Anflug von Ekel huschte über sein farbloses Gesicht, als er schluckte.

Schimmer huschte herbei und nahm dabei seine wahre Gestalt an. Das Licht der Lampe schimmerte auf seinen glänzenden roten Schuppen, während seine ledrigen Schwingen in Vorfreude bebten. So schrecklich sein teuflisches Gesicht mit seinen Hörnern, den spitzen Ohren und den nadelspitzen Zähnen auch war, es wäre dem Wichtel schwer gefallen, jemanden einzuschüchtern, weil er nur so groß war wie ein Kind. Er kam nicht oft aus dem Turm heraus, weswegen ihn die Vorstellung, eine Aufgabe für seinen Meister zu erledigen, sehr erregte. Er zischte und rang nervös die klauenbewehrten kleinen Hände, als Pael ihm schließlich sagte, was er tun sollte.

»Beim Sommertagsfest wirst du die besten Falklingshöker suchen. Du sollst ihnen ein Dutzend Falklingseier abkaufen, egal, was sie kosten. Das wirst du in Menschengestalt tun.«

Schimmer seufzte enttäuscht. Pael grinste, weil er diese Reaktion erwartet hatte. Er zog den Rest seiner Anweisung in die Länge, nur um den Wichtel zu ärgern.

»Sobald du die Eier hast, suchst du Lord Gregory auf.« Pael stellte das leere Fläschchen auf den Tisch und ging ein paar Schritte durch den Raum. Schimmer wäre beinahe gegen ihn geprallt, als er stehen blieb, und Pael musste ein Lachen unterdrücken. Er sah, dass er das Teufelchen lange genug gequält hatte, und erlöste es aus seiner Anspannung. »Wenn du Lord Gregory gefunden hast, bring ihn um.«

»Jaaaa, Meister!«, zischte der Wichtel begeistert. Er trippelte auf der Stelle und wiegte sich dabei vor und zurück. Es sah fast aus, als tanze er. »Kann ich sein Fleisch fressen?«

Pael hielt ihm einen Beutel mit Goldmünzen hin.

»Sobald du die Eier hast, nimm im Aethyr Kontakt mit mir auf. Dann kannst du meinethalben alle Besucher des Festes fressen. Jetzt geh, ehe der Falklingshökerclan wieder in die Hügel zurückkehrt.«

Schimmer entfernte sich tänzelnd anderthalb Schritte von seinem Meister, dann entfaltete er seine ledrigen Flügel und schwang sich in die Luft. Er nahm die Gestalt eines großen Bussards an, schnappte sich den Beutel mit dem Gold aus Paels Hand und flog zum offenen Fenster hinaus.

Als der Wichtel weg war, entfuhr Pael ein tiefer Seufzer der Erleichterung. Jetzt konnte er endlich etwas erledigen. Er schwebte zum Aufzug hinüber und fuhr mühelos zum obersten Stockwerk seines Turms empor.

Außer dem Licht der vier flackernden Kerzen, die gleichmäßig im Raum verteilt waren, war es dunkel. Alle Oberflächen der Kammer waren so tiefschwarz, dass die Wände fast unsichtbar waren. Es war, als schwebten Pael und vier Flämmchen im leeren schwarzen Raum. Pael sprach leise ein Wort, und sein Aufzug sank herab und verschwand aus dem Raum. Das Licht, das durch das Loch im Boden heraufschien, erhellte den Raum.

Pael drehte eine hölzerne Winde an der Wand, die eine Kette bewegte. Ein Klackern und Rasseln erfüllte die Stille, während sich eine große Kristallkugel von der Decke herabsenkte. Sie hatte einen so gewaltigen Umfang, dass drei Männer sie nur mit Mühe hätten umfassen können. Sie hing an einem Eisenring, von dem in gleichmäßigen Abständen drei Ketten nach oben in die Dunkelheit führten. Die Kugel kam in dem Loch im Boden zu liegen, wo gerade noch die Aufzugkabine gewesen war. Das Licht aus dem Loch ließ sie von innen leicht leuchten.

Pael drehte weiter, bis die Ketten schlaff auf dem Boden lagen, dann umrundete er das uralte Artefakt und musterte es. Gleich darauf blieb er stehen, und obschon er allein war und der Raum wieder im Dunkeln lag, zog er die Kapuze seiner Robe über den kahlen Schädel.

Er achtete darauf, dass der Saum ihm über die Augen hing. Dann hob er die Arme und begann zu singen.

Zuerst ging der Zauberer langsam vor, denn es bereitete ihm Mühe, Tonfall und Klang seiner Stimme so zu färben, wie er es wollte. Bald wurde der Gesang schneller, gleichmäßiger und rhythmischer. Pael umkreiste rasch die Kugel, in deren Tiefen bald eine winzige wirbelnde Wolke erschien. Sie wuchs rasend schnell, drehte sich und veränderte die Farbe. Pastellblau und Purpur schäumten, dann Blutrot und ein helles Goldgelb, bis in der Kugel schließlich nur noch eine wogende Masse aus Farbe zu erkennen war. Paels Stimme klang jetzt stetig. Die engen Grenzen des Raumes waren schon lange verblasst. Es gab kein Dach über seinem Kopf, keinen Holzboden unter seinen Füßen und keine Wände rings um ihn. Selbst das schwache Echo seiner Stimme, das die Oberflächen der Kammer zurückwarfen, verklang. Er, die vier flackernden Kerzenflammen und seine geisterhafte Kugel waren nicht mehr von dieser Welt – zumindest nicht mehr von derselben Welt wie der Turm.

Eine unmerkliche Harmonie gesellte sich zur Stimme des Zauberers und ließ ihn wissen, dass er nicht mehr allein war. Die Wolke, die den Kristall erfüllte, pulsierte plötzlich rot. Der wogende Nebel verblasste, und ein seltsames geisterhaftes Gesicht nahm in der Kugel Gestalt an. Die Intensität und Helligkeit des blutroten Lichts, das aus der Kugel drang, machte es unmöglich, Einzelheiten der Gesichtszüge auszumachen. Pael ließ seine Stimme verklingen. Er senkte die Arme auf Brusthöhe und legte die Handflächen aneinander, wie im Gebet.

»Was willst du, Zauberer?«, fragte die dröhnende Stimme

des Dämons namens Shokin. »Hast du das Siegel schon erbrochen?«

»Ich suche nach dem Schwert, das du so verabscheust, o Mächtiger«, sagte Pael. »Eisendorn ist verschwunden.«

Es folgte eine lange Stille. So viel Zeit verstrich, dass Pael schon glaubte, der Dämon habe ihn vergessen. Er seufzte, riss sich dann aber zusammen. Es brachte nichts, einen so mächtigen Verbündeten zu verärgern. Auch wenn der Dämon lange aus der materiellen Welt verbannt gewesen war, gab sich Shokin größte Mühe, Pael zu helfen. Den geisterhaften Dämon zu reizen konnte bedeuten, all seine Pläne zu gefährden, denn die Versklavung des Dämons gehörte zu ihnen.

»Das Schwert zeigt sich mir nicht.«

Shokins Stimme wirkte gereizt. Es klang, als knarzten tausend uralte Bäume im Sturm.

»Ich werde es nur finden können, wenn einer die Klinge zieht, in dessen Adern das verfluchte Blut Pavreals fließt.«

Pael hätte beinahe laut geflucht. König Balton hatte nur einen Sohn. Prinz Glendar war der letzte vom Geblüt des uralten Helden König Pavreal. Shokin würde die Klinge nur aufspüren können, wenn Glendar sie zog, und dann brauchte Pael seine Hilfe nicht mehr.

Er dachte einen Augenblick lang gründlich nach und hielt seine Enttäuschung im Zaum.

»Gibt es keinen anderen Weg, es zu finden?«, fragte Pael. »Wie steht es mit dem Aufspüren des Knappen oder des verschwundenen Priesters? Kannst du herausfinden, wo sie sind? Einer von beiden hat sicher das Schwert.«

Der Dämon knurrte, konzentrierte sich aber einen Augenblick auf diesen Hinweis. Wäre Pael seiner Sache nicht so treu ergeben gewesen, hätte er den arroganten Zauberer bestraft. Wie hatte er einen so bedeutenden Gegenstand aus den Augen verlieren können? Er spürte Paels Ungeduld und Enttäuschung. Der Verlust Eisendorns war keine Kleinigkeit. Das Schwert war das Einzige, was ihre Pläne durchkreuzen konnte. Shokin war froh, dass Pael sich dessen zumindest bewusst war und die Tragweite der Situation verstand. Der Dämon beherrschte sich und machte sich daran, den Knappen und den Priester zu suchen, auch wenn Paels Gedanken bereits an Verachtung grenzten.

»Der Priester ist in Meergmünd und will eine Passage auf die Insel Salazar buchen«, knarzte Shokins Stimme. »Den Knappen finde ich nicht, aber er wird sich mir früher oder später zeigen.«

»Er hat vielleicht das Schwert.«

»Es gibt noch etwas, worüber du besser nachdenken solltest, kleiner Zauberer«, donnerte Shokin kalt. »Ein Junge hat Illdachs alten Ring gefunden. Wenn er ihn eine Weile behalten darf, könnte er uns vielleicht mit dem Siegel helfen. Ich empfinde eine tiefe und sichere Verbindung zu ihm. Der Ring selbst ist unwichtig, aber der Junge gehört dem heiligen Bergsteigervolk aus dem Gebirge an. Er wird beim Fest sein.«

Pael setzte zu einer weiteren Frage an, hielt jedoch beim Tonfall Shokins inne. Bis der Zauberer sich gesammelt hatte, war der Dämon aus der Kugel verschwunden. Schon verblasste das helle blutrote Licht.

Pael verfluchte sich selbst, weil er Schimmer so schnell zum Sommertagsfest geschickt hatte. Er konnte unmöglich selbst hingehen, denn er musste viel zu dringend auf Glendar aufpassen. Der törichte Prinz konnte sein Lebenswerk, all seine sorgfältig geschmiedeten Pläne durch einen einzigen gedankenlosen Befehl zunichtemachen. Er hasste es, Shaella im Moment noch mehr aufzubürden, aber sie wäre diejenige, die sozusagen mit dem Drachen tanzte. Auch sie war für Pael unterwegs zum Sommertag, allerdings in einer anderen Angelegenheit. Ihre Loyalität stand außer Frage, und sie würde mit dem jungen Falklingshöker fertig werden, der den Ring gefunden hatte. Die meisten Pläne Paels drehten sich ohnehin um sie. Wenn sie Königin werden wollte, würde sie sich die Finger schmutzig machen müssen.

Er lachte, während er die Kugel wieder hochzog, bevor er

ins Nest hinunterfuhr und ihr eine Botschaft schrieb. Er bedauerte es wirklich, in diesem Jahr nicht am Fest teilnehmen zu können.

An diesen Sommertag würde man sich noch lange erinnern.

KAPITEL 7

HYDEN DACHTE ÜBER DIE STIMMUNG DER anderen Clansmitglieder nach. Da wanderten sie durch einen schönen Wald zu einem Ort des Friedens und der Kameradschaft, wo in Kürze ein spannender Wettbewerb stattfinden würde. Sehr bald würden sie zum ersten Mal seit Wochen ihre Frauen und Kinder sehen.

Das Sommertagsfest dauerte mehrere Tage, aber am ersten Sommertag fand die größte Feier statt, die Hyden je erlebt hatte. Doch seine Leute bewegten sich so lethargisch, als zögen sie ein gewaltiges Gewicht hinter sich her und wateten durch Schlamm. Sie gingen mit gesenkten Köpfen und hängenden Schultern. Die Heiterkeit und Tapferkeit, die sie auf dem Weg zur Ernte der Falklingseier hatten lodern lassen wie ein Flächenbrand, waren vollkommen erloschen. Wendlins und Jeryns Sturz von der Nistklippe hatte ihnen jegliche Freude genommen.

So war es fast jedes Jahr, überlegte Hyden. Er konnte sich an kaum eine Ernte erinnern, bei der niemand zu Tode gestürzt oder sonst etwas geschehen war, das sie alle in tiefe Traurigkeit versetzt hatte, bis auf das erste Jahr, in dem er am Sommertagsfest teilgenommen hatte. Da war niemand umgekommen, und der lange Marsch von den Nistklippen durch den großen Wald zum Sommertag war so voller Hoffnung und so aufregend gewesen wie all seine sonstigen Märsche zur Ernte zusammengenommen. Doch seither war die Reise von der Eierernte zum Fest immer bittersüß gewesen. Dieses Jahr klagten ein Vater und seine verbliebenen Söhne, während der Rest des Clans versuchte, darüber hinwegzukommen, um die bevorstehenden

Feierlichkeiten genießen zu können. Es war das grausamste Clanritual – oder vielleicht auch einfach nur von der Natur zeitlich schlecht gefügt –, dass die Ernte und das Sommertagsfest fast immer durch Leid und Tod belastet waren.

»Es ist eine Mahnung der Göttin«, hatte Onkel Condlin gesagt, nachdem sie Wendlin in der Schlucht begraben hatten. »Als Volk können wir hoch hinauf gelangen und uns weiter vorwagen, als die Natur es vorgesehen hat, können große Kraft ernten und von diesen Taten profitieren. Aber wir müssen bescheiden bleiben, denn es ist ein Geschenk, dass wir so etwas vermögen. Alles hat seinen Preis, und jeder Verlust ist der Preis unserer Gewinne.«

Onkel Condlin sah Hyden direkt an, als er von Gewinn und Verlust sprach. Hyden wollte herausschreien, dass er nichts mit der diesjährigen Ernte zu tun hatte. Er hatte um das Geschenk der Götter, das seinen Weg zu ihm gefunden hatte, nicht gebeten und hatte es auch nicht verdient. Doch er hielt den Mund. Condlin hatte schon einen Sohn verloren, und ein weiterer lag zerschmettert auf einer Trage. Hyden empfand tiefen Respekt für die Entschlossenheit und Stärke, die sein Onkel Condlin tagein, tagaus zeigte, weigerte sich jedoch, sich schuldig zu fühlen. Er mochte ein Geschenk der Götter empfangen, und seine Vettern mochten den Preis dafür bezahlt haben, aber er hatte nichts falsch gemacht.

Die gedrückte Stimmung beendete Gerards Suche nach noch hinterhältigeren Methoden, den Ring einzusetzen. Der Trick, eine Person einer anderen etwas erzählen zu lassen, das diese auf die Palme brachte, machte ihm schon lange keinen Spaß mehr. Stattdessen hielt er sich abseits, während er versuchte, andere Dinge mithilfe des Ringes und seines Geistes zu vollbringen. Einmal verbrachte er einen ganzen Abend am Lagerfeuer und bemühte sich, einen kleinen Stein schweben zu lassen, aber der rührte sich nicht von der Stelle. Er versuchte, einen Zweig zu entzünden und eine Flamme zu löschen, doch alles misslang. Gelungen war ihm am vergangenen Nachmittag allerdings, ein Reh abrupt zum Stehenbleiben zu bringen. Vielleicht hatte Gerard das Tier sogar zu ihnen gerufen, aber das ließ sich nicht mit Sicherheit sagen. Er wusste nur, dass er den Wald angerufen hatte, ihnen ein fettes Reh zu schicken, und es war tatsächlich eines gekommen.

Gerard, Hyden und der kleine Condlin waren dem Rest des Clans ein Stück voraus gewesen, denn sie hatten jagen wollen. Eigentlich fehlte es ihnen nicht an Fleisch. Hyden wollte nur mit seinem Bogen üben. Die Jungen waren nicht einmal besonders leise gewesen. Daher waren alle schockiert, als ein Reh aus dem Wald mitten auf ihren Weg sprang. Bei ihrem Anblick floh es sogleich, aber Gerard rief: »Halt! Warte!«, und zu aller Erstaunen blieb das Tier wie angewurzelt stehen. Gerard hatte das Tier gerade zu sich rufen wollen, als Hydens Pfeil mit einem dumpfen Laut sein Herz durchbohrte. Das Tier stand einfach da und ließ Gerard nicht aus den Augen, bis ihm die Vorderbeine einknickten. Gerard hatte das Kribbeln gespürt, die brennende Flut der Magie, die sein Blut erfüllte. Das hatte ihm als Beweis gereicht, dass der Ring das Reh hatte erstarren lassen. Wozu der Ring sonst noch in der Lage gewesen wäre, darüber konnte er nur spekulieren.

Gerard hatte niemandem erzählt, welche Rolle er bei der ganzen Sache gespielt hatte. Er überließ es Hyden und dem kleinen Condlin zu beurteilen, ob seine Stimme etwas damit zu tun gehabt hatte. Er hatte sie in der vergangenen Nacht am Feuer von der seltsamen Begegnung erzählen lassen und war froh gewesen, dass Hyden den Ring überhaupt nicht erwähnte. Die Ältesten schrieben das Ereignis Hydens Falkling zu. Gerard behielt die Wahrheit für sich, und eine Stimme in seinem Innern sagte ihm, es sei das Beste so.

Während der Clan unter dem weiten Laubdach der Eichen und Ahornbäume, die voller Vögel saßen, nach Nordwesten marschierte, konnte sich Gerard den Versuch nicht verkneifen, jedes Lebewesen zu manipulieren, das er sah. Derzeit galt seine Aufmerksamkeit einem Eichhörnchen.

»Alles in Ordnung mit dir?«, fragte Hyden.

Gerard antwortete nicht. Hyden nahm sich die Freiheit heraus, ihm in die Schulter zu boxen. Er taumelte zur Seite, stolperte aber nicht.

»Verdammt, Hyden!«, fluchte er. »Ich habe nachgedacht.«

»Ja!« Hyden lachte über seinen dummen Gesichtsausdruck. »Zweifellos hast du darüber nachgedacht, wie leicht es jetzt sein wird, sämtlichen Mädchen an die Wäsche zu gehen!«

Darauf war Gerard noch gar nicht gekommen, und er nahm Hyden die Anregung nicht übel, versuchte aber, so zu tun, was ihm nicht leicht fiel. Er musste alles einsetzen, um ein Lächeln zu verbergen.

»Du schaust in die Bäume hinauf wie der behexte Müller aus der Geschichte, die uns Berda erzählt hat.«

»Ja, Hyden«, lachte Gerard. »Aber ich suche keine goldene Eichel.«

»Nun, pass bloß auf, wo du hintrittst, sonst holst du dir noch eine Beule wie ich.« Als Gerard sich nicht weiter erklärte, fragte Hyden: »Was suchst du denn da oben?«

Gerard sah Hyden an. Er wollte nicht antworten. Er wollte eigentlich auch nicht tun, was er jetzt vorhatte, doch obwohl er wusste, dass es ein Fehler war, tat er es.

Im Geiste befahl er Hyden, ihn in Ruhe zu lassen und einfach fortzugehen. Sofort spürte er, wie die Magie des Ringes in seinem Blut brannte. Lange starrte er seinen Bruder an und wartete, dass dieser ihm gehorchte.

Hyden spürte den Befehl in seinen Geist dringen, ein subtiler Vorschlag, der in ihm den Wunsch weckte, eine Weile allein zu gehen. Er tat es nicht. Genauso plötzlich, wie ihm die Idee gekommen war, verflog sie wieder, und genauso plötzlich kreischte der winzige Falkling auf, der in dem Eimer hockte. Hyden ließ Gerard nicht aus den Augen. Er sah, wie sich die Augen seines kleinen Bruders panisch weiteten, als er begriff, dass Hyden wusste, was er gerade versucht hatte. Gerard seufzte und ließ die Schultern hängen. Hyden war nicht sicher, ob aus

Enttäuschung oder Beschämung, war jedoch so wütend, dass es ihm egal war.

»Setz niemals deine Magie gegen mich ein!«, sagte er mit zusammengebissenen Zähnen. »Niemals!« Dann stürmte er fort und fütterte das ewig hungrige Falklingsküken.

Gerard blieb sprachlos und verlegen zurück. Weil die Magie um ihn herum sich auflöste, statt sich um Hyden zu sammeln, merkte er, dass sein Bruder seinem geistigen Vorschlag nicht nachkommen würde. Es verursachte ihm ein seltsames Gefühl im Magen. Er fragte sich, ob der Ring wirklich für ihn bestimmt gewesen war, und war für einen kurzen Augenblick sicher, dass Hyden ihn hätte finden sollen. Doch nun gehörte er ihm, und er würde ihn Hyden nicht überlassen. Niemand würde ihn ihm wegnehmen. Unwillkürlich bedeckte er den Ring mit der Hand und begab sich ans andere Ende des Zugs.

Gleich nach Mittag lichtete sich der Wald. Noch immer gab es Baumgruppen und hier und da einen Hain, aber mehr auch nicht. Bald würden sie nach Norden abbiegen und in das sanft geneigte Tal absteigen, das die Riesen Leif Greyn nannten. Berda hatte gesagt, das bedeute »Lebensspender«. Hyden hatte sich stets gefragt, ob Leif Greyn der Name des großen Flusses war, der im Riesengebirge entsprang, oder der des Tals, durch das er floss. Ebenjene Frage wollte er der Riesin Berda stellen, vergaß es aber stets, wenn sie das Dorf des Clans besuchte.

Berda war eine hervorragende Erzählerin. Sie war alt, weise und sehr groß, und Hyden mochte sie sehr. Er konnte es gar nicht erwarten, ihr den Falkling zu zeigen. Sie wusste alles und hatte eine sehr effektive Art, durch ihre fesselnden Geschichten zu belehren. Die meisten Einwohner des Königreichs betrachteten die Riesen und die Angehörigen der Gebirgsclans als barbarische, primitive Wilde, doch sie irrten. In vielen Fällen waren die Gebirgsbewohner weit intelligenter. Das hatte sie ihm schon mehrfach gesagt, und er fragte sich lächelnd, welche Weisheiten sie ihm über seinen kleinen Vogel zu erzählen hätte.

Die Stimmung des restlichen Clans besserte sich, als sie das

Nachtlager aufschlugen. Der nächste Tag würde viel Freude und ein paar Tränen bringen, wenn die Gruppe unter dem hochragenden schwarzen Monolithen, dem Wahrzeichen des Festgeländes, wieder mit ihren Frauen und Kindern zusammentraf. Das eigentliche Fest würde erst in ein paar Tagen beginnen, doch für den Skyler-Clan würde es anfangen, sobald die Männer ihre Familien unter der Spitze trafen.

Hyden saß für sich da, den Nesteimer im Schoß. Er hatte die Fütterung des Kükens gerade beendet und nutzte das letzte Tageslicht, um sich anzuschauen, wie sehr es in den letzten Tagen gewachsen war. Ihm wuchs jetzt sein Gefieder, und sein Schnabel entwickelte sich vom weichen grauen Dreieck zu einem längeren, schärferen Gebilde. Seine Augen waren noch nicht offen, aber Hyden erkannte, dass sie sich sehr bald öffnen würden und der kleine Falkling dann seine Umwelt sehen könnte. Er lief jetzt im Nest herum, ohne zu stolpern oder zu wackeln, und dann und wann spreizte er sogar die Flügel. Sie zitterten, wenn er die winzigen Muskeln dehnte.

»Eines Tages wirst du eine Flügelspannweite haben wie meine ausgestreckten Arme«, sagte Hyden sanft. »Du wirst über den Himmel gleiten und Hasen und Schlangen jagen können.« Das Vögelchen gab ein warmes, krähendes Geräusch von sich, wie eine Antwort auf seine Worte. Er streichelte das Köpfchen mit einem Finger, bis es einschlief.

Ein Gemurmel unter den Ältesten erregte sowohl Hydens als auch Gerards Aufmerksamkeit. Die Sonne ging unter und badete die Welt in Lavendel und Gold. Die beiden Brüder sahen einander nicht an, als sie sich an den Rand des Lagers begaben, um nachzuschauen, was los war. Doch als sie einander näher kamen, warf Gerard, der sich den ganzen Tag von Hyden ferngehalten hatte, seinem Bruder einen fast entschuldigenden Blick zu. Hyden bemerkte es und antwortete mit einem halbherzigen Lächeln, das Gerard zeigte, dass er ihm verziehen hatte. Allerdings ließ sein Blick keinen Zweifel daran, dass er das Eindringen in seinen Geist nicht vergessen würde.

»Was ist los?«, fragte Hyden seinen Vater.

»Lagerfeuer unten im Tal bei der Stromschnelle«, erwiderte Harrap. »Wahrscheinlich eine Gruppe von Händlern, die durch den unteren Wald der Ewigkeit heraufgekommen sind, oder vielleicht eine Delegation von Wettbewerbsteilnehmern aus einem der östlichen Königreiche.«

»Viele Feuer für eine Delegation«, sagte Onkel Condlin.

Der Mann war nicht nur müde, weil er den ganzen Tag seinen verletzten Sohn getragen hatte, er war erschöpft von einer tieferen Müdigkeit, gegen die auch noch so viel Schlaf nichts ausrichten konnte.

Hyden fragte sich, was Onkel Condlin seiner Frau erzählen würde. Was würde sein Vater seiner Mutter sagen, wenn er oder Gerard abgestürzt wäre? Er sah seinen Onkel an und spürte einen Anflug von Traurigkeit im Magen. Condlin sah aus, als wolle er etwas sagen, dann wurde sein Gesicht plötzlich ausdruckslos, er wandte sich ab und stapfte davon. Hyden sah Gerard scharf an und fragte sich, ob sein Bruder gerade den Ring eingesetzt hatte, um ihren Onkel ins Bett zu schicken. Er wollte ihn schon ausschimpfen, aber ihm wurde klar, dass das Bett genau das war, was Onkel Condlin jetzt brauchte. Doch Gerard hatte nicht einmal auf Hyden und ihren Onkel geachtet, denn sein Blick hing an den Feuern im Tal, die aussahen wie ein winziges oranges Sternbild.

»Wie weit sind sie von uns entfernt?«, fragte Gerard ihren Großvater.

»Fast einen Tagesmarsch, würde ich schätzen«, erwiderte der Älteste. »Wir tun vielleicht gut daran, uns ein gutes Stück vom Fluss fernzuhalten.« Er wandte sich an einen seiner älteren Neffen. »Zumindest bis wir wissen, wer das ist.«

Gerard wollte nach dem Grund fragen, tat es aber nicht. Dennoch bildete sich die Frage in seinem Geist. Ohne es überhaupt zu wollen, setzte er den Ring ein, um die Frage auszusenden, und spürte sofort das warme, tröstliche Kribbeln durch sein Blut fließen.

»Ich habe kein gutes Gefühl bei dieser Bande«, sagte der Älteste leise. Dann sah ihn der alte Mann plötzlich an. Für einen Augenblick zogen sich seine dichten Brauen zusammen. Mit einem fragenden, zugleich aber nachdenklichen Gesichtsausdruck ging er zum Feuer hinüber und ließ sich eine Schale mit Essen geben.

Der Blick des alten Mannes war so intensiv und durchdringend gewesen, dass Gerard das Herz bis zum Hals schlug. Es war nicht die Angst davor, dass sein Großvater erfahren könnte, was er getan hatte. Es war die Angst, sein Großvater könne von dem Ring erfahren und seine Macht als Ältester einsetzen, um ihn zu konfiszieren. Die Vorstellung, dass der alte Mann genau das vorhatte, durchflutete Gerard wie eine Riesenwelle Paranoia. Der neugierige Blick Hydens veranlasste ihn zur Annahme, dass sein Bruder in den perfiden Plan eingeweiht war.

Kurz darauf, als der Rausch der Macht verflogen war, ging Gerard davon. Er fand einen Platz außerhalb des Feuerscheins, von wo aus er den Rest des Clans beobachten konnte. Dort blieb er allein mit seinen rasenden Gedanken, während er jede Bewegung seiner Leute beobachtete, bis schließlich spät in der Nacht der Schlaf ihn übermannte.

Er träumte von dunklen, geheimnisvollen Orten voller scharfer Zähne und Schwingen. In jedem Schatten lauerten Verschwörungen wie hungrige Wölfe, die nur darauf warteten, ihn unermüdlich durch seinen unruhigen Schlaf zu hetzen.

Auch Hyden träumte in jener Nacht. Unter ihm verschwammen der gewaltige blau schimmernde Ozean und endlose Weiten wogenden smaragdgrünen Grases, als er darüber hinwegschwebte. Er kreiste langsam, ließ sich von den Aufwinden sonnenwarmer Luft emportragen, bis er mit den Spitzen seiner Fittiche die Wolken berührte und die Welt unter ihm nur noch ein Mosaik bunter Flecken war. Dann legte er die Flügel an und stürzte darauf zu. Der Wind rauschte durch sein langes schwarzes Haar. Sein rasend schneller Sturz presste ihm die

Flügel an den Leib. Seine Augen hefteten sich auf einen fliehenden Hasen, als befände er sich direkt über ihm. Er kippte ab und vollführte eine langsame Wende, um in eine bessere Position zu kommen, dann ging er wieder in einen Sturzflug über und griff ernsthaft an. Der ahnungslose Hase wuchs vor seinen Augen, während er sich ihm näherte. Das Tier machte einen Satz nach vorn, als er gerade die Flügel ausbreitete, um seinen Sturzflug abzubremsen. Ein sinnloser Fluchtversuch: Hydens Klauen packten bereits den zappelnden Körper. Als er sich mit der sich wehrenden Last seiner Traumbeute entfernte, musste Hyden all seine Kraft aufbieten. Er drückte seine Flügel gewaltsam nach unten, um sich in der Luft zu halten. Jeder Flügelschlag war ein Kampf, denn das Gewicht des toten Hasen drohte ihn hinabzuziehen.

Hyden erwachte, weil der Falkling nach Futter schrie. Die Sonne war noch nicht aufgegangen, aber der Himmel war bereits in jenen kupfernen Schimmer getaucht, der dem Morgenrot voranging.

Als er dem Küken den Rest Frischfleisch von dem Reh fütterte, das er erlegt hatte, fragte er sich, ob der Vogel im Traum das Gleiche erlebt hatte. Ihm kam die Idee, dass er gerade Zutritt zu einem Traum des Falklings bekommen hatte.

Einer seiner Onkel, Corum, schien aus dem Nichts vor ihm aufzutauchen. Der Mann war außer Atem und schweißüberströmt, aber er brachte ein Lächeln zustande. Hyden wusste, wo Corum gewesen war, deshalb stellte er sich so, dass er lauschen konnte, während der Mann den Ältesten berichtete, was er unten an der Stromschnelle gesehen hatte.

»Es ist ein bewaffneter, gerüsteter Trupp«, sagte Corum besorgt.

»Wie viele?«, fragte der Älteste. Harrap und ein paar der anderen Männer erwachten jetzt.

»Unter welchem Banner reiten sie?«, fragte einer von ihnen, ehe Corum die Frage beantworten konnte.

»Ich habe vierzig Mann und anderthalb mal so viele Pferde

gezählt.« Corum holte ein paarmal tief Luft und fuhr dann fort: »Ihrer Ausrüstung nach zu urteilen, sind es erfahrene Kämpfer, und sie reiten unter dem Banner des Schwarzen Schwertes von Hochvag.«

Der Älteste seufzte hörbar. »Ich frage mich, was Willa, die Hexenkönigin, und ihre Schwarzklingen im Schilde führen.«

»Vielleicht sind sie nur hier, um beim Fest an den Wettbewerben teilzunehmen?«, mutmaßte Harrap.

»Ja«, grummelte Onkel Condlin, »und vielleicht werden auch all meine Söhne da sein.«

Dazu gab es weiter nichts zu sagen.

KAPITEL 8

ÜBER DAS PLANSCHEN UND PLATSCHEN DER ECHsenartigen Riesenkreatur im Teich hinweg vernahm Mikahl einen Ruf. Er mochte aus dem Wald jenseits des Wassers gekommen sein, aber das war schwer zu sagen. Er war nicht sicher, ob es eine menschliche Stimme oder einfach nur das Gebrüll des Tieres gewesen war.

»Halt!«, glaubte er gehört zu haben, aber wenn da jemand seinen rasenden Vorstoß aufzuhalten suchte, kam er viel zu spät.

Das Packpferd war stark oder vielleicht auch einfach nur schwer genug, um nicht von der langen gespaltenen Zunge ins Maul der Kreatur gezogen zu werden. Es wehrte sich verzweifelt und würde sich beim Fluchtversuch noch ein Bein brechen oder Schlimmeres, deshalb dachte Mikahl gar nicht daran, von seinem Kurs abzuweichen. Vielmehr gab er Windhuf die Sporen, sein altes Schwert hoch erhoben.

Auf der anderen Seite der Lichtung ertönte ein weiterer Schrei. Diesmal war die Stimme eindeutig die eines wütenden Mannes. Doch Mikahl verstand nicht, was er sagen wollte. Die Worte gingen im Versuch der Bestie unter, mit offenem, sabberndem Maul zu brüllen.

Ein grunzendes Zischen erfüllte die Lichtung, als die Kreatur ihre vordere Körperhälfte flach auf den Boden presste. Der Rest hing immer noch im Wasser und versuchte zuckend, Halt im schlammigen Teichgrund zu finden. Sie grub die Vorderklauen so heftig in den Boden, dass die weiche Erde Hügelchen bildete, als sie sich mit aller Kraft zum Teich zurückschob. Ihre lange Zunge zog sich um das Packpferd zusammen, und feuchte, zähe Speichelfäden hingen aus dem Maul des gewaltigen Reptils. Die Beute kam ins Straucheln.

Mikahl war inzwischen fast beim Packpferd angelangt. Vielleicht konnte das Pferd von allein entkommen, wenn er die Zunge der Echse mit einem Streich durchtrennte. Aus irgendeinem Grund war die Echse an den kahlen Stamm gefesselt und konnte es nicht weiter auf die Lichtung verfolgen. Sie warf den Kopf wild hin und her und gab sich größte Mühe, das Packpferd zu Fall zu bringen. Das Problem bei seinem hastig geplanten Angriff war, dass die Zunge der Echse über den Pfad gespannt war wie eine Wäscheleine. Wenn er sie nicht mit einem Streich vollständig durchtrennen konnte, würde er zweifellos aus dem Sattel geschleudert werden. Er war jetzt nur noch ein paar Schritte entfernt, und es war zu spät, um zurückzuweichen. Windhuf war zu schnell, um noch zu wenden. Die vielen Schwertkampflektionen, die Mikahl bei Meister Aravan und Lord Gregory gehabt hatte, kamen ihm in den Sinn. All die Tage des Hauens und Stechens und des Krafttrainings schenkten ihm Selbstvertrauen. Er war sicher, den erforderlichen Streich führen zu können … zumindest, bis das Packpferd stürzte, was aus der Zunge der Echse eher einen Stolperdraht machte.

Mikahl hatte einen schrecklichen Fehler begangen. Die Kreatur hatte ihr Tauziehen mit dem Tier schließlich doch gewonnen, denn das gestürzte Pferd rutschte direkt in Windhufs Weg. Mikahl wusste nicht, wie er reagieren sollte. Als gut dressiertes Schlachtross sprang Windhuf unvermittelt hoch in die Luft. Er hatte den Sprung nicht erwartet und flog aus dem Sattel. Nur seiner Reaktionsschnelligkeit hatte er zu verdanken, dass er die Füße noch aus den Steigbügeln bekam. Die Welt drehte sich um ihn in einem Wirbel aus Grün, Blau und wieder Grün. Er sah den Boden auf sich zurasen und ließ sein Schwert los, damit er die Hände frei hatte, um sich abzufangen. Die weiche grasbewachsene Erde und die Kraft seiner Arme federten den Aufprall jedoch kaum ab. Wie jemand, der von einer Klippe ins Meer taucht, prallte er kopfüber auf den Boden. Die Erde teilte sich aber nicht wie Wasser. Mikahls letzte Empfindung, ehe es um ihn Nacht wurde, war, wie sein Gesicht auf dem eigenen Handrücken aufschlug. Dann war da nichts mehr.

»... dein Rucksack! Steh auf, Mann!« Eine drängende Stimme durchschnitt die pulsierende Schwärze. »Komm schon, Mann! Steh auf ... ach, verdammt!«

Mikahl versuchte zu schlucken und stellte fest, dass sein Mund voller Erde, Gras und Blut war. Er wäre beinahe daran erstickt und bekam kaum Luft. Er riss die Augen auf und würgte, um seine verstopften Atemwege zu befreien. Die Wiederkehr in die Welt traf ihn wie der Schlag eines Streithammers. Er rappelte sich auf Hände und Knie auf und würgte erneut. Diesmal erbrach er in einem Strahl stinkender, blutroter Kotze das Zeug aus seiner Kehle.

»Bei den Göttern, Mann!« Die Stimme erklang sehr dicht hinter ihm und übertönte ein wütendes reptilienhaftes Zischen. »Hoch mit dir, Bursche! Ich brauch dich!«

Mikahl schwirrte immer noch der Kopf. Er konnte im Augenblick nicht sagen, wo oder auch nur wer er war. Er stand nicht auf, drehte sich aber um, um zu sehen, warum diese Person so herumschrie. Er sah den wild aussehenden Mann mit dem Speer zustoßen und dann einem riesigen blutigen Maul ausweichen. All das geschah nur wenige Schritte von ihm entfernt. Die Frage, wie lange er bewusstlos gewesen war, drängte sich ihm auf. Dann rappelte er sich hoch, und eine Woge aus Furcht und Adrenalin raste durch seinen Körper.

»Hol dein verfluchtes Schwert, Kerl!« Die Stimme des Mannes war wild. »Beeil ...« Er wich mit einem Sprung den rasiermesserscharfen Zähnen aus, als das Maul des Biestes knapp vor seinem Gesicht zuschnappte. »Na komm schon, du schlüpfriger Bastard!«, brüllte er der Kreatur entgegen.

Das Schwert des Königs war das Einzige, was Mikahl in diesem Augenblick wichtig war, und er stand auf, drehte sich auf der Suche nach Windhuf um die eigene Achse. Als er in einigen Schritten Entfernung die vordere Hälfte eines Pferdes liegen sah, befiel ihn Panik. Dann erkannte er, dass es sich um das Packpferd handelte, und auch wenn die Satteltasche, die den Großteil seines Proviants enthielt, intakt aussah, ignorierte er den widerlichen Anblick. Nur Windhuf und Eisendorn zählten. Auf der anderen Seite der Lichtung, unmittelbar hinter den ersten Bäumen, entdeckte er das Pferd. Das Tier hinkte heftig, aber dennoch war das Schwert in der schützenden Scheide am Sattel deutlich zu erkennen. Ein weiterer Panikschub durchdrang den Dunst, der Mikahls Gehirn vernebelte. Er würde nachher gezwungen sein, seinem geliebten Pferd den Gnadenstoß zu geben. Bei dem entsetzlichen Sprung über das Packpferd hatte sich Windhuf sicher ein Bein gebrochen. Warum sonst sollte er hinken? Jetzt würde er zu Fuß ins Riesengebirge gehen müssen.

»Hier ist es, Mann! Hier!«, brüllte der Mann neben ihm hysterisch. Das zischende Brüllen der Bestie holte Mikahl in die Gegenwart zurück. Sein Blick folgte der Richtung des Fingers. Der Mann zeigte nach unten, auf Mikahls Schwert. Es lag ganz in seiner Nähe im Gras.

Wieder brüllte die Kreatur. Der schreckliche Schwall bespritzte sie mit einer Gischt aus blutigem, schaumigem Geifer. Alles an ihrer Lage erfüllte Mikahl mit Wut. Entschlossen schritt er hinüber zu seinem alten Schwert, hob es auf und wandte sich der verdammten Kreatur zu, die sein Pferd getötet hatte. »Denke, dann handle«, hörte er König Baltons Stimme in seinem Geist, doch er ignorierte sie.

Die Haut der Riesenechse sah aus wie raue Borke, schien aber viel härter zu sein. Dem blutüberströmten Mann war es gelungen, dem Biest mehrere tiefe Wunden im und am Maul zuzufügen, doch seine Versuche, es woanders zu verletzen, hatten nur zu Kratzern geführt. Ihm schienen nur Hals und Brustbereich verwundbar. Er begriff noch immer nicht, warum das verdammte Biest an den umgestürzten Baum gebunden war, aber er war froh darüber. Es konnte das Wasser nicht verlassen, um ganz bis zu ihnen zu gelangen.

Dann war da der Mann. Er war glatzköpfig und groß, fast so groß wie Lord Gregory. Er war blutüberströmt, wirkte aber nicht allzu schwer verletzt. Die Echse blutete und verspritzte ihren Lebenssaft in alle Richtungen. Mikahl nahm an, dass der Mann mit ihrem Blut bedeckt war. Er sah, dass die Zunge der Echse kein Problem mehr darstellte. Nur das schnappende Maul, das zuckte und zitterte, vorstieß und wieder zurückschnellte, galt es zu meiden.

»Wo bist du mit deinen Gedanken, Junge? Bist du bekloppt?«, brachte der Mann gerade noch heraus, ehe die Kreatur wieder nach ihm schnappte. Als sich das Biest zurückzog, trat er vor und stieß seinen Speer in das bleiche, schuppige Fleisch unter dem Kiefer der Kreatur.

»Stoßt ihn tief hinein und haltet ihn dann hoch!«, rief Mikahl plötzlich und stürmte unter den Hals des Tieres. Ihm reichte es. Er zielte auf das, was er für die Kehle hielt, und brüllte. Mit aller Kraft stieß er mit seiner Klinge zu. Die Kreatur senkte ruckartig den Kopf und wollte Mikahl zermalmen. Er ließ das Schwert gerade noch rechtzeitig los und sprang davon, und das Schwert blieb stecken, halb im Hals der Echse begraben. Der Versuch der Kreatur, Mikahl damit zu zerschmettern, trieb das Schwert nur noch tiefer hinein. Eine der kratzenden Klauen verhakte sich in Mikahls Kettenhemd, aber irgendwie riss ihn sein Schwung los.

»Jaaaa!«, brüllte der blutüberströmte Mann, begeistert von Mikahls mutigem Angriff. Eine Sekunde später wurde ihm sein Speer entrissen, als sich die Kreatur aufrichtete und den Kopf hin und her warf wie ein Terrier, der eine Ratte schüttelt. Der Speer flog aus dem Maul der Monsterechse, und der Mann folgte ihm mit dem Blick, während er Mikahl von der Bestie wegzerrte.

Die Kreatur warf sich hin und her, zischte und warf sich dann erneut hin und her, wobei sie blutigen Schleim und Teichwasser verspritzte. Doch ihr Todeskampf dauerte nicht lange, dann brach das Ding zusammen und blieb zuckend liegen. Zuerst waren nur sein Kopf und die Vorderbeine zu sehen, dann kam nach und nach der Rest seines langen Reptilienleibs an die Teichoberfläche, gelegentlich zuckend, als wolle er gegen den Tod protestieren.

»Verdammt großer Bastard, was?« Der Mann stand vornübergebeugt da, die Hände auf den Knien, und lachte zwischen keuchenden Atemzügen.

Mikahl fiel zu Boden und funkelte ihn an. Er wollte zu Windhuf gehen, war aber zu zerschlagen, um sich zu bewegen.

»Warum ist er nicht auf uns losgegangen?«, fragte er.

»Siehst du den gefällten Baum da drüben?« Der Mann deutete über den Teich auf den astlosen Stamm, den Mikahl zuvor über den Boden hatte schleifen sehen.

»Vor Kurzem war das noch ein fest verwurzelter, gesunder Baum«, erklärte der Mann.

Er kauerte sich etwas näher bei Mikahl nieder und fuhr fort: »Dieser verdammte Borkenhäuter hat ihn entwurzelt und durch den Wald geschleift.« Er lachte über diese Absurdität. »Ich war mir sicher, dass meine Kette reißen würde. Ich schätze, Wildermontstahl ist wirklich der beste der Welt. Die Kette hat heute ihre Prüfung bestanden, auch als der Baum sich da drüben verkeilt hat.«

»Warum bei allen Teufeln war dieses Ding an einen Baum gekettet?«, fragte Mikahl.

Der Mann zog die Brauen zusammen und sah ihn sich genauer an. Er hob die Hand und wischte mit dem Daumen etwas Blut weg, das aus Mikahls Nase gelaufen war.

»Pah!« Ächzend erhob sich der Mann. »Weil es mir in die Falle gegangen ist, Junge.« Der Mann kicherte herzhaft. »Ich dachte, du hättest Haare über der Lippe, aber es waren Dreck und Blut. Du bist noch ein Welpe.«

Mikahl spürte, wie er errötete – teils, weil ihm die Worte des Fremden peinlich waren, teils aber auch aus Entrüstung und Ärger. Jedenfalls erinnerte ihn das Blut, das ihm ins Gesicht schoss, daran, wie geschwollen und zerschlagen es war.

»Ich bin vielleicht ein Knappe – ein Junge –, aber ich habe Euch gerade die Haut gerettet.«

Wieder sah der Mann ihn an, musterte ihn von Kopf bis Fuß. Nach einer Weile grinste er über das ganze schmutzige, blutige Gesicht.

»Ja. Genau«, lachte der Mann. »Diese Haut wird uns einen fetten Sack Gold einbringen, wenn wir sie dem Biest abziehen können, ohne sie zu beschädigen.«

Mikahl wollte aufstehen, doch ein Schwindelanfall hinderte ihn daran. Er wusste nicht genau, was der Fremde meinte, sprach es aber nicht laut aus. Der Mann streckte Mikahl eine Hand hin. Er nahm sie und ließ sich ruckartig hochziehen und kam nicht umhin zu bemerken, wie unglaublich stark sein Gegenüber war.

»Man nennt mich Loudin.«

»Mich nennt man Mik«, log Mikahl. »Das ist die Abkürzung für Mikken.«

»Freut mich, Mikken.« Loudin legte ihm eine Hand auf die Schulter und deutete mit der anderen auf die tote borkenhäutige Echse.

»Dir steht ein Teil der Haut zu, Junge, aber du musst mir helfen, sie abzuziehen und zu verkaufen. Wir werden auch dein braves Pferd brauchen, um sie zu schleppen.«

Mikahl lachte. Erst jetzt verstand er den Witz, den er unabsichtlich gemacht hatte, als er dem Mann gesagt hatte, er habe ihm die Haut gerettet.

»Mein Pferd scheint zu lahmen, Sir … äh … Loudin. Ich danke Euch zwar für das Angebot, doch ich muss weiter nach Norden, in die Berge. Dringende Geschäfte.«

»Nun, zum einen, mein Freund, lahmt dein Pferd. Aber sein Bein ist nicht gebrochen. Es hat nur ein Hufeisen verloren. Wahrscheinlich ist ein Stück vom Nagel im Huf verblieben, und daran sammeln sich jetzt Schlamm und Gras, so, wie es da herumhumpelt. Zum Zweiten, wenn du in die Berge gehst, wirst du dir auch zu dieser Jahreszeit nachts in diesen Klamotten den Arsch abfrieren, Burgbengel. Zum Dritten findet am Fuße der Berge der Sommertag statt, und dort werden wir unsere Beute höchstwahrscheinlich verkaufen müssen. Allerdings nur, wenn wir den fetten Bastard gehäutet und die Haut dort hingeschafft kriegen, ehe das Fest vorbei ist und alle Händler heimgereist sind.«

Die Woge der Erleichterung, die über Mikahl zusammenschlug, als er hörte, dass es Windhuf gut ging, war so gewaltig, dass er bei Loudins Spitze nicht einmal zusammenzuckte. Mikahl hatte sich völlig umsonst zu verstellen versucht. Er wusste nicht, welche seiner Worte ihn verraten hatten, aber der große Fallensteller hatte ihn offenbar direkt durchschaut. »Burgbengel«, hatte Loudin gesagt. War Mikahl das so leicht anzusehen? Er hatte langsam das Gefühl, in einem Gewässer voller Giftschlangen zu schwimmen. Er wäre nie auf den Gedanken gekommen, er würde wärmere Kleidung brauchen. Er war nicht sicher, ob er diesem Mann trauen konnte. Sein Akzent glich dem der Seeleute aus dem Königreich Meerend, die oft in Meergmünd anlegten. Es waren windige Gesellen, die viel Zeit mit Huren und Glücksspiel verbrachten. Nicht so schlimm wie die dakanesischen Piraten, aber doch ziemlich übel. Ein langer Blick auf die tote Borkenhautechse half bei der Entscheidung. Man konnte nie wissen, welche gefährlichen Kreaturen diesen Wald noch durchstreiften. Außerdem würde er, wenn er das Sommertagsfest erreichte, wieder wissen, wo er war. Von dem großen schwarzen Turm aus konnte er direkt nach Norden gehen und wäre in ein oder zwei Tagen im Riesengebirge.

»Wird mein Anteil ausreichen, um mich für die Berge auszurüsten?«, fragte er den Fallensteller.

»Ja! Dafür wirst du höchstens die Hälfte brauchen, Bursche«, antwortete Loudin.

Es stimmte. Die Haut dieser Riesenechse würde ihnen ein kleines Vermögen einbringen. Loudin war recht ehrlich, und obwohl er manchen Narren beim Würfelspiel betrogen hatte, beim Glücksrad und auch am Kartentisch, verspürte er nicht das Bedürfnis, diesen törichten Jungen zu betrügen. Dessen Ahnungslosigkeit würde Loudin erlauben, fast das gesamte Gold für sich zu behalten. Er konnte den Jungen gut ausstatten, ihm die Taschen mit Silbermünzen füllen und dann in die Berge schicken, um sich fressen zu lassen oder zu erfrieren. Den Löwenanteil würde er für sich behalten. Doch sie mussten sich beeilen, sonst wären die Händler fort. Zwar hatte er bei seiner Jagd nach der Echse durch den Wald den Überblick über die Tage verloren, aber er war sich ziemlich sicher, dass bald Sommertag sein würde. Der nächste oder übernächste Tag würde der erste Tag des Sommers sein. Er überlegte, ob er den Jungen nach dem Datum fragen sollte, wollte aber nicht, dass der Bursche ihn für dumm hielt. Es war egal. Wenn sie rasch ans Werk gingen, konnten sie bestimmt die Echse häuten und die Haut zum Fest schaffen, ehe alle Händler fort waren.

Loudin hatte recht, was Windhufs Bein betraf. Mikahl konnte sich nicht erklären, woher der alte Jäger das gewusst hatte. Binnen weniger Augenblicke hatte er den Huf ausgekratzt und gesäubert. Windhuf würde ohne das vierte Hufeisen auskommen müssen. Dort draußen im Wald war der Boden vergleichsweise weich und frei von spitzen Steinen, sodass das gut ausgebildete Pferd zurechtkam. Mikahl würde es neu beschlagen lassen, wenn sie das Fest erreichten.

Bis sie die große Echse aus dem Teich gezogen, auf die Lichtung geschleift und auf den Rücken gedreht hatten, war es fast dunkel geworden. Selbst Loudin staunte, wie groß sie war. Er schritt ihren Körper ab und stellte fest, dass sie sechs Schritte länger war als die größte, von der er je gehört hatte. Von der Schnauze bis zum Schwanz maß sie volle zweiunddreißig Schritte. Ihr Maul war groß genug, um einen Mann komplett zu verschlucken, und innen so rosa wie das Haarband eines kleinen Mädchens. Die vier Beine mit den scharfen Klauen ragten aus dem steif werdenden Körper wie groteske Baumstümpfe.

Mikahl erfuhr, dass Loudin ganz in der Nähe ein Pferd und ein Lager hatte. Gemeinsam leisteten die Pferde den Großteil der Schwerarbeit beim Bewegen der Bestie, wobei sie Loudins Seile verwendeten, um die Echse umzudrehen. Das war selbst mit den Pferden nicht leicht, doch es gelang ihnen, die Kreatur für die Häutung vorzubereiten.

Mikahl erledigte seinen Teil der Arbeit klaglos, auch wenn von seiner Bruchlandung sämtliche Knochen heftig schmerzten und er bald mit blauen Flecken übersät sein würde. Seine Nase war gebrochen und geschwollen, und unter seinen Augen bildeten sich bestimmt bald hübsche Veilchen. Beim Sommertag würde ihn niemand erkennen, es sei denn, man suchte einen Waschbären.

Er ließ seine Gedanken schweifen, während sie arbeiteten. Er war noch nie auf dem Sommertagsfest gewesen und ziemlich aufgeregt. König Balton hatte jedes Jahr eine Delegation von Wettkämpfern hingeschickt, um Westland zu vertreten, und Mikahl hatte begeistert den Geschichten gelauscht, mit denen sie zurückgekehrt waren. Lord Gregory hatte einmal einen Faustkampf gewonnen, der »die Schlägerei« genannt wurde, und als Erinnerung an diesen Sieg war sein Name in den großen Obelisken, die Spitze, eingraviert. Lord Ellrich hatte auch einen Preis gewonnen, indem er mehr Wurstschnecken aß als seine Mitbewerber, aber für diese Großtat bekam man seinen Namen nicht in die Spitze graviert. Es hieß, jedes Jahr kämen Elfen aus ihren Verstecken im Wald der Ewigkeit, um das Turnier der Bogenschützen zu gewinnen, und Magier verwandelten für ein paar Münzen Steine in Schlangenvögel oder Obstbäume. Wilde spuckten Feuer, und Höker verkauften alles nur Vorstellbare. Er konnte es kaum abwarten, das alles zu sehen. Die Aussicht darauf erleichterte es ihm, trotz seiner Schmerzen zu arbeiten, und er hoffte, dass sie nicht zu spät kommen würden, um Zeugen all dieser Wunder zu werden.

Bei Sonnenuntergang stellten sie die Arbeit ein. Loudin sagte, es habe keinen Sinn, die Bestie im Fackellicht zu häuten. Mikahl wollte sein Schwert aus dem Schlund der Kreatur ziehen, beschloss aber, auch das könne bis zum Morgen warten.

Er würde auch seinen Langbogen suchen müssen. Er hatte ihn irgendwo auf die Lichtung geworfen, als er und Windhuf sich hastig zwischen die Bäume zurückgezogen hatten. Er hätte schon früher danach gesucht, aber es war ihm zu peinlich, dem Jäger gegenüber zuzugeben, dass er ihn verloren hatte.

Sie säuberten sich erneut im Teich, ehe sie sich in Loudins Lager begaben. Loudin sagte, es sei besser, sich nachts von der Lichtung fernzuhalten. Man wusste nie, was für Biester kämen, um den Kadaver zu beschnuppern.

»Wird nicht irgendetwas versuchen, das Fleisch zu fressen, und dabei die Haut beschädigen?«, fragte Mikahl. Loudin hielt einen Ast aus dem Weg, bis Mikahl ihn übernahm, damit er ihn nicht ins Gesicht bekam.

»Vielleicht die Zunge beziehungsweise ihre Überreste und die Augen; die Haut ist zu dick«, gab der Jäger zur Antwort.

Als sie sich wuschen, bemerkte Mikahl, dass Loudin völlig haarlos war und auf Kopf und Rücken große, schwarze Tätowierungen aufwies. Das bestätigte seine Herkunft aus Meerend. Der Kontrast zwischen Haut und Tinte auf dem Rücken des Jägers erleichterte es Mikahl, ihm in der Dunkelheit zu folgen.

»Die großen Aasfresser«, sagte Loudin, »die, die möglicherweise mit einem Zahn oder einer Klaue durch diese dicke Borkenhaut kämen, werden sich nicht die Mühe machen.«

Loudin duckte sich unter einem tief hängenden Ast durch und drehte sich um, um sich davon zu überzeugen, dass Mikahl nicht dagegenlief.

»Die Großen werden die Kleinen vertreiben, die die Zunge und die Augen fressen. Sie werden sie fernhalten, bis sie satt sind, und sich nicht mit dem Zeug aufhalten, an das man nur schwer herankommt. Ah! Da sind wir. Moment, Mik; ich zünde das Feuer an, damit wir etwas sehen.«

Mikahl war froh über das große Feuer. Er setzte sich so dicht daran, dass die Hitze beinahe seine geschundene Haut versengte, und wusste, er würde sich später besser fühlen. Nachdem sich auch Loudin gesetzt hatte, reichte er dem Jäger ein großes Stück Käse und etwas Brot, das er aus seinem Packsattel geholt hatte. Loudin briet ein Stück der Echsenzunge am Spieß, nahm das Angebot aber mit einem dankbaren Nicken an.

Der Jäger war älter, als er zunächst angenommen hatte. Die Fältchen, die sich beim Lächeln in den Augenwinkeln des Mannes zeigten, waren tief eingegraben. Sein Körper war muskulös und sonnengebräunt. Mikahl vermutete in ihm viel mehr als einen einfachen Fallensteller. Doch das Seltsamste waren die Tätowierungen. Von der Gürtellinie an zogen sich dunkle Streifen seinen Rücken hoch bis auf den Kopf. Breite Streifen umspannten seine Arme und das weiche Fleisch seiner Flanken. Der oberste Streifen lag unmittelbar unter den Ohren um seinen Hals, er lief links und rechts parallel zum Kiefer spitz zu. Ein Punkt zwischen seinen Brauen verbreiterte sich nach und nach zu einem zwei Finger breiten Streifen, der über seine Stirn nach hinten lief und mit dem Rest verschmolz. Das hatte zur Folge, dass man bei ihm von vorn nur die Andeutung der Haarkammtätowierung auf seinem Kopf sah. Aber von hinten sah er ziemlich tierhaft aus.

Mikahl wollte sich nach den Tätowierungen erkundigen, hatte aber Angst, den Mann zu beleidigen. Er wusste aus seinen Studien, dass Krieger aus Meerend und einige Seeleute von der Insel Salazar sich so schmückten.

Loudin gab ihm ein Stück des Zungenfleischs und legte sein eigenes auf das Brot, das Mikahl ihm gereicht hatte.

»Das Stück Fleisch da wäre an manchen Orten, an denen ich schon war, ein ganzes Goldstück wert.« Loudin nahm einen Bissen, schloss die Augen und genoss den reichen Geschmack.

»Mein Volk sagt, es bringe Unglück, das Fleisch eines Schuppentiers zu essen, aber …« Er nahm noch einen Bissen.

Sein Gesichtsausdruck machte es unnötig, den Satz zu vollenden. Er zeugte von reiner Seligkeit. Mikahl versuchte, an dem Fleisch zu riechen, ehe er hineinbiss, aber seine Nase war mit Blut verstopft. Schließlich wagte er zu kosten und wurde mit einem vollen, reichen Geschmack belohnt, der durchaus köstlich zu nennen war.

Loudin grinste. Nachdem er seinen Bissen geschluckt hatte, fuhr er fort: »Die Riesen würden für eine solche Delikatesse ein kleines Vermögen ausgeben. Droben in der Kälte ihrer Berge gibt es diese Borkenhautechsen nicht. Ich kenne einen Riesen, der mir für das Stück Fleisch, das du jetzt isst, die Faust mit Gold gefüllt hätte. Ich meine, gefüllt hat!«

»Riesen? Hast du gerade gesagt, du kennst Riesen?« Mikahl stellte die Frage, um sicherzugehen, dass er sich nicht verhört hatte.

KAPITEL 9

DIE SCHWARZE OBSIDIANNADEL DER SOMMERtagsspitze ragte im nördlichen Teil des Tals Leif Greyn in den Himmel. Sie war mehrere Hundert Fuß hoch, die drei Seiten waren jedoch nur knapp dreißig Schritt breit. Welchem Zweck sie diente und wer sie erbaut hatte, wusste niemand, weder Mensch noch Riese oder Elf. Sie hatte schon lange vor Beginn der Geschichtsschreibung dort gestanden. Die Riesen nannten sie »den Monolithen«, die Elfen einfach »die Spitze«. Über Jahrtausende hatten alle Rassen des Reiches Geschichten und Gerüchte um sie gesponnen. Religionen waren aus ihr hervorgegangen und an ihr zerbrochen, doch niemand kam ihrer Bedeutung auch nur annähernd nahe. Selbst die Ältesten der Elfen, die die Geschichten ihrer Ahnen mit eigenen Ohren gehört hatten, wussten nicht, warum sie existierte oder wer sie erbaut haben mochte.

Doch das große, vollkommen geformte Gebilde war da, und um seinen Fuß im Tal des Lebens versammelten sich wie jedes Jahr die Bewohner des Reiches am ersten Sommertag im Zeichen des Friedens, der Kameradschaft, des Handels und des Wettkampfs.

Drei viel benutzte Wege gingen vom Fuße der Spitze ab. Einer führte flussaufwärts nach Norden zu den Vorhügeln. Ein anderer verlief stromabwärts fast ganz hinab bis nach Wildermont parallel zum Fluss. Der dritte ging nach Osten und damit gänzlich vom Fluss weg. Zwischen Spitze und Fluss lag ein Gebiet, das man einfach »die Gründe« nannte. Dort fanden die Wettbewerbe statt. Man hatte Bereiche für das Bogenschießen, Kampfarenen, schlammige Gruben fürs Tauziehen und ähnliche Wettkampfplätze abgeteilt. Ein freies Feld, um das man eilig Holztribünen errichtet hatte, die nun voller Zuschauer waren, diente gerade als Schauplatz für den Hammerwurf. Die Zwerge hatten dieses Ereignis einst dominiert, doch vor ein paar Hundert Jahren hatte sich das kleine Volk unter die Erde begeben und war nicht zurückgekommen. Heutzutage fand man nur eine Handvoll Zwerge im Reich, und diese lebten alle im Königreich Hochvag, in der Stadt Xwarda, in der Willa, die Hexenkönigin, mit ihrer mächtigen Magie und den Schwarzklingen über ihre Untertanen herrschte.

Die drei Wege oder »Pfade«, wie man sie für gewöhnlich nannte, waren voller Karrenwagen, Zelte und provisorischer Verkaufsstände. Menschen aus allen Teilen des Reiches boten ihre Waren und Dienste feil: Rüstungen aus durch Kochen gehärtetem und bemaltem Leder; das stark riechende Froschkraut aus dem Königreich Dakahn; Gerätschaften für den Ackerbau, Lederwaren und Reitzeug neben den edelsten Pferden des Landes aus dem Königreich Thalheim. Händler von der Insel Salazar verkauften Transportfässer, Segeltuch, Seile und nahezu alles, was mit dem Transportgewerbe zu tun hat, und standen in scharfer Konkurrenz zu den Anbietern aus Meerend, die mit ähnlichen Dingen ihr Geld verdienten. Beim Sommertag gab es außerdem allerhand wunderliche Tränke, Heilpulver, magische Schriftrollen, Verderben bringende Flüche und Amulette jedweder Art für den Hausgebrauch zu kaufen.

Vor einem der größeren Pavillons stand ein silberhaariger Mann. Er trug die Robe eines Magiers und behauptete, die juwelenbesetzten Dinge, die er verkaufte, seien mit mächtigen Zaubersprüchen belegt. Dolche, die nie stumpf wurden, Ringe, die ihren Träger attraktiver machten, Medaillons, die vor Bösem bewahrten, und ein Langbogen, der sein Ziel nie verfehlte, wenn man die Kraft aufbrachte, ihn zu spannen, waren nur einige der Waren, die er anbot. Er schwor, er sei imstande, alles, was man sich vorstellen konnte, herzustellen, und von Zeit zu Zeit ließ er eine Taube aus seiner vorher leeren Hand in einer Rauchwolke davonflattern oder zog eine Blume hinter dem Ohr einer vorbeigehenden Dame hervor. Die Leute, die das sahen, machten sich entweder eilig und mit erschrockenen Gesichtern davon oder begaben sich rasch in seinen Pavillon und kauften etwas.

Der Mann faszinierte Gerard, doch er eilte nicht davon und auch nicht hinein. Er entschied sich, ihn von der anderen Seite des Weges aus zu beobachten. Er kaufte ein Stück Röstfleisch, das auf einen Holzstab gespießt war, und einen Becher Ale, dann lehnte er sich an den Karren des Essensverkäufers und sah zu, wie der alte Mann die nächsten Kunden in seinen Bann zog.

Der gebieterische Ton und der seltsame Akzent des Mannes verblüfften ihn, aber er ließ sich nicht von der Quacksalberei ködern, die die übrigen Zuschauer derart zu beeindrucken schien. Berda hatte viele Geschichten erzählt, in denen Männer wie dieser vorgekommen waren, und Gerard wusste, dass solche Zaubereien nur darauf beruhten, den Augen einen Streich zu spielen. Was ihn weiter zuschauen ließ, war die Tatsache, dass der alte Mann ihm, ohne ins Stocken zu geraten, lediglich einen Blick zugeworfen hatte, als er den Zauberer durch die Macht des Ringes bei seinem Schwindel ertappen wollte. Ebenso wie Hyden war der alte Mann anscheinend gegen den Ring immun. Hätte er ihn nicht früher am Nachmittag eingesetzt, um den Kastellan von Wildermont davon zu überzeugen, den doppelten Preis für seine letzten beiden Falklingseier zu bezahlen, hätte Gerard vielleicht geglaubt, dass der Ring einfach seine Magie verloren hatte. Die anderen sechs Eier hatte er zusammen mit Hydens sechs Stück an eine seltsame schwarzäugige Frau verkauft, die genau zwölf Stück erwerben wollte. Gerards Börse war prall gefüllt, und er hätte sich leicht etwas aus dem Besitz des silberhaarigen Zauberers leisten können, aber er interessierte sich nicht für die Kinkerlitzchen, sondern nur für den Mann, der sie verkaufte.

Diese schwarzäugige Frau war Gerard nicht geheuer gewesen. Sie hatte sich wie ein verwirrter Junge oder ein sprunghaftes Tier benommen, und ihre Augen waren so dunkel gewesen wie die Spitze selbst. Doch sie hatte gut bezahlt und nicht gefeilscht. Stattdessen hatte sie die schwere Börse voller Goldlöwen auf den Verkaufsstand geknallt und die zwölf Falklingseier verlangt. Harrap hatte ihr Fragen gestellt, wie er es mit seltsamen Käufern stets zu tun pflegte. Er schien alles über sie wissen zu wollen, das Königreich, aus dem sie stammten, welchen Geschäften sie nachgingen und warum sie die Eier erwerben wollten. Die meisten Kunden wollten die Vögel ausbrüten, damit sie Nachrichten über weite Strecken trugen. Andere wollten den Dotter wegen seiner Heilkräfte. Diese Frau hatte abweisend reagiert und gesagt, die Geschäfte einer alten Frau gingen niemanden etwas an. Nachdem sie mit der Hand eine Geste vollzogen und ein Wort gesungen hatte, das Gerard und seinen Vater vergessen ließ, dass sie je dagewesen war, hatte sie die Eier genommen und war verschwunden. Die Erinnerung an sie kehrte bald danach zurück, und Harrap war wütend geworden. Sein Fluchen und seine schlechte Laune hatten Gerard aus dem Stand getrieben, sobald er seine letzten Eier verkauft hatte.

Er war die Pfade erkunden gegangen und schließlich hier gelandet, vor dem Pavillon des silberhaarigen Zauberers. Langsam wurde offensichtlich, dass die Waren nicht wirklich verzaubert waren, daher verlor er zunehmend das Interesse.

Enttäuscht reihte er sich in die vorbeieilende Menge ein. Er war neugierig, was es sonst noch zu entdecken gab. Er war nicht einmal zehn Schritte weit gekommen, als eine Frau sich freundschaftlich bei ihm unterhakte. Sie zog ihn nicht in die Lücke zwischen zwei Zelten, wie er es fast erwartet hatte. Stattdessen ging sie einfach neben ihm her, als seien sie schon lange befreundet und würden sich gemeinsam am Fest erfreuen.

Er nahm ihren süßen Blütenduft wahr, und aus dem Augenwinkel bekam er mit, dass sie recht gut aussah. Er drehte sich interessiert zu ihr hin und war freudig überrascht.

Sie war fast so groß wie er, und abgesehen von ihrer glatten rabenschwarzen Mähne, die den Großteil ihres Gesichts verhüllte, konnte er lediglich das beachtliche Dekolleté sehen, das ihr mit Nieten besetztes Lederwams offenbarte. Als er seinen Blick davon losriss, fiel ihm auf, dass ihr gesamter Körper wohlgeformte Rundungen aufwies und sie in eng anliegendes Leder gekleidet war. Sie trug ein Langschwert an der Hüfte.

»Du bist einer der Falklingshöker, stimmt's?«, fragte sie, während sie weitergingen.

Gerard erkannte sofort den dakanesischen Akzent. Er hatte gehört, dass die Dakanesen gefährliche und brutale Leute seien. »Mietlinge und Fronknechte, Söldner und Spieler, alle miteinander!«, hatte Berda gesagt. Dakahn war eines der beiden großen Königreiche der Menschen, die an die Südmarschen grenzten. Sie mussten sich ständig gegen wilde Sumpfkreaturen und dergleichen verteidigen, da die Hauptstadt des Königreichs, O'Dakahn, an der Mündung des Leif Greyn lag; ein schrecklich überbevölkerter Knotenpunkt der See-, Land- und Meereshandelswege. Das war der Grund, weswegen es allerhand widerwärtige Gestalten dorthin zog und sie einen schlechten Ruf hatte.

Er sah sie erneut an. Diesmal blieb er mitten auf dem Weg stehen und drehte sie unsanft zu sich herum. Sie widersetzte sich nicht und protestierte auch nicht.

Ihr Gesicht war auf exotische Weise schön. Sie hatte große dunkle Rehaugen und eine kleine Stupsnase. Unterhalb eines ihrer Augen verlief eine rosa Narbe, die von einem Messer stammte, wie eine immerwährende Träne. Ihre vollen Lippen waren in zartem Erdbeerrot bemalt, auf den Lidern schillerte bläulich-grünes Puder. Ihre Miene war entschlossen, doch ihr Ausdruck schien auch inständig um etwas zu bitten.

»Ja, bin ich«, bestätigte er. Sein Blick hatte wieder ihr Dekolleté gefunden, und er schien ihn nicht abwenden zu können. Er merkte, wie er errötete, konnte aber nichts dagegen tun.

»Wir brauchen einen Bergsteiger«, sagte sie.

Ihr Tonfall war vollkommen sachlich und stand in starkem

Gegensatz zu ihrer Anmut. »Der Auftrag sollte nur ein paar wenige Tage dauern. Der Rest ist Reisezeit, eine gute Woche, schätze ich.«

Ihre Lippen teilten sich zu einem einladenden Lächeln, ehe sie schlagartig weiterging und ihn ins Leere gaffend zurückließ.

Er zögerte nur einen Herzschlag lang. Rasch schloss er zu ihr auf und nahm den Platz an ihrer Seite wieder ein. Er stellte fest, dass ihre eng anliegende Lederhose sich perfekt an ihren Allerwertesten schmiegte und dass der Griff ihres Schwertes bescheiden mit Juwelen besetzt war. Er wartete darauf, dass sie sich wieder bei ihm unterhakte, doch das tat sie nicht. Es enttäuschte ihn. Bei ihrer letzten Berührung hatte er sich gefühlt, als schwebe er. Er sehnte sich danach, sich noch einmal so zu fühlen.

In seinem Gehirn arbeitete es, er suchte nach Gründen, mit der Frau dort hinzugehen, wo sie ihn hinführte. Zugleich überflutete ein Dutzend Gründe dagegen seinen Geist. Er musste mehr über den Auftrag herausfinden, und es gab keinen Zweifel, dass er mehr über sie in Erfahrung bringen wollte.

»Wohin würde die Reise führen?«

»In die Südmarschen«, antwortete sie so beiläufig, als ginge sie jeden Tag dorthin. Gerard fragte sich, ob es sich bei den wilden Geschichten, die er über diese Gegend gehört hatte, lediglich um Übertreibungen handelte. Die Frau trug ein dickes gepanzertes Wams und ein kunstvolles Schwert mit einem juwelenbesetzten Griff. Tatsächlich war sie nur ein Mädchen, nicht größer und nicht viel älter als er. Wenn sie sich vor dem Gedanken, in die Marschen zu gehen, fürchtete, zeigte sie es nicht im Geringsten.

»Wofür um alles in der Welt brauchst du einen Bergsteiger in den Marschen?«

Die Idee, mithilfe seines Ringes die Wahrheit aus ihr herauszulocken, durchzuckte ihn, doch er nahm davon Abstand. Er wollte zuerst sehen, was sie ihm aus freien Stücken zu erzählen bereit war.

»Ich kann nicht einfach herausposaunen, worum es bei meiner Mission genau geht.« Einen Augenblick lang wirkte sie leicht enttäuscht. Sie blieb stehen und zog ihn zu sich. Er spürte trotz des Lederwamses ihre weichen Brüste.

»Manche würden versuchen, dessen habhaft zu werden, was wir suchen, ehe wir es erhalten«, flüsterte sie ihm ins Ohr. Ihr Atem war warm, süß und machte ihn ganz benommen. »Andere würden sich gegen unsere Bestrebungen verschwören. Ich muss davon überzeugt sein, dass ich dir vertrauen kann, ehe ich dir Einzelheiten erzähle. Dass du Interesse hast, genügt im Moment.«

Sie wich einen Schritt zurück und hakte sich wieder bei ihm unter. Sie musste ihn ziehen, damit seine Füße sich wieder in Bewegung setzten.

»Doch um deine Frage zu beantworten: Es gibt tief in den Marschen einen Ort mit Namen Drachenzahn. Ach, schau nicht so ängstlich! Man nennt ihn nur wegen seiner Form so. In seiner Flanke liegt eine Höhle, ziemlich weit oben und ziemlich hoch. Was wir suchen, ist in dieser Höhle. Ich brauche einen Bergsteiger, der hinaufklettert und es birgt oder zumindest mit Seilen einen Weg absteckt, damit einige andere dort hinaufklettern können.«

Gerard war mit ihrer Antwort zufrieden, doch der Gedanke, den Ring einzusetzen, begann an ihm zu nagen. Er wollte fühlen, wie die Kraft durch seinen Körper strömt, und zwar ebenso sehr, wie er das dakanesische Mädchen an sich pressen wollte. Ohne weiter zu überlegen, machte er von dem Ring Gebrauch und befahl ihr im Geiste, ihn zu küssen.

In dem Augenblick, da ihre Lippen die seinen berührten, wusste Shaella, dass sie ihn am Haken hatte. Sie wusste nicht genau, woher das Verlangen kam, ihn zu küssen, doch es spielte keine Rolle. Der Kuss besiegelte sein Schicksal. Die Lust in seinen Augen bestätigte, dass er Wachs in ihren Händen war.

Das brennende Gefühl von Magie im Blut zusammen mit ihrer heißen, forschenden Zunge war die höchste Form der

Verzückung; ein Rausch, dem Gerard von diesem Augenblick an nicht mehr würde widerstehen können. Er war süchtig.

***

Auf dem Bogenschießplatz traf Hyden mit drei Pfeilen geschickt ins Auge des Magiers und mit den nächsten beiden in den Königsring, sowohl aus fünfzig als auch aus hundert Schritt Entfernung. Zwei weiteren Männern gelang dieses Meisterstück. Der einzige Elf, der an den Vorrunden teilnahm, ließ sich nicht mal dazu herab, seine Pfeile auf fünfzig Schritt zu verschießen. Stattdessen traf er aus hundert Schritt viermal hintereinander ins Auge des Magiers. Danach schritt er mit herablassend finsterem Blick in die eingeschüchterte Menge fünfzig weitere Schritte zurück und schoss seinen letzten Pfeil an den Rand des Königsrings, als sei das keine Kunst. Es war erstaunlich.

Hyden hatte erst zweimal in seinem Leben mit vier Pfeilen das Auge des Magiers getroffen. Bei dem Elf hatte es so leicht ausgesehen, doch Hyden versuchte, sich davon nicht den Mut nehmen zu lassen. Er wusste, dass es ihm wieder gelingen konnte. Wenn er den Wettkampf gewinnen wollte, würde es am folgenden Tag klappen müssen und das auch noch vor großem Publikum. Die paar Dutzend Beobachter, die bei der Vorrunde anwesend waren, machten ihn allerdings schon nervös. Aber er würde sein Bestes geben.

Das grenzenlose Selbstvertrauen des Elfen und seine arrogante Einstellung gegenüber den anderen Teilnehmern halfen ihm zu verstehen, warum sein Volk sie unbedingt schlagen wollte. Der Teufel mit den schwefelfarbigen Augen war sich sogar zu fein, um auch nur mit den Menschen zu sprechen. Nach dem Treffer in den Königsring aus hundertfünfzig Schritt gratulierte er dem Elfen. Der eingebildete Mistkerl lächelte und ging davon, als belästige ihn das respektvolle Lob.

Die anderen beiden Elfen beobachteten das Vorrundenschießen und schienen die restlichen Bogenschützen ebenso gering zu schätzen. Jedes Mal, wenn ein Pfeil nicht in die Mitte traf, machten sie sich mit Zwischenrufen über den Schützen lustig. Kein Wunder, dass die Ältesten und die meisten Riesen die Rückkehr der Elfen ins Land für eine Plage hielten. Im Moment wollte Hyden nicht über den Wettkampf am kommenden Tag nachdenken. Die Vorrunde, die mit über dreißig Teilnehmern begonnen hatte, war überstanden, das Feld auf vier Wettkampfteilnehmer geschrumpft. Er beschloss, mit dieser Leistung zufrieden zu sein und die wichtigste Veranstaltung des Abends zu genießen. Er war bereit für »die Schlägerei«.

Darüber redeten die Leute schon den ganzen Tag. Der Löwenfürst des Westens, dessen Name nach seinem Sieg ein paar Jahre zuvor schon in die Spitze eingeritzt war, würde gegen das Monster antreten. Das Monster war ein am ganzen Körper tätowierter Berg von einem Mann, der sein Geld damit verdiente, die Masten von Meeresschiffen zu schleppen und aufzustellen. Hyden hatte noch nie das Meer oder ein richtiges Schiff gesehen, ebenso wenig wie einen Mast, doch er kannte Flussschiffe mit Segeln und wusste, dass deren Mast bereits so viel wiegen musste wie eine Shagmar-Bestie oder ein ausgewachsener Elchbulle. Er lauschte aufmerksam den Beschreibungen der Schiffe, bei deren Bau der Meerender geholfen hatte, und verstand, dass er keinem gewöhnlichen Beruf nachging. Man sagte, der Mann sei eine Laune der Natur; vielleicht sogar ein Halbriese, meinte jemand. Hyden wusste, dass das nicht stimmen konnte, denn Berda hatte ihm erzählt, dass Riesen und Menschen sich nicht richtig kreuzen ließen. Sie hatte gesagt, die Nachkommen seien stets verwildert. Aber die Veranstaltung faszinierte ihn trotz allem.

An allen Ecken und Enden schloss man Wetten ab und erzählte sich Geschichten über die beiden Kämpfer. Hyden hatte den Löwenlord einige Jahre zuvor gegen den Thalheimer Hengst gewinnen sehen. Es war ein langer und brutaler Kampf gewesen. Der Löwe hatte länger durchgehalten und mit einem letzten Hagel von Hammerschlägen gewonnen. Hyden hatte die Schreie und Jubelrufe der Zuschauer in lebhafter Erinnerung, ebenso die Flüche derer, die ihre Wetteinsätze verloren hatten. In der Menge war es nach dem Ende der »Schlägerei« zu einem Dutzend weiterer Prügeleien gekommen. Er erinnerte sich an seine Angst, dass er und sein Vater der Menge nicht entkommen könnten, ohne selbst totgeschlagen zu werden.

Gerard war in jenem Jahr noch nicht alt genug gewesen, um an der Ernte teilzunehmen, und ihre Mutter hatte ihn bei sich am Verkaufsstand behalten. Hyden hatte ein lausiges Ei geerntet und war auf dem Weg zum Fest den Tränen nah gewesen. Doch sein Vater hatte das Ei zurückgehalten, bis alle anderen verkauft waren, und dann vor drei möglichen Käufern den Auktionator gespielt. Als der Handel abgeschlossen war, hatte Harrap ihm einen prall gefüllten Goldsack ausgehändigt, ihm den Kopf getätschelt und gesagt: »Dein Ei war das beste der ganzen Ernte, Sohn.« Das einzelne Ei hatte genauso viel gebracht wie drei zusammen. Niemand im Skyler-Clan hatte es danach gewagt, sich über Hydens Ernte lustig zu machen.

Als Hyden die Zelte und Pavillons des Clans erreichte, verblassten seine angenehmen Erinnerungen. Sein Vater und Onkel Condlin waren schlechter Stimmung, weil sie von einem Zauberkundigen betrogen worden waren und sie ihm die Eier verkauft hatten. Hyden wollte deshalb schnell das Weite suchen und blieb nur so lange, wie er brauchte, um sich um das Falklingsküken zu kümmern.

Die Frauen des Clans verkauften perlenbesetzte Schmuckstücke und gewebte Decken, die sie im Laufe des Jahres angefertigt, und einige Pelze von Tieren, die die Männer im vergangenen Winter gejagt hatten. Er fragte, ob jemand Gerard gesehen habe, und lobte ein Armband, das seine Mutter angefertigt hatte.

Doch niemand hatte seinen Bruder gesehen. Nachdem er fast den gesamten flussaufwärts verlaufenden Pfad abgesucht hatte, den seine Familie quasi für sich in Beschlag genommen hatte, entschloss sich Hyden, seinem Bruder die versprochenen Sachen zu besorgen: einen Magierhut und ein gutes Paar Schuhe aus Pferdeleder. Beim Verlassen des Clangebiets wurde er von zweien seiner Onkel aufgehalten. Sie fragten ihn über die Vorrunde aus und warnten ihn, sich bis zum Wettkampf nicht zu betrinken oder zu verletzen. Sie gaben ihm Ratschläge, und obwohl er nicht darüber nachdenken wollte, hörte er ehrerbietig zu und versprach, sein Bestes zu geben. Schließlich riss er sich los und machte sich auf den Weg.

Später suchte er noch einmal nach Gerard. Er wollte seinem Bruder die besonderen Plätze zeigen, die er für die »Schlägerei« hatte ergattern können. Gleich danach würde er ihm die Geschenke überreichen, die er gekauft hatte.

Er sah an einigen Orten nach, entdeckte dann den Pavillon des silberhaarigen alten Zauberers und war überzeugt, dass seine Auslagen Gerard angelockt haben mussten. Er war enttäuscht, als er ihn dort nicht fand.

Beim Verlassen des kunstvollen Zeltes drehte er sich zur Spitze um und lief geradewegs in zwei voll gepanzerte Männer hinein. Er murmelte eine Entschuldigung und wollte um sie herumgehen, aber sie traten ebenfalls beiseite und versperrten ihm erneut den Weg. Hyden erkannte den rechteckigen weißen Aufnäher über ihrer Brust sofort. Darüber lag ein schwarzes Schwert wie ein Streifen. Es war das Wappen der Schwarzklingenkrieger von Hochvag. Dies waren Männer der Hexenkönigin. Es hieß, sie verfüttere ihre Widersacher als Eintopf an ihre Soldaten. Andere erzählten, ihre Männer kochten die Toten gleich selbst auf dem Schlachtfeld und aßen sie. In diesem Moment war Hyden völlig von der Wahrheit dieser Worte überzeugt. Einer der Männer grinste böse, wobei sich scharfkantige, halb verfaulte Zähne zeigten. Sie sahen aus, als seien sie am Ende spitz zugefeilt. Beide Männer rochen nach Schweiß und Schmutz.

Erneut versuchte er, um sie herumzukommen, und wiederum versperrte ihm einer der beiden den Weg.

»Du willst vorbei?«, brummte der Mann. Sein Atem roch noch schlimmer als seine Kleidung. »Für ein Pint kommst du vorbei.« Der Mann lachte und stieß seinen Kameraden mit dem Ellbogen an.

Hyden wollte sich gerade umdrehen und zum Bereich seines Clans rennen, als die scharfe Spitze eines Stiefels von hinten zwischen den Beinen des Mannes zum Vorschein kam. Er traf ihn knapp unter dem Hosenlatz, und der Mann krümmte sich vor Schmerz und grunzte. Die andere Schwarzklinge zog das Schwert und fuhr zu dem Angreifer herum. Er war nicht schnell genug. Eine Frau mit rabenschwarzem Haar, die sich so schnell bewegte wie ein Mungo, drückte die Spitze ihres Dolches gegen den Hals des Mannes.

»Such dir jemand anderen zum Anpöbeln, Barton!«, befahl sie und stieß ihn beiseite wie ein Kind.

Der Soldat riss die Augen weit auf, griff nach der Schulterplatte seines Begleiters und zog ihn hoch. Es war offensichtlich, dass er die Frau kannte und fürchtete, und die beiden Männer achteten sorgfältig darauf, Hyden nicht anzurühren, als sie in der Menge verschwanden.

»Shaella«, sagte Gerard und trat hinter ihr hervor. »Das ist mein Bruder Hyden. Hyden, Shaella Ga'shen aus Dakahn.«

»Danke«, sagte Hyden unbeholfen. Er war wie versteinert. Es war ihm ein Rätsel, wie Gerard diese wundervolle Frau getroffen haben konnte, und noch viel mehr, wie es ihm gelungen war, sich miteinander bekannt zu machen.

»Sehr gern geschehen, Dar Hyden«, antwortete sie mit starkem Akzent. Sie deutete eine leichte Verbeugung an, woraufhin sich Hyden noch mehr fehl am Platz fühlte als ohnehin schon. Doch was sie als Nächstes tat, verblüffte ihn völlig.

Shaella wandte sich um und fuhr zärtlich mit dem Finger über Gerards Nase, wobei sie fröhlich lächelte.

»Überleg dir mein Angebot, Gerard«, sagte sie. Dann tat sie etwas fast Mädchenhaftes: Sie stellte sich auf die Zehenspitzen und küsste ihn rasch, ehe sie davoneilte.

Als sie gegangen war, grinste sein Bruder ihn triumphierend an.

Hyden wollte etwas sagen, doch es hatte ihm die Sprache verschlagen.

KAPITEL 10

DIE BEIDEN BRÜDER STROMERTEN GEMEINSAM über das Fest und nahmen dabei dessen unermesslich scheinende bunte Fülle wahr. Die Sonne war untergegangen, doch es war noch nicht richtig dunkel.

Während sie sich ihren Weg durch die Menge bahnten, berichtete Gerard Hyden von Shaellas Angebot. Hyden war neidisch. Sie träumten beide davon, außerhalb der kleinen Welt ihres Clans zu Ruhm und Reichtum zu gelangen. Hyden wollte seinem Bruder gerade von seiner Missstimmung erzählen, als plötzlich eine riesige Flamme vor ihnen in den Himmel schoss. Trommeln waren zu hören, und ein Mann wirbelte umher, sprang in die Luft und landete nach einem Salto wieder auf dem Boden, wo er erneut Feuer spuckte.

Er hatte eine Glatze, war von Kopf bis Fuß scharlachrot bemalt, und Arme und Brust waren mit seltsamen schwarzen Symbolen gespickt. Von Zeit zu Zeit brach das fesselnde Trommeln abrupt ab. Der Mann beugte sich weit nach hinten, blickte mit schmerzverzerrtem Gesicht zum Himmel auf, und dann schoss eine Flamme aus seinem Mund, woraufhin die Menschen um ihn herum aufschrien.

»Es ist kein Trick!«, rief Hyden aus. »Er verwendet weder Flüssigkeiten noch Fackeln. Es muss Magie sein, echte Magie, wie dein Ring.«

Gerard warf ihm einen Blick zu, der zuerst zornig, letztlich jedoch vor allem verärgert war. Instinktiv strich er in einer beschützenden Geste über den Ring an seiner Rechten. Als er erkannte, dass Hyden nur versuchte, Konversation zu betreiben, vertrieb er den in ihm aufkeimenden Ärger und musterte den Feuerspucker. Nach ein paar Augenblicken verlor der wilde Mann an Faszination, und sie gingen weiter. Zwei Stelzenläufer, die als extravagante Ritter verkleidet waren und einander mit Holzschwertern jagten, trampelten sie beinahe nieder. Die Menge jubelte dem Verfolger zu, als er seinen Gegner beinahe, aber eben doch nicht ganz bezwang.

Kurze Zeit später fanden sich die Jungen am Fuße der gigantischen Spitze wieder. Sie schritten die drei Seiten ab, ehe sie die Namen der siegreichen Bogenschützen entdeckten. Einige kannten sie aus den Geschichten der Ältesten, doch alle Jüngeren waren elfisch. Hyden versuchte, die Spitze des gewaltigen Monuments zu erkennen, konnte den Kopf jedoch nicht weit genug in den Nacken legen. Selbst wenn er ein paar Schritte zurückging, verschwand das obere Ende im dunkel werdenden Himmel.

Gerard konnte seinem Bruder den Druck wegen des bevorstehenden Wettkampfs deutlich vom Gesicht ablesen. Er wusste, dass die Ältesten ihm eine gehörige Last aufgebürdet hatten. Sie wünschten nicht nur, dass er das Turnier der Bogenschützen gewann, sie erwarteten es von ihm. Gerard zog Hyden mit sich zurück ins Gedränge.

Keiner von ihnen hatte bisher den Pfad genommen, der vom Fluss wegführte, also machten sie sich nach Osten auf, um sich dort umzusehen. Bis zur »Schlägerei« war es noch eine ganze Weile hin, sie hatten noch viel Zeit für Erkundungen.

Der Pfad unterschied sich nicht besonders vom restlichen Fest: Fassbinder, Töpfer, Kürschner und Schmuckhändler riefen ihre Waren aus, verschacherten sie und stritten sich mit den Vorbeikommenden. Der einzige Unterschied zu den anderen Zonen, der einem ins Auge fiel, waren die vermehrt auftretenden Gruppen bewaffneter und gerüsteter Männer. Manche saßen gar auf gepanzerten Pferden. Diese Männer trugen neben glänzend polierten Rüstungen aus Stahlplatten auch stolz das Wappen Thalheims mit dem Pferdekopf auf einem Feld aus gelben und purpurroten Quadraten auf ihren Schilden. Einige hatten zudem dicke blaue Mäntel umgelegt. Hyden hielt sie für ein Zeichen von Autorität, denn es war eigentlich viel zu warm, um etwas derart Schweres zu tragen.

Andere Männer bewegten sich mit metallbeschlagenen Lederwämsern und dazu passenden Handschuhen und schweren Stiefeln durch die Menge. Diese Soldaten waren alle kahlköpfig, und wilde Muster waren in ihre Haut tätowiert. Ein paar trugen eine orange Sonne auf blauem Hintergrund, das Wappen Meerends, auf der Brust, doch die meisten waren ganz in Schwarz gekleidet. Am häufigsten war unter den Bewaffneten und Gerüsteten jedoch der Rotwolf Wildermonts zu sehen.

Das Leif-Greyn-Tal war für alle Königreiche und Rassen des Reiches heiliger Boden. Niemand herrschte hier. Es war ein Ort, der nur dem friedlichen Feiern diente. Das restliche Jahr über kamen nur Reisende hierher, die auf dem Weg vom oder zum Riesengebirge waren oder die Spitze besichtigen wollten. Blut floss kaum, und wenn, dann nur im Zuge der Wettkämpfe. Auf diesem heiligen Boden zu töten bedeutete die Verletzung eines uralten Eids, an den sich sehr wenige noch erinnerten. Dennoch war es einige Male vorgekommen; Streitigkeiten bei Geschäften, untreue Ehemänner und betrunkene Spieler – da blieben nach einem Aufeinandertreffen immer ein oder zwei Leichen zurück.

Das kleine Königreich Wildermont lag dem Leif-Greyn-Tal am nächsten und besaß das Wegerecht für alle hiesigen Brücken. Jedes Jahr hob es den gewöhnlichen Zoll um eine kleine Steuer an und verwendete die zusätzlichen Einnahmen zum Schutz und zur Überwachung der Feierlichkeiten. Dies schien niemanden zu stören, denn der Herrscher Wildermonts, König Jarrek, war ein durch und durch gerechter und ehrlicher Mann, und seine Leute sorgten in vielen Situationen dafür, dass sie nicht eskalierten.

Das Königreich Wildermont bestand vor allem aus Bergleuten und Schmieden und war von den eisenreichen Wilderbergen unmittelbar südlich des Leif-Greyn-Tals umgeben.

Weil der Großteil aller Wappen und Rüstungen des Reiches ebenso wie die Eisenbeschläge für die meisten Schiffe aus den Schmieden Wildermonts stammten, stellte niemand die Autorität König Jarreks über den Sommertag infrage. Er war als »der Rotwolf« bekannt und ebenso schlau und ehrenhaft wie einschüchternd. Er scheute sich nicht, die Preise der Wildermont-Exporte in ein Königreich, das seine eigenen Leute beim Sommertagsfest nicht unter Kontrolle hielt, zu erhöhen, und sorgte persönlich dafür, dass die Männer, die die Veranstaltung überwachten, gut ausgebildet und höchst diszipliniert waren. Nur ein Narr legte sich beim Sommertag mit den Rotwölfen an, das stand fest.

»Warum sind hier keine Elfen?«, erkundigte sich Gerard.

Hyden hatte es auch bemerkt. Er wusste es nicht, doch großer Bruder, der er war, wollte er trotzdem eine Antwort geben.

»Ich glaube, sie haben Angst«, sagte er einfach. »Es waren nie besonders viele Elfen hier, nicht, seit ich herkomme.«

Hyden sah eine ergraute alte Frau in der Menge. Sie stand im Eingang eines raumgroßen Zeltes und rief ihnen etwas zu wie alten Bekannten.

»Sieh mal!« Hyden wies auf sie, und aus lauter Neugierde bahnten sie sich einen Weg zu ihr.

»Die gelbäugigen Barbaren hassen uns«, setzte Hyden seine Erläuterungen zu den Elfen fort. »Sie leben wie Tiere im Wald. Sie wollen oder brauchen die Waren und Dienste der Königlichen nicht, genauso wenig wie uns Clansangehörige. Der Schütze aus Salazar, der heute aus dem Wettkampf geflogen ist, sagte, sie kommen am Sommertag einzig und allein aus dem Wald, um uns mit ihren unheimlichen Fähigkeiten beim Bogenschießen auf die Nerven zu gehen.«

Gerard war mit dieser Antwort zufrieden und wechselte das Thema.

»Vater sagte, uns hätte heute eine Hexe übers Ohr gehauen. Sie hat uns dazu verführt, ihr ein Dutzend Eier für dunkle Machenschaften zu verkaufen.«

»Wenn sie wirklich eine Hexe war, warum hat sie dann überhaupt Gold dagelassen?«, fragte Hyden. »Es wäre ihr ein Leichtes gewesen, euch auch noch darum zu betrügen.«

»Stimmt«, nickte Gerard, der Hydens Argumentation schlüssig fand. »Ich weiß es nicht.«

Sie waren mittlerweile am Zelt der Alten angelangt, die sie mit ausgestreckter Hand erwartete, um das Eintrittsgeld entgegenzunehmen. Ihre Stimme war kräftig und klang autoritär, doch ihr Atem roch nach Käse, und die meisten Zähne waren nur noch schwarze Stummel. »Man hat euch nicht ums Gold gebracht, also müsst ihr noch genug haben, um mir 'n bisschen was abzugeben. Für 'n bisschen Gold erzähle ich euch euer wahres Schicksal.«

Hyden sah Gerard an und schnitt eine Grimasse, woraufhin beide wie Jungen kicherten, die halb so alt waren wie sie. Die Frau war anscheinend blind. Ihre weißlichen Augen hatten weder Pupillen noch Iris. Allerdings durchzogen dunkelrote Äderchen die glasigen Augäpfel. Das war aber nicht der Grund für ihren Lachanfall; das Haar der Frau war auf einer Seite ziemlich normal, doch auf der anderen stand es nach oben und zur Seite ab und war von Stroh und Fäden durchzogen.

Gerard fummelte eine Münze aus seiner Tasche, verdrehte die Augen und legte das Geldstück in die Klauenhand der Frau.

»Ich sagte Gold!«, blaffte sie, woraufhin die beiden einen Satz rückwärts vollführten. Mit einem spöttischen Grinsen schnippte sie die Silbermünze zurück zu Gerard.

Hyden war verblüfft. Selbst wenn ihre Augen in Ordnung gewesen wären, so hatte sie nicht einmal einen Blick auf die Münze geworfen. Sie musste am Gewicht erkannt haben, dass das Geldstück aus Silber war.

Gerard überkam plötzlich das Gefühl, er sollte nicht hier sein. Die Frau jagte ihm Angst ein. Das konnte er jedoch nicht zugeben. Er hätte die Sticheleien seines Bruders nicht ertragen, wenn er jetzt gekniffen hätte. Sie streckte wieder die Hand aus und zog die Brauen zusammen.

»'n bisschen Gold von ihm und 'n bisschen von dir. Legt's in meine Hand und erfahrt euer Schicksal hier.«

Es klang wie ein Singsang, den sie schon tausend Mal wiederholt hatte. Einen Herzschlag später schüttelte sie die faltige Hand erneut, um den Worten Nachdruck zu verleihen.

Hyden wollte sich schon abwenden, doch Gerard ließ zu seiner Überraschung zwei Goldlöwen in ihre Hand fallen. Sie tauschten einen Blick voll neugieriger Erwartung und unterschwelliger Angst, den sie beide gut kannten. Wenn sie in den Bergen einen gefährlichen Felsvorsprung erstiegen oder im Dorf darauf warteten, dass die Riesin Berda ihnen eine Geschichte erzählte, zeigten sie häufig beide den gleichen staunenden Ausdruck von Aufregung und Neugier auf das Kommende. Gerards Unbehagen wich der gespannten Erwartung, die Hydens Blick in ihm auslöste. Es war fast so, als versichere ihnen allein dieser Blick, dass etwas Außergewöhnliches geschehen würde.

»Kommt rein, kommt rein«, drängte die Alte.

Sie trat einen Schritt zur Seite und hielt den ausgefransten Eingang zum Zelt auf. Die Flamme einer Kerze, die auf einem niedrigen Tisch flackerte, spendete gerade genug Licht, um etwas zu erkennen. Auf einer Seite lag eine Schlafmatte und daneben ein Eisentöpfchen mit diversen Kochutensilien. Der Großteil des Bodens war mit einem alten Teppich bedeckt, wodurch er beinahe wie echter Fußboden aussah. Mitten auf dem Teppich stand ein Teller, auf dem einige Kerzen mit Wachs festgeklebt waren. In der Mitte des Tellers ruhte eine flache Schale mit den Gebeinen eines kleinen Tieres – eines Hasen oder vielleicht eines Eichhörnchens. Ein süßer, modriger Duft lag über dem Zelt; der Geruch von Fleisch, kurz bevor es verdirbt, vermischt mit dem Zwiebelgeruch von Schweiß.

Die Lichter der Laternen und Fackeln draußen verschwanden, als die Alte das Zelt schloss. Sie huschte um die Jungen herum und zündete mit der Kerze die anderen auf dem Boden an.

»Setzt euch. Setzt euch«, redete sie freundlich auf sie ein.

Als sie sich im Schneidersitz hinsetzten, merkte Hyden, dass sie zu geschickt vorging, um wirklich blind zu sein. Oder doch? Sie hob gerade ihre Bettrolle und zog eine Stoffbahn von etwa einem Meter hervor. Dann nahm sie ihnen gegenüber vor dem Teller mit den vielen Kerzen und der Schüssel Platz.

Sie waren sehr aufgeregt und mehr als nur ein wenig verzagt, rutschten jedoch so lange hin und her, bis sie es bequem hatten. Am Ende saß Hyden rechts neben ihr und Gerard, der herumzappelte und grinste, links.

Sie entrollte den Stoff auf dem Teppich, und ein scharfer Dolch kam zum Vorschein. Die Kerzenflamme spiegelte sich im gut erhaltenen Stahl, und ihr Schein ließ einen wertvollen gelben Edelstein am Griff funkeln. Gerard warf einen Blick auf die Klinge und sah voller Angst zu Hyden. Die alte Frau hatte noch nicht aufgeschaut, reagierte aber auf sein Unbehagen, als könne sie seinen Gesichtsausdruck sehen.

»Nur ein Tropfen Blut, kleiner Bruder«, kicherte sie. »Mehr braucht's nicht.«

Gerard bekam große Augen. Er fand nicht, dass er jünger aussah als Hyden. Abgesehen davon war sie doch blind, oder nicht? Für jeden, der sehen konnte, war offensichtlich, dass sie Brüder waren, aber woher konnte sie wissen, wer der Ältere war, und wie konnte sie mit diesen toten, blutunterlaufenen Augen sehen? Der Gedanke war ebenso beunruhigend wie beängstigend.

Hyden fühlte sich kein Stück wohler als Gerard. Seit sie im Zelt waren, hatte er den Eindruck, eine vierte Person sei anwesend. Er suchte den kleinen Innenraum ab, sah nichts, was seinen Verdacht untermauern konnte, und spürte dennoch, dass da irgendetwas war. Er vergaß den Gedanken jäh, als sie in einer einzigen kräftigen Bewegung nach seiner Hand griff, sie drückte und ihm in den Finger stach. Er wollte ihn wegziehen, doch sie hielt seinen Arm mit überirdischer Kraft fest, bis einige Tropfen seines Bluts in die Schale gefallen waren. Er sah zu Gerard hinüber, blanke Furcht auf seinem Gesicht.

Das vollkommene Entsetzen auf Hydens Gesicht ließ Gerard trotz der beängstigenden Situation zögerlich lächeln. Es kam nicht oft vor, dass er seinen Bruder in so einem Zustand sah. Obgleich der Anblick die eigene Angst um einiges ansteigen ließ, war er dennoch froh darüber, dass sie hergekommen waren.

Hyden seufzte erleichtert, als die Alte endlich seine Hand losließ. Er lehnte sich mit dem Ausdruck grimmiger Befriedigung zurück und genoss Gerards Entsetzen, als er den widernatürlich starken Griff des alten Weibes selbst verspürte. Hyden hätte beinahe laut aufgelacht, doch das seltsame Gefühl holte ihn wieder ein, und sein Blick huschte wieder durch den Raum.

Nachdem sie von Gerard abgelassen hatte, räusperte sich die Frau. Sie spie einen dicken gelben Klumpen Schleim in die Schale voller blutiger Knochen und begann zu singen, wobei sie die Masse mit der Spitze des Dolches umrührte. Ihr Lied wurde rhythmisch und lauter, während sie immer weiter rührte. Plötzlich hatte sie eine Art Anfall und schüttete, am ganzen Leib bebend, den Inhalt der Schale auf den Teppich. Sie warf sich nach vorne auf den Boden, als ob sie das Gesicht zum Gebet auf den Boden pressen wollte. Keuchend und nach Luft ringend studierte sie die Knochen aus der Nähe.

Hyden war kurz davor, sie hochzuziehen, da ihr Haarnest nur einen Fingerbreit von den flackernden Kerzen auf dem Teller entfernt war. Er wollte sie warnen, aber sie schnellte plötzlich hoch und sah starr in die Leere. Sie erschraken, doch bei einem Blick auf den Gesichtsausdruck der Frau erbleichten sie völlig.

Sie hatte nun Augen, allerdings hatten sie solche Augen noch nie zuvor gesehen. Die Pupillen waren blutrot und von winzigen weißen Flecken durchsetzt, und die Iris darum bestand aus einem flackernden gelben Ring. Die Falten in ihrem greisenhaften Gesicht waren weniger tief. Ihr Haar fiel nun gepflegt und glänzte wie gesponnenes Gold. Es sah so aus, als habe sie schlagartig ein halbes Jahrhundert ihrer Lebenszeit zurückgewonnen und sei der Augen eines Dämons habhaft geworden.

Hyden wollte zu seinem Bruder hinübersehen, aber er hatte Angst davor, den Blick von der Frau zu lösen. Gerard war wie gelähmt. Sie hatten nun wirklich Angst, doch die Neugier ließ sie nicht aus ihrem Griff. Sie sprach jetzt mit einer Stimme, die klang wie Eiszapfen, die auf Stein zerklirren.

»Erstgeborener.« Mit diesen Worten wandte sie den Kopf leicht in Hydens Richtung. »Du wirst mit deinem neuen Freund durch die Lüfte gleiten. Du wirst das Leben eines retten, der dich verachtet, und dann seinen Tod betrauern. Du wirst einem König helfen, einen König zu finden, und in einem Turm siegen. Eines Tages wirst du hilflos dabei zusehen, wie jemand, den du zutiefst liebst, zu zerstören sucht, was derjenige, der bei dir sitzt, werden soll.« Sie hielt inne und schüttelte den Kopf vor und zurück.

»Da ist noch mehr, so viel mehr, doch es ist verschwommen. Ich sehe, wie du in den Tiefen der Hölle um dein Leben kämpfst, dein Körper voller Gift und dein Herz voller Furcht. Doch warum oder wie, das sehe ich nicht.«

»Was ist mit mir?«, platzte Gerard in einem verärgerten, kommandierenden Ton heraus.

Eine Weile war es still. Hyden konnte sich nicht vorstellen, den Tod von jemandem zu betrauern, der ihn verachtete, und er konnte nicht glauben, dass er einen König irgendwohin geleiten würde. Er würde ebenso wenig hilflos dabei zusehen, wie jemand Gerard ermorden wollte. Alles schien so weit hergeholt, dass er nicht einmal darüber nachdenken wollte. Er hätte es als Unsinn abgetan, wenn die Frau nicht davon gesprochen hätte, dass er mit dem Falkling durch die Lüfte gleiten würde. In seinen Träumen war er schon mit dem Vogel verbunden. Ihr Tonfall und der bösartige Ausdruck in ihren Augen weckten das Gefühl in ihm, dass zumindest sie glaubte, was sie sagte. Auf irgendeine Art hatte sie diese Ereignisse gesehen. Es bereitete ihm entsetzliche Angst.

»Der zweite Sohn Harraps«, flüsterte die Frau, und ihr Kopf fuhr zu Gerard herum.

Hyden ließ von seinen Überlegungen ab, damit er besser dem lauschen konnte, was sie über seinen Bruder sagte.

»Du wirst weit reisen und die Wahrheit über die Liebe erfahren. Oft wirst du unter denen, die bei dir sind, deinen Willen durchsetzen. Du wirst die Spitze des schwärzesten Fanges ersteigen und dort vielleicht verraten werden, vielleicht aber auch nicht. Du wirst in den Tiefen dieser Höhe die Macht finden, nach der es dich verlangt, und von ihr Gebrauch machen, um Heere zu befehligen. Doch das kommt später. Vorher wirst du mehr wollen als am Anfang, und das wird dich dein Leben kosten. Du wirst als Gerard Skyler sterben, trotzdem aber wieder leben. Du wirst sterben und wieder leben!«

Die Luft um sie herum knisterte und grollte. Das Gesicht der alten Frau war wieder faltig und eingefallen. Sie sah Hyden mit einem Blick der Verwirrung an, vielleicht sogar der Angst, bevor sie hustete und nach Luft rang.

Gerard bekam davon nichts mit. Die seltsame Prophezeiung der Frau hatte ihn in eine Art Trance versetzt, und er war Gefangener seiner widerstrebenden Gefühle. Sie begann zu würgen und lief blau an. Die Adern an ihrem Hals und auf ihrer Stirn traten wie Regenwürmer hervor. Obgleich es unmittelbar vor ihm geschah, konnte Gerards Geist es nicht erfassen. Er schien die Augen starr auf die nun leere Stelle zu richten, an der das alte Weib gerade noch gestanden hatte.

Hyden sah sich im Zelt vergeblich nach einem Wasserbeutel oder einer Flasche um. Panik keimte in ihm auf. Die Frau erstickte direkt vor ihren Augen. Die beiden Prophezeiungen saugten ihr offensichtlich das Leben aus.

Keuchend und krächzend fasste sie sich an den Hals. Sie versuchte, auf die Beine zu kommen, fiel letztlich aber auf Gerard. Er schob sie von sich, als stünde sie in Flammen oder habe eine ansteckende Krankheit. Sie rollte über die brennenden Kerzen und blutbefleckten Knochen auf dem Boden hinweg, dann hustete sie ein letztes Mal heftig. Ihr Körper löschte die Flammen, woraufhin das Zelt in Finsternis lag. Ihr Atem unterbrach jäh die plötzliche Stille; er war abgehackt, feucht und rau, aber nichtsdestotrotz regelmäßig.

»Geht«, krächzte sie.

Das hätte sie nicht zweimal sagen müssen. Gerard warf schon das zerfetzte Tuch des Zelteingangs beiseite, und Hyden folgte ihm auf den Fersen. Er blieb stehen und schaute zurück, um sich zu vergewissern, dass nichts Feuer gefangen hatte, verharrte jedoch keine Sekunde zu lang. Im Schein der Laternen des Pfads sah er, dass Knochen, Blut und Wachsstücke an ihrer Kleidung hingen, doch sie bemühte sich bereits aufzustehen. Zufrieden beeilte er sich, um seinen flüchtenden Bruder einzuholen. Er fühlte sich schuldig, weil er sie in diesem Zustand allein gelassen hatte, aber sie hatte sie aufgefordert zu gehen. Wer war er, sich mit einer Dämonenhexe anzulegen?

Im Bemühen, das Erlebte aus seinem Geist zu verbannen, schloss er zu Gerard auf. Hyden sah, dass sein Bruder von der Tortur ebenso aufgewühlt war, doch zeigte Gerard mehr Ärger als Verwirrung.

»Alles in Ordnung mit dir?«, erkundigte sich Hyden.

Gerard wollte die Frage abtun, änderte dann aber seine Meinung. »Ich hatte das Gefühl… nein, ich habe gesehen… dass Shaella mich in einer Höhle verrät.« Unbewusst bedeckte er den Ring mit der linken Hand.

Hyden bemerkte die beschützende Geste, ignorierte sie aber. Er wollte sagen, dass das Weib nur einen möglichen Verrat prophezeit hatte, hielt aber lieber den Mund. Augenscheinlich war Gerard verstört und rang nach Worten.

Gerard sucht wirklich nach den richtigen Worten, doch nicht so, wie Hyden annahm. Er versuchte vielmehr, die seltsamen Visionen, die er vor seinem inneren Auge gesehen hatte, zu ordnen, besonders diejenigen, die er nicht vor Hyden auszusprechen wagte. Dunkle, mächtige Dinge waren ihm erschienen, über die er niemals mit jemandem reden würde, finstere und bösartige Dinge, die er eines Tages vielleicht beherrschen würde. Der Gedanke daran war berauschend und gefiel ihm.

»Ich werde mit Shaella gehen«, sagte Gerard schließlich.

Er sprach mit einer solchen Überzeugung, dass Hyden nicht versuchte, ihn umzustimmen. Er wusste nicht einmal genau, ob er Gerard überhaupt von seinem Abenteuer abbringen wollte. Die Wahrsagerin hatte von großer Macht gesprochen und vom Kommando über Heere. Warum sollte Gerard nicht sein Glück bei der schönen Schwertkämpferin Shaella suchen? In Anbetracht seiner eigenen kleinen Prophezeiungen war er sicher, dass vieles von dem, was die Alte für Gerard vorausgesagt hatte, eintreffen würde. Einiges war offensichtlich. Er hatte längst begonnen, mittels des Ringes seinen Willen den Menschen in seiner Umgebung aufzuzwingen, und er überlegte bereits, ob er zu einer schwarzen Felsformation reisen sollte, die angeblich einem Fang ähnelte.

»Möchtest du mit mir zur ›Schlägerei‹ gehen?«, fragte Hyden, auch wenn die Vorstellung, zwei Männern zuzusehen, die einander grün und blau schlagen, nach den großen Prophezeiungen nicht mehr ganz so aufregend war.

Zu seinem Erstaunen ließ sich Gerard auf den Vorschlag ein. »Ja! Auf geht's. Knüttel, das Meerend-Monster, reist auch mit Shaella in die Marschen!«

Augenblicklich verwandelte sich Gerard in den kleinen Bruder zurück, den Hyden so liebte. Seine Aufregung war ansteckend, und während er weitererzählte, lief er immer schneller. »Er ist riesengroß, Hyden! Seine Arme sind so dick wie deine Taille, und seine Beine sind wie Baumstämme. Er ist von Tätowierungen übersät wie der Feuerspucker, den wir vorhin gesehen haben, aber ohne die ganze rote Farbe.«

»Lord Gregory, der Löwe von Westland, ist auch ziemlich groß«, sagte Hyden. Er hatte einige Jahre zuvor zugesehen, wie der Löwenlord den Thalheimer Hengst zermalmte, und wusste, dass Knüttel gut sein musste, um gegen ihn zu gewinnen.

»Ich habe mein ganzes Geld auf Knüttel gesetzt«, sagte

Gerard mit einem teuflischen Grinsen auf dem Gesicht. »Alles bis auf ein paar Goldlöwen.«

»Ich hoffe, er gewinnt«, sagte Hyden und wunderte sich, warum sein Bruder derart viel Geld verwettet hatte.

KAPITEL 11

DIE »SCHLÄGEREI« ZOG JEDES JAHR VIELE LEUTE an, und so war es auch dieses Mal. Der Kampfplatz war ein Rund von ungefähr neun Schritten Durchmesser. Ein Seil war als Begrenzung an seinen Rändern gespannt, und Dutzende Laternen baumelten an Pfählen, die in den Boden gerammt waren, und erleuchteten den Platz von oben. Es war die größte Freifläche weit und breit. Am Rand versammelten sich Männer, die Wettscheine kauften und verkauften: goldene für den Löwenlord des Westens und blaue für das Monster von Meerend. Mindestens ein Dutzend der am gefährlichsten aussehenden Rotwolfwachen von Wildermont patrouillierten um den Kampfplatz und gaben sich alle Mühe, die Ordnung zu wahren. Damit waren sie vollauf beschäftigt. Der Kampf sollte bald losgehen, es wurde gerempelt und geschrien, und alle versuchten, in der letzten Minute noch ihren Einsatz zu erhöhen.

An der Arena gab es einen sanft ansteigenden Hügel, gewissermaßen eine Tribüne für einige Zuschauer. Um das übrige Rund hatten ein paar geschäftstüchtige Männer hölzerne Balustraden errichtet und boten nun Plätze in den aufsteigenden Sitzreihen an, die dreimal so viel wie die normalen Sitzplätze kosteten. Von diesen Plätzen sahen Hyden und Gerard hinunter auf den Kampfplatz. Kaum jemand hatte eine bessere Sicht. Hyden hatte eine stattliche Summe dafür hingelegt, Gerard etwas Gutes zu tun, und sie waren beide ausgesprochen aufgeregt und erfreut über ihre Aussicht.

Für den Moment waren alle Gedanken an die Vergangenheit und die Zukunft vergessen. Hyden dachte nicht mehr an seinen Wettkampf, und Gerard war in Gedanken bei der »Schlägerei«, statt sich zu überlegen, wie er seinem Vater beibringen sollte, dass er nach dem Fest nicht mit ins Dorf des Clans zurückkehren würde.

Trompeten erklangen aus der Ferne, und wie eine Schlange wand sich der Fackelzug durch die wartende Menge in den hell erleuchteten Ring. Ein Banner ragte so weit über die Fackeln hinaus, dass es nur von Zeit zu Zeit golden aufblitzte, doch es wurde lange genug erhellt, dass der aufrecht stehende brüllende Löwen darauf zu sehen war. Männer jubelten und klopften dem Lord des Westens auf den enormen Rücken, als er vorbeizog. Es waren auch Buhrufe und Beschimpfungen zu hören, und manche erhoben die Faust und taten laut ihren Zuspruch kund. Bis er den abgetrennten Kampfplatz erreichte, war die Menge bereits in einen Schlachtgesang verfallen: »LÖ-WEN-LORD! LÖ-WEN-LORD! LÖ-WEN-LORD!« Als die Bannerträger um den Kreis rannten und dabei die Fahne Westlands schwenkten, vervielfachten sich Lautstärke und Inbrunst.

Die Zuschauer aus dem riesigen Königreich Westland waren denen aus den kleineren östlichen Königreichen zahlenmäßig weit überlegen. Westland allein war fast so groß wie alle fünf östlichen Königreiche zusammen. Hyden hatte bereits beschlossen, dass er später eine Karte des Reiches kaufen würde. Bei seiner Suche nach Gerard hatte er einen Kartografen gesehen, der Karten der anerkannten Königreiche feilbot. Er wollte wenigstens annähernd wissen, wohin Gerard gehen würde und wo Shaellas Zuhause, das Königreich Dakahn, zu finden war. Er wusste, dass beide Orte tief im Süden lagen, aber das reichte nicht, um seine Neugier zu befriedigen. Er hoffte, Berda werde ihm eines Tages auf einer Karte zeigen, wo all die Orte lagen, von denen sie erzählt hatte.

Ein dröhnendes, ächzendes Krachen hallte durch die Nacht und brachte auf der Stelle alle, die es hörten, zum Schweigen. Weite Teile der Menge skandierten offenbar noch immer, aber alle, die dichter am hell erleuchteten Kampfring standen, schwiegen nun und starrten mit weit aufgerissenen Augen und offenen Mündern auf eine Balustrade. Auf ein weiteres Krachen folgte eine Reihe knirschender Geräusche, die auch die übrigen Zuschauer verstummen ließen. Finger zeigten auf die betroffene Tribüne, die sich zur Seite neigte. Schreie erfüllten die Nacht, als die Tribüne sich ein weiteres Stück senkte. Die Leute, die darauf saßen, kletterten in wilder Panik hinunter. Einige stürzten in die Menge unter ihnen, während andere sich an das splitternde Holz klammerten. Alles versank im Chaos. Sowohl Hyden als auch Gerard beobachteten ungläubig die Szene. Hyden prüfte mehrmals mit ungestümen Bewegungen die Stabilität der Tribüne, auf der sie saßen. Im Gegensatz zu der, die sie beobachteten, schien ihre fest und stabil zu sein. Statt sich weiter zur Seite zu neigen, fiel das gesamte Konstrukt jäh in sich zusammen. Die riesige Menschenmenge sah schockiert und in vollkommener Stille zu. Eine Handvoll Zuschauer wurde beim Einsturz begraben. Dutzende wurden verletzt, den Rufen der Leute zufolge auch einige getötet.

Erneut überprüfte Hyden die Tragfähigkeit des Gerüsts, auf dem sie saßen, indem er hin und her schaukelte. Soweit er es beurteilen konnte, hielt es stand. Gerard schlug ihm gegen den Arm, um seine Aufmerksamkeit zu erlangen.

»Sieh mal!«

Eine riesige Flamme schoss in der Ferne in den Himmel, und der Klang von Trommeln verdrängte auf einmal die Stille. Es war ein fiebriger Schlag, tief und satt, der die Laute und Schreie der Menge übertönte. Die eingestürzte Tribüne und die Verletzten schienen vergessen. Das Meerendmonster war auf dem Weg zum Kampfplatz.

Wie beim Einzug Lord Gregorys schlängelte sich ein Fackelzug auf den Ring zu. Immer wieder loderte Feuer in den Himmel und erleuchtete den Herausforderer mitsamt den vier rotbemalten Feuerspuckern, die abwechselnd vor ihm Flammen spien. In den grellen Lichtexplosionen leuchtete das rechteckige Banner des Königreichs Meerend, eine orange Sonne, die sich aus einem blauen Meer erhob, klar und stolz auf. Ein neuer Gesang ertönte im Takt des rhythmischen Trommelschlags.

»MEER-MONS-TER! MEER-MONS-TER! MEER-MONS-TER!« Dieses Mantra wurde langsam, aber stetig lauter als das Lied des Löwenlords, da sämtliche Bewohner der anderen östlichen Königreiche wie Thalheim, Dakahn, Wildermont und Hochvag mit einstimmten.

Das Aufeinandertreffen wurde zu einem Kampf des Ostens gegen den Westen, was die Menge vollends zum Kochen brachte. Der Wetteifer wurde immer fiebriger und wütender. Die östlichen Königreiche, die weit und breit dafür bekannt waren, dass sie ständig über Grenzen, Handelszölle und Flussrechte miteinander im Zwist lagen, vergaßen ihre Streitigkeiten für den Moment und jubelten vereint dem Kämpfer aus Meerend zu. Fast alle Bewohner der östlichen Königreiche wollten sehen, wie der überhebliche Lieblingskämpfer des Königreichs Westland zu Fall gebracht wurde.

Als Knüttel schließlich in den Ring trat, übertönte der ihm geltende Gesang vollkommen die Stimmen derer, die noch immer Lord Gregory zujubelten. Zwei der Feuerspucker schossen gleichzeitig Feuersäulen in den Himmel, das Monster lief zwischen diesen hindurch, als es in den Ring kam. Die Menge explodierte förmlich vor Schreien und Jubelrufen. Die Menschen, die unter dem Gerüst begraben lagen, waren vergessen, als die beiden Kontrahenten den Ring durchschritten und dabei ihre gewaltigen Muskeln spielen ließen.

Hyden sah, dass Knüttel ein kleines Stück größer war als Lord Gregory, doch der Thalheimer Hengst hatte ihn ebenfalls überragt. Hyden hatte eigentlich den Löwenlord anfeuern wollen, bis er von Gerards törichter Wette erfahren hatte. Wenn Gerard seinen Wetteinsatz verlor, wäre seine gesamte Ernte verloren, und das damit in diesem Jahr verbundene Risiko wäre umsonst gewesen. Die Idee, so viel Geld bei einem Glücksspiel einzusetzen, beunruhigte ihn. Das Wetten einer gewissen Summe machte den Kampf spannender, aber Gerards

Einsatz war übertrieben hoch. Sein Bruder saß auf der Kante seines Platzes, und seine glühende Aufregung strahlte wie die Hitze eines Schmiedefeuers von ihm ab. Trotz seiner Sorge um Gerards Geldbörse musste er lächeln.

»Ich hoffe, du gewinnst!«, brüllte Hyden, doch er hörte ihn nicht.

Hyden schaute wieder zur Arena und sah, warum Gerard ihm keine Aufmerksamkeit schenkte. Shaella war unten bei den Feuerspuckern. Sie trug einen Umhang mit Kapuze, der die Ausbeulung ihres Schwertgriffs ebenso wenig verbergen konnte, wie er ihr üppiges Hinterteil verbarg. Sie warf die Kapuze zurück, und ihr Gesicht war das Schönste, was in der ganzen Menge zu sehen war. Sie sagte etwas zu Knüttel und wurde dann von einem anderen großflächig tätowierten Meerender aus dem abgetrennten Bereich gezogen, ehe die Rotwolfsoldaten den Ring für die »Schlägerei« räumen ließen.

Sobald der Platz leer war, postierten sich die Rotwolfwachen in regelmäßigen Abständen um die Kampfstätte. Sie legten ihre klingenbesetzte Pike an und schwenkten dann die Spitze zum Soldaten zu ihrer Linken. Als das synchron ablaufende Manöver beendet war, hatte jeder Soldat den Griff seines eigenen Speers in der linken und die Spitze seines Nebenmanns in der rechten Hand. Die Schäfte der Waffen bildeten eine hüfthohe Begrenzung und sollten herandrängende Zuschauer von der »Schlägerei« fernhalten.

Die »Schlägerei« hatte ein paar wenige Regeln. Die wichtigste war, dass die Kämpfer keine Waffen einsetzen durften. Abgesehen davon war es ein Kampf auf Leben und Tod, wenn nicht einer der beiden vorher aufgab oder aufgrund von Bewusstlosigkeit oder einer schweren Verletzung disqualifiziert wurde. Sobald ein Kämpfer aufgab, durfte der andere nicht weiter auf ihn einschlagen. Wenn ein Mann zu Boden ging und eine Weile ruhig dalag, durfte er nicht weiter angegangen werden, bis er wieder auf beiden Beinen stand. Bisse, Augenstechen, Haare ziehen und Tritte unter die Gürtellinie wurden manchmal von der Menge mit Buhrufen gestraft, waren aber erlaubt.

Ein Raunen ging durch die Menge, als die beiden Kämpfer einander langsam zu umkreisen begannen. Während Knüttel mit dem Rücken zu ihnen stand, konnte Hyden erkennen, dass seine Tätowierungen das Skelett eines Wesens mit Flügeln darstellten, dessen Schädel und Schnabel sich bis auf den Kopf des Mannes erstreckten. Die Fittiche und der Körper nahmen den Rücken ein; die Flügelspitzen reichten über die Arme bis zu den Ellbogen. Waren die Arme nach vorne gestreckt, um auf den Löwenlord loszugehen, schien es, als spreize das tätowierte Skelett die Flügel, um abzuheben.

Knüttel griff zuerst an, tat, als wolle er seinen Gegner in den Schwitzkasten nehmen, und holte dann weit mit der Rechten aus.

Der Löwe der Westlande wich nach hinten aus, und die gigantische Faust zischte um Haaresbreite an seinem Gesicht vorbei. Er zog den Kopf ein, duckte sich und ließ einen Hagel von Schlägen auf den Bauch des größeren Mannes prasseln. Es klang wie der Fleischklopfer eines Metzgers, der auf ein dickes frisches Steak einhieb. Das Meerendmonster brüllte und spannte den Körper an. Es knurrte die Menge an, während es jeden Schlag ohne zu zucken ertrug. Danach legte es beide Fäuste zusammen, schlug wie mit Kriegshämmern auf Lord Gregorys Rücken ein und zwang den Löwenlord in die Knie.

Gerard sprang auf und jubelte zusammen mit Tausenden anderen laut. Hyden hoffte nur, dass das bebende Gerüst bis zum Ende durchhalten würde. Es knarzte und schwankte bereits jetzt mehr, als ihm lieb war.

Lord Gregory schien wie gelähmt, aber nur einen Herzschlag lang. Er stürzte sich auf Knüttels Knie und zog ihm die Füße weg. Beim Geräusch, das der Leib des Meerenders machte, als er mit dem Rücken auf das niedergetrampelte Gras traf, hielt die Menge den Atem an. Als Knüttel auf dem Boden herumkroch, zögerte der Löwenlord nicht, sich auf ihn zu stürzen. Er sprang auf die Hüfte des größeren Mannes, setzte sich rittlings auf ihn und hieb erbarmungslos wie mit einem Hammer auf den Schädel seines Gegners ein. Links und rechts, links und rechts; immer weiter schlug er unter den Jubelrufen der Westländer zu. Bei jedem seiner gewaltigen Schläge zeichneten sich Lord Gregorys Schultermuskeln deutlich ab, und bald spritzte Blut.

Als die Lage anscheinend hoffnungslos wurde, gelang es Knüttel, sich hochzudrücken und dem Löwenlord ein Knie in den Rücken zu rammen. Mit einem Schrei der Wut nutzte er die Verwirrung seines Gegners aus, wirbelte herum, drehte sich unter dem Löwen heraus und kam dann taumelnd wieder auf die Beine.

Sein Gesicht war eine blutüberströmte Masse. Ein Auge war zugeschwollen. Das andere Auges war so rot wie das Blut, das aus der klaffenden Wunde über seiner Braue strömte. Seine Nase und seine Lippen waren plattgeschlagen, und ihm fehlte ein Zahn. Bei seinem Anblick erhob sich triumphierender Jubel aus den Reihen der Westlandzuschauer.

»Komm schon, Knüttel!«, brüllte Gerard zu seinem Kämpfer hinunter. Seine Stimme war eine unter Tausenden, die den Hünen drängten, weiterzumachen. Er sah nervös zu Hyden, der ihn bereits sorgenvoll anschaute. Sie teilten den alten Alles-ist-möglich-Ausdruck. Hyden wandte sich wieder dem Kampf zu und feuerte Knüttel an: »Mach den Löwen platt!« Gerard schloss sich dem Ruf an, als der Meerender zu einem neuen Angriff ansetzte.

Knüttel holte wie beim ersten Mal zu einem weit ausholenden Schlag mit der Rechten aus. Als Lord Gregory diesmal zurückwich, machte das Monster einen weiteren Schritt nach vorn und trat mit voller Wucht zu. Sein schwerer Stiefel traf den Löwenlord mit solcher Wucht mitten auf die Brust, dass die Hände des Westländers seine Stiefelspitzen berührten, als er nach hinten geworfen wurde. Lord Gregory prallte hart auf den Boden, Jubel und ein teilnahmsvolles »Oooh!« ertönten gleichzeitig. Er versuchte, auf die Beine zu kommen, hielt sich aber schließlich die Brust und schrie vor Zorn. Knüttel erkannte seine Chance und stürzte sich kopfüber auf ihn.

Davon überzeugt, dass sein Wetteinsatz sich auszahlen würde, suchte Gerard den Rand des Ringes nach Shaella ab. Wenn Knüttel den Kampf tatsächlich gewinnen würde, gäbe es sicher eine Feier. Er wollte dort sein, um sie wiederzusehen, um noch einmal ihre Lippen zu schmecken. Er wollte ihr erzählen, dass er mit zur Drachenzahnspitze kommen würde. Während das alte Weib ihm seine Zukunft vorausgesagt hatte, hatte er vor seinem inneren Auge gesehen, wie sie ihn verriet, doch er war fest davon überzeugt, dass er daran etwas ändern könnte. Wenn er sie dazu bringen konnte, ihn zu lieben, würde es keinen Verrat geben. Andernfalls hatte er immer noch den Ring, um sie davon abzuhalten. Die anderen Dinge, die sich in der dunklen, felsigen Höhle ereignen würden, waren düster und gewaltig – viel zu verlockend, um ihnen zu widerstehen. Diese wirren Gedanken beschäftigten ihn, während er nach Shaella suchte. Er sah in viele Gesichter, konnte sie aber nicht finden. Er entdeckte jedoch ein Gesicht, das seine volle Aufmerksamkeit erregte.

»Da, Hyden! Da!« Gerard deutete auf eine Person zwischen den beiden Rotwolfwachen, die am weitesten von ihnen entfernt einen Teil der Pikenabsperrung bildeten.

»Worauf zeigst du?« Hyden war ganz auf die »Schlägerei« konzentriert und freute sich, dass sein Bruder seine Wette zu gewinnen schien. Er sah nichts Außergewöhnliches.

»Die Hexe, die unsere Eier erstanden hat!«, schrie Gerard und zeigte mit dem Finger auf die Kämpfer. »Die Frau da mit der Pfeife! Die hat Vater und mich heute Morgen übers Ohr gehauen!«

Hyden entdeckte sie. Völlig unerwartet sah er sie plötzlich größer und klarer, und ihn schwindelte. So etwas hatte er noch nie erlebt. Sie schien nun so nah zu sein, dass er sie hätte berühren können. Die Veränderung seiner Wahrnehmung war verstörend, aber er ließ sich nicht davon ablenken. Er wollte wissen, was es mit der Frau auf sich hatte. Sie hielt sich keine Trillerpfeife an den Mund. War es eine Flöte? Eine seltsam aussehende Tabakspfeife? Was war das?

Plötzlich hielt sie inne und sah direkt zu ihnen herüber. Es war fast, als hätte sie gespürt, dass sie über die große Entfernung hinweg angestarrt wurde. Hyden schluckte schwer, als er ihre Augen sah. Sie waren pechschwarz, ohne jegliches Weiß, und ihm gefror das Blut in den Adern.

»Willst mich wohl verhexen, ja?«, hörte er Gerard sagen. Ohne hinzusehen, wusste er, was sein Bruder vorhatte.

Ruckartig hob die Hexe den Kopf ein Stück an. Da erkannte Hyden den röhrenartigen Gegenstand, den sie in der Hand hielt. Sie konzentrierte sich wieder auf den Kampf, nahm das Ding an den Mund und zielte auf die ineinander verschlungenen Gegner. Hilflos sah er zu, wie sie tief Luft holte und kräftig in die Röhre blies. Dann zeichnete sich Entsetzen auf ihrem Gesicht ab, und sie verdrehte die schwarzen Augen hinauf zu Gerard, was Hyden jedoch entging. Sein Blick klebte an der klitzekleinen Nadel, die aus Lord Gregorys Schulter ragte. Seine Aufmerksamkeit wurde erst davon abgelenkt, als Gerard ihn aufgeregt mit dem Ellbogen in die Seite stieß, doch zuvor bekam er mit, wie der Löwe von Westland das Ding ins niedergetrampelte Gras schleuderte.

Die gesamte Menge hielt erschrocken den Atem an, als die kleine Hexe sich unter den Piken hinwegduckte und in den Ring trat. Eine der Rotwolfwachen packte sie an ihrer Robe und drehte sie herum, doch sie schrie mit weit aufgerissenen, schrecklichen Augen laut auf, sodass der Wächter einen Schritt zurücktrat. Es war totenstill. Selbst die Kämpfer hielten inne, als die Hexe sich in einem schwindelerregenden Tempo zu drehen begann und dabei rasend vor Wut mit einer Stimme aufheulte, die alles andere als menschlich war. Als sie aufhörte, sich zu drehen, war sie keine Frau mehr. Stattdessen stand dort ein rotgeschuppter Teufel von der Größe eines Kinds. Er fauchte und knurrte, während seine toten Augen Gerard anstarrten. Dann machte er einen Satz in die Luft und flog mit laut schlagenden ledernen Flügeln davon.

Die Kämpfer kamen wankend auf die Beine und schauten der wilden kleinen Gestalt hinterher, die im Dunkel des Himmels verschwand. Nach einigen Augenblicken fassungsloser Stille nahm der Kampf langsam wieder Fahrt auf.

Der selbstgefällige und zufriedene Gesichtsausdruck Gerards zeigte Hyden, dass sein Bruder die Hexe dazu gebracht hatte, in den Kreis zu treten und sich zu offenbaren. Er fragte sich, ob Gerard wusste, dass die Hexe eine Nadel, die mit großer Sicherheit vergiftet war, auf den Löwenlord geschossen hatte. Nein, entschied er. Gerard hätte die Hexe nicht vor allen bloßgestellt, wenn er gewusst hätte, dass sie Knüttel mit ihren Taten zum Sieg verhalf. Shaella konnte etwas damit zu tun haben. Er suchte die Menge nach ihr ab und merkte, dass seine Augen aus irgendeinem bizarren Grund noch immer äußerst scharf sahen. Shaella war nirgends zu entdecken. Als der Löwenlord ins Wanken geriet, vergaß er sie. Der Kämpe Westlands stolperte wie ein Betrunkener vor und zurück. Er gab jedoch nicht auf, obwohl der größere Mann nun leichtes Spiel mit ihm hatte. Der Löwe war schwer angeschlagen und blutüberströmt und steckte in diesem Augenblick brutale Hiebe auf Hals und Schläfe ein. Mitten in einer solchen Salve sackte er nach vorne, legte die Hände auf die Knie und rang nach Luft.

Der riesige Mann aus Meerend schnaufte wie der Blasebalg eines Schmieds, stand jedoch wachsam bereit und wartete darauf, weiter auf seinen Gegner einprügeln zu können. Er sprach ein paar Worte zu Lord Gregory, fragte ihn, ob er schon bereit sei aufzugeben, bekam jedoch keine Antwort. Der Lord des Westens neigte sich nur leicht zur Seite, als werde er im nächsten Augenblick umkippen. Mit einem Ausdruck des Bedauerns, in dem Traurigkeit und Enttäuschung lagen, trat der Mann, der als Meerendmonster bekannt war, rasch einen Schritt vor und knallte dem Löwenlord mit voller

Kraft den Fuß ins Gesicht. Er würde es hier und jetzt zu Ende bringen.

Blitzschnell richtete sich der Löwe auf, sodass Knüttels Fuß an seinen Brustmuskeln abprallte. Er drehte sich um die eigene Achse und nahm dabei wahnsinnig Fahrt und Kraft auf. Seine geballte Faust krachte in die Schläfe des Meerenders, und das Bersten der Knochen übertönte den Lärm der Menge. Das Monster taumelte benommen vorwärts.

Lord Gregory sank nieder; das Gift hatte ihn völlig seines Gleichgewichts beraubt. Kopfüber landete er auf dem Boden. Das Meerendmonster stolperte auch, fing sich aber wieder. Es warf den Kopf in den Nacken und stieß ein urtümliches Gebrüll aus. Als der schreckliche Laut verklang, herrschte Totenstille. Knüttel beugte sich vor und spie einen langen, schleimigen Faden blutroter Brühe aus. Dann richtete er sich wieder auf und tastete reflexartig nach dem deformierten Schädel, als wolle er fühlen, ob er noch vorhanden war. Dann fiel auch er mit dem Gesicht voran auf den Boden, genau auf den giftgesättigten Körper des Löwenlords.

KAPITEL 12

NACH DER »SCHLÄGEREI« ENDETE DIE TURBULENTE Nacht schlagartig. Gerard begleitete Hyden zum Lagerfeuer des Clans zurück, das zu dieser späten Stunde ziemlich verlassen war. Hyden überreichte ihm das Paar Schuhe aus Pferdeleder, das er früher am Tag für ihn gekauft hatte. Gerard bedankte sich und nahm ihn zum Zeichen seiner Wertschätzung lange in die Arme, dann entschuldigte er sich mit den Worten, er müsse noch seinen Gewinn einstreichen. Hyden nahm an, dass er ihren Vater oder einen der Ältesten noch nicht mit seiner Entscheidung, sie zu verlassen, konfrontieren wollte.

Hyden machte sich nichts daraus, dass er ging. Er war müde, und ihm taten die Augen weh. Am Morgen würde er gegen den verfluchten Elfen antreten müssen, und er konnte nicht ins Bett gehen, ehe sich zuvor um das hungrige Falklingsküken zu kümmern, das er den ganzen Abend vernachlässigt hatte.

Er holte den Eimer aus seinem Zelt und trug ihn zum Lagerfeuer. Das Küken fraß gierig, und er sah, dass die Augen endlich offen waren.

Die Erinnerung an die Prophezeiung des alten Weibes und daran, wie seine Augen sich auf die winzige Nadelspitze des Hexen-Teufels fokussiert hatten, kehrte zurück. Sein Magen krampfte sich zusammen, ihm wurde übel, und er sackte ruckartig im Schneidersitz zu Boden.

Nach dem Füttern holte er den Vogel behutsam aus dem Eimer. Nachdem er ihn in seinen Schoß gesetzt hatte, strich er mit einem Finger über die noch flaumigen Federn. Sie waren bräunlich und rot und silbern gesprenkelt. Im dämmrigen Glanz des Feuers schienen sie das Licht zu reflektieren. Auch Schnabel und Kopf hatten Gestalt angenommen, doch alles in allem war der kleine Falkling noch nicht größer als Hydens Hand.

»Bist du wirklich ein Geschenk der Götter?«, fragte Hyden.

Als ob er antworten wollte, flatterte der junge Vogel mit den Flügeln, und es gelang ihm sogar, ein kurzes Stück zu fliegen. Die Landung klappte allerdings noch nicht besonders gut. Er purzelte seitwärts auf einen noch halb ausgebreiteten Flügel und stieß vor Schmerz oder vielleicht auch aus Enttäuschung einen kurzen Schrei aus. Er drehte sich um und stieß sich vom zerstampften Boden ab. Mit zwei kurzen Flügelschlägen hob er ab, flog zurück zu Hyden und landete fast anmutig auf dessen Knie. Hyden musste lächeln, denn der Vogel schien vor Stolz über seine Leistung beinahe zu platzen. Hyden strich ihm über den Kopf und streckte den Zeigefinger seiner anderen Hand vor ihm aus. Der Vogel verstand und trat auf die ihm dargebotene Sitzstange. Es erstaunte Hyden, wie stark der Griff seiner Krallen war.

»Ich gehe davon aus, dass die Götter dir noch keinen Namen gegeben haben, oder?«, flüsterte er. »Deine Schwanzfedern sind noch nicht lang genug, um zu beurteilen, ob du ein Männchen oder ein Weibchen bist. Wir brauchen also einen Namen, der zu beidem passt.«

Der Falkling krächzte und grub seine Klauen tief in Hydens Finger. Instinktiv zog er die Hand weg und schüttelte sie. Der Vogel flatterte nervös und landete unbeholfen auf dem Boden.

»Du hast scharfe Krallen!«, murmelte Hyden und saugte an der Wunde. Der Falkling wippte mit dem Kopf auf und ab und krächzte erneut. Hyden erstarrte.

»Kralle?«, fragte er den kleinen Vogel, als ob dieser ihn verstehen könnte. Zu seiner Überraschung wippte der Kopf ein weiteres Mal, und der Vogel sprang zurück auf Hydens Knie. Er musste erneut kichern.

»Dann also Kralle. Du heißt Kralle.«

Als er schlief, träumte Hyden wieder von seinem Flug. Berge waren in der Ferne zu sehen, und auf den Weiden unter ihm tummelten sich unzählige Feldmäuse. An seinen Flügelspitzen zogen Wattewolken durch die warme Luft, die ihn nach oben trieb. Die Nacht war voller anmutiger Sturzflüge, blitzschneller Angriffe, und er schraubte sich mehrfach in die Höhe. Er schlief so fest wie sonst auch, und als er schließlich hochschreckte, spürte er den Wind noch immer über seine Federn gleiten.

Einige aufgebrachte Fremdländer und die Stimme seines Vaters, der wütend irgendwo in der Nähe brüllte, rissen ihn aus seinen Träumen. Er setzte sich auf, sah sich um und zwang sich, die Verwirrung abzuschütteln. Er war am Lagerfeuer eingeschlafen. Die Pfade waren schon von Leuten gesäumt. Ihm fiel wieder ein, dass Sommertag war: der Tag seines Wettkampfs. Mit einem Mal war er äußerst aufgeregt. Kralle saß am oberen Rand seines Nesteimers, und ein Stück Grashüpfer hing aus seinem Schnabel. Den Großteil hatte er schon gefressen, und er bemerkte anscheinend nicht, dass ihm ein Stück entgangen war. Hyden lachte und rieb sich den Schlaf aus den Augen. Hinter ihm erklang eine jugendliche Stimme.

»He, Hyden.«

Es war der kleine Condlin. Der Junge war nach dem Sturz seiner beiden Brüder distanziert und einsiedlerisch geworden. Seit ihrem Eintreffen auf dem Fest hatte Hyden ihn vor allem bei den Frauen gesehen. Niemand konnte ihm verdenken, dass er bei seiner Mutter sein wollte. Vielleicht war es sogar gut für sie beide.

»Wie geht's dir?«, fragte Hyden, als sich der Junge vor Kralle kauerte und den Vogel auf Augenhöhe musterte.

»Ganz gut, schätze ich«, entgegnete der kleine Con, ehe er Hyden mit Fragen bombardierte.

»Hat er schon einen Namen? Kann ich dein Knappe oder Page oder wie auch immer man es nennt sein, jetzt, da Gerard fort ist? Was glaubst du, ist der Falkling? Ein Junge oder ein Mädchen?«

»Langsam, Condlin.« Hyden stand rasch auf. »Was heißt das, Gerard ist fort? Woher weißt du das?«

»Mein Vater hat mich losgeschickt, dich zu holen«, gab der Junge zurück, ohne den Blick von Kralle zu wenden. »Gerard hat letzte Nacht eine Nachricht zurückgelassen, in der steht, dass er weggeht. Ich wusste gar nicht, dass er schreiben kann.«

»Hier.« Hyden kramte eine Silbermünze aus seiner Gürteltasche hervor und schnippte sie seinem Cousin zu. »Geh über den Pfad zum Händler und hol ein wenig rohes Fleisch. Ich bin noch nicht sicher, ob es ein weiblicher oder männlicher Falkling ist, aber er heißt Kralle.«

Er wuschelte dem Knaben durchs Haar. »Schneid das Fleisch in kleine Streifen und füttere den Vogel. Wenn ich mit unseren Vätern geredet habe, sprechen wir darüber, ob du mich zum Wettkampf begleiten kannst.«

Noch ehe er den letzten Satz zu Ende gesprochen hatte, war der Junge auf dem Weg. Hyden blieb wie ein schützender Vater bei Kralle, bis er den kleinen Condlin mit dem Vogelfutter zurückkehren sah.

Harrap war nicht der ärgerliche, fluchende Mann vom Tag zuvor. Heute war er ruhig und zurückhaltend, und in seinen Augen spiegelte sich deutlich so etwas wie Bedauern und Traurigkeit.

»Warum hätte er nicht seine Gewinne einstreichen sollen, wenn er doch wusste, dass er sich auf den Weg machen würde?«, fragte er seinen ältesten Sohn.

Hyden wusste keine eindeutige Antwort. Es war seltsam, dass Gerard all seine blauen Wettscheine der Nachricht, die er ihrem Vater hinterlassen hatte, beigelegt hatte, aber er sah darin keinen Grund zur Sorge.

»Vielleicht hat er vorher schon ein paar von ihnen zu Geld gemacht. Gerade so viel, wie er glaubte zu brauchen«, schlug er vor, auch wenn es Gerard nicht gerade ähnlich gesehen hätte. Er hätte das ganze Gold abgeholt und einen kleinen Teil zurückgelassen, nicht andersherum.

»Er hat mir erzählt, dass er weggehen wollte, aber ich habe nicht geglaubt, dass er es so bald täte.«

Hyden ließ unerwähnt, dass er seit dem frühen Abend des vergangenen Tages von den Plänen seines Bruders gewusst hatte, gleich nachdem sie das Zelt der Wahrsagerin verlassen hatten. Er äußerte sich über Gerards Ziel und seine Reisegefährten so vage wie möglich, denn er wollte nicht, dass sich die Ältesten unnötig sorgten. Hyden war sicher, dass sich sein Bruder mithilfe des Ringes zu helfen wusste. Doch es frustrierte ihn, dass er dieses Wissen nicht mit seinem Vater teilen konnte, ohne Gerard zu verraten.

Nach einem langen Schweigen seufzte Harrap und nickte dann, als akzeptiere er einen Teil der Wirklichkeit, über die er keine Kontrolle hatte. Dann richtete sich seine Besorgnis auf ein anderes Thema.

»Bist du bereit für den heutigen Tag, Sohn?«, fragte er mit aufgesetztem Lächeln.

»Der Elf ist furchtbar gut, Vater«, entgegnete Hyden schlicht. Er achtete darauf, es nicht wie eine Entschuldigung klingen zu lassen. »Ich werde mein Bestes geben.«

»Ja.« Harraps Lächeln war nun echt und von einer ordentlichen Portion Stolz durchsetzt. »Wenn du dein Bestes gibst und verlierst, ist das keine Schande. Wir Männer messen manchmal den einfachen Dingen zu viel Bedeutung bei. Ich wünschte … ich wünschte, wir als Clan hätten nicht so viel Druck auf dich ausgeübt. Das ist nicht gerecht. Du kannst die Schande vergangener Zeiten nicht wettmachen. Du kannst nur mit Stolz, Ehre und Würde am Wettkampf teilnehmen. Wenn dir das gelingt, hast du schon gewonnen.«

Harrap legte den Arm um seinen Ältesten und drückte ihn liebevoll.

»Ehre unter Männern ist heute anscheinend zu einer Seltenheit geworden«, brummte er zu niemand Bestimmtem.

»Danke, Vater«, sagte Hyden.

Die Last, die er auf den Schultern getragen hatte, schien ein wenig leichter geworden zu sein, allerdings nicht so sehr, um sich entspannen zu können. Die übrigen Ältesten, auch sein Großvater, erwarteten nach wie vor, dass er gewann. Noch wollte er aber überhaupt nicht an den Wettkampf denken. Er würde erst in ein paar Stunden beginnen, und Hyden hatte andere Dinge im Kopf.

»Worüber hast du dich heute Morgen mit diesen Männern gestritten?«, fragte er, um auf höfliche Art das Thema zu wechseln.

»Einer der beiden Schläger von gestern Nacht ist gestorben. Nun versuchen einige der dakanesischen Buchmacher, den Sieg des Meerendmonsters anzufechten.«

Hyden war nicht erstaunt.

»Lord Gregory sah tot aus, als er fiel.« Hyden ließ den Teil mit der Hexe und dem Gift unerwähnt. »Das Monster hat trotz des letzten Schlages des Löwenlords gewonnen. Was gibt es da anzufechten?«

Harrap schüttelte den Kopf.

»Nicht der Westländer ist gestorben. Der letzte Schlag des Löwen hat dem Monster den Schädel zertrümmert. Die Menge hat den Löwen zuerst fallen gesehen, also hat der Meerender zu Recht gewonnen, auch wenn er vermutlich schon tot war, als er auf Lord Gregory landete. Die Buchmacher weigerten sich, Gerards Scheine auszubezahlen, bis sie sahen, wie groß und eindrucksvoll unser Clan ist. Es war schwer, an Gerards Preisgeld zu kommen. Ich musste drohen, ihnen etwas anzutun, während wir sie umzingelten. Ich habe sie auch daran erinnert, dass wir nicht zu den menschlichen Königreichen, sondern zum Land der Riesen gehören. Die meisten Leute, die letzte Nacht gewettet haben, sind nicht so zahlreich wie wir und bekommen nichts ausgezahlt. Das gesamte Fest ist in Aufruhr. Es würde mich nicht überraschen, wenn die Leute aus den Königreichen deshalb einander an die Gurgel gehen werden.«

»Aber es ist Sommertag«, sagte Hyden. »Der Tag, an dem alle Frieden und Freundschaft feiern sollten.«

»Ja, das stimmt«, antwortete Harrap. »Doch die Leute aus den Königreichen haben die alten Bräuche und heiligen

Schwüre ihrer Vorfahren längst vergessen. Das ist schlimm, aber nicht unser Problem. Wir sind der Skyler-Clan, und wir sind frei. Nur der König der Riesen kann uns etwas befehlen, und das auch nur, weil wir in den Bergen leben, die sie als ihr Eigentum betrachten. König Aldar erdreistet sich nicht einmal, über uns zu gebieten, obwohl er das Recht dazu hat. Wie ich schon sagte, die Männer der Königreiche haben schon lange vergessen, was Ehre bedeutet.«

Kurze Zeit später klopfte Halden, der Älteste, seinem Enkel auf die Schulter und wünschte ihm alles Gute. Hydens Onkel Condlin, Sharoo, Benald und Pylen taten es ihm nach. Der Bruder seines Großvaters, Harren, zauste sein Haar, als sei er noch ein kleiner Junge. Onkel Mahr, der geistliche Führer des Clans, sprach ein Gebet an die Weiße Frau. Alle Ältesten und die meisten Frauen würden ihm später beim Wettkampf zuschauen. Das Wenige an Last, das ihm sein Vater von seinen Schultern genommen hatte, war nun zehnfach zurückgekehrt.

Vor dem überfüllten Zelt, in dem sie zusammengekommen waren, warteten die jüngeren Clansangehörigen geduldig darauf, auch noch etwas draufzugeben – alle außer Gerard. Dieser Umstand nagte mit jeder Stunde mehr an Hyden. Nach dem Gespräch mit seinem Vater eilte er an der glänzenden schwarzen Spitze vorbei den südlichen Pfad entlang, dorthin, wo Shaella und ihre Begleiter laut Gerard ihr Quartier hatten. Es war ein herrlicher Tag. Die Sonne schien, und der Himmel war blau und klar, mit Ausnahme einiger weniger Wattewolken, die träge dahinglitten. Ein kühler Lufthauch wehte beständig aus westlicher Richtung und trug den frischen Geruch der Flussquelle und des blühenden Bewuchses an ihren Ufern mit sich.

Die Leute, an denen er vorbeieilte, waren aber sichtbar nervös und beäugten einander misstrauisch. Niemand war allein unterwegs, ein jeder trug irgendeine Waffe. Alle stammten aus der gleichen Familie oder dem gleichen Königreich und blieben dicht beieinander, als würde einer allein sonst von einem unsichtbaren magischen Fluss weggerissen.

Die Jubelstimmung und die Heiterkeit des vergangenen Tages waren verschwunden. Es war, als habe ein Gewitterregen alles Glück weggewaschen und sich wie ein klebriger Film der Sorge und Angst über alles gelegt. Einige schienen die schlechte Stimmung nicht zu bemerken. Andere huschten von Laden zu Laden und Zelt zu Zelt und kauften Dinge, als sei es der letzte Tag auf Erden. Einige Gruppen packten ihre Habseligkeiten zusammen und machten sich zum Aufbruch bereit. Pferde wurden vor wartende Wagen gespannt, Pavillons zusammengerollt und für die Reise verstaut.

Hyden nahm die Spannung, die in der Luft lag, deutlich wahr. Wie erwartet, war das Lager der Dakanesin leer. Außer niedergetrampeltem Gras und ein paar steinumrandeten Feuerstellen war nichts davon übrig. Ihre Spur führte nach Süden. Das nächstgelegene Lager war so weit entfernt, dass er auf dem Rückweg nicht einmal versuchte, dort Informationen zur übereilten Abreise Shaellas und ihrer Begleiter zu bekommen. Gerard war fort und jagte seinen Träumen nach. Hyden musste den Entschluss seines Bruders respektieren, auch wenn es ihm nicht passte, dass er weggegangen war.

Als er zurück zum Skyler-Clan kam, wurde er eilig vor die Ältesten gebracht. Der Wettkampf würde bald anfangen, und auch sie würden den Druck, der auf ihm lastete, noch erhöhen. Schließlich verließ Hyden das überfüllte Zelt und fand sich in einer anderen Gruppe Clansangehöriger wieder. Sie klopften ihm auf die Schulter, wünschten ihm Glück und gaben ihm gute Ratschläge. Es waren Sätze wie: »Schlag die dürren Waldheinis!«, oder: »Zeig den gelbäugigen Teufeln, wie man's richtig macht!«

Natürlich war keiner der jüngeren Männer oder Knaben einem Elfen je so nahe gekommen wie er bei der Vorrunde am Vortag, und doch verabscheuten sie sie allein aus dem Grund, dass die Ältesten es taten. Hyden befand, dass es keine Rolle spielte. Er lachte und bedankte sich bei ihnen, doch in Gedanken war er an einem anderen Ort. Er wollte sich nicht von der Sorge um Gerard oder dem Druck, den sein Clan auf ihn ausübte, verrückt machen lassen. Dazu war der Tag einfach viel zu vollkommen, und ob er nun gewinnen oder verlieren würde, er würde sein Bestes geben und ihn genießen.

Der kleine Condlin schälte sich aus der Menge und reichte Hyden seinen Bogen. Zur allgemeinen Erheiterung flog Kralle unbeholfen von der Schulter des Knaben auf Hydens. Er half dem zappelnden Küken bei der Landung, aber sobald Kralle sich niedergelassen hatte, wölbte er stolz die gefiederte Brust und ließ ein quietschendes Krächzen hören.

Wenige Minuten später war Hyden unterwegs zur Wettkampfstätte. Der kleine Condlin folgte in ein paar Schritten Abstand, während Kralle mit flatternden Schwingen versuchte, neben Hydens Ohr das Gleichgewicht zu wahren.

Der Schütze aus Westland wirkte nervös und zerstreut, als habe er eine ganze Weile nicht mehr geschlafen. Er war jedoch elegant gekleidet und trug ein rein weißes Wams, dessen Brust und Rücken der goldene Löwe des Königreichs zierte. Aus fünfzig Meter Entfernung traf er mit drei Pfeilen in das Auge des Zauberers, und zwei landeten nur knapp daneben im Königsring. Aus der Menge klangen laute Buhrufe und Spott, was jedoch schnell vom Jubel übertönt wurde, der von der anderen Seite der Schießbahn hervorbrach. Hyden sah, dass die Tribüne von der »Schlägerei« am Vorabend entlang der Wettkampfstrecke der Bogenschützen wieder aufgebaut worden war, allerdings wesentlich niedriger. Im Gegensatz zur vergangenen Nacht, als die Menge glücklich darüber gewesen war, wild durcheinanderzustehen, sahen die Einwohner der jeweilig Reiche, gekleidet in ihre Farben, säuberlich getrennt voneinander zu.

Die Rotwolfsoldaten aus Wildermont waren überreichlich anwesend und hatten in weiser Voraussicht die Meerender auf der einen und die Westländer auf der anderen Seite der Schießbahn platziert. Dadurch saßen sie einander zwar gegenüber, was zu einigen vielsagenden Gesten und wüsten Beschimpfungen quer über den Kampfplatz hinweg führte, konnten sich aber ansonsten nicht allzu nahe kommen. Hyden fiel zudem auf, dass viele Thalheimer und Dakanesen zugegen waren. Sie hatten sich für die Seite der Meerender entschieden, blieben aber ansonsten unter sich.

»So sieht die Politik von Dummköpfen wahrhaftig aus«, bemerkte der Elf, der am Wettkampf teilnahm, aus einigen Schritt Entfernung.

Seine beiden Begleiter grinsten und richteten ihre gelben Augen auf Hyden.

»Seht mal«, fuhr der Elf fort und zeigte auf die Leute, die hinter ihnen Buhrufe hören ließen. Hyden sah seine Clanbrüder und die Frauen einmarschieren und nebeneinander Platz nehmen, allerdings fernab der Leute aus den Königreichen.

»Die schwächeren Königreiche bekämpfen sich zur Genüge gegenseitig, sodass die Absperrungen zwischen ihnen gerechtfertigt sind, und doch stehen sie gegen den Westen alle auf der gleichen Seite.« Der Elfenbogenschütze sah ihm direkt in die Augen. »Der Rest dieser armseligen Menschen versteckt sich einfach in den Bergen.«

Kralle stieß einen lauten Schrei aus, was alle drei düsteren Augenpaare der Elfen auf ihn lenkte.

»Manche Leute haben so große Angst, dass sie nur einmal im Jahr aus dem Wald gekrochen kommen, und auch nur dorthin, wo die Menschen sich geschworen haben, nicht gegeneinander zu kämpfen«, sagte Hyden hitzig.

Er wollte noch mehr sagen, hielt jedoch seine Zunge im Zaum und unterdrückte seinen Ärger. Wenn der Elf versucht hatte, ihn aus der Fassung zu bringen, so war es ihm gelungen.

Die Elfen hielten die Blicke weiter auf Kralle gerichtet, hatten bei seinen bissigen Worten jedoch die Stirn gefurcht, und ihre Gesichter waren vor Wut rot angelaufen. Der Bogenschütze sah ihn gekränkt an, zog dann einen Pfeil aus seinem Lederköcher und spannte den Bogen.

Als der Schütze aus Thalheim an der Reihe war, wurde es still. Er sah prachtvoll aus in seinem Ringelpanzer mit dem

Schildwappen Thalheims aus gelben und roten Quadraten und dem Symbol der Ehrengarde seines Königsreichs auf der Schulter.

Hyden sah mit respektvollem Verständnis zu, wie der junge Mann ein paarmal tief Luft holte und dann die Augen für ein kurzes Gebet schloss. Es stand außer Frage, dass auch er eine ordentliche Last trug. Vielleicht belastete ihn auch die große Zahl an Ablenkungen, die von überall herzukommen schienen. Nur der fremd aussehende Elf mit dem glitzernden Haar bemerkte die Spannung, die in der Luft lag, offenbar nicht.

Der Thalheimer nahm sich Zeit und schoss gut. Sein Ergebnis konnte dem seines Vorgängers aus Westland das Wasser reichen, was die Mehrheit an Zuschauern aus dem wesentlich größeren Königreich zu ausgedehnten Buhrufen veranlasste.

Ein großer Thalheimer, der ebenfalls einen Ringelpanzer trug und vermutlich der Vater des Schützen war, jagte über das Feld und schleuderte dabei den Westländern eine Reihe Flüche und Beleidigungen entgegen. Ehe die Rotwolfsoldaten seiner habhaft werden konnten, stürmten ein paar grün und golden gekleidete Männer herbei, um ihn für seine Worte zahlen zu lassen, und es kam zum Handgemenge. Sogleich brachen wildes Gekreisch und Geschrei zwischen den beiden Seiten aus, und Hyden hatte ein wenig Angst davor, dass sich der gesamte Ort in ein Schlachtfeld verwandeln würde. Das Geplänkel fand schließlich dadurch ein Ende, dass drei der Männer in Ketten gelegt und langsam über das Feld geführt wurden, sodass alle sie sehen konnten. Natürlich beruhigte sich daraufhin die Menge. Es war fast mucksmäuschenstill, als die Kämpfer in einen Gitterwagen, der neben den Zielscheiben stand, gesperrt und abtransportiert wurden.

Gleich nachdem die Wildermontsoldaten den Wettkampf wieder freigegeben hatten, nahm der Elf allen Männern des Königreichs jegliche Hoffnung auf den Sieg. Er schoss in rasend schneller Folge fünf Pfeile ab, und das so mühelos und ruhig, als schlürfe er lediglich Wein aus einem Becher. Alle fünf Pfeile sprossen scheinbar aus dem Auge des Zauberers hervor, doch Hyden sah bei einem genauen Blick hinunter auf die Zielscheibe, dass nur vier wirklich in der Mitte steckten. Er würde dieses Ergebnis auch erreichen müssen, sonst war der Wettkampf für ihn vorbei. So oder so war die Menge zum Schweigen gebracht worden. Keiner der Teilnehmer aus den Königreichen konnte jetzt noch gewinnen. Es dauerte ein paar Minuten, bis es alle Zuschauer begriffen hatten, doch dann verloren sie offenbar sämtlich das Interesse und verließen nach und nach ihre Tribünenplätze.

Hyden nahm seinen Platz an der Linie ein und schob Kralle von seiner Schulter herab auf seinen Finger. Er tauschte mit dem kleinen Condlin den Vogel gegen seinen Bogen, dann holte er tief Luft.

Dass viele Leute die Wettkampfstätte verließen, lenkte ihn mehr ab, als wenn sie geblieben wären und gelärmt hätten. Er verdrängte all dies aus seinem Geist, holte ein weiteres Mal tief Luft und suchte in sich nach einem Ort, der still und heiter war. Von dort aus begann er, sich zu konzentrieren.

Vor seinen Augen vergrößerte sich das Auge des Zauberers, und ehe er sich's versah, hatte er einen Pfeil abgeschossen. Der Anblick, wie der Schaft genau aus der Mitte des Ziels ragte, half ihm, die Welt um ihn herum von sich fernzuhalten. In einem benommenen, jedoch äußerst konzentrierten Zustand sah er das münzengroße Auge des Zauberers so groß wie ein Apfel vor sich. Er spannte den Bogen erneut und schoss einen weiteren Pfeil ab. Zwei weitere trafen mitten ins Ziel. Als er den vierten Pfeil auflegte, fragte er sich ganz nebenbei, was Shaella und ihre Begleiter wohl in diesem Moment taten. Er brauchte einen Augenblick, um eine Stelle in der Mitte des Auges zu finden, doch er entdeckte sie zwischen den ersten dreien: ein winziges schwarzes Dreieck, das vor seinen Augen immer größer wurde, wie ein Hase vom Himmel aus. Er schoss und wusste, noch ehe der Pfeil die Zielscheibe berührte, dass er getroffen hatte. Er griff nach dem fünften Pfeil. Wenn es ihm gelang, ihn mitten im Auge des Zauberers zu platzieren, konnte er den Wettkampf hier und jetzt beenden. Allerdings schien es unmöglich, denn der Mittelpunkt der Zielscheibe war schon voller Pfeile.

Irgendwo außerhalb seines inneren Ruheorts hörte er die drei Elfen ungläubig nach Luft ringen und etwas murmeln. Er spürte Zufriedenheit bei diesem Laut, ließ sie jedoch wieder los und musterte das Auge des Zauberers genau. Selbst wenn er seinen fünften Pfeil in der Mitte versenkte, würde er den Schaft eines anderen in den Königsring abdrängen. Einen Versuch war es dennoch wert, also hob er seinen Bogen, zog die Sehne zurück und zielte erneut auf die Mitte der Scheibe. Sein Blick fing eine flüchtige Bewegung weit hinter der Zielscheibe auf, aber sie war rasch wieder verschwunden. Vielleicht war ein Insekt zu nahe gekommen und hatte ihn abgelenkt. Er wusste es nicht genau. Nein, er sah es noch immer. Es bewegte sich durch die Luft und war zu gleichförmig für einen Käfer. Endlich erkannte er, dass es ein Pfeil war, der aus großer Entfernung auf sie zuflog. Ein Blick zu der Stelle, wo er vermutlich abgeschossen worden war, offenbarte eine kleine Gruppe Berittener. Ein Banner wehte in der sanften Brise zwischen ihnen. Es war ein schneeweißes Rechteck mit einem senkrecht stehenden Schwert. Schwarzklingen aus Hochvag, die Männer der Hexenkönigin Willa.

Hyden hätte fast seinen Pfeil irgendwohin abgeschossen, als er in ihrer Mitte das Gesicht einer Frau unter einer Kapuze hervorlugen sah, einer Frau, die Shaella überaus ähnlich sah. War sie es? Er sah ein weiteres Mal hin, doch sie waren zu weit entfernt.

Der Pfeil senkte sich nun schnell auf ihn herab. Hyden wusste, dass er ihn verfehlen würde, aber nur knapp. Er verfolgte die Flugbahn mit den Augen bis zu ihrem Ende. Der Pfeil sauste auf den Bogenschützen der Elfen zu. Es blieb keine Zeit zum Nachdenken. Er drehte sich rasch um und richtete seinen Pfeil auf das hereinfliegende Geschoss. Er hatte nur den Hauch einer Chance, aber dennoch traf er sein Ziel nur wenige Fuß, bevor der Schaft den Elfen durchbohrt hätte.

Getroffen von zahllosen Holzsplittern, schrien alle drei Elfen erschrocken und schmerzerfüllt auf. Einer von ihnen ging instinktiv davon aus, Hyden habe sie angegriffen, zückte einen Dolch und stürmte los.

»Halt!«, schrie der Bogenschütze der Elfen so laut, dass es Hyden aus dem tranceartigen Zustand riss, in dem er sich befunden hatte. Der bewaffnete Elf hielt im Lauf inne. Der Bogenschütze blickte zum Himmel auf, wobei er die Augen mit einer Hand gegen die Sonne abschirmte. Blutstropfen rannen ihm über die Wange. Aus irgendeinem Grund erinnerten sie Hyden an die tränenförmige Narbe auf Shaellas ansonsten perfektem Antlitz. Dann hörte er das Klatschen dicker, schwerer Regentropfen und menschliche Schreie aus unterschiedlichen Richtungen.

Der Elf schrie etwas, das er nicht verstand, dann stieß der kleine Condlin hinter ihm ein ersticktes Keuchen aus. Hyden wirbelte herum und sah, dass dem Jungen ein Pfeil aus der Schulter ragte. Sein Vetter versuchte zu schreien, aber es gelang ihm nicht. Da verstand er, dass es keine Regentropfen waren, die er hörte, und seine Augen füllten sich mit Tränen. Er wollte den Knaben auffangen, der in die Knie sackte. Kralle verfing sich zwischen ihnen und kreischte und flatterte. Blut tropfte aus dem Mund des kleinen Condlin. Pfeile regneten auf sie herab, und Hyden hatte keine Ahnung, warum es so war und was er dagegen tun konnte.

Ohne Rücksicht auf seine eigene Sicherheit kauerte er sich über den kleinen Condlin und Kralle und schirmte sie ab, während Rufe, Schreie und das Geräusch klirrenden Metalls die Luft um sie herum erfüllten. Ein vollkommener Sommertag hatte sich soeben in einen unfassbaren, blutigen Albtraum verwandelt.

KAPITEL 13

DAS HÄUTEN DER GROSSEN BORKENHAUTECHSE wäre kein Problem gewesen, hätte sich Mikahl nicht wie ein einäugiger Sack gebrochener Knochen gefühlt.

Beim Aufwachen stellte er fest, dass sein Auge zugeschwollen war, und sein Körper brannte und schmerzte an Stellen, von deren Vorhandensein er zuvor gar nichts gewusst hatte. Loudin, der Jäger, schien es eilig zu haben, aber er drängte Mikahl nicht zu sehr. Er war froh darüber, denn er brauchte den Großteil des Morgens, um auch nur all seine Körperteile wieder richtig bewegen zu können. Danach konnte er Loudin trotz der Schmerzen einigermaßen sinnvoll zur Hand gehen.

Als die Echsenhaut erst einmal vom Körper der Bestie gelöst und wie ein Teppich in der Burg aufgerollt war, wusch sich Mikahl im Teich das Blut ab. Das kalte Wasser linderte die Schmerzen und ließ sein Gesicht abschwellen. Was wiederum seinen Zorn linderte, als er feststellte, dass die Kreatur in ihren Todeszuckungen sein altes Schwert völlig verbogen hatte. All das war jedoch vergessen, als eine Woge der Scham über ihm zusammenschlug. Loudin hatte seinen weggeworfenen Bogen gefunden und lachte ihn aus.

Der Jäger befestigte die überraschend leichte Hautrolle so zwischen ihren Pferden, dass er und Mikahl noch reiten konnten. Windhuf musste direkt hinter Loudins Rotschimmel gehen, und Mikahl musste den Abstand zwischen ihnen einigermaßen gleichmäßig halten. Das erforderte so viel Aufmerksamkeit, dass er unterwegs nicht an seine Schmerzen denken konnte. Das Ganze war recht unangenehm. Weil die lange, dicke Hautrolle seitlich an den Pferden befestigt war, mussten

Mikahl und Loudin beim Reiten ein Bein weit abgespreizt über die Rolle legen. Loudin hatte den Tag zum Tag des rechten Beins erklärt. Am nächsten Tag würde er die Rolle auf die andere Seite der Sättel hängen, damit ihre linke Seite die unbequeme Haltung ertragen musste. Mikahl beklagte sich nicht. In seinem zerschlagenen Zustand wäre Gehen viel schlimmer gewesen als Reiten.

Der Reyhallwald war überwiegend licht und leicht zu durchqueren. Es gab kaum Unterholz und viel Schatten, aber an einigen Stellen war er äußerst dicht. Mehr als einmal mussten sie absteigen und sich einen Weg durchs Unterholz bahnen oder die Pferde um Hindernisse herumführen, damit die Haut sich nicht verhakte, zerriss oder aus ihren Befestigungen gerissen wurde. Doch meist war der Platz zwischen den alten Baumstämmen groß genug, dass ein kleiner Wagen problemlos hindurchgepasst hätte.

Obwohl sie erst am frühen Nachmittag aufgebrochen waren, hatten sie bis zum Einbruch der Nacht eine weite Strecke zurückgelegt. Als sie ihr Nachtlager aufschlugen, war es schon fast völlig finster. Mikahl machte ein kleines Feuer, während Loudin die Echsenhaut vom Sattel löste und sie an einigen Seilen aufhängte, die er über ein paar Äste geworfen hatte. Während er arbeitete, erklärte er, dass dadurch Insekten- und Ungezieferbefall verhindert würde, aber Mikahl schnarchte schon leise, ehe der alte Jäger ausgeredet hatte.

Mikahl wusste nicht, wie lange er geschlafen hatte. Als er erwachte, war es noch dunkel, und das Feuer war nur noch ein glimmender Aschehaufen. Loudins rhythmisches Schnarchen erfüllte die Nacht und übertönte den Chor der Insekten und anderen nachtaktiven Waldbewohner.

Sein schmerzender Körper protestierte, als er sich aufsetzte. Er hätte fast aufgeschrien, brachte es jedoch fertig, den Schrei zu unterdrücken. Tief durchatmend, fielen ihm die undeutlichen Silhouetten Windhufs und von Loudins Rotschimmel ins Auge, die an ihren Stricken zerrten.

Er verbrachte ein paar Minuten damit, die Schultern kreisen zu lassen und sich den Nacken zu reiben, dann legte er den Kopf zurück und suchte die Unterseite des dichten Laubdachs nach einem Fleckchen Himmel ab. Er wollte den Mond oder wenigstens ein paar Sterne sehen, fand jedoch beides nicht. Enttäuscht schnaubend ging er zu seinen Satteltaschen und kramte nach etwas zu essen. Eisendorn war da; es steckte sicher in seiner Lederhülle, und bei seinem Anblick überkam ihn die Neugier.

Er sah nach, ob Loudin auch fest schlief. Dem Geräusch seines Schnarchens nach zu urteilen, würde der Jäger so bald nicht aufwachen. Es würde erst in ein paar Stunden hell werden, also war er so ungestört, wie er nur sein konnte. Er schob sich den Brocken Käse in den Mund und hielt ihn mit den Zähnen fest. Jetzt hatte er die Hände frei, um die Ledertasche zu lösen, die das Schwert verbarg, und trug sie zurück zu seiner Bettstatt.

Er hatte das Schwert tausend Mal gesehen, wenn es bedrohlich an König Baltons Hüfte hing. Er hatte es zwar schon in der Hand gehabt, aber nur, wenn er es reinigte und polierte. Die Klinge hatte denen zur Warnung gereicht, die den alten Mann reizen wollten, und die getröstet, die seines Schutzes bedurften. Mikahl erinnerte sich, wie er einige Jahre zuvor nach einer der Schlachten droben in Kaltfrost das Blut der Verwundeten von seiner blanken Oberfläche geputzt hatte. Erst kürzlich hatte er das Blut eines dakanesischen Söldners von der rasiermesserscharfen Klinge gewischt, nachdem er enthauptet worden war, weil er einen Händler aus Meergmünd beraubt und getötet hatte. Mikahl hatte die fein ziselierte Klinge des Schwertes und den juwelenbesetzten Griff an die zwanzig Mal poliert und konnte sich an jedes einzelne Mal entsinnen. All das weckte die Erinnerung an König Balton. Er zog das Schwert halb aus seiner Schutzhülle, hielt aber inne, als eine Flut warmer Tränen über seine geschwollenen Wangen rann.

Er vermisste seinen König. Der alte Mann war weise und gütig gewesen. Er hatte ihm auch nie so viel wie bloß eine Kopfnuss verpasst, außer einmal, als Mikahl auf Entdeckungsreise in den Nordwald gegangen war, ohne jemandem etwas davon zu sagen. Die meisten jungen Knappen wurden regelmäßig geschlagen, wenn sie Fehler machten oder Probleme bereiteten. Wenn Mikahl Fehler beging, hatte er gewöhnlich eine väterliche Belehrung erhalten.

Er vermisste auch die Burg. Der Raum, den er mit den beiden Pagen des Königs geteilt hatte, war warm gewesen und hatte in der Nähe der Küche gelegen. Dort war er der Herr im Hause gewesen. Er versuchte, sich die Tränen abzuwischen, stellte aber fest, dass sein Gesicht so sehr schmerzte, dass er es nicht berühren konnte. Es hätte sowieso nichts genützt; schon fielen neue Tränen. Es war, als sei ein Damm in ihm gebrochen. Die Vorstellung, dass König Balton tot war, dass er nie wieder nach Hause zurückkehren konnte, ging ihm einfach nicht mehr aus dem Kopf. Es dauerte lange, bis er wieder einschlief.

Benommen erwachte er vom Geruch bratenden Fleischs, das verhüllte Königsschwert noch immer im Arm, als sei es Lissy, die magere Nichte der Köchin, die sich daheim in der Burg oft in seine Kammer geschlichen hatte, wenn die Nächte kalt gewesen waren. Er wurde jedoch schnell wach, als ihm einfiel, dass das Schwert jetzt halb zu sehen war. Er entspannte sich erst wieder, nachdem das Bündel wieder an seinem Platz hing.

Der alte Jäger beobachtete ihn aus dem Augenwinkel, sagte aber nichts zu seinem seltsamen Verhalten.

Das Frühstücksfleisch war zäh und faserig, aber es machte satt. Mikahl fragte nicht, was es war, denn die Eingeweide und das Fell des Tieres lagen noch am Rande des Lagers. Er wollte Loudin nicht wissen lassen, dass er die Überreste nicht zuordnen konnte. Er wollte nicht als Narr gelten. Er kramte in seinem Gedächtnis nach Kreaturen, deren Fell so hellrot war, aber es fielen ihm keine ein. Diese Wissenslücke erinnerte ihn nur daran, wie wenig er hier in seinem Element war.

Er brauchte Loudin. Der Jäger hatte gesagt, er kenne einen Riesen. Er beschloss, Loudin seinen Anteil am Verkauf der

Echsenhaut und den Sack Goldmünzen, den er tief in Windhufs Satteltaschen verborgen hatte, als Bezahlung anzubieten, wenn er ihn ins Gebirge führte. Hoffentlich würde Loudin sich anwerben lassen, wenn er seine laufenden Geschäfte am Sommertag erledigt hatte. Die Vorstellung, sich allein in diese als tückisch verschrienen Berge wagen zu müssen, behagte ihm nicht.

»Du siehst heute Morgen besser aus«, sagte Loudin, während er aufstand und seine Hose aufnestelte.

Der alte Jäger holte seine Männlichkeit heraus und pisste das Lagerfeuer aus. Mikahl deutete das als Signal zum Aufbruch. Er wollte nicht zusehen, wie der Jäger sich erleichterte, also drehte er dem Mann den Rücken zu, verschlang sein Frühstück und rollte seine Decken zusammen. Ein paar Minuten später waren sie unterwegs. Beide hielten das linke Bein seitlich ausgestreckt über die Echsenhautrolle.

Es war ein schöner Tag. Vögel flatterten von Baum zu Baum, und Insekten schwirrten geschäftig umher. Gelegentlich scheuchten ihre Geräusche ein Eichhörnchen oder einen Hasen auf. Hier und da durchbrachen Streifen von Sonnenlicht den Schatten des Waldes. Staub- und Pollenwolken schwebten darin und glitzerten golden in der Luft. Unmittelbar bevor sie am Nachmittag eine Rast zum Essen einlegten, knurrte sie ein braun-gelb gestreifter Baumlöwe von einem Ast herab an. Loudin brüllte lauthals zurück, und da sprang das Tier von Ast zu Ast davon, wie ein Rieseneichhörnchen. Hinter ihm schwebte ein Schauer grüner Blätter langsam zum Waldboden herab. Mikahl staunte. Die Katze war etwa doppelt so groß wie die Mäusejäger gewesen, die er aus der Burg kannte, aber ihr Knurren so tief und einschüchternd wie das der wilden Löwen, die die Ebenen Westlands durchstreiften. Loudin fluchte darüber, dass er seinen Bogen nicht schussbereit gehabt hatte. Offenbar schmeckten die Baumkatzen ausgesprochen gut, denn der Jäger sprach während ihrer gesamten Rast über die verpasste Gelegenheit.

Sie aßen den Rest von Mikahls Brot und noch etwas von seinem Käse. Loudin steuerte Pökelrindfleisch bei, das er als Vorrat mitführte, und scherzte darüber, wie viel Käse Mikahl aß und wie er ihm schon völlig die Eingeweide verstopft hatte. Entschlossen, frisches Fleisch zum Abendessen zu besorgen, spannte Loudin seinen Bogen und bedeutete Mikahl, es ihm gleichzutun. Dann stiegen sie auf und ritten weiter.

Mikahl bekam zu sehen, was sie zum Frühstück gegessen hatten, als Loudins Pfeil knapp eine fuchsartige Kreatur mit grau geflecktem, hellrotem Fell verfehlte. Mikahl lachte, während sie, begleitet von Loudins Flüchen, durch den Wald davonsprang.

»Was ist daran so witzig, Junge?«, fragte der Alte.

»So schlecht, wie du zielst, ist es ein Wunder, dass du im Wald auch nur einen Baum triffst.«

»Du warst also daheim in der Burg der Hofnarr.« Loudin lachte über seinen eigenen Witz. »Kein Wunder, dass sie dich verstoßen haben. Du bist alles andere als witzig.«

Als Hofnarr bezeichnet zu werden verletzte Mikahls Stolz und machte ihn wütend, und er sprudelte hervor, ohne zu überlegen: »Ich bin der Leibknappe des Königs, und ich könnte dich mit dem Bogen jederzeit …« Er verstummte, als ihm klar wurde, was ihn sein dummer Versprecher gekostet haben konnte.

»Klar, der Leibknappe des Königs«, lachte Loudin, »und dieses Bündel, das du hütest wie deinen Augapfel, birgt nichts anderes als das gute, alte Eisendorn.«

Mikahl blieb fast das Herz stehen. Woher wusste er das? Hatte Loudin die Packtaschen durchwühlt, während er geschlafen hatte? Hatte er …?

»Vielleicht könntest du mich auf einem Übungsfeld beim Scheibenschießen übertreffen, Junge«, fuhr Loudin fort, »aber wenn dich das, was du töten willst, zu seiner nächsten Mahlzeit verarbeiten möchte, dann würde es den Leibknappen des Königs fressen, bei den Göttern.«

Mikahl brauchte einen Augenblick, um zu begreifen, dass Loudin sich über ihn lustig machte. Er wollte sich verteidigen, überlegte es sich dann aber anders. Die Bemerkung über Eisendorn war nur ein Scherz gewesen, wie er jetzt erkannte. Loudin wusste nichts von seiner Last. Das war eine willkommene Erleichterung, aber Mikahl wünschte sich, er hätte gerade nicht gewirkt wie ein verzogener, in einer Burg geborener Flegel.

»Ja, stimmt, ich bin hier fehl am Platz«, sagte er nach einer Weile.

Er empfand das dringende Bedürfnis, den Respekt, den er mit seiner kindischen Prahlerei verloren haben mochte, zurückzugewinnen. »Ich will nur …«

Loudin lachte. »Du hast Eier wie ein Mann, aber das Hirn eines Knaben! Das ist ein häufiges Problem bei jungen Männern. Ob in einer Burg aufgewachsen oder auf einem Schiff geboren, das machen wir alle durch, Junge.«

Lange ritten sie schweigend dahin. Einmal verhielt Loudin sein Pferd und hob mit einem warnenden Zischen die Hand. Stocksteif saßen sie da, und Mikahl versuchte verzweifelt zu hören, weshalb der Jäger sich die Hand ans Ohr legte.

Danach ritten sie schneller. Mikahl wollte nach dem Grund fragen, doch der besorgte Gesichtsausdruck des Jägers hielt ihn davon ab. Er wagte nicht, unnötige Geräusche von sich zu geben. Es wurde dunkel, als Mikahl schließlich den Mut zum Sprechen aufbrachte.

»Werden wir bald rasten?«, fragte er, so leise er konnte.

»Ja«, flüsterte Loudin mit derselben beunruhigenden Eindringlichkeit. »Aber nicht lange.«

Als sie stehen blieben, erfuhr Mikahl, dass sie kein Lager aufschlagen würden. Loudin legte rasch den Bogen weg, kramte in seinen Satteltaschen herum und brachte die eisernen Bärenfallen zum Vorschein. Er brauchte nur einige Augenblicke, um sie nebeneinander auf den Weg zu legen, auf dem sie gekommen waren. Dann schob er mit dem Fuß Reisig und

Laub darüber und kehrte zu seinem Gepäck zurück. Es war so dunkel, dass Mikahl nicht sehen konnte, was der Mann tat.

»Schneid mir ein schönes Stück von deinem Käse ab, Mik«, flüsterte der Jäger.

Als er Loudin gab, worum er gebeten hatte, hielt der Mann eine Silbermünze oder vielleicht auch einen Knopf hoch, um zu prüfen, wie sehr er im nächtlichen Wald schimmerte. Loudin nahm den Gegenstand, den Käse und noch etwas, das Mikahl nicht erkennen konnte, und kehrte zu den Fallen zurück. Neugier nagte an Mikahls Eingeweiden. Das Gefühl wurde nur noch schlimmer, als Loudin nicht wieder aufstieg, sondern sie vorsichtig zu Fuß aus dem Umkreis der Fallen wegführte.

Es schien eine Ewigkeit zu vergehen, bis der Jäger schließlich das Schweigen brach.

»Bleib auf deinem Pferd, Mik«, flüsterte er.

Das Mondlicht spiegelte sich auf Loudins glänzendem tätowiertem Schädel und im Weiß seiner Augäpfel. Der alte Jäger hätte eine Kreatur des Waldes oder ein Ungeheuer aus dem Lied eines Barden sein können. In diesem Augenblick sah er alles andere als menschlich aus.

»Etwas verfolgt uns«, flüsterte er Mikahl zu. »Wir halten heute Nacht nicht mehr an.«

»Was denn?«, fragte Mikahl die leere Stelle, wo der Jäger eben noch gestanden hatte.

»Das hoffe ich bald herauszufinden.«

Loudins Stimme kam jetzt von weiter vorn. Er vermutete zu Recht, dass Loudin wieder aufstieg.

Windhuf war Loudins Rotschimmel jetzt lange genug gefolgt, um den richtigen Abstand von ihm zu wahren, ohne dass Mikahl darauf achtgeben musste. Das erleichterte den Ritt durch den dunklen Wald, ließ Mikahls Geist aber genug Freiheit, um darüber nachzugrübeln, wer oder was hinter ihnen her sein mochte.

Das nächtliche Lied der Insekten war endlos, aber jedes Mal, wenn ein Vogel aus den Bäumen aufflatterte oder in der Ferne

Laub raschelte, raste Mikahls Herz in seiner Brust. Er zwang sich immer wieder, sich zu entspannen, doch kaum hatte er sich beruhigt, ertönte aus der Finsternis ein weiteres Geräusch, das ihn erschreckte. Just als er sich endlich an die seltsame Symphonie der Nacht gewöhnt hatte, versank alles ringsum in Totenstille.

Ein schrecklicher, markerschütternder Schrei zerriss die Luft wie eine Axt, die Fleisch spaltete. Was immer es war, es klang fast menschlich.

Windhuf scheute, dann wollte er sich aufbäumen, woraufhin Loudins Rotschimmel durchzugehen drohte. Zum Glück hing die Echsenhautrolle fest an beiden Sätteln. Es folgte ein kurzer, wilder Ritt durch die Finsternis, aber sie wurden nicht von ihren Pferden getrennt.

Als Loudin sie schließlich zum Stehen gebracht und die Tiere etwas beruhigt hatte, drehte er sich um und funkelte Mikahl an. Selbst in der Dunkelheit konnte er erkennen, dass der Jäger alles andere als freundlich wirkte.

»Ich weiß nicht, wer du wirklich bist, Mik, oder was du getan hast.« Er stieß die Worte zwischen zusammengebissenen Zähnen hervor. »Aber ich sage dir, die Männer, die uns verfolgen, sind nicht hinter mir her!«

KAPITEL 14

HERZOG GUTKIND AUS DER STADT GRÜNSEIT IN Nordwestland war weder ein Kind noch gut. Er war ein großer, schlaksiger Jäger mit Raubvogelaugen und Hakennase und durchstreifte den Reyhallwald, seit er in den Windeln gelegen hatte. Er war einer der bevorzugten Gefolgsleute Lord Brachs und Oberhaupt einer der wohlhabendsten Familien mit besten Verbindungen in ganz Westland.

Der Herzog stand verdientermaßen im Ruf, kein tapferer Adliger, sondern ein skrupelloser Verhörmeister und auf dem Schlachtfeld ein furchtloser, vortrefflicher Krieger zu sein. Seine Taten während des Konflikts mit den Halbblutbestien bei Kaltfrost hatten ihm den Beinamen »Der Schlächter« eingetragen. Im hohen Norden diente er sowohl Lord Brach als auch König Balton äußerst gut. Nun stand er kurz davor, die Gunst des neuen Königs zu erringen und auch seinen Status bei seinem Lehnsherrn, Lord Brach, zu verbessern.

Vor dem Sommertagsfest, am Tag nach König Baltons Tod, aber noch bevor dieser öffentlich bekannt gegeben wurde, rief man den Herzog in eine Bibliothek tief im Gemäuer der Seeburg.

Er war mit einer kleinen Gruppe seiner Männer und einem Neffen, dem seine Frau in ihrem Geiste einen nahezu göttlichen Status verliehen hatte, nach Seestadt gekommen. Sie konnte selbst keine Kinder bekommen, also hängte sie sich an einige auserwählte Kinder ihrer Schwester.

Der Neffe war ein Bogenschütze, und der Herzog ging in die Burg, um Lord Gregory darum zu bitten, dass sich der Junge der Gruppe anschließen konnte, die zum Sommertagsfest ging.

Natürlich zählte zur Gruppe des Löwenfürsten bereits ein hervorragender Bogenschütze. Lord Gregory hatte einen prall mit Goldlöwen gefüllten Beutel erhalten. Der Löwenfürst lehnte die Bestechung höflich ab, machte aber einen Vorschlag, der den Herzog überraschte. Herzog Gutkind überreichte daraufhin Lord Gregorys Bogenschützen einen wesentlich weniger prallen Beutel, und der Schütze benötigte plötzlich einen Gehilfen. Der Neffe freute sich, als solcher eingestellt zu werden. Herzog Gutkind freute sich, den Jungen los zu sein, und brach wieder auf, ehe es sich jemand anders überlegen konnte.

Da der Herzog den Jungen jetzt los war, wollte er sich noch um einige andere Angelegenheiten kümmern. Er ließ seine Männer mit einfachen Anweisungen in der Taverne am Nordstraßentor zurück. Nachdem er sich durch einen der vielen Hintereingänge in die eigentliche Burg geschlichen hatte, begab sich der Herzog unauffällig in den zweiten Speisesaal. Es war kurz vor Mittag, und der Großteil der Burgbediensteten war dort und aß, ehe man aufbrach, um sich wieder um die Adeligen zu kümmern. Bald hatte er gefunden, was er suchte. Sie servierte hier im Saal, genau wie beim letzten Mal, als er ohne seine Frau in der Seeburg gewesen war. Er war sehr empört, als seine kurze Unterredung mit ihr von einem ängstlichen jungen Pagen unterbrochen wurde, der des Königs Wappen auf der Brust trug.

Verärgert, aber nicht so sehr, dass er dem Ruf des Königs nicht gefolgt wäre, begleitete der Herzog den Jungen durch die Burg und fragte sich auf dem gesamten Weg, wie seine Anwesenheit so schnell hatte bemerkt werden können.

Er hatte Lord Gregory im Stallhof getroffen, als die Gruppe gerade zum Sommertag aufbrechen wollte und er seine Männer soeben erst zurückgelassen hatte. Das Mittagsläuten war noch nicht erklungen, und er hatte keine Ahnung, woher jemand wissen sollte, dass er in der Stadt war, geschweige denn, wie jemand ihm einen Pagen schicken konnte, der ihn in einen bestimmten Raum der Burg geleiten sollte.

Während der Junge ihn immer tiefer in die Burg führte, wurde er langsam nervös. Er fragte sich, ob sich jetzt einiges von dem, was er seinen Gefangenen nach der Schlacht von Kaltfrost angetan hatte, rächen würde. Oder war er einem der höhergestellten Adligen auf die Füße getreten? Er durchforstete sein Gedächtnis nach jeder einzelnen Begegnung, die er mit König Balton und seinen Lieblingshöflingen gehabt hatte. Ihm fiel nichts ein, was er getan haben konnte, um diese seltsame Vorladung zu rechtfertigen. Dass alle Gesichter, die er sah, die der Adligen wie die der Diener, sauertöpfisch wirkten, machte die Sache nur noch schlimmer.

Die Bibliothek war klein und vollgestopft. Ein Kandelaber auf einem polierten Eichenlesepult spendete unzureichendes Licht. Das Pult war an einen Tisch geschoben worden, und beide Oberflächen waren mit offenen Karten bedeckt. Im Raum waren vier, nein, fünf Männer. Die einzigen Gesichter, die er in dem spärlichen Licht erkennen konnte, waren die seines Lehnsherrn, Lord Brach, und des Hofmagiers mit der fast albinoweißen Haut, Pael. Als der Herzog sah, wie ihn der unheimliche Magier anlächelte, fragte er sich, ob der Magus ihn durch irgendeine Teufelei aufgespürt hatte.

Die anderen Männer im Raum standen an der Rückwand, wohin der Kerzenschein nicht reichte. Er konnte ihre Gesichter nicht erkennen. Das war offenbar Absicht. Sie beobachteten entweder oder standen schweigend Wache. Herzog Gutkind wusste, dass sie da waren, ob es ihnen gefiel oder nicht. Ihre Anwesenheit diente lediglich dazu, ihn in die Defensive zu drängen, was sein Lehnsherr, Lord Brach, bemerkte.

»Wir haben keine Zeit für Formalitäten, Vincent. Ich spüre deine Sorge«, sagte Lord Brach. »Ich gehe davon aus, du kannst das, was heute hier besprochen wird, für dich behalten?«

Es war eine rhetorische Frage, doch der Herzog nickte. Die beiden Männer kannten einander, so gut sich zwei Männer nur kennen konnten. Das Vertrauen zwischen ihnen war tief und hatte eine mehrere Generationen übergreifende Tradition.

Brach setzte oft Gutkinds Fertigkeiten ein, um Informationen aus Schurken und Straßenräubern herauszuholen, und Herzog Gutkinds Feste war ideal geeignet für die Unterbringung von Gefangenen, die vielleicht plötzlich gänzlich aus dem Reich verschwinden mussten. Lord Brachs Gesichtsausdruck beruhigte Herzog Gutkind. Er konnte daran ablesen, dass nicht er im Zentrum dieser seltsamen Versammlung stand.

Pael sah ihn an, als betrachte er die Innenseite seines Schädels. Sein Blick war verstörend, aber er erblasste nicht unter der eindringlichen Musterung. Er hatte unaussprechliche Gräuel begangen, und es bedurfte mehr als des starren Blicks eines Mannes, der so weiß war wie aus Marmor gehauen, um ihn aus der Ruhe zu bringen.

»Der König ist tot«, sagte Lord Brach schließlich. »Vergiftet oder durch Magie getötet, das wissen wir noch nicht sicher, aber das soll nicht deine Sorge sein. Ich sage es dir nur, damit du das Ausmaß der Pflicht erkennst, mit der wir dich betrauen.«

»Her mit dem Stallburschen!«, befahl Pael.

Der seltsame Magier hatte etwas Finsteres, Schwindelerregendes an sich, das eine Saite im Herzog zum Klingen brachte.

Zwei der Männer, die an der Rückwand standen, traten ins Licht. Gutkind erkannte sofort einen der Leibgardisten Lord Brachs. Er nickte dem Mann grüßend zu.

Der andere trug etwas, das einst vermutlich Arbeitskleidung gewesen war, jetzt aber mit Schweiß, Erbrochenem und ziemlich viel Blut befleckt war. Das Gesicht des Stallburschen war auf der einen Seite geschwollen, als habe er einen Apfel im Mund. Gutkind sah, dass noch ein weiterer Mann im Schatten verborgen war. Innerlich beglückwünschte er sich für seine korrekte Zählung.

»Während der König letzte Nacht im Sterben lag, bereitete sich des Königs Knappe, ein Junge namens Mikahl Thayne, auf eine längere Reise vor und floh aus der Burg«, erklärte Lord Brach.

Thayne war, wie Gutkind wusste, der Nachname, den man Bastardkindern gab. Thayne war der Gott der Bedürftigen, der Beschützer der Verlorenen und Einsamen. Der Herzog legte diese Information in seinem Gedächtnis ab und hörte weiter zu.

»Er ist in der Nacht aufgebrochen, nachdem er über diesen Mann hergefallen ist.« Lord Brach deutete mit einem Ausdruck äußersten Abscheus auf den Stallburschen. »Wir nehmen an, er ist durch das Nordstraßentor geritten. Es war als einziges die ganze Nacht über offen.«

Jetzt wusste Herzog Gutkind, worin seine Pflicht bestand. Schließlich war er Jäger und Verhörmeister. Er war froh, Tully und Garth auf diesen außerordentlich ersprießlichen Botengang mitgebracht zu haben. Beide waren erfahrene, loyale Männer, die wussten, wie man die Art Beute, die sie jagen würden, fing und erlegte. Herzog Gutkinds Gesicht nahm langsam einen eifrigen, sehnsuchtsvollen Ausdruck an. Es war der lustvolle Gesichtsausdruck eines Raubtiers, einer hungrigen Bestie, die Blut wittert. Pael, der den Herzog schweigend beobachtet hatte, las die Empfindungen im Antlitz des Mannes und war angenehm überrascht.

»Hol aus dem Stallburschen heraus, was du kannst, dann entledige dich seiner.«

Das Wort »entledige« zu betonen wäre nicht nötig gewesen. Gutkind hatte verstanden, was sein Herr meinte, aber er nickte. Lord Brach sprach weiter: »Wenn irgend möglich, wollen wir diesen Knappen lebend. Art und Zeitpunkt seines Aufbruchs legen nahe, dass er in die Sache verwickelt ist und vermutlich einer unbekannten Partei eine Botschaft überbringt. Wir möchten wissen, wem, koste es, was es wolle.«

»Ich will ihn lebend!«, befahl Pael, dessen Augen eine Dringlichkeit ausdrückten, die sich Gutkind durchaus erschloss. »Egal in welchem Zustand. Solange er lebt und sprechen kann, werde ich seinem Geist das Wissen entreißen können, das wir suchen!«

»Ich verstehe«, versicherte Gutkind voller Diensteifer. »Wenn es Euch recht ist, Herr, könnte Euer Mann den Stallburschen zum Stall zurückbringen. Ich würde es selbst tun, aber wie es scheint, ist hier Eile geboten. Ich muss noch andere Vorbereitungen treffen und für Männer und Ausrüstung sorgen, ehe ich mich um ihn kümmern kann.«

Mit einem Nicken gewährte Lord Brach die Bitte. Herzog Gutkind wandte sich zur Tür und wollte gehen, als ihn eine Stimme, die er sofort erkannte, innehalten ließ.

»Ich werde Eure Sorgfalt in dieser Angelegenheit nicht vergessen«, sagte Prinz Glendar aus den Schatten. Herzog Gutkind lächelte in sich hinein. König Glendar, verbesserte er sich und ging mit noch größerem Eifer seinen Pflichten nach.

Nachdem er alles aus dem Stallburschen herausgeholt und seinen Dolch vom Blut und den Hautfetzen gesäubert hatte, traf Herzog Gutkind seine Männer am Nordstraßentor. Die drei Nachtwächter schienen verärgert darüber, so früh am Tag aufgescheucht zu werden. Sie zeigten sich aber gehorsam und kooperativ, nachdem der Herzog ihnen die zehn blutigen Finger des Stallburschen vor die Füße geworfen hatte.

Sie alle waren sich einig, dass nach Einbruch der Dunkelheit niemand mehr durch das Tor geritten war. Nur ein Wagen und später ein einzelner Postreiter waren hereingekommen. Herzog Gutkind wusste aus Erfahrung, dass die Wächter die Wahrheit sagten, also ließ er sie in Ruhe und zog weiter.

Am nächsten Morgen traf Herzog Gutkind auf der Nordstraße unmittelbar südlich von Kreuzlingen einen Bauern, der gehört, aber nicht gesehen hatte, wie zwei Nächte zuvor in den Stunden vor der Morgendämmerung zwei Pferde auf den Kreuzweg zugaloppiert waren. Daraufhin teilte der Herzog seine Männer auf und schickte sie zu allen Gehöften, die nah genug an der Straße standen, um Reisende hören zu können. Mittags wurde die Geschichte des ersten Mannes bestätigt. Ein anderer Mann behauptete, er habe einen Postreiter gesehen, der mit einem Packpferd auf der ostwärts führenden Abkürzung von Kreuzlingen weggaloppiert war. Gutkind wusste, es war kein Postreiter gewesen, und hatte zum ersten Mal auf dieser neuen Jagd das Gefühl, wirklich die Witterung seiner Beute aufgenommen zu haben.

Herzog Gutkind glaubte nicht ans Glück; er hielt sich für einen Liebling der Götter, also dankte er ihnen für seine Erfolge in der jüngeren Vergangenheit. Als einer der beiden zusätzlichen Männer, die er in Kreuzlingen angeheuert hatte, sich am Rande des Mittwegs erleichterte und in der Ferne einen Mann stöhnen hörte, fühlte sich der Herzog in seinem Glauben an die Götter bestätigt.

Sie gingen dem Geräusch nach und fanden einen Pfad, der nordwärts in den Reyhallwald führte und so deutlich zu erkennen war wie eine kopfsteingepflasterte Straße. Dort stießen sie auf einen sterbenden Banditen, der bestätigte, dass ihm ein Mann des Königs in die Innenseite des Oberschenkels gestochen und als tot liegen gelassen hatte. Nachdem er den Mann gefoltert hatte, um auch wirklich alles aus ihm herauszuholen, schnitt ihm Herzog Gutkind die Kehle durch und befahl Garth, Tully und den beiden zusätzlichen Männern, die Leiche des Mannes und seines Kumpanen, der bei ihrem Eintreffen bereits tot gewesen war, zu entsorgen. Dann zündete er ein Feuer an und lagerte.

Die Zuversicht des Herzogs wuchs; wieder hatten ihm die Götter zugelächelt. Ständig führten sie ihn in die richtige Richtung. Es war wie in Kaltfrost, sinnierte er, als all diese wilden Halbblutriesen das gestanden hatten, was er von ihnen hatte hören wollen. Lord Brach und der alte Lord Finn hatten ihm ihr Lob ausgesprochen. Seine Opfer sagten immer, was er hören wollte, wenn er genügend Druck auf sie ausübte.

Während der Herzog am Lagerplatz saß, fühlte er sich so sicher, dass er sich nicht einmal fragte, wie ein einfacher Knappe ganz allein zwei hartgesottene Straßenräuber hatte töten können. Garth, Tully und die beiden anderen Männer hingegen wohl. In ihrer Vorstellung war ihre Beute plötzlich etwas respekteinflößender als ein einfacher, verzogener Junge aus der Burg.

Am nächsten Nachmittag erreichten sie eine Lichtung, auf der der halb verzehrte Kadaver einer riesigen gehäuteten Echse lag, und dort griff ein gieriges Wolfsrudel sie an. Das Pferd eines der Männer ging zu Boden, und während er darunter eingeklemmt war, fielen die Wölfe über ihn her. Tully tötete zwei von ihnen mit gut platzierten Pfeilen. Zwei weitere tötete der Herzog mit dem Schwert, um den Eingeklemmten zu retten. Er ritt mitten ins Gewühl, hieb furchtlos um sich und achtete dabei kaum auf die eigene Sicherheit, aber es war verschwendeter Heldenmut. Die hungrigen Wölfe zerrissen den Mann. Garth ritt den anderen Mietling nieder, der fliehen wollte, aber es gelang ihm dabei, einen weiteren Wolf unter den Hufen seines Pferdes zu zermalmen. Die verbliebenen Wölfe zerstreuten sich zögernd und schlichen von dannen. Ein Wolf wandte sich um und knurrte sie an, wie um sein Rudel zu einem weiteren Angriff zu sammeln, doch einer von Tullys Pfeilen streifte ihn und scheuchte sie alle zurück in den Wald.

Herzog Gutkind wischte das Blut von seiner Klinge und schob sie in die Scheide zurück. Er stieg ab, zerrte den Mietling aus dem Sattel und schlug ihm brutal gegen die Schläfe, sodass er in die Knie ging. Er hätte den Mann beinahe an Ort und Stelle getötet, aber zur Enttäuschung Garths und Tullys ließ er ihn dann nur alle Pfeile rund um seinen halb aufgefressenen Kameraden einsammeln.

Tully ging mit ihm, um die Taschen und Beutel des Toten zu filzen. Dann kamen die Satteltaschen des Mannes an die Reihe. Tully hielt im Plündern nur lang genug inne, um dem Feigling mit einer der abgebissenen Hände der Leiche zu winken.

Dass ihr Herr ohne Zögern mitten in das Wolfsrudel geritten war, hatte Garth und Tully wieder einmal an seine Kraft und Furchtlosigkeit erinnert. Seine Skrupellosigkeit führte der Herzog ihnen recht brutal vor Augen, als er dem Feigling, nachdem er Tully seine Pfeile zurückgegeben hatte, das Schwert in den

Bauch stieß, davonritt und ihn auf der Lichtung liegen ließ, wo er eines langsamen, qualvollen Todes sterben würde. Er wäre noch am Verbluten, wenn die Wölfe zurückkamen. Garth und Tully hätten vollstes Vertrauen zum Plan des Herzogs gehabt, ihr Opfer einzuholen und dann zu überraschen, hätten sie nicht das alte Schwert gefunden, das aus der Kehle der toten Echse ragte. Es glänzte in der Sonne wie ein Kreuz, das aus einem Meer rotbraunen Todes aufragte. Nachdem sie sich davon überzeugt hatten, dass es ein Westländer Normalschwert war, kamen sie zu der Ansicht, dass der einfache Knappe vielleicht ein noch größeres Raubtier war als Herzog Gutkind selbst.

Die drei kamen gut voran, denn die Spur war leicht zu verfolgen. In jener Nacht führten Garth und Tully die Pferde abwechselnd bei Laternenschein zu Fuß. Am nächsten Morgen erfuhren sie, wie dicht sie davor standen, ihre Beute zu fangen, denn sie stießen auf ein frisch verlassenes Lager. Von dort aus schlichen sie sich auf Fährten weiter und kamen dem Knappen langsam näher. Der Herzog beschloss zu warten, bis der Junge in dieser Nacht sein Lager aufschlug. Sie würden ihn im Schlaf überraschen. Die Spuren im Lager hatten ihnen verraten, dass sie es mit zwei Männern zu tun hatten. Herzog Gutkind hoffte, es wären der Knappe und der Verschwörer, über den Lord Brach und König Glendar mehr erfahren wollten.

Gedanken an Lob und Glanz trugen den Herzog durch den langen Tag, aber er verlor nie die Witterung seiner Beute. Er hatte keinen Zweifel daran, dass er und seine Männer den Jungen und seinen Gefährten überwältigen würden, wenn die beiden sich endlich zur Nacht niederlegten; als jedoch die Nacht hereinbrach und es immer finsterer wurde, wurde er langsam unsicher.

Sie wagten nicht, die Laterne anzuzünden. Sie waren zu nah. Der Knappe würde im Dunkeln nicht schneller vorankommen als sie, und daher marschierten sie weiter. Gutkind ließ Tully absteigen und sie zu Fuß weiterführen. Er schwelgte noch in dem Ruhm, den ihm die Gefangennahme der beiden Männer einbringen würde, als Tully stehen blieb und sich bückte, um etwas aufzuheben, das er auf dem Boden hatte glänzen sehen.

Der markerschütternde Schrei, den Tully ausstieß, als die Eisenzähne einer Falle sich um seinen Arm schlossen, hallte weit durch den nächtlichen Wald.

Er erschreckte alle Lebewesen derart, dass sie völlig verstummten. Aber der Laut, der die Bäume dermaßen ängstigte, dass sie drohten, ihre Wurzeln aus dem Boden zu reißen und zu fliehen, war das grimmige Zornesgrollen, das tief aus dem Inneren des Schlächters von Kaltfrost stieg.

KAPITEL 15

HYDEN KAUERTE ÜBER DEM VERWUNDETEN kleinen Condlin, um ihn von den Pfeilen abzuschirmen, die noch immer auf sie herabregneten. So seltsam es schien, aber auch die die drei Elfen stellten sich schützend im Kreis um sie auf. Einer äußerte seinen Unmut darüber, formierte sich aber trotzdem mit seinen Gefährten. Condlins Zappeln verriet Hyden, dass sein Cousin noch am Leben war.

Kralle war fast zerquetscht worden, als Hyden sich auf den kleinen Condlin geworfen hatte. Er versuchte, dem Chaos fliegend zu entkommen, doch seine untrainierte Flügelmuskulatur gehorchte seinem Willen nicht. Halb flatternd, halb hüpfend bewegte er sich über den Rasen. Um sie herum hörten sie gellende Schreie, verzweifelte Rufe und Kampfeslärm. Das Geräusch von Stahl, der auf Stahl traf, war unverkennbar, sogar für Hyden, der noch nie ein Schwert berührt hatte, außer einmal bei einem Waffengeschäft an den Pfaden.

»Der Pfeilregen hat aufgehört«, sagte der Bogenschütze der Elfen, während er in die Knie ging, um sich die Verletzungen des Jungen anzusehen. Hyden hätte die gelbäugige Gestalt davon abgehalten, seinen Vetter auch nur anzurühren, aber der Tonfall des Elfen und seine sanfte Vorgehensweise hielten ihn zurück. Er sah sich um. Sein Vater und Onkel Condlin rannten auf ihn zu. Zorn und Angst zeichneten sich deutlich auf ihren Gesichtern ab. Hinter ihnen sah Hyden die Mutter des kleinen Condlin, die auf den Knien lag und das Gesicht in den Händen vergrub. In den letzten Wochen hatte sie einen Sohn verloren, und ein anderer war zum Krüppel geworden. Hyden konnte sich nicht vorstellen, wie sie sich fühlte, wenn sie nun mit ansehen musste, wie ein Pfeil ein weiteres ihrer Kinder niederstreckte. Es schien, als könnten die Rotwolfsoldaten sich nicht recht entscheiden, ob sie in das sich ausweitende Schlachtgeschehen eingreifen oder die wenigen, die noch immer unbewaffnet auf dem Kampfplatz standen, beschützen sollten. Sie waren in genügender Anzahl auf der Schießbahn versammelt, dass die Angreifer und die anderen wütenden Menschen sich lieber von diesem Bereich fernhielten.

Hyden spürte in seinem Blut ein körniges Kribbeln, ehe er die Magie des Elfen am Werk sah. Es kam so unerwartet und eindringlich, dass er sich reflexartig darauf konzentrierte. Der Elf öffnete die oberen Knöpfe an Condlins Hemd und zog ihm den Pfeil langsam aus dem Leib. Mit der anderen Hand zeichnete er einen Kreis über der Brust des Knaben. Eine Stelle tief unter der Haut des Kindes leuchtete rot-orange auf. Das Glühen breitete sich aus und trat an der Stelle hervor, an der der Schaft aus dem Hals ragte. Schließlich sahen sie, dass es die stählerne Pfeilspitze war, die glühte, und sie glomm noch, als sie aus dem Körper glitt.

Harrap und Onkel Condlin bahnten sich mit Gewalt einen Weg durch das Wirrwarr. Kralle wurde erneut fast zerdrückt und sprang in Hydens Schoß, um sich in Sicherheit zu bringen. Der kleine Condlin starrte den Elfen, der soeben Magie bei ihm angewendet hatte, mit weit aufgerissenen Augen an.

»Danke«, brachte er heraus, ehe sein besorgter Vater ihn in die Arme nahm. Tränen der Erleichterung strömten über das Gesicht des Ältesten, als er seinen Jungen stumm zurück zu dessen Mutter trug. Nachdem er sich vergewissert hatte, dass auch Hyden unversehrt war, ging Harrap mit den anderen zurück. Sein verängstigtes Volk brauchte ihn im Augenblick mehr als sein Sohn.

Einige der Ältesten des Skyler-Clans verhandelten mit einer Gruppe Rotwolfsoldaten. Die Ältesten wollten, dass diese ihre Clansangehörigen beschützten und ihre Besitztümer bewachten, während sie ihre Habseligkeiten sammelten und den Aufbruch vorbereiteten. Sie verlangten außerdem sicheres Geleit, zumindest bis sie am Fuß des Riesengebirges angekommen waren. Die Wachen wollten dem nachkommen. Die Menge Gold, die der Clan ihnen bot, war mehr als genug, doch die Krieger aus Wildermont waren viel zu ehrenhaft, um sich für eine Handvoll Münzen vor der Verantwortung zu drücken. Allerdings schickten sie einen Mann los, einen gewissen Kommandanten zu finden, der gierig genug war, um sich auf eine solche gewissermaßen edle und profitable Unternehmung einzulassen. Der Skyler-Clan sollte dort warten, wo kaum gekämpft wurde, während ein paar Rotwolfmänner und einige Älteste die Zelte und den übrigen Besitz bewachten. Der Rest drängte sich auf dem Feld des Schießwettbewerbs bei den Wildermontsoldaten zusammen, während rings umher das Chaos immer größer wurde.

Nur wenige Hundert Meter entfernt tobte ein Kampf beachtlichen Ausmaßes. Schwerter, Fäuste, Dolche und sogar Feldwerkzeug kamen zum Einsatz, um in aller Öffentlichkeit zu töten und zu verstümmeln. Hier, auf dem satten grünen Gras des heiligen Leif-Greyn-Tals, starben in diesem Augenblick Menschen. Hyden sah den Goldlöwen Westlands an einem Fahnenmast inmitten einer Gruppe Kämpfender wehen. Ein kleiner Trupp Thalheimer Reiter zeigte stolz Schild und Hengst auf ihrer Brust, als sie in die Flanke der Westländer einfielen. Ein planvoll vorgehender Trupp Meerender, die die aufgehende Sonne ihres Königsreichs auf den Schilden führten, war mit der restlichen Meute verknäuelt. Der Großteil der Kämpfer war allerdings einfaches Volk. Sie kämpften direkt neben den ausgebildeten Soldaten und starben zuhauf. Das Banner der Hochvager Schwarzklingen konnte er nirgendwo mehr entdecken. Er suchte das Gebiet rund um den Kampfplatz ab, besonders die Gegend, aus der die ersten Pfeile gekommen waren. Er konnte das Feldzeichen nicht finden. Sie hatten die ganze Sache in Gang gesetzt und waren nun wie vom Erdboden verschluckt. Hyden wurde klar, dass er mit Ausnahme der beiden aufdringlichen Hochvager draußen auf den Pfaden überhaupt niemanden aus diesem Königreich gesehen hatte. Er kramte in seinen Erinnerungen nach weiteren Momenten, in denen er Männer aus Hochvag gesehen hatte, doch das Einzige, was ihm in den Sinn kam, war das weitläufige Feldlager, das sein Clan auf ihrem Weg zum Sommertag zu Gesicht bekommen hatte.

Ihm ging auf, dass Shaellas Gruppe ganz in der Nähe gelagert hatte. Sie war es auch gewesen, die die beiden ungehobelten Schwarzklingen zurückgepfiffen hatte. Hatte die Hexenkönigin Willa die ganze Sache in Gang gesetzt? Oder jemand anders? Hyden wusste sehr wenig über die Leute aus den Königreichen und ihre fremdartigen Sitten. Ihm war jedoch vollkommen bewusst, dass das Blutvergießen auf dem Boden des Leif-Greyn-Tals einen uralten Pakt verletzte, den alle Rassen des Reiches mit den Drachen geschlossen hatten. Zumindest hatte ihm das Berda, die Riesin, irgendwann erzählt.

»Ich bin Vaegon«, sagte der Elfenbogenschütze und legte die Hand auf Hydens Brust.

Diese Geste der Elfen entsprach dem Händeschütteln im Königreich, und er tat es ihm nach.

»Hyden«, sagte er, während er die Hand ausstreckte. Die seltsamen Augen des Elfen waren an den Stellen gelb, an denen sie bei Menschen weiß waren, was ihn verunsicherte. Er hatte noch nie aus solcher Nähe einem Elfen in die Augen gesehen und war überrascht, wie wild sie aussahen.

»Hyden Falk!«, berichtigte ihn Vaegon mit etwas, das ein Lächeln hätte sein können. Ein anderer Elf hob Kralle vom Boden auf und hielt ihn Hyden hin.

»Das ist mein Vater Drent.« Vaegon nickte zu dem Elfen hin, der den Falkling hielt. »Das ist mein Bruder Deiter.« Er wies auf den dritten Elfen.

Hyden setzte Kralle auf seine Schulter und vollzog die Geste mit dem ausgestreckten Arm nacheinander bei den anderen beiden Elfen. Drent, der Vater,sah genauso jung aus wie seine beiden Söhne. Der einzige sichtbare Unterschied war die Tatsache, dass sein Haar eine silbrig-blaue Färbung aufwies, wie dickes Eis, wohingegen die beiden Brüder einen Goldstich im hellen Haar zeigten. Die drei Elfen waren eine Handbreit kleiner als Hyden, und obgleich sie eher dünn waren, bewegten sie sich mit sichtlicher Kraft und Anmut.

»Ich stehe in deiner Schuld, Hyden Falk«, sagte Vaegon, als schmeckten die Worte ein wenig bitter. »Du hast mir das Leben gerettet. Ich stehe dir zu Diensten.«

Hinter ihm nickte Drent, stolz darüber, dass sein Sohn seine Ehrenschuld angenommen hatte. Auf Deiters Gesicht zeichnete sich jedoch deutlich ab, wie sehr ihn dieser Gedanke anwiderte, und Hyden traute sich nicht, den furchteinflößenden Blick zu erwidern.

Unsicher, was da gerade geschah, suchte Hyden unbeholfen nach Worten. »Du … eh … du hast meinem Vetter das Leben gerettet. Du … schuldest mir nichts.«

»Dein Vetter wäre daran nicht gestorben, Hyden Falk«, erwiderte der Elf sachlich. »Ich habe nur die Heilung beschleunigt und ihn vor den Schmerzen bewahrt, die es mit sich gebracht hätte, die Pfeilspitze mit einem Messer zu entfernen.«

Ein gurgelnder Schrei übertönte den sonstigen Lärm und zog alle Aufmerksamkeit auf sich. Die Zahl derer, die an diesem Ende des Platzes noch kämpften, hatte sich drastisch verringert, aber nur, weil so viele mittlerweile tot oder sterbend im Gras lagen. An einem Ende des Kampfplatzes lag ein blutgetränkter Mann in einem Händlergewand auf den Knien. Er umklammerte etwas, das aussah wie der zerschmetterte Körper eines kleinen Mädchens. Ein anderer Mann stolperte ziellos durch das Gemetzel und trug einen abgetrennten Arm in der einen und ein Stilett in der anderen Hand. Kopf und Gesicht waren blutverschmiert, und er schien völlig von Sinnen. Ein paar Rotwolfsoldaten warfen sich in die Schlacht und trotzten der nun kleineren Zahl Kämpfender, um die rivalisierenden Gruppen zu trennen. Der Versuch ließ sich allenfalls als nutzlos bezeichnen.

»Sie werden erst aufhören, wenn niemand mehr da ist, den sie töten können«, sagte Vaegon traurig. Hyden war sicher, dass der Elf nicht nur die Schlacht vor ihnen meinte. Er wollte damit sagen, dass dies nur der Anfang von etwas viel Größerem, bei weitem Zerstörerischerem war.

»Der Pfeil, der dich beinahe getötet hätte, wurde von Männern abgeschossen, die unter dem Banner der Schwarzklingen von Hochvag ritten«, sagte Hyden.

Er wusste nicht recht, warum er es ihm mitteilte. Er dachte nur, dass der Elf gerne gewusst hätte, wer versucht hatte, ihn zu töten. Jegliche Abneigung war aus dem Gesicht des Elfen gewichen.

»Bist du sicher?«, fragte Vaegon, ohne den Blick von der Schlacht abzuwenden.

»Ich habe sie dort auf dem Hügel gesehen.« Hyden wies auf die Stelle hinter den Zielscheiben, wo er sie erblickt hatte. Dabei fielen ihm zum ersten Mal die dunklen Rauchschwaden auf, die sich von den Pfaden erhoben. Vaegon sagte in der Sprache der Elfen etwas zu seinem Bruder und seinem Vater und hörte dann zu, als sein Vater ihm antwortete. Während sie sprachen, schaute Hyden zu seinem Clan hinüber. Es schien, als seien die drei Elfen die einzige Fraktion auf dem ganzen Sommertag, die nicht in Kämpfe verwickelt war.

»Lebe wohl, Hyden Falk«, sagte Drent mit einer leichten Verneigung. »Ich hoffe, wir sehen einander in besseren Zeiten wieder.«

Deiter sagte nichts zu Hyden. Mit finsterem Blick umarmte er Vaegon kurz. Es gab keinen Zweifel, dass der Blick dem Menschen galt, dem sein Bruder nun sein Leben verdankte. Die beiden Elfen verloren keine Zeit und brachen in die Richtung auf, in der Hyden die Unruhestifter gesehen hatte. Vaegon sah ihnen mit zusammengebissenen Zähnen nach.

Hyden wollte dem Elfen gerade erklären, dass ihn seine Leute brauchten und er helfen müsse, die Besitztümer des Clans zusammenzusuchen, um zurück in die Berge zu reisen, als die Sonne sich jäh verfinsterte. Schatten umgaben sie wie ein Schleier. Es war, als sei es mitten am Tag Nacht geworden.

Kralle hüpfte von Hydens Schulter. Zuerst sah es so aus, als wolle er geradewegs auf den Boden flattern, doch ungefähr auf halbem Weg hielten ihn seine Flügel plötzlich in der Luft. Ein paar Schläge später flog Kralle wie ein Pfeil auf die Zielscheiben zu.

Eine Rauchwolke war zu ihnen herübergeweht, und Hyden rang krampfhaft nach Luft, während er den Vogel suchte. Er entdeckte ihn auf einer der Zielscheiben in fünfzig Schritt Entfernung und staunte, wie weit das kleine Küken geflogen war. Da er glaubte, der Vogel sei erschöpft, machte er sich auf den Weg, ihn einzusammeln. Ein leichter Wind trug den Rauch davon und ließ etwas Sonnenschein durch. Ein einzelner Strahl, heller als die übrigen, fiel direkt auf Kralle. Vaegon, mit dem scharfen Blick des Elfen, hatte es bemerkt, und er machte Hyden darauf aufmerksam. Der Strahl tauchte den Falkling weiter in helles Sonnenlicht, während rings um ihn her der Wind ein Spiel mit den brodelnden Schatten trieb, sodass es mal hier, mal da heller und dunkler wurde. Als Hyden und Vaegon nur noch ein paar Schritte von ihrem Ziel entfernt waren, sprang der Vogel wieder in die Luft und flog noch weiter.

Hyden warf einen Blick zurück zu seinem Clan. Sein Vater hatte die Arme um die Schultern seiner Mutter gelegt und tröstete sie am Rande des Durcheinanders. Hyden war sicher, dass ihr Gerards Abreise nicht gut bekommen war und dass seine Anwesenheit helfen würde, ihren Kummer zu lindern, vor allem, nachdem sie gesehen hatte, wie einige Hundert Menschen nur einen Steinwurf entfernt gefallen waren. Sein Volk gehörte zu keinem Reich. Seine Leute begriffen den größeren Zusammenhang der Schlacht nicht. Krieg war etwas, von dem Berda in ihren Geschichten gesprochen hatte. Etwas so Vages und Unbegreifliches wie Feenbäume, die Meereswellen oder Meeresschiffe. Er wollte zu ihnen. Seine Leute brauchten ihn, aber Kralle führte ihn von ihnen fort. Tief im Innern spürte er den Sog des Falklings. Er hegte keinen Zweifel daran, dass es sein Schicksal war, dem Vogel zu folgen. Das Gefühl war überwältigend.

Vaegon sah Hydens besorgte Miene. Er spürte auch die geistige Aura Hydens und seines Vertrauten. Die Aura des Vogels, des Mannes und seine eigene waren ineinander verschlungen wie eine Kletterpflanze mit dem Baum, an dem sie wuchs. Vaegon wusste, welchen Weg sie alle drei einschlagen würden.

»Komm«, drängte er sanft und führte Hyden dorthin, wo Kralle gelandet war. »Die Männer des Wolfskönigs beschützen deine Leute. Ihnen geschieht auch ohne dich nichts.«

Als kämen Vaegons ermunternde Worte direkt von der Weißen Frau, wandte Hyden sich seinem Schicksal zu und machte sich auf, dem Vogel zu folgen.

***

Lord Alvin Gregory, der Löwenlord Westlands, war sich sicher, dass er in der Hölle auf Erden gelandet war. Wie sehr er auch um den Tod betete, er wollte nicht kommen und ihn mit sich tragen. Irgendein verfluchtes Insekt stach ihm in die Schulter, die daraufhin zur Größe einer Melone anschwoll. Sein Körper war so zerschrammt und lädiert vom Zweikampf mit dem Meerendmonster, dass seine Pisse aus blutigem Schaum bestand. Er blieb immer nur für kurze Zeitspannen bei Bewusstsein, in denen um ihn herum der nackte Wahnsinn herrschte. Diesmal erwachte er zwischen Rufen, Schreien und dem fernen Geräusch klirrenden Stahls, doch er war unfähig, sich zu bewegen und einen Blick aus dem Zelt zu werfen. Einmal schaute ein Soldat mit der Schwarzklinge von Hochvag auf dem Schild bei ihm vorbei, wurde jedoch sofort zur Seite geworfen und von einem anderen Soldaten übermannt. Nun schrie die vertraute Stimme Gowdens, eines seiner Hauptleute: »Zu mir, Männer! Zu mir!«, als wären sie irgendwo auf dem Schlachtfeld verstreut. Der Löwenlord wollte hinausrufen und nachfragen, was da geschah, aber seine Kehle war so trocken wie die Baumrinde im verfluchten vergangenen Herbst. Er erinnerte sich dunkel, dass sein Vater – oder war es eine andere Stimme? – ihm erzählt hatte, dass es nach der »Schlägerei« einen weiteren Kampf gegeben habe, einen Kampf zwischen einigen seiner Männer und den Leuten aus Meerend.

Dieser rotznäsige Bursche, den Herzog Gutkind unbedingt hatte mitbringen müssen, war halb totgeschlagen worden, fügte die Stimme hinzu, und einer der Holzfäller war auf üble Weise niedergestochen worden. War das an diesem Morgen passiert? Oder war es schon zwei Tage her? Für Lord Gregory konnte es auch eine Woche oder länger sein.

Er war gerade dabei, wieder in die Schwärze zu gleiten, als ein Lederstiefel die Zeltwand zerriss. Das Bein, das noch daran hing, schritt nach vorn, drehte sich und riss den Stoff dann weit auf, als es sich befreite. Das grelle Sonnenlicht blendete Lord Gregory. Der Stiefel kam näher, und es wurde klar, dass er zu einem Mann gehörte, der inmitten eines Schwertkampfs steckte. Der Stiefel hob sich und knallte auf seine geschwollene Schulter. Eine Welle dickflüssigen Eiters, der nach Fäulnis roch, quoll aus der Wunde. Das harte Tageslicht blendete ihn nicht halb so sehr wie der Schmerz, der ihn quälte. Er wollte schreien, doch die Anstrengung riss nur seinen ausgedörrten Hals auf. Er verfluchte alle Götter, die ihm einfielen, dafür, dass sie ihn am Leben erhalten und zugelassen hatten, dass er so leiden musste.

Gowdens Stimme rief einen weiteren Befehl, brach jedoch so abrupt ab, dass kein Zweifel blieb, warum er ihn nicht vollendete. Danach war es still, und Lord Gregory hörte nur ein paar Schritte, die offenbar näher kamen, und das Geräusch sich entfernender Hufe. Er reckte den Hals, um zu sehen, was er erkennen konnte, und in seiner Schulter pochte es heftig bei dieser Anstrengung. Die eingerissene Wand seines Zeltes versperrte ihm auf einer Seite die Sicht, aber auf der anderen sah er in einiger Entfernung eine Handvoll Männer kämpfen. Ob einer davon zu ihm gehörte, konnte er nicht sagen. Er schielte hinauf in den Himmel und betete erneut um seinen Tod. Ein Gesicht, das verkehrt herum über seinem hing, verdeckte plötzlich die grelle Sonne. Er hoffte, dass seine Gebete erhört worden waren, wurde aber enttäuscht, als die Person zu sprechen begann.

»Lord Gregory!«, sagte sein Knappe Wyndall atemlos. Der Junge war über und über mit Blut besudelt. »Herr, wir wurden angegriffen.« Da er mitten im Stimmbruch war, überschlug sich seine Stimme. »Zuerst waren es diese elenden, verfluchten Meerender, dann die Schwarzklingen.«

»Was? Wer?«, hustete der Löwenlord. Dann brachte er ein »Wasser!« heraus.

Wyndall stolperte auf der Suche nach einem Weinschlauch oder einer Flasche durch das Zelt und redete währenddessen weiter.

»Hundselende, verfluchte Meerender haben uns zuerst erwischt!«

Ein erbärmliches Stöhnen ganz in der Nähe ertönte, und der Junge steckte den Kopf aus Lord Gregorys Zelt und sah sich um. Da er nichts unmittelbar Bedrohliches entdecken konnte, fuhr er fort: »Denny, Turl und die Hälfte der anderen sind wie Köter davongerannt und haben uns in einer unangenehmen Lage zurückgelassen. Ah! Hier.«

Er goss einen Schluck Wasser aus einem Schlauch in Lord Gregorys Mund, dann noch einen.

»Wir haben fast alle besiegt, aber die vermaledeiten Hochvager Schwarzklingenkrieger kamen aus dem Nichts geritten. Es waren nur ein paar, aber sie haben alles, was ihnen im Weg stand, kurz und klein gehackt.«

Wyndall hielt inne, um Luft zu holen, dann goss er Lord Gregory einen weiteren Schluck Wasser in den Mund.

»Warum?«, fragte Lord Gregory, nachdem er geschluckt hatte. Er erwartete nicht, dass der Junge wirklich eine Antwort darauf hatte.

»Das ist noch nicht alles, Herr«, fuhr der Junge fort. »Sie haben das Gleiche auf den Pfaden gemacht. Die Schwarzklingen haben Unbewaffnete, Handwerker und Händler einfach niedergemäht. Sogar Frauen und Kinder!«

Bei der Vorstellung spiegelte sich Bestürzung auf Wyndalls Gesicht. Der Schmerz drohte ihn zu übermannen.

»Sie haben unschuldige Westländer und Rotwolfsoldaten niedergemacht und eine halbe Herde Thalheimer Pferde getötet. Sie haben einige dakanesische Wettpavillons in Brand gesteckt, als noch Leute darin waren«, schniefte er. »Dann kamen sie hier durch. Nur Gowden, Parker und ich haben überlebt!«

Er brach zusammen. Tränen flossen über seine schmutzigen Wangen, und das entsetzliche Ausmaß der Gräuel, die er gerade erst gesehen hatte, brach mit aller Gewalt über ihm herein. Er zitterte, als er fortfuhr: »Ein Meerender hat Gowden und Willem erwischt. Ich bin gefallen, und ich … ich bin nicht wieder aufgestanden. Erst … erst, nachdem sie weitergezogen waren.« Er sank in sich zusammen und heulte wie ein Kind.

»Sie wissen von König Baltons Tod«, dachte Lord Gregory bei sich. Das undurchdringliche Dunkel in seinem Schädel lichtete sich. Die Angst vor dem, was noch kommen mochte, war wie das Licht einer Fackel im Dunkeln. Irgendjemand hier wusste absolut sicher, dass König Balton nicht mehr lebte.

Das Begräbnis war öffentlich gewesen. Vergiftet, hatte ihm König Balton auf dem Totenbett selbst gesagt. Nun hätte Prinz Glendar, die kleine Marionette des Magiers Pael, das gesamte Westland hinter sich, wenn er seinen Krieg gegen den Osten begann. Gregory begriff aber nicht, warum die Königreiche des Ostens Glendar dabei so sehr in die Karten spielten. Ein weiterer Gedanke traf ihn wie der Schlag eines Hammers. Lady Trella, seine Gattin.

»Wyndall«, krächzte er. Der Bursche hatte sich ganz seinem Kummer hingegeben und schien ihn nicht zu hören. »Wyndall, hör zu!«

Diesmal antwortete der Bursche, nachdem er sich mit dem Unterarm die Nase abgewischt hatte und tief Luft holte.

»Ja, Herr?«, wimmerte er.

»Hör gut zu, Wyndall.«

Das Sprechen tat weh, aber er musste etwas unternehmen und Menschen warnen. König Balton hatte ihm Befehle erteilt, die es noch immer auszuführen galt, und nun erst verstand er, wie wichtig sie waren. Balton hatte seine Vergiftung vorhergesehen, ebenso wie den Zusammenbruch jeglicher Ordnung, und dafür weise Vorkehrungen getroffen. Es tat Gregory leid, dass er seinen Teil des Planes nicht selbst würde erfüllen können. Hoffentlich kam Mikahl ohne ihn aus.

»Nimm meinen Ring. Er wird als Beweis für die Herkunft der Botschaft dienen. Nimm alles, was du sonst noch brauchst, bis auf mein Pferd. Reite wie der Wind zu meiner Feste in Seegrund und sag meiner Frau … sag Lady Trella Folgendes …«

Als er mit seinen Anweisungen fertig war, ließ er Wyndall die Nachrichten wiederholen und ihn schwören, dass er sie überbringen würde. Er ließ ihn auch einen Eid leisten, dass er Lady Trella mit seinem Leben beschützen würde. Der Bursche war so töricht, es für eine Schande zu halten, dass er vorhin nicht wieder aufgestanden war, um sich von einem übermächtigen Gegner abschlachten zu lassen. Er war froh, dass er die Gelegenheit bekam, seine Ehre wiederzuerlangen, und schwor einen feierlichen Eid, dass er sterben würde, ehe ihr etwas geschah.

Einige Zeit später glitt Lord Gregory wieder aus der Schwärze. Er hatte geträumt, er sei tot, bemerkte nun aber, dass er nicht länger tot sein wollte. Er hatte noch immer so große Schmerzen, dass er sich nicht bewegen konnte, und er war sicher, dass er schon wieder eingenässt hatte, doch sein Geist schien ihm klar. In diesem Augenblick hatte er das Gefühl, er würde irgendwie überleben. Er hatte eine Verpflichtung König Balton gegenüber. Sie war so wichtig, dass er aufstehen und um sein Leben kämpfen müsste, aber gleich, wie sehr er sich bemühte, es gelang ihm nicht, sich zu erheben.

Er war noch immer halb bei Bewusstsein, in seinem Elend gefangen, als eine Aaskrähe angeflattert kam und sich auf sein Gesicht setzte. Es war eine zottelige bräunliche Krähe. Sicher würde sie zuerst versuchen, ihm das Auge auszuhacken. Er wünschte sich, die Arme bewegen zu können, um sie fortzuscheuchen. Als er den Kopf drehte und laut schrie, flatterte der Vogel nur ein wenig, schwebte dann über ihm und landete wieder, als ob er sich am liebsten auf seiner Nase niederließe.

Er kam sich töricht vor, weil er die Götter verflucht und angefleht hatte, ihm das Leben zu nehmen. Er presste die Augen zusammen und wartete auf das Unvermeidbare. Er hoffte so sehr, dass er seinen geliebten König, seine Gattin und vielleicht sein gesamtes Reich nicht durch seinen Tod im Stich ließ. Dann fiel ihm seine Mutter ein, die ihn für das eine oder andere in dem nüchternen Tonfall tadelte, den nur Mütter zustande bringen.

»Pass auf, was du dir wünscht, Alvin, du könntest sonst mehr davon bekommen, als dir lieb ist!«

KAPITEL 16

»SCHAU MAL!«, FLÜSTERTE MIKAHL.

Loudin drehte sich um, nachsehen, was Mikahl so erschreckte. Er führte sie mittlerweile direkt nach Osten und versuchte, den Leif Greyn zu erreichen, ehe ihre Verfolger sie einholten. Zumindest aber wollte er bis zu dem dichten, eng bestandenen Waldstreifen am Ufer kommen. Unter dessen Deckung konnten sie einen Hinterhalt legen oder, besser noch, sich einfach verstecken, bis der Ärger vorbei war. Eine törichte Hoffnung, wie Loudin genau wusste. Wenn die Männer ihnen so weit gefolgt waren, war eine Konfrontation unvermeidlich. Er sah, was Mikahl entdeckt hatte: Das Laternenlicht, in deren Schein ihre Verfolger sich um den Mann gekümmert hatten, der mit dem Arm in Loudins Bärenfalle geraten war, war gerade erloschen.

»Hast du es erlöschen sehen?«, fragte Loudin.

»Nein. Ich habe mich nur umgeschaut, und es war noch so weit entfernt wie zuvor. Dann habe ich gerade eben wieder hingesehen, und es war weg.«

»Ja.« Loudins Stimme klang grimmig. »Dann sind sie wieder hinter uns her. Wir haben ein oder zwei Umdrehungen des Stundenglases Vorsprung gewonnen. Viel mehr nicht.«

Er stieg ab und ging zu seinem Gepäck.

»Du solltest jetzt deinen Bogen spannen. Wir gehen bis zum ersten Tageslicht zu Fuß, aber wenn sie dich so sehr haben wollen, dass sie bei Nacht durch diesen Wald reiten, werden sie uns bald eingeholt haben, egal, was wir tun.«

Mikahl brauchte eine Weile, um den Ernst der Lage zu erfassen. Dann bekam er solche Angst, dass er zitterte. Er war froh, zu Fuß gehen zu können. Im Sattel wäre er nervös und abgelenkt gewesen, zumal die Echsenhaut ihren Ritt so unbequem und umständlich gestaltete.

Rasch folgte er Loudin nach. So kam er wenigstens voran und war gezwungen, sich an den kaum hörbaren Schritten des Jägers zu orientieren. Nur hin und wieder, wenn es Lücken im Laubdach gab, sah er den Tätowierten, und auch dann immer nur ganz kurz. Er war Loudin für seine Hilfe dankbar, auch wenn er nicht sicher war, ob der Jäger ihn nicht schon längst im Stich gelassen hätte, wenn er nicht Windhuf als Tragehilfe für seine kostbare Echsenhaut gebraucht hätte.

»Warum haben sie so lange angehalten? Warum haben sie gewagt, Licht zu machen?«, fragte Mikahl.

»Es hat wahrscheinlich eine Weile gedauert, den Arm oder das Bein aus meiner Falle zu kriegen, Junge. Jetzt wissen sie, dass wir wissen, dass sie hinter uns her sind.«

Mikahl vermeinte, ein leises Kichern gehört zu haben, das die Worte des alten Jägers begleitete.

»Dann hat es noch eine Weile gedauert, das gebrochene Körperglied zu schienen.«

Plötzlich kippte die Heiterkeit aus Loudins Stimme wie ein schwerer Stein um.

»Dann haben sie die anderen Fallen gefunden und dann klugerweise ihren Pferden Ruhe gegönnt, damit sie am Morgen genügend ausgeruht sind, um uns einzuholen.«

»Was sollen wir tun?« Mikahls Gedanken rasten.

»Es ist nicht mehr weit bis zum Fluss. Ich kann ihn schon riechen.«

Loudin klang nicht sehr zuversichtlich, und Mikahl fand keinen Trost in seinen Worten. Er versuchte, sich selbst etwas einfallen zu lassen.

»Dort ist der Wald dichter«, sagte Loudin. »... mehr Unterholz. Die Bäume sind kleiner und stehen enger beisammen. Wir könnten sie in einen Hinterhalt ...«

»Aber wir brauchen keine Deckung!«, schnitt ihm Mikahl

das Wort ab. Seine Idee wurde in dem Augenblick zum Plan, in dem Loudin das Wort »Hinterhalt« sagte.

»Brauchen keine Deckung?«, erwiderte Loudin ziemlich laut. Er blieb abrupt stehen und zuckte zusammen, weil er so achtlos die Stimme erhoben hatte. »Bist du blöd?«, vollendete er in einem rauen Flüsterton.

»Warum jagt man Borkenhautechsen nicht mit Pfeil und Bogen?«

»Weil Pfeile die Haut nicht durchschlagen, aber …« Plötzlich begriff Loudin, worauf Mikahl hinauswollte. Er wollte nicht riskieren, dass seine Beute beschädigt wurde, aber es war eine großartige Idee. Im Wald gab es keine bessere Tarnung, und es wäre eine enorme Überraschung, hier draußen im recht lichten Wald aus dem Hinterhalt angegriffen zu werden. Er dachte noch ein Weilchen darüber nach.

»Dann bauen wir einen Tarnvorhang, sobald wir dafür genug sehen«, sagte Loudin schließlich.

Hätte Mikahl den Respekt im Gesicht des Jägers gesehen, er hätte vor Stolz gestrahlt.

Die Zeit, die zwischen der Ausformulierung ihrer Idee und dem Tagesanbruch verging, kam Mikahl wie eine Ewigkeit vor. Sein altes Leben als König Baltons Knappe, der in einer warmen Burg lebte und dessen größtes Problem darin bestand, welche Bedienstete er am Abend ins Bett kriegen wollte, war bereits nur noch eine ferne Erinnerung. In mancher Hinsicht war er froh, dass sie sich ihren Verfolgern stellten. Die Angst vor der Flucht, vor der Verfolgung und dem Gejagtwerden ließ nun nach. Er war ein ausgezeichneter Schwertkämpfer, einer der besten im Übungshof der Seeburg. Er war auch ein recht guter Bogenschütze. Die Besten Westlands hatten ihn ausgebildet, und Lord Gregory hatte ihn persönlich unterwiesen, als Mikahl ihm in der Feste Seegrund gedient hatte. Er war bereit, sich dem Kampf zu stellen. Zumindest redete er sich so etwas ein, während er Loudin half, die Haut der Borkenechse auszurollen, um ihren Tarnvorhang zu errichten.

Sie legten die Rolle zwischen zwei Baumstämmen auf den Boden, die etwa vier Schritte voneinander entfernt standen, und rollten die Haut weit genug auf, dass der obere Rand auf Brusthöhe war, dann spannten sie sie zwischen den beiden Bäumen aus. Als Befestigung brachen sie zwei Pfeilspitzen ab, beschmierten sie mit Erde und hämmerten sie mit dem Griff von Loudins Dolch in die Stämme.

Loudin ließ Mikahl sich hinter den Tarnvorhang kauern und ging hinüber zu den angebundenen Pferden. Die Borkenhaut verschmolz farblich und von der Struktur her so perfekt mit der Umgebung, dass der Jäger erstaunt war. Jetzt mussten sie nur noch den Rest der Rolle mit Reisig und Laub tarnen.

»Kannst du aufstehen und von dort schießen?«, rief Loudin zu Mikahl hinüber.

Mikahl sprang auf und tat, als spanne er seine Sehne und schösse einen Pfeil ab. Für Loudin sah es aus, als tauchten ein Kopf und ein Oberkörper aus dem Nichts auf, und er nickte zufrieden.

»Problemlos«, erwiderte Mikahl sachkundig. Dem Jäger entging das Lächeln auf dem Gesicht des Jungen nicht. Er wusste noch nicht so recht, ob das ein gutes Zeichen war oder nicht.

»Nun gut, Mik. Komm hier herüber und mach dich ans Graben.«

»Graben?«

»Ja!«, lachte Loudin.

Sein gesamter Anteil an dem Plan hing davon ab, ob Mikahl sein Ziel mit dem ersten Schuss traf. Er hoffte, der Burgbengel würde nicht den Bogen wegwerfen und fliehen, wie er es getan hatte, als die Echse sein Packpferd angegriffen hatte. Loudin wusste nicht einmal so recht, ob er sich mit Mikahl diesen Gegnern stellen wollte. Wofür genau riskierte er sein Leben? Eine Echsenhaut? Er wusste, er hätte dem Jungen problemlos das Pferd abnehmen und ihm und den anderen Verfolgern entkommen können, wenn er gewollt hätte. Er hatte das letzte halbe Dutzend Jahre in diesem Wald zugebracht und kannte sich gut darin aus. Ihm wurde klar, dass er dies hier nicht nur für die Echsenhaut tat. So ungern er es ja zugab, er mochte den Jungen. Etwas tief in ihm drängte ihn, Mikahl zu beschützen.

»Wenn sie zu viert oder zu fünft sind, stellen wir uns vielleicht selbst eine Falle«, sagte Loudin, um seinen Befehl zum Graben zu erklären. »Wir können es uns nicht leisten, alles auf eine Karte zu setzen.«

***

Herzog Gutkind hätte Tully beinahe auf der Stelle getötet, weil er so dumm gewesen war, den Arm in eine Falle zu stecken.

Er hätte es getan, aber vielleicht würde er Tullys scharfes Auge als Spurenleser noch brauchen. Etwas so Einfaches wie eine Silbermünze hatte den Mann getäuscht. Jetzt war sein Arm zerfleischt, noch dazu sein Schwertarm.

Herzog Gutkind war beeindruckt davon, wie gerissen seine Beute war. Die Köder in den drei Fallen verrieten ihm viel über die beiden Männer, hinter denen er her war. Fallen auf einen Menschen auszulegen war skrupellos und klug. Sie wussten, dass sie verfolgt wurden, und Tullys Schrei hatte ihnen verraten, welche Raubtiere hinter ihnen her waren. Er war bloß froh, dass Garth die anderen Fallen gefunden hatte. Sie hätten ein Pferd leicht verkrüppeln können.

Der Herzog beschloss, es sei besser, auf das Tageslicht zu warten. Man wusste nie, was der Knappe und sein Gefährte ihnen sonst noch hinterlassen hatten. Es war bedauerlich, dass sie das Licht einer Lampe brauchten, um Tullys Arm zu versorgen. Es würde seiner Beute verraten, dass er angehalten hatte, was ihr wiederum ein paar weitere Stunden Vorsprung und die Zeit verschaffen würde, weitere Fallen oder vielleicht sogar einen Hinterhalt zu legen.

Als die Sonne den Wald schließlich bernsteingrau färbte, waren sie bereits seit einer Weile auf den Beinen. Selbst die Pferde brannten darauf, die Verfolgung wieder aufzunehmen.

Tullys Arm war geschient und straff mit abgerissenen Leinenstücken umwickelt. Der Herzog gab ihm einen Schluck seines persönlichen Elixiers. Es würde den Schmerz des Narren lindern und seinen Geist für eine Weile scharf wie Stahl aus Wildermont machen. Gutkind hatte immer ein wenig von dieser süßen Medizin zur Hand, falls er je in der Schlacht verwundet werden sollte. Eine teure Mischung aus zerstoßenen Blumensamen und harthgarianischen Kräutern, versetzt mit gutem Branntwein und Honig. Nur die reichsten Männer konnten sie sich leisten. Tully würde nichts mehr davon bekommen, wenn der Knappe gefasst war, egal, wie groß seine Schmerzen auch waren.

Sie kamen gut voran, obwohl sie äußerst vorsichtig waren und nach weiteren Fallen Ausschau hielten. Der Wald war noch zu licht für einen Hinterhalt, deshalb trieb er sie zur Eile. Tully ritt voraus und zuckte jedes Mal zusammen, wenn sein trabendes Pferd den verletzten Arm durchschüttelte. Dann kam Garth. Also würden sie die Falle entdecken, falls es eine gab, überlegte Gutkind. Je länger der Morgen andauerte, desto aufmerksamer wurde er. Die Erregung der Jagd kribbelte in seinen Adern, doch seine Geduld wurde auf eine harte Probe gestellt. Gerade als er glaubte, Tully habe die Spur verloren oder das Elixier wirke nicht mehr, zügelte der Fährtenleser plötzlich sein Pferd.

»Hier haben sie haltgemacht.« Tully deutete nach vorn, während zuerst Garth und dann der Herzog zu ihm aufschlossen.

Gutkind spürte, dass hier etwas nicht stimmte, und sah sich langsam und forschend um. Die Gegend war noch immer zu offen für einen Hinterhalt, befand er. Dennoch zückte er schnell sein Schwert.

»Mach deinen Bogen bereit«, befahl er Garth. Irgendetwas sagte ihm, dass er wachsam sein musste. »Tully, sieh dich um und berichte!«

***

Unendlich erleichtert sah Mikahl, dass sie nur zu dritt waren. Bald würde der mit dem Arm in der Schlinge ein leichtes Ziel für ihn sein. Der Mann war abgestiegen und kam näher, während er Loudins Lagerattrappe untersuchte.

Wenn Loudin einen der beiden noch Berittenen ausschalten konnte, bliebe Mikahl auf jeden Fall die Zeit, den Bogen zu spannen und auf den anderen zu schießen, ehe er zu nahe herankommen konnte. Eisendorn lehnte neben ihm am Baum, aber er wollte es nur aus der Scheide ziehen, wenn es nicht anders ging. Er würde Loudin so schon erklären müssen, warum er es hatte. Beim Anblick des juwelenbesetzten Griffes hatte es ihm die Sprache verschlagen, dann war er wütend geworden, weil er glaubte, er helfe einem gemeinen Dieb, dem rechtmäßigen Besitzer des Schwertes zu entkommen. Erst nachdem Mikahl einen Blutschwur geleistet, dass das Schwert nicht gestohlen war, und versprochen hatte, Loudin alles zu erklären, wenn sie diese Begegnung überlebten, hatte der alte Jäger nachgegeben.

***

Die verdammten Mistkerle stehen fast auf mir drauf, dachte Loudin bei sich. Er hoffte, sie wären nicht zu nah für einen Angriff. Stahl glitt aus einer Scheide. Nichts anderes klang auch nur annähernd so wie hochwertiger Stahl, wenn er gezogen wurde, und ihn durchzuckte es bis ins Innerste wie ein elektrischer Schlag. Er hörte sie sagen, der andere habe einen Bogen. Um den würde er sich kümmern. Er hätte zu gern gewusst, wie viele es waren. Auch wenn er sich von dem Jungen irgendwie verraten fühlte, würde er sein Bestes tun, um die Pfeile dieser Leute von ihm fernzuhalten. Genau in diesem Moment vernahm er den unverkennbaren dumpfen Schlag, mit dem Mikahls Pfeil den ersten Mann traf. Einen Atemzug später schrie Mikahl: »Drei!«

***

Einen Moment lang kam es Mikahl falsch vor, einen Pfeil auf einen unbewaffneten, ahnungslosen Mann abzuschießen, doch nach einem Blick auf König Baltons Schwert fühlte er sich seiner Aufgabe wieder gewachsen. Er erhob sich so ruhig, wie es nur ging, schoss auf den überraschten Kerl und schrie dann: »Drei!«, damit Loudin wusste, mit wie vielen sie es zu tun hatten. Der Pfeil, den er geschossen hatte, verschwand fast völlig in der Brust des Verwundeten.

Loudin brach aus seinem laubbedeckten flachen Grab hervor und erschreckte dadurch das Pferd des Schwertkämpfers, sodass es direkt auf Mikahl zustürmte. Der Speer des tätowierten Jägers hätte sich in Garths Seite bohren sollen, streifte ihn aber nur.

Mikahls Herz barst ihm schier in der Brust. Ein Schlachtross mit weit aufgerissenen Augen hatte ihn beinahe erreicht, und sein leicht gerüsteter Reiter war ausgerechnet der berüchtigte Schlächter von Kaltfrost. Mikahl erkannte ihn und geriet in Panik. Er warf den Bogen weg, ergriff Eisendorn, ließ sich hinter dem Tarnvorhang aus Echsenhaut zu Boden fallen und rollte sich ab. Diese in Hast ausgeführte Bewegung war unklug, wurde Mikahl klar, sobald er sich für diese Taktik entschlossen hatte. Das Pferd des Herzogs würde nicht versuchen, den Tarnvorhang zu überspringen. Er war zu hoch, und Farbe und Beschaffenheit würden das Tier verwirren. Mikahl konnte nur hoffen, dass er sich nicht auf die Seite gerollt hatte, auf der das Pferd den Tarnvorhang umrunden würde. Wenn sie dieselbe Richtung gewählt hatten, würde es ihn sicher zertrampeln. Als er sah, dass er sich falsch entschieden hatte, konnte er es nicht mehr ändern. Er konnte nur die Augen zukneifen und warten, bis er spürte, wie ihn die stahlbeschlagenen Pferdehufe zermalmten.

Doch Mikahl hatte Glück, oder vielleicht war es auch göttliches Eingreifen, jedenfalls sprang das schwere Pferd über ihn hinweg. Er hatte kaum Zeit, sich aufzurappeln und Eisendorn zu ziehen. Der furchterregende Mann, dem König Balton persönlich den Spitznamen »der Schlächter« gegeben hatte, hatte es bereits gewendet und machte Anstalten, ihn niederzureiten.

***

Loudin gelang es, dem Pfeil auszuweichen, den Garth auf ihn abschoss, aber der Mann war beritten und gab seinem Pferd die Sporen, um es aus der Reichweite von Loudins Waffe zu bringen. Statt zu versuchen, dem nächsten Pfeil auch auszuweichen, den Garth bereits auflegte, warf Loudin seine Waffe nach dem Pferd und rannte los. Sein Speer traf den Pferderumpf und bohrte sich weit genug hinein, dass es sich aufbäumte und schrill wieherte. Garth flog aus dem Sattel und landete hart. Ehe er wieder aufstehen konnte, war Loudin heran und trat ihm aus vollem Lauf ins Gesicht. Der Tritt war so heftig, dass Garth bewusstlos wurde, aber Loudin überließ nichts dem Zufall, sondern warf sich auf den Gestrauchelten. In einer einzigen Bewegung zog Loudin seinen Dolch und schlitzte ihm die Kehle auf.

In Herzog Gutkinds Augen blitzte die Mordlust, als er sein Pferd lässig in gemächlichem Trott dem Knappen entgegenlenkte. Er würde ihn verwunden und dann den anderen Mann töten müssen. Schließlich wollten Lord Brach und der Zauberer Pael den Jungen lebend und zumindest in der Lage zu sprechen. Doch der Mann, der auf Garth lag, würde sterben. Der Herzog erkannte in ihm einen der vielen Wilderer, die im Reyhallwald ihr Unwesen trieben. Er war nicht der unbekannte Verschwörer, den sein Herr finden wollte, sondern nur ein Jäger, auf den der Junge in den Wäldern gestoßen war. Der Knappe würde Zeuge des langsamen Todes seines Gefährten werden. Das würde gewiss dazu beitragen, den Jungen von Fluchtversuchen abzuhalten. Gutkind würde es genießen und mit Freude zusehen, wie der Wille des Jungen gebrochen wurde.

Als Mikahl das Schwert aus der Scheide zog, spürte er dessen perfekt ausgewogenes Gewicht in den Händen. Er hatte es früher schon in der Abgeschiedenheit der privaten Waffenkammer des Königs geschwungen. Er ließ die Scheide fallen, umfasste den lederumwickelten Griff mit beiden Händen und nahm die richtige Kampfhaltung ein, um einen berittenen Angreifer vom Boden aus abzuwehren. Trotz aller Vertrautheit fühlte sich das Schwert irgendwie anders an. Die Klinge begann tief im Inneren zu vibrieren. Er spürte es in seinen Knochen. Das hatte sie noch nie getan. Er hätte sie fast fallen gelassen, als das seltsame Gefühl zu einem sichtbaren Zittern wurde. Er versuchte, es zu ignorieren, und umfasste das Heft noch fester. Ließ seine eigene Furcht ihn so zittern? Er glaubte es nicht, aber er hatte furchtbare Angst. Der Herzog war jetzt beinahe heran, und Mikahl erkannte nicht einmal einen Anflug von Furcht in den Augen des Schlächters von Kaltfrost. Der Mann war einer der skrupellosesten Mörder im gesamten Reich, und Mikahl steckte jetzt ernsthaft in Schwierigkeiten.

Als Herzog Gutkind sah, dass der zutiefst erschrockene Junge Eisendorn in der Hand hielt, zögerte er. Lord Brach und Prinz Glendar hätten es ihm doch sicher gesagt, wenn der Knappe die Waffe gestohlen hätte. Es sei denn, sie wussten es noch gar nicht. Bei all der Sorge um Baltons Tod musste es ihnen entgangen sein. Die Erkenntnis, dass es weit wichtiger wäre, Eisendorn dem neuen König zurückzubringen, als den Knappen am Leben zu halten, traf ihn wie ein Peitschenhieb. Er gab seinem Pferd die Sporen und galoppierte los.

Der Augenblick des Zögerns, den Mikahl in den Augen des Schlächters von Kaltfrost sah, fiel mit dem gleißenden Energieschub zusammen, der seinen gesamten Körper durchfuhr. Plötzlich fühlte sich sein Blut an wie elektrisch geladen, und seine Haut prickelte von Kopf bis Fuß. Es war, als sei er in einem Blitzstrahl gefangen. Seine Umwelt bewegte sich in Zeitlupe, und er verspürte den Drang, nach rechts zu gehen. Das Schwert des Herzogs fuhr zu seiner Linken herab, und als Mikahl erkannte, dass es ein Todesstoß sein sollte, wartete er bis zur letzten Sekunde und warf sich dann dem heranstürmenden

Pferd in den Weg. Geschickt duckte er sich unter dem Kinn des Pferdes durch und tauchte auf der ungeschützten linken Seite des Herzogs wieder auf. Er ritt auf dem Schwung seiner Drehung wie auf einer Welle und drehte sich weiter herum. Eisendorn summte jetzt, und die rasiermesserscharfe Klinge des Schwertes leuchtete blassblau. Mikahl spürte und hörte seine Energie, die ihn durchströmte, während sie seinen Kopf mit einer engelsgleichen Sinfonie herrlicher Musik erfüllte. Zumindest für diesen einen Augenblick waren er und das Schwert eins.

Als Herzog Gutkinds Schwert die Luft dort zerteilte, wo Mikahl gerade noch gestanden hatte, kam dieser von der anderen Seite herangewirbelt und schwang seine Waffe mit aller Kraft. Eisendorns magische Klinge fuhr direkt oberhalb der Hüfte in den Körper des Herzogs, fast ohne Widerstand zu finden. Plattenpanzer, wattiertes Leder, dann Fleisch und Rückgrat – alles wurde gleichermaßen gespalten. Mikahl hatte kaum Zeit, die Klinge zum Stehen zu bringen, nachdem sie durch den Bauch des Schlächters gedrungen war. Sonst hätte sie sich direkt in den Hals des Pferdes des Herzogs gebohrt.

KAPITEL 17

DIE OBERE HÄLFTE VON HERZOG GUTKIND kippte von seinem zu Tode erschrockenen Pferd, und Mikahl bemühte sich, von ihm wegzurennen. Er blieb mit dem Stiefel an einer frei liegenden Wurzel hängen und landete halb stolpernd, halb fallend auf den Knien unmittelbar vor Eisendorns Scheide. Der Energieschub, der ihn eben noch völlig erfüllt hatte – das elektrisierende Kribbeln und das Gefühl, als bewege sich die Welt im Schneckentempo –, ebbte rasch ab. Wo ihn die Magie des Schwertes erfüllt hatte, war jetzt nur noch hohle Leere. Er hatte beträchtliche Angst. Er konnte Eisendorn gerade noch zurück in die Scheide schieben, ehe er zitternd zusammenbrach.

Loudin brauchte eine ganze Weile, bevor er sich wieder rühren konnte. Er befand sich in einer Art Schockstarre, erwachsen aus Ehrfurcht, Angst und nicht wenig Ekel vor dem, was sich gerade vor seinen Augen abgespielt hatte. Die untere Hälfte des Mannes, den Mikahl gerade gespalten hatte, saß noch im Sattel. Die gestiefelten Füße steckten noch in den Steigbügeln, und das Pferd ging ängstlich im Kreis, als lenkten Beine und Hintern des Toten es noch irgendwie. Überall waren Blut und Eingeweide. Loudin musste all seine Willenskraft aufbringen, um sich nicht zu übergeben. Er musste das Pferd einfangen. Sie brauchten es zu sehr, um es entkommen zu lassen. Aber selbst andernfalls wäre er ihm nachgelaufen. Mit einer halben Manneslast aus totem Fleisch auf dem Rücken würde das Pferd die Nacht hier draußen im Wald nicht überleben. Das Pferd des Bogenschützen war so gut wie tot, und es tat ihm leid, es verletzt zu haben, um seinen Reiter zu töten.

Doch er hatte getan, was er tun musste, um sein Überleben zu sichern.

Als er sich dazu aufraffte, dem oberkörperlosen Reiter zu folgen, wurde er den Gedanken nicht los, dass den Aasfressern in dieser Nacht ein Festmahl bevorstand. Drei tote Männer und ein totes Pferd würden eine ganze Schar davon anlocken. Diese Schar wiederum würde wahrscheinlich eine große Echse anlocken. Unter normalen Umständen hätte er versucht, sich das Blutbad zunutze zu machen und eine Falle aufzustellen, aber die Umstände waren so wenig normal, wie er es sich nur vorstellen konnte.

Schließlich setzte sich Mikhal auf und schaute sich um, konnte Loudin jedoch nirgends entdecken. Sofort blickte er zum Tarnvorhang hinüber. Er holte tief Luft und seufzte erleichtert. Der alte Jäger hätte seine kostbare Echsenhaut bestimmt nicht zurückgelassen. In der Nähe des Tarnvorhangs war ein Pferd angebunden. Es hatte dem Mann gehört, dessen Arm in Loudins Falle geraten war und den er kaltblütig mit einem Pfeil getötet hatte.

Ein weiteres Pferd schnaubte, das stark lahmte. Es war ein Stück entfernt im Wald und hatte offenbar Angst. Als es sich umdrehte, sah Mikahl, dass seine Hinterläufe mit hellrotem Blut bedeckt waren. Er lehnte Eisendorn an einen der Bäume, zwischen denen der Tarnvorhang hing, und ergriff seinen Bogen. Er legte einen Pfeil auf die Sehne und ging auf das verletzte Tier zu, wobei er beruhigend auf es einredete. Als er es nicht mehr verfehlen konnte, schoss er. Das Pferd stürmte tiefer in den Wald, fiel aber nach nur ein paar Dutzend Schritten vornüber in ein Dickicht. Mikahl war froh, dass der Pfeil sein Ziel gefunden hatte. Das Tier hatte sicher schon genug gelitten.

Auf dem Rückweg zum Tarnvorhang sah er die untere Hälfte der Leiche des Herzogs am Rand des Lagers liegen. Die schiere Ungeheuerlichkeit dessen, was er getan hatte, zwang ihn auf ein Knie, und er dachte wieder an die Energie, die er dabei gespürt hatte. Auf der Stelle fasste er den Entschluss, Eisendorn nur wieder einzusetzen, wenn er gar keine andere Wahl hatte. So herrlich es sich angefühlt hatte, die Vorstellung, er habe das Andenken an den König beschmutzt, den er so liebte, war stärker. Er hatte das Gefühl, etwas an sich genommen zu haben, das ihm nicht gehörte. Er beschloss, das Schwert des Schlächters von Kaltfrost an sich zu nehmen. Wenn es ihm gelang, die Scheide abzuschnallen, ohne sich zu erbrechen, konnte er es verwenden. Es war offenbar aus Qualitätsstahl und würde ihm im Notfall wieder gute Dienste erweisen.

Er hatte den Leichnam gerade umgedreht und tastete würgend in dem vielen Blut nach den Schnallen, als Loudin aus der Ferne seinen Namen rief. Der Laut erschreckte ihn so, dass er beinahe umgekippt wäre. Der Gürtel war gerissen, oder er hatte ihn vielmehr glatt zerteilt. So schnell er konnte, ergriff er die blutgetränkte Scheide und taumelte davon.

Loudin saß auf seinem eigenen Pferd und hatte Windhuf und das große Streitross des Herzogs am Zügel. Der kahlköpfige Jäger sah nicht glücklich aus, als er herankam. Sein ganzer Kopf war rot wie ein Apfel, wodurch seine Tätowierungen nur noch bedrohlicher erschienen.

»Sag mir noch mal, dass du nicht nur ein Dieb bist, der sich auf die Schwerter Adliger spezialisiert hat!« Er zügelte vor Mikahl sein Pferd. »Sei glaubwürdig, Junge, oder wir sind fertig miteinander.«

Mikahl blickte auf Herzog Gutkinds blutige Scheide und stieß einen frustrierten Seufzer aus. Er war ein Mann seines Worts und er hatte geschworen, Loudin alles zu erzählen. Hoffentlich würde er es hinterher nur nicht bereuen. Er musste diesem gutherzigen Jäger sagen, in welche Gefahr ihn dieses Wissen bringen würde. Das war nur recht und billig.

»Ich schulde dir die ganze Geschichte, Freund«, sprach Mikahl ernst und sah Loudin direkt in die Augen. »Diese Geschichte beschränkt sich jedoch nicht nur auf Worte. Dein Leben wird auf dem Spiel stehen, nur weil du sie kennst.«

»Ja«, nickte Loudin.

Er war sich bereits sicher, dass der Junge mehr war als ein gemeiner Dieb, und er war nicht völlig davon überzeugt, dass er die Geschichte hören wollte, die hinter diesem ganzen Schlamassel steckte. Er war ein bekannter Wilderer und hatte Mikahl schon geholfen, einen Westländer Adligen zu töten, rief er sich ins Gedächtnis. Der Stand des Gespaltenen war so offensichtlich wie der helle Tag. Hätte er auch nur einen Funken Verstand besessen, er hätte den Jungen einfach getötet und wäre weggeritten. Niemand konnte ihn mit diesem Verrat in Verbindung bringen. Er hätte dann auch genug Pferde gehabt, um seine Echsenhaut zum Sommertag zu transportieren. Dort wären die Tiere gar nicht aufgefallen und hätten keine unerwünschte Aufmerksamkeit erregt. Er hätte sie wahrscheinlich für ein paar Münzen an einen Thalheimer Züchter verkaufen können, der gewusst hätte, wie man ihre Brandzeichen unkenntlich macht.

All das sagte er sich, aber er wusste, er war nur verärgert. Der Ausdruck in den Augen des Jungen war sehenswert. Mik war kein normaler Schlossbengel, und dieses Schwert war keine geklaute Waffe. Das erkannte er instinktiv. Doch war das Geschehene, vorsichtig ausgedrückt, magisch gewesen, und es war die gute Magie gewesen, nicht die böse. Das spürte er in den Knochen. So viel zum Thema »einen Funken Verstand besitzen«, sagte er sich und beschloss, dem Jungen auch weiterhin zu helfen.

»Ich werde mir deine Geschichte anhören, mein Freund Mik, aber hier ist zu viel Blut. Hier hält man sich besser nicht auf. Ich kann beim Reiten zuhören. Wenn wir uns dann woanders befinden, bleibt uns noch eine ganze Menge Tageslicht.«

Sie kamen zügig voran. Die Haut hing an den Pferden der Toten, sodass Loudin und Mikahl in einer normalen Haltung reiten konnten. Beide hätten nichts hinunterbekommen, also legten sie erst gar keine Rast ein. Sie waren erschöpft, aber von dem Festmahl wegzukommen, das sie den Waldbewohnern bereitet hatten, war Grund genug, wach und in Bewegung zu bleiben. Kurz vor Einbruch der Nacht erreichten sie den Fluss.

Sie lagerten auf der Freifläche zwischen Ufer und Waldrand, die bei der Schneeschmelze im Frühling überflutet worden war. Dabei war auch der Großteil der Vegetation weggespült worden.

Es war gut, den Himmel wieder zu sehen. Mikahl war froh, in einigermaßen freiem Gelände und der erdrückenden Enge des Waldes entkommen zu sein. Es war auch gut, sich sein Geheimnis von der Seele geredet zu haben. Er hatte das Gefühl, wieder frei atmen zu können, seit er Loudin alles gesagt hatte.

Loudin schwieg den gesamten Abend über. Er hörte sich Mikahls Geschichte an und beschloss, dem Jungen zu glauben. So etwas hätte niemand erfinden können. Er beschloss auch, ihn ins Riesengebirge zu dem Riesen Borg zu führen, doch das hatte er dem Jungen noch nicht gesagt. Borg würde genau wissen, was zu tun war und wie weit Mik oder Mikahl, wie er jetzt wusste, ins Land der Riesen würde vordringen dürfen. Borg war Wächter der Südgrenzen des Riesenkönigs, und er und Loudin hatten schon früher miteinander Handel getrieben. Er bezweifelte, dass Mik je König Aldar oder seine geheimnisvolle Residenzstadt Afdeon sehen würde, aber Borg würde dem Riesenkönig Mikahls Botschaften zweifellos überbringen.

Er hatte Mik in erster Linie deshalb noch nicht gesagt, dass er ihn führen würde, weil er nichts versprechen wollte, ehe er ihnen beiden gute Bergkleidung besorgt hatte. Er wollte die Echsenhaut nicht mehr auf dem Sommertagsfest verkaufen. Borg würde für ein so großes Stück der kostbaren Haut dreimal so viel bezahlen wie menschliche Höker, und jetzt hatten sie Transportpferde. So eine Haut war selten, und der Riese konnte einen Mantel daraus machen, ohne kleinere Stücke zusammenstoppeln zu müssen. Die Menschen würden sie einfach nur zerschneiden und zerteilen.

Loudin fand, er habe das verdient: Er beging eine gute Tat und erhielt dafür die gerechte Belohnung. Das größte Problem war, dass die Westländer Mik bestimmt auf dem Fest suchten.

Wahrscheinlich suchten Königliche im gesamten Reich nach des Königs Knappen und seinem Gepäck. Loudin kannte einen Ort, wo die Männer des neuen Königs von Westland niemals hinkämen. Es war ein Ort, wo sie Teufelsrehfellmäntel, Pelzstiefel und alles andere erstehen konnten, was sie brauchten, um die tückischen Höhen des Riesengebirges zu bereisen. Er war einmal durch Zufall über den Ort gestolpert und fast sicher, ihn wiederfinden zu können. Zumindest hoffte er es, denn das Dorf des Skyler-Clans lag so hoch in den gewaltigen Vorgebirgen, dass sie auf der Suche danach erfrieren konnten.

***

»Ich habe die äußeren Verletzungen geheilt, aber ich bekomme das Gift nicht aus seinem Blut«, sagte Vaegon, der Bogenschütze der Elfen, zu Hyden.

»Du sprichst von mir, als ob ich gar nicht da wäre«, sagte Lord Gregory vom Boden seines zerrissenen Zeltes aus, wo ihn Wyndall Stunden zuvor verlassen hatte.

Er hatte geglaubt, er sei tot und zu einer der neun Höllen gefahren, als er die Augen geöffnet und gesehen hatte, wie ein gelbäugiger Dämon auf ihn herabblickte. Das hatte ihn verwirrt, denn er war immer davon ausgegangen, dass die Engel goldenes und silbernes Haar haben, nicht die Dämonen. Aus irgendeinem Grund war die fette kleine Krähe, die ihm die Augen hatte auspicken wollen, auf der Schulter des Gefährten des Dämons gelandet. Er verspürte keine Schmerzen mehr, und sie redeten über ihn, als sei er gar nicht da, also konnte er nur annehmen, er sei tot.

»Bin ich tot?«, fragte er schließlich. Ehe jemand antworten konnte, tat das sein Körper für ihn. Langsam brannte seine Schulter wieder von dem Gift. Es rann wie eine ekelerregende schmutzige Flüssigkeit durch seine Adern.

»Ihr seid Lord Gregory, der Löwe des Westens«, sagte der Mann mit dem Vogel auf der Schulter zu ihm.

Er wusste nicht so recht, ob das eine Frage gewesen war oder nicht, aber er antwortete dennoch. »Ich bin Lord Alvin Gregory. Wer bist du?«

»Ich bin Hyden, Sohn des Harrap, vom Skyler-Clan.« Er deutete auf den Elfen. »Das ist Vaegon.« Als sei das nicht deutlich zu erkennen, setzte er hinzu: »Er ist ein Elf.«

»Dann bin ich nicht tot?« Lord Gregory versuchte sich aufzusetzen und stellte fest, dass es problemlos möglich war. Das überraschte ihn. Er hustete krampfhaft, als er einen Hauch der beißenden rauchgeschwängerten Luft einatmete. Während er sich erholte, sah er sich um und merkte, dass es langsam dunkel wurde.

»Noch bist du nicht tot«, erwiderte Vaegon trocken. »Aber du hast das Gift nach wie vor in dir.«

»Diese kleine schwarzäugige Hexe hat versucht, Euch zu töten, aber es ist ihr misslungen«, setzte Hyden hinzu.

»Hexe? Wovon redest du?«, fragte Lord Gregory.

»Das war keine Hexe«, korrigierte Vaegon mit einem Zucken um den Mund, weil Hyden so ahnungslos war. »Es war ein Wichtel. Höchstwahrscheinlich das Haustier eines Magiers. Diese kleinen Teufel taugen für wenig mehr.«

»Pael«, ächzte Gregory, als ihm all die Schrecken der letzten Tage wieder einfielen. Der Magier hatte wahrscheinlich auch König Balton vergiftet. Auf dem Totenbett hatte es ihn der König wissen lassen, ohne es tatsächlich auszusprechen.

Er hoffte, Wyndall würde ihn nicht im Stich lassen, sonst würden seine Frau und Lord Ellrich seine Warnungen niemals erhalten. Pael würde wahrscheinlich auch sie töten.

»Ich muss einen Riesen finden«, sprudelte er hervor.

Hätte er nicht einen Elfen und einen Angehörigen der Gebirgsclans mit einem Jungvogel auf der Schulter vor sich gehabt, wäre es ihm vielleicht töricht vorgekommen, etwas so Verrücktes zu sagen. Als er sich erhob, wurde ihm schwindlig, aber Hyden und Vaegon ergriffen ihn bei den Ellbogen und stützten ihn.

»Du brauchst Hockgras«, sagte Vaegon. »Wahrscheinlich strömt das Gift des Wichtels noch durch deinen Körper.«

»Vielleicht finden wir welches in einem der Kräuterläden an den Pfaden.« Hyden musterte die dunkle Rauchwolke, die um die Basis des Monolithen wogte. »Wenn hier nicht alles niedergebrannt ist, bis wir dorthin gelangen.«

»Andernfalls kann ich über den Fluss schwimmen und in dem Wald, den ihr Menschen Reyhall nennt, welches pflücken«, teilte ihnen Vaegon mit. »Aus irgendeinem Grund wächst es nur westlich des Leif Greyn.«

Sie halfen dem Löwenfürsten auf sein Pferd und ritten an Leichen und rauchenden Trümmern entlang. Je näher sie der Spitze kamen, desto schlimmer wurde das Blutbad.

Ein paar Gruppen grämlicher Frauen und Kinder mit Tränen in den Augen eilten unterwegs an ihnen vorbei. Die erste wurde von Soldaten aus Wildermont bewacht, die zweite von einer Handvoll schlecht bewaffneter Gemeiner, die ihre Waffen nur trugen, um ihre Lieben nach Hause zu geleiten. Weitere Gruppen machten sich bereit zum Aufbruch. Zwei kleine Jungen standen stocksteif über einer zerfleischten Frau, als erwarteten sie jeden Augenblick, dass sie aufstand und sich um sie kümmerte.

»Was ist das für ein Wahnsinn?«, fragte Lord Gregory rau. Er hatte wieder Fieber, glühte am ganzen Leib, und sein klarer Verstand vernebelte sich zusehends.

»Der Wahnsinn der Menschen«, antwortete Vaegon trocken. Er zuckte wegen seiner eigenen Kälte zusammen. Schließlich hatte ein Mensch ihm zuvor das Leben gerettet. Er wollte sich Mühe geben, das nie wieder zu vergessen.

Etwas Schattenhaftes, eine eiserne Bratpfanne vielleicht, die eine Gruppe Thalheimer nach zwei blutbefleckten, hinkenden Männern geworfen hatte, flog über ihren Weg, gefolgt von Flüchen. Die Männer eilten einfach mit hängenden Köpfen davon.

Der erste von vielen Bränden lag jetzt vor ihnen, und sie mussten den ausgetretenen Pfad verlassen, um ihm auszuweichen. Zwei Wagen waren mitten auf der Straße zusammengestoßen und brannten jetzt lichterloh. Ein Ballen, der wohl einst feinste weiße Spinnenseide gewesen war, brannte am Rande des Durcheinanders. Daneben lag eine verkohlte Leiche in Fötushaltung.

Aus der Ferne erscholl Kampfeslärm. So schlimm die Brände auch waren, sie lockten Menschen an. Hyden sah, wie sich das flackernde Leuchten der brennenden Wagen in Hunderten von Augen spiegelte.

Sie waren überall. Die Überlebenden dieses Wahnsinnstags sahen ihnen nach, Angst und Leid standen ihnen im Gesicht.

Als das Feuer hinter ihnen lag, sagte Vaegon: »Ich kann bis morgen früh den Fluss überqueren und mit dem Hockgras zurückkommen. Es wäre töricht und gefährlich, auf den Pfaden draußen nach dem Kraut zu suchen, so durchdrungen von Hass und Rachsucht, wie dieser Ort ist. Du, Hyden Falk, und der Fürst aus Westland, ihr solltet diese Nacht unter deinen Clangeschwistern verbringen.«

»Gregory, du verdammter Dämon. Ich heiße Gregory. Lord Gregory!«, sagte der Adlige. »Ich muss ins Gebirge. Ich kann nicht verweilen!«

Er war über seinem Sattelknauf zusammengesackt und schwitzte heftig, obwohl aus dem Gebirge eine kühle Brise herabwehte.

»Lord Gregory«, korrigierte sich Vaegon so respektvoll, wie es ihm möglich war. »Eure ›Schlägerei‹ ist zu einem guten Teil hieran schuld. Ich weiß, das wolltet Ihr nicht, genau wie ich nie meinen Hass auf Euer Volk vergessen wollte, aber trotzdem sind die Dinge, wie sie sind. Wenn Ihr wirklich einen Riesen finden wollt, dann geht mit Hyden Falk. Wenn das Feuer des Gifts Euren Geist nicht mehr so sehr umwölkt, werdet Ihr verstehen.«

»Warum hasst ihr uns?«, fragte Hyden Vaegon ohne jeden Zorn in der Stimme.

»Manche Missetaten sind unvergesslich, wie lange sie auch

her sein mögen. Wie eine Narbe, die auf der Haut verbleibt und ihren Träger an die Wunde und die Umstände seiner Verletzung erinnert.«

»Dann hoffe ich, die Narben in deinem Gesicht von dem gebrochenen Pfeil heute Morgen werden für alle gut sichtbar sein«, sagte Hyden aus tiefster Überzeugung. »Mögen sie die, die dich sehen, daran erinnern, dass es manchmal besser ist, eine Narbe zu haben, als keine zu haben.«

Vaegon dachte lange über diese Worte nach, dann nickte er angesichts ihrer Weisheit. Er ballte die Faust, legte sie auf sein Herz und verbeugte sich knapp vor Hyden. Hyden verstand nicht, was die Geste bedeutete, erwiderte sie aber dennoch.

Die Geste bedeutete mehreres, je nach der Situation, in der sie zum Einsatz kam: Ehre, Respekt, Verständnis, Freundschaft und Liebe. In diesem Fall meinte Vaegon das meiste davon.

KAPITEL 18

GERARD HATTE NIE ZUVOR AUF EINEM REITpferd gesessen. In der abgeschiedenen Kultur des Skyler-Clans war es unnötig, Pferde zur Fortbewegung zu verwenden. Das Gelände war oft zu steil und unwirtlich, der Winter viel zu kalt, um Tiere zu halten, die es nicht ertragen hätten, fast ein halbes Jahr eingepfercht unter der Erde zu verbringen. Um den Winter durchzustehen, lebten die Mitglieder des Skyler-Clans in Höhlen. Das war lebensnotwendig.

Abgesehen von den wenigen Malen, die Gerard, Hyden und ihre Vettern versucht hatten, die großen gehörnten Ziegenböcke zu reiten, die Berdas Mann hütete, hatte Gerard noch nie auf einem Tier geritten. Es war ungemütlich, insbesondere, da die Gruppe mitten in der Nacht aufgebrochen war, und dennoch interessant.

Ein fremdartig aussehender Mann, groß, bleich und so kahl wie ein Ei, ritt an der Spitze. Sein Name war Cole. Er trug die Robe eines Magiers und hielt eine Laterne, damit sie ihm folgen konnten – jedenfalls schien es das Licht einer Laterne zu sein. Gerard war nicht sicher, ob es einen natürlichen Ursprung hatte. Sie folgten dem Mann in wilder Hast gen Süden zum nördlichen Ufer der seeartigen Ausbuchtung des Flusses, die man den Bauch nannte. In jener ersten Nacht rasteten sie an seinem Ufer und entzündeten bei Sonnenaufgang am Sommertag ein Feuer zum Kochen.

Als Gerard von dem Pferd, das Shaella ihm überlassen hatte, abstieg, stolperte er auf wackeligen Beinen dahin und fiel zu Boden. Während er mit den anderen über sich lachte, sah er sich um. Im rosa Licht der Morgendämmerung erblickte er auf einer Seite des behelfsmäßigen Lagers eine endlose Weite silbrig blauen Wassers, während sich auf der anderen eine grasgrüne Talsohle wie ein Meer ausbreitete. Beides reichte anscheinend, so weit das Auge sehen konnte.

Außer ihm gehörten noch sechs weitere Männer zur Gruppe, von denen alle außer Cole und seinem Beinahezwilling Flick vor Lachen brüllten. Das Hohngelächter endete aber schlagartig, als Shaella im taufeuchten Gras auf ihn kroch und ihn innig zu küssen begann. Sie rieb und massierte seine Oberschenkel an den Stellen, an denen der Ritt sie wundgescheuert hatte, bis er benommen und atemlos war.

»Es gibt da etwas, um das sich manche von uns kümmern müssen«, flüsterte sie ihm ins Ohr. Ihr warmer, süßer Atem machte ihn ganz schwindelig. »Wir werden nicht lange brauchen, und abgesehen davon wird es dem Trank Zeit geben, seine Wirkung an deinem Rücken und deinen Beinen zu entfalten.« Noch ehe er etwas entgegnen konnte, küsste sie ihn nochmals.

»Trank?«, fragte er versonnen, als sie von ihm abließ. »Was für ein Trank? Wo hast du den her?«

»Vom Fest, Dummkopf«, log sie mit ihrem strahlenden Lächeln.

Sie stieg von ihm herab, reichte ihm die Hand und zog ihn ins Sitzen hoch. Als sie zu ihren Satteltaschen ging, um den Trank zu holen, warf Gerard einen Blick auf die Männer am Feuer.

Allen drei hing die Kinnlade herab, und sie wandten sich rasch den Flammen zu. Cole war nicht dort, ebenso wenig wie der Mann namens Flick, der nur ein wenig dicker und kleiner war. Greyber saß mit drei anderen Männern am Feuer, doch es war sein großer, völlig tätowierter Kopf, der Gerard unmittelbar gegenüber war. Er war eng mit Knüttel befreundet gewesen. Bei der Nachricht, dass Knüttel tot war, hatte der Mann vor Zorn und Kummer gebrüllt. Die gesamte Reise über hatte sein Unterkiefer gearbeitet, und der große Meerender hatte sich mehr als einmal mit dem Handrücken die Augen trocken gewischt. Im Gegensatz zu den anderen Schwertkämpfern der Gruppe schenkte er der offen zur Schau gestellten Zuneigung zwischen Gerard und Shaella nur wenig Beachtung.

Trent, Dennly und der andere Mann – Gerard fiel sein Name nicht ein – waren Verbrecher aus Thalheim, die aus einem Gitterwagen geflohen waren und als Söldner arbeiteten. Shaella nannten sie »bessere Räuber.« Bessere lüsterne Räuber, dachte Gerard angesichts dessen, wie sie Shaella bei jedem Schritt betrachteten.

Gerade himmelte Dennly ihr Hinterteil an. Gerard kochte innerlich. Es war ja nicht so sehr Eifersucht, sondern vielmehr die ungeschminkte Respektlosigkeit, die sich hier zeigte. Noch ehe er sich recht darüber hätte klar werden können, befahl er Dennly mithilfe des magischen Ringes, eine der ziemlich roten Kohlen aus dem Feuer zu holen. Fast im selben Augenblick spürte er, wie sich das warme Kribbeln, das von der Kraft des Ringes zeugte, in seinen Adern ausbreitete.

»Aaahhh!«, schrie Dennly auf.

Eine ganze Weile starrte er völlig benommen auf seine Hand, die langsam Blasen warf. Dann hastete er zum Fluss, um sie in das kalte Wasser zu tauchen.

»Lass das!«, flüsterte Shaella ihm ins Ohr. Sie war zurückgekommen und hatte ihn beobachtet. Sie war wütend und hielt ihre Gefühle nur mit großer Mühe im Zaum. So widerlich er auch war, Dennlys Schwert wurde gebraucht. Mit einer verletzten Hand konnte er es nicht anständig führen. Trotzdem war Gerards Geste irgendwie reizend, und ihre Absicht war nicht an ihr verschwendet. Sie holte tief Luft und verbarg ihre Gefühle wieder vollständig hinter der Maske.

»Warum hast du ihn dazu gezwungen?«, fragte sie.

Natürlich kannte sie die Antwort; deswegen hatte sie ja ausgerechnet ihn als Kletterer auserkoren. Eigentlich hätte sie lieber seinen älteren Bruder mitgenommen, aber Gerard besaß den Ring, der ihr Pael zufolge bei dem Drachen helfen konnte.

Er sah auch ganz gut aus. Sie sagte sich, er hätte ein erheblich schlechteres Exemplar seiner Art sein können. Gerard würde vollkommen ausreichen, wenn sie ihn nur davon abhalten konnte, sämtliche ihrer Krieger aus Eifersucht zu verstümmeln.

Gerard war sprachlos. Er hatte nicht geahnt, dass sie von seinen Kräften wusste. Den Kräften des Ringes, korrigierte er sich. Wusste sie es? Wie konnte das sein? Sie hatte ihn bloß gefragt, warum er getan hatte, was er getan hatte. Gerard war verlegen. Er hatte die Kraft beim Fest hinter ihrem Rücken eingesetzt. War er auch nur einen Deut besser als Dennly? Sie bewahrte ihn vor weiteren unangenehmen Gedanken, indem sie ihn küsste.

»Ich … eh … ich …«, stammelte er im Versuch, ihre Frage zu beantworten.

»Pssssssst!« Sie legte ihm einen Finger auf die Lippen und ging neben ihm in die Hocke. »Es ist alles in Ordnung, mein kleiner Zauberkünstler. Trink das.«

Sie hielt ihm eine kleine Tonphiole an die Lippen und goss ihm den Inhalt in den Mund. Er schluckte und lächelte. Entgegen seinen Erwartungen schmeckte es gut. Sein Ego nahm ungeahnte Ausmaße an, als er sich in Erinnerung rief, dass sie ihn ihren Zauberkünstler genannt hatte. Er war so von seiner eigenen Wichtigkeit überzeugt, dass er nicht merkte, wie er langsam müde wurde.

»Greyber wird mit dir hierbleiben«, sagte sie, als sie sich erhob. Sie war wieder zum Befehlston übergegangen. »Cole, kümmere dich um die Hand des Perverslings!«

Gerard war enttäuscht, dass sie ihn anscheinend vergessen hatte.

»Flick!«, rief sie. »Sattle die Pferde. Es ist an der Zeit, zur Hexenkönigin zu reiten.«

Durch einen immer dichter werdenden Nebelschleier sah Gerard zu, wie die Gruppe sich schnell wieder flussaufwärts bewegte. Sie sahen irgendwie anders aus, er konnte sich aber keinen Reim darauf machen. Er schüttelte den Gedanken ab und nahm dann neben dem Feuer Platz, wo er Greyber gegenübersaß. Er wollte ein Gespräch mit dem großen Meerender beginnen, doch sein benebelter Geist und Greybers traurige Miene ließen ihn bald auch davon Abstand nehmen. Stattdessen gab er sich ganz der Wirkung des Tranks hin und glitt in einen tiefen, traumlosen Schlummer.

Als er die Augen wieder öffnete, war es schon fast dunkel. Er hatte den ganzen Tag verschlafen. Angst ergriff ihn, und er schnellte hoch. Shaella? Zu seiner großen Erleichterung war sie da und kümmerte sich um Trent. Er war offenbar schwer verletzt. Cole hielt den Kopf des Mannes hoch, während Shaella sich konzentriert über seinen blutüberströmten Rumpf beugte. Sie sang etwas Seltsames, und zwischen ihrer Handfläche und der klaffenden Wunde schimmerte es gespenstisch gelb.

Flick saß ihr gegenüber auf der anderen Seite. Er hielt die beiden Ränder der Fleischwunde zusammen, während Shaellas magischer Schimmer sich langsam darauf legte. Gerard sah atemlos zu, völlig gefangen von dem Schauspiel. Er wusste nicht, was ihn mehr beeindruckte: dass er Zeuge echter Magie wurde – wahrer Magie wie in Berdas Geschichten – oder dass Shaella sie ausübte. Kein Wunder, dass sie gewusst hatte, dass er bei Dennly den Ring eingesetzt hatte. Er lächelte. Nun konnte er sicher sein, dass sie ihm den ersten Kuss aus freien Stücken gegeben hatte.

Wie das Licht sich von ihrer Handfläche über Trents Bauch ausbreitete, so wuchs die Wunde zusammen. Sie bildete unter dem Licht schnell Schorf aus, und ehe das Glimmen erloschen war, formte sich eine breite rosa Narbe. Es war, als sei ein Monate dauernder Heilungsprozess in einem kurzen Atemzug abgelaufen.

Cole musste gehört haben, wie Gerard nach Luft geschnappt hatte. Sein langer Hals reckte sich in einem fast unmöglichen Winkel zu ihm hin, und sein Blick fixierte ihn einen kurzen Moment lang. Gerard fröstelte. Die Augen des Mannes erschienen ihm tot und leer.

Cole richtete schnell einige scharfe Worte an Shaella. Sie

fuhr noch einen Augenblick lang fort, dann verschwand der Schein plötzlich. Ihre Antwort war schroff. Gerard konnte das Gespräch nicht hören, spürte jedoch, dass es um ihn ging.

Ihr Ton wurde sanfter, als sie einige Worte an Flick richtete, dann erhob sie sich und kam mit aufgesetztem Lächeln auf Gerard zu.

Einen flüchtigen Atemzug lang erschienen ihre Augen so leer und leblos wie Coles. Gerard tat es als Einbildung ab. Vielleicht täuschte er sich auch wegen des flackernden Feuerscheins. Alles war wie immer, abgesehen davon, dass ihre Arme bis zu den Ellbogen blutverschmiert waren. Sie lächelte und kaute auf ihrer Unterlippe. Für Gerard war sie der Inbegriff von Anmut. Ihre Augen wurden verführerische Punkte, und er hätte ihr in diesem Augenblick unmöglich widerstehen können, selbst wenn er gewollt hätte.

»Komm«, befahl sie sanft. »Wir haben wenig Zeit.«

Sie führte ihn zum Wasser, weit genug entfernt, dass der Schein des Lagerfeuers sie nicht erreichte. Der Mond war verhangen, doch Gerard konnte problemlos ihre milchig-weiße Haut erkennen, als sie das Lederwams abstreifte. Sie wusch die Arme im Wasser, dann schnürte sie die Lederhose auf. Ihre Brüste waren apfelgroß, und die prallen rosa Brustwarzen hatten die Größe einer Münze. Gerard spürte ihre Härte, als sich Shaella an ihn drückte. Ihre Arme umschlossen ihn und zogen sein Hemd hoch. Sie lachte, als es irgendwo hakte. Er fummelte an der Schnürung herum, damit er es über den Kopf ziehen konnte. Als er endlich wieder etwas sehen konnte, ging sie von ihm weg zum Wasser. Sie hatte sich ihrer Hose entledigt. Ihr perfekt geformtes Gesäß wackelte beim Gehen leicht. Bei seinem Anblick wurde er so hart, dass er sich kaum die Hose aufschnüren konnte.

Er trat zu ihr in den Fluss. Sie stand an einer Stelle, an der ihnen das Wasser bis zum Hals reichte. Es war kalt, und seine Männlichkeit wäre erschlafft, hätte sie sie nicht in die Hand genommen und unter Wasser begonnen, ihn zu drücken und zu streicheln. Sie küsste ihn und führte mit ihrer freien Hand eine der seinen an ihre Brust. Die Warzen waren wie kleine Kiesel. Er legte die andere Hand zwischen ihre Beine und spürte trotz des kühlen Wassers, wie heiß sie war. Er wünschte sich in diesem Augenblick nichts mehr auf der Welt, als in ihr zu sein. Sie hatte ihn vollkommen in ihrem Bann.

Shaella merkte, wie sehr sie ihn haben wollte. So sehr, dass sie sich zwang, einen Moment lang innerlich Abstand zu nehmen. Er diente einem Zweck, erinnerte sie sich. Er war ein Spielzeug. Nein, ein Werkzeug. Sie würde ihn in kurzer Zeit nicht mehr brauchen, und jetzt hier fortzufahren würde es nur schwerer machen, ihn später zu verlieren. Aber er war anders. Er hatte etwas Besonderes. Er war kein öder, prüder Adliger und kein plumper Bauer. Auch kein grobschlächtiger, gestählter Krieger und kein schmieriger Dieb. Einem solchen Mann war sie noch nie begegnet. So jugendlich er manchmal schien, er war ein erwachsener Mann. Der Beweis dafür lag direkt in ihrer Hand.

Während sie ihn so gepackt hielt, erfüllte das schmerzliche Verlangen, ihn in sich zu haben, ihren Geist. Wie seine Finger sich in ihr bewegten, machte sie wahnsinnig vor Wollust. Seine Küsse waren hitzig, seine Zunge fordernd. Eine Woge der Erleichterung überschwemmte sie, aber auch ein Gefühl der Reue, als er schaudernd kam. Dabei legte er die Arme um sie und krallte sich fest an ihr Hinterteil. Es war so intensiv, dass gleichfalls ein Beben ihren Unterleib durchlief. Als sie wieder zu Sinnen kam, musste sie den Zorn mit aller Macht aus ihrem Gesicht vertreiben. Was tat sie da nur? Sie hatte keine Zeit, etwas für diesen Mann zu empfinden. Sie hatte überhaupt keine Zeit, etwas zu empfinden.

»Wir müssen jetzt gehen«, sagte sie beinahe sachlich zu Gerard, der noch in einem seligen Dämmerzustand war.

Er wollte sie nicht gehen lassen. Er hätte sich gleich hier in diesem See ertränkt, wenn sie ihn auch nur darum gebeten hätte. Ihr ausdrucksloses Gesicht verwirrte ihn, er ließ sie widerwillig los und folgte ihr aus dem Wasser.

Die Nacht über ritten sie wieder, auch den gesamten kommenden Tag. Dennly und der andere Thalheimer waren in der vergangenen Nacht nicht zurückgekehrt, also waren sie nur zu sechst auf dem Weg nach Süden. Der Fluss war so breit, dass Gerard das gegenüberliegende Ufer in der ersten Nacht aus den Augen verlor. Es fiel ihm schwer, in diesem weiten Gewässer einen Fluss zu sehen. Der Uferverlauf zwang sie, eine Weile nach Südosten zu reiten. Der Bauch schwoll breit an, wurde letztlich jedoch wieder schmaler, und die Straße verlief wieder parallel zum Fluss. Zu diesem Zeitpunkt war es schon fast vollständig dunkel, also bedeutete Shaella ihnen, das Nachtlager aufzuschlagen.

Shaella hatte den ganzen Tag über kein Wort mit Gerard gesprochen. Er hatte sie aber beobachtet. Sie hatte die Gruppe fest im Griff. Cole und Flick stritten zwar manchmal mit ihr, aber es war klar, dass sie ihr bis ans Ende der Welt folgen würden. Letztlich waren alle so gehorsam, dass es für Gerard den Anschein hatte, Shaella habe sie durch einen Zauber gefügig gemacht. Allerdings wirkte keiner von ihnen wie ein Schwächling.

Sowohl Cole als auch Flick waren imposant und seltsam. Die Roben, die sie trugen, waren vorne geteilt und wurden mit kleinen Knöpfen aus schwarz gefärbten Knochen zusammengehalten, sodass sie zum übrigen Stoff passten. Unter den Gewändern trugen sie weite Hosen und Hemden, die aus dem Leder eines geschuppten Wesens gefertigt waren, wie es Gerard nie zuvor gesehen hatte. Die Schuppen waren jedoch hell und glitzerten. Die beiden Zauberer trugen Stiefel, die mit weiteren Knochenstücken verziert waren.

Greyber blieb für sich. Es war offensichtlich, dass es kein Problem für ihn war, den riesigen Beidhänder auf seinem Rücken zu führen.

Meerender trugen anscheinend oberhalb der Taille keine Kleidung. Zumindest konnte Gerard sich nicht daran erinnern. Der am ganzen Leib tätowierte Krieger trug Hosen aus Hirschleder und gute Thalheimer Pferdelederstiefel, genau solche, wie

Hyden sie ihm gekauft hatte. Die gewaltigen Arme des Mannes waren von Stulpen aus Stahlplatten bedeckt, die vom Handgelenk bis zum Ellbogen reichten, aber er hatte ansonsten keine Rüstung angelegt.

Trent hatte am Morgen noch totenbleich ausgesehen. Sein Kettenhemd lag auf dem Rücken seines Pferds hinter dem Sattel. Durch den Riss in seinem Hemd sah Gerard, dass seine Wunde nicht mehr blutete. Bis zum Abend hatte der Mann wieder etwas Farbe bekommen. Nun, da das Lager bereitet war, schien es ihm sogar noch besser zu gehen, als würde das Licht des Feuers den Heilungsprozess vervollständigen, den Shaellas Magie in Gang gesetzt hatte. Er scherzte über Greybers sogenannten Unterwegseintopf, was dem großen, sonst so grimmigen Mann ein Lächeln entlockte.

Der lange Ritt hatte Gerard so erschöpft, dass er sich nicht einmal mehr fragte, ob Shaella in der Nacht zu ihm kommen würde. Er dachte kurz daran, zu ihr zu gehen, nachdem er seine Ration von Greybers Mischmasch gegessen hatte, doch die Müdigkeit und das warme Essen verscheuchten den Gedanken wieder. Nur Sekunden, nachdem er seine Mahlzeit beendet hatte, fiel er in einen tiefen, schweren Schlummer.

Shaella weckte ihn am nächsten Morgen mit einem Kuss, dessen Verheißung sich aber im allgemeinen Gewühl des Aufbruchs verflüchtigte.

Er fühlte sich langsam von ihr vernachlässigt, und das Gefühl wurde den Tag über stärker. Er ertappte sie einmal dabei, wie sie ihn anschaute, aber ihr merkwürdiger Ausdruck bereitete ihm nur noch mehr Sorgen.

Gegen Ende des Tages setzte er schließlich die Magie des Ringes ein, um ihre Aufmerksamkeit zu erlangen. Schweigend bedeutete er ihr, zu ihm zu kommen und ihn zu küssen. Das großartige Gefühl, mit dem die Magie des Ringes durch seine Adern floss, vergaß er fast, als sie plötzlich an seiner Seite auftauchte. Sie lenkte ihr Pferd neben seines, beugte sich dann herüber und küsste seine Wange.

»Du Böser!«, flüsterte sie ihm zu. »Du brauchst deine einzigartige Magie nicht einzusetzen, um einen Kuss von mir zu bekommen, mein junger Zauberkünstler. Frag einfach.«

Er wollte sie an sich spüren, ihr Haar riechen, während er sie in den Armen hielt, die Wärme ihres Atems auf seiner Haut spüren.

»Wann schlagen wir das Lager auf?«

Beim offensichtlichen Unterton dieser Frage errötete sie gegen ihren Willen. Sie hatte geglaubt, sich von so törichten Gefühlen freigemacht zu haben, aber dem war offensichtlich nicht so.

»Wir rasten nicht«, entschied sie. »Wir reiten weiter, bis wir zumindest den Immerdar überquert haben und in Wildermont sind.«

Seine Enttäuschung ließ sich an seinem Gesicht ablesen. Sein Blick berührte sie tief in ihrem Inneren, und das machte ihr Angst. Sie war doch eine schwarze Hexe. Sie hätte doch kalt und skrupellos sein sollen wie ihre Mutter, die Moorhexe; und wie ihr Vater. Aber hatte nicht auch ihre Mutter einst geliebt? Ihr kam ein gemeiner Gedanke. Liebt es die Katze nicht, die Maus zu necken und zu reizen, ehe sie sie auffrisst? Gerard konnte ihre Maus sein. Sie beugte sich dicht zu ihm hinüber und flüsterte ihm verschwörerisch zu: »Wenn wir in Schlossberg sind, werden wir in einem Gasthaus wohnen. Da können wir ein Zimmer für uns allein haben.«

Die Vorfreude darauf, sie für sich allein zu haben, ließ ihn lächeln. Was dann alles möglich war, konnte er sich nur in Gedanken ausmalen. Er hätte für immer warten können, solange er wusste, dass sie da wäre, wenn das Warten ein Ende hatte.

»Wie ist es denn?«, fragte er.

Im ersten Moment glaubte sie, er sei noch immer geil. Dann fiel ihr ein, dass er aus einem der Bergclans kam und noch nie eine richtige Großstadt gesehen hatte, ganz zu schweigen von der prächtigsten Stadt des ganzen Reiches. Er fragte nach

Schlossberg, der Hauptstadt des Königreichs Wildermont. Sie gab lächelnd Antwort.

»Wir werden bald in Hochfurt sein und dort den Fluss Immerdar queren. Er trennt das Leif-Greyn-Tal von Wildermont. Hochfurt ist eher ein Dorf als eine Stadt. Wenn wir da durchkommen, stell dir einen Ort vor, der mehr als tausend Mal größer ist, wo Häuser auf Häuser gebaut sind, und mit Türmen, die bis in den Himmel reichen, wie die Spitze.«

Er fragte nach den Menschen und was sie so taten, und sie antwortete ihm, so gut sie konnte. Geld war anscheinend das, was einen in den Städten des Königreichs stark machte. Er begriff. Es war nur eine größere, länger währende Variante des Sommertagsfests. Er konnte es kaum erwarten, anzukommen und all das selbst zu sehen.

Es wurde schnell Nacht. Der Himmel war bleiern und wolkig, die Frühsommerluft dick und lauwarm. Die Brücke, von der Shaella gesprochen hatte, schien aus dem Nichts aufzutauchen. Sie war so breit, dass zwei Fuhrwerke sie gleichzeitig passieren konnten.

Das Rauschen des dunklen Flusses, der schnell unter ihnen hindurchströmte, klang Gerard in den Ohren. Die Brücke war viel länger, als sie zunächst gewirkt hatte. Es dauerte ein paar Minuten, bis die Pferde sie völlig überquert hatten. Die Brücke querte nicht den Leif Greyn. Sie führte über einen kleineren Fluss, der dort mit einem größeren zusammentraf. Gerard konnte sich kaum vorstellen, welche handwerklichen Fähigkeiten und wie viel Zeit nötig gewesen waren, bis so eine Konstruktion fertig war. Er war wie vom Blitz getroffen. Selbst im Dämmer der wenigen Laternen, die in einigem Abstand entlang der Brücke angebracht waren, konnte er sehen, dass die Steine sorgfältig behauen waren. Die Blumen und Blätter, die an den beiden Stützmauern prangten, sahen beinahe echt aus, und die Wasserspeier auf den Laternenpfählen schienen die Zähne zu fletschen und zu knurren, als sie an ihnen vorbeikamen.

»Warum gibt es auf der anderen Seite des Flusses keine solchen Bauwerke?«, fragte er, nachdem sie das Dorf mit dem Namen Hochfurt erreicht hatten.

»Wir haben eben das heilige Tal verlassen«, entgegnete sie. »Man betrachtet es immer noch als Frevel, dort zu bauen oder Land zu nehmen; aber diese Seite des Flusses gehört König Jarrek. Willkommen in Wildermont.«

Genau in diesem Moment tauchten ungefähr ein Dutzend gerüstete Reiter aus dem Schatten auf. Gerard hörte nicht einmal das Klirren ihres Zaumzeugs, als sie sich aufreihten und ihnen den Weg versperrten.

Aus einigen Fenstern in den Häusern entlang der Straße drang Licht, doch die meisten Bauwerke waren nur klobige Schatten in der Dunkelheit. Ein argwöhnisch wirkender Mann trat mit einer Fackel aus einem der Gebäude am Brückenende der Straße und bedeutete ihnen, anzuhalten. Cole, der die Gruppe angeführt hatte, solange Shaella bei Gerard geritten war, drehte sich um und warf ihr einen strengen Blick zu, während er sein Pferd zügelte.

»Ein Kupferstück pro Mann oder ein Silberstück für den ganzen Haufen, dann könnt ihr durch!«, rief der Alte laut. Die Anwesenheit der Soldaten verlieh ihm und seiner Stimme Selbstvertrauen.

Shaella trieb ihr Pferd zu dem Alten.

»Hier!«, blaffte sie und schnippte eine Silbermünze in seine Richtung. »Wenn König Jarrek zu arm ist, um Wechselgeld zu geben, bin ich die Königin von Westland«, fügte sie kichernd hinzu.

Cole and Flick sahen sie warnend an.

»Ihr müsst mitkommen!«, dröhnte eine Stimme im Kommandoton. Es war der Hauptmann der Rotwolfwache, der ihnen nun den Weg versperrte.

Von seinem Platz in der Nachhut sah Gerard, das Greyber hinter sich nach dem Schwertgriff fasste. Er schaute wieder auf den Mann, der die Straße abriegelte. Ein blank polierter

Plattenpanzer und ein glänzendes Kettenhemd leuchteten im Schein der Fackel. Über den Soldaten tanzte die Silhouette eines heranschleichenden Wolfs auf einem roten Banner. Selbst ihre Reitpferde waren in Leder und Stahl gehüllt. Bei der Vorstellung, dass Greyber überhaupt daran dachte, sein Schwert gegen Männer wie diese zu ziehen, krampfte sich ihm der Magen zusammen. Was würde hier geschehen?

So schön Shaella auch war, sosehr Gerard sie auch wollte, und sosehr er bei diesem großen Abenteuer dabei sein wollte, so sehr er erkannte plötzlich, dass der einzige Ort, an dem er wirklich sein wollte, seine Heimat war.

KAPITEL 19

LORD GREGORY VERBRACHTE DEN GESAMTEN Tag damit, zu lernen, warum die Pflanze, die Vaegon für ihn geholt hatte, Hockgras hieß. Er musste sich so oft in die Büsche schlagen, dass er schließlich breitbeinig ging und die Tränen nicht verbergen konnte, weil er so wund war. Schlimmer noch, droben im nördlichen Leif-Greyn-Tal gab es nicht sehr viele Büsche und somit kaum Abgeschiedenheit. Felsübersäte Hügel und kniehohes Gras waren die einzigen Geländemerkmale.

Die Angehörigen des Skyler-Clans hatten Mitleid mit dem Löwenlord. Der Westländer hatte sie in den letzten Jahren nicht mit einer, sondern gleich mit zwei großartigen »Schlägereien« erfreut. Ihn so zu sehen zerriss ihnen das Herz. Sie respektierten ihn zweifellos, und wenn Hyden dem Mann helfen wollte, hatten sie nichts dagegen. Aber nicht nur, weil seine regelmäßigen Halte sie aufhielten, beschlossen sie, Hyden, Lord Löwe und den Elfen in ihrem eigenen Schritt reisen zu lassen.

»Dieser Hauptmann der Wache hat unseren Freund viel zu genau in Augenschein genommen«, sagte Vaegon. Er und Hyden gingen Seite an Seite und führten Lord Gregory, der im Sattel zusammengesackt war.

»Warum bestehst du darauf, über mich zu reden, als wäre ich nicht da?«, beschwerte sich Lord Gregory matt. »Das macht mich noch wahnsinnig.«

»Die Königlichen denken anders als ich«, erwiderte Hyden geistesabwesend.

Seine Aufmerksamkeit galt Kralle. Der Vogel jagte ein Insekt, das in kurzen, ruckartigen Bewegungen durch die Luft schoss. Der Käfer schien Kralle zu verspotten. Kralle konnte weder die Richtung so schnell ändern wie das Insekt noch innehalten und auf der Stelle schweben. Er konnte ja noch kaum fliegen, und langsam wurde der arme Vogel immer frustrierter. Schließlich gab Kralle auf und flog in eine andere Richtung davon, sodass der irritierte Käfer anscheinend vergessen zurückblieb.

»Er wird seinen Vorgesetzten berichten, dass ich noch lebe und wo wir hinwollen«, ließ sich Lord Gregory erneut vernehmen. »Es ist nicht klug, in … klug, in … oh, verflucht sei dieses Dreckszeug, das du mir verabreicht hast, Elf! Hilf mir wieder runter! Schnell!«

Vaegon gehorchte. Er wandte dem Löwenlord den Rücken zu und beäugte Hyden, der Kralle beobachtete, während Lord Gregory lautstark sein Geschäft verrichtete.

Kralle hatte das Interesse an dem Käfer gar nicht verloren. Es war ein Trick gewesen. Hyden war jetzt völlig fasziniert von der Auseinandersetzung. Er empfand, was Kralle empfand, aber sozusagen nur im Hinterkopf. Dennoch war es aufregend zu spüren, wie versessen der Vogel darauf war, sich die Beute zu schnappen, die ihn so verspottete.

Kralle flog jetzt höher, kreiste, beobachtete und berechnete. Plötzlich ging er in Sturzflug über, die Flügel angelegt, den Hals gestreckt, die Augen scharf auf sein Ziel gerichtet. Er stieß schnell und in spitzem Winkel herab. Das Insekt flog jetzt summend träge von Blüte zu Blüte, da es die Anwesenheit des nervigen, ungeschickten Jungvogels nicht mehr spürte. Es hatte keine Ahnung, dass sein Untergang rasch von oben herabstieß. Kralle richtete die Flügelchen ein wenig aus, dann spreizte er die Klauen. In einer eleganten Bewegung schoss er aus dem Himmel herab und schnappte sich das Insekt. Es hatte keine Chance. Der Vogel zerquetschte den Käfer sofort zwischen seinen Krallen. Wenige Augenblicke später, nachdem er seine Beute zerkaut und hinuntergeschluckt hatte, warf Kralle den Kopf in den Nacken und stieß etwas aus, das wohl ein als stolzer, wilder Schrei gedacht war, sich in Hydens Ohren jedoch eher wie langes, dünnes Gekrächze anhörte. Aber er wagte nicht zu lachen.

»Gibt es denn keine Gnade für mich?«, klagte Lord Gregory erbärmlich, der noch immer im Gras hockte.

»Er braucht jetzt viel Wasser«, sagte Vaegon. »Viel mehr, als wir tragen können.«

»Einer der Nebenflüsse des Leif Greyn ist nicht allzu weit weg«, teilte ihm Hyden mit. »Meine Leute werden ihn viel weiter flussaufwärts überqueren. Dann werden sie die Rotwolfsöldner zurücklassen. Wenn wir ihn jetzt überqueren, werden wir diesem gierigen Hauptmann, von dem Ihr gesprochen habt, nicht über den Weg laufen.« Letzteres hatte Lord Gregory gegolten.

Vaegon nickte zustimmend.

»In den Überlieferungen meines Volks gibt es Geschichten über Männer wie dich, Hyden Falk, Männer, die sich mit den Wesen der Welt anfreunden. Solche Männer erlangen große Macht, und was sie tun, hat in der Regel großen Einfluss auf aller Herren Länder.« Der Elf hielt inne und suchte nach Worten. »Bist du – nein – spürst du, wie sich solche Macht in dir zusammenbraut?«

Die Frage traf Hyden unvorbereitet. Er dachte kurz an die Worte der alten Wahrsagerin und die seines Vaters in der Erntehütte.

»Ich spüre manchmal Kralles Instinkte in meinem Geist, sonst nichts.«

»Geht ohne mich weiter«, unterbrach ihn Lord Gregory.

Er war wieder aufgestanden und kam steifbeinig heran, offensichtlich darauf bedacht, seine Beine leicht gespreizt zu halten. Sein Hintern war wund und aufgescheuert, und eine seiner Schultern war angeschwollen und doppelt so groß wie die andere. Er war so bleich, dass er als Marmorstatue hätte durchgehen können, wäre er lange genug stehen geblieben. Alles in allem sah er aus, als müsse er jeden Augenblick tot umfallen, was auch nicht weit entfernt von der Wahrheit war.

»Führ uns zum Fluss«, sagte Vaegon leise und ging dann hinüber, um dem Löwenlord wieder in den Sattel zu helfen.

Hyden spürte die Dringlichkeit in der Stimme des Elfen. Kralle musste auch etwas gespürt oder gehört haben, denn er kam herabgeflattert und landete auf Hydens Schulter.

Der Fluss in den Vorhügeln war eiskalt, schmal und an der Stelle, an der sie ihn zu überqueren beschlossen, recht schnell. Wären die vielen Steine nicht gewesen, die wie ein geborstener Damm quer zum Hauptlauf lagen, hätten sie Lord Gregorys Pferd nie auf die andere Seite bekommen. Dank Vaegons beruhigender Worte und der scharfen Kommandos in der seltsamen Sprache der Elfen hüpfte das Tier von Felsblock zu Felsblock wie ein großer, missgebildeter Hase. Lord Gregory zogen sie durchs Wasser hinüber. Der Mann war froh, im Wasser zu sein. Er genoss es, wie die Eiseskälte seine wunde Kehrseite reinigte und den Schmerz dort linderte.

Nachdem der Adlige aus Westland sie geleert hatte, füllten sie ihre Schläuche wieder auf. Noch blieb ihnen genug Tageslicht zum Reisen, was sie weidlich ausnutzten. Sie kamen nicht sehr weit, ehe das Hockgras den Adligen wieder in die Büsche zwang. Der Fluss bildete in der Nähe ein seichtes Becken mit einem kleinen Hain am Ufer. Sie beschlossen, dort zu lagern, da sich dort viel Reisig fand. Hyden machte ein recht großes Feuer, damit sie ihre Kleidung trocknen konnten.

Lord Gregory streckte sich leise ächzend am Feuer aus, während Hyden mit Ausnahme der Unterwäsche all ihre Kleidung zum Trocknen auslegte. Kralle saß auf einem nahen Ast und beobachtete Vaegon neugierig. Das Interesse des Vogels am Tun des Elfen war so groß, dass auch Hyden gezwungen war, ihn zu beobachten.

Er stand schienbeintief mitten im Wasser. Die Beine seiner Lederhose hatte er bis zu den Knien hochgekrempelt. Mit gesenktem Kopf hielt er die Arme weit ausgebreitet, die Finger wie Krallen gekrümmt. Hyden hätte ihn beinahe ausgelacht. Er ahmte einen Raubvogel nach, sah aber eher aus wie eine der Vogelscheuchen, die die Bauern aus Westland auf dem Fest verkauft hatten, diejenigen mit schillerndem Garn als Haare und Körpern aus Stroh, Stecken und alten Kleidern.

Dann folgte eine blitzschnelle Bewegung, und sowohl Kralle als auch Hyden erschraken und mussten mehrmals blinzeln. Vaegon hatte sich eine fette silberbäuchige Bartforelle direkt aus dem Wasser geschnappt. Sie zappelte in seinem Griff, während er auf Kralle und Hyden zujagte, wobei er gewaltige Mengen an Wasser verspritzte. Der Fisch bog seinen langen, dicken Leib, um sich zu befreien. Für einen Augenblick sah es aus, als könne es ihm gelingen, aber der Elf war schlau. Unmittelbar bevor ihm der zappelnde Fisch aus der Hand hätte rutschen können, warf er ihn an Land. Die Forelle schwamm regelrecht durch die Luft, wobei ihr Schwanz nach einem Widerstand suchte, aber keinen fand. Noch ehe sie auf das Felsufer prallte, war Kralle heran. Sobald der Fisch aufschlug, stürzte der Vogel sich darauf, pickte nach seinen Augen und tat sein Bestes, ihn mit den kleinen Klauen festzuhalten.

An diesem Abend aßen sie gut. Selbst Lord Gregory konnte das zarte weiße Fleisch bei sich behalten.

Nach Sonnenuntergang wandte Vaegon erneut seine Elfenmagie bei dem kranken Westländer an. Er heilte den Schaden, den das Gift den Tag über angerichtet hatte, doch es befand sich immer noch im Kreislauf des Mannes. Das Hockgras trug viel dazu bei, die Giftstoffe auszuscheiden, die durch die Adern des Löwenlords flossen, aber nur die Zeit würde zeigen, ob es ausgereicht hatte. Anschließend deckte Vaegon den Westländer zu und wusch die Kleidung des Mannes ein weiteres Mal im Fluss. Als er sie wieder zum Trocknen ausbreitete, sagte er: »Kennst du die Geschichte von dem Magier Hunt Mahn und wie er und König Horst die Elfen, die Riesen und sogar die Zwerge retten halfen?«

Das Wort »Zwerge« sagte er in einem Ton, der seinen Abscheu gegen das verschwundene kleine Volk verriet. »Hast du schon einmal gehört, wie er sie alle zusammenbrachte, um die Welt von Abbadon, dem Seelenlosen, zu befreien?«

»Ja«, antwortete Hyden. Das war Gerards Lieblingsgeschichte. Wenn sie als Kinder zusammen gespielt hatten, hatte Gerard oft so getan, als sei er der legendäre Magier Hunt Mahn. Berda hatte ihnen diese Geschichte viel häufiger erzählen müssen, als sie eigentlich gewollt hatte, dessen war sich Hyden sicher. »Ich habe diese Geschichte schon sehr oft gehört.«

»Hat man dir auch erzählt, wie Hunt Mahn des Königs Magier wurde? Wie er Hunt Mahn wurde?«

Nun hatte Vaegon Hydens Aufmerksamkeit. Nichts liebte er mehr als eine gute Geschichte, vor allem eine, die er noch nicht kannte.

»Nein, aber ich würde es gerne hören.«

Vaegon breitete Lord Gregorys restliche Kleidungsstücke aus, dann setzte er sich Hyden gegenüber ans Feuer. Als er bequem saß, nahm er einen tiefen Schluck aus einem Wasserschlauch, sah zu dem tief schlafenden Lord Gregory hinüber und begann zu erzählen:

»Pratchert war ein Jäger, der Sohn eines Waldarbeiters. Er wuchs in einem Dorf auf, dessen Name schon lange in Vergessenheit geraten ist, das aber ganz nahe bei der heutigen Stadt Spitz lag.«

»Wo ist das?«, fragte Hyden im Versuch, nicht allzu unwissend zu erscheinen.

»Der Süder bildet die natürliche Grenze zwischen Meerend und Thalheim, aber zu Pratcherts Zeit war das alles ein Königreich. Der Wald der Ewigkeit erstreckt sich südwärts an den Ufern des Flusses bis zu den Ebenen. Wo dieser Teil des Waldes endet, liegt die Stadt Spitz. König Horst war damals noch jung und herrschte über all diese Lande, ebenso über das heutige Königreich Hochvag. Die Welt war damals recht friedlich. Der Abbadon war noch nicht stark genug, um das Land zu bedrohen, sollte es aber bald werden. Pratcherts Vater hatte von König Horst den Auftrag bekommen, ans Eismeer zu reisen. Man nannte das eine Queste, eine Queste, bei der es darum ging, einen großen Eisbären zu töten, dessen Pelz der König aus irgendeinem Grund haben wollte. Pratchert brach zusammen mit einer großen Schar von Männern unter Führung seines Vaters zu dieser langen, gefährlichen Reise auf. Sie durchquerten den Kontinent und erreichten das Eismeer im Westen. Sie verwundeten den mächtigen Eisbären tödlich, aber bei dem Kampf gelang es ihm, seinerseits mehr als die Hälfte der Schar zu töten. Die Überlebenden mussten in dem eisigen Gelände weit auseinandergezogen der Blutspur des sterbenden Bären folgen. Die riesige Bestie war zäh und führte sie Dutzende und Aberdutzende von Meilen durchs Land, ehe sie schließlich starb. Der junge Pratchert war einer derer, die sich unterwegs verirrten. Zwei Männer, die zu faul waren, ordentlich zu suchen, ließen seinen Vater in dem Glauben, sein Sohn sei in eine Spalte gefallen und erfroren. Pratchert war in der weiten eisigen Wildnis auf sich allein gestellt. Aber er war als Jäger und Waldarbeiter aufgewachsen und hatte viel über das Überleben gelernt. Er war sowohl schlau als auch einfallsreich. Er orientierte sich am Stand der Sonne und zog gen Süden, weg vom winterlichen Klima. Unterwegs stieß er auf eine verletzte Wölfin, die gerade warf. Nur vier Welpen kamen zur Welt, und zwei davon starben in der ersten Nacht. Pratchert jagte für die verletzte Wolfsmutter mit einem Pfeil und einem Bogen, die er aus einem abgebrochenen Ast und sonnengetrockneten Hasendärmen gebaut hatte. Es gelang ihm, sie und sich so lange durchzufüttern, bis sie beide Welpen entwöhnen konnte, doch bald darauf starb sie, als ein schwerer Spätwintersturm viele Tage lang über ihnen tobte. Schließlich wurde das Wetter besser, und Pratchert stellte fest, dass einer der Welpen verschwunden war. Im Wissen, dass er für die Wölfe alles in seiner Macht Stehende getan hatte, zog er weiter nach Süden, und der letzte Welpe folgte ihm dicht auf dem Fuß.«

Vaegon rückte auf seinem steinernen Sitz zurecht, beugte

sich vor und fachte das erlöschende Feuer mit einem Ast wieder an.

»Irgendwie durchquerten er und der Wolf am Ende den Wald, den deine Leute den Reyhall nennen, in östlicher Richtung.«

»Nicht meine Leute«, verbesserte Hyden. Er konnte den Blick nicht von Vaegons wilden gelben Augen abwenden. Sie glichen denen einer Katze oder einer Eule. »Meine Leute sind keine Königlichen.«

»Ja, ja«, nickte der Elf. »Ich vergesse immer, dass ihr Menschen nicht alle einem König Lehnstreue geschworen habt. Jedenfalls ließ sich Pratchert Zeit. Er und der Wolf durchwanderten ein paar Jahre lang den Wald. Niemand weiß wirklich, warum.«

Hyden hätte Vaegon beinahe unterbrochen, um ihm zu sagen, dass er zwar keinem menschlichen König Lehnstreue geschworen hatte, sein Volk aber im Riesengebirge lebte und damit mehr oder weniger verpflichtet war, den Gesetzen König Aldars zu gehorchen. Doch er ließ es sein, denn er hatte den Riesenkönig oder die sagenumwobene Stadt Afdeon, von wo aus er regierte, noch nie gesehen; noch viel weniger hatte er jemals einen Lehnseid geschworen.

»… überquerten schließlich den Leif Greyn und erreichten die Spitze«, sagte Vaegon gerade. »Dort, so sagen unsere Überlieferungen, besuchte Pratchert ein großer blauer Drache. Angeblich sprachen die beiden viele Tage lang miteinander. Nachdem der Drache wieder fort war, kamen Pratchert und sein Wolf durch den Wald der Ewigkeit. Er war auf dem Weg in seine Heimat, doch ehe sie so weit in den Süden kamen, sahen sie sich einem Problem gegenüber. Das dichte weiße Fell seines Wolfs machte das Tier in dem wärmeren Klima krank. Auch nachdem der Wolf sein Winterfell abgeworfen hatte, litt er in der warmen Luft des Südens. Nach langem Überlegen beschlossen Pratchert und sein Wolf, zusammenzubleiben. Mit seinem Dolch rasierte er den Wolf, damit er die Hitze aushielt.

Beide merkten bald, dass es so besser war. Als sie Pratcherts Dorf erreichten, hatten die Leute Angst vor dem Wolf, auch wenn er eher wie ein räudiger Hund als wie das wilde Tier aussah, das er sein konnte. Wäre er nicht halb rasiert gewesen, hätte er die einfachen Leute so erschreckt, dass sie drastische Maßnahmen ergriffen hätten. Pratchert erfuhr, dass sein Vater in dem Jahr nach seiner Rückkehr mit dem kostbaren Pelz für den König an einer Lungenkrankheit gestorben war. Natürlich machte ihn das traurig, und er kehrte mit seinem Wolf und seinem Kummer in den Wald der Ewigkeit zurück. Er wollte nach Norden, wo er und der Wolf bequem umherstreifen und sich umschauen konnten, doch ehe sie loskamen, hielten zwei verängstige Eichhörnchen sie auf. Die Eichhörnchen verständigten sich mit ihm durch das Band, das er zu seinem Wolf geknüpft hatte. Sie teilten ihm mit, Menschen zerstörten im Osten den Wald, und bettelten ihn praktisch an, ihnen zu helfen, sie aufzuhalten. Er nahm sie ernst. Es war eine große Sache, wenn sich zwei Eichhörnchen ein Herz fassten und es wagten, sich einem Wolf und einem Menschen zu nähern. Andere Tiere hörten die Bitten der Eichhörnchen, und da der Wolf nicht versucht hatte, sie zu fressen, näherten auch sie sich vorsichtig. Bald versammelten sich ein Krähenschwarm, Rehe, ein Fuchs, ein Hase und sogar eine leuchtend grüne Baumschlange und ein Wildschwein um sie. Sie überzeugten Pratchert, sich zumindest anzusehen, ob sich etwas dagegen tun ließe.«

Vaegon nahm erneut einen Schluck aus dem Wasserschlauch und erzählte dann weiter.

»Bei dem, was Pratchert und sein Wolf vorfanden, wurde ihnen ganz übel. Ein ganzes Tal war gerodet worden. Es sah aus, als habe ein äußerst erzürnter Gott die Bäume mit einer Riesensense umgemäht, als seien sie nur Weizenähren. Pratchert rief die stärksten Waldgeschöpfe zusammen, diejenigen mit den Zähnen und Klauen und diejenigen mit Gift und Größe. Eines Tages, als die Menschen gerade wieder anfingen, die Bäume umzuhauen und zu zersägen, führte er seine Tierarmee aus dem Wald heraus. Sie stellten sich den Männern mitten in den Weg und wichen nicht. Die entsetzten Männer schickten nach ihrem Vorarbeiter, der seinerseits nach dem Hauptmann der Königsgarde schickte. Tage vergingen, und schließlich kam König Horst, um sich das Schauspiel selbst anzusehen. Tagelang schleuderten sich Tiere und Menschen zischend und knurrend Beleidigungen und lästerliche Drohungen entgegen. Zum Glück erkannte König Horst die Sinnlosigkeit des Ganzen. Er brauchte diese Bäume ebenso dringend wie die Tiere, also willigte er ein, mit Pratchert zu reden. Der König erklärte, eine Armee von Teufeln und Dämonen unter persönlicher Führung des Abbadon marschiere auf sie zu, während sie hier miteinander sprachen. Sie wollten den Hüterstein. Er veranschaulichte ihm den Bedarf an Katapulten, Speeren, Schiffen und all den anderen Dingen, die Menschen in dieser Welt vielleicht beim Kampf gegen einen solchen Feind benötigten. Er sprach davon, dass dieser Feind alles auf seinem Marsch niederbrannte: Häuser, Felder und sogar den Wald. Zum Schluss meinte König Horst, es sei wohl besser, ein paar Bäume zu fällen, als dass der böse Feind den gesamten Wald zu Asche verbrannte. Pratchert kehrte zu den Tieren zurück und erklärte die Lage. Sie waren auch der Ansicht, dass es besser sei, nur einen Teil des Walds zu verlieren als den gesamten. Widerstrebend zerstreute sich die Armee der Tiere, und sie verließen diesen Teil des Walds der Ewigkeit, damit die Männer weiterarbeiten konnten. König Horst war so erstaunt und beeindruckt von dem Mann, der zu den Tieren sprechen konnte, dass er ihn bat, sein Hofmagier zu werden. Pratchert fühlte sich verpflichtet, beim Kampf gegen Abbadon und seine schrecklichen Legionen zu helfen. Als er herausfand, dass König Horsts Burg in Xwarda droben in den Vagbergen lag, wo es immer kühl und frisch war, nahm er das Angebot an. Ich glaube, den Rest kennst du«, schloss Vaegon.

»Ja«, nickte Hyden. »Als der Seelenlose kam, rief Hunt Mahn die Tiere des Walds zu Hilfe. Die Tiere brachten die Elfen, die Riesen und die Zwerge mit. In Berdas Geschichte – sie ist eine

Riesin, die Frau eines Ziegenhirten, die ab und zu ins Dorf meines Clans kommt und uns Geschichten erzählt – wenden die Tiere in der Schlacht das Blatt und retten die Menschen vor dem Abbadon.«

Hyden gähnte und kratzte sich neugierig am Kopf.

»Wenn er eigentlich Pratchert hieß, warum kennt man ihn dann als Hunt Mahn?«

Vaegon lachte herzlich.

»Ich sollte dich auf die Folter spannen und deine Riesenfreundin Berda fragen lassen, aber ich mag dich, deshalb will ich es dir sagen, Hyden Falk. Es ist ganz einfach, und ich bin überrascht, dass du noch nicht von alleine darauf gekommen bist. Der Wolf sah aus wie ein räudiger Hund«, sagte Vaegon, während er sich am Feuer niederlegte. »Hunt Mahn heißt in der alten Sprache ›Hundemann‹.«

»Aha!«, nickte Hyden und sah sich nach einem geeigneten Platz für ein Nachtlager um.

KAPITEL 20

DIE KRÖNUNG DES JUNGEN KÖNIGS GLENDAR verlief einigermaßen reibungslos. Die Trauer der zurückliegenden Woche wich der Hoffnung auf bessere Tage. Zumindest für einige Tage hatten die Einwohner von Westland den Eindruck einer vielversprechenden Zukunft. Die Ehefrauen der Adligen und die der Gemeinen klatschten und tratschten gleichermaßen. Anscheinend war Lady Zasha dem jungen König ins Auge gefallen, und alle hatten zu dieser Entwicklung etwas zu sagen.

»Sie ist so ein hübsches Mädchen.«

»Was für eine wunderbare Königin sie abgeben wird!«

»Der fette Lord Ellrich ist ihr Vater, wie wird da wohl der Stammhalter aussehen?«

»Die Tochter des Marschfürsten hat gut daran getan, ihn für sich zu interessieren.«

Dann war da noch Glendar selbst. Der gesamte Adel beobachtete ihn, während er Grimassen schnitt, die Hände vors Gesicht schlug und schließlich in Tränen ausbrach, als man ihm die Krone seines Vaters aufs Haupt setzte, was Pael alles in allem sehr gefiel. Der dumme Junge hatte leider gegrinst, als man die Krone brachte, und Pael hatte rasch handeln müssen. Er jagte ein unsichtbares, aber glühend heißes Staubkörnchen in Glendars Auge, sodass das Grinsen erstarb. Ja, sinnierte Pael, alles war sehr gut gelaufen. So gut sogar, dass keinem das Fehlen von Eisendorn aufgefallen war.

Noch besser waren die Nachrichten, die Pael von Shaella erhielt. Der Sommertag hatte sich in ein Schlachtfeld verwandelt. Das heilige Tal des Leif Greyn war blutgetränkt. Er hatte mit seinem verdeckten, indirekten Angriff die Königreiche gegeneinander aufbringen wollen, aber eine richtige Feldschlacht war noch besser. Ja, sie war perfekt – und wer hätte gedacht, dass ihn Lord Gregory unabsichtlich so sehr unterstützen würde, ehe er davonkroch und an Schimmers Giftpfeil starb?

Paels Pläne liefen so gut, dass König Glendars gegenwärtige Torheit ihm gar nichts ausmachte. Es war gleichgültig, wie viele Köpfe der Junge im Burghof auf Lanzen pflanzen ließ oder wessen Häupter es waren. Tatsächlich war Pael jede Ablenkung recht, die verhinderte, dass der neue König sich mit dem Schwert seines Vaters befasste.

Nun, da die Nachricht vom Sommertagsmassaker die Westländer langsam erreichte, kam dem Volk Lord Brachs Zwangsrekrutierung junger, gesunder Männer nicht mehr so besorgniserregend vor. Ganz Westland würde bald mit den Hufen scharren, um den Tod des allseits beliebten Löwenlords zu rächen.

Die jüngsten Gerüchte gaben Meerend und den Thalheimern die Schuld. Die vornehmen Handelshäuser und Großgrundbesitzer schickten bereits ihre Reservisten als Beitrag zum bevorstehenden Kriegszug. Bald würde Pael die gesamte Westländer Armee zusammen mit König Glendar in den Krieg gegen den Osten schicken können.

Als letztes Mosaiksteinchen fehlte ihm jetzt nur noch Eisendorn. Er wollte die Klinge aber nicht, damit Glendar sie auf seinem närrischen Eroberungsfeldzug gegen die östlichen Königreiche schwingen konnte. Pael benötigte das Schwert aus anderen Gründen. Einer davon war, dass sein Besitz den Anspruch desjenigen stärken würde, der bald Glendar als Herrscher des Westens ablösen würde. Ein weiterer Grund war, dass Eisendorns Macht das Einzige war, was seine Pläne noch durchkreuzen konnte.

Als Lady Zasha die Nachricht vom Tode Lord Gregorys hörte, bat sie König Glendar, sie und ihren Vater, Lord Ellrich, von der Hofhaltung zu entlassen, damit sie Lady Trella zurück in ihre Heimat zur Feste Seegrund begleiten konnten. Zasha wollte ihr durch die turbulente Trauerzeit helfen.

Lady Trella war für die Krönung des Königs in die Seeburg gekommen – und um Zasha dabei zu unterstützen, dem neuen König schöne Augen zu machen. Die Aufregung über die Ereignisse loderte wie ein Freudenfeuer in ihr. Die Mutter der kleinen Zasha war bei ihrer Geburt gestorben, und Trella war dem Mädchen stets ein Mutterersatz gewesen. Dass Trella keine eigenen Kinder hatte, hatte das Band nur noch gestärkt.

Die Feste Seegrund war mit der Kutsche nur ein paar Wegtage von der Feste Settsted entfernt, wo Lord Ellrich und Lady Zasha residierten. Da die beiden Familien die mächtigsten in ganz Südwestland waren, besuchten sie einander häufig. Dass Zasha Trella um Rat fragte und sich ihr so vorbehaltlos anvertraute, war ermutigend. Die Feste Seegrund war der langweiligste Ort der Welt, wenn Lord Gregory und seine Männer nicht da waren. Auch sonst war es nicht viel besser. Lady Trella schwelgte in der trunkenen Aufregung, die allen Frauen gemein war, wenn die Liebe erblühte, und war stolz, als Zasha sie bat, ihre Trauzeugin zu werden. Trellas flammende Begeisterung war jedoch recht abrupt erloschen. Als hätte man ein ganzes Fass Wasser über eine einzelne Kerzenflamme gegossen, brachte die Nachricht vom Tode ihres Mannes ihre gesamte Freude auf der Stelle zum Erlöschen und stürzte sie in tiefste Finsternis.

Lady Zasha konnte und wollte den Menschen, der ihr am ehesten eine Mutter ersetzt hatte, nicht so verzweifelt und allein nach Hause zurückkehren lassen. Die Feste Seegrund war prachtvoll und mächtig, aber auch einsam. Für jeden atemberaubenden Ausblick von einem der Balkone und aus einem der hohen Bogenfenster gab es einen leeren, ungenutzten Raum voller Staub und Düsternis. Sie war kein Ort zum Trauern, das wusste Zasha. Sie musste Trella dabei helfen, mit ihrem Verlust fertigzuwerden. Wie genau, das wusste sie nicht, aber es kam nicht infrage, die Frau allein trauern zu lassen.

In einer Demonstration der Freundlichkeit und Anteilnahme gewährte ihr König Glendar in aller Öffentlichkeit einen Teil ihrer Bitte. Zasha durfte mit Lady Trella in die Feste Seegrund zurückkehren, aber angesichts des Ärgers, der sich im Osten zusammenbraute, musste ihr Vater bleiben. Zweifellos drohte Krieg am Horizont, und der Befehlshaber der Garnison am Rande der Marschen wurde gebraucht.

Lord Ellrich schickte eine kleine Gesandtschaft seiner vertrauenswürdigsten Männer mit den beiden Damen auf die Reise um den Löwensee. Er bemühte sich nach Kräften, es nicht zu zeigen, aber er hatte das sichere Gefühl, seine Tochter gerade zum letzten Mal gesehen zu haben. Heimlich ließ er ihr über einen seiner Männer einen Brief zukommen, den sie lesen sollte, wenn sie schließlich nicht mehr unter Glendars widerwärtig verlogener Fuchtel stand. Der Brief flehte sie an, einen Weg zu finden, dass König Glendar sie nicht zu seiner Königin machen würde, und wenn ihr das nicht gelänge, sollte sie ihn zum Wohle aller Westländer im Schlaf töten.

***

»Schickt Lord Abel so viel an Proviant, wie er angefordert hat«, wies Pael die Männer an, die an seinem Ende des polierten langen Eichentischs im Ratssaal saßen. »Ach, schickt ihm die doppelte Menge. Schließlich versammeln sich stündlich mehr Männer in Ostwacht. Die Anforderung ist eine Woche alt. Aus den viertausend Mann, von denen sie spricht, werden achttausend geworden sein, bis die Wagen dort eintreffen.«

Für den Augenblick überließ Pael die Planung der eigentlichen Schlacht König Glendar und Lord Brach. Die beiden saßen am anderen Ende des Tisches, über Stapel von Karten und Listen gebeugt, debattierten und scherten sich nicht um Pael und die anderen. Ein alter Schreiber mit schütterem Haar notierte Paels Befehl schnell und reichte ihn ihm. Er tropfte Wachs darauf und siegelte ihn mit des Königs Petschaft, ohne

Glendar auch nur eines Blickes zu würdigen. Pael war allein verantwortlich für die Vorbereitungen; eine Pflicht, die er persönlich übernommen hatte, damit es keine bösen Überraschungen gab, wenn er den Rest des Feldzugs an sich riss.

»Lord Ellrich, hier steht, Ihr könntet unserem neuen König nur zweitausend Mann stellen. Stimmt das?«, fragte Pael recht laut.

»Hochmagier Pael«, begann Lord Ellrich diplomatisch, wobei er sich zurücklehnte und die fleischigen Arme auf seinen dicken Bauch legte. Unter seinem Leibesumfang knarzte der Stuhl protestierend. »Wie Ihr wisst, ist die Garnison in Settsted der einzige Schutz unseres großen Königreichs im Süden. Wenn wir dort keine Grenzschützer lassen, werden sich die Kreaturen aus den Marschen direkt nach Westland hineinschleichen.«

Pael räusperte sich laut und erhob sich, wobei er dafür sorgte, dass das Scharren seiner Stuhlbeine und seine schnelle Bewegung die Aufmerksamkeit aller Anwesenden erregte. Er wartete, bis er sicher war, dass König Glendar ihm zuhörte, und sagte schroff, wobei er die Arme empört hochwarf: »Kreaturen der Marschen – ist das Euer Ernst, mein Lord?«

Die Männer, die an Paels Ende des Tisches saßen, erbleichten, als würde gleich ein wilder Zauber aus den Händen des Magiers schießen. Doch Lord Ellrich zuckte nicht einmal mit der Wimper. Er hielt Paels Blick unerschrocken stand.

»Wir stehen kurz vor einem Krieg mit dem Osten!«, geiferte Pael. »Sie haben kaltblütig unsere Bürger abgeschlachtet – unschuldige Menschen! Einer der Unseren, Lord Gregory, ist tot, von ihnen erschlagen. Wie viele Männer braucht man, um Schlangen und Eidechsen abzuwehren?« Pael wandte sich an den König. »Können die Bauern nicht mal eine Weile auf sich selbst aufpassen?«

»Darf ich?«, fragte Lord Brach den König respektvoll.

Glendar nickte. Der Streit interessierte und amüsierte ihn.

»Wie viel Mann stehen in Settsted?«, fragte Lord Brach.

Er war schon in den Marschen gewesen und sah ein, dass

Lord Ellrichs Sorge berechtigt war. Einige der dortigen Kreaturen waren weit mehr als nur Schlangen und Eidechsen.

»Es würden noch rund zweitausend bleiben«, antwortete der massige Adlige.

Er hatte Lord Brach noch nie gemocht, aber er merkte, dass der Stiefellecker ihn unterstützen würde. Der Mann sah die Gefahren, die in den Sumpflanden an den Südgrenzen Westlands lauerten.

»Sie sind am Fluss entlang stationiert, in den Außenposten von Depin bis hoch nach Locar. Der Rest bemannt die Garnison in Settsted, die die Außenposten versorgt.«

»Wir brauchen diese Männer, Lord Ellrich«, sagte Brach rundheraus. »Mindestens die Hälfte von ihnen.« Er wandte sich an König Glendar und sagte mit einem Anflug von Sarkasmus: »Tausend Soldaten sollten verhindern können, dass die Sumpfbewohner Westland erobern, während wir im Krieg sind.«

Pael schnaubte bei Brachs Worten verächtlich. Der Herr des Nordens hatte sich zu weit aus dem Fenster gelehnt.

»Dafür sollten zweihundert reichen, Hoheit«, blaffte Pael. »Seit hundert Jahren hat es in diesen Marschen keine ernst zu nehmende Bedrohung mehr gegeben.«

Daraufhin herrschte Stille im Raum. Aller Augen ruhten auf König Glendar. Er schien diesen Augenblick zu genießen. Es war eine der seltenen Gelegenheiten, bei denen Pael ihm eine wichtige Entscheidung überließ. Der eindringliche Blick des Magiers entging ihm nicht, während er sich seine Antwort überlegte. Er fand, Pael habe recht. Ein paar Hundert Mann sollten die Schlangen abwehren können. Doch er wollte seinem Freund Lord Brach nicht auf die Füße treten. Vielleicht wäre es auch klug, Lord Ellrich nicht zu beleidigen, zumindest nicht bis zu seiner Hochzeit mit Zasha. Wäre sie nicht gewesen, hätte Ellrichs fetter Geleeschädel schon einen seiner Spieße am Tor geziert. Ellrich war ein gieriger, heimtückischer Mann. Pael war wahrscheinlich einfach nur wütend, weil er ihm widersprochen hatte.

»Fünfhundert Mann an der Grenze der Marschen sollten reichen«, sagte Glendar. »Lasst zweihundert weitere in Settsted zur Versorgung der Außenposten.«

Er sah Pael an, der über diese Entscheidung offenbar nicht weniger wütend war als zuvor. Schließlich nickte der Magier dem Schreiber zu, damit dieser den Befehl ausfertigte, und setzte sich wieder.

Der König wandte sich wieder seinen Karten zu, insgeheim sehr zufrieden mit seinem diplomatischen Geschick. Dass der Schreiber Paels Nicken abgewartet hatte, entging ihm – nicht aber Lord Ellrich und Lord Brach.

Pael war nicht über des Königs Entscheidung wütend, sondern über sich selbst, weil er die Entscheidung über diese Frage aus der Hand gegeben hatte. Um seine Wut an jemandem auszulassen, verpasste er Ellrich eine verbale Ohrfeige.

»Ich vermute, wenn wir losmarschieren, werdet Ihr wieder das Kommando in Settsted übernehmen wollen?«

Pael hielt inne, um den erleichterten Gesichtsausdruck des dicken Adligen zu genießen, ehe er fortfuhr: »Wir haben kein Pferd, das stark genug ist, Euch in die Schlacht zu tragen, und keine Rüstung, die Euch passen würde – und hier in der Burg seid Ihr uns natürlich nicht von Nutzen.«

Ellrich war von dieser Spitze nicht getroffen. Bemerkungen über sein Gewicht machten ihm überhaupt nichts aus. Er war zu beschäftigt damit, in der Hoffnung zu schwelgen, dass sein Kopf vielleicht doch noch ein Weilchen auf seinen Schultern sitzen würde. Er hatte wirklich nicht erwartet, heil und ganz nach Settsted zurückzukehren.

»Wenn es dem König gefällt, werde ich sofort aufbrechen, damit die erforderlichen Truppen ihre neuen Befehle erhalten und so schnell wie möglich nach Ostwacht aufbrechen können.« Für einen Mann seines Umfangs erhob er sich schnell und legte eine Hand auf die Schulter des Schreibers in der Hoffnung, seine schriftlichen Befehle zu erhalten, ehe es sich jemand anders überlegen konnte.

Pael sah zu Glendar hinüber. Der Junge hatte nichts mitbekommen. Er schmiedete wieder Pläne mit Lord Brach. Als sei er selbst der König, sah Pael zuerst den Schreiber an und dann Lord Ellrich.

»Es gefällt dem König.« Sein Lächeln war von bösartiger Macht erfüllt. »Tut es.«

Sobald der Befehl ausgefertigt war, drückte Pael des Königs Siegel in das weiche Wachs und entschuldigte sich. Schimmer, der Wichtel, kratzte oben vom Turm aus an der Innenseite seines Schädels. Ein Botenvogel war gekommen, oder es war sonst etwas geschehen. Was auch immer es war, es war wahrscheinlich viel wichtiger als diese Farce hier.

Pael durchquerte die Burg, so schnell er konnte, ohne dass seine Eile Aufmerksamkeit erregte. Wäre er nicht so zaubermüde gewesen, hätte er wie ein Vogel zum Turm fliegen oder sich dorthin teleportieren können.

In den vergangenen Tagen hatte er seine Magie und eine ganze Truhe königlichen Goldes eingesetzt, um Hunderte von Entscheidungen zu beeinflussen, in der Burg und anderswo. Er wusste, seine Zeit würde bald kommen, und er bereitete sich gründlich darauf vor. Die blutigen Ereignisse am Sommertag dienten nicht nur seinem Endziel, sondern hetzten die östlichen Königreiche auch aufeinander wie ein Rudel Hunde, das um einen Fleischfetzen kämpft.

König Broderick, der Herrscher von Thalheim, verhandelte mit seiner Base, Königin Rachel von Meerend. Broderick wollte, dass sie seiner Armee freies Geleit durch ihre Ländereien gewährte, damit er Hochvag deutlich schneller angreifen konnte. Er wollte Willa, die Hexenkönigin, dafür bestrafen, dass sie ihre Schwarzklingen am Sommertag über Unschuldige hatte herfallen lassen. Königin Rachel war nicht nur bereit, seinen Männern freies Geleit zu gewähren, sondern dachte auch darüber nach, sich ihm mit eigenen Truppen anzuschließen.

Doch ihr Volk wollte westländisches Blut. Die Geschichte vom Tode Knüttels, des Meerendmonsters, war ausgeschmückt und übertrieben worden. Jetzt war es vorsätzlicher Mord und zügelloses Blutvergießen wahnsinniger Westländer. Paels Spionen zufolge würde Königin Rachel bald entscheiden, wohin sie ihre Armee entsandte. Es schien unvermeidlich, *dass* sie sie aussandte.

Die dakanesischen Adligen und Händler, denen es irgendwie gelungen war, sich aus dem Blutvergießen auf dem Fest herauszuhalten, forderten jetzt von ihrem Herrscher, König Ra'Gren, etwas zu unternehmen, weil ihnen gewaltige Wettgewinne nicht ausgezahlt worden waren. Die Wildermonter Spielhallen, die das hätten tun sollen, wollten den Leuten nicht einmal ihren Einsatz zurückerstatten. König Jarrek persönlich, der alte Rote Wolf, versuchte, dem ganzen Schlamassel auf den Grund zu gehen, konnte sich aber nicht vorstellen, dass Gold so wichtig sein konnte, nachdem im Schatten der Spitze so viele Unschuldige ihr Leben verloren hatten.

Alle überlebenden Menschen, die das Fest verließen, mussten in Hochfurt den Immerdar überqueren. Dort befand sich ein Trupp von König Jarreks Männern, die jeden befragten, der über den Fluss wollte. Der Befragung konnten nur die entgehen, die dumm oder tapfer genug waren, die Abkürzung durch den Wald der Ewigkeit zu nehmen.

Ein Wahrsager aus der Kandorfeste, dessen Liebe einzig und allein den Münzen galt, hatte Pael informiert, dass dort auf der Brücke nach Wildermont mehrere Kämpfe ausgebrochen waren. Im gesamten Reich herrschte Chaos, und Pael war vollauf zufrieden damit, all das herbeigeführt zu haben.

Als er seinen Aufzug betrat, dachte Pael, Schimmer sei vermutlich nur so aufgeregt, weil ein Vogel von der Hexe Shaella zurückgekehrt war. Er fragte sich, ob das, was er für sie getan hatte, wirklich nicht auffallen würde. So viel von dem, was gerade geschah, verdankte er ihr: Sie hatte viel mehr geleistet, als er für möglich gehalten hatte. Er war stolz auf sie und ihre Leistungen. Er hoffte, sie würde nicht gierig werden. Der Gedanke schmerzte ihn, doch er sagte sich, dass er sie einfach aus dem Weg schaffen konnte, wenn sie außer Kontrolle geriete. Er konnte es und würde es tun, aber nur, wenn sie ihn dazu zwang.

Der Aufzug erreichte den Raum voller Käfige mit krächzenden Falklingsküken. Schimmer war nicht da. Er schloss die Augen und tastete vorsichtig nach dem Wichtel.

Schimmer war ein Stockwerk höher in dem Raum mit der geisterhaften Kugel. Sofort verspürte der Magier eine Erregung, denn nicht Schimmer hatte versucht, seine Aufmerksamkeit zu erlangen: Es war der Dämon Shokin gewesen.

Als Pael diesmal aus dem Aufzug trat, war seine Erschöpfung vergessen.

»Bring den Aufzug nach unten«, befahl er Schimmer, der in seiner natürlichen roten Teufelsgestalt aufgeregt hin und her zuckte.

»Jaaaa«, zischte der Wichtel, während er zum Aufzug flitzte.

Bevor die Plattform auch nur im Boden verschwunden war, machte Pael sich daran, die Kugel herunterzukurbeln. Ehe sie ganz an Ort und Stelle saß, öffnete sich mit quietschenden Angeln ein kleines Quadrat im Boden. Schimmer kam zitternd vor Freude durch die Falltür herauf und ließ sie hinter sich zufallen.

Ohne zu zögern, begann Pael mit seinen rituellen Gesängen. Er würde hören, was Shokin zu sagen hatte, und wenn es ihn seine gesamte restliche Energie kostete. In all den siebenundachtzig Jahren, die er die geisterhafte Kugel besaß, hatte sie noch nie so nach ihm gerufen wie in diesem Moment. Die bevorstehende Nachricht musste sehr wichtig sein.

In den Tiefen des Kristalls wirbelte und brodelte es, während aus Paels einzelner Stimme ein gespenstischer, mächtiger Chor wurde. Die dichter werdende Nebelwolke in der Kugel pulsierte in tiefem Rot.

»Der Pakt ist gebrochen!« Shokins Stimme tönte knirschend durch die Luft wie ein Steinblock, der über Kies gezogen wurde.

Pael bemerkte die Erregung in der Stimme des geisterhaften Dämons. Ihr Klang schickte Schimmer unter einen Holztisch in der Nähe.

»Das hatte ich gehofft«, sagte Pael ruhig.

Es zehrte sehr an seinen Kräften, den mächtigen Zauber aufrechtzuerhalten, mit dessen Hilfe er mit dem Dämon kommunizierte, doch er ließ sich nichts anmerken.

»Schon kannst du mich aus der Schwärze herausrufen.«

»Wann wirst du das Siegel brechen?«, fragte Shokin schroff. »Ich habe die Macht des Schwertes gespürt, Magier; du brauchst mich mehr, als du weißt.«

Schimmer wiegte sich unter dem Tisch vor und zurück. Er hatte schreckliche Angst. Die Luft im Raum war voller statischer Elektrizität und erhitzte sich. Er geriet in Panik.

Paels müder Geist brauchte einen Augenblick, um zu verarbeiten, was der Dämon gerade gesagt hatte.

»Wie kann das sein? König Baltons einziger Sohn ist hier und das Schwert nicht.«

»Pavreals Blut fließt noch in eines anderen Adern«, knurrte der Geist. »Er hat Gebrauch vom Schwert gemacht, und es hat seine Herkunft anerkannt.«

»Wo?«, war die einzige Frage, die Pael einfiel.

»Wo das Riesland beginnt, im Wald, der sich vom Lebensspender nährt. Dort hat er das Schwert benutzt. Das Siegel, Magier! Wann?«

»Noch ist da die Sache mit dem Drachen zu erledigen«, erklärte Pael schwach.

Ihm missfiel der fordernde Befehlston der mächtigen Gestalt.

»Bald«, fuhr er fort. »Bist du nicht stark genug, mir zur Seite zu stehen?«

Er stellte die Frage, um Shokin subtil an seine Hilflosigkeit zu erinnern – und daran, dass er Hilfe brauchen würde, wenn er je der Unterwelt entkommen wollte.

Ein paar Herzschläge lang war es totenstill im Raum. Pael

spürte das Gewicht der Magie, die auf ihm lastete, als stünde er auf dem Meeresboden.

Plötzlich schoss aus dem Kristall ein gezackter, sengend heißer Blitzstrahl hervor. Er traf Schimmer, hüllte ihn ein und hielt den zitternden Wichtel in seinen leuchtenden Krallen gepackt. Von dem Tisch, unter dem er sich versteckt hatte, waren nur Rauch und Asche geblieben. Der summende Blitzstrahl wogte langsam durch die Luft wie eine wilde elektrische Schlange.

Die schwarzen Augen des Wichtels öffneten sich weit und füllten sich mit Entsetzen. Seine schuppige Haut warf Blasen, zischte und schwoll an, während er immer wieder die Gestalt änderte. Die Faust aus magischer Energie, die ihn gepackt hatte, schleuderte ihn gegen die Turmmauer, wobei ein Loch von der Größe eines großen Karrens entstand, durch das der trübe Abend zu sehen war. Von unten erklangen Warnrufe und Schmerzensschreie, als Backsteine und geborstene Mauerteile auf die Menschen herabregneten.

Pael erzitterte und brach zusammen. Nicht mehr *seine* Macht hielt den Zauber aufrecht, sondern die des Dämons. Der Magier konnte gerade noch die Augen offen halten und sehen, was mit seinem Vertrauten geschah.

Es ging nicht schnell. Der Wichtel streckte sich, schwoll an und schrie entsetzlich in die Nacht, während der Dämon ihn umgestaltete. Sein Körper wurde lang und katzenhaft wie ein Riesenpanther von der Größe eines Streitrosses, der Schwanz hatte die Ausdehnung einer Peitsche und trug einen Stachel am Ende. Auch die Flügel des Wichtels wurden länger und spreizten sich wie die eines Lindwurms oder eines großen Daktylus. Auch seine Klauen verlängerten sich und wurden rasiermesserscharf, und jeder Zoll seines Körpers wurde dunkel wie die finsterste Nacht. Zähne, Augen, Klauen, Fell und Schuppen waren fast nicht voneinander zu unterscheiden, so schwarz waren sie.

Das schillernde kinetische Schauspiel brach abrupt ab, und zurück blieb sein bedrohlich aussehendes Ergebnis: Es schwebte, mit den großen Flügeln schlagend, unmittelbar vor dem klaffenden Loch in Paels Turm.

»Setz dieses Geschenk klug ein, Pael, denn dies ist jetzt dein Vertrauter«, befahl die verhallende, aber immer noch kräftige Stimme des geisterhaften Dämons. »Erbrich das Siegel für mich, und zwar bald!«

Damit verschwanden die Stimme und die ozonische Energie, die sie ausgestrahlt hatte, mit einem scharfen Knall.

Pael spürte und hörte, wie der Dämon sich zurückzog, und war darüber mehr als erleichtert.

Offenbar hatte er die Macht des geisterhaften Dämons unterschätzt. Das hatte ihn erschreckt. Doch der Dämon brauchte ihn, das war klar. Er würde nur aufpassen müssen, dass er Shokin in seinen Dienst zwingen könnte, wenn er das Tor in die Unterwelt aufstieß. Aber darüber müsste er sich ein andermal den Kopf zerbrechen. Er brauchte Ruhe.

Fast wie ein verspäteter Einfall wandte er sich der Höllenkatze zu, die vor seinem Turm wartete. Er spürte noch immer das vertraute Band zu der Kreatur, wusste aber, dass sie nicht mehr Schimmer war.

»Töte den, der Pavreals Klinge führt, und bring mir das Schwert!« Pael krächzte den Befehl, dann schloss er die Augen und brach zusammen.

KAPITEL 21

WÄHREND SIE WEITER IN DIE AUSLÄUFER DES RIEsengebirges reisten, dachte Hyden über Vaegons Geschichte nach, oder besser gesagt über das, was nicht darin vorkam.

Er fragte sich, was mit dem anderen Wolfsjungen passiert war, das im Schneesturm verschwunden war. War es verhungert? Vielleicht war es zu einem großen, stattlichen Wolf herangewachsen wie der, der Pratchert begleitet hatte.

Er warf einen Blick in den klaren blauen Himmel und sah Kralle, der dort oben zu ihrem Schutz Kreise zog. Dann vertiefte er sich wieder in seine Gedanken. Hunt Mahn! Was für ein Spitzname: der große Magier Hunt Mahn! Was für ein Ehrentitel. Er lachte bei dem Gedanken, dass ein farbenprächtig gekleideter Herold diesen Namen bei einer königlichen Zeremonie ausrief. Das wiederum brachte ihn auf weitere Gedanken und Ideen, die nur noch mehr Fragen aufwarfen.

»Lord Gregory, wer kündigt die Leute an bei einem königlichen … äh?«, stammelte und stotterte er auf der Suche nach dem richtigen Wort. »Eh … einer Versammlung der Ratgeber?«

»Wir nennen es den Königshof«, antwortete Lord Gregory.

Dem Löwen des Westens ging es mit jedem Tag besser. Er war sogar abgestiegen und einen halben Tag lang gelaufen, damit das übrige Gift aus seinen Muskeln und Gelenken verschwinden konnte.

Sie waren an diesem Morgen bergab gegangen. Am Nachmittag hatte er versucht, bergauf zu gehen, doch dafür reichte es noch nicht ganz. Er war in den Sattel zurückgekehrt, schwach und erschöpft.

»Der Hofherold in meiner Feste in Seegrund ist gleichzeitig

örtlicher Segelmeister«, fuhr Gregory fort. Gedanken an sein Zuhause zauberten ihm ein Lächeln aufs Gesicht. »Er ist ein kleiner Mann mit einer kraftvollen, tiefen Stimme. Der Hofherold in Seeburg ist so groß wie ein Wal und säuft. Kein Mensch in ganz Westland kann nachvollziehen, wie er all die Namen und Titel behält, selbst die seltsam klingenden ausländischen, insbesondere, wenn er so völlig betrunken ist.«

»Was ist ein Wal?«, erkundigte sich Hyden.

»Ein riesiger Fisch im Meer, so groß wie der Hügel da drüben, und er atmet durch das Loch auf seinem Kopf«, antwortete der Adlige.

»Glaub nicht«, sagte Hyden mit leichter Verärgerung, »dass du mir einfach alles weismachen kannst, nur weil ich nicht in einem Königreich geboren bin.«

Vaegon war auf dem Gipfel eines steilen Hügels angekommen und blickte forschend auf den abendlichen Horizont hinter ihnen. Der kühle Bergwind spielte mit seinem Haar. Hyden glaubte, selbst von hier, weit unterhalb von Vaegon, die gelben Augen des Elfen erkennen zu können. Ihn schauderte, und er fragte sich, ob etwas derart Wunderliches wie ein Wal tatsächlich existiert.

Er mochte Vaegon gern, aber wie oft er ihn auch ansah, er würde sich nie wohl damit fühlen, dass er kein Mensch war.

»Es ist kein Spaß, Hyden Falk. Es gibt außerdem kleinere Fische, die noch immer fünfmal größer sind als ein Mann, mit Zähnen so groß wie Dolchklingen. Man nennt sie Haie, und ob du es nun glaubst oder nicht, manchmal fressen sie die Wale, Stück für Stück.«

»Wenn das stimmt, dann will ich das Meer eines Tages sehen.« Hydens Aufmerksamkeit richtete sich auf etwas anderes.

Er merkte, dass Vaegon schon eine ganze Weile auf die gleiche Stelle starrte, und spürte, dass etwas den Elf beunruhigte. Er ging schneller, was Lord Gregory zwang, seinem Pferd die Sporen zu geben, um mit ihm Schritt zu halten.

Vaegon sah, wie sich die Frage auf Hydens Lippen formte, als er die Kuppe des Hügels erreichte.

»Jemand oder etwas verfolgt uns«, sagte er.

»Wo?«, fragte Lord Gregory mürrisch und wendete sein Pferd.

»Dort.« Vaegon deutete auf ein paar zurückliegende Hügel. »Es ist gerade nicht zu sehen, im Tal. Ich habe es nur kurz gesehen, ehe es aus meinem Blickfeld verschwand. Ein dunkles Pferd vielleicht oder eine andere große Gestalt.«

Hyden beschattete mit der Hand die Augen.

»Was meinst du, etwa eine Tagesreise hinter uns?«, fragte er beim Anblick der Hügelkette, die wohl gemeint war.

»Höchstens, wenn es Männer mit Pferden sind«, entgegnete Vaegon, dessen wachsende Sorge in seiner Stimme mitschwang. »Viel weniger, wenn es ein Raubtier ist.«

»Dann müssen wir im nächsten Tal darauf warten«, sagte Hyden mit einem Seufzer der Enttäuschung.

»Mein Dorf ist nah. Ich wage nicht, etwas oder jemand anderen dorthin zu führen. Es erwartet mich schon jetzt der Zorn der Ältesten, weil ich euch zwei dorthin bringe.«

»Was, wenn es ein Raubtier ist, wie der Elf gesagt hat?«, fragte Lord Gregory.

Noch ehe Hyden antworten konnte, flog Kralle heran und landete würdelos auf seiner Schulter.

Obwohl er noch nicht besonders groß war, hatte Kralles Körper bereits die endgültigen Züge eines echten Falklings angenommen. Er war noch immer zu klein, um eine Feldmaus in die Lüfte zu befördern, aber nicht, um hinabzuschießen und eine zu töten, was er am Vortag bewiesen hatte. Sobald er ausgewachsen war, würde er einen fetten Hasen vom Boden reißen und davontragen können. Seine Flügelspannweite würde so groß werden wie die ausgestreckten Arme eines Mannes. Im Moment war er jedoch nicht viel größer als eine Krähe. Obwohl er so klein war, gelang es dem Tier, sich stolz auf Hydens Schulter in Positur zu setzen.

»Sieh nach, was uns folgt, und dann komm zurück und sag es mir«, sagte Hyden scherzhaft zu seinem Vogel.

Zur Überraschung aller außer Vaegon hob Kralle erneut ab und flog dann in Richtung des Tales, in dem der Elf die Verfolger gesichtet hatte.

Hyden war zehnmal so verwirrt, als ihn ein sonderbares und doch vertrautes Gefühl überkam. Es war genau wie in seinen jüngsten Träumen, doch er war wach. Das Gefühl, Lord Gregory und Vaegon vor sich und zur selben Zeit durch Kralles Augen zu sehen, war großartig. Es war fast zu viel für seinen Geist, und er musste die Augen schließen.

Als er das tat, war es, als flöge er in Kralles Körper über die Anhöhen und als wehe die kühle Bergluft durch seine Federn.

Nur die Gipfel der gen Westen gelegenen Hügel lagen noch im Sonnenlicht. Der Rest der Welt war in Schatten gehüllt, und in den Talsohlen war es noch dunkler. Gleichwohl fand er sie: zwei Männer mit vier Reitpferden, die im Zickzack vorbei an Kiefern und buschigem Unterholz auf dem Weg nach unten waren. Sie schienen nicht in Eile zu sein. Sie waren offensichtlich nicht auf der Jagd nach Lord Gregory, doch die Richtung, die sie nahmen, würde sie gefährlich nah an Hydens Dorf vorbeiführen.

Kralle ging in den Sinkflug und landete auf dem knorrigen Ast einer uralten Eiche. Sie war riesengroß und überragte das gesamte Talbecken. In der Nähe ihres Stammes plätscherte ein Bächlein durch die steinige Landschaft, in der die Frühjahrsschmelze die meisten Pflanzen und den Großteil der Erde weggespült hatte. Obgleich es sehr dunkel war, konnten die Augen des Falklings auch Details ausmachen.

»Was siehst du?«, fragte Vaegon erwartungsvoll. Die Vorstellung, dass ein Mensch durch die Augen eines Falklings sehen konnte, war aufregend, und der Elf war mehr als nur ein wenig neidisch auf Hyden.

Diese Frage lenkte Hydens Konzentration von seiner Vision ab, aber nur für einen Moment. Mit geschlossenen

Augen fokussierte er aus vielen Meilen Entfernung wieder die nahenden Pferde und flüsterte: »Zwei Männer, vier Pferde ... wartet ...«

Er ging in die Hocke und stützte die Ellbogen auf die Knie, fast so, als ließe er sich auf einem Ast nieder. Er hörte, wie Lord Gregory Vaegon etwas zuflüsterte. Der Lord des Westens wirkte erstaunt über die Ereignisse, doch der Elf hatte sie anscheinend vorhergesehen.

Hyden dachte in diesem Moment an Pratcherts Geschichte. War es sein Schicksal, wie Hunt Mahn zu werden? Es war ein unfassbarer Gedanke, ein nahezu absurder, wenn er die Reisenden nicht gerade durch die Augen eines Vogels beobachtet hätte. Es war, als säße er selbst in dem Baum, auf dem Kralle sich niedergelassen hatte. »Falk Mahn.« Er formte das Wort mit den Lippen, um zu sehen, wie es sich anfühlte, dann verwarf er den Gedanken. Er wollte sich merken, Vaegon nach dem Wort für Falkling in der alten Sprache zu fragen. Er würde überdies ... was war das? Stimmen? Er schnappte laut nach Luft. Er konnte die ahnungslosen Reisenden nicht nur sehen, sondern auch noch hören! Sie redeten miteinander.

»Was ist?«, erkundigte sich Lord Gregory.

»Psssssst!«, zischte Hyden.

Als Hochadliger eines der mächtigsten Länder des Königreichs war Lord Gregory es nicht gewohnt, dass man ihn zu schweigen hieß. Er empfand es einen kurzen Moment lang als Beleidigung, aber die Vorstellung, dass er sich gut genug fühlte, um beleidigt zu werden, reichte aus, dass er nicht barsch reagierte. Ohne Hyden und den Elf wäre er mit hoher Wahrscheinlichkeit gestorben. Er war ihnen daher allen Respekt schuldig. Wenn der Dorfjunge ihm das Wort abschneiden musste, dann würde er es wie ein Mann nehmen.

Hyden war verblüfft und freute sich. Er hörte die Grillen in der Ferne zirpen, das Krabbeln eines Insekts, das Lied des Blauhähers, mit dem er seinem Gefährten vom Beerenstrauch beim Bächlein erzählte. Er nahm sogar das missmutige Schnauben eines Fuchses war, der aus einer Böschung hinter ihm kam, nachdem ihm die Mahlzeit entgangen war, die er gejagt hatte. Das beständige Knirschen und Knarzen der Pferdehufe, das klirrende Zaumzeug am Sattel, dann eine Stimme, die an sein Ohr drang. Er wollte sie gerade wieder zum Schweigen bringen, aber da erkannte er, dass einer der Reisenden sprach, nicht der Löwenlord.

»… du hast dich nicht verirrt?«

»Nein, Mik«, antwortete eine tiefere Stimme. »Das Dorf ist nicht mehr weit, glaube ich. Ich habe dort mit einem alten Mann namens Hardin oder vielleicht Halden Handel getrieben. Ich vergesse nie einen Ort, an dem ich Gewinn gemacht habe.«

»Du hast dich verirrt«, sagte die erste Stimme rundheraus.

Hyden sah sie jetzt, da sie aus dem Waldstück und der Dunkelheit herausgekommen waren, deutlich vor sich. Es war der Jüngere, der dem großen, am ganzen Leib tätowierten Meerender folgte, der nun wieder das Wort ergriff.

»Du erzählst ständig, du hättest dich nicht verirrt, aber damit versuchst du nur, dich selbst davon zu überzeugen.«

»Ja!«, lachte der Meerender. »Vielleicht. Jedenfalls weiß ich, dass wir dicht dran sind.«

Hyden merkte, dass er den größeren Mann kannte. Er war einst aus Versehen ins Dorf des Skyler-Clans geraten. Damals war Hyden noch ein Kind gewesen, aber er hatte den tätowierten großen Fallensteller nie vergessen. Er war noch nie aus dem Dorf herausgekommen, und der Anblick dieser Tätowierungen, der glatten Glatze und der prallen Muskulatur hatte sich für immer in seinen Geist gebrannt. Hyden erinnerte sich, dass der Mann sich dadurch gerettet hatte, dass er die Namen einiger Riesen angeben konnte, mit denen er Handel getrieben hatte. Andernfalls hätten die Ältesten ihn getötet. Es war eine der aufregendsten Begebenheiten in Hydens Jugend gewesen. Er erinnerte sich, dass der Mann Geschichten über das Land Meerend erzählt hatte, in dem Schiffe die Küste entlangfuhren und eine Königin statt eines Königs regierte. Er konnte sich aber nicht an den Namen des Mannes erinnern.

Kralle erhob sich in diesem Augenblick in den Himmel, und vor Hydens Augen wurde es schlagartig dunkel. Als er sie öffnete, war er froh, dass er in die Knie gegangen war. Die Welt vor ihm traf ihn wie ein Schmiedehammer. Er fiel auf den Rücken und hielt sich mit einem lauten Ächzen die Hände vors Gesicht. Die Vielzahl an Gefühlen war einfach unbeschreiblich. Er hatte die Tiere gehört, gewusst, was sie taten, was sie riefen, was sie empfanden. Er wusste nicht recht, wie man das nennt und ob es überhaupt Worte für dieses Gefühl gab. Er war mitten unter ihnen gewesen, hatte gesehen, gehört und sogar gerochen, was um Kralle herum geschah. Er hatte sie wie ein Falke beobachtet! Er brach in schallendes, glückliches Gelächter aus, weil es so ein Wahnsinn war.

»Es sieht nicht so aus, als ob wir Ärger bekämen«, stellte Lord Gregory fest.

Angesichts von Hydens wahnwitziger Freude musste er unweigerlich grinsen. Auf der Suche nach einer Erklärung schaute er zu Vaegon.

Der Elf machte zunächst ein griesgrämiges Gesicht, doch dann wurden seine Züge weicher, bis sie schließlich freundlich waren. Hydens Freude war ansteckend, und Vaegon lächelte schließlich auf ihn hinab. Seine Missgunst zog sich mit der Sonne hinter die Hügel zurück. Wer war er, sich von der Entscheidung der Götter, Hyden ein so großartiges Geschenk zu machen, ungerecht behandelt zu fühlen? Als Hyden endlich die Fassung wiedererlangte, erzählte er ihnen, was er gesehen und gehört hatte. Sie entschlossen sich, an Ort und Stelle ihr Lager aufzuschlagen, auf der windstillen Seite des Hügels, und darauf zu warten, dass die Reisenden zu ihnen aufschlossen.

Lord Gregory dankte dem Himmel, dass Mikahl lebte und es ihm gut ging. Als Hyden ihm berichtet hatte, dass der Meerender den anderen Mann »Mik« nannte, hatte der Löwenlord geweint.

Hyden sprach vor allem mit Vaegon bis ins kleinste Detail über seine wunderbare Erfahrung. Die unschuldige, naive Begeisterung, die er während seiner Schilderungen versprühte, war so groß, dass der Elf sich noch mehr dafür schämte, sich zuvor von egoistischen Gefühlen hatte übermannen zu lassen. Vaegon hielt Hyden für so gut und reinen Herzens, wie man nur sein konnte, was mit großer Wahrscheinlichkeit der Grund dafür gewesen war, dass die Götter ihn derart segnen wollten. Mit dieser Erkenntnis verdunsteten Vaegons versteckten Vorbehalte wie Wasser auf einem Stein. Er musste sich eingestehen, dass er noch immer etwas Neid verspürte, aber nicht diesen finsteren Neid, der gern zu Hass wurde. Das Gefühl war eher von der gesunden, wetteifernden Sorte. Er grinste über beide Ohren und versetzte Hyden einen Schlag auf den Rücken.

»Nun wissen wir zumindest, warum ein menschlicher Bogenschütze so nahe daran war, einen Elfen zu besiegen«, scherzte er. »Wenn einem die Augen eines Falklings zur Verfügung stehen, wie könnte man da danebenschießen?«

Dazu fiel Hyden nichts ein.

***

Loudin fasste den Entschluss, ihr Lager nahe des kleinen Baches im Tal aufzuschlagen. Am anderen Ufer entzündeten sie aus dem Holz einer alten Eiche ein Feuer und aßen den Rest von Mikahls Käse. Loudin briet ein Stück des Wildschweins, das er am Vortag erlegt hatte, auf einem Stein in der Glut und teilte das Fleisch dann mit seinem Begleiter. Dieses Festessen und der kalte Bach füllten ihre Mägen bis zum Platzen. Nur wenige Augenblicke, nachdem sie sich am Feuer zur Ruhe gelegt hatten, waren sie eingeschlummert.

Mikahl hatte in den Nächten, nachdem er Herzog Gutkind getötet hatte, so tief und fest geschlafen, dass Loudin ihn morgens regelrecht wachtreten musste. Doch das hatte sich in der vergangenen Nacht vollkommen verändert. Mikahls Schlaf war unruhig und fiebrig gewesen und durchsetzt von dunklen Träumen von noch dunkleren Wesen.

In dieser Nacht waren die Träume noch schlimmer, weil die Wesen ihn zu erkennen schienen. Besonders eines war hinter ihm her, ein schwarzer Muskelberg mit Klauen, angetrieben von blankem Hass und teuflischer Besessenheit. Im Traum suchte es nach ihm, um ihn zu vernichten. Es wollte etwas von ihm haben, aber Mikahl hatte keine Ahnung, was das sein könnte. Während die Traumwesen ihn durch seine dunkle, leere Traumlandschaft jagten, versuchte er ihnen zu sagen, er sei bloß ein Knappe. Der höchstrangige Knappe des Reiches, aber eben doch ein Knappe.

»Du bist kein Knappe mehr! Der König ist tot«, gackerten und jaulten sie. »Alle, die du kennst und liebst, sind jetzt hinter dir her!«

Hin und wieder zogen sich die Traumwesen zurück, wenn etwas Entsetzliches näher kam: etwas, das noch viel dunkler und teuflischer war als sie; etwas, das anscheinend allem um sich herum die Lebenskraft aussaugte. Dieses riesengroße, bösartige Ungeheuer strahlte Hass und Verdorbenheit ab, wie die Wüste Hitze abstrahlt. Das Böse klebte wie schillernde Schichten von Schwärze an ihm. Wenn es sich wieder entfernte, kamen sofort die anderen zurück, schnappten nach ihm, knurrten und kicherten voller Lust, ihm das Fleisch von den Knochen zu reißen. Eine Bestie blieb aber immer, die eine, die ihn als Beute auserkoren hatte und jagte. Diese eine hatte nun Form und Gestalt angenommen, sie war aber noch immer nicht greifbar, abgesehen von der Bedrohung, die sich in ihren glänzenden schwarzen Augen spiegelte. Sie stand knurrend vor ihm, bereit zum Zuschlagen. Dann tat sie es.

Mikahl fuhr hoch. Ein Donnerschlag ertönte, und dann rumpelte es ganz in der Nähe. Ein Lichtblitz zuckte über den Himmel und erhellte für einen kurzen Augenblick die zerklüfteten Bergspitzen, die sich nördlich von ihnen abzeichneten. Es war eiskalt, und Dampf trat aus Mikahls Lungen, während er nach Luft rang. Der abnehmende Mond stand noch am Himmel, und sein fahles Licht fiel auf die Wolken, die sich über den Bergen zusammenballten und auf sie zu wälzten. Er zitterte. Die brodelnden Wolken waren dick, schwarz und verschluckten in kürzester Zeit das Mondlicht. Plötzlich war es rings umher stockfinster, genau wie in seinem Traum.

Plötzlich standen Mikahl die Haare zu Berge. Ein lauter Donnerschlag ertönte, und gezackte Blitze erfüllten seine Welt.

Der Blitz schlug höchstens ein Dutzend Schritte vom Lager entfernt ein. Die Druckwelle war so heftig, dass sie ihm buchstäblich den Atem raubte. Loudin richtete sich mit einem krächzenden Schrei auf. Eines der Pferde wieherte vor Angst. Die anderen rissen an ihren Stricken, wollten fliehen. Jenseits des Baches ergoss sich ein oranger Funkenregen aus der Eiche, die langsam in zwei Hälften zersplitterte. Die kleineren Äste und Zweige wurden bereits von tanzenden Flammen verzehrt.

Mikahl wusste nicht, warum er es tat, aber er konnte dem Drang nicht widerstehen. Er stand auf, hastete zu Windhufs Sattel und löste die Riemen, an denen Eisendorn hing.

Herzog Gutkinds Schwert lag neben seinem Schlafsack, war aber vollkommen vergessen. Er setzte sich wieder, die Klinge des Königs in seinem Schoß, und war bereit, sie jeden Augenblick aus der Scheide zu ziehen.

Während er mit Loudin zusammengekauert darauf wartete, dass der Sturm abflaute, beobachtete er den langsamen Flammentod der einst mächtigen Eiche und merkte, dass er unendlich froh war über den allmählich schwächer werdenden Schein.

KAPITEL 22

BEI TAGESANBRUCH BESTIEG LORD GREGORY sein Pferd und ritt Mikahl entgegen. Ihm ging es wieder so gut wie vor der »Schlägerei«.

Hätten Loudin oder Mikahl ihn kommen sehen, hätten sie ihm wahrscheinlich eine Falle gestellt oder einen Hinterhalt gelegt, aber sie erblickten ihn erst, als er über den Hügelkamm geritten kam. Da er sie zweifelsohne gesehen hatte, mussten sie bloß vorsichtig sein.

Es war inzwischen fast Mittag, und der Regen, der seit Stunden fiel, ließ langsam nach. Im Süden über dem Leif-Greyn-Tal regnete es heftig. Dort wütete die Natur in Gestalt einer stahlgrauen Wand, die sich langsam über den heiligen Boden schob. Das Gewitter war ein wundervolles Schauspiel gewesen, doch hatte der ständige Donner Schlaf praktisch unmöglich gemacht. Der Tag war kalt, feucht und irgendwie deprimierend. Es war, als habe der Sturm einen trostlosen Fleck hinterlassen, sowohl am Himmel als auch im müden Geist derer, die Zeugen seiner Macht geworden waren.

»Sollen wir weiterreiten?«, fragte Mikahl von Windhufs Sattel aus.

Loudin saß neben ihm auf seinem Pferd. Beide sahen zu, wie der einsame Reiter mit anscheinend übertriebener Hast näherkam. Loudin war verärgert darüber, dass sie so weithin sichtbar waren. Was, wenn auf der anderen Seite des Weges ein Dutzend bewaffnete Königliche statt nur einem gewesen wäre? Was, wenn es eine Bande von wütenden Felstrollen gewesen wäre? Was, wenn? Was, wenn? Sei froh, sagte er sich schließlich. Es ist nur ein einzelner Mann.

Laut sagte er: »Er fällt vor lauter Winken und Brüllen noch aus dem Sattel. Könnte eine Falle sein. Auf der anderen Seite dieser Anhöhe könnte eine Handvoll Männer warten.« Es klang nicht überzeugend, nicht einmal in den eigenen Ohren. Dennoch war es möglich.

Seit Mikahl den Adligen aus Westland getötet und dieses magische blaue Licht den Wald erfüllt hatte, hatte Loudin ihm ein gewisses Mitspracherecht eingeräumt. Er legte die Fakten und Möglichkeiten dar, und Mikahl stellte Fragen und äußerte seine Meinung zur Lage. Loudin wusste, dass an dem Jungen etwas Besonderes war. Er wusste auch, dass das dem Jungen selbst keineswegs klar war. Loudin wollte dem Burschen helfen, die Komplexität der Lage zu erfassen. Mikahl war sich dessen zumeist gar nicht bewusst.

»Nein, nein«, sagte Mikahl schließlich mehr zu sich selbst. Er wandte sich an Loudin. »Reiten wir weiter da runter und sehen, was er will. Vielleicht hat er sich ja nicht verirrt.«

»Pah!«, fluchte Loudin mit müdem Grinsen. »Ich habe mich nicht verirrt, verdammt!«

Als Lord Gregory sah, dass sie weiter auf ihn zu ritten, richtete er sich wieder im Sattel auf und galoppierte den Abhang hinunter. Es reichte ihm nicht, am Grunde des Tales auf sie zu warten. Weil ihre Packpferde ein dickes, langes Etwas trugen, kamen sie so langsam voran, dass er warten konnte. Er traf sie ein Viertel des Abhangs hoch an einer Stelle, die mit jungen Kiefern, alten Eichen, Ulmen und Ahornbäumen bestanden war.

»Mikahl!«, rief der Löwenlord mit einer Stimme, in der große Gefühle mitschwangen. »Oh, Mikahl!«

Lord Gregorys Stimme zu hören war das Letzte, was Mikahl hier draußen erwartet hätte. Er schüttelte den Kopf, rieb sich die Augen und fragte sich, ob er sich etwas einbildete.

Loudin erkannte das gestickte Wappen am Sattel des Königlichen und zog mit einem unterdrückten Fluch seinen Dolch. Den Spieß, seine Lieblingswaffe, hatten sie durch die Mitte der Echsenhautrolle geschoben, damit sie nicht durchhing.

Mikahls Hand fuhr zum Heft von Herzog Gutkinds Schwert, während er die andere nach hinten ausstreckte und sich davon überzeugte, dass Eisendorn noch fest an Windhufs Sattel hing. Erst danach schenkte er dem Mann, der vor ihnen sein Pferd zügelte und ihm vertraut vorkam, wieder seine volle Aufmerksamkeit.

Es dauerte eine halbe Minute, bis er in dem bleichen, kränklichen Mann wirklich Lord Gregory erkannte, aber dann brach der Damm, der seine Gefühle zurückhielt, und sie ergossen sich in einer Tränenflut.

Beide Westländer stiegen ab und umarmten einander lange und herzlich. Dann schob Lord Gregory Mikahl auf Armeslänge von sich und musterte ihn stolz.

Ein kleiner Falkling landete in der Nähe auf einem Ast und lenkte Loudin von dem Wiedersehen ab.

Der Jungvogel schien keine Angst vor ihnen zu haben, und das kam dem erfahrenen Jäger seltsam vor.

»Geht es dir gut?«, fragte Gregory.

»Das Gleiche könnte ich Euch fragen, Herr«, erwiderte Mikahl.

Der Mann vor ihm war nur ein Schatten des mächtigen Kriegers, den er im Gedächtnis hatte. Es kam Mikahl merkwürdig vor, dass der Herr von Seegrund ihn so herzlich begrüßte. Es schien ein ganzes Leben her zu sein, aber sie waren sich vor nur wenigen Wochen vor König Baltons Kammer begegnet.

»Du musst mich nicht mehr Herr nennen, Mikahl«, sagte Lord Gregory entschlossen. »Nie wieder. Hier ist nicht der Ort für Erklärungen, doch ich verspreche, du wirst sie erhalten.« Als sei ihm gerade etwas Wichtiges eingefallen, blickte Lord Gregory auf Mikahls Hüfte. Erschrocken fragte er: »Wo ist es?«

»In Sicherheit«, antwortete Mikahl und wich unwillkürlich einen Schritt zurück.

Es gab keinen Zweifel, was er mit »Es« meinte. König Balton hatte nicht gesagt, er solle Lord Gregory Eisendorn geben, und sosehr Mikahl den Mann vor ihm auch liebte und respektierte, er würde ihm das Schwert nicht aushändigen.

»Ich will es nicht«, nickte Lord Gregory verstehend. »Das Schwert ist dir anvertraut. Nun, da wir beide Glendar und seinem Magier mit dem schwarzen Herzen entkommen sind, muss ich auf dich aufpassen. König Balton hat mit mir gesprochen, unmittelbar bevor er mit dir redete. Erinnerst du dich?«

Mikahl entspannte sich ein wenig

»Ja, Herr«, bestätigte er.

»Das sollte ich zu dir sagen.« Der Löwenlord zauste Mikahls Haar wie schon tausend Mal nach den Fechtübungen und dem Ringen.

Bei der Erinnerung an einen der Sommer, in denen Mikahl Knappe des Löwenlords in Seegrund gewesen war, musste er lächeln. Im Nachhinein wurde ihm klar, dass Lord Gregory ihn persönlich auf die Stellung des königlichen Knappen vorbereitet hatte.

»Wer ist dein Gefährte?«, fragte Lord Gregory.

»Ich bin Loudin Drach«, sagte Loudin, »und ich weiß, wer Ihr seid, Löwenlord. Ich habe vor ein paar Jahren gesehen, wie Ihr den Thalheimer Hengst besiegt habt. Ich vergesse nie jemanden, der mir Geld bringt.«

»Wenn ich dieses Jahr nur genauso gut gewesen wäre...« Lord Gregory verstummte.

Taktvoll wendete er sein Pferd und umging damit weitere Erläuterungen. Es war klar, dass diese beiden Männer weder beim Sommertagsmassaker dabei gewesen waren noch davon gehört hatten. Andernfalls wäre ein Meerender wohl kaum so friedlich mit einem Westländer umgegangen.

»Ein Stück weiter oben warten ein paar interessante Freunde auf mich; dort gibt es auch warmes Essen und ein ebensolches Feuer.« Lord Gregory ließ ein seltsames, banges Lachen hören. »Einer von ihnen ist jetzt gerade unter uns. Möchtet ihr ihn kennenlernen?«

Mikahl und Loudin sahen sich um. Nichts wies auf eine weitere anwesende Person hin.

»Ja«, antwortete Loudin für sie beide.

Lord Gregory deutete auf den jungen Falkling, der auf einem nahen Baum saß.

»Das ist Kralle. Gewissermaßen der Freund eines Freundes, würde ich sagen.«

Als Reaktion auf seine Vorstellung stieß Kralle einen wilden Schrei aus, der jedoch mehr klang wie ein wütendes Krächzen. Er sprang vom Ast hoch und flatterte wenig anmutig auf Lord Gregorys Kopf.

Mikahl brach bei diesem Anblick in Gelächter aus. Loudin fiel ein, doch seine Gedanken drehten sich um die Frage, von was für Freunden der Löwenlord gesprochen haben mochte. Seiner Erfahrung nach waren Menschen – wenn man sie denn so nennen konnte –, die eng mit Tieren zusammenlebten, solche, deren Gesellschaft man besser mied. Freunde hin oder her, der mächtige Adlige aus dem Westen mit einem Vogel auf dem Kopf war schon ein ziemlich komischer Anblick.

»Ich habe euch beiden viel zu erzählen«, sagte Lord Gregory, nachdem er Kralle wieder aufgescheucht hatte. »Schlechte Nachrichten vom Fest, aber mir wäre es lieber, wenn ihr die Geschichte von meinen Gefährten hört, denn sie kennen sie aus erster Hand. Ich hingegen würde gerne die Geschichte hören, wie es kommt, dass du das Schwert des Schlächters von Kaltfrost trägst, Mikahl.«

Er klopfte dem Jungen auf den Rücken und stieg ächzend wieder auf.

»Ich hoffe, die Geschichte wird uns die Strecke bis zu meinen Freunden verkürzen.«

Unterwegs erzählte Mikahl Lord Gregory seine Erlebnisse, von seinem Treffen mit König Balton an dessen Totenbett bis jetzt. Er erzählte von den beiden Banditen, die er nach seiner Flucht aus der Burg zu töten gezwungen gewesen war; von dem schrecklichen Kampf mit der Borkenhautechse und der fürchterlichen Auseinandersetzung mit Herzog Gutkind und seinen Mietlingen. Das Einzige, was er nicht erwähnte, war, wie Eisendorn in magischem Licht aufgeleuchtet hatte, als er es geschwungen hatte. Nachdem er fertig war, funkelte er Loudin an, damit der Jäger wusste, dass dieser Teil der Geschichte zwischen ihnen beiden bleiben musste.

Sie ritten unmittelbar nach Einbruch der Dunkelheit ins Lager ein und wurden freundlich begrüßt. Es roch köstlich nach kochendem Haseneintopf, und das Feuer flackerte hell und warm. Alle stellten sich vor, und beim Essen plauderten sie.

Mikahl war von Vaegons gelben Augen beeindruckt und leicht eingeschüchtert. Hydens seltsame Freundschaft mit Kralle behagte ihm auch nicht recht.

Hyden seinerseits war schockiert von der enormen Größe der Borkenechsenhaut. Er hatte auf den Reisen seines Clans zur Erntehütte und zurück viele Borkenechsen im Wald der Ewigkeit gesehen, aber keine, die auch nur annähernd so groß gewesen war wie die, die Loudin und Mikahl getötet hatten. Er gab ohne Weiteres zu, dass Borg oder ein anderer Bergriese, der in der Gebirgskette unterwegs war, für diese Jagdbeute einiges bezahlen würde.

Die ganze Zeit spürte Loudin, dass seine Gegenwart ihnen Unbehagen bereitete, und nach dem Essen erkundigte er sich nach dem Grund dafür. Daraufhin erzählte Vaegon ruhig und mit der politischen Neutralität, die nur Nichtmenschen aufbringen konnten, die Geschichte vom Massaker am Sommertag.

Sowohl Hyden als auch Lord Gregory ergänzten sie. Dabei beobachteten sie Loudin genau und versuchten, seine Reaktion auf das Gehörte abzuschätzen. Der Jäger schien traurig, zugleich aber von den Ereignissen nicht persönlich berührt zu sein, und als Vaegon fertig war, berichtete Loudin ihnen, dass er die Lebensweise der Königreiche schon lange hinter sich gelassen hatte. Er war jetzt Jäger und Händler, ein freier Mann, der zu Lande und zu Wasser seine Schuldigkeit getan hatte. Er verspürte keinen Zorn auf Lord Gregory, weil er das Meerendmonster getötet hatte. Er hatte anscheinend auch keine Meinung dazu, dass Willa, die Hexenkönigin, ihre Pfeile eingesetzt hatte, um die angespannte Situation in eine offene Schlacht zu verwandeln. Das ging ihn nichts an. Allerdings hielt er nicht besonders viel von Krieg. Krieg war schlecht fürs Jagdgeschäft, sah man einmal davon ab, dass man im Krieg Fleisch an die Truppen verkaufen konnte.

Mikahl, der zuvor noch nie aus Westland herausgekommen war, konnte die politische Dimension dessen, was er hörte, wohl gar nicht einschätzen. Der Falkling und der Elf interessierten ihn mehr.

Lord Gregory wirkte darüber verärgert und erläuterte mehrfach dem Jungen überdeutlich seine Meinung. Mikahl wollte nur den Riesen Borg finden und König Baltons Botschaft und das Schwert überbringen, wie man es ihm aufgetragen hatte. Im Westen wurde er jetzt gesucht, höchstwahrscheinlich tot oder lebendig, und es war eine beträchtliche Belohnung auf seinen Kopf ausgesetzt. Er hatte das Gefühl, er könne es sich nicht leisten, sich mit Kriegen und dergleichen abzugeben. Er würde Jäger wie Loudin werden, oder er könnte vielleicht nach Thalheim ziehen und Pferde züchten oder auf einem Schiff anheuern und ins ferne Harthgar segeln. Die Möglichkeiten waren endlos. Er beschloss, sich über all das Gedanken zu machen, wenn er seine Pflicht König Balton gegenüber erledigt hatte. Es wurde langsam spät, und im Augenblick wollte er nur eine Nacht durchschlafen.

Sein Wunsch wurde ihm nicht erfüllt. Die seltsame dunkle Bestie spukte wieder durch seine Träume. Sie jagte ihn, und er spürte sie näher kommen. Er spürte ihren Atem auf der Haut ebenso wie ihren schlammigen Speichel und dass sie sabbernd nach seinem Fleisch gierte. Er wachte mitten in der Nacht auf und holte Eisendorn von Windhufs Sattel, dann legte er sich mit dem Schwert in den Armen wieder hin. Erst da verließ das

Ungeheuer seinen Geist, sodass er in einen tiefen, traumlosen Schlaf verfallen konnte.

Am nächsten Abend ließ Hyden Falk die Gruppe anhalten. Sie waren dem Dorf seines Clans gefährlich nahe gekommen, und er wollte sie nicht alle mitnehmen. Er und Loudin würden gehen und die Ältesten um Erlaubnis bitten, die Königlichen und den Elf zu holen.

Vaegon war einverstanden und wollte dafür sorgen, dass die beiden Westländer nicht versuchten, ihnen zu folgen. Hyden nahm Loudin nur mit, weil der alte Jäger schon im Dorf gewesen war. Die Ältesten würden wahrscheinlich zornig sein, weil der tätowierte Mann versucht hatte, Mikahl ins Dorf zu führen, aber nicht so zornig, dass sie ihm den Erwerb der Gebirgsausrüstung und die Felle verweigern würden, die er brauchte. So, wie das Fest geendet hatte, hatten seine Leute bestimmt nicht alles an Saatgut, alle Werkzeuge und Vorräte erstanden, die sie hatten besorgen wollen. Loudins Geld würde ihnen später zupass kommen, wenn Onkel Condlin und sein Vater Harrap ihre jährliche Endsommerreise hinab nach Wildermont unternahmen, um Vorräte für den langen Winter im Gebirge zu erwerben. Einst hatte Hyden keinen größeren Wunsch gehabt, als seinen Onkel und seinen Vater auf dieser Reise begleiten zu dürfen. Jetzt erschien es ihm bedeutungslos.

Loudin musste sich überwinden, die Echsenhaut zurückzulassen und mit Hyden zu gehen. Erst nachdem Mikahl ihm versichert hatte, er werde sie mit seinem Leben beschützen, gab der Jäger nach.

Im Dunkeln war das Dorf des Skyler-Clans mit bloßem Auge fast nicht zu erkennen, und wäre Loudin nicht zuvor schon einmal dort gewesen, hätte er es völlig übersehen. Er war inzwischen froh, dass sie auf Hyden und seine Gruppe getroffen waren. Ohne sie hätte er den Ort vielleicht nie gefunden und sich ewig Mikahls Vorwürfe anhören müssen.

Obwohl alle Clansangehörigen in ihren Behausungen waren und die Wärme ihrer Herdfeuer genossen, war von außen kein Fünkchen Licht zu sehen. Ihre Wohnungen und die Gemeinschaftsbereiche waren vor Äonen von den Riesen in die Talflanken geschnitten worden. Dazu hatten sie große, muschelförmige Vertiefungen in den Fels gegraben und mit Steinblöcken abgeteilt, sodass quadratische Räume entstanden waren. Anschließend hatten sie das Geröll und den Schutt wieder darauf gehäuft, sodass sie völlig davon bedeckt waren. Ebenso waren sie bei den langen, gewundenen Zugangsstollen verfahren, die von draußen in diese Räume führten. Über den Gängen und Wohnstätten hatten sie die natürliche Form des Tals wiederhergestellt, und nach ein paar Jahreszeiten des Pflanzenwachstums sah es für das fremde Auge ebenso schlicht und leer aus wie alle anderen Täler in der Gegend. Geschickt angebrachte Holztüren, von den Clansangehörigen zugehängt, um Witterungseinflüsse draußen zu halten, befanden sich mindestens ein Dutzend Schritte im Inneren der Zugangsstollen. Jemand, der nicht um sie wusste, konnte sie nur finden, wenn er eines der überwucherten höhlenartigen Löcher betrat, die die Innenflanken des Tales überzogen. Einige der unterirdischen Räume waren so groß, dass die Clansangehörigen in den harten Wintermonaten Schaf- und Ziegenherden darin unterbringen konnten. Des Nachts verrieten nur Essensgerüche, die aus den verborgenen Luftschächten nach oben drangen, und gelegentlich ein Geräusch ihr Vorhandensein. Tagsüber war das anders. Im Sonnenlicht wimmelte es im Tal von Leben, einem Leben, das froh und friedlich blieb, weil die Königlichen und die Elfen ferngehalten wurden.

Hyden wusste, dass aus einer der vielen verborgenen Nischen oder von einem der Vorsprünge entlang der Hügelkuppen jemand ihre Annäherung beobachtete. Man würde seinen Aufenthaltsort mit kleinen Signalspiegeln weitermelden, die nicht mehr zu sein schienen als durch die Nacht huschende Glühwürmchen. Es überraschte ihn nicht, als plötzlich ein Licht die Finsternis vor ihnen erhellte. Es war Harrap, und er stand in dem Zugangsstollen, der zur Ratskammer der Ältesten führte. Daran, wie sich die Schatten in dem stetigen blauen Lichtkegel bewegten, erkannte er, dass sein Vater nicht allein war. Die Ältesten erwarteten ihn.

Harrap stieß einen durchdringenden Pfiff aus, als sie ihn erreichten. Ein Dutzend Fragen schimmerte in seinen Augen, als er Loudin erkannte. Er sah seinen Sohn an. Kralle kam aus dem Himmel herabgeflattert und landete auf Hydens Schulter. Das allein schien viele Fragen zu beantworten, aber es war offensichtlich, dass sein Vater wissen wollte, was aus dem Elfen und dem königlichen Westländer geworden war.

»Führt unseren Gast«, und er betonte das letzte Wort, »in den Versammlungsraum und gebt ihm zu essen«, befahl Harrap in die Finsternis.

Aus der Düsternis traten Hydens ältere Vettern Tylen und Sharoo und nahmen Loudin zwischen sich.

»Gebt ihm ein bequemes Nachtlager.«

Dann wandte sich Harrap an den Jäger.

»Willkommen, Loudin Drach. Was wir mit meinem Sohn zu besprechen haben, wird eine Weile dauern. Verzeih unsere Unhöflichkeit.«

Ehe Loudin antworten konnte, bedeutete Harrap Hyden, in den Stollen zu treten, und schloss wenig später die Tür hinter ihnen.

Der mittelgroße Raum kam Hyden überfüllt vor. In der Mitte lag ein riesiger Drachenschädel. Die Schädeldecke hatte man schon lange entfernt, und in der Hirnschale loderte eine magische blaue Flamme.

Alle Ältesten saßen angespannt um den gehörnten Schädel. Hyden spürte, dass etwas nicht stimmte. Ihre Gesichter, in denen sich das Licht spiegelte, wirkten allesamt grimmig.

Kralle auf Hydens Schulter zitterte. Hyden spürte die Angst des Vogels, vielleicht spürte er aber auch, wie der Vogel seine spürte.

***

Weniger als eine Meile entfernt schlief Mikahl, unbelästigt von der Kreatur aus der Finsternis. Die bösen Geschöpfe, die nach wie vor in der Unterwelt gefangen waren, heulten vor Eifersucht, als die Bestie sie zurückließ. Sie kam jetzt, kam immer näher. Sie hatte sich aus dem grässlichen Nichts befreit, das sie zuvor gefesselt hatte. Das ungeschlachte Böse, das sie entfesselt hatte, lachte darüber. Jetzt machte etwas in dieser Welt Jagd auf Mikahl, nicht mehr nur in der Traumwelt. Sie wusste, wo er war, und kam rasend schnell näher.

***

Beim Erwachen wusste Mikahl davon. Als er in dieser Nacht Eisendorn von Windhufs Sattel holte, stellte er fest, dass es ihm kaum Trost bot. Er wusste, dass sein Albtraum irgendwie zum Leben erwacht war und dass eine der Kreaturen aus seinen Träumen bald über ihn herfallen würde. Er musste es den anderen sagen. Es war nur gerecht, sie über die Risiken aufzuklären, die sie eingingen, wenn sie ihm halfen, tiefer ins Riesengebirge vorzudringen. Er hätte es verstanden, wenn sie ihn nicht weiter begleiten würden. Es war ihr gutes Recht. Er hatte sowieso nicht so richtig verstanden, warum sie ihm überhaupt helfen wollten. Aber ob allein oder mit ihnen – er würde sich der Bestie stellen müssen, die es auf ihn abgesehen hatte. Was blieb ihm auch sonst für eine Wahl? Lange sah er in die ersterbenden Flammen des Lagerfeuers und dachte darüber nach, aber er fand keine Antwort.

KAPITEL 23

IN DEN TAGEN SEIT IHRER ÜBERQUERUNG DES Immerdar hatte Gerard Hunderte Wunder gesehen, jedes herrlicher als das letzte. Während er auf dem Vordeck des Flussschiffs, das Shaella gemietet hatte, in der Sonne faulenzte, dachte er über die vergangenen Tage nach und über alles, was er gesehen hatte.

In Hochfurt hatten sie Glück gehabt. Die Rotwolfsoldaten wollten lediglich mit ihnen reden und sie über das Sommertagsfest ausfragen. Ein Reiter war vor ihnen über die Brücke gekommen und hatte den Soldaten einiges über das blutige Gemetzel erzählt, das am Fuße der Spitze ausgebrochen war. Shaellas Gesellschaft war offensichtlich vorher abgereist, also hatten sie der Brückenwache nichts zu berichten. Gerard konnte sich nicht erklären, wie der Reiter sie auf dem Weg nach Süden unbemerkt hatte passieren können. Shaella erinnerte ihn daran, dass sie dem Fluss gefolgt waren, nicht der Straße, und dass er einen ganzen Tag verschlafen hatte, um sich von den Strapazen des Rittes in der ersten Nacht, in der ihm sein Sattel die Beine wundgescheuert hatte, zu erholen. Als er an den tiefen, traumlosen Schlaf dachte, den ihm Shaellas Trank beschert hatte, musste er sich eingestehen, dass ein Dutzend Reiter unbemerkt an ihm vorbeigekommen sein konnten.

Wie Shaella versprochen hatte, nahmen sie in der ersten Nacht in den nördlichen Randbezirken Schlossbergs ein Zimmer in einem Gasthof. Sie hatten sich dort geliebt, und es war atemberaubend gewesen.

Am folgenden Tag waren sie ins eigentliche Seeburg geritten. Ins Herz der Stadt zu gelangen, die im Schatten des Palastes

König Jarreks lag, dauerte einen ganzen Tag und führte sie eine überbevölkerte Straße entlang, die durchgängig mit Gebäuden gesäumt war. Die Häuser in der Nähe des Gasthofs hatten nur ein oder zwei Geschosse gehabt und waren aus Holz und grob gehauenem Stein erbaut. Sie waren weitläufig und hatten große Freigehege für Ziegen, Hühner und manchmal auch kreischende Kinder. Die meisten Dächer waren mit Holzschindeln gedeckt und sahen bescheiden aus. An einigen hingen Schilder, die auf das jeweilige Handwerk hinwiesen: Schänken, Lederer-werkstätten, Bäckereien und so weiter.

Im Verlauf der Tagesreise wurden die Häuser jedoch größer, und der Abstand zwischen ihnen verringerte sich derart, dass am Ende nur noch Gassen blieben. Die rohe Bauweise wich massiveren, feiner behauenen Ziegeln und Mörtelarbeit. Die Dächer waren steiler und teilweise mit bunten Schindeln gedeckt. Hier und da umgab ein Palisadenzaun eines der Häuser. Der Geruch heißen Stahls lag in der Luft, und der Lärm der Schmiedehämmer war hinter so mancher Tür zu hören.

Die Straße schlängelte sich durch die Ausläufer der Wilderberge. Die kleine Gebirgskette lag am Ostufer des Leif Greyn. Während die Uferstraße dicht bebaut war, standen in den üppigen grünen Hügeln vereinzelte größere Steinbauten. Lange Trockenmauern schlängelten sich durch die Senken und über die Anhöhen der hügeligen Landschaft und schlossen große Rinder- oder Schafherden ein. Manche der größeren Bauwerke hatten Zinnen und gedrungene runde Turmanbauten. Shaella nannte sie »Zwingburgen«. Gerard staunte über alles. In Berdas Geschichten waren große und kleine Städte vorgekommen, doch er hatte sich nur eine größere Version seines Dorfes vorstellen können, mit Hütten und Katen statt unterirdischer Höhlenbehausungen. Es war überwältigend, drei- und sogar vierstöckige Bauten aus fein aufeinander abgestimmten Steinquadern zu sehen.

Als sie gegen Mittag an der ersten richtigen Festung mit Türmen vorbeikamen, glaubte Gerard, er habe eine Burg vor sich. Die beeindruckende Festung in Hochfurt hatte er nicht gesehen, da sie nachts hindurchgeritten waren. Sonst wäre ihm die, die sich nun vor ihnen erhob, nicht so gewaltig vorgekommen.

Danach wurden die Straßen belebter, es gab mehr Reisende und auch mehr Gebäude. Es wurde schwierig, das Umland zu überblicken. Der Gestank des Abfalls und das Gedränge der Leute waren überwältigend. Als sie am Abend im Herzen Schlossbergs ankamen und auf dem großen, offenen Platz der Stadt standen, wies Shaella nach Osten und zeigte Gerard, wie eine echte Burg aussieht.

Wildermont war fraglos der wohlhabendste Staat im Osten. Die kleine Gebirgskette war reich an Eisen und Kupfer. Fast das gesamte Eisenerz und der Großteil der Metallwaren des gesamten Reiches kamen von hier. Halterungen, Achsen, Beschläge für den Wagenbau, Scharniere, Rahmen und Klinken für den Häuserbau, Schwerter, Stahlspeere und Pfeilspitzen, ebenso Rüstungen, alles kam aus Wildermont. Kein Wunder, dass die Könige vor Urzeiten ein palastartiges Gebäude in die Berge gesetzt hatten, neben dem alle anderen Königssitze des Reiches winzig erschienen.

Der halbe Berg war von Mauern, Quadern, Ziegeln und Gewölben bedeckt, alle aus dem gleichen aschgrauen Stein. Um die fünfzig Türme ragten gen Himmel, und in ihren Schatten versuchten noch einmal doppelt so viele, es ihnen gleichzutun. Ein Dutzend zinnenbewehrter breiter Mauern schlängelte sich über die Seite des Berges, und Wagen und Scharen von Menschen eilten darüber. Hier und da waren große Holztore in die Seiten eingelassen. Tausende verschiedene Wimpel, farbenfrohe kleine Flecken, flatterten im Wind. Alles schien zu verblassen, als die Abendsonne langsam unterging.

Wie nun die Nacht über die Welt kam, wuchs Gerards Überraschung ins Unermessliche. Tausende Fenster- und Torbögen erstrahlten golden, denn im ganzen Palast flammten Fackeln und Lampen auf. Große Flammen loderten aus Feuertonnen von den Mauern und Brücken, weshalb sie wie schwebende Straßen wirkten. Ein eindrucksvoller Anblick.

In jener Nacht hatten sie wieder in einem Gasthof übernachtet, aber Shaella war nicht zu ihm gekommen. Sie hatte gesagt, sie habe etwas zu erledigen. Er hatte sich nicht beschwert. Er trank mit Greyber in der Gaststube einen Becher dunklen Bieres, während der Barde eine Ballade über einen Seeräuber sang, dessen ganzes Schiff von einem wütenden blauen Drachen aus dem Meer gefischt worden war. Die Liebste des Seeräubers war über den Verlust so verzweifelt, dass sie in einem Boot hinaus aufs Meer ruderte und nie wieder gesehen wurde.

Wenig später kehrte Gerard zurück auf sein Zimmer und schlief sofort ein. Er träumte von all den Wundern, die die Welt noch für ihn bereithalten mochte. Nur ein kleiner Teil seiner Träume handelte davon, dass er bald selbst einem Drachen sehr nahe kommen würde.

Am nächsten Morgen ritten sie weiter gen Osten. Der mittlerweile vertraute Leif Greyn floss wieder neben der Straße entlang. Hier war der Fluss so breit, dass man das gegenüberliegende Ufer kaum erkennen konnte. Dort drüben lag Westland. Auch die Straße war an dieser Stelle breiter. Karren und Pferdewagen kamen und gingen, und drei passten ohne Schwierigkeiten nebeneinander. Sie ritten an einer unglaublich großen Brücke vorüber, die hinüber nach Locar in Westland führte, querten sie aber nicht.

Shaella nannte sie »die Brücke von Locar«. Sie nahmen sich Zeit, den großen Brückenbogen eine ganze Weile zu betrachten.

Die Brücke war ungeheuerlich: vier Spuren für Wagen und eine für Fußgänger. Ein Frachtkahn glitt auf dem Fluss unter einem der sieben Rundbögen, aus denen das Viadukt bestand, hindurch. Der mittlere Bogen war größer als die anderen. Die Brücke wirkte oben so dünn und hielt dennoch mühelos stand, als drei voll beladene Fuhrwerke, fünf Pferde und eine große Herde quiekender Schweine sie zur selben Zeit überquerten.

Während Shaella etwas musterte, das weit jenseits der

Brücke war, interessierte sich Gerard für die mannigfaltigen Kleidungsstile der Leute. Hier waren zwei Männer in weinroten Roben, dort gab es einen Bauern in Lumpen. Eine Dame in einem edlen safranfarbigen Kleid, die auf einem Pferd saß, das von einem Ritter in voller Rüstung geführt wurde, wollte, dass die Menge sich vor ihr teilte, als ob sie von der Pest befallen wäre. Ein Mann in bauschiger smaragdgrüner Seidenhose eilte vorüber, dessen glänzendes Cape im Wind wehte. Die Stile waren schier endlos verschieden. Doch wohin er auch blickte, überall stand mindestens ein Uniformierter mit dem Abzeichen der Rotwölfe.

Nachdem sie die Menschenmengen aus Schlossberg hinter sich gelassen hatten, kamen sie zu einer anderen Brücke, der Niederbrücke. Sie überspannte einen kleinen Fluss, dessen Quell in den Wilderbergen lag, kurz bevor er mit dem Hauptstrom des Leif Greyn verschmolz. Die Stadt dort, die auch Niederbrücke hieß, war voller Lagerhäuser und dunkler Gestalten in der Kleidung der Flussleute.

Sie gingen nicht über die Niederbrücke. Während Shaella ihnen ein Zimmer für die Nacht beschaffte, sprachen Cole und Flick mit ein paar Arbeitern nahe der Hafenmauer, an der etliche Frachtschiffe voller Holzkisten vertäut waren. Gerard sah, wie Cole einem einen Beutel gab, befasste sich aber nicht weiter damit. Shaella kam gerade wieder zurück, und er sah an ihrem Gesichtsausdruck, dass sie diese Nacht mit ihm verbringen würde. Sie liebten sich nicht, sondern blieben stattdessen lange wach, küssten einander, lachten gemeinsam und sprachen über all die Eindrücke und Mysterien, die Gerard so erstaunt hatten. Irgendwann schliefen sie Arm in Arm ein.

Am nächsten Morgen bestiegen sie für die Weiterreise ein Schiff. Die Pferde hatten sie zurückgelassen. Das beunruhigte Gerard ebenso sehr wie das Schiff. Er war noch nie mit einem gefahren. Shaella erklärte, ihr Ziel liege tief in den Südmarschen, und Pferde könnten nicht dorthin gelangen, ohne im Morast zu versinken.

»Wir lassen die Welt der Menschen hinter uns«, sagte sie, woraufhin er sich fragte, welche anderen Welten es wohl noch geben mochte.

Ihm kam nicht der Gedanke, dass auf diesem Teil der Reise furchtbare Gefahren lauern könnten, zumindest nicht, bis er hörte, wie unmittelbar hinter ihm auf dem Deck Stahl gezogen wurde, was ihn abrupt aus seinen Tagträumereien riss.

Der gewaltige Meerender Greyber holte mit seinem Schwert in hohem Bogen aus und schlitzte damit den Bauch eines Matrosen auf, ehe er einem anderen einen tiefen Schnitt in den Schenkel zufügte.

Der Schreck ließ Gerard das Blut in den Adern gefrieren. Was geschah hier? Warum? Er suchte nach Shaella, sah sie aber nirgendwo. Nicht auf dem Vordeck. Auch nicht auf den Durchgängen neben dem kastenförmigen Ruderhaus, das mitten auf dem Flachdeck des Bootes saß. Ebenso wenig sah er sie im Ruderhaus. Er beobachtete allerdings, wie der Kopf des Kapitäns plötzlich in einem seltsamen Winkel abknickte, ehe er erschlaffte und nicht mehr zu sehen war. Wo war sie? Was geschah hier?

Da! Für einen kurzen Augenblick, als die Tür aufschwang und Cole aus dem Ruderhaus kam, sah er sie auf dem Achterdeck. Er machte sich mit heftig pochendem Herzen dorthin auf, doch auf einmal versperrte ihm jemand den Weg.

Um die rechte Anlegebrücke herum näherten sich Männer. Greyber trat schützend vor Gerard und machte sich bereit. Er drängte ihn an die Stelle zurück, an der die Seitengeländer zusammenliefen und ein Dreieck bildeten, sodass er nun den angespannten Rücken vor sich hatte. Gerard sah Flick auf dem Ruderhaus. Der Magier in der dunklen Robe hatte einen Singsang angestimmt und zeigte mit dem Finger auf etwas auf dem Achterdeck. Gerard glaubte, hauchdünne purpurfarbene Lichtstrahlen aus Flicks Fingern schießen zu sehen, war sich aber nicht sicher. Der Mann stand mit dem Rücken zu ihm, und die Sonne schien grell auf sie herab. Es hätten auch schillernde

Reflexionen sein können, doch er war sich ziemlich sicher, dass es sich um irgendeine Art von Magie handelte.

Einer der Männer vor Greyber stach mit einem langen Dolch um sich, was den Hünen zu einem Sprung rückwärts zwang. Gerard wurde in die Bugstreben gedrückt und musste sich darüber hinweg übers Wasser beugen, um an seinem Beschützer vorbei etwas sehen zu können. Es war noch ein weiterer Mann aufgetaucht, also waren sie jetzt zu dritt. Dieser zielte mit einer gespannten Armbrust in ihre Richtung, stand aber hinter den anderen, sodass er noch nicht schießen konnte. Er versuchte, sich an seinem Gefährten vorbeizudrängen, der an der Ecke des Ruderhauses stand, um freie Schussbahn auf Greyber zu bekommen.

Was dann geschah, war eher eine Instinkthandlung als eine bewusste Entscheidung. Wenn er darüber nachgedacht hätte, hätte er sich höchstwahrscheinlich am Boden zusammengerollt. Stattdessen ließ sich Gerard auf Hände und Knie fallen und krabbelte zwischen Greybers Beinen hindurch. Er spürte, wie sie sich anspannten, als der Koloss sein Schwert schwang. Gerard stand aus Angst vor der Klinge nicht sofort wieder auf. Als er sicher sein konnte, dass er sich gefahrlos bewegen konnte, rollte er nach rechts und schrie in den Geist des Armbrustschützen hinein, er solle seinem Gefährten in den Rücken schießen.

Unverzüglich spürte er die Woge der Magie. Seine Sinne schärften sich, und die Angst wich vollständig aus ihm. Er sprang im gleichen Moment vor den beiden Männern auf, als der Armbrustbolzen losflog. Das Gesicht vor ihm verzerrte sich vor Schreck und Schmerz, als die Stahlspitze des Bolzens von hinten in den Körper drang. Der Getroffene sackte in sich zusammen, und Gerard reagierte prompt. Er holte weit aus und rammte seine Faust, so fest er konnte, ins Gesicht des verdutzten Mannes, der soeben seinen Freund erschossen hatte. Der Mann stolperte den Gang entlang und stürzte dann. Ehe er sich wieder aufrichten konnte, fing Gerard an, ihn wie wild zu treten. Binnen kürzester Zeit war der Mann ein blutiger, bewusstloser Haufen.

Gerard sprang über den schlaffen Körper und hastete zum Achterdeck. Shaellas Schwert leuchtete da, wo es nicht blutbesudelt war, in fahlem Gelb. Zu ihren Füßen lagen Trent und drei der Bootsmänner im Sterben oder waren bereits tot, und unmittelbar vor ihr stand ein riesiger, kräftiger Mann, der vor Wut kochte und sich die Seite hielt, an der eine üble Fleischwunde prangte. Einige Hundert Meter hinter ihnen wurden auf dem Deck eines weiteren Frachtschiffs, das über und über mit Kisten beladen war, Schreie laut.

»Los!«, befahl Shaella.

Gerard sah zu Flick hinauf, der über ihnen auf dem Dach des Ruderhauses stand. Das Bild des Glatzköpfigen schimmerte und flackerte in einem blauen Dunst. Gerard blieb vor Verwunderung der Mund offen stehen, als Flick verschwand. In diesem Augenblick trat Cole aus dem Ruderhaus. Er warf Gerard einen anerkennenden Blick zu und lief dann in Richtung Achterdeck. Noch während er sich dorthin bewegte, verschwand auch er.

»Sieh hin!«, befahl Shaella dem Mann vor sich. Sie wies mit der Schwertspitze auf das Frachtschiff hinter ihnen. Sie sah gefährlich und wunderschön aus. Ihr Antlitz war vor Wut und Anstrengung rot gefleckt, weshalb die tränenförmige blasse Narbe auf ihrer Wange herausstach. Mit dieser Frau musste man rechnen, dachte Gerard stolz. Sie war eine geborene Anführerin, die ein mörderisches, magisches Schwert in der Hand hielt, und er war ihr Geliebter. Er musste sich mächtig anstrengen, um den Blick von ihr zu wenden und in die Richtung zu sehen, die sie ihrem verletzten Gefangenen zeigte.

Auf dem Frachtkahn stolzierten Flick und Cole über die Deckel der Kisten und versengten alles, was sich bewegte, mit heißen purpurnen Blitzen magischer Energie.

»Tu, was ich dir sage, oder du stirbst«, sagte Shaella zu dem fassungslosen Mann.

Mit einem verärgerten Nicken gestand er seine Niederlage ein.

»Wie Ihr wünscht«, sagte er, als er ins Ruderhaus hinkte.

Shaella grinste Gerard triumphierend an und folgte dem Mann. Sie genoss es, und er merkte, dass es auch ihm Freude bereitete.

Von der Schiffsbesatzung war nur ihr Gefangener noch auf den Beinen. Er tat irgendetwas im Inneren des Ruderhauses, was das Schiff verlangsamte, sodass das Frachtschiff hinter ihnen immer näher kam. Dahinter sah Gerard eine große Wolke aus schwarzem Rauch aufsteigen. Er frage sich, was das war, aber das Schiff steuerte nun so schnell auf sie zu, dass er den Gedanken fallen ließ und sich auf den unmittelbar bevorstehenden Zusammenstoß vorbereitete.

Im letzten Augenblick schwang sich eine Handvoll verängstigter Männer unter Flicks wachsamen Augen von den Kisten herunter und brachte das Flussschiff unter Einsatz ihrer Körperkraft auf einen Kurs, der am Frachtkahn vorbeiführte. Sobald sie neben dem Frachter waren, konnte Gerard die Quelle des dunklen Rauches erkennen. Ein Schubschiff, oder besser dessen brennender Rumpf, trieb hinter ihnen den Fluss entlang. Ein paar Männer und viele Trümmer schwammen daneben im Wasser. Manche der Männer fluchten und ruderten mit den Armen. Ein anderer schrie furchtbar, wieder andere trieben leblos mit der Strömung dahin. Mit einem lauten Platschen verschwand derjenige, der so erbärmlich geschrien hatte, unter Wasser. Eine ausgedehnte Welle schwappte zum Marschenufer des Flusses hinüber. Die im Wasser Verbliebenen wurden mit einem Mal still.

Gerard verstand, was sich abgespielt hatte. Sie hatten den Frachtkahn geentert und dessen Schubschiff in Brand gesetzt. Sie wollten ihn mit ihrem eigenen Schiff anschieben. Gerard erfuhr, dass der Mann, den Shaella am Leben gelassen hatte, ein Wassermagus war. Berda hatte solche Leute in einer ihrer Geschichten erwähnt.

Wassermagier kamen aus Hochvag und bedienten sich einer ganz speziellen Sorte Magie, erinnerte sich Gerard. Sie konnten ein Schiff flussauf- oder -abwärts bewegen oder wie in Berdas Geschichte über ein stürmisches Meer. Shaella bestätigte dies, als er sie danach fragte. Sie erklärte darüber hinaus, die Magier könnten ihre Macht nur auf Schiffen und Booten ausüben, in deren Gebälk Hüterstein eingearbeitet war, denn die Macht erwuchs aus den Steinen. Die Fähigkeit, von ihr Gebrauch zu machen, bedurfte einer speziellen Ausbildung, die man offiziell nur in der Hafenstadt Wehr im Königreich Hochvag erlernen konnte. Shaella erzählte außerdem, dass die Burg der Hexenkönigin Willa auf dem einzigen Vorkommen dieses magischen Steines stand.

»Das verleiht ihr so große Macht«, sagte Shaella mit neckendem Blick. »Das und dass sie ihre Soldaten aufisst, wenn sie gestorben sind.«

»Erzähl ihm keine Ammenmärchen«, bemerkte Cole mit einem Grinsen. »Er hat sich heute zu gut geschlagen, als dass wir ihn jetzt noch an der Nase herumführen dürfen.«

Gerard machten diese Worte stolz, trotzdem erfuhr er nicht mehr, von niemandem. Im Laufe des Tages glätteten sich die Wogen wieder. Den vier Männern, die sie gewaltsam vom Frachtkahn geholt hatten, stellte man Bezahlung in Aussicht, wenn sie sich nützlich machten und gehorchten. Meuterei würde natürlich mit dem Tode bestraft, also hatten sie letztlich keine Wahl. Der Wassermagus war zu schlau, um diese Lüge zu glauben. Er wusste, er war so gut wie tot. Er fügte sich eher zum Wohle der vier Frachtführer. Er dankte Shaella aufrichtig dafür, seine aufgerissene Leiste geheilt zu haben, aber auch sie war keine Närrin. Sie erwischte ihn dabei, wie er seine Fluchtchancen auslotete, und postierte Greyber im Ruderhaus, damit er ihn bewachte für den Fall, dass er auf dumme Gedanken kam.

Später am Nachmittag wurde die Lage wieder angespannt. Vor ihnen verzweigte sich der Fluss, und am Ufer beider Wasserwege befanden sich Menschen und Gebäude. Rechts war der Westlandfluss, und der linke Strom floss entlang des Königreichs Dakahn. In beide Flussarme ragten zahlreiche Hafenanlagen, und Hunderte Menschen würden sie vorbeikommen sehen. Cole und Flick setzten ihre Kapuzen auf und blieben dort, wo die Besatzung des Frachtschiffs sie sehen konnte. Shaella gesellte sich zu Greyber und dem Wassermagus ins Ruderhaus. Wenn einer von ihnen eine Dummheit plante, war dies die beste Gelegenheit dafür.

Es geschah nichts.

Sie nahmen den Arm nach Westland. Gerard sah, dass das Land zwischen den beiden Flussarmen nicht aus festem Boden bestand. Es war eher seichter, morastiger Schlick. Das mannshohe Gras, das dicht darauf wucherte, verlieh dem Gebiet den Anschein festen Untergrunds. Diese Illusion schwand allerdings, als das Gras hinter ihnen in den Wellen des Schiffes tanzte und wankte. Die grasbewachsenen Marschen erstreckten sich endlos nach Süden und Osten. Das rechte Ufer hatte hingegen einen festen Grund und gehörte zu Westland.

Saftig grüne Hügel, hier und da überzogen mit Felsformationen und kleinen Hartholzhainen, erhoben sich zwischen Getreidefeldern und Weiden. Ein Trampelpfad führte am Wasser entlang und verband Ansiedlungen, die man als kleine Städtchen bezeichnen konnte. Hölzerne Anlegestellen ragten in den Flusslauf. Einige waren leer, an anderen waren Utensilien für den Fischfang festgebunden. Ein paar Fischerboote waren im Sumpfgras bei der Arbeit. Sie wirkten fehl am Platz, wie auf ein Feld gespült.

Bald kamen sie an einem Steingebäude vorbei, auf dessen Brustwehr gerüstete Krieger standen.

»Ein Außenposten der Westländer Marschenpatrouille«, klärte ihn Shaella auf, die den Ort konzentriert musterte.

Keine Meile später kamen sie an so etwas wie einer Stadt vorbei. Die Kais dort waren groß und stabil genug, um Frachtkähne zu be- und entladen. Das Marschland war immer mehr überwuchert und unwegsamer, und es erstreckte sich vom

Schiff aus bis zum Horizont. An manchen Stellen erhob sich der Grund aus dem Schlamm, und gebeugte Bäume hatten dort Wurzeln geschlagen. Ringes um diese Inseln wirbelte eine Vielzahl an Vögeln umher. Einige davon waren menschengroß und hatten mindestens zwanzig Fuß Spannweite. Flick nannte sie »Daktylen«.

Bei Einbruch der Dunkelheit, nach einem langen Stück, auf dem sie am Westländer Ufer nichts als Ackerland gesehen hatten, befahl Shaella ihnen, direkt in die Marschen abzubiegen. Gerard hörte und spürte das strotzende Leben rings umher, als der Sumpf das Schiff verschluckte. Wie ein Pferdewagen, der durch ein Kornfeld stürmte, pflügten sie durch das hohe Sumpfgras. Mehrfach sah er sich bewegende Grasbüschel, weil etwas Großes unter der Wasseroberfläche den Schlamm aufwühlte, wenn es ihnen aus dem Weg schwamm. Zirpen, gedämpftes Summen und Platschen in der Ferne erfüllten die Nacht ebenso wie bellendes Krächzen und ein gelegentliches Stöhnen. Schließlich zündeten sie Fackeln an, was die morastigen Marschen nur noch weitläufiger erscheinen ließ. Eine Stechmückenwolke bildete sich um Gerards Kopf, und ein gar nicht so fernes Platschen, das so mächtig war, dass die dazugehörigen Wellen das ganze Schiff zum Schwanken brachten, erfüllten ihn mit Unwohlsein.

Er beschloss, für eine Weile die Augen zu schließen. Ans Ruderhaus gelehnt, schlief er ein.

Einmal erwachte er, weil es sich anfühlte, als habe das Schiff angelegt. Er hörte entfernte Stimmen, die fast tierhaft zischten, war aber zu müde, um der Sache nachzugehen. Nach einer Weile setzte sich Shaella zu ihm und legte stumm den Kopf an seine Schulter. Er schlief tief und fest.

Ein jähes Schlingern des Schiffes weckte ihn erneut. Shaella war fort, und weit zur Linken ging die Sonne auf. Sie waren nach Süden unterwegs. Der Frachtkahn, den sie geschoben hatten, war nirgends mehr zu sehen, und das Flussschiff kam flott voran.

Das Umland lag jetzt halb unter Wasser. Es sah aus, als seien sie in einem lichten Wald, den jemand mit Wasser voller Gras überflutet hatte. Die Bereiche oberhalb der Wasseroberfläche waren dicht bestanden mit Bäumen und noch dichterem, stark belaubtem Buschwerk. Die Stimmen grunzender Landtiere waren zu hören, und einmal sah Gerard eine dunkle Gestalt, die sich von einem bebenden Baum schwang. Doch nichts davon konnte seine Aufmerksamkeit ganz vom außergewöhnlichsten Merkmal der Marschen ablenken. Weit voraus erhob sich eine schroffe, leicht geneigte Felsformation wie ein gigantischer Fangzahn, der Hunderte von Fuß über den Sumpfbäumen aufragte.

»Das ist unser Ziel«, sagte Shaella erregt.

Beim Gedanken, dass Shaella von ihm erwartete, die Drachenzahnspitze zu erklimmen, die er jetzt zum ersten Mal mit eigenen Augen sah, und von ihrem Gipfel ein echtes Drachenei zu stehlen, drehte sich ihm der Magen um. Nur mit Mühe gelang es ihm, sich nicht über die Reling zu erbrechen.

KAPITEL 24

»EINST WAR ES EIN VULKAN«, SAGTE SHAELLA und legte den Arm um Gerards Hüfte.

Sie waren noch auf dem Schiff und lehnten an der Bugreling. Sie hielt sich für verrückt, weil sie zugelassen hatte, Gefühle für Gerard zu entwickeln. Sie hatte sich tausend Mal gesagt, es sei töricht und dumm, doch dieses Wissen brachte die Gefühle nicht einfach zum Verschwinden.

»Wozu taugt die Jugend, wenn nicht dazu, Fehler zu machen?« Das Zitat aus einem Text kam ihr in den Sinn. Es ließ ihre Torheit richtig erscheinen, wusch die Sünde ab wie die Predigt eines Priesters. Gerard zog sie an sich und damit zurück in die Gegenwart.

Durch die Nachmittagssonne war die Luft schwül und klamm. Das Surren und Zirpen der Insekten war allgegenwärtig. Ein größeres, beunruhigendes Tier, halb Libelle, halb Skorpion, schwirrte um sie herum, bis Cole es mit einem seiner zischenden blutroten Lichtblitze vom Himmel holte.

»Ich kann da hochklettern.« In Gerards Stimme klang nur ein Hauch Prahlerei mit.

Auf Shaella wirkte es, als spräche er mehr mit sich selbst als mit ihr. Sie nickte und lächelte ihn lieblich an.

»Sie war einst breiter als hoch. Das sieht man, wenn man sie von der Seite betrachtet.« Shaella wies auf die Drachenzahnspitze, die sich vor ihnen in der Ferne auftürmte. »Einst strömte der gesamte Fluss durch das Bett, auf dem wir uns jetzt befinden. Er war damals viel tiefer und teilte sich um den Vulkan. Im Laufe der Jahrhunderte trug er die Seiten ab und hinterließ überall diese Rückstände.« Sie vollführte mit den Armen eine

Geste, die das gesamte Moor umfasste. »Die Marschen sind größer als Westland.« Sie drehte sich mit ernstem Gesicht zu ihm um, als seien ihre folgenden Worte von größter Wichtigkeit. »Wir sind im größten und mächtigsten Land des gesamten Reiches. Außerdem kennt es kein einziger dieser arroganten, mächtigen Könige.«

»Aber es ist leer«, sagte Gerard. »Hier wohnt niemand.«

»O doch.« Sie gab ihm schnell einen Kuss auf die Lippen. »Noch siehst du sie nicht, aber das wird sich ändern.«

»Wann?«

»Morgen Nacht, wenn die Kraft des Wassermagus ausreicht«, entgegnete sie.

Er wich schnell von ihrer Seite, schlug nach etwas, das neben seinem Ohr surrte, und duckte sich dann instinktiv. Was es auch gewesen war, es war längst verschwunden. Er lachte darüber, wie dumm er ausgesehen haben musste, und beruhigte sich wieder.

»Hast du schon einen Plan, was ich tun soll, wenn ich erst mal auf dem Ding bin?«

»Ja, es gibt einen Plan«, entgegnete sie kühl.

Sie wollte nicht darüber nachdenken. Sie wollte sich nicht ins Gedächtnis rufen, was sie unter Umständen würde tun müssen, während er dort oben im Drachenhort war. Sie war nicht mehr sicher, dass sie es tun konnte.

»Darüber reden wir später.« Sie küsste ihn erneut, diesmal innig und im Versuch, aus ihrem Geist die Sorgen und aus seinem das Thema zu vertreiben.

In dieser Nacht liebten sie sich im Mondlicht auf dem Ruderhaus. Sie gaben sich Mühe, leise zu sein, doch das war unmöglich. Der Akt war am Ende witzig und peinlich zugleich. Sie verbrachten den Großteil der Nacht damit, wie Kinder zu kichern.

Als Gerard erwachte, war er allein. Er setzte sich auf und sah sich um. Die Sonne war gerade erst aufgegangen, und nur ein oder zwei weiße Wattewolken standen am Himmel.

Der nördliche Horizont weit hinter ihnen war noch dunkelgrau.

Das gellende »Schuck, Schuck, Schuck!« irgendeines Tieres erweckte seine Aufmerksamkeit. Ein behaartes, menschenähnliches Ding saß in einem Baum und tat sein Missfallen über ihre Anwesenheit in seinem Hoheitsgebiet kund. Nicht weit entfernt davon bebte ein ganzer Baum so heftig, dass ein ganzer Schwarm aufgebracht kreischender Vögel sich in den Himmel erhob.

Die Marschen hatten sich nun zum Großteil aus dem Wasser erhoben. Nur wenige offene Stellen waren noch zu sehen. Dichter, dampfender Dschungel umgab sie. Die Bäume am Ufer des Flussbetts beugten sich tief herab. Ihre Äste hingen ins Wasser, schwer beladen mit blauem Moos und sehnigen Blättern.

Als er vom Ruderhaus herabkletterte und damit seinen Aussichtspunkt verließ, kam er sich eingeschlossen vor, wie in einem Gang ohne Dach oder auf einer engen, bewaldeten Straße.

Dann sah er etwas, das ihm so vertraut war, dass es ihn hier erschreckte. Ein ausgewachsener Falkling saß einsam auf der Reling am Heck des Bootes. Er wirkte völlig fehl am Platz. Der Vogel reckte ihm den Hals entgegen und blinzelte dann. Er war groß und gesund, aber Gerard hatte das Gefühl, irgendetwas, ein wesentlicher Teil dieses Wesens, würde fehlen. Es schien nicht stolz oder wenigstens aufmerksam zu sein. Ein Sonnenstrahl brach sich in etwas am Hals des Vogels, und Gerard ging auf ihn zu. Es war ein edelsteinbesetztes Halsband. Er erreichte den Falkling und erwartete fast, dass er wegflog, doch das tat er nicht. Er saß weiterhin reglos da, während Gerard sein Halsband befingerte. Er wollte eine Schließe öffnen, merkte aber, dass ein massiver Silberring sie zusammenhielt. Überrascht machte er sich auf die Suche nach einem Dolch, um das Ding abzuschneiden.

»Nicht abnehmen!«, fuhr ihn Shaella böse aus dem Ruderhaus an. »Wie soll ich antworten, wenn du es losmachst?«

»Wie kann jemand ein solches Wesen bloß so anbinden?« Er wusste nicht genau, warum ihm klar war, dass das Band wie eine Fessel um die Seele des Vogels lag. Vielleicht sagte ihm das die Magie des Ringes, vielleicht spürte er es auch einfach.

»Wie kannst ausgerechnet du eine so dumme Frage stellen?«, gab sie patzig zurück.

»Was meinst du damit?«

»Du und dein Volk, ihr habt dieses Wesen aus seinem Nest geholt, ehe es überhaupt geschlüpft war!«

Sie stieß ein durchdringendes Glucken aus. Der Falkling flog zu ihr hinüber und setzte sich auf das Dach des Ruderhauses. Sie befestigte eine Rolle von der Größe eines Fingers an einem weiteren Band, das um das Fußgelenk des Vogels hing. Anschließend stellte sie sich auf die Zehenspitzen und hantierte an dessen Halsband herum, während sie etwas murmelte, das Gerard nicht richtig verstand. Im selben Moment, als sie wieder fest auf ihren Füßen stand, machte der Falkling einen Satz und flog zügig in nordwestlicher Richtung davon.

»Was geschieht denn deiner Ansicht nach mit den Eiern, die deine Leute aus dem Nest stehlen und verkaufen?«, fragte sie und folgte dem Falkling mit dem Blick.

Gerard erschrak. Er wusste es und hatte dennoch nie wirklich darüber nachgedacht. Waren seine Leute keinen Deut besser? Waren sie gemeine Eierdiebe, die etwas stahlen, das wertvoller war als Gold? Der Gedanke beunruhigte ihn. Wie konnte sein Volk ein Tier so respektieren und ehren und dennoch Gewinn daraus schlagen, seine Jungen in die Sklaverei zu verkaufen? Vielleicht stimmte es. Vielleicht war der Skyler-Clan nur eine Bande von Vogelseelendieben.

Das Gefühl von Schuld und Unbehagen, das er wegen seines Aufbruchs empfunden hatte, löste sich jäh in Luft auf. Wie hätten sie ihn für seinen Aufbruch verurteilen können? Welchen Grund hätten sie haben können zu missbilligen, was er für Shaella tun würde? Sein Volk würde ihn nicht verstoßen, weil er ein Drachenei für sie erbeutete. Man würde stolz auf ihn sein. Welche Ernte hätte besser sein können als diese? Die Ältesten verwendeten sogar einen Drachenschädel für ihr Feuer. Die Erinnerung an die Größe des Schädels jagte ihm einen Schrecken ein. Er begriff zumindest teilweise, wie riskant sein Unternehmen werden würde.

Es war eine Sache, eine wütende Falklingsmutter wegzuscheuchen, während man sich eines ihrer Eier aneignet. Einen Drachen auf diese Weise loszuwerden war wahrscheinlich keine Option. Er wusste nicht, ob Drachen wirklich Feuer speien wie in Berdas Geschichten, glaubte aber auch nicht, dass das eine Rolle spielt. Der Kiefer des Schädels in der Versammlungskammer der Ältesten war groß genug, dass ein Drache ihn vom Gipfel des Zahnes abpflücken und mit einem Happs verschlingen konnte. Außerdem waren da noch die Klauen und die Luftwirbel zu bedenken, die die mächtigen Flügel verursachten. Wenn der Drache wirklich Feuer spie und ihn erwischte, war er sowieso erledigt. Er konnte sich fast bildlich vorstellen, dass er wie eine Hirschlende gebraten wurde, während er hilflos am nackten Fels hing.

»Wo warst du mit deinen Gedanken?«, fragte Shaella. Er starrte Paels Falkling mit großer Sorge hinterher, obwohl der Vogel schon lange außer Sichtweite war.

»Dein Plan sollte wirklich gut sein«, sagte er etwas schärfer als beabsichtigt. Er hatte die Sorge, nicht jedoch die Angst in seiner Stimme mitschwingen lassen wollen. Tatsächlich klang er einfach verärgert.

Sie zog die Brauen zusammen und trat einen Schritt zurück, sah ihn jedoch weiter an, musterte ihn eindringlich. Das, was dazu geführt hatte, dass sie sich so für ihn erwärmt hatte, war im Augenblick nicht zu erkennen. Sie hoffte, dass es nicht mit dem Falkling davongeflogen war. Vielleicht würde es einfacher werden, wenn sie … nein! Sie hielt sich mit aller Kraft davon ab, weiter in diese Richtung zu denken. Sie würde es nicht tun. Sie konnte es nicht. Mit einem Schnauben machte sie ihrem Groll Luft. Sie hatte sich in ihn verliebt, und sie kämpfte schon jetzt dagegen an, dass sie es vielleicht bereuen würde. Seine Aufgabe, der Grund, warum er hier war, war gefährlich, und sie konnte sich nicht erlauben, ihr Urteilsvermögen davon beeinflussen zu lassen.

In seinem Gesicht stand deutlich seine Angst. Sie teilte dieses Gefühl.

»Wir tafeln heute Abend mit den Marschleuten«, sagte sie mit einem gezwungenen Lächeln. »Nach den Formalitäten werden Cole und ich dir unsere Ideen unterbreiten. Unseren Plan, wenn du so willst. Wenn wir noch etwas ändern müssen, wenn du etwas beitragen kannst oder wenn wir einen Teil des Planes ändern müssen, dann machen wir das.«

Bei ihren Worten wurden seine Augen sanfter. Der ungewisse Funke, den sie an ihnen liebte, war wieder darin zu sehen. Sie war erleichtert. Allerdings irritierte es sie, dass ihr ein so blödes kleines Funkeln so viel bedeutete. Ehe sie darüber nachdenken konnte, stahl er ihr einen raschen Kuss. Wie von selbst legte sich ein Lächeln auf ihre Lippen.

Das Schiff lief auf Grund, kurz bevor die Sonne wieder hinter dem Horizont verschwand. Ehe Gerard vom Ruderhaus sprang, sah er noch einmal lange zur Felsspitze in der Ferne hinüber. Er war überzeugt, dass er sie nicht mehr zu Gesicht bekommen würde, wenn er erst unter das dichte Laubdach des Dschungels getaucht war. Als er in das dunkle, heiße Dickicht eilte, um zu Shaella aufzuschließen, entdeckte er, dass er recht gehabt hatte.

Auf dem Wasser war die Luft schon unangenehm feucht gewesen, aber die Hitze im Dschungel empfand er als erdrückend. Die Luft war so bleiern, dass es sich anfühlte, als würde er hindurchschwimmen. Der Weg führte vom Schiff weg. Gerard dankte der Göttin, dass es ihn gab. Ein Gang durch das Pflanzengewirr wäre ohne den Weg kaum möglich gewesen.

Cole führte sie, gefolgt von Greyber. Der Wassermagus kam danach, dahinter ging Shaella, die ihn mit dem Schwert antrieb. Der zartgelbe Schimmer der Klinge war im Halbdunkel des Dickichts sehr nützlich.

Selbst wenn die Sonne direkt über ihnen gestanden wäre, hätte Gerard an diesem beengenden Ort geglaubt, es sei Nacht.

Flick blieb beim Schiff zurück, die beiden Matrosen, die nicht mit dem Frachtkahn unterwegs gewesen waren, ebenfalls. Je weiter sich Gerard vom Schiff entfernte, desto häufiger sah er über die Schulter zurück in die schwarze Leere.

Eine dornenbesetzte Kletterpflanze stach ihm in den Arm. Er wollte ihn wegziehen, doch der Stachel saß tief in seinem Fleisch. Er zog noch einmal mit fest zusammengebissenen Zähnen, und endlich konnte er sich befreien. Allerdings musste er zuerst mehrere Fuß der seilartigen Pflanze auf den Pfad hinter ihm schleudern. Das Rascheln der Büsche und der Klang schwerer Schritte und das Grunzen eines Wesens, das vor ihnen Reißaus nahm, veranlassten ihn, schneller zu gehen. Als er Shaella und den beruhigenden Schimmer ihres Schwertes eingeholt hatte, kam er zum Schluss, dass man an einem solchen Ort lieber nicht zurückblieb.

Das laute Pochen eines Vogelschnabels und das Zirpen und Surren einer Million Insekten waberten durch die feuchtwarme Luft. Rechts glaubte er für einen kurzen Moment zwei winzige gelbe Lichter zu sehen, die eine Handbreit auseinanderlagen und auf Kopfhöhe unstet neben ihnen her gingen. Als er schließlich erkannte, dass es zwei Augen waren, in denen sich das Licht von Shaellas Schwert spiegelte, waren sie schon wieder verschwunden.

Der Boden wurde beim weiteren Vorankommen etwas fester, blieb aber nach wie vor glitschig. Bei der allgegenwärtigen Nässe, die von Blättern und Lianen troff, wäre etwas anderes auch nicht möglich gewesen. Gerard merkte, dass sie sich langsam in höher gelegene Gebiete bewegten. Seine neuen Stiefel waren vermutlich vollkommen hin. Gedankenverloren fragte er sich, was Hyden wohl von all den Orten halten würde, die er bisher auf seiner Reise gesehen hatte.

Bei einem Blick auf seinen Arm entdeckte er, dass er geschwollen war und blutete. An seiner Haut klebte so viel Feuchtigkeit, dass es ihm bis dahin nicht aufgefallen war. Die Verletzung pochte schmerzhaft, und er fragte sich, ob er den zunehmenden Schmerz gespürt hätte, wenn er nicht hinabgeschaut hätte. Einen Moment lang geriet er in Panik. Er musste bald klettern. Eine Schwellung am Arm und solche Schmerzen konnte er sich nicht leisten. »Geh weg!«, schrie er innerlich. Noch ehe er den Gedanken vollendet hatte, erwärmte sich der Ring an seinem Finger. Der Schmerz in seinem Arm schwächte den Rausch ab, den er für gewöhnlich spürte, allerdings nur eine kurze Weile. Die Magie wischte die Wunde und alle Spuren einer Verletzung auf der Stelle fort, und bald darauf spürte er ihr herrliches Prickeln in seinen Adern.

Noch ganz im Bann der übernatürlichen Kraft gefangen, hatte er eine Idee. »Licht!«, befahl er im Geiste. Zu seiner großen Überraschung erschien eine weiße Lichtkugel von der Größe eines Apfels in seiner Handfläche.

Er hörte Shaella aufkeuchen, als sie sich zu ihm umdrehte. Es klang überrascht und vielleicht etwas verwundert. Der Wassermagus hingegen stieß ein Geräusch aus, das deutlich nach Angst und Schrecken klang. Gerard löste widerstrebend den Blick von dem Licht in seiner Hand und sah, was den Mann so ängstigte. In den Bäumen rings umher glitzerte es in Hunderten schwarzer Augäpfel schlüpfriger, völlig faltenloser Reptiliengesichter. Die echsenartigen Wesen standen aufrecht und waren bis zu den Zähnen bewaffnet. Mit menschlichen Waffen. Eine helle rosa Zunge zuckte aus einem Spalt in einem Kopf, der die Form einer Schildkröte und eine Schnauze hatte. Die Körperteile, die nicht von Ringelpanzern oder Versatzstücken von Kettenhemden bedeckt wurden, waren so grün wie der Dschungel selbst. Skeeks, schloss Gerard richtig, wie in Berdas Geschichten.

Sie schienen vom Licht gefesselt und zugleich irritiert zu sein. Mehr als einer der Echsenmänner schirmte die Augen vor der Helligkeit ab. Weitere zuckende, gespaltene Zungen kamen zum Vorschein, begleitet von einem zischenden Geräusch, und die Köpfe der Echsenwesen schossen unruhig hin und her.

Gerard war sich absolut sicher, dass sie jeden Moment angegriffen werden würden, doch dann sprach eines der Wesen in einer seltsamen, knackenden Sprache voller Zischlaute mit Cole. Er erkannte darin die Sprache wieder, in der die beiden glatzköpfigen Zauberer mit Shaella und miteinander sprachen. Er versuchte, weitere Ähnlichkeiten festzumachen. Es gab viele, aber sie waren unterschwellig. Er war felsenfest davon überzeugt, dass sowohl Cole als auch Flick irgendwie mit diesen verstörenden Kreaturen verwandt waren. Wie um diesen Gedanken zu bekräftigen, antwortete Cole dem Tier beiläufig und doch gleichzeitig im Befehlston.

Gerard wartete auf die Antwort des Echsenmanns, doch die nächsten Worte waren an ihn gerichtet.

»Lösch das Licht!«, befahl Cole brüsk in der Umgangssprache.

»Tu's, Gerard«, fügte Shaella leise hinzu. »Das Licht zieht Dinge an, denen wir nicht begegnen wollen.«

Gerard probierte es mit einigen stummen Befehlen, das Licht erlöschen zu lassen, doch keiner wollte funktionieren: Aus, Dunkel, Finsternis. Es wurde ganz still. Die Luft war zum Zerreißen gespannt, während alles Lebendige im Schein des magischen Glanzes den Atem anhielt. Die Stille wurde unerträglich. Welchen Befehl er auch gab, das Licht wollte nicht erlöschen. Letztlich tat er unter den angespannten Blicken all dieser Fremden das Einzige, was ihm noch einfiel. Zögernd streifte er den Ring ab. Zischlaute und erleichtertes Seufzen ertönten aus dem schlagartig dunkel gewordenen Dschungel. Gerard schickte ein Stoßgebet zur Göttin, dass das Licht ausblieb, wenn er den Ring wieder ansteckte, und atmete vor Erleichterung tief aus, als tatsächlich nichts geschah.

Es schien Tage zu dauern. In Wirklichkeit gelangten sie aber nach ein paar Stunden zu einer Lichtung. Gerard stockte vor

Entsetzen der Atem, als er eine schalenförmige Senke erblickte, die wie ein Sternenmeer am Himmel von Aberhunderten Lagerfeuern erfüllt war. Im orange flackernden Schein waren Tausende Skeeks und andere seltsame Wesen der Marschen geschäftig. Ein paar vierbeinige Echsen trugen ihre zweibeinigen Vertreter um größere Feuer herum. Eine Daktyle wie die, die sie über die Marschen hatten segeln sehen, schärfte ihren langen Schnabel an porösen schwarzen Gesteinsbrocken, die überall in der Senke verstreut lagen. Gerard hatte den Eindruck, dass die versammelten Wesen sich auf die eine oder andere Weise auf eine Schlacht vorbereiteten.

»Eine Skeekarmee?«, fragte er Shaella leise.

Einer der Echsenmänner, der sie begleitete, fauchte scharf.

»Das ist nur eine von vielen Armeen – und nenn sie nicht Skeeks.«

Sie steckte ihr Schwert in die Scheide und nahm seine Hand. »Sie ziehen es vor, Zardmänner genannt zu werden oder ›die Zard‹. Komm jetzt, lass uns essen, und danach machen wir einen Plan, wie wir das Drachenei stehlen, der uns allen gefällt.«

Gerard fragte sich unweigerlich, was sie essen würden und wer mit »uns allen« tatsächlich gemeint war.

KAPITEL 25

NACHDEM ER DIE LETZTEN TAGE DRAUSSEN IN der kühlen Bergluft verbracht hatte, erschien ihm die Ratskammer der Ältesten stickig und heiß. Hyden lief der Schweiß aus allen Poren. Grund dafür war aber nicht nur die Temperatur. Er war nervös und nicht wenig ängstlich. Er wollte gehen, aber das war unmöglich. Die Ältesten hätten es ihm untersagt und ihn vermutlich in einen Ziegenstall gesperrt, wenn er sich auch nur beklagt hätte.

Auch Kralle ging es schlecht. Er flatterte zur Spitze eines der Hörner am Drachenschädel, das aus den tanzenden blauen Flammen aufragte, und hockte sich dort hin, aber nur für ein oder zwei Herzschläge. Offenbar war es da oben einfach ebenso heiß. Schließlich flatterte der Falkling zum Boden hinab und kauerte sich zwischen Hydens Stiefel.

Der Schemel, auf dem er saß, stand direkt vor dem Drachenschädel. Im lodernden Feuer in der Hirnschale wirkten die Augenhöhlen des Drachen wie lebendig, und die im Halbkreis darum versammelten Ältesten erschienen wie ein Haufen hungriger Ghule.

Halden, der Älteste, saß direkt gegenüber von Hyden auf der anderen Seite des saphirblauen Glosens. Die geschwungenen Hörner des Drachenschädels umrahmten ein verstörendes Bild, mit Hydens Großvater im Mittelpunkt. Der alte Mann skandierte jetzt etwas und hob die Arme in einer Reihe wirrer Gebärden. In regelmäßigen Abständen warfen die übrigen Ältesten unisono Beschwörungsworte in den irren Gesang Haldens ein. Kurze Sätze, die von den Wänden des Höhlenbaus widerhallten. Allmählich wurde dieses Ritual zu einem hypnotisierenden Singsang, und Hyden ertappte sich dabei, dass er sich in dem pulsierenden Rhythmus leicht wiegte. Er wusste nicht, wie lange das so weiterging, und verlor sich in diesem Augenblick.

Schließlich verschwanden die Wände der Kammer. Ringsum war nur tiefe, schwarze Leere. Hyden sah hin. Ein winziges Licht erschien, dann noch eines und dann mehrere weitere.

Plötzlich blickte er auf in den freien Nachthimmel, als wären sie im Freien um ein Lagefeuer versammelt. Oder? Hyden war nicht sicher. War der echte Himmel nicht grau und bewölkt gewesen?

Es war totenstill um ihn. Zwischen den Drachenhörnern kräuselte sich ein dünner Rauchfaden von den blauen Flammen empor. Die Schwaden verdichteten sich und kreisten wie ein winziger Wirbelsturm, dann drehten sie sich schnell, bis sich eine kleine humanoide Gestalt ohne irgendwelche Merkmale bildete. Ihre Körpergröße entsprach etwa der Länge eines Männerunterarms. Zwei Arme ragten seitlich heraus. Langsam bildeten sich Rücken und Po einer wohlgeformten Frau aus. Langes, wehendes Haar, geschwungene Hüften und schlanke Beine erschienen als formvollendete Miniatur aus dem wirbelnden Rauch. Es war die Weiße Göttin, doch sie kehrte Hyden den Rücken zu. Er wollte unbedingt auf die andere Seite des Drachenschädels gelangen, um ihr Gesicht zu sehen, aber er wagte nicht, etwas zu tun, was sie verjagen mochte.

Halden grüßte sie in einer seltsamen Sprache und verbeugte sich vor der Nebelfrau. Die anderen Ältesten blieben stumm, aber alle neigten respektvoll den Kopf vor ihr. Auch Hyden senkte den Kopf, auch wenn er nicht davon ausging, dass sie ihn sah. Beim Blick nach unten bemerkte er, dass Kralle wachsam dastand wie eine Statue und seine Raubvogelaugen an der Erscheinung in der schimmernden Luft über dem Feuer klebten.

Die Göttin sprach. Hyden verstand die Worte nicht, wusste aber, es ging in dem Gespräch um ihn. Er spürte es. Halden antwortete ihr, dann wechselten sie in die Umgangssprache.

»Der Pakt ist gebrochen«, sagte sie bedeutungsschwer. »Der Siegelbewahrer ist nicht mehr verpflichtet, es zu beschützen.«

Es folgte ein langes Schweigen. Danach wurde die Stimme der Göttin hart und zornig.

»Dergleichen geschieht, wenn alte Männer eifersüchtig werden und die Fähigkeiten anderer begehren. Du hast die Tradition gebrochen. Es ist eine Schande, dass eine törichte Streiterei mit den Elfen erwachsene Männer handeln lässt wie Kinder.« Ehe Halden antworten konnte, wandte sich ihre Rauchgestalt Hyden zu.

Es raubte ihm den Atem, und sein Herz raste. Er hatte die Augen so weit aufgerissen, als würden sich seine Lider über den Schädel legen wollen. Sie war schön, perfekt gebaut und nackt. Er war erleichtert, dass ihr Ausdruck weicher wurde, ehe sie ihn ansprach.

»Für den Augenblick musst du deinem Herzen folgen, Hyden Falk. Wenn du in die Irre gehst oder verwirrt bist, wird Kralle dir helfen, den rechten Weg zu finden. Irgendwann musst du den Ring wiederbekommen, den dein Bruder trägt. Er war nicht für ihn bestimmt. Du hättest ihn finden sollen.«

Sie warf einen Blick über die Schulter auf Harrap und die anderen Ältesten, und der Abscheu war in ihrem kleinen Rauchgesicht deutlich zu erkennen.

»Die Dinge sind aus dem Gleichgewicht geraten. Das gesamte Wesen der Prophetie ist zerstört. Nicht einmal ich weiß, womit wir zu rechnen haben, bis das Gleichgewicht wieder hergestellt ist. Du musst deinem Herzen folgen, Hyden. Dein Herz und dein Vertrauter werden dich leiten, bis die Zeit gekommen ist, Gerard den Ring abzunehmen.«

Dann wandte sie sich wieder dem Ältesten zu, und Hyden konnte bloß noch ihren Rücken anstarren.

»Die Macht der Prophezeiung ist nun nutzlos«, sagte sie mit einem raschen Blick in den falschen Himmel. »Die einzige Zukunft, die ich sehe, ist fragmentiert und unsicher …«

Wieder hielt sie inne und wirkte einen Augenblick lang

verwirrt. Ihr plötzlich ängstlicher Gesichtsausdruck und ihre Worte erzeugten eine Welle der Panik unter den Ältesten. Mehr als ein schamerfülltes Augenpaar richtete sich auf Hyden. Selbst der Älteste sah seinen Enkel zutiefst besorgt an.

»Es gibt keinen sicheren Pfad, dem er folgen kann«, fuhr sie fort. »Jede ehrenvolle Tat könnte sich als schrecklich zerstörerisch erweisen. Ein eiskalter Verrat könnte die rechtschaffenste Tat aller Zeiten sein. Niemand vermag es sicher zu sagen.«

Sie fuhr herum und duckte sich instinktiv, dann blickte sie mit schützend vors Gesicht gelegtem Arm zu ihrem Sternenhimmel auf. Hoch über ihr glitt etwas Nachtschwarzes vorbei. Hätte es nicht die Sterne verdunkelt, vor denen es vorbeiglitt, wäre es unsichtbar gewesen.

»Das Böse naht, während wir hier reden! Es ist über sie gekommen. Ihr müsst …«

Ihre Stimme erstarb jäh, und ihr Abbild wurde zu einem formlosen Wirbel, als Kralle durch sie hindurch auf das dunkle Etwas zuschoss, das droben vorbeiglitt.

»Nein!«, schrie Hyden ihm nach, doch es war zu spät. Der Zauber war gebrochen. Der Nachthimmel wich der Steindecke der Kammer, und Kralle knallte mit einem scheußlichen Klatschen dagegen. Die Ältesten stöhnten auf, als der tapfere Falkling wie ein gefiederter Stein zu Boden stürzte.

Die Tür der Kammer flog auf, und der junge Derry Skyler kam keuchend und schweißgebadet herein, die Augen weit aufgerissen.

»Etwas hat sie angegriffen!«, sagte er zwischen zwei Atemzügen.

Als erfahrener Kletterer war der Junge prächtig in Form. Um so außer Atem zu geraten, musste er weit gerannt sein. Hyden drehte sich der Magen um, als ihm klar wurde, dass Derry über Vaegon und die Königlichen gewacht hatte.

»Es stürzte sich aus dem Himmel auf sie, und ich bin losgerannt, um euch zu warnen. Sie … sie schliefen. Oh, Hyden«, schluchzte er, »ich hätte sie warnen sollen, statt … statt … Ich bin in Pa… Panik geraten. Ich habe geglaubt… geglaubt, es… es… würden noch mehr von… ihnen kommen.«

Dann brach er zusammen, weinend und vollkommen durcheinander.

***

Mikahl riss die Augen auf. Seine Hand fuhr zum Heft Eisendorns, und er holte tief Luft, um den Kopf frei zu bekommen. Die Bestie aus seinen Träumen war da! Beim Ausatmen versuchte er, alles an Furcht und Anspannung aus sich zu verbannen, was die Albträume in ihm hinterlassen hatten.

Das jähe Gekreisch einer Kreatur, gefolgt vom Geräusch, wie eines der Pferde zerrissen und zerfleischt wurde, ersparte ihm, die anderen zu wecken. Mikahl sprang auf und zog in einer fließenden Bewegung des Königs Klinge. Ihr sanftes bläuliches Licht erhellte die Nacht. Er ging der Bestie nicht entgegen. Stattdessen stellte er sich schützend über Lord Gregory und Vaegon, bis sie beide bewaffnet und auf den Beinen waren.

Lord Gregory starrte mit offenem Mund erst Eisendorn, dann Mikahl an.

»Also ist es wahr«, murmelte er erstaunt. Diese Worte waren das Einzige, was ihn davon abhielt, auf der Stelle niederzuknien.

Am Rande des Lichtscheins kreischten und wieherten die Pferde voller Panik. Hinter ihnen lag eine absolute Finsternis.

»Sollen wir sie losschneiden?«, fragte Mikahl und deutete auf die verängstigten Tiere. Eines davon war schon ein blutiger Fleischklumpen, und der Gestank seines Todes traumatisierte die anderen.

»Ja, Hoheit«, sagte Lord Gregory und ging dann hin, sie loszubinden. Mikahl hatte die Worte des Löwenlords gehört, war aber zu sehr auf das Geschehen konzentriert, um sie zu begreifen.

Vaegon wirbelte herum und schoss einen Pfeil an Mikahl

vorbei in die Luft. Mikahl spürte dort etwas Böses. Er spürte und hörte auch ein fernes musikalisches Vibrieren. Er war nicht sicher, hielt es aber für möglich, dass es von dem Schwert in seinen Händen kam. Doch er hatte keine Zeit, über diesen Eindruck nachzudenken; er musste sich ducken. Er drehte sich um und stieß im Hochkommen fest zu, verfehlte das dunkle Etwas aber. Zum Glück verfehlte ihn auch dessen große, wuchtige Klaue. Er sah den Pfeil des Elfen. Er steckte in der Schulter der Kreatur, und rings um die Eintrittsstelle erkannte er eine schwarze Feuchtigkeit.

»Sie blutet!«, rief er.

Er war seltsam erleichtert darüber, dass die Bestie seiner Träume aus Fleisch und Blut bestand, dass sie Gestalt und Substanz hatte und höchstwahrscheinlich sterben konnte.

So schnell die Höllenkatze gekommen war, so schnell verschwand sie wieder in der Finsternis. Der Himmel über ihm schien leer, aber die dichten grauen Wolken wurden auf der Rückseite vom Mond erhellt.

»Haltet Ausschau nach der Silhouette«, rief Vaegon aus, »dem Schatten am Himmel!«

In der Finsternis schoss plötzlich etwas vorüber. Ein Pferd? Mikahl hoffte es. Wahrscheinlich wollte es so weit wie möglich vom Licht seiner Klinge wegkommen. Er hoffte auch, dass nicht Windhuf der Bestie zum Opfer gefallen war, wagte aber nicht, sich die Zeit zu nehmen und nachzuschauen.

Lord Gregory tauchte wieder im Schein Eisendorns auf. Da sah Mikahl ihn: einen rasend schnellen Schatten, der von der Seite auf sie zukam. Er krümmte sich und spürte, wie ihm das Herz in die Hose rutschte. Nicht einmal ein Warnruf konnte den Mann retten, den er so sehr achtete und liebte.

Vaegon schoss einen weiteren Pfeil ab und traf, aber es half dem Löwenlord nicht. Die Klauen der Höllenkatze gruben sich tief in Lord Gregorys Rücken und Schulter und rissen ihn in die finstere Nacht empor. Vaegon legte einen weiteren Pfeil auf, überlegte es sich aber anders. Unter diesen Umständen konnte er leicht aus Versehen den Adligen aus Westland treffen. Er fragte sich kurz, ob das nicht gnädig gewesen wäre, aber dann war die Chance vertan.

»Ich glaube, sie fürchtet sich vor dem Schwert«, sagte Vaegon. »Oder vielleicht auch nur vor dem Licht. Sonst würde sie wohl landen und uns mit Zähnen und Klauen angreifen.«

»Ja«, stimmte Mikahl geistesabwesend zu. Er stand unter Schock. Seine Zuversicht war mit dem Herrn von Seegrund in die Nacht gerissen worden.

Hinter ihnen ertönte das Gekreisch der Höllenkatze. Fast hätte Mikahl Eisendorn fallen gelassen und die Flucht ergriffen. Sie drehten sich um, und Vaegon wollte den Pfeil abschießen, den er aufgelegt hatte, aber der stachelbewehrte Schwanz der Höllenkatze traf ihn mitten ins Gesicht. Er fiel heftig auf den Rücken und riss die Hände hoch, um das zu schützen, was von seinen zerstörten Augen noch geblieben war. Dabei verlor er den Bogen.

Mikahl überwand seine Angst und hieb mit aller Kraft nach der Bestie. Er streifte sie nur, aber bei der Berührung der Klinge heulte das Tier vor Schmerz und Wut auf. Es knirschte mit den Zähnen, und der katzenartige Schädel zuckte vor wie bei einer zuschlagenden Viper. Das scharfe Gebiss schloss sich knapp vor Mikahls Nase. Der Atem des Tieres stank nach geschmolzenem Stahl, faulem Fleisch und Hass. Er erinnerte Mikahl an den Gestank des leichenübersäten Schlachtfelds von Kaltfrost einen Monat nach der Schneeschmelze. Er musste einen Brechreiz unterdrücken.

Er nutzte den Schwung des Schlages und hieb nach dem ausgestreckten Hals des Dinges, aber es zog den Schädel noch schneller zurück, als er vorgezuckt war. Der Hieb hätte ihn aus dem Gleichgewicht gebracht, wäre er auch nur um ein Weniges unbeweglicher gewesen. Statt wegzustolpern, zog er im Drehen die Arme eng an den Körper, wie er es einst bei einem Balletttänzer gesehen hatte. Er wirbelte einmal komplett um sich selbst, und als er zur zweiten Umdrehung ansetzte, streckte er die Klinge aus, so weit er konnte, und traf das überraschte Tier.

Die schmale Brust der Höllenkatze öffnete sich wie ein hellrotes Maul von Schulter zu Schulter. Mikahl registrierte zwei Dinge, ehe sich seine Beine im Schwung umeinander drehten und er zu Boden ging. Zum einen wechselte die Farbe von Eisendorns Licht kurz von Blau zu Rot, ehe es in dem strahlend weißen Licht erglänzte, das es jetzt umgab. Zum Zweiten hatte er die lebenswichtigen Sehnen und Adern im Hals der Höllenkatze ganz knapp verfehlt. Er hatte zu tief angesetzt und ihm nur eine Fleischwunde zugefügt.

Das katzenartige Monstrum spreizte die Flügel, um das Gleichgewicht zu wahren, und richtete sich auf den Hinterbeinen auf wie ein albtraumhaftes Pferd. Sein Gebrüll war markerschütternd. Die Wunde, die Mikahl ihm beigebracht hatte, schien es eher zu verärgern als zu schmerzen.

Neben sich sah Mikahl Vaegon nach seinem Bogen tasten. Das Gesicht des Elfen war eine blutige Masse. Ein Wunder, dass er trotz des vielen Bluts überhaupt sehen konnte. Angesichts dessen, wie er seine Waffe handhabte, kamen Mikahl jedoch Zweifel, dass er tatsächlich noch etwas sah.

Mikahl wollte aufstehen, aber ehe er sich auch nur aufsetzen oder gar Eisendorn vor sich halten konnte, sprang ihn die Höllenkatze an. Mit einem wilden, aber anmutigen Sprung landete sie direkt auf ihm. Ihre Vorderklauen fanden seine Brust und Schultern und nagelten ihn fest. Das gewaltige Gewicht des Tieres drückte ihm die Luft aus den Lungen, sodass er keuchend nach Atem rang und dabei einen tiefen Zug vom fauligen Odem der Höllenkatze nahm. Warmer Speichel troff von einer schwarzen Zunge, und etwas davon geriet in Mikahls Mund, woraufhin er würgen musste und weitere faulige Luft einatmete. Schwarze, leere Augen, die er aus seinen Albträumen kannte, stierten auf ihn herab, und in ihren Tiefen spiegelte sich bloß sein Tod. Er hatte das Gefühl, gleich an seinem eigenen Erbrochenen zu ersticken. Verzweifelt versuchte er, Eisendorn zu heben, doch die Pfoten des Tieres waren riesig und bedeckten seine Oberarme, die Brust und die Schultern. Er konnte kaum den Kopf drehen.

Vaegons Bogen surrte, und er jagte der Kreatur einen Pfeil in den hinteren Rumpfbereich. Die Höllenkatze spannte sich an und brüllte ihre Wut über den Angriff hinaus, ging aber nicht von Mikahl herunter. Stattdessen warf sie den Kopf in den Nacken und öffnete das Maul.

Das war's, dachte Mikahl, der daran dachte, wie der Kopf des Ungeheuers zuvor nach vorn geschnellt war. Es wird mir mit diesen Zähnen das Gesicht wegreißen. Ich habe König Balton Schande bereitet und werde sterben. Nach all den Mühen – gescheitert.

Der Kopf des Tieres schoss herab. Mikahl sah, dass sein eigener Kopf leicht ins Maul der Höllenkatze gepasst hätte. Er hoffte, das Biest würde ihm den Kopf schnell abbeißen. Er wollte nicht qualvoll, halb verstümmelt in diesen Gebirgsausläufern verenden. Im letzten Augenblick kniff er die Augen zu, wandte sich ab und wartete auf den Schmerz.

Er blieb aus.

Plötzlich erstarrte die Höllenkatze. Langsam zog sie den Kopf zurück, und Mikahl konnte erkennen, dass ihre hungrigen, bösen Augen sich vor Entsetzen oder vielleicht Verwirrung geweitet hatten. Das Tier schien die Stirn zu runzeln. Mikahl hörte einen dumpfen Schlag, dann noch einen. Die monströse geflügelte Katze zuckte bei jedem Schlag zusammen. Plötzlich sprang sie zur Seite, wand sich und kreischte vor Enttäuschung.

Mikahl hielt sich nicht mit dem Versuch auf, herauszufinden, was gerade mit dem Ding geschah. Er sog die dringend benötigte Luft tief ein, zog die Knie an die Brust und sprang wie ein Akrobat auf die Füße. Weniger als einen Herzschlag später nahm er Verteidigungsstellung ein, der Höllenkatze zugewandt. Aus dem Rücken des Tieres ragten jetzt mindestens ein halbes Dutzend Pfeile. Ein weiterer fiel vom Himmel herab und bohrte sich zwischen Mikahl und dem Ungeheuer in den

Boden. Er wagte nicht, den Blick von der rasenden Kreatur vor ihm abzuwenden, und brauchte deshalb einen Augenblick, um zu begreifen, was geschah.

Die Höllenkatze kam wiederum auf ihn zu. Während er für einen weiteren Hieb mit Eisendorn die Füße fest auf den Boden setzte, schlug ein weiterer Pfeil in den Rücken der Kreatur ein, hielt das Tier aber nicht auf. Es sprang einmal, dann noch einmal und setzte dann zu einem alles zermalmenden Satz an. Instinktiv wich Mikahl zurück und stolperte dabei über die Steine, die sie um ihr Lagerfeuer gelegt hatten. Er riss das Schwert hoch und brachte es fertig, die Klinge ruhig zu halten, auch wenn er selbst fiel und hart landete. Wenn die Höllenkatze auf ihn fiel, würde sie sich diesmal mit ihrem gewaltigen Gewicht auf dem Schwert aufspießen.

Mikahl wartete auf den Aufprall des Tieres, die Augen fest zusammengekniffen, aber er blieb aus. Stattdessen ertönte der schwere Schlag lederner Schwingen in der Luft. Der fleischgewordene Albtraum flog über Mikahls Kopf hinweg und verschwand wieder in der Finsternis.

Ein paar angsterfüllte Augenblicke lang wartete er, ob die Höllenkatze zurückkehren würde, aber nichts geschah. Sobald er sicher war, dass das Tier fort war, eilte Mikahl an Vaegons Seite.

»Geh! Such deinen Löwenlord!« Mit diesen Worten schickte der Elf ihn fort. »Ich komme schon zurecht.«

»Was, wenn das Ding wiederkehrt?«, fragte Mikahl.

»Dann machen wir es fertig«, sagte eine atemlose Stimme aus der Dunkelheit hinter ihnen.

Es war Loudin, begriff Mikahl zutiefst erleichtert. Er kam mit einer Handvoll der Angehörigen des Volkes der Falkner aus dem Dunkeln.

»Ist das heiß?«

Einer von ihnen trat mit dem gestiefelten Fuß nach dem kaum sichtbaren Feuerring. Sein Tritt wirbelte einen winzigen Funkenregen auf. Er goss eine Flüssigkeit aus einer Flasche hinein, und die Flammen loderten auf. Ein anderer Mann warf das Holz ins Feuer, das sie für das morgendliche Kochfeuer gesammelt hatten.

»Jetzt haben wir Licht hier«, sagte Harrap streng. »Außerdem sind Fackeln unterwegs. Such den anderen mit dem Licht deines Schwertes.«

Er wandte sich zwei jungen Männern zu, die nicht viel älter waren als Mikahl. »Tylen, Derry, helft ihm.«

Auch wenn alle Angehörigen des Volkes der Falkner tief gebräunte Haut hatten und das glatte schwarze Haar gleichermaßen lang trugen, erkannte Mikahl, dass der Befehlshaber Hyden Falks Vater war. Er war hier eindeutig eine Autoritätsperson, und die Ähnlichkeit war unverkennbar.

Erst im Morgengrauen fanden sie Lord Gregory. Er lag direkt hinter dem nächsten Hügelkamm, halb verborgen von einem Kieferngestrüpp. Er lebte noch, war aber schwer verletzt. Er war aus großer Höhe herabgefallen, und es sah aus, als habe er sich fast jeden Knochen im Leib gebrochen. Er hatte auch mehrere Stichwunden im Rücken und einen breiten offenen Riss von der Brust bis zum Kinn. Nachdem sie ihn ins Lager zurückgeschafft hatten, versuchte Vaegon, ihn zu heilen, aber vergebens. Er war nicht stark genug. Ein Auge des Elfen war zugeschwollen, das andere blutunterlaufen. Ein tiefer gezackter Riss verlief von seinem zugespitzten Ohr bis zum geschwollenen Auge.

Die Männer des Skyler-Clans bauten am Ende eine Transportschleife für Lord Gregory und schafften ihn dann ins Dorf, wo man eine Höhle nur für die Fremden freigeräumt hatte.

Hyden hatte bei der Suche nach dem Adligen aus Westland nur halbherzig geholfen. Er war auch nicht ins Lager hinuntergerannt. Stattdessen hatte er auf dem Kamm gestanden und dank seiner Falkenaugen der Höllenkatze die Pfeile in den Rücken gejagt. Sobald er sich von der Flucht der Kreatur überzeugt hatte, hatte er sich um Kralle gekümmert. Erst nachdem der Falkling aus dem halb betäubten Zustand nach seinem

Zusammenstoß mit der Decke der Ratskammer erwacht war, hatte Hyden das Dorf verlassen, um den anderen bei der Suche zu helfen.

Die Frauen bereitet einen dicken Eintopf voller Heilkräuter und Ziegenfleisch zu. Man verabreichte Umschläge und Salben. Eine Wunde in Mikahls Brust, an die er sich gar nicht erinnern konnte, wurde mit mehreren Stichen genäht. Man tat für die Fremden, was möglich war.

Vaegon würde überleben. Ein Auge hatte er wahrscheinlich verloren, aber das ließ sich noch nicht abschließend sagen. Lord Gregory hingegen hatte es beinahe entzweigerissen. Vaegon tat sein Möglichstes, aber der Herr vom Seegrund würde trotz der magischen Heilfähigkeiten des Elfen sterben. Wenn die Götter beschlossen, ihn am Leben zu lassen, würde er nie wieder gehen können, sagte der Elf.

Wegen der angeschwollenen gebrochenen Gliedmaßen und der widerlich violetten Verfärbung seiner Haut war Lord Gregory kein schöner Anblick. Er sah schlimmer aus als ein Toter. Als er spät in der zweiten Nacht plötzlich die Augen aufschlug und krächzend bat, Mikahl sehen zu dürfen, waren alle schockiert.

Man musste Mikahl wecken, aber sobald er den Grund dafür erfuhr, eilte er an Lord Gregorys Seite. Die Stimme des Sterbenden war schwach, der Lebensfunke in seinen Augen fast gänzlich erloschen.

»Bist du das, Mik?« Die Worte kamen zischend. »Bist du da?«

»Ich bin hier, Herr«, bestätigte ihm Mikahl. Er wollte die Hand des Mannes nehmen, aber sie war so geschwollen, dass es aussah, als könne die Haut dabei reißen.

Sein einstiger Lehrer und Mentor sah eher wie ein knorriges Baumwurzelgeflecht aus und nicht wie ein Mann.

Mit Mühe schluckte Lord Gregory.

»Er war dein Vater, weißt du«, krächzte er. »Er wollte, so gut er konnte, dafür sorgen, dass du auf dein Geburtsrecht vorbereitet bist.«

»Wovon redet Ihr?«, fragte Mikahl mit einem panikerfüllten Blick zu der Frau, die sich um den Löwenlord gekümmert hatte. »Ihr habt Fieber und seid verwirrt.«

»Vielleicht, Hoheit, aber Ihr seid dennoch als Thronerbe vorgesehen.« Er blinzelte und ließ den Kopf auf eine Seite sacken, damit er Mikahl in die Augen sehen konnte. »Eisendorns Magie wirkt nur bei denen aus Pavreals Blutlinie, Mik«, hustete er.

Sein Körper verkrampfte sich in schrecklichen Schmerzen, aber er kämpfte dagegen an. Mikahl spürte, wie ihm Tränen über die Wangen rannen. Er begriff, dass er diesen Mann ebenso liebte, wie er König Balton geliebt hatte.

»Glendar ist ein raffgieriger Narr; du wirst sehen, er ist Paels Marionette. König Balton hatte das schon vor langer Zeit erkannt. Es gibt einen Dritten, aber …«

Es sah aus, als sei der Löwenlord verschieden, aber seine Brust hob und senkte sich noch, und er atmete pfeifend, während sein Körper weiter kämpfte.

Mikahl blieb den Rest der Nacht, versunken in Trauer und mit Tränen in den Augen, und er hoffte, der mächtige Löwe des Westens werde noch einmal zu ihm sprechen, doch das tat er nicht. Natürlich fragte er sich, wer der »Dritte« war, von dem Gregory gesprochen hatte, und konnte zudem nicht verhindern, von der Verwirrung über die Dinge, die der Mann ihm gesagt hatte, völlig vereinnahmt zu werden. Hätte Lord Gregory sich nicht umgedreht und ihm dabei in die Augen gesehen, hätte er die Worte vielleicht als Gefasel abgetan. Aber nun ging das nicht mehr, denn er wusste, sie waren wahr.

KAPITEL 26

»WIR HABEN DIE BRÜCKE EINGENOMMEN!«, RIEF jemand draußen vor König Glendars Kommandozelt.

Aus dem Meer von westländischen Soldaten, die in Formation um das Zelt angetreten waren und warteten, erscholl Jubelgeschrei.

»Haltet die Brücke frei!«, erhob sich eine Stimme in strengem Befehlston über den Lärm. »Dritte, Vierte und Fünfte Kavallerieabteilung, ihr überquert sie als Nächstes! Formation halten! Hauptleute voran! Sobald ihr auf der anderen Seite etwas Platz geschaffen habt, folgt euch der Rest von uns. Los! Stadt einnehmen! Schlossberg einnehmen!«

Weitere Jubelrufe ertönten, als die Männer die Befehle ausführten.

In dem hastig errichteten Kommandozelt stand König Glendar mit verschränkten Armen und klopfte ungeduldig mit dem Fuß auf den Boden. Er wartete darauf, dass seine beiden neuen Pagen den Teppich entrollten, damit man seinen Schreibtisch seinen Vorstellungen gemäß in die Mitte setzen konnte. Die Pagen stellten seine Geduld auf eine harte Probe.

Lord Brach hatte die Erste und Zweite Kavallerieabteilung persönlich angeführt und die gewaltige Brücke von Westland nach Wildermont eingenommen. Er hatte gute Arbeit geleistet. Die Eroberung der Brücke war für diese erste Operation entscheidend gewesen. Ohne sie hätten die Truppen nicht in Massen den Fluss überqueren können. Dann wiederum wäre das Überraschungsmoment verloren gegangen.

Die Sonne war gerade aufgegangen, und König Glendar war müde und nörgelig. Es war eine Sache, einen geheimen Angriff am frühen Morgen zu planen, aber eine ganz andere, aufstehen zu müssen, um sie durchzuführen. Er wäre viel lieber in der Seeburg gewesen und hätte bis zum Vormittag geschlafen, nur um dann von den heißen Lippen einer seiner Dienerinnen geweckt zu werden. Aber nein, Pael hatte darauf bestanden, dass Glendar die Armee bei diesem Angriff westwärts persönlich anführte. Glendar schien es, als bestehe Pael in letzter Zeit auf vielen Dingen – viel zu vielen. Zweifellos schuldete er dem Magier für all seine Hilfe im Laufe der Jahre den einen oder anderen Gefallen, aber jetzt war er König.

König! Manchmal kam es ihm vor, als kommandiere Pael ihn herum wie früher als Kind. Er hatte das Kichern in den Korridoren der Burg gehört, außerdem geflüsterte Bemerkungen wie »Marionette des Magiers« oder »Marionettenkönig«. In seiner Kindheit hatte man ihm schlimmere Spitznamen gegeben. Aber damit war es jetzt vorbei. Fast hundert kichernde, illoyale Köpfe zierten daheim in Seestadt den Burghof. Niemand wagte es mehr, ein böses Wort über ihn zu sagen. Er warf einem der Pagen einen funkelnden Blick zu, der ihm eine schwere Strafe androhte, wenn er sich nicht beeilte.

»Alle anderen los jetzt! Langsam und ordentlich!«, ertönte die laute Stimme außerhalb des Zeltes. »Jetzt die Infanterie! Ihr wisst, was ihr drüben zu tun habt! Bereit zum Marsch! Auf mein Kommando! Marsch!«

Die Teppiche, auf denen König Glendar bestand, wogen jeder so viel wie ein ausgewachsener Mann und waren von zwei heranwachsenden Jungen fast unmöglich handzuhaben. Zudem hatten die Burschen Todesangst vor dem misslaunigen König. Der jüngere der beiden Knaben stolperte über die bereits ausgerollte Teppichkante und fiel der Länge nach aufs Gesicht. Der andere Page wollte ihm aufhelfen.

Glendar brüllte: »Ich sollte einen eurer Köpfe auf meinen Schreibtisch stellen, um den Ersatzmann an euer Ungeschick zu erinnern!«

Keiner der beiden Knaben sah darin eine leere Drohung.

Dem gestürzten Jungen standen Tränen in den Augen. Der andere nässte sich ein, während er seinem Gefährten aufzuhelfen versuchte. Jegliche Arbeit kam jetzt zum Erliegen.

»Was ist?«, schrie Glendar. »Was ist denn los mit euch beiden? Das ist doch nicht so kompliziert! Ihr entrollt den verdammten Teppich und verschiebt den Schreibtisch! Wie schwer kann das denn sein?« Speichel sprühte von seinen zusammengebissenen Zähnen. »Ich schätze, ich muss euer beider Köpfe aufstellen!« Er zog ein Schwert, das Eisendorn sehr ähnelte, aber keinerlei magische Eigenschaften hatte. Er hätte ihnen damit den Kopf abgeschlagen, hätte Pael nicht genau in diesem Augenblick das Kommandozelt betreten.

»Steck die Klinge weg!«, befahl der Magier scharf.

Glendar wirbelte herum und sah Pael an, als habe der ihm gerade gesagt, der Himmel sei gelb, nicht blau.

»Nicht jetzt, Pael«, gab er hoffärtig zurück, dann wandte er seine Aufmerksamkeit wieder den beiden zitternden Knaben zu.

Pael murmelte einen unverständlichen Satz und vollführte mit der Hand eine zupackende Geste, als wolle er die Luft ersticken. König Glendars Gesichtsausdruck verwandelte sich von Zorn zunächst in Erschrecken, dann in Angst. Eine unsichtbare Hand hatte seine Kehle gepackt und drohte, sie zu zerquetschen. Er bekam nur mit Mühe Luft.

»Raus!«, befahl Pael den beiden Pagen. Sie hasteten zum Ausgang des Zeltes.

Auf halbem Weg hielt Pael sie auf.

»Meldet euch bei Lady Trella in der Feste Seegrund.«

Pael sah beiden nacheinander in die Augen.

»Eines Tages werde ich diesen Gefallen vielleicht einfordern. Vergesst dann nicht, dass ich eure Hinrichtung verhindert habe.«

Als er sah, dass sie verstanden hatten, entließ er sie und wandte sich wieder Glendars purpurfarbenem keuchendem Gesicht zu.

Pael ließ Glendars Hals nicht los.

»Bist du verrückt?«, fragte er den neuen König von Westland. »Schau mal hinaus!«

Wie von der Hand an seiner Kehle gezerrt, stolperte Glendar vorwärts und spähte aus dem Zelt. Von den mehr als zwanzigtausend Männern und Pferden, die dort vor dem Morgengrauen noch versammelt gewesen waren, waren nur noch die Nachhut der letzten Infanteriedivision und die Nachschubwagen zu sehen. Sie hatten König Glendar zurückgelassen. Nur der Pöbel, die Huren, die Klingenschleifer und die zivilen Plünderer hatten Westland noch nicht verlassen. König Glendars Leibwache trieb sich vor dem Kommandozelt herum und versuchte verzweifelt, nicht peinlich berührt zu wirken, während die Nachzügler sie verspotteten und mit dem Finger auf sie zeigten.

»Ich sagte, du sollst diese Armee führen«, sagte Pael und schüttelte Glendar heftig in seinem magischen Griff. »Diese beiden Knaben, die du töten wolltest, sind auf deiner Seite, alter Dummkopf! Deine Klinge sollte da draußen in der Stadt sein, gegen die Rotwolfsoldaten erhoben, nicht gegen Kinder aus Westland!«

Pael riss die Hand zur Seite, als werfe er Abfall fort. Glendars Körper folgte der Bewegung, und er landete der Länge nach auf dem zertrampelten Grasboden.

»Du bist nichts, König Glendar!«, geiferte Pael und kehrte dem bewaffneten Mann, den er gerade gedemütigt hatte, den Rücken zu. »Du bist verdorben, dumm und hast keinen Respekt vor denen, die dich dahin gebracht haben, wo du jetzt bist. Selbst der einfachste Infanterist wird deine Tapferkeit jetzt infrage stellen.«

Glendar verspürte das dringende Bedürfnis, quer durch das Zelt zu stürmen und dem Magier das Schwert in den Rücken zu rammen. Er sehnte sich mehr danach als nach dem raschen Tod seines Vaters, nachdem Pael ihn vergiftet hatte. Aber er brachte es nicht über sich. Zum einen, weil er den Magier brauchte – Pael hatte ihn seit seiner Kindheit an seines Vaters statt angeleitet, Pael hatte ihm zum Thron verholfen und konnte ihn wie eine Fliege zermalmen, wenn er wollte –, und zum anderen, weil Glendar Angst hatte – Angst, seine Klinge könnte beim Zustoßen ins Leere gehen, oder Pael würde, wenn sie sich in sein Fleisch bohrte, ihn nur auslachen und sie wieder herausziehen. Er hatte auch Angst, die einzige Person in seinem Königreich zu töten, auf die er sich wirklich verlassen konnte, oder dass der Magier ihn auf Nimmerwiedersehen verlassen würde.

»Ich habe gedacht, du …«, begann Glendar, aber Pael schnitt ihm das Wort ab.

»Du hast gedacht, Glendar, genau das ist das Problem!« Pael wandte sich ihm zu, und seine Stimme zitterte vor Wut. »Eines Tages, Junge, wirst du etwas zu sagen haben, und dann bestimmst du die Regeln. Für den Augenblick ist das meine Sache. Denk nicht nach und frag dich nicht, warum ich will, dass du etwas tust. Tu's einfach!«

Auf Knien liegend zuckte Glendar zusammen, als würde aus der Hand des Magiers ein Blitzstrahl schießen. Pael seufzte, dann schritt er hinüber und streckte Glendar die Hand entgegen. Zögernd nahm er sie und ließ sich von Pael hochziehen.

»Habe ich dich je belogen, mein Sohn?«, fragte Pael mit sanfterer Stimme. »Habe ich dir nicht Westlands Thron auf dem Silbertablett gereicht? Auch alle östlichen Königreiche werden dir gehören, wenn du nur tust, was ich sage.«

In Glendars Hinterkopf tobte noch immer der Trotz, doch er senkte den Kopf wie ein gescholtener Schuljunge.

»Ich werde versuchen, besser aufzupassen, Pael«, sagte er seufzend.

»Gut!« Pael klatschte in die Hände und ging im Zelt auf und ab. »Der Rest von Lord Ellrichs Marschengarde aus der Feste Settsted sollte im Laufe der nächsten Stunde hier eintreffen. Lass eine Handvoll von ihnen dieses Zelt nach Schlossberg verlegen und direkt vor König Jarreks Palast errichten.«

Pael sah Glendar einen Augenblick lang an und setzte dann hinzu: »Achte darauf, dass er außer Reichweite der Bogenschützen auf den Zinnen steht.«

Er wandte sich um und glitt über den halb ausgerollten Teppich wieder auf den König zu, legte einen Finger ans glattrasierte Kinn und die andere Hand an den Ellbogen. Glendar sah unter der straffen Haut von Paels Stirn eine grünlich-blaue Ader pulsieren.

»Sobald sich das hier zu einer Belagerung entwickelt, was es zweifellos wird, sollst du Lord Brach und alle nicht dringend benötigten Männer in die Wilderberge hinaufschicken.«

König Glendar wollte protestieren, aber Pael hob eine Hand und hinderte ihn daran.

»Vertrau mir, Glendar. Lord Brach soll einen Weg durch die Berge suchen und halten, der uns einen Angriff auf die Stadt Dreen in Thalheim ermöglicht.«

»Unser Plan war, nach Süden zu marschieren und so viel wie möglich von Dakahn einzunehmen, ehe der Winter kommt!«, platzte Glendar heraus.

Er und Lord Brach hatten wochenlang mit der Planung zugebracht. Jetzt warf Pael diese Pläne den Hunden zum Fraß vor, und er konnte den Mund nicht halten.

»König Broderick und Königin Rachel haben sich zusammengetan«, erklärte Pael. »Sie sammeln sich und wollen ostwärts gegen Hochvag marschieren. König Broderick hat sich in den Kopf gesetzt, Königin Willa, die Hexe, für ihre Verantwortung für das Massaker am Sommertag zu bestrafen. Willas verräterische Schwarzklingen werden sie zurückschlagen.

Wenn wir den Großteil unserer Truppen vor Einbruch des Winters durch die Berge schaffen können, können wir den Königssitz von Thalheim einnehmen, während König Broderick und seine Armee noch in Hochvag kämpfen. Bis dahin werden Königin Rachels Streitkräfte und möglicherweise sogar die Schwarzklingen ausreichend geschwächt sein, dass wir sie alle überrennen können.«

Pael trat näher an Glendar heran, verharrte und sah dem jungen König direkt in die Augen.

»Ich versichere dir, König Jarrek, der alte Rotwolf persönlich, wird entweder das Haupt vor dir beugen oder sterben, wenn ich seine mächtige Festung schleife. Jedenfalls wirst du bald das Kommando über die Reste der Rotwolfarmee übernehmen, was die Mannstärke unserer Streitkräfte verdoppeln wird.«

»Wie willst du Schlossberg schleifen?«, fragte Glendar skeptisch. »Die Feste ist so groß wie der Berg, in den sie gebaut ist.«

»Ich werde diesen Palast einreißen!«

Die Wucht seiner Worte zerstreute Glendars Zweifel.

Keine ihm bekannte Armee hatte die Bergfestung je eingenommen, und er hatte sich in letzter Zeit recht eingehend mit ihrer Geschichte befasst. Sie war darauf ausgelegt, eine zwölfjährige Belagerung zu überstehen. Das ursprüngliche Bauwerk, das Herz Schlossbergs, war mit gewaltigen Kammern verbunden, die in die Bergflanke getrieben und mit Vorräten an Lebensmitteln und Waffen für genau solche Ereignisse gefüllt worden waren.

Es ging das Gerücht, die Zwerge hätten, ehe sie in der Erde verschwanden, mehrere geheime Ein- und Ausgänge für die Burg angelegt. Selbst wenn die gewaltigen Vorräte erschöpft waren, konnte man sie über diese Geheimgänge auffüllen.

Glendar wusste, dass Pael nicht der erste Magier wäre, der versuchte, Schlossberg zu schleifen. Pael war ein entschlossener, mächtiger Meistermagier, aber es gab noch andere Magier im Reich, die genauso fähig waren, und einige davon dienten König Jarrek und Wildermont. Schließlich war es der wohlhabendste Staat im Reich. Dennoch durfte Glendar nicht an Pael zweifeln. Der Magier mit dem Eierkopf mochte eingebildet und herrschsüchtig sein, doch er hatte bisher immer Wort gehalten. Immer.

»Sobald ich es dir sage«, fuhr Pael fort und ging wieder im Pavillon auf und ab, »wirst du persönlich nach Süden reisen, nach Dakahn, und König Ra'Gren im Austausch für so viele Schiffe, wie wir mit unserer Reserve füllen können, einen Wagenzug voller Gold des Wolfes von Wildermont bringen. Während Lord Brach und seine Scharen die Hauptstadt von Thalheim erobern, wirst du mit den anderen nach Meerend segeln und Königin Rachel überraschen, deren Truppen zu diesem Zeitpunkt noch König Broderick unterstützen. Niemand wird erwarten, dass du aus Dakahn lossegelst, also wirst du sie unvorbereitet treffen. Danach müssen wir nur noch deine und Lord Brachs Truppen in Hochvag wieder vereinen, um der Hexenkönigin Xwarda zu entreißen.«

Dann werde ich allein die fantastische Macht des ganzen Hütersteins, den sie so streng bewacht, in Händen halten, fuhr Pael in Gedanken fort. Mit so viel Macht und dir, König Glendar, als Marionette werde ich das Riesland, die Elfenwälder und dann auch den Rest der Welt erobern können!

Paels Plan war so vollkommen, dass Glendar sprachlos war. Mit Dakahn als Verbündetem würden sie keine eigenen Männer brauchen, die Schiffe befehligten oder bemannten. Sie würden auch nicht warten müssen, bis Westlands eigene Schiffe die weite Reise von Meergmünd und Südhafen um die Inseln und die Marschen herum hinter sich gebracht hatten. Selbst wenn es Königin Rachel gelang, ihrem Vetter zu helfen, indem sie Soldaten ausschickte, die ihn bei der Verteidigung der Hauptstadt von Thalheim gegen Lord Brachs Armee unterstützten, würde sie damit nur ihr eigenen Truppen in Meerend schwächen. Wenn Glendar und seine Truppen auf ihrer Schwelle landeten, bliebe ihr keine andere Wahl, als das Haupt vor ihm zu beugen. Der Großteil ihrer Armee würde über Hochvag und Thalheim verstreut sein. Paels Plan ließ den Fall der östlichen Königreiche unvermeidlich erscheinen. Das wäre eine geradezu verheerende Niederlage für sie!

Glendars Schweigen riss Pael aus seinen Träumen vom Ruhm heraus. Nicht er würde sich in Tagträumen verlieren. Was hatte König Balton so oft gesagt? »Denke, dann handle.«

Weise Worte eines gutherzigen Königs; eines Königs, den Pael verachtet und den er sich vom Hals geschafft hatte.

Das dumme Gesicht des Jungen holte ihn vollends in die Wirklichkeit zurück.

»Natürlich, mein König, war dieser glänzende Plan Eure Idee. Man wird Euch als einen der größten Befehlshaber und Strategen aller Zeiten in Erinnerung behalten.«

Pael verbeugte sich spöttisch, dann fuhr er wieder hoch und kreischte: »Tu jetzt, was ich dir gesagt habe!«

Der Atem des Magiers traf Glendar mitten ins Gesicht wie ein Eissturm, frostig und kalt. Er musste sich vorbeugen, damit er nicht umgeblasen wurde. Instinktiv hob er die Hand, um sein Gesicht zu schützen, doch bevor er sie oben hatte, war die Demonstration vorbei, und er stolperte vorwärts, um sich zu fangen.

»Die Männer aus Settsted treffen ein«, fuhr Pael fort, als sei nichts Besonderes geschehen. Er tat, als stünde er vor dem Pavillon und sähe die Männer mit eigenen Augen und als wische sich König Glendar keine Eiskristalle von den Wimpern.

»Ich schlage vor, du teilst ein paar von ihnen ein, dir in deinem Kommandozelt aufzuwarten. Der Rest des Kontingents aus dem Süden sollte morgen eintreffen. Sie sollen alle Männer, Frauen und Kinder aus Wildermont zusammentreiben, die weder eine Waffe führen noch einen Karren ziehen können. Wenn die Belagerung beginnt, lass eine Abteilung Soldaten sie durch Niederbrücke und weiter nach O'Dakahn eskortieren. Schick eine Schriftrolle mit, die besagt, dass du sie König Ra'Gren schenkst. Das wird ihm und seinen Sklavenhändlern gefallen. Es wird seinen Lehnsfürsten helfen, die Dinge so zu sehen wie wir, wenn wir später ihre Schiffe brauchen.«

Wiederum blieb Pael stehen und suchte bei Glendar nach Anzeichen dafür, dass er zugehört hatte. Als er mit dem Ergebnis zufrieden war, ging er zum Ausgang des Zeltes. Er hatte noch Dringenderes zu erledigen.

»Pael!«, rief Glendar, als der Magier gerade gehen wollte.

»Was ist, Junge? Ich habe anderswo zu tun.«

König Glendar richtet seinen Blick irgendwo auf den Boden zwischen ihnen. »Danke«, murmelte er.

»Bitte, mein Sohn«, erwiderte Pael fast warmherzig. Dann verschwand er aus dem Zelt.

Pael verbrachte den halben Tag in Krähengestalt auf dem Rückflug zu seinem Turm. Er hätte sich in einen größeren Vogel, einen Adler oder Kondor verwandeln und die Strecke in der halben Zeit zurücklegen können, wollte aber keine Aufmerksamkeit erregen. Um die Alten und Kranken, die Mütter und kleinen Kinder, die das Königreich Westland noch als Einzige bewohnten, machte er sich keine Sorgen. Es war eher eine Vorsichtsmaßnahme, geboren aus gewohnheitsmäßiger Achtsamkeit, und Misstrauen denen gegenüber, die vielleicht sein Kommen und Gehen im Auge behalten wollten. Er war sicher, dass er noch jede Menge Feinde hatte. Sie würden erwarten, dass er als etwas Mächtiges, Stolzes flog. Keiner von ihnen, so hoffte er, würde dem Flug eines alltäglichen Aasvogels Aufmerksamkeit schenken.

Auf dem Flug dachte er über König Glendar nach. Er fragte sich, wie der Junge so vollkommen ahnungslos und dickköpfig hatte werden können. Er konnte sich durchaus vorstellen, dass der Narr aus seinem Kommandozelt und in einen Pfeilhagel der Wildermonter Langbogenschützen trat, weil er es zu dicht an der Mauer aufgeschlagen hatte. Er musste sich das krächzende Keckern verbeißen. Als er sich seinem Ziel näherte, wanderten seine Gedanken zu Shaellas letzter Nachricht. Er hoffte, genug Zeit gehabt zu haben, sich auf das Bevorstehende vorzubereiten. Es gab viel zu tun.

Sobald er den Löwensee und die Seeburg sah, steuerte er das klaffende Loch an, das der Dämon Shokin in der Wand seines Turmes hinterlassen hatte. Drinnen nahm er wieder Menschengestalt an und fuhr mit dem Aufzug hinab in seine abgedunkelte Bibliothek, wo auf einem alten Lesetisch ein Dutzend antiker Texte ausgebreitet waren. Auf eine Geste seines

Fingers hin flammte die Lampe auf, die an einem Wandhaken aus Messing hing, und die Düsternis zog sich aus dem feuchten Gelass zurück. Von ausgebrannten Kerzenstummeln an den Ecken des Tisches gingen groteske Gebilde aus zerlaufenem, geschmolzenem Wachs aus.

In den letzten Tagen war Pael fast immer dort gewesen und hatte alles Wissen zusammengetragen, das er zum Thema Bindung von Geisterdämonen finden konnte. Er hatte viel gelernt, aber noch nicht genug.

Er nahm sich vor, nach weiteren Kerzen zu schicken, und stellte nicht zum ersten Mal fest, dass ihm Schimmer fehlte. Eine Lampe suchen zu müssen, nachdem die Kerzen mitten in seiner Lektüre eines Berichts der Kraw-Priester ausgegangen waren, hatte ihn unmissverständlich daran erinnert, dass winzige Kleinigkeiten plötzlich Vorrang erhalten konnten. Er hätte einfach einen Lichtzauber wirken können, aber dafür hätte er die gut vierzig Seiten der winzig klein geschriebenen Abhandlung erneut lesen müssen. Es war leichter gewesen, sich eine Laterne aus dem Labor unten zu holen. Jetzt lächelte er über die Klugheit dieser Entscheidung.

Die Kraw-Priester waren Nekromanten und schienen allerlei nützliche Dinge über den Umgang mit Dämonen, Teufeln und Untoten zu wissen. Warum sie so sorglos zuließen, dass andere in den Besitz ihrer Tagebücher und Manuskripte über einige ihrer größeren Errungenschaften kamen, wusste Pael nicht. Wenn er erst einmal den Hüterstein und alle damit einhergehende Macht in Händen hielte, würde er auf die Insel Borinia reisen und sie selbst fragen.

In den Jahren, die ins Land gezogen waren, seit Pavreal das Dämonensiegel geschaffen hatte, waren die Kraw-Priester zu zweitklassigen Kultisten verkommen, aber Pael würde trotzdem ohne ausreichend Macht in Händen keinen Fuß auf ihre Insel setzen. So jämmerlich sie jetzt auch erschienen, er war viel zu klug, um sie zu unterschätzen. Doch dazu ein andermal. Was er aktuell von den Priestern brauchte, lag direkt vor ihm.

Paels Bibliothek hatte viele Regale; alle waren mit alten wie mit neuen Büchern gefüllt. Die Texte stammten von jedem nur erdenklichen Ort, auch von einigen, die sich der ungeübte Geist nicht einmal vorstellen konnte. Alte Bände aus der Zeit der Zwergenherrschaft, die Tagebücher eines Dutzends Elfendruiden und ein ganzes Regal voller Manuskripte, die Pael noch nicht übersetzen konnte, die aber angeblich aus den Ländern hinter dem Riesengebirge stammten, nahmen nur eine Ecke des Raumes ein.

Pael hatte auf seinen ausgedehnten Reisen sogar einen Satz detaillierter Zeichnungen von Afdeon erworben, der gewaltigen Feste des Riesenkönigs. Die Regale an den Wänden der Bibliothek waren so vollgestopft, dass sie sich bogen. Es gab eine Reihe in Kalbsleder gebundener Folianten, die so alt waren, dass es die Seiten zerstörte, wenn man sie ohne die Hilfe mächtiger Schutzzauber öffnete.

Da standen auch Paels Zauberbücher, makellos gebunden und schön geschrieben. Seine drei Kompendien arkanen Wissens lagen auf einer Kiste auf dem Boden und unterschieden sich nicht von den irgendwie gestapelten vergessenen Texten. Sie zu berühren, ohne die richtigen Sätze zu sprechen, bedeutete einen äußerst schrecklichen Tod. Pael wollte nicht, dass diejenigen, die seine kostbaren Geheimnisse zu stehlen versuchten, schnell starben. Er wollte sie befragen können, während sie dahinwelkten.

Alle Bücher auf dem Tisch bezogen sich auf den Drachenpakt, Pavreals Siegel oder die Bindung von Geisterdämonen. Pael suchte einen Weg, Shokins gewaltige finstere Macht unter Kontrolle zu halten, nachdem er das Siegel geöffnet und ihn freigelassen hatte. Er brauchte eine Methode, den Dämon seinem Willen zu unterwerfen, sich seine gewaltige Macht untertan zu machen und so lange wie nötig zu kontrollieren. Er würde diese Macht brauchen, um das volle Potenzial des Hütersteins für seine Zwecke nutzen zu können, und der Machtzuwachs würde auch nicht schaden, wenn er nach Schlossberg zurückkehrte, um das Versprechen zu erfüllen, das er König Glendar gegeben hatte.

Er las die gesamte Nacht und den ganzen nächsten Tag, bis er schließlich fand, was er gesucht hatte. Ein Hexer aus dem fernen, wilden Land Harthgar hatte Tagebuch geschrieben. Die Kraw-Priester hatten es kopiert. Pael hatte es Jahre zuvor bekommen, und nachdem er es jetzt durchgekämmt hatte, wusste er, was er wissen musste. Mit dem Zauber des Harthgarer Hexers und einem Menschenopfer als Krönung der Tat konnte er das Siegel öffnen, Shokin freilassen und sich den Willen und die Macht des Dämons untertan machen. Er musste noch nicht einmal ein Opfer suchen. Wenn er hinkam, würde eines auf ihn warten. Shaella würde ein hervorragend geeignetes Opfer ins Drachennest hinaufschicken. Pael lachte vergnügt, denn besser hätte er es selbst nicht planen können.

Ohne Rücksicht auf sein Schlafbedürfnis und seinen Hunger trug er die Dinge zusammen, die er für die Zeremonie benötigen würde. Er hatte keine Zeit zum Ausruhen. Der Zeitplan musste genau eingehalten werden. Zu früh, und Shaella würde scheitern; zu spät, und das Opfer wäre wieder weg.

Er war nicht zaubermüde, obgleich er den halben Tag geflogen war und dabei einen Selbstverwandlungszauber aufrechterhalten hatte, also nahm er, was er brauchte, und bereitete sich vor.

***

Genau wie Pael vorhergesagt hatte, verwandelte sich die Schlacht um Schlossberg langsam in eine Belagerung. Westlands gepanzerte Kavallerie hatte rasch und mühelos die Straßen gesäubert. Sie war allerdings vielerorts auf Widerstand gestoßen, und Hunderte von Glendars Männern waren gefallen.

Die Rotwolfsoldaten hatten ihrem Ruf alle Ehre gemacht und hart um jeden Zoll Boden gekämpft, aber es hatte nicht gereicht. Am Ende hatte Westlands zahlenmäßige Überlegenheit zusammen mit dem Überraschungsmoment König Glendars Armee erlaubt, alles außerhalb der gewaltigen Außenmauern der Burg unter Kontrolle zu bekommen. Nun waren Belagerungsmaschinen in Stellung gebracht worden, und wenn sie erst einmal loslegten, würde sich der mächtige Wolfskönig hinter die eindrucksvolle zweite Burgmauer zurückziehen müssen. Danach würde König Jarrek die Anlage des Berges zugute kommen. Neue Belagerungsmaschinen müssten gebaut werden, denn etwas, das größer war als ein Wagen, ließ sich unmöglich durch die steilen, engen Wege zwischen den beiden Mauern bugsieren. Doch das war Glendar gleichgültig; er vertraute darauf, dass sein Magier bald eintreffen würde.

Seine Männer hatten alle Hände voll zu tun, bis Pael kam, um die Burg für ihn zu schleifen. Nachdem er Lord Brach befohlen hatte, mit seinen Truppen einen Weg durch die Wilderberge nach Dreen zu bahnen, wies er eine andere Gruppe seiner Soldaten an, die unschuldigen Bewohner Wildermonts in Verschlägen zusammenzutreiben. Später würde er sie südwärts nach O'Dakahn eskortieren lassen und König Ra'Gren schenken, doch zunächst würde er sich ein paar der hübscheren Frauen aussuchen, die ihn bedienen sollten, während er auf Pael wartete. Wem schließlich stand ein Anteil an der Kriegsbeute eher zu als dem König von Westland?

KAPITEL 27

GERARD SKYLER HATTE ANGST, ALLERDINGS nicht vor dem Aufstieg, der kurz bevorstand. Der war für ihn in Ordnung. Dasselbe galt für den Plan, den sie zusammen geschmiedet hatten – zumindest war er für ihn in Ordnung, nachdem er alle ursprünglich vorgesehenen Gekaechsen, Strickleitern und Flaschenzüge hinausgeworfen hatte.

Er kam zu dem Schluss, dass die Zard nicht gerade die geistesschärfsten aller Kreaturen waren, nachdem er ihren ursprünglichen Plan gehört hatte, und als Reptilien hatten sie instinktiv Angst vor dem Drachenhort. Im Augenblick konnte Gerard jedoch nur zittern und die Göttin anflehen, dass Flick die riesigen Kreaturen, die rings um ihr Kanu im Wasser schwammen, daran hindern konnte, sie aufzufressen.

Es kam ihm vor, als säße er im Wasser, und die großen, scharfzahnigen Schnapper würden überall auf sie lauern. Die meisten der alligatorartigen Tiere waren so groß wie das Kanu, wenn nicht gar größer. Mit einem einzigen Hieb konnten sie das Boot zertrümmern, und Gerard könnte sich bloß die Hände vors Gesicht halten und winseln.

Er wollte gar nicht wissen, woher das laute Platschen hinter ihnen rührte. Die Wellen, die es nach sich zog, schwappten gefährlich nah bis zum Rand des kleinen Bootes. Er würde sich bald im Kanu hinstellen müssen, und daran wollte er gar nicht denken. Er hatte keine Ahnung, wie er im Stehen das Gleichgewicht im wankenden Kahn halten sollte. Das Einzige, was er sicher wusste, war, dass er mit keinem Körperteil in das trübe Wasser geraten wollte, in dem es vor Zähnen nur so wimmelte. Nicht mal mit der Zehenspitze.

Er versuchte mit aller Kraft, sich auf die hochragende Steinformation zu konzentrieren, die er bald besteigen würde. Er fand den Namen passend, da sie aus den Marschen hervorstach und auf einen spitzen Gipfel zulief, während sie nach Osten hin leicht gekrümmt war – genau wie ein Fangzahn. Sie war vollkommen schwarz und bestand aus schroffem, porösem Gestein. Ihr Anblick trug wenig zur Linderung seines Unbehagens bei.

Gerard bedeutete Flick, sie zur westlichen Seite des Drachenzahns zu bringen. Da die Ostseite leicht nach außen gekrümmt war, konnte man sie unmöglich bezwingen. Wenn er an dieser Seite einen Kletterversuch wagte, würde er nach der Hälfte der Strecke an seinen Haltegriffen hängen.

Für den gewöhnlichen Betrachter sah die westliche Flanke kein bisschen leichter aus. Sie war gefährlich steil, doch Gerard erschien es wie ein leichter Anstieg, wie eine Leiter, die bis zu dem Punkt führte, an dem der Berg sich gen Osten neigte. Danach war es eher eine steile Stiege. Es würde eine der leichtesten Klettertouren werden, die er je unternommen hatte.

Sein Ziel war eine Kaverne, die in der Nähe der Spitze des Fangzahns einmal quer durch den Berg verlief. Es war, als habe ein riesiger Wurm von Ost nach West ein Loch durch den schwarzen Berg gegraben, das tausend Fuß über den Marschen lag. Der Drache lebte in diesem Loch, doch Shaella hatte einen Plan, wie sie ihn ablenken konnte, während Gerard ihm eines seiner Eier stahl.

Im Näherkommen betrachtete er die Oberfläche des Steins, dann legte er den Kopf in den Nacken und blickte hinauf zum Drachenhort. Es gab zahlreiche Haltegriffe und Steighilfen, keinen glitschigen Falklingskot, dem man aus dem Weg gehen musste, keine wütenden Muttervögel, die Schnabel und Klauen gegen ihn einsetzen würden, keine gerade Felswand, von der man hinab zur Lippe oder direkt auf den felsigen Talboden darunter fallen konnte. Wenn Shaella den Drachen fernhalten konnte, würde es leicht werden. Wenn nicht – darüber wollte Gerard gar nicht nachdenken.

»Du wirst den Drachen nicht mal sehen, nachdem er zum Fressen ausgeflogen ist«, hatte sie gesagt, und er hatte ihr geglaubt.

Obgleich sie es gewollt hatte, hatte er sie in der letzten Nacht nicht geliebt, ebenso wenig in der davor. Das verwirrte sie. Er erläuterte, dass der Geschlechtsakt vor einer anstrengenden Bergbesteigung die Beine des Mannes schwäche und sein Herz weich mache. Er erzählte ihr auch, dass dies der Grund dafür war, warum die Frauen des Skyler-Clans nicht in die Nähe der Erntehütten kommen durften, wenn er und seine Clansleute jedes Jahr die Falklingseier holten. Als er ihr erzählte, dass sein Großvater diese Problematik »Liebesbeine« nannte und dass sein älterer Bruder Hyden ihm hatte erklären müssen, was das bedeutet, da seine Mutter sich zu sehr schämte, um über das Thema zu sprechen, lachten sie miteinander. Gerard versicherte Shaella, nur ein Dummkopf wäre nach einer Nacht mit ihr geklettert. Sie nahm das als Kompliment und kuschelte sich den Rest der Nacht an ihn, den Kopf an seine Schulter gelegt.

Von Westen kommend sah die Drachenzahnspitze eher wie eine Fischflosse aus. Mit Shaellas Erklärung im Hinterkopf, dass das Wasser seit ewigen Zeiten von Norden nach Süden daran vorbeigeflossen war und den Fels abgetragen hatte, ergab das für Gerard Sinn. Er sah die Strahlen der Morgensonne durch das Wurmloch des Drachen scheinen. Er musterte die Stelle genau und prägte sie sich gründlich ein.

Der Gedanke daran, aufzustehen und irgendwie vom Boot auf den steinigen Boden zu gelangen, jagte ihm einen Schauer durch den Körper. Unweigerlich suchte er das Wasser nach den blutdürstigen Schnappern ab, die dort lauern konnten. Er sah keinen, was ihn aber nur mäßig beruhigte.

»Bring uns direkt unter das Drachenloch«, flüsterte er Flick zu.

Er beugte sich herab und überprüfte den Rucksack, der zwischen seinen Beinen auf dem Boden stand. Er war ziemlich schwer, und ihn erneut durchzusehen half ihm, das Wasser und die Dinge, die darin schwammen, zu vergessen.

Im Rucksack befanden sich ein über tausend Fuß langes dünnes, aber strapazierfähiges Seil, ein behelfsmäßig geknotetes Tragetuch zum Transport des Dracheneies, ein paar Brocken getrocknetes und gesalzenes Schlangenfleisch und zwei Wasserschläuche.

Der Plan war ganz einfach: hochklettern, die Eier ausfindig machen, eines mit herunterbringen. Cole würde an der Ostseite der Spitze warten, wo sich das Wurmloch durch die Krümmung der Felsformation direkt oberhalb des Wassers öffnete. Es war einfach. Der Abstieg wäre nicht schwer, da der Rucksack leer sein würde, und er würde wieder den Weg über die Westseite nehmen. Fast schien es zu einfach.

»Wir sind jetzt unterhalb des Hortes«, sagte Flick.

Seit Gerard Seite an Seite mit der Gruppe auf dem Flussboot gekämpft hatte, behandelten sie ihn wie einen der ihren. Sie achteten ihn und schienen Vertrauen zu seinen Fähigkeiten zu haben. Flicks Gesichtsausdruck zeugte von Ehrfurcht und Besorgnis, als er das kleine Boot in die Nähe der Felsformation steuerte.

»Bist du dir sicher, dass du das schaffst?«, fragte er. »Es ist ein weiter Weg bis zum Hort.« Seine Stimme klang gedämpft, als würde es den Zorn des Drachen auf sie lenken, wenn sie zu laut sprachen.

»Sorg dafür, dass Cole an Ort und Stelle ist, um das Ei in Empfang zu nehmen, und dass du mich hier abholst, wenn ich wieder herunterkomme«, antwortete Gerard nervös grinsend. »Den Aufstieg schaffe ich im Schlaf, aber ich kann nicht schwimmen.«

»Ich schwöre, ich werde hier sein«, sagte Flick mit einem ehrlichen Lächeln. »Du bist ein tapferer Bursche. Shaella hat eine gute Wahl getroffen.«

Gerard wusste nicht so genau, was Flick damit meinte, also schwieg er. Stattdessen sagte er so stockend, dass es seine Anspannung und Aufregung preisgab: »Ich schätze … wir warten einfach, bis … der Drache fort ist.«

Shaella und ihr Truppe Echsenmänner brachten mithilfe zweier Gekas den Köder zum Fressplatz. Die Gekareiter hatten ihre liebe Mühe, die großen Kreaturen ruhig zu halten. Der beißende Gestank von Aas, der von den Überresten der letzten Mahlzeiten des Drachen herrührte, lag schwer in der Luft, und das Frischfleisch, das sie transportierten, war ihnen viel zu nah. Alle Lebewesen der Marschen wussten genau, wer das größte Raubtier des Gebiets ist, und der Drache brachte seine Beute fast immer auf diese Lichtung, um sie dort zu braten und zu verspeisen. Hätten sich die Gekas vor den Peitschen der Zards nicht genauso gefürchtet wie vor dem Drachen, hätten sie sich diesem Ort niemals genähert.

Greyber stand mit seiner Zardeinheit bereit und wartete darauf, seinen Teil des Planes zu erfüllen. Sobald Shaellas Truppe den riesigen Schnapper an die richtige Stelle gebracht hatte, würde es ihm und seinen Zardmännern obliegen, den Kadaver zu häuten. Shaella war unnachgiebig gewesen: Blut, viel Blut und frei liegendes Fleisch. Die Zardmänner kannten das Prozedere. In Vorbereitung dieses Tages hatten sie den Drachen bereits seit Monaten an dieser Stelle gefüttert.

Shaella war den ganzen Morgen enorm nervös gewesen. Ihre Begleiter nahmen an, das läge an der Gefahr, in die ihr Geliebter sich begab. Oder an dem Druck, den Drachen lange genug abzulenken, damit er seine Aufgabe erfüllen konnte. Es war aber mehr als das. Sie versuchte, Gerard davon zu überzeugen, Greyber mit ihm klettern zu lassen, doch er lehnte mit dem Argument ab, dass er es allein viel besser schaffen würde.

»Der Mann mag stark und nützlich beim Schwertkampf sein«, sagte Gerard, »aber an einer Bergflanke wäre er nur eine Last.«

Shaella war danach davongestürmt und hatte dabei vielleicht sogar Tränen in den Augen gehabt. Sie hatte ihn nicht umstimmen können. Gerard würde allein emporsteigen oder gar nicht.

Sie machte sich Sorgen, doch waren diese Sorgen von anderer Natur, als alle annahmen. Ein weiterer Falkling mit einer Botschaft Paels war eingetroffen. Sie fürchtete Pael. Er wollte sichergehen, dass der Kletterer im Drachenhort blieb, bis er eintraf. Sie versuchte immer wieder, Greyber oder einen der Zard mit in die Höhle hinaufzuschicken, aber Gerard war so stur und stolz wie alle anderen Männer, die sie kannte. Sie wollte einfach, dass jemand mit ihm da oben war, um ihn zu beschützen. Sie wusste, dass sie ihm die Lage hätte erklären sollen, doch sie hatte es nicht gekonnt. Wenn sie es versuchte, flossen ihr Tränen über die Wangen, und sie wäre lieber gestorben, als dass ihre Zardarmee sie als besorgtes, liebeskrankes Mädchen sah. Ihre Mission und die Paels mussten an erster Stelle stehen. Ganz egal, wie viel Herzschmerz ihr das bereitete, sie musste die Dinge weiter aus dem richtigen Winkel betrachten.

Vielleicht würde Pael nach seiner Ankunft ja gar nichts Dramatisches mit Gerard anstellen. Wenn Gerard nicht trödelte, würde er ohnehin vor Paels Eintreffen wieder unten sein. In diesem Fall würde sie mit Paels Zorn leben müssen, aber den konnte sie aushalten. Vielleicht konnte sie Gerard heil dort herausbringen, selbst wenn Pael ihn tatsächlich überraschte. Es war ein winziger Hoffnungsschimmer, der einer ordentlichen Portion Glückes und viel Geschicks ihrerseits bedurfte, doch all das würde überhaupt keine Rolle spielen, wenn sie den Drachen nicht zum Fressen aus seinem Hort herauslocken könnten.

Nachdem sie den Schnapper abgelegt hatten, führten sie die Gekas fort. Sobald die Tiere verstanden hatten, dass sie die Futterstelle verließen, war jegliche Sturheit verflogen.

Nun war Greyber an der Reihe. Er stürmte mit seiner Truppe herbei, und sie spalteten den dicken Schuppenpanzer der Kreatur. Anschließend zogen sie die Hülle ab und legten das frische blassrosa Fleisch frei. Das Blut floss in Strömen. Der Geruch musste ausreichen, den Drachen herauszulocken.

Nur um sicherzugehen, wirkte Cole einen Zauber, der den Duft geradewegs in den Drachenhort trug. Es würde nicht lange dauern, bis der große rote Wyrm die Witterung aufnahm. Diese Gabe war genau so vorbereitet, dass sie den Drachen besonders lockte, und seit dem letzten Mal war eine Woche länger vergangen als sonst. Jetzt konnten sie sich nur noch verstecken und ausharren.

Wie um das Schicksal herauszufordern, lief Shaella ungesichert zu dem Köder und schüttete eine eigens vorbereitete Flüssigkeit aus einem Weinschlauch über das dargebotene Fleisch. Dann rannte sie zu den anderen in die Deckung rund um die knochenübersäte Lichtung.

Gerard und Flick mussten nicht lange warten. Ein tiefes, donnerndes Grollen erklang über ihnen, so laut, dass es genauso gut aus unmittelbarer Nähe hätte kommen können. Gerard glaubte, kleine Wellen in der Felsformation zu erkennen, auf die er klettern sollte.

Schließlich schoss der Drache aus seinem Hort hervor, und einen Atemzug lang war es still. Er breitete die Flügel aus, und dann ertönten ein Rauschen und der Knall, mit dem sie die Luft verdrängten. Der Drache war viel größer, als Gerard ihn sich vorgestellt hatte, mindestens hundert Fuß lang, möglicherweise sogar länger. Er zitterte und war unfähig, sich zu rühren.

»Ich hoffe, sie kann ihn von hier fernhalten«, flüsterte er mit bebender Stimme.

Innerlich suchte er verzweifelt nach einer Entschuldigung, um sich diesem Wahnsinn zu entziehen, aber seine Gedanken kehrten nur immer wieder zu seinem Maulheldentum zurück, das er während der Planung an den Tag gelegt hatte. Er wollte lieber sterben, als wie ein Feigling zu erscheinen.

Das gesamte Boot bebte jetzt, und er war sicher, dass das nicht nur an ihm lag. Es beruhigte Gerard ein wenig, dass der Magier ebenfalls Angst hatte. Nur ein Dummkopf hätte beim Anblick eines so vollkommenen Raubtiers keine Angst empfunden, und Flick war nicht mal annähernd dumm. Gerald holte ein paarmal tief Luft und kam zum Entschluss, dass er ebenso gut jetzt losklettern könne. Er setzte den Rucksack auf und erhob sich mit äußerster Vorsicht. Einen Augenblick lang blieb ihm das Herz stehen, als das Fahrzeug unter seinen Füßen ins Wanken geriet. Erst nachdem seine Hände auf den Felsen festen Halt gefunden hatten, beruhigte er sich und brachte den Vogelschwarm, der hinter seinem Rippenbogen wild umherflatterte, unter Kontrolle.

Der erste Schritt aus dem Boot war der schwerste. Sobald er ihn geschafft hatte, lief der Rest instinktiv. Er war so entschlossen, seine Mission zu erfüllen, dass er nicht hörte, was Flick sagte.

Anscheinend war es nicht so wichtig.

Flicks Stimme erstarb, als er zusah, wie Gerard wie ein Verrückter den Berg hinaufkletterte. Er schüttelte überrascht den Kopf. Er hatte Echsen gesehen, die weniger geschickt kletterten. Shaella hätte keinen Besseren für diesen Auftrag finden können. Der junge Mann war bemerkenswert.

Der Aufstieg war, wie erwartet, leicht. Nur das zusammengerollte Seil in seinem Rucksack machte Gerard zu schaffen. Doch diese Last konnte er aushalten, und das Wissen, dass er es nicht mit würde zurücknehmen müssen, tröstete ihn.

Jedes Mal, wenn er eine neue sichere Trittstelle fand, dankte er seinem Bruder Hyden. Die neuen Stiefel aus Pferdeleder fanden in dem seltsamen dunklen Gestein äußerst gut Halt. Das Zeug war allerdings brüchig. Mehr als einmal musste er die Position wechseln, ehe er sich weiter nach oben schob oder seinen Körper hinaufzog.

Gedanken daran, wie er von einem Feuerschwall des Drachen in die Wand eingebrannt würde, kamen und gingen, ebenso wie die Gedanken daran, wie erfreut Shaella sein würde, wenn das alles erst einmal vorbei war. Die körperlichen und emotionalen Belohnungen, an denen sie ihn bereits hatte teilhaben lassen, überwogen jede beliebige Menge Gold, die sie ihm hätte bieten können.

Er grinste. Schon vor langer Zeit hatten die Ältesten und seine Vettern ihn gelehrt, dass das Einzige, woran man beim

Klettern nicht denken durfte, der Sturz war. Er hatte keine Angst davor zu stürzen. Stürzen tat nicht weh. Es war der jähe Aufprall am Ende des Sturzes, der einen vernichtete.

Es gingen ihm zu viele Dinge durch den Kopf, als dass er dabei hätte verweilen können. Er dachte an Shaellas Skeekarmee. Was planten sie? Es war deutlich, dass sie ihre Anführerin war. Sie hatten augenscheinlich mehr vor, als nur das Ei des Drachen zu stehlen. Ihm kam der Gedanke, dass Shaella möglicherweise in Wahrheit eine Echsenfrau war, die sich verkleidet hatte. Nachdem er den Anflug von Widerwillen überwunden hatte, hielt er inne und lachte über sich selbst.

Im Weiterklettern fragte er sich, was Hyden wohl in diesen Tagen tat. Wahrscheinlich räkelte er sich im Dorf des Clans oder streifte mit seinem Bogen über die Hügel. Er tat sicher nichts Aufregendes. Vielleicht scheuchte er den kleinen Falkling herum. Der war mittlerweile wahrscheinlich groß genug, um zu fliegen.

Er fragte sich, ob Hyden wohl den Wettbewerb im Bogenschießen gewonnen hatte. Wenn er etwas an seinem plötzlichen Aufbruch bereute, dann, den Wettkampf verpasst zu haben. Er hätte liebend gern gesehen, wie Hyden die hochnäsigen Elfen besiegte.

Inmitten dieser Gedanken fiel ihm die dämliche alte Wahrsagerin wieder ein, die er und Hyden aufgesucht hatten. Er war gerade über die Hälfte des Weges zum Drachenhort hinausgekommen. Das Klettern war nun so leicht, dass er seine Hände fast nur noch brauchte, um das Gleichgewicht zu halten.

Was hatte die Alte gesagt? Ihm gefror das Blut in den Adern. Shaella würde ihn da oben verraten. Die alte Hexe war fast an ihren eigenen Worten erstickt, aber er hatte die Vision gehabt, während die alte Frau zu ihm gesprochen hatte. Er hatte zugesehen, wie Shaella und jemand, der wie eine ältere, mächtigere Version Coles aussah, sich in einer Höhle erbittert gestritten hatten. Auch der Drache war dort gewesen. Was hatte sie ihm sonst noch gezeigt? Er kramte in seiner Erinnerung. Er konnte die Prophezeiungen der Alten nicht ernst nehmen. Sie waren abwegig. All diese Leute konnten sich unmöglich im Drachenhort treffen. Wie auch? Da fiel es ihm wieder ein. Er erinnerte sich an die übrigen Worte des Weibes. Er würde die Macht, die er suchte, in den Tiefen der Drachenhöhle finden. Tiefen? Er lachte. Es gab auf dieser Höhe keine Tiefen. Der Rest war einfach nur blöde. Was war es? Er würde sterben, wieder leben, dann sterben und wieder leben. Warum hatte sie es zweimal gesagt?

Die Frage lag ihm immer noch im Sinn, als er sich in den Eingang zum knochenübersäten Drachenhort zog.

***

Shaellas Plan lief nicht so gut wie erwartet. Der Drache hatte bereits die Hälfte der Zardmänner ihres Trupps getötet, verschmort oder halb aufgefressen. Das Biest war tausend Mal wilder und beweglicher als alle Drachen, über die es Aufzeichnungen gab und deren Geschichten sie studiert hatte. Ein solches Untier konnte mit Leichtigkeit eine ganze Armee vernichten. Wie es den Riesen von Afdeon einst gelungen war, ein solches Wesen ohne die Hilfe von Magie zu töten, war ihr schleierhaft.

Raserei in Gestalt scharlachroter Schuppen nahm von der Lichtung Besitz. Riesengroße gelbe Zähne und wie von hinten beleuchtete strahlende bernsteinfarbene Augen funkelten bedrohlich, als der Drache Flammen spie. Schmetternde Krallen und ein um sich schlagender Schwanz tauchten wie aus dem Nichts auf und zermalmten alles in Reichweite.

Greyber krümmte sich am Boden, und seine Schreie wurden ebenso immer schwächer wie der Funke seines Lebens. Er hatte seinen Schwertarm und den Großteil seiner Schulter an ein wütendes Paar Kiefer verloren. Als wolle er sich eines lästigen Insekts entledigen, stampfte der Drache mit seinem gewaltigen Hinterfuß auf den Körper des Meerenders und zermalmte ihn auf dem blutgetränkten Boden.

Der Drache schien zufrieden damit zu sein, sich gegen sie zu stellen und mit ihnen zu kämpfen. Er zeigte nicht die geringste Verwundung und beherrschte eindeutig die Lage. Tatsächlich schien es dem großen Wyrm Spaß zu machen, wie eine Katze mit einer Maus zu spielen.

Das war das Problem. Das Schlafmittel, mit dem Shaella die Mahlzeit getränkt hatte, hätte ausreichen müssen, um das wilde Tier wenigstens müde zu machen, doch es versagte offenbar. Der Drache war ein ganzes Stück größer als gedacht und schmorte das Schnapperfleisch zu einem brutzelnden Klumpen zusammen, ehe er sich darauf stürzte. Die Hitze der Flammen musste den Großteil ihres Gebräus verdampft haben. Es war ein teuer bezahlter Fehler, den sie nun mit aller Kraft wiedergutmachen wollte.

»Lauf und hol hundert weitere Zard, so schnell du kannst«, befahl sie einem Bogenschützen mit weit aufgerissenen Augen und grünlichen Schuppen. »Sag den anderen, sie sollen ein oder zwei Gekaechsen herbringen, wenn sie das irgendwie hinbekommen.«

»Ja, Herrin«, entgegnete der Echsenmann, ehe er dankbar auf seinen mit Schwimmhäuten versehenen Füßen davoneilte.

Sie hasste es, so viele Männer opfern zu müssen, aber das Ei und der Pakt mit Pael hatten absoluten Vorrang. Er besaß den Stab der Bosheit, und sie brauchte ihn, um die Brutbestien zu befreien, die König Balton in Kaltfrost eingeschlossen hatte. Sie brauchte diese gewaltigen Wilden, damit sie ihr halfen, das zu halten, was sie in Bälde in ihren Besitz zu bringen gedachte. Für Pael war es entscheidend, dass der Drache außerhalb seines Hortes war, sodass er an das uralte Siegel gelangen konnte, welches das Tier bewachte. Nun, da der Pakt, der den Drachen daran gebunden hatte, das Siegel zu bewachen, gebrochen war, konnte sie ihn in ihren Dienst zwingen, indem sie eines seiner Eier bedrohte. Es war ein komplizierter Plan, und sie balancierte auf Messers Schneide. Sie hätte ihn vielleicht aufgrund der hohen Verluste an Zards verworfen, doch nun war auch Gerards Sicherheit ein Teil der Gleichung geworden. Sie hatte keine andere Wahl, als den großen Wyrm häppchenweise mit Teilen ihrer Armee zu füttern, bis Gerard Cole ein Ei übergeben hatte. Erst dann würde sie versuchen, die Situation wieder unter Kontrolle zu bringen.

Im Gedanken an den allumfassenderen Plan, und was es an Vorbereitung dafür bedurfte, beschloss sie, Gerard nur an Pael auszuliefern, wenn es nötig wurde. Der kalte, unendliche Zorn des Drachen setzte ihr zu. Sie liebte Gerard, aber sie war eine dunkle Zauberin, und sie wusste, dass sie sich besser von nun an wie eine solche verhielt, wenn sie alles erreichen wollte, was sie begehrte.

Eine grelle Flammenwalze ließ sie zur Seite springen. Zum Glück war sie auf das Hauptgericht des Drachen gerichtet gewesen und nicht auf sie. Den Zard erging es nicht gut. Ihre Schwerter waren nutzlos, Pfeile ebenso. Es gab nur einen Weg, das Wüten des Drachen zu beenden, und die einzige Möglichkeit dazu war die, ihn hier zu halten und von seinem Hort abzulenken. Ihre kalte Entschlossenheit verlieh ihr Stärke. Das flüchtige Leben eines Menschen konnte nie wirklich zwischen ihr und allem stehen, wofür sie so hart gearbeitet hatte. Zumindest hoffte sie das.

Nachdem er einen weiteren großen Happen vom verkohlten Fleisch des Schnapperkadavers gerissen hatte, hob der Drache den Kopf und verschlang das Stück. Während Shaella noch auf die Beine kam, drängte Cole über die Lichtung zu ihr hin. Der große Wyrm drosch unterdessen unaufhörlich mit seinem mörderischen Schwanz auf die Zard ein, als seien es Fliegen, die ihn bei seiner Mahlzeit störten.

»Flick sagt, er ist in der Höhle«, teilte Cole auf eine Weise mit, die Überraschung und Respekt verriet.

»Dann los! Er könnte schon das Ei herunterlassen!«

Sie musste schreien, um das donnernde Grollen des Drachen zu übertönen. Ihre Stimme war zu gleichen Teilen von Vorahnung, Sorge und Aufregung erfüllt. Cole tat, als merke er es nicht.

»Was für eine Verschwendung wäre es, wenn ein Schnapper das Ei erwischte, sobald es in den Sümpfen schwimmt«, fügte sie hinzu, um ihn zur Eile zu drängen.

»Ich bin schon weg«, entgegnete Cole und machte sich daran, einen Spruch zu wirken, der ihn dorthin brachte, wo er sein musste. Kurz bevor er sich gänzlich in einem Schimmer aufgelöst hatte, hielt sie ihn zurück.

»Komm sofort zurück, wenn du es hast!«

Ihre Stimme klang nun hart und gebieterisch. »Um jeden Preis!«, fügte sie hinzu.

Coles Antwort bestand aus einem angedeuteten Lächeln und einem Nicken, dann flackerten seine Konturen, und er verblasste.

Der Drache brüllte ein weiteres Mal und bäumte sich auf, als wolle er jeden Augenblick abheben. Shaella lief es kalt über den Rücken. Er durfte noch nicht verschwinden. Noch nicht, nicht, wenn sie so nah daran waren. Sie fuhr herum und suchte nach dem Nachschub, den sie angefordert hatte. Weit und breit nichts zu sehen. Nur eine Handvoll der Echsenmänner, die mit ihr gekommen waren, stand noch, und sie versteckten sich am Rande der Lichtung. Unfähig, sich etwas anderes zu überlegen, zog sie ihr Schwert und stürmte auf den Futterplatz, während sie wie verrückt mit der blassgelben magischen Klinge fuchtelte. Laut forderte sie den Drachen heraus, verfluchte ihn in einer alten Sprache, die der große Wyrm verstehen sollte.

Es war ein verzweifelter Versuch. Sie hoffte, die Aufmerksamkeit des Tieres ablenken und dort halten zu können. Der Drache reckte den Kopf und musterte sie neugierig, und da wurden ihre Knie weich. Schlagartig wünschte sie sich, er wäre bereits davongeflogen, würde nun davonfliegen. Dann legte er die Flügel an, senkte den Kopf zu ihr herab und holte lange und tief Luft. Shaella musste sich unweigerlich die offensichtlichste aller Fragen stellen: Was habe ich mir dabei nur gedacht?

KAPITEL 28

DER DRACHENHORT WAR EINE TIEFE, BLASENförmige Ausbuchtung, die an einer Seite des gewaltigen Wurmlochs hing, erhellt von den Sonnenstrahlen, die durch die östliche Tunnelöffnung hereinfielen. Sie tauchten den felsigen Boden in Licht.

Von der Öffnung an der westlichen Flanke, in der Gerard stand, waren es keine zweihundert Schritt bis zur weit klaffenden Öffnung der Kaverne auf der anderen Seite. Berge von Knochen großer und kleiner Lebewesen türmten sich überall auf dem Bruchstein. Der ungeheuerliche Gestank verwesenden Fleisches wäre unerträglich gewesen, wenn die Wyrmbehausung nicht zwei natürliche Öffnungen gehabt hätte. Gerard machte sich auf den Weg in den Drachenhort. Er dachte einzig und allein daran, das Ei auf der anderen Seite hinunterzulassen, dann wieder hinabzuklettern, und zwar beides so schnell wie möglich. Um Furcht oder andere Gefühle erst gar nicht an sich heranzulassen, wiederholte er in Gedanken immer wieder die Vorgehensweise. Hineingehen, das Ei hinunterlassen, hinunterklettern, loslaufen.

Er suchte sich seinen Weg zu der Stelle, an der die Höhle in den eigentlichen Drachenhort mündete, was nicht einfach war. Er musste über mehrere seltsam geformte Felsbrocken klettern und sich zwischen anderen hindurchschlängeln. Als er gezwungen war, über eine feuchte Masse aus Haaren, Knochen und Gekröse zu steigen, musste er mit aller Kraft gegen die Übelkeit kämpfen.

Einige der Gerippe waren beunruhigend groß, andere offenbar menschlich. Eines trug noch eine rostige, verbeulte

Rüstung. Mehrere faustgroße Löcher zierten die Brustplatte. Bissspuren, dachte Gerard und zitterte.

Er entdeckte die Eier auf der Stelle: Es waren drei. Sie lagen eingebettet in einen Haufen Felle, die kreuz und quer über eine schalenförmige Knochensammlung geworfen waren, in einem schattigen Winkel an der Rückwand des Hortes.

»Also hocken Drachen wohl nicht wie Falklinge gern auf ihrem Nest.« Er sprach seinen Gedanken laut aus.

Der Klang seiner Stimme beruhigte ihn. Im Hinterkopf wiederholte er unermüdlich sein Mantra: hineingehen, das Ei hinunterlassen, hinunterklettern, beeilen.

Auf dem Weg durch den abscheulichen Hort fiel ihm eine Besonderheit auf: Der Höhlenboden war hier nicht rau und felsig, sondern glatt wie ein Fußboden. Bei näherer Betrachtung stellte er fest, dass es sich wirklich um einen Fußboden handelte. Er war vollkommen eben. Es war sogar ein Muster eingeritzt. Den Großteil der kreisförmigen Inschriften bedeckten Gebeine und Schmutz, aber er konnte den Mittelpunkt erkennen. Die völlig verstaubten Rillen war einen Finger breit und gewiss ebenso tief. Ein Kreis, der doppelt so groß war wie ein Wagenrad, umschloss ein fremdartiges Symbol. Außen herum gab es weitere kleinere Symbole, wie eine uralte Schrift. Sie verliefen rings um den Kreis, und darum gab es noch einen weiteren Kreis. Das Ganze erinnerte ihn an die Zielscheibe beim Bogenschießen, mit jenem bizarren Symbol anstelle des Auges des Zauberers. Dann fand er tatsächlich noch einen Kreis ein paar Schritte weiter entfernt auf dem Boden, der denselben Mittelpunkt hatte wie die anderen. Er musste unweigerlich auf das Muster starren, als habe es ihn für einen Augenblick hypnotisiert.

»Hineingehen, das Ei herunterlassen, hinunterklettern, beeilen!«, rief seine innere Stimme und riss ihn aus seinem Dämmerzustand. »Hol das Ei, lass es hinunter, dann raus mit dir«, sagte er laut und wiederholte es immer wieder, während er sich dem Nest näherte.

Die Eier waren so groß wie Sommermelonen, und als er eines anhob, stellte er fest, dass er es nicht so schnell und einfach würde hinunterlassen können. Es wog etwa so viel wie ein voller Getreidesack.

»Das wird ganz schön schwierig«, flüsterte er unterdrückt.

Er musste konzentriert vorgehen. Er spürte den Drang, umzukehren und wieder auf die sonderbaren Symbole zu starren, doch die Angst vor dem Drachen und davor, Shaella gegenüber zu versagen, hielt ihn davon ab.

Behutsam trug er das Ei aus dem Hort. Es war nicht leicht, auf dem rauen Untergrund des Wurmlochs voranzukommen, und er musste sich mit den Händen abstützen, um sich aufrecht zu halten. Mehr als einmal stolperte er und hätte beinahe das Ei fallen gelassen. Geistesabwesend fragte er sich, wozu ein Drache wohl solch einen Fußboden brauchte und warum er nicht den gesamten Boden der Höhle eingeebnet hatte. Es hätte den Transport des Eies zum östlichen Höhleneingang wesentlich erleichtert. Er war aufgeregt. Er hatte gedacht, er würde nur schnell hinein- und wieder hinaushuschen, doch jetzt wurde ihm bewusst, dass er sich beeilen musste; Shaella konnte den Drachen nicht den ganzen Tag beschäftigen.

Er legte das Ei in eine Vertiefung zwischen den Felsen an der Höhlenmündung und zog seinen Rucksack von der Schulter. Emsig machte er sich daran, das Seil herauszuholen.

Plötzlich hielt er inne. Er konnte nicht riskieren, dass es sich verhedderte, also ging er dazu über, es in Schlaufen vor sich auszulegen, sodass es sich später hoffentlich glatt abrollte. Wenn er das Ei erst einmal auf die Reise nach unten geschickt hatte, wollte er keine Störungen mehr. Die Schlinge für das Ei war wenig mehr als eine Tasche aus einem Netz, und als er sie über die Trophäe gestülpt hatte, knotete er das Seil sorgfältig fest. Dann nahm er einen Schluck aus dem Wasserschlauch.

Er musterte die Öffnung. Als er sich diesen Teil des Planes ausgedacht hatte, war er noch davon ausgegangen, dass das Ei viel leichter sein würde. Er hatte es sich so vorgestellt, dass er sich auf den Bauch legen würde und Kopf, Arme und Schultern aus der Höhlenöffnung hingen. Er hatte vorgehabt, das Ei beim Hinabsenken zu beobachten und entsprechend immer mehr Seil nachzugeben. Dafür war das Ei aber viel zu schwer. Es würde ihn wahrscheinlich aus der Höhlenöffnung ziehen. Zudem konnte er seinen Körper gar nicht so in Position bringen. Zwei große Felsen ragten wie gezackte Backenzähne direkt an der Öffnung heraus. Er konnte sie als Fußstützen nutzen und das Ei im Sitzen hinunterlassen. Das einzige verbleibende Problem war der raue Untergrund zwischen den beiden Steinzähnen, der das Seil eventuell aufscheuerte, sodass es reißen würde.

Er trank den letzten Schluck Wasser aus seinem Schlauch und warf ihn beiseite. Wie auch immer er es anstellen würde, er musste sich beeilen. Er trat zur Kante und schaute hinunter. Nichts als endloses Grün erstreckte sich vor ihm, das sich vom schwarzen, trüben Wasser unter ihm abhob. Bei der Vorstellung, dass er fallen würde, wenn der kleine Felsvorsprung unter seinen Füßen wegbrach, wich er in die Höhle zurück. Noch nie, bei keinem der unzähligen Male, die er aus der Höhe hinabgeschaut hatte, war ihm so schwindelig gewesen. Er wusste auch, woran das lag: Es gab unter ihm nichts: nichts, woran man sich festhalten konnte, keinen Absatz, keine Felswand. Nur die leere Luft. Als er die Angst endlich besiegt hatte, dämmerte ihm langsam, dass er schon viel zu viel Zeit verschwendet hatte. Er musste anfangen. Ein paar tiefe Atemzüge später hatte er eine Idee.

Er eilte zurück in das Wurmloch. Da seine Hände und Arme nun frei waren, eilte er mühelos über den rauen Boden zu einem der größeren Skelette, ein monströses Ding mit Flügeln. Vielleicht ein kleinerer Drache, der in das Territorium des hiesigen eingedrungen war, oder irgendein anderes Tier, von dem er noch nie gehört hatte. Es hatte keinen Schädel, daher war das unmöglich herauszufinden. Nach einiger Anstrengung hatte er, was er wollte: einen Knochen. Er hatte etwa den Umfang seines Unterarms und war so lang wie sein Bein – perfekt für das geeignet, was er vorhatte, und er glaubte zum ersten Mal daran, es wirklich schaffen und vor der Rückkehr des Drachen aus der Höhle verschwinden zu können.

Er brachte sich wieder in Stellung, legte den Knochen auf die beiden zahnähnlichen Felsen und setzte sich dann, wobei er die Füße gegen die Zähne stemmte. Schnaufend vor Anstrengung hob er das Ei hoch und hielt es über die Lücke zwischen den Felsen. Dann ließ er die Leine ein paar Fuß hinuntergleiten. Durch die Reibung erhitzte sich die Haut seiner Hände schnell, doch er hielt das Seil fest. Er musste behutsam vorgehen. Er brauchte seine Hände noch für den Abstieg und durfte nicht zulassen, dass die Handflächen verbrannten. Er tadelte sich dafür, keine Handschuhe mitgebracht zu haben. Greyber hatte es vorgeschlagen, doch da Gerard nicht mit Handschuhen kletterte, hatte er die Idee verworfen. Er hatte nicht geglaubt, dass das Ei so schwer sein würde. Das war ein Fehler, den er nicht so schnell vergessen würde.

Die Leine glitt durch seine Hände über den Knochen, den er über die Zähne gelegt hatte, dann verschwand sie jenseits der Kante zu den Marschen hinab. Statt über rauen, scheuernden Steinboden glitt sie nun gleichmäßiger über den harten, vergilbten Knochen. Nur an den Rändern berührte sie ab und an die felsige Höhlenmündung.

Als wolle er sich einen Speer aus dem Brustbein ziehen, gab Gerard Hand um Hand Leine nach. Er war versucht, mit seinem Stiefel die Leine an den Knochen zu drücken und das Ei kontrolliert fallenzulassen, besann sich aber eines Besseren. Wenn er den Fall nicht aufhalten oder abbremsen konnte, würde es ins Wasser fallen. Dann würde er die endlos lange Leine einholen und mit einem anderen Ei von vorn beginnen müssen.

Sein Körper nahm ihm die Vorgehensweise schon mehr als übel, und von seinen Fingerspitzen breitete sich ein heißer, brennender Schmerz über die Schultern bis in seinen Rücken aus.

Ein Blick auf die verbleibende Seilrolle verriet ihm, dass das Ei gerade mal auf halbem Weg nach unten war. Ihn durchzuckte der Gedanke, dass seine Arme zu sehr schmerzen würden, um den Abstieg zu bewältigen, und da kam Panik in ihm auf. Sein Griff wurde immer schwächer, seine Handflächen fühlten sich wund an und waren vom Blut glitschig. Er musste innehalten und sich ausruhen, aber wie?

***

Auf einer Insel, die nur groß genug für die Wurzeln eines einzigen Baumes war, nahm Cole wieder Gestalt an. Ein riesiger Schnapper war auf das Kanu gekrochen, das er dort zurückgelassen hatte. Er war von Coles plötzlichem Auftauchen genauso verwirrt wie dieser von seiner unerwarteten Anwesenheit. Cole stand stocksteif da und wartete darauf, dass sein Puls sich wieder beruhigte, während das große Tier beiläufig zurück ins Wasser glitt.

Sobald er sich ausreichend erholt hatte, um sich wieder zu bewegen, warf Cole einen Blick hinauf zur Öffnung an der östlichen Seite der Drachenspitze. Dort war nichts zu sehen. Er war froh, dass er sich nicht beeilen musste. Er merkte, wie sehr ihn das Auftauchen in der Nähe eines so tödlichen Raubtiers aus der Fassung gebracht hatte. Man konnte so viele Pläne schmieden, wie man wollte, und so wachsam wie möglich sein, dachte er verärgert, und letzten Endes doch dem Pech oder den Umständen zum Opfer fallen. Der Gedanke öffnete ihm die Augen. Bis zu diesem Moment hatte er fest an Paels Theorie geglaubt, die besagte, umsichtige Vorbereitungen und zeitlich genaue Umsetzung lösten alle Probleme. Zum ersten Mal hatte er eine andere Meinung als sein Lehrer.

Pael hatte unrecht, das verstand er nun. Es bestand immer die Möglichkeit, dass einen etwas, das man nicht unter Kontrolle hatte, zur Improvisation zwang. Deswegen durchdachte Pael natürlich vorher akribisch jede Situation, in der er sich wiederfinden konnte. Cole entschloss sich, seine Vorstellungen ein wenig neu zu bewerten. Im Gegensatz zu Pael verfügte er nicht über einen unendlichen Vorrat an Forschungsmaterialien und die Macht eines Meistermagiers. Wäre er nur ein paar Schritte näher am Maul des Schnappers aufgetaucht, hätte das Tier ihn mit sich reißen können, ehe er auch nur gewusst hätte, wie ihm geschah. Er beschloss, später darüber nachzudenken, wie er eine derart unangenehme Situation vermeiden konnte. Das hätte Pael ihm geraten. Im Augenblick musste er sich allerdings um andere Dinge kümmern.

Er stieg ins Boot und stieß sich mit einer fließenden Bewegung ab. Er musste nicht weit fahren, um an die richtige Stelle zu gelangen. Er hatte die kleine Insel gewählt, weil er unmöglich in einem dahintreibenden Kanu hätte erscheinen können. Im Gegensatz zu einem größeren Schiff wäre das Kanu mit der Strömung und dem Wind ins Wanken gekommen, selbst wenn es vor Anker gelegen hätte. Wie beim Schnapper konnten einige Schritte daneben bedeuten, über dem offenen Wasser aufzutauchen.

Sobald er das Ei hatte, würde er zurück zur Insel rudern müssen, ehe er sich wieder zu Shaella transportieren konnte. Es wäre nicht damit getan, sich sitzend und mit dem Ei im Schoß mitten auf der leichenübersäten Lichtung zu materialisieren. Er würde auf alles gefasst sein und stehen müssen, falls er schnell wegrennen oder auf eine andere Art vor dem Drachen fliehen müsste.

Er sah wieder hinauf und war erleichtert, das Ei herabkommen zu sehen. Er hatte Zweifel am Plan des Jungen aus dem Bergclan gehegt, doch war es ihm nicht gelungen, dessen Optimismus zu erschüttern. Der Junge war sicher gewesen, dass sein Plan funktionieren würde, und nachdem Gerard seine Loyalität auf dem Flussschiff unter Beweis gestellt hatte, erwies Cole ihm den Respekt, den er verdiente. Er wollte ihn nicht offen infrage stellen oder etwas tun, was dem Jungen den Mut nahm. Abgesehen davon war der Plan recht gut.

Er war ein klein wenig neidisch. Er hätte derjenige sein sollen, der Shaella das Ei holte, doch bei jedem Versuch, sich hinauf in die Drachenhöhle zu teleportieren, war er gescheitert. Ob es daran lag, dass der Ort gegen ein solches Eindringen geschützt war oder einfach zu hoch über dem Boden lag, als dass seine Magie funktionierte, wusste er nicht. Vielleicht war es auch das Wasser, das sie hier umgab. Er war sicher, dass er in die Höhle hätte fliegen können, wenn er des Gestaltwandelns mächtig gewesen wäre, aber eine solche Magie lag bisher noch außerhalb seiner Möglichkeiten. Er hatte einmal Shaella für stark genug gehalten, die Gestalt zu wandeln, war sich aber nicht mehr so sicher. Wenn sie das Ei hätte bekommen können, ohne Gerard in Gefahr zu bringen, hätte sie es getan.

Cole hatte bemerkt, wie sehr sie sich um den jungen Mann sorgte, wie sehr sie ihn schützen wollte. Er wusste, dass das bald zum Problem werden würde, und hoffte nur, dass sie zu gegebener Zeit die richtigen Entscheidungen treffen würde. Wenn sie ihre Wahl klug traf, konnte sie alles haben, was sie begehrte, einschließlich Gerard. Doch es stand zu viel auf dem Spiel, als dass sie sich von Liebe blenden lassen durfte. Viel zu viel.

Als Cole wieder hinaufschaute, hatte Gerard das Ei ein beträchtliches Stück weiter herabgelassen. Lange starrte er aus dem dahintreibenden Boot hinauf, ehe er erkannte, dass es sich nicht weiter nach unten bewegte. Es hing bewegungslos ein paar Hundert Schritt über ihm und schaukelte sanft im Wind.

Plötzlich war er beunruhigt. Seine Gedanken rasten, und ihm fielen unzählige Gründe ein, die Gerard dazu gezwungen haben konnten, es nicht weiter hinabzulassen: Verletzung, nicht genug Seil, Knoten oder ein anderes Wesen, das dort oben lauerte. Er war kurz davor, in Panik zu geraten, als das Ei schwankend etwas weiter herabkam, woraufhin sein Herz einen Sprung machte. Während er sämtliche Zauber durchging, die nun vielleicht helfen konnten, glitt das Ei wieder langsam und gleichmäßig herab, als hätte es nie angehalten.

Cole verfluchte sich für seine Dummheit, nicht nur für die,

dass er seinem Geist erlaubt hatte, sich von der Angst verrückt machen zu lassen, sondern auch, dass er Gerard nicht gesagt hatte, er könne das Ei fallen lassen, wenn es diese Höhe erreicht hatte. Cole kannte eine Reihe Zauber, die den Fall abbremsen würden. Er konnte es sogar direkt ins Boot fallen oder langsam ins Wasser schweben lassen, sodass er es auf dem Rückweg zur Insel herausfischen konnte. Er schüttelte den Kopf und wartete auf das sich herabsenkende Ei. So viel zu perfekter Planung.

***

Gerard war noch nie so erleichtert gewesen wie in dem Augenblick, in dem das Seil in seinen Händen erschlaffte. Die Verschnaufpause, die er sich dadurch verschafft hatte, dass er es für eine kurze Zeit um eines seiner Handgelenke gebunden hatte, und dann um das andere, um seinen Armen Ruhe zu gönnen, war vielleicht das Schlaueste gewesen, was er hatte tun können. Nun musste er seinen Oberkörper ausruhen und das Blut wieder in seine Beine fließen lassen, ehe er den Rückweg antreten konnte. Obgleich eine Stimme in seinem Kopf laut schrie, er habe keine Zeit mehr, blieb ihm keine andere Wahl. Er wollte den Abstieg antreten, obwohl sein Körper dazu noch nicht bereit war.

Er aß das getrocknete Schlangenfleisch, das er eingesteckt hatte, und trank schluckweise aus dem verbliebenen Wasserschlauch, wobei er immer wieder die panische unterbewusste Warnung in seinem Hinterkopf hörte: »Der Drache wird dich für deinen Diebstahl braten! Wenn du jetzt nicht verschwindest, wird dich das Tier an der Felswand erwischen und ins Gestein schmelzen!«

Nachdem er das Fleisch verzehrt hatte, setzte er seinen Rucksack wieder auf und machte sich auf den Rückweg durch die Höhle. Das Essen hatte ihm neue Lebenskraft verliehen, und er hielt am Hort an, um über etwas nachzudenken. Wie er dort so stand und den unnatürlich glatten Boden mit den

Symbolen betrachtete, kamen ihm die Worte des alten Weibes wieder in den Sinn.

»Du wirst die Macht, die du suchst, in den Tiefen der Drachenspitze finden«, hatte sie gesagt – oder so ähnlich. Unwillkürlich suchte er nach einem Tunnel oder einer versteckten Treppe, die ihn ins Innere der Felsformation brachte, fand aber nichts. Er lachte über seine Torheit und dehnte Rücken und Arme, vollführte ein paar Kniebeugen mit ausgestreckten Armen.

Nun fühlte er sich besser. Er war froh, dass die erste Hälfte des Abstiegs so leicht sein würde. Seine Arme würde er erst brauchen, wenn er den unteren Teil der Felswand erreichte, wo sie fast senkrecht abfiel. Da sein Körper sich nun wieder erholt hatte, war er zuversichtlich, den Abstieg ohne Pausen schaffen zu können. Er war sich sogar so sicher, dass er die Idee, die ihm gerade gekommen war, in die Tat umsetzen wollte.

Er würde ein weiteres Ei im Rucksack mit nach unten nehmen. Die Eier waren schwer, aber nicht schwerer als das Seilknäuel, das er mit heraufgebracht hatte. Er war so aufgewühlt. Oh, wie zufrieden Shaella mit ihm sein würde, wenn er ihr das zweite Ei überreichte! Er konnte sich lebhaft vorstellen, wie sie die Nacht verbringen würden. Sie wäre doppelt so froh und würde ihn doppelt belohnen.

Er verschwendete keine Zeit und hatte den Rucksack schon offen, als er das Nest erreichte. Es war schwer, das Ei hineinzudrücken, da sein Umfang ebenso groß war wie die Öffnung. Ein Teil schaute sogar noch oben heraus, aber das war in Ordnung.

»Beeilung!«, schrie die Stimme in seinem Kopf. »Der Drache kommt jeden Augenblick zurück!«

Auch das war in Ordnung, wie Gerard der Stimme versicherte. Er hatte es, er war fertig, er war schon weg! Mit einem triumphierenden Lächeln setzte er den Rucksack auf und wandte sich zum Gehen.

Er überlegte gerade, wie einfach alles gewesen war und

wie leicht sich der Rucksack auf seinen Schulter anfühlte, da materialisierte sich eine Gestalt direkt vor ihm. Einen kurzen Moment lang glaubte er, es sei Cole, aber das teuflische Grinsen im Gesicht des bleichen, kahlköpfigen Mannes belehrte ihn eines Besseren. Es war der widerliche ältere Mann, den er in seiner Vision im Zelt der Wahrsagerin gesehen hatte.

In der linken Hand hielt der Zauberer Pael einen knorrigen Holzstab, den ein kopfgroßer Kristall zierte. Voller Zuversicht fletschte er die Zähne, und in seinen Augen lag etwas weitaus Gewisseres als der Tod.

Gerard war so verblüfft über die Erscheinung, dass er den Dolch, den der unheimliche Zauberer ihm in die Brust stieß, erst bemerkte, als Pael ihn mit einem irren Lachen in der Wunde drehte.

KAPITEL 29

DER DRACHE WAR WILD UND SCHNELL, UND ES gefiel ihm anscheinend, mit Shaella Katz und Maus zu spielen. Er vergnügte sich mit dem tapferen kleinen Mädchen, das mit dem unbedeutenden magischen Schwert fuchtelte, und nahm ihm mehr als einmal aus purer Neugier absichtlich nicht das Leben.

Shaella wirbelte herum, drehte sich, duckte sich und huschte so oft unter den rasiermesserscharfen Klauen des Drachen, seinem peitschenartigen Schwanz und seinem feurigen Rachen hindurch, dass sie langsam erschöpft war. Sie war heilfroh, dass es sie lange genug am Leben gelassen hatte, bis die Nachhut eingetroffen war. Nun war diese an der Reihe, den Drachen zu beschäftigen. Sie musste wieder zu Atem kommen.

Einige der gerade eingetroffenen Zardmänner liefen bereits auf die Lichtung. Bei ihrem Anblick ging sie schnurstracks in einer Baumgruppe in Deckung, wo sie sich ein wenig erholen konnte. Sie taumelte eher dorthin, als dass sie rannte. Da er nun neue Mäuse hatte, mit denen er spielen konnte, würde der Drache hoffentlich noch etwas länger bleiben. Cole würde bald im Besitz des Eies sein, hoffte sie. Dann würde sie den Spieß umdrehen und zur Katze werden. Im Augenblick war sie vollauf damit zufrieden, einfach an einen Baumstamm gelehnt dazusitzen und zu atmen.

Sie verspürte einen heftigen Schmerz auf ihrer Kopfhaut, direkt über dem rechten Ohr. Sie tastete mit den Fingern und entdeckte eine große wässrige Blase dort, wo ihr Haar hätte sein sollen. Nach einem Augenblick wilder Panik, in dem sie wie wahnsinnig ihren gesamten Kopf abtastete, verfluchte sie den

Drachen allein für seine bloße Existenz. Ihr einst so schönes rabenschwarzes Haar war ruiniert.

Von ihrer rechten Schläfe bis zum Ohr und hinab in ihren Nacken war es weggebrannt. Ihre Kopfhaut bestand aus einer heißen, dampfenden Blase, ihr Ohr war wund und an den Rändern versengt, und die Schulter ihres maßgeschneiderten Lederwamses war so beschädigt, dass sie nicht mehr zu retten war. Der Ärmel auf dieser Seite war fast vollkommen verbrannt. Nur der Ärmelaufschlag und einige Fetzen waren noch übrig. Ansonsten war ihr Kopf offenbar unversehrt. Die Brandwunde und der furchtbare Schmerz, den sie verursachte, machten ihr nichts aus. Sie sorgte sich nur darum, was für ein Bild sie vor ihren Zardsoldaten und ihrem Geliebten abgeben würde. Damit konnte sie leben, entschied sie. Sie hatte jetzt schon seit Jahren mit einer tränenförmigen Narbe auf der Wange gelebt.

Das Gekreisch einer großen Gekaechse erhob sich kurz über das übrige Getöse der Schlacht. Shaella drehte sich um und sah sie mit den Zard kämpfen, die sie für den Drachen auf die Lichtung führen wollten. Der Drache hörte die Schreie und setzte seine kolossalen Schwingen in Bewegung, deren Druckwelle die gesamte Gegend erschütterte.

Shaella spürte sie in ihrer Brust. Ohne aufzustehen, spähte sie seitlich am Baumstamm vorbei, um zu sehen, was geschah. Panik erfüllte sie, als der Drache hochsprang und davonfliegen wollte. »Nein!«, schrie sie. Nicht jetzt! Nicht, wo das Ziel so nahe war.

Sie musste den Kopf schief legen und sich vom Baum wegrollen, um beobachten zu können, wohin der Drache flog. Sie zwang sich aufzustehen. Sie musste unbedingt zurück auf die Lichtung, um wieder Sichtkontakt zu haben, da das gewaltige rot geschuppte Wesen vollständig aus ihrem Blickfeld verschwunden war. Als sie die Lichtung erreichte, stolperte sie und fiel halb wieder hin. Eine der Zacken ihres Lederwamses stach in die Blase an ihrer Schläfe. Sie spürte die warme Flüssigkeit ihren Nacken und Rücken hinunterrinnen, ignorierte das

Gefühl jedoch. Die Erleichterung, den Wyrm wieder zu sehen, übertraf alles andere.

Augenscheinlich zeigte das Mittel, das sie über dem Schnapperfleisch ausgegossen hatte, doch langsam Wirkung. Der Drache flog schief wie ein betrunkener Seemann, strauchelte beim Versuch, das vollkommen verängstigte Geka zu erreichen, und stieß dabei gegen einige Bäume. Er grollte, zischte und schoss wahllos Feuerlanzen aus seinen riesigen Nasenlöchern. Bäume knickten ab und fielen unter den massiven Hinterläufen des Tieres um, einige mitsamt den Wurzeln. Wäre der Dschungel ein wenig trockener gewesen, er hätte mittlerweile lichterloh in Flammen gestanden. So schwelte das Feuer lediglich im Laubwerk einiger Bäume und schickte dunkle, brodelnde Rauchwolken in den Himmel.

Das Geka hatte sich in seiner Panik vollkommen in seinen Führungsstricken verheddert und zog nun wie verrückt daran, um sich zu befreien. Die Zards, die es geführt hatten, machten sich schnell davon und überließen es seinem Schicksal.

Der Drache glitt nun wie eine unheimliche dicke Schlange durch das Gras des Waldes und rückte seiner Beute Millimeter um Millimeter näher. Es war fast schon komisch, wie das gigantische Raubtier noch immer bemüht war, sich heimlich anzuschleichen. In einem Umkreis von hundert Meilen wusste jedes Tier ganz genau, wo sich der Drache gerade aufhielt. Trotzdem schob er sich lautstark und gemächlich durch das Grün, als wolle er sich an etwas heranpirschen, und die Bäume seien nur Grashalme. Das Geka taumelte und wand sich, wodurch der Baum, um den sich seine Leinen geschlungen hatten, fast aus dem weichen Boden gerissen worden wäre. Die Zardmänner, die es dort zurückgelassen hatten, versteckten sich in einiger Entfernung im Gebüsch. Das Geka schien für das Zerren und Winden fast belohnt zu werden, denn der Baum wurde aus dem Boden gehebelt und fiel um. Ein Entkommen war dem Tier aber nicht vergönnt. Gerade als es sich daran machte, den Baum mit sich wegzuschleifen, stieß der Drache einen Flammenstrahl aus, bei dem die Flüssigkeit in allem, was ihm im Weg stand, lebendig oder tot, völlig verkochte. Während die Flammen diesen Teil des Dschungels verschlangen, wälzte sich der Drache heran, biss ein Stück des immer noch zuckenden und brutzelnden Gekas ab und verschlang es auf einen Sitz. Angesichts der trunkenen Raserei des Drachen und der schier unermesslichen Macht, die er zur Schau gestellt hatte, war Shaella mit einem Mal sehr froh darüber, dass sie lediglich ein Haarbüschel und ein Lederwams zu beklagen hatte.

***

Während Gerard sterbend auf der Seite lag, beschwor Pael mit einer wegwerfenden Geste einen mächtigen Windstoß herbei. Wütend schoss die Luft durch das Wurmloch und fegte wie ein Wirbelsturm durch den Drachenhort. Jeder Knochen, jedes Fell und jedes Trümmerteil, das sich nicht tief in den Felsen gegraben oder in einer Ecke angehäuft lag, wirbelten durch die Luft. Selbst das Nest des Drachen wurde durchgeschüttelt und von ihm erfasst. Das verbleibende Ei fiel mit einem dumpfen Klacken auf den glatten Boden. Der Wirbelsturm erfüllte den Hort noch einige Augenblicke, dann schoss er aus dem Wurmloch hinaus in den Himmel. Auf einmal war es in der Höhle ganz still, abgesehen von Gerards keuchenden Atemzügen.

Pael stellte den knöchernen alten Stab neben die größeren Steinbrocken am Rand der Öffnung des Hortes. Wie er wusste, barg es ein gewisses Risiko, das Siegel zu brechen, ehe Shaella dem Drachen das Halsband umgelegt hatte, doch es war zu spät, um noch länger zu warten. Er hatte den Jungen schon tödlich verwundet. Es war nur eine Frage der Zeit, bis er gänzlich verblutete.

Ohne zu zögern, schritt er zu Gerard und zerrte ihn an den Füßen in die Mitte des Runenkreises. Ein breiter Streifen glänzenden Rots blieb auf dem Weg zurück. Gerards Blut floss unaufhörlich an Paels Dolchklinge vorbei, sammelte sich jedoch nicht einfach auf dem Boden. Stattdessen floss es in die Rillen des Musters und zeichnete es nach. Nach nur wenigen Augenblicken glitzerten die Rune in der Mitte und der Kreis um sie herum unverkennbar rot.

Pael konzentrierte sich völlig auf seine Aufgabe. Er holte eine konische Phiole aus seiner schwarzen Robe und goss den hellgrünen Inhalt in den äußeren Kreis des Symbols, dazu auch ein wenig in den nächsten Ring. Als das Gefäß leer war, warf er es weg, und es zerschellte an der Rückwand des Hortes.

Die grünliche Flüssigkeit begann zu leuchten, als sie in die Rillen sickerte und die Runen zwischen den beiden äußeren Ringen ausfüllte, genauso wie Gerards Blut die inneren Kreise gefüllt hatte. Dann loderte das grüne Zeug auf, wie Öl auf einer Wasserlache von einem Funken entzündet wird. Eine kniehohe smaragdgrüne Flamme breitete sich bis zu den beiden äußeren Ringen aus, und die Runen dazwischen tanzten wie lebendig in einem grünen Feuer.

»Ja«, zischte Pael böse.

Er stieg über das magische smaragdgrüne Feuer hinweg in den Bereich, den es umgab. Er musste sich beeilen. Er musste das Siegel brechen, wenn der letzte Tropfen Blut den Körper des Opfers verließ. Nur auf diesem Weg würde der mächtige Geisterdämon, an Paels Willen gebunden, der Unterwelt entsteigen. Beim kleinsten Fehler konnte es geschehen, dass Shokin freikam und tun konnte, was ihm beliebte. So herrlich die Zerstörung ja auch sein mochte, die er in diesem Fall anrichten würde, so wenig hätte Pael den Dämon unter Kontrolle. Er musste aber unbedingt im Besitz dieser unglaublichen Macht sein. Deswegen war er hier, dafür hatte er so lange Pläne geschmiedet. Denn mit der Macht des Dämons würde es ein Leichtes werden, Hexenkönigin Willa um die noch größere Macht des Hütersteins zu bringen.

Pael riss die Arme hoch und begann seinen tiefen gemurmelten Gesang, eine Beschwörungsformel ähnlich der, mit der er die geisterhafte Kugel in seinem Turm zum Leben erweckt hatte. Der einzige Unterschied bestand darin, dass in diesem Gesang unterschwellig Bindeformeln mitschwangen. Wie im Turm begann er, langsam um die Mitte des Symbols zu gehen. Gerards sterbender Körper lag dort, und sein Brustkorb hob und senkte sich nur noch schwach, während das Blut langsam aus ihm heraussickerte, Anzeichen dafür, dass er noch lebte.

Nach jeder Umrundung des Körpers wurden Paels Gesänge lauter und deutlicher, bis sie rhythmisch und voll erklangen. Er war fast am Ziel. Es war perfekt.

Gerard spürte das Leben langsam aus sich herausrinnen. Mit jedem Herzschlag floss ein weiterer Strahl über seine Brust. Er sah den Magier und die grünen Flammen, die ihn umtanzten, und hörte den düsteren Gesang. Er nahm auch die Welt um ihn herum wahr, die so lebendig war, dass die Luft zu knistern schien, doch wie sehr er sich auch bemühte, er konnte sich nicht bewegen. Das Drachenei in seinem Rucksack hinderte ihn daran, sich auf den Rücken zu drehen, und der Dolch in seiner Brust ließ nicht zu, dass er sich nach vorn wälzte. Seine Arme fühlten sich an wie Gallert. Ein heftiger, dumpfer Schlag unter ihm brachte sein schwaches Herz aus dem Rhythmus.

Jetzt schoss das Blut nur so aus ihm heraus. Es schien, als habe etwas tief im Inneren der Spitze, einige Schritte unter ihm, gegen den Stein gehämmert. Es schlug wieder dagegen, und die Druckwelle der Erschütterung sorgte dafür, dass er fast vom Boden abhob. Er versuchte zu schlucken. Langsam verschwamm die Welt um ihn herum.

Ein weiterer erschütternder Schlag folgte, doch diesmal endete das Geräusch abrupt. Er blinzelte unsicher, ob das, was er sah, der Wirklichkeit entsprach, aber als er erneut nach unten schaute, war er davon überzeugt, dass seine Augen ihn nicht trogen. Der Boden war verschwunden, und er hing mitten in der Luft über einer großen kreisrunden Grube. Finstere Wesenheiten, kleine und große, rauschten zu ihm hinauf, wie um sich auf ihr letztes Mahl zu stürzen. Am Rande der Grube führte eine Treppe spiralförmig in die scheinbar endlose Dunkelheit. Einige der dunklen Wesen, ein geflügelter Panther, so schwarz wie die Nacht, und zwei düstere geschuppte Tiere fegten an ihm vorbei. Als das Leben schließlich gänzlich aus ihm zu weichen begann, verharrten seine Gedanken bei der kratzigen Stimme einer alten Frau, die aus weiter Ferne mit ihm zu sprechen schien.

»Du wirst in diesen Tiefen die Macht erlangen, Legionen zu befehligen«, sagte die alte Frau.

Vielleicht war sie doch nicht vollkommen durchgedreht gewesen. Gerard war seinem Schicksal so nah und doch so fern. Nichts konnte ihn retten, ihm war nicht mehr zu helfen. Er war kurz davor, die Augen ein letztes Mal zu schließen, als ihm der Ring an seinem Finger einfiel.

Pael hatte nicht damit gerechnet, dass die niederen Teufel und Dämonen aus der Finsternis herauffliegen würden, doch genau das war geschehen. Sie waren vor dem nahenden Shokin geflohen. Es war pures Glück gewesen, dass sie aus ihrem Höllengefängnis entkommen waren. Shokin hatte die Öffnung erreicht, und keines der dunklen Wesen, nicht einmal die übrigen Dämonen, würden es wagen, ihm nahe zu kommen. Wäre der Abbadon, der König der Unterwelt, höchstpersönlich aus den Tiefen der unteren Ebenen gestiegen, hätte vielleicht sogar er Shokins entschlossene Wut gescheut.

Shokin strahlte in diesem Augenblick etwas so konzentriert und schonungslos Böses aus, dass die Dunkelheit um ihn herum fast wie Tageslicht erschien. Gleich würde er der Welt entkommen, in die Pavreal ihn verbannt hatte, und er wollte nichts anderes als Rache. Nichts und niemand aus der Unterwelt schien mutig genug, seinen Zorn auf sich zu ziehen, doch in der Welt darüber gab es Pael. Lüstern, voller gespannter Erregung und nur noch erfüllt vom Willen zur Gewalt begann der uralte Dämon, der mehr Schatten als Form war, aus dem schwarzen Gefängnis in die Welt der Menschen hinaufzusteigen.

***

Shaella war fast so weit, sich ihr restliches Haar büschelweise auszureißen. Sämtliche Kompromisse, mit denen sie sich immer wieder selbst überzeugt hatte, die bittere Erkenntnis, dass sie Gerard zum Wohle ihres Planes würde opfern müssen, das alles war unausgegoren gewesen. In dem Moment, in dem sie ihr Ziel hinsichtlich des Drachen erreicht hatte, würde sie alles tun, um Gerard vor Pael zu retten. Sie hoffte, schnell genug bei ihm zu sein. Zum Glück hatte Pael gesagt, er würde sich dem Siegel nicht einmal nähern, ehe sie dem Drachen nicht das Halsband umgelegt hatte. Ohne das Ei konnte sie dem Drachen kein Halsband umlegen, also war es bis dahin noch kein Wettlauf gegen die Zeit. Sie wollte Gerard unbedingt retten, ihre Ziele erreichen und Pael zufriedenstellen. Das alles wollte sie.

Sie schrie vor Enttäuschung und zerhackte mit ihrem Schwert den Körper eines ihrer Zardmänner. Sobald ihr Schrei verklungen war, drehte sie sich um und sah Cole mit einem Drachenei auf sich zukommen, das er sorgsam in den Armen trug. Sie ließ nicht zu, dass eine Woge der Erleichterung sie packte. Stattdessen ging sie direkt auf den Drachen zu.

»Folge mir!«, befahl sie über ihre Schulter hinweg.

Nach der langen Zeit, die er mit der Suche nach einer trockenen Stelle vergeudet hatte, von wo aus er sich zurück zu ihr teleportieren konnte, wagte Cole keinen Widerspruch. Es stellte sich heraus, dass er bei seinen Planungen letztlich doch nicht so umsichtig gewesen war. Er hatte Ebbe und Flut nicht bedacht. Während er damit beschäftig gewesen war, das Ei an sich zu bringen, war die Flut gekommen und hatte seine Insel überspült. Er hatte fast eine Meile weit rudern müssen, ehe er eine geeignete Stelle für den Rücktransport gefunden hatte.

Als sie an einem der Zardhauptleute vorbeikamen, die man Sarzard nannte, bellte Shaella ihm derart forsch einen Befehl entgegen, dass Cole beinahe das Ei fallen ließ.

»Das Halsband! Sofort!«, brüllte sie.

Der Sarzard verschwendete klugerweise keine Zeit mit

Formalitäten. Er antwortete nur kurz und knapp: »Jawohl, Herrin!«, und machte sich umgehend auf den Weg.

Ohne jedes Anzeichen von Furcht und ohne zu zögern schritt sie mit voller Absicht zwischen den Drachen und seine neueste Mahlzeit. Er hielt gerade den Kopf hoch und schlang einen Brocken Gekafleisch hinunter, der so groß war wie sie und Cole zusammen. Das schien Shaella nicht zu entmutigen. Cole dagegen war starr vor Angst. Er wusste nicht, vor wem er sich mehr fürchtete. Shaella wirkte in diesem Augenblick erheblich grimmiger und entschlossener als der Drache.

»Leg das Ei vor mir auf den Boden«, befahl sie.

Danach erteilte sie ihm ihren letzten Befehl.

»Geh! Hilf den anderen, das Halsband fertigzumachen.«

Dann schrie sie mit der Wut, die in ihr loderte, den Drachen an. Es war eine ganze Menge.

»Du hast keine Wahl! He du, Drachenschlampe!« Sie schwenkte ihr Schwert, bis der Drache aufhörte zu kauen und sie anschaute. »Schau! Schau, was ich habe!« Sie beugte sich vor und berührte das Drachenei mit der leuchtenden Spitze ihres Schwertes.

Aufgebracht zischend riss das Drachenweibchen den Kopf mit angsteinflößender Geschwindigkeit herab. Der durch die Tinktur verursachte Schleier vor seinen Augen schwand mit zunehmendem Erschrecken.

Shaella musste stark an sich halten. Sie wollte sich einfach nur umdrehen und flüchten, als das riesengroße rot geschuppte Haupt des Tieres sich ihr näherte. Die dunklen Schlitze in den Augen hatten die Länge von Shaellas Körper. Die blutigen Zähne waren groß und scharf wie Schwerter. Ein Stück Gekafleisch, das bestimmt so viel wog wie Shaella, baumelte lose zwischen zwei Schneidezähnen. In dem glühenden Hauch aus den höhlenartigen Nasenlöchern, die so groß waren, dass sie hätte hineingehen können, wehte ihr Haar wie vom starken Wind nach hinten. Der Atem stank nach Schwefel und Fäulnis, nach verbranntem Stahl und verdorbenem Fleisch. Hätte sie nicht die Hoffnung in sich getragen, Gerard noch retten zu können, hätte sie sich wahrscheinlich auf der Stelle in Luft aufgelöst.

»Ich habe keine Zeit mit dir zu verschwenden, Drache«, zwang sie sich zu sagen. »Entweder du lässt dir ein Halsband umlegen, oder deine gesamte Brut trägt von Geburt an eines.«

Die geschuppten Brauen des Drachenweibchens zogen sich zwischen den Wurzeln der gekrümmten Hörner zusammen. Wütend wich es zurück und sog Luft in seine Lunge. Es war klar, was es vorhatte. Shaella musste ihr Haar von der linken Seite ihres Gesichts fernhalten, während es von den monströsen Nasenlöchern angesaugt wurde. Das Feuer des Drachenweibchens würde dem Ei nichts anhaben, das wusste Shaella. Drachen nutzten ihr Feuer, um ihre Eier auszubrüten. Sie musste schnell und laut sprechen und dafür sorgen, dass das Drachenweibchen sie verstand.

»Du magst mich zu Asche verbrennen, Schlampe! Damit wirst du dieses Ei retten, doch was ist mit den anderen?« Sie hielt inne und ließ ihren Bluff wirken. Pael hatte gesagt, es gäbe drei Eier. Sie hoffte, dass das stimmte. »Wenn du versuchst, mich zu verbrennen, werden sie zerstört!«

Nun hielt das Drachenweibchen inne, während es in seinen großen Augen loderte und sich nichts als Hass und Wut auf seinem Gesicht widerspiegelten.

»Wenn du nicht einwilligst, werde ich dieses Ei zerstören, während du mich brätst!«, warnte Shaella. Ihre Schwertspitze ruhte noch immer auf dem Ei zu ihren Füßen. Ein kleiner Stoß, und aus dem Ei würde nie ein Drache schlüpfen.

»Dann ist der Pakt gebrochen?«, fragte das Drachenweibchen.

Die donnernde Stimme hallte vor allem in Shaellas Kopf wider, verwirrt und voller Groll. Als Shaella nickend bestätigte, dass der Pakt in der Tat gebrochen war, hob das Drachenweibchen den Kopf und brüllte gen Himmel. Die Erde bebte, als eine Feuerlanze zu den Wolken hinaufschoss. So wütend das

Drachenweibchen auch war, es wusste, dass es geschlagen war. Auch Shaella wusste es. Der Fluch aller Mütter hatte das Drachenweibchen in eine Falle gelockt. Sein natürlicher Instinkt, seine Jungen zu beschützen, ließ ihm in dieser Angelegenheit nur eine Wahl.

»Holt das Halsband!«, rief Shaella mit Nachdruck.

KAPITEL 30

SHOKIN WAR HALB AUS DEM SIEGEL HERAUS. NUR die bindenden Worte im teuflischen Lied des Magiers hielten ihn noch dort. Pael zitterte vor Freude, denn damit hatte der Geisterdämon nicht gerechnet.

Mit einem tiefen, respektvollen Knurren akzeptierte dieser die Bedingung für seine Freilassung in die Welt. Er konnte später immer noch einen Weg finden, sich zu befreien. Der Magier Pael war nicht so mächtig, wie er glaubte. Irgendwann würde Shokin ihn loswerden. Für den Augenblick war es wichtig, aus der Unterwelt zu entkommen, selbst wenn es bedeutete, in Paels Diensten zu stehen.

Shokin war viel zu lange in dem schwarzen Nichts gefangen gewesen, um sich über Formalitäten Gedanken zu machen, nicht, wenn die Freiheit zum Greifen nahe war. Er wollte Rache an dem, der ihn gebannt hatte. Er hatte es geschworen, und wenn er seinen Zorn an Pavreals Nachfahren auslassen wollte, musste er sich dazu herablassen und dem Magier für den Augenblick den Gefallen tun, ihm zu dienen. Schließlich war es nur vorübergehend, und der Magier arbeitete sehr hart, um das Siegel für ihn zu öffnen. Ja, er würde sich von Pael binden lassen. Er würde blind gehorchen.

Paels Stimme heulte wie ein ferner makabrer Chor in Gerards Ohren. Für einen winzigen Augenblick hatte er einen Gedanken, eine Hoffnung, aber sie entglitt seinem Geist, als die eiskalte, geisterhafte Gestalt des Dämons sich durch ihn erhob.

Das Böse Shokins erfüllte ihn für einen Augenblick und dann noch einmal. Mit jedem Schlag seines sterbenden Herzens wurde ein wenig mehr seiner selbst gewaltsam herausgedrückt.

Jetzt würde es nicht mehr lange dauern. Geistesabwesend fragte er sich, was die Zukunft verändert hatte, die die alte Wahrsagerin vorausgesehen hatte. Shaella stand ihm zu nahe, um ihn verraten zu haben, und Gerard glaubte keinen Augenblick daran. Er hätte mit gebrochenem Herzen die Stufen unter ihm hinabsteigen sollen, um große Macht zu erringen. Die Wahrsagerin hatte beinahe die richtige Zukunft vorhergesehen, aber eben nicht ganz. Er war froh darum, dass Shaella ihn nicht verraten hatte. Das wäre noch schlimmer gewesen als sein gegenwärtiges Schicksal. Dem Tod könnte er ins Gesicht sehen. Er wollte lieber sterben als spüren, wie die Frau, die er liebte, ihm das Herz brach. Die alte Vettel hatte zumindest teilweise recht gehabt. Er hatte wahre Liebe kennengelernt und empfunden. Was hatte die Frau noch gesagt? Nur wenige Augenblicke zuvor, als er die Drachenspitze erklommen hatte, hatte er daran gedacht, aber jetzt konnte er den Gedankengang nicht mehr fassen. Er zwang sich, die Augen offen zu halten, und hoffte fast, den Gedanken irgendwo im Drachenhort lauern zu sehen wie etwas Greifbares.

Seine Augen brauchten eine Weile, bis sie etwas sahen. Die Welt war ein Mosaik aus verschwimmenden Farbflecken, aber langsam stellte sich das Bild wieder scharf: wild tanzende grüne Flammen, Speichel, der aus dem Mund des Hexers mit dem Eierkopf floss, während er skandierte und seine Kreise drehte. Dann erlosch plötzlich alles Licht in der Höhle, verfinstert von etwas Großem, Glitzerndem, Scharlachrotem. Dann – dann sah er Shaella.

»Nein!«, schrie sie, als sie am Hals des mit einem Halsband versehenen Drachen herabblickte. Ihr Herz raste bei dem Anblick, der sich ihr bot.

»Zu Hilfe!«, rief eine entsetzte Stimme.

Der Drache hielt einen der Matrosen des Schiffes, das sie gekapert hatten, vorsichtig zwischen den Zähnen.

»Oh! Bitte …« Er verstummte abrupt, als der Drache warnend die Kiefer etwas fester schloss.

»Aufhören!«, schrie Shaella. »Ich habe dein Opfer hier bei mir!«

Sie stürmte hinüber zum Flammenring und zog dabei ihr Schwert. Sie trug jetzt ein Halsband ähnlich dem, das sie dem Drachen umgelegt hatte. Es verband sie mit der Bestie, und ihr Zorn brachte den Drachen dazu, ein leises Knurren auszustoßen, das die Höhle zum Beben brachte.

Als sie nahe genug herangekommen war und Gerard erblickte, erstarrte sie. Da war so viel Blut. Sie konnte nicht glauben, was sie sah, obwohl sie gerade eine Futterstelle voller Blut verlassen hatte, die mit Dutzenden zerrissener Leichen übersät gewesen war. Wie hatte Pael das tun können? Er hätte warten sollen, bis der Drache das Halsband trug. Sie hatte ihm ein Opfer versprochen, aber sie hatte nicht gewollt, dass es Gerard sein sollte. Es fühlte sich an, als zerquetsche eine riesige eiskalte Faust ihr Herz. Warum hatte Pael nicht gewartet? Der Drache hatte sein Opfer dort zwischen den Kiefern. Oh, Gerard!

Als sie Gerard in die Augen sah, flatterten seine Lider. Er war so ausgezehrt, sah so krank aus, so sehr dem Tode nahe. Sie sah sich zu dem Magier um und hätte beinahe um das Leben des Mannes gefleht, den sie liebte, doch angesichts von Paels Ausdruck schlug eine Flutwelle von Furcht und Zorn über ihr zusammen.

Der Drache ließ den zitternden Matrosen auf den Höhlenboden fallen und stand dicht hinter Shaella, gewaltig groß und bereit, auf ihren Befehl anzugreifen.

Als Pael seinen Kreis vollendet hatte, ging er auf und ab, wobei er seinen Bindegesang fortsetzte und ganz in seinem Ritual versunken schien. Shaella stürmte mit hoch erhobenem Schwert auf ihn zu. Der äußere Flammenring loderte vor ihr auf wie eine schimmernde smaragdgrüne Wand. Die Macht, die von den Flammen ausging, sandte ihr eine eindeutige Warnung. Im Gegensatz zu normalen Flammen würde Dämonenfeuer ihr Fleisch für Äonen verbrennen. So wütend sie auch war und so viel Angst um Gerard sie auch hatte, sie wagte es nicht, diese Flammen zu durchqueren.

»Ich hasse dich!«, schrie sie dem Magier entgegen. Dann brach sie zusammen und fiel auf die Knie, ließ ihr Schwert neben sich auf den Boden fallen. Sie barg ihr Gesicht in den Händen und weinte um Gerard. Mehr vermochte sie nicht zu tun.

Gerard hörte ihr Schluchzen durch die exotische Sinfonie hindurch, die Paels Zauber rings um ihn erklingen ließ. Sie liebte ihn wirklich, es tat ihr wirklich leid, und sie hatte das alles nicht gewollt. Hatte sie ihn irgendwie verraten? Es schien eher, als habe der Magier sie verraten. Gerard wollte nichts mehr, als an ihre Seite zu eilen, sie in die Arme zu nehmen und zu trösten. Er wollte ihr sagen, dass alles gut werden würde, auch wenn er wusste, dass das nicht stimmte. Er hatte nicht einmal mehr die Kraft, die Augen zu öffnen. Wieder durchflutete ihn die Kälte des schwarzen Dings.

»Oh, Shaella, ich habe dich geliebt«, krächzte er, als der letzte Tropfen seines Herzbluts über seine Brust rann. Ich will nicht sterben. Bitte lass mich nicht sterben!, waren die einzigen Gedanken, derer er fähig war, als das Maul des Todes sich schließlich um ihn schloss.

Bei Shaellas Auftauchen wären Pael beinahe die komplexen Fäden der Magie entglitten, die er wob. Auch der Drache erschreckte ihn. Im Hinterkopf erinnerte er sich, dass er begonnen hatte, noch ehe der Drache sein Halsband getragen hatte. Wenn Shaella ihn im Stich gelassen hätte, hätte der Drache zurückkehren und alles zunichte machen können. Er hatte voll auf Shaellas Fähigkeiten vertraut, und sie hatte es geschafft.

Als er sie wegen etwas so Trivialem wie Liebe schluchzen, weinen und klagen hörte, musste er sich fragen, ob er ein Narr gewesen war, Vertrauen in sie zu setzen. Er war dabei, ihr das zu geben, was jeder Vater auf der Welt seinem kleinen Mädchen geben will und was jedes kleine Mädchen von seinem Vater will: ein eigenes Königreich. Sie hatte Macht und die

Mittel, das alles zu beherrschen. Träumte nicht jedes kleine Mädchen davon, Prinzessin oder Königin zu sein? Da lag sie nun auf Händen und Knien, verfluchte ihn, drohte ihm und redete im wichtigsten Augenblick seines Lebens einfach nur unablässig weiter. Sie glich so sehr ihrer Mutter, fluchte er. Sie war so unsagbar schwer zufriedenzustellen, so undankbar für die Opfer, die er gebracht hatte. Jahre der Manipulation und Planung; Ränke um Ränke, die er für sie gesponnen und inszeniert hatte. Er hatte die Blicke von Königen und Königinnen in die falsche Richtung gelenkt und den Adel ganzer Nationen getäuscht, um Shaella in diese Position zu bringen. Da war sie nun, in unmittelbarer Reichweite ihres finsteren Ruhmes, Ruhm für sie ebenso wie für ihn selbst, und weinte um einen toten Jungen. Pael schimpfte sich einen Narren, weil er auch nur versucht hatte, eine Frau zufriedenzustellen. Er …

Plötzlich spürte er, dass etwas ganz und gar nicht stimmte. Die Bindung funktionierte perfekt, aber Shokin entglitt ihm. Wie konnte das sein? Der Dämon versuchte auch nicht, sich zu befreien. Das konnte er nicht. Er wurde zurück ins Siegel gesogen. Etwas war schrecklich schiefgegangen, aber was?

Pael suchte in den Tiefen seines Wissens panisch nach einer Lösung.

***

Für einen ganz kurzen Augenblick gab es nur Gerard. Nichts zu sehen, nichts zu hören, nichts zu fühlen. Nur den Tod. Doch die Woge der Magie aus Gerards Ring, als dieser sich daran machte, dessen letzten Befehl auszuführen, packte ihn genau im richtigen Augenblick.

Wie die Finger einer Mutter, die die Haut ihres Kindes zwischen ihren Daumen zusammenpresst, um einen Splitter oder Dorn herauszudrücken, pressten seine Brustmuskeln gegen die Dolchklinge. Sie glitt nicht aus seinem Körper, aber ihre Spitze schob sich aus seinem Herzen. Die mächtige Magie des Ringes konnte seinen leeren Leib nicht wieder mit Blut füllen, aber sie konnte die tödliche Wunde heilen, und das tat sie.

Die Macht des Ringes hielt ihn lange genug auf der Schwelle des Todes fest, dass sein Herz wieder zu schlagen begann. Gerards Seele klammerte sich mit aller Kraft seiner Liebe zu Shaella an seinen Körper. Die Woge magischer Energie verlieh ihm die Kraft, den Daumen um den Dolchgriff zu legen und die Waffe aus seinem Körper zu ziehen. Der Schwung seines herabfallenden Armes ließ ihn nach vorn auf den Bauch rollen. Er konnte nicht denken. Er bewegte sich nur noch instinktiv oder von einer anderen Macht gelenkt. Die Magie konnte ihn nicht viel länger am Leben erhalten, und sein Körper brauchte Flüssigkeit, um neues Blut zu erzeugen. Diese Fakten erfasste er fast wie im Nachhinein, fragmentierte Wahrheiten, die ihm klarmachten, wie ernst seine Lage war.

Er nutzte das Wenige an Kraft, das der magische Fluss des Ringes ihm geschenkt hatte, und zog sich über den leeren Raum, über dem er hing, zum Absatz der Wendeltreppe hinüber, die hinab in die Tiefen führte. Seine Hände glitten über die unsichtbare Ebene, die ihn stützte.

Die erste Stufe fühlte sich ziemlich echt an. Das kalte, dunkle Etwas, das er zuvor gespürt hatte, zerrte wieder an seinem Willen. Es wollte unbedingt verhindern, dass er hinabstieg. Doch Gerard war nicht Herr seines Willens, er war nur noch ein Instinktwesen, und daher führte die Verzweiflung des Dämons zu nichts. Die Magie des Ringes leitete Gerard. Erst eine Stufe, dann noch eine; er zog sich mit den Händen nach unten. Dann glitt sein Oberkörper über die Kante, und er rutschte ab. Seine blutdurchtränkte Brust wirkte wie ein Schmierstoff, und erst mehrere Stufen später kam er ruckartig und schmerzhaft an der gekrümmten Wand der Grube zu liegen.

Der harmonische Singsang des Magiers verschwand, und das kalte schwarze Ding schien einen Weg gefunden zu haben, ganz in ihn hineinzukriechen. Sein Protestgeschrei war schrecklich, und der Laut hallte durch Gerards Kopf. Mit dem Wenigen an magischer Kraft, das ihm noch verblieben war, gelang es ihm, einen Arm aus dem Schulterriemen seines Rucksacks zu lösen. Er schob sich ein oder zwei Stufen weiter hinab, sodass der Rucksack auf Kopfhöhe lag. Dann bohrte er ein fingergroßes Loch in das Drachenei und legte die Lippen daran wie an die Brust einer Mutter.

Er blickte empor, während er gierig das Eigelb des Dracheneies trank. Sein blutleerer Leib verlangte nach den Nährstoffen, und er gab sie ihm.

Die Welt über ihm war ein schwarzer, verschmierter Fleck, von flackerndem grünem Licht erleuchtet. Es war, als sähe er die Welt aus einem zugefrorenen See heraus. Er erkannte die Umrisse einer umherstapfenden Person, die weit ausholende, erratische Gesten vollführte, aber alles andere war verschwommen. Irgendwie wusste er, dass es sehr lange dauern würde, bis er wieder in die Welt über ihm gelangte. Als die Schreie des eisigen dunklen Etwas in seinem Kopf mit der glühenden Hitze des Dracheneigelbs zusammenprallten, das sich in seinen Eingeweiden breitmachte, fragte er sich, ob der Tod nicht vielleicht besser gewesen wäre.

***

Shokin spürte, wie das Opfer wieder lebendig wurde, und verfiel in Panik. Paels Winterzauber fesselte den Dämon sowohl an den Magier als auch an den sterbenden Jungen, und jetzt zog man von zwei Seiten an ihm. Auch Pael spürte es, aber der beharrliche Magier wollte den Zauber nicht aufgeben. Shokin schrie vor Entsetzen. Er war an beide Männer gebunden. Er tastete nach dem Geist des Jungen, fand die Stelle, die das menschliche Denken kontrolliert, und befahl ihm aufzuhören – ohne Erfolg. Pael ließ den Zauber nicht scheitern. Dann stolperte der Junge durch das Siegel und die Treppe hinunter, und Shokin, der mächtige Geisterdämon, riss endgültig entzwei.

Das entsetzte Gebrüll des Dämons zerfetzte Paels Konzentration und brachte den Zauber des Magiers zum Scheitern, doch es war zu spät. Die Essenz des Dämons war in zwei getrennten Stücken gefangen, beide ohne eigene Gestalt. Der Teil Shokins, der frei von dem Siegel war, war an Pael gebunden, und der geistesgegenwärtige Magier sog es vollständig auf.

Shokin war jetzt nicht nur ein Ort in Paels Geist und auch kein zweiter Verstand im Körper des Magiers. Er war jetzt Pael, und Pael war er. Die Macht des Dämons gehörte Pael, und die Bindung funktionierte.

Shokin war Gefangener an zwei verschiedenen Orten, in der Welt der Dunkelheit an Gerard gebunden und in der der Menschen an Pael. Der Dämon tobte und schrie, und seine Qual wandelte sich langsam in verzweifelten Wahnsinn. Wie hatte das Opfer sein Leben zurückerlangen können? Warum war es nicht in die Unterwelt gefahren? Die Antwort war gleichgültig; wichtig war nur die Tatsache, dass es Shokin nicht mehr gab.

Pael spürte, wie es den Geisterdämon zerriss, doch er hatte all seinen Willen und all seine Macht in seine Bindung gelegt. Er gestattete sich keine Panik; er hatte viel zu hart gearbeitet, um diesen Augenblick herbeizuführen. Er würde sein Bestes tun, um so viel Kontrolle über den Dämon zu wahren wie möglich.

Als der Zauber schließlich brach, wurde er für seine Sorgfalt belohnt. Während das smaragdgrüne Feuer um ihn verblasste, erfüllte ihn eine Woge geisterhafter Macht wie ein Blitzstrahl. Es war großartig und atemberaubend elektrisch, wunderbar und erhellend. Es war, als sei plötzlich eine ganz neue Welt, nein, ein ganz neues Universum voller Möglichkeiten entstanden. Besser hätte es gar nicht laufen können. Statt eines Dämons, der ihm zu Willen war, besaß er jetzt selbst die Macht dieses Dämons. Er wusste nicht genau, wie es geschehen war, wie der Junge seinen Tod verhindert hatte, doch sein Blut durchströmte gewaltige dämonische Macht, und er merkte, dass es ihm eigentlich auch gleichgültig war.

Shokin hatte sich so sehr und so lange nach Rache gesehnt,

dass Pael die Wünsche des Dämons jetzt in sich verspürte. All der Zorn, all die Entschlossenheit würden Pael gute Dienste erweisen. Er hörte sein eigenes manisches Gelächter, und es fühlte sich so gut an, dass er nicht einmal aufhören wollte, als er seine Tochter Shaella weinend auf dem Boden liegen sah. Er hörte nicht einmal auf, als der große rote Drache hinter ihr den Kopf in den Nacken warf und tief Luft holte.

Der Drache hieß nicht wirklich Scharlach, aber es war der Name, den er Shaella genannt hatte, damit sie ihn befehligen konnte. Für seinen wahren Namen gab es in den Sprachen der Menschen, Elfen und Zwerge kein Wort. Es schmerzte das Drachenweibchen sehr, ein Halsband zu tragen, doch es musste sein Gelege schützen. Die Natur schrieb es ihm vor. Jetzt war es froh, zu sein, wo es war. Als die grünen Dämonenflammen rings um Pael erstarben, sah Scharlach das Ei, das der Wirbelsturm zerbrochen auf dem Boden zurückgelassen hatte. In wachsendem Zorn sandte der Drache magische Fühler nach seinen anderen Eiern aus.

Er stellte fest, dass Shaella ihn ausgetrickst, dabei aber eines seiner Eier vor der Vernichtung bewahrt hatte. Durch die magische Verbindung der Halsbänder, die er und Shaella trugen, konnte der Drache im Herzen des Mädchens lesen wie in einem offenen Buch. Shaella hatte die Eier nicht zerstören wollen und hatte auch keinen persönlichen Grund gehabt, den Drachen in die Falle zu locken und ihm ein Halsband anzulegen. Shaella hatte alles nur getan, um ihrem Vater zu gefallen oder ihren Geliebten zu beschützen.

Scharlach spürte, dass das einzige intakte Ei das war, das Shaella an sich gebracht hatte. Sie wusste auch, dass das Mädchen ihr das Ei wiedergeben würde, wenn es ihrer nicht mehr bedurfte. Somit wurde es wichtig für sie, die Interessen des Mädchens zu wahren. Der hysterische Magier, der Salz in die Wunden des Mädchens rieb, indem er über ihren Kummer lachte, war für die Vernichtung zweier ihrer ungeschlüpften Kinder verantwortlich. Als Shaella also zu ihrem Vater aufsah und ihm den Tod wünschte, gebot Scharlach Shaella nur allzu gerne, aus dem Weg zu gehen, und bereitete sich darauf vor, ihn an Ort und Stelle zu braten.

Shaella wischte sich den Schnodder von der Nase und sah den bösen alten Mann an. Ihr ganzes Leben lang hatte sie sich so sehr bemüht, ihn zu beeindrucken, ihren sogenannten Vater. Der Mann hatte sein ganzes Leben damit zugebracht, einen Prinzen des Königreichs großzuziehen und nicht sie, sein eigen Fleisch und Blut. Sie hatte ihn als kleines Mädchen gefragt, warum er immer weg war. »Ich tue das alles für dich«, hatte er ihr dann immer geantwortet, und sie hatte ihm geglaubt.

Verzweifelt hatte sie sich die Liebe ihres Vaters gewünscht. Er hatte ihr ein Königreich versprochen, aber das wollte sie eigentlich gar nicht. Er sollte sie unterrichten wie Cole und Flick und Zeit mit ihr verbringen, aber das hatte es nie gegeben. Ihre Mutter, eine dakanesische Moorhexe, hatte ihn mit jedem Atemzug verflucht, auch mit dem letzten. Jetzt verstand Shaella den Grund dafür. Er war so herzlos, dass sie inzwischen völlig seine Menschlichkeit infrage stellte.

Sie hob den knorrigen Stab auf, den er hatte liegen lassen, und spuckte dann angesichts seines irren Gelächters aus. Daraufhin beeilte sie sich, Scharlach aus dem Weg zu gehen, damit sie ihre ungeschlüpften Kinder rächen konnte.

Der Feuerstrahl, der aus dem Maul des Drachen schoss, war lang und im Kern weißglühend. Er hüllte Pael vollkommen ein, doch trotz des ohrenbetäubenden Gebrülls, das den gewaltigen Flammenstrahl begleitete, ertönte sein Lachen unablässig weiter.

Der Fels zu seinen Füßen glühte rot wie Kohlen in einer Feuergrube, dennoch lachte er. Als der Strahl schließlich erstarb, war Pael völlig unversehrt. Er sah seiner Tochter in die weit aufgerissenen Augen, und die Heiterkeit und Freude, die er empfunden hatte, verdampften wie ein Wassertropfen in einer heißen Pfanne. Er zog die Brauen zusammen und fletschte zornig die Zähne.

Was Shaella vor sich sah, war nicht mehr ihr Vater, sondern etwas ganz anderes, etwas schrecklich Mächtiges, das völlig außer Kontrolle geraten war.

Pael hob den rechten Arm und würgte die Luft, genau wie in König Glendars Zelt, doch als er diesmal den Arm ruckartig zurückzog, war es Scharlachs großer gehörnter Schädel, der seinen Griff spürte. Der große Kopf mit den Knochenplatten knallte gegen die Rückwand der Höhle, und mächtige Felsbrocken krachten zu Boden.

Hinter Pael stiegen Rauchkringel auf, wo Gerards Blut auf der Oberfläche des rotglühenden Siegels brutzelte wie Fett. Scharlach suchte mit den scharfen Vorderkrallen Halt, aber Pael drückte heftig zu und rüttelte sie, und da überlegte sie es sich lieber anders. Mehr konnte sie nicht tun, um wieder Luft in ihre Lungen zu bekommen.

Irgendwo in der Nähe des Drachen stieß der Matrose einen Laut aus, ein klägliches, flehendes Jaulen. Paels freie Hand zuckte, und ein großes Stück der Höhlendecke löste sich und fiel herab. Das Winseln des Seemanns endete in einem widerlichen Knirschen.

Shaella schluckte schwer. Durch die Verbindung über ihr Halsband spürte sie die wachsende Angst des Drachen. Nachdem sie gesehen hatte, wie Scharlach leicht hundert oder mehr ihrer Zardsoldaten vernichtet hatte, konnte sie nur ahnen, über welche Macht dieses Ding im Körper ihres Vaters jetzt verfügte. Sie hasste ihn. Er hätte, wie ausgemacht, warten können, bis der Drache das Halsband trug. Er hätte den Matrosen opfern können. Seine Ungeduld und Gier waren Schuld an Gerards Tod gewesen, nicht mehr und nicht weniger. Nichts von alldem hatte er für sie getan. Sie sah das jetzt deutlich. Es war immer nur um ihn gegangen; er hatte mehr Macht begehrt.

»Lass sie in Ruhe!«, schrie Shaella ihn an.

Sie wollte ihr Schwert ziehen und losstürmen, aber sie wusste, es wäre sinnlos. Er könnte sie mühelos aufhalten. Außerdem hatte sie ihre Klinge auf dem Höhlenboden liegen lassen, wo sie vorhin zusammengebrochen war. Es bedeutete ihr nichts mehr. Das Schwert war ein Geschenk Paels gewesen, und sie wollte es nicht mehr.

Als habe er ihre Gedanken gelesen, sagte Pael: »Undankbare Schlampe!«

Seine Stimme war so hart und kalt wie sein Gesichtsausdruck. »Ich würde dich zermalmen, wenn du nicht meine Tochter wärst! Liebe ist flüchtig, Kleines. Du bist zu gut für einen simplen Eierdieb. Ich habe dich davor bewahrt, Sklavin deiner Gefühle zu werden. In deinen Adern fließt valldianisches Blut, das Blut der Alten, und das solltest du besser nie vergessen. Ich habe dir ein Leben voller Kummer erspart!«

Speichel flog von seinen Lippen, und die Adern unter der klammen weißen Haut an Stirn und Hals schwollen an wie blaugrüne Regenwürmer.

»Ich serviere dir ein Königreich auf dem Silbertablett und habe dir gezeigt, wie du es dir nehmen und es halten kannst. Ich habe dir das Drachenhalsband und die Mittel und Wege zur Verfügung gestellt, das schwache Biest in die Falle zu locken, und dir fällt nichts anderes ein, als mich mit seiner Hilfe zu Asche verbrennen zu wollen!«

Ein langer zähflüssiger Speichelfaden hing ihm vom Kinn herab, aber er merkte es gar nicht. »Wie kannst du es wagen, alles zu verhöhnen, was ich für dich getan habe!«

Scharlachs riesiger Leib wand sich in seinem Griff, schlug lockere Stücke von der Wand ab und erschütterte dabei die gesamte Höhle.

Pael wusste, sie war kurz vor dem Ersticken. Ein letztes Mal drückte er brutal zu und ließ sie dann los, wobei sich sein funkelnder Blick wie tödliche Blitze in sie hineinbohrte. Sie war so klug, sich zusammenzurollen, und sog kostbare Luft ein.

Shaella schämte sich zutiefst. Pael hatte recht, und sie wusste es. Doch sie hasste ihn deshalb kein bisschen weniger. Kalt erwiderte sie seinen Blick, als sie hinüber zu ihrem Schwert schritt und es aufhob. Wie sie da stand, schäumend vor Wut, den Stab der Bosheit in der einen und die sanft leuchtende Klinge in der anderen Hand, glaubte sie, in seinen Augen das zu sehen, wonach sie sich ihr ganzes Leben lang gesehnt hatte. Zum ersten Mal sah sie darin Respekt.

»Nutze deinen Zorn und deinen Hass, denn ich habe dir geholfen, Westland zu erringen«, sagte Pael.

Der Ausdruck in seinen Augen wurde zu etwas, das kälter als Eis und schwärzer als Pech war, und seine Stimme klang nun distanziert. Da wusste sie nicht mehr so recht, ob sie wirklich noch mit ihrem Vater sprach.

»Ich muss mich um meine eigenen Angelegenheiten kümmern. Du schuldest mir etwas. Vergiss das nie wieder!«, fuhr ihr Vater fort.

Sie wusste nicht, was aus Pael geworden war, doch was er jetzt auch war, er verschwand unter einem smaragdgrünen Funkenregen vor ihren Augen.

Jenseits der Stelle, an der er gestanden hatte, sah sie den dunklen Fleck von Gerards Blut auf dem Boden schwelen. Mit Mühe gelang es ihr, ihre Trauer zu unterdrücken und nicht wieder in Tränen auszubrechen. Die Messernarbe auf ihrer Wange führte sie zu dem Irrglauben, eine Träne habe ihrer neu entdeckten Willenskraft getrotzt. Sie wollte sie wegwischen und dachte dabei unwillkürlich, dass sie an diesem Tag viel mehr als nur einen Geliebten verloren hatte. Sie hatte auch ihren Vater verloren.

KAPITEL 31

MIKAHL ZITTERTE IN DEM DICKEN SHAGMAR-pelzmantel, den er trug. Es war noch immer Frühsommer, doch im Riesengebirge schneite es. Kein richtiger Neuschnee, hatte Hyden ihm erklärt, sondern vom Wind verwehter Schnee aus dem vergangenen Winter. Für Mikahl machte das keinen Unterschied; für ihn schneite es. Das Zeug wirbelte um sie her, geriet ihm in den Kragen und wehte in jede noch so winzig kleine Öffnung seiner warmen Kleidung – und dann dieser verfluchte Wind! Der Wind machte ihn wahnsinnig. Selbst droben in Kaltfrost, wo das Meer fast das ganze Jahr gefroren war, war es nicht so kalt. Die zahlreichen Täler, die sie schon durchquert hatten, waren nicht so schlimm gewesen; dort hatte beinahe Frühling geherrscht. Doch der Kamm, den sie gerade überquerten, war vereist und so bitterkalt, so rutschig und schmal, dass Mikahl fürchtete, ihm würden die Zehen und Finger abfrieren, wenn er nicht vorher abstürzte.

Er war die letzten paar Tage gezwungen gewesen, Windhuf zu führen. Wie die anderen so mühelos die tückischen Hänge hinauf- und hinabgehen konnten, war ihm schleierhaft. Seine Beine schmerzten, er war erschöpft und durcheinander; doch als er wiederum zitterte, kam er zum Schluss, dass am schlimmsten von allem die verdammte Kälte war.

Loudin führte die beiden Pferde, die seine kostbare Borkenechsenhaut trugen. In den Tälern ritt er in der unbequemen Haltung auf dem vorderen Pferd, genau wie damals im Reyhallwald, aber auf diesem schmalen Pass war das Reiten viel zu gefährlich. Mehr als einmal hätte die Echsenhaut beinahe eine Katastrophe heraufbeschworen. Sie mussten die Rolle losmachen, damit die Pferde ein paar enge Kehren bewältigen konnten; einmal um eine Auswaschung herum und dann wieder, als der Pass, eng an eine Bergflanke geschmiegt, eine Kurve machte. Die Haut wurde in der Kälte steif und gab kein bisschen mehr nach. Es war, als schleppten sie einen Baumstamm mit.

Einmal scheute das vordere Pferd, als ein Eisbrocken herabstürzte. Es wollte losstürmen und hätte dabei das hintere Pferd fast umgerissen. Dieses wiederum riss an dem vorderen Pferd. Beide Rösser wären mitsamt der Borkenechsenhaut und Loudin, der nach seiner Beute griff, fast über die Kante gerutscht.

Danach nahmen sie die sperrige Haut beim kleinsten Anzeichen von Problemen von den Pferden herunter. Mikahl war sicher, dass Loudin ein kleines Vermögen für die Haut erwartete. Nur großer Reichtum beziehungsweise die Aussicht darauf konnte einen Mann wie ihn veranlassen, eine so beschwerliche, tückische Reise zu unternehmen.

Er schüttelte oft nur erstaunt den Kopf über die beiden anderen Männer. Sie waren den ganzen Weg zu Fuß gegangen und auf den tiefer gelegenen Pässen und in den Tälern tagelang neben den Pferden getrabt. Kein einziges Mal hatten sie die Gruppe aufgehalten. Kein einziges Mal hatten sie sich beklagt oder um eine Rast gebeten. Auch wenn sein verletztes Auge dem Elfen offenbar Probleme bereitete, hatte er sich deswegen nie bei seinen Gefährten beschwert. Hyden Falk war, was Mikahl sehr überraschte und ihm großen Respekt abnötigte, nicht einmal außer Atem gewesen, nachdem es den Großteil eines Tages im Laufschritt bergauf gegangen war. Keinem von ihnen machte der beißende Wind oder das rutschige, vereiste Gelände anscheinend etwas aus.

Hyden und Vaegon führten die Gruppe abwechselnd an, wobei der Elf die meiste Zeit voranging. Wenn die wilde, spindeldürre Kreatur nicht die Vorhut bildete, wirkte sie besorgt. Es war mehr als nur der Verlust des Auges oder die Gewöhnung an die lederne Augenklappe, die der Elf jetzt über dem hässlichen Loch trug. Er war offenbar tiefer verletzt.

Mikahl war nicht ganz sicher, worin Vaegons Problem bestand, bis der goldhaarige Elf Hyden eines Nachts am Lagerfeuer zeremoniell seinen Langbogen überreichte. Da sah er das Problem etwas deutlicher. Vaegon konnte nicht mehr zielen, und dies war das Schlimmste, was einem Bogenschützen zustoßen konnte.

»Hyden Falk.« Vaegon nannte Hyden immer so, ob er mit ihm oder über ihn sprach.

Hyden hatte den Bogen mit einem stummen, verständnisvollen Nicken entgegengenommen und ihn seither regelrecht ehrfürchtig behandelt. Das gefiel dem Elfen offenbar, reichte aber nicht aus, um ihn aus seiner tiefen Niedergeschlagenheit zu reißen.

Hyden Falk war, so kam es Mikahl vor, halb Tier, halb Magier. Er konnte durch die Augen seines Falklingfreunds Kralle sehen und mitten in einem eiskalten Wolkenbruch eine Mahlzeit jagen wie an einem klaren Frühlingstag. Er sprach mit seinem Vogel, als sei er ein weiterer Mitreisender. Offenbar hatte er viel im Kopf, erwies sich aber am Feuer als ausgezeichnete Gesellschaft. Er lachte gern und hörte beinahe ebenso gern Geschichten, wie Loudin sie erzählte.

Loudin, erfuhr Mikahl, war mehr als nur ein Fallensteller und Jäger. Er war einst ein Seemann gewesen und erzählte an manchem Abend Geschichten über die fernen Lande, die er auf seinen Abenteuern besucht hatte. Er war in allen sieben Königreichen und auf Salazar gewesen. Er hatte sogar das Land Harthgar jenseits des großen Westmeers besucht. Er erzählte ihnen von den seltsamen Bräuchen der Bewohner der äußeren Inseln und den großen Werften auf Salazar. Er erzählte ihnen von den Sklavenarenen Dakahns und den exotischen Schönheiten, die man sich dort kaufen konnte. Er erzählte ihnen sogar alles über den Meerender Brauch der Hautverzierung. Er machte Andeutungen über die gewaltige, mächtige Magie, die der Hexenkönigin von Hochvag zur Verfügung stand, und die Männchen, Zwerge genannt, die angeblich in ihrem prachtvollen Palast in Xwarda lebten.

Hyden stellte viele Fragen und musste enttäuscht erfahren, dass Letzteres Geschichten aus zweiter Hand waren. Loudin war nie selbst in Xwarda gewesen, aber in den Hochvager Hafenstädten Wehr, Althafen und Neuhafen. Er hatte in den Häfen dort genügend Magie erlebt, um zu wissen, dass vieles, was er über Xwarda gehört hatte, nicht übertrieben war.

Mikahl hörte aufmerksam zu und staunte. Er hatte als Knappe König Baltons so manches gehört, beschloss aber, sein Wissen und seine Spekulationen für sich zu behalten. Er ließ Hyden alle Fragen stellen, und sein Respekt für den Mann aus dem Gebirgsclan wuchs noch weiter. Er war nicht nur körperlich in Bestform, auch sein Geist war scharf, und seine Fragen waren klug gewählt.

Der Gedanke an die Kameradschaft am Lagerfeuer erinnerte ihn daran, wie kalt ihm im Augenblick war. Ihm war elend zumute, und er hatte das Gefühl, er würde sofort zur Eisstatue gefrieren, wenn er aufhörte zu zittern. Er hasste die Kälte und war froh, dass dies für eine Weile der letzte Hochgebirgspass war, den sie überqueren müssten.

Hyden und dem Elfen zufolge lag ein üppiges, warmes Tal auf der anderen Seite des Kammes. Sie würden hoffentlich dort ihr Lager aufschlagen und darauf warten können, dass die Riesen zu ihnen kamen. Sowohl Loudin als auch Hyden Falk fanden es seltsam, dass Borg sie noch nicht aufgesucht und befragt hatte. Keine Gruppe von Menschen sei je so weit ins Riesengebirge gekommen, ohne vom Wächter des Südens begrüßt zu werden.

Es war für sie alle eine willkommene Erleichterung, dass sie bald kampieren würden. Hyden erklärte über den eisigen Wind hinweg, Kralle habe eine Höhle gefunden, die offenbar für sie alle vier und die drei Pferde groß genug war. Das war ideal, denn von dort konnten sie früh am nächsten Tag in den Schutz des Tales gelangen. Ein schönes warmes Feuer und eine lange Rast würden ihnen allen guttun. Sechs Tage beschwerlicher Reise durchs Gebirge, immer auf und ab, hatten selbst von den Härtesten unter ihnen ihren Tribut gefordert.

Sie erreichten die Höhle lange vor Sonnenuntergang, und während sich Loudin um die Pferde kümmerte und Vaegon Mikahl half, genug Holz für ein Feuer zu sammeln, gingen Hyden und Kralle Frischfleisch jagen. Am Ende ging Mikahl schwatzend und sich die Hände reibend auf und ab und versuchte, ausreichend aufzutauen, um von Nutzen sein zu können, doch bis sein Zittern aufgehört hatte, brannte ein Feuer, und die Pferde waren abgesattelt und fraßen Hafer aus Futtersäcken.

Die Höhle hatte keine Besonderheiten: Felswände, eine Felsendecke und ein unebener Felsboden. Überall lagen Hinterlassenschaften früherer Reisender herum: der Großteil eines zerrissenen Wamses, ein langes Stück schlecht geflochtenen Seiles, ein abgetragener Stiefel und vieles mehr. Zum Glück gab es auch ein paar Scheite Feuerholz. Jemand hatte irgendwann mit Ruß eine Szene mit Strichmännchen und gehörnten Kreaturen an eine Wand gemalt, aber das Bild war verblasst. Am Eingang gab es auch ein paar seltsame Symbole, die vielleicht mit Blut aufgetragen waren. Für Mikahl war es nur eine Höhle; eine Höhle, in der es mit jedem Augenblick wärmer und gemütlicher wurde.

»Man sollte meinen, du wärst derjenige aus dem tiefen Süden«, sagte Loudin scherzhaft zu Mikahl. »Ich weiß, dass es in der Gegend um die Burg, in der du aufgewachsen bist, auch Schnee und Eis gibt. Ich war schon dort. Du tust so, als hättest du noch nie gefroren.«

»Das hast du jetzt drei Nächte hintereinander gesagt.« Mikahl schüttelte den Kopf. »Wirst du auf deine alten Tage vergesslich?«

Loudin lachte und setzte sich an das Feuer, das Vaegon entzündet hatte.

»Was ist mit dir, Elf? Wird es im Wald der Ewigkeit je so kalt?«

Vaegon legte das kleine ledergebundene Tagebuch weg, in das er manchmal Eintragungen machte, während sich die anderen am Feuer unterhielten. Er legte den Kopf schief, als denke er an etwas Liebgewonnenes.

»So kalt wird es im Wald der Ewigkeit nicht, nein«, antwortete er. »Aber mein Volk bereist Orte, besucht Stätten, an denen ein ganz ähnliches Klima herrscht.«

Er zeigte zur Decke der alten Höhle. Hunderte und Aberhunderte Lagerfeuer hatten sie geschwärzt.

»... Orte, die wesentlich unangenehmer sind als diese gemütliche Höhle.« Letzteres sagte er mit einem leichten Grinsen in Loudins Richtung.

»Pah!«, platzte Mikahl heraus. Ihm war endlich warm genug, um seinen Pelzmantel zu öffnen. Schließlich stand er auf und zog ihn aus. »Ich kann mir keinen weniger gastlichen Ort als diese Berge vorstellen.« Er ließ sich mit einem langen, lauten Ächzen neben Loudin auf einen Felsen fallen.

»Du wagst es, mich alt zu nennen, Junge?«, lachte Loudin. »Du wirst niemals auch nur halb so alt werden, wenn du jetzt schon so schlecht in Form bist. Das klang ja furchtbar.«

Mikahl starrte ihn streng an, konnte aber nicht verhindern, dass sich seine Mundwinkel nach oben verzogen.

»Pah!«, wiederholte er augenrollend.

»Das sind im Vergleich zum Herzen dieser Gebirgskette nur Gebirgsausläufer«, teilte Vaegon Mikahl mit. »Es gibt Orte so hoch über dem Meeresspiegel, dass selbst die Täler das ganze Jahr über vereist sind; Orte, an denen keiner von uns eine Stunde überleben könnte, von einem Tag ganz zu schweigen.«

»Nun, die Riesen können diese Orte für sich behalten. Ich habe vom Hochland schon die Nase voll. Wenn ich nicht hier sein müsste, wäre ich schon lange weg.«

»Ja, wir sollten auch nicht so weit hier oben sein müssen«, sagte Loudin. »Der alte Borg hat entweder ein Problem oder ist nachlässig und pflichtvergessen geworden. Ich bin recht sicher, er ist noch nicht verkalkt. Vermutlich ist ihm irgendwo an der Grenze etwas aufgefallen, das ihn im Augenblick beschäftigt hält.«

Loudin streifte seinen Fellmantel ab und legte ihn zu einem Kissen zusammen, dann lehnte er sich dagegen.

»Als ich die beiden anderen Male hier heraufkam, trafen wir ihn nach dem ersten großen Pass. Ich versichere euch, niemand bereist diese Berge lange ohne sein Wissen.«

»Das hast du in den letzten vier Nächten auch gesagt. Wie kann ein Riese das gesamte Riesenkönigreich bewachen?« Mikahl war skeptisch. Er hatte Hyden eines Tages die gleiche Frage gestellt, als Antwort aber nur ein Achselzucken und die Worte erhalten: »Ich wünschte, ich wüsste es.«

»Tut er nicht«, antwortete Loudin mit einem listigen Blick zu dem Elfen. »Er bewacht nur die Südgrenze.« Sie kicherten über seinen frustrierten Gesichtsausdruck.

»Pah!«, knurrte Mikahl. »Du weißt, was ich meine, alter Mann.« Dann sagte er zu Vaegon, der darum kämpfte, sich das Lachen zu verbeißen: »Du auch, Zyklop. Ich will es wissen. Wie kann ein Riese ganz allein Tausende von Meilen Gebirgsausläufer bewachen?«

Ob er nun von dem treffenden, aber gutmütigen Spott über seine Einäugigkeit verletzt war oder sich nur eine Antwort zurechtlegte – Vaegon zögerte mit hochgezogenen Brauen einen Augenblick, ehe er Antwort gab. Sekunden dehnten sich zu Stunden, dann war der angespannte Moment vorüber. Als der Elf schließlich antwortete, schlich sich ein Grinsen auf sein Gesicht.

»Nun, Mikahl, er schützt sein Königreich nur gegen normale Menschen. Was meinst du, wie viele weitere Riesen er braucht?«

Mikahl begriff zuerst gar nicht, dass der Elf sich über sein Menschsein lustig gemacht hatte. Er hatte gerade an das Gemetzel von Kaltfrost denken müssen.

Er, König Balton und Westlands Nordkontingent hatten dort ein paar Jahre zuvor fast einen ganzen Winter lang gegen die Riesen gekämpft. Man hatte Mikahl gesagt, es seien gar keine reinblütigen Riesen. Es waren wilde, primitive Mischlinge gewesen, getrieben von tierischen Instinkten. Sie waren acht oder neun Fuß groß gewesen, völlig behaart und hatten entfernt an Schnauzen erinnernde Gesichter mit Mündern voller scharfer Reißzähne gehabt. Gekämpft hatten sie wie von Dämonen besessen.

Er war damals gerade zum Knappen des Königs befördert worden und hatte sich noch nicht dessen volles Vertrauen verdient, deshalb hatte man ihm vorenthalten, warum dieser Kampf geführt wurde. Er hatte nicht kämpfen dürfen, obwohl er einer der besseren Schwertkämpfer auf dem Schlachtfeld war, doch er hatte das Blutbad mit eigenen Augen gesehen. Er war auch Zeuge der Macht Eisendorns geworden. König Balton hatte eine ganze Menge Riesen damit gefällt, ehe er die magische Grenze damit erschaffen hatte, hinter der diese Brutriesen nach wie vor festsaßen. Mikahl konnte sich einfach nicht vorstellen, wie ein einzelner Riese der Macht Eisendorns standhalten sollte, deshalb brauchte er eine Weile, bis er den Witz verstand. Doch selbst dann fand er ihn nicht besonders lustig, aber da er den einäugigen Elfen so gern hatte, lachte er gekünstelt.

Mikahl wurde klar, dass keiner der beiden Möchtegernspaßvögel genau wusste, wie der Riese Borg seinen Dienst versah.

In der anschließenden Stille ließ Mikahl seine Gedanken weiter schweifen. Natürlich dachte er an das Schwert und Lord Gregorys unverständliche Worte. Mikahl hatte lange über die Möglichkeit nachgedacht, tatsächlich König Baltons Bastard zu sein. Er war zu dem Schluss gekommen, dass es wohl so war. Der König hatte sich große Mühe gegeben, ihn zu erziehen und in allem zu unterweisen, von Tischsitten über Mathematik und Militärtaktiken bis hin zum Umgang mit Waffen. Man hatte ihn die Eigenschaften und angestammten Pflichten aller

Adligen und Herrscher Westlands gelehrt. Vom Pagen bis zum Prinzen wusste er, was jeder Titelträger in Baltons Königreich für den Thron zu tun hatte.

Die einzige Ausnahme bildete Pael. Man hatte ihm nie etwas über die Pflichten des Hofmagiers gesagt, und wenn er danach gefragt hatte, waren seine Lehrer dem Thema immer ausgewichen. König Balton hatte dafür gesorgt, dass er rechnen konnte, sich mit der Geschichte des Landes auskannte und bestimmte Bücher aus der Bibliothek der Burg las und verstand. König Balton hatte sich oft nach dem Inhalt eines Buches erkundigt, wenn sie zu einer Feste unterwegs waren oder auf die Jagd gingen.

Mikahl erinnerte sich gern an die Reisen zu den Liegenschaften verschiedener Adliger und Herrscher anlässlich von Hochzeiten, Beerdigungen und anderen gesellschaftlichen Ereignissen. König Balton hatte nie die königliche Kutsche benutzt, stets waren Prinz Glendar und der Magier in ihr gereist. König Balton war auf Feuersturm, Windhufs Vater, geritten, und wo immer er hinkam, war Mikahl in seiner Nähe gewesen.

Es gab Tage, an denen er und König Balton umgeben von Wachen ausritten, die Abstand hielten, damit sie beide sich in Ruhe unterhalten konnten. Es gab Nächte, in denen Titel wie König, Hauptmann, Herzog und Knappe in den Flammen aufgegangen waren, wenn am Lagerfeuer Branntweinflaschen die Runde machte.

Rückblickend erkannte Mikahl, dass er ständig ausgebildet und geprüft worden war, oft von König Balton persönlich. Ein Vater, der es nicht gewagt hatte, ihn als Sohn anzuerkennen, hatte ihn aufgezogen. Diese Vorstellung schmerzte, aber nicht so sehr, dass es die Erinnerung trübte. Er vertraute darauf, dass König Balton gute Gründe für seine Heimlichkeit gehabt hatte. Ihm kam der Gedanke anmaßend vor, dass er eines Tages Westland regieren sollte. Prinz Glendar war jetzt König und wollte sicher seines Vaters Schwert zurück. Er hatte wahrscheinlich diesem unheimlichen Magier Pael befohlen, ihnen diese schwarze Bestie auf den Hals zu hetzen. Zum Glück war es geflohen. Hoffentlich auf immer.

Mikahl musste zugeben, dass er Eisendorn gern in Händen hielt. Seine magische Sinfonie war eine glorreiche, aufregende Erfahrung, aber er wusste nicht so recht, ob er wirklich König sein wollte. Der Elf, der neben Lord Gregory im Krankenbett gelegen hatte, als dieser gesagt hatte, wer sein Vater war, hatte später gesagt: »Wahrscheinlich wollte König Balton dich als Erben, weil du ihn nicht unbedingt beerben willst.«

Auf seine Frage hin, was Vaegon damit meinte, hatte der Elf erwidert: »Wer König werden will, will den Titel eindeutig aus völlig falschen Gründen. Kein vernünftiger, ehrenhafter Mann würde freiwillig die Verantwortung übernehmen wollen, über andere zu herrschen. Er mag diese Verantwortung als seine Pflicht auf sich nehmen, doch er stünde ihr misstrauisch gegenüber und nicht voller Begierde.«

Mikahl dachte lange und intensiv darüber nach, und es ergab Sinn. Prinz Glendar wollte seinen Vater immer schon beerben, und Mikahl konnte sich nicht vorstellen, dass dieser verzogene Bengel je gerecht oder ehrenhaft sein würde. Er verabscheute den Gedanken an Westlands momentane Lage. Mikahl konnte sich vorstellen, dass zwischen den Lehnsnehmern, dem Adel und dem neuen König das reinste Chaos herrschte.

Das plötzliche Auftauchen Kralles, der in die Höhle geflattert kam, riss ihn aus seinen Gedanken. Der Falkling landete am Feuer und begann zu zwitschern, dann stolzierte er erregt auf und ab. Mikahl und Loudin sahen Vaegon aufgeschreckt an. Der Elf war bereits länger mit Hyden unterwegs gewesen, deshalb oblag es ihm zu deuten, was der Vogel mitteilen wollte.

In diesem Gelände gab es zahllose Gefahrenquellen: Felsstürze, herabfallendes Eis, nachgebende Trittsteine, ganz zu schweigen von der Vielfalt an Raubtieren, die in diesen unwirtlichen Bergen zu Hause waren. Alle gingen im Geiste die Gefahren durch, die Hyden zugestoßen sein konnte. Loudin ging sogar so weit, seinen Mantel anzuziehen und im Gepäck nach einem Seil zu kramen.

»Alles in Ordnung mit Hyden?«, fragte Vaegon den Vogel.

Er machte sich weniger Sorgen als seine Gefährten. Wenn Hyden in einer schlimmen Lage gewesen wäre, hätte Kralle mit seinem scharfen Schnabel einen ihrer Köpfe bearbeitet oder einen von ihnen mit den Krallen in seinem Haar auf die Beine ziehen wollen. Sowohl Hyden als auch sein Falklingsvertrauter gingen ziemlich direkt vor.

Als Antwort auf die Frage krähte der Vogel. Vaegon nahm das als Verneinung.

»Was dann?«, fragte er.

Loudin hörte auf herumzukramen.

»Hat er Borg gefunden?«, fragte er hoffnungsvoll.

Kralle krächzte laut und schwang sich in die Luft. Nach einem Rundflug durch die Höhle landete er auf Loudins Kopf und gurrte. Fast sichtbar hob sich eine Last von ihrer aller Schultern.

»Ich meine, wir sollten einen Code erfinden, um uns über Kralle mit Hyden zu verständigen«, sagte Mikahl mit einem nachdenklichen Blick auf den Falkling. »Hyden, lass Kralle zweimal auf Loudins Kopf picken, wenn du ja meinst.«

Kralle legte kurz den Kopf schief, dann beugte er sich vor und pickte dem alten Jäger zweimal heftig gegen die Stirn. Ehe Loudin reagieren konnte, flog Kralle auf die andere Seite des Feuers, landete neben Mikahl und bewegte belustigt den Kopf auf und ab. Sie brachen in hysterisches Gelächter aus. Loudin sah sie finster an und rieb sich heftig den roten Fleck auf seiner Stirn.

Hyden hatte wie Mikahl einen ausgeprägten Sinn für Humor.

***

Der Riese Borg war knapp über vierzehn Fuß groß und dabei nicht einmal annähernd der Größte seines Volkes. Sein

Knüppel – er nannte ihn einen Stab – bestand aus dem Stamm einer alten Kiefer, deren harzartiger Saft im Kessel von Afdeon gehärtet worden war. Das untere Ende hatte denselben Umfang wie Hydens Taille, ebenso die Oberarme des Riesen. Borgs Haar war lang, dunkel und silbergrau meliert, genau wie der dichte Bart, der ihm bis auf die Brust hing. Seine Hose und die knielange Weste waren ein Flickenteppich aus dicken Tierpelzen. Das langärmlige Hemd, das er darunter trug, bestand aus dunklem, gut gegerbtem Elchleder. Seine Stiefel schienen aus einem noch dichteren Pelz zu sein, so weiß wie der Schnee, in dem er stand. Auf jedem Spann war ein Schädel mit vielen Zähnen befestigt, passend zu dem, den er als Gürtelschnalle verwendete. Was Haar und Bart des Riesen von seinem Gesicht nicht bedeckten, verschwand unter seinen langen, buschigen Augenbrauen. Auch wenn seine Augen pflaumengroß waren, schienen sie unter dem Haar verborgen zu sein. Borgs sichtbarstes Merkmal war die breite Stirn.

Hyden sah in den Tiefen dieser Augenhöhlen einen Funken Neugier blitzen, als der herankommende Riese über seine plötzliche Lachsalve ins Grübeln geriet. Hyden glaubte nicht, den Witz erklären zu können, der sich gerade weit entfernt auf Loudins Schädel abgespielt hatte, also unterdrückte er seine Heiterkeit.

Borg war ziemlich einschüchternd, selbst für jemanden, der ihm schon begegnet war. Hyden war daran gelegen, dass der Wächter des Südens ihn ernst nahm, denn er war sicher, dass Mikahls Geschäfte mit König Aldar ebenso wichtig wie dringend waren. Er setzte ein Gesicht auf wie sein Vater und Großvater, wenn sie mit den Riesen zu tun hatten: streng und ernst. Dann kramte er in seinem Gedächtnis nach Berdas Geschichten, um einen Hinweis auf die angemessene Etikette und Begrüßung in dieser Situation zu finden.

Überzeugt, sich nicht zum Trottel zu machen, ging er Borg durch Eis und Schnee entgegen. Er ertappte sich dabei, wie er immer noch ein Grinsen unterdrückte. Er hatte Loudins Gesicht nicht sehen können, als er Kralle anwies, ihn auf den Kopf zu picken, aber es musste ein Bild für die Götter gewesen sein. Sein Grinsen verging ihm, als er durch den wirbelnden Schnee die tiefen Sorgenfalten auf Borgs riesiger Stirn erkannte. Er sah Hyden durchdringend an, ein Blick, der viel tiefer in diesen drang als der eisige Wind, der dem Riesen vorauseilte.

»Was veranlasst dich, zwei Königliche und einen Elfen in diese Lande zu führen, Sohn des Harrap?«, fragte Borg brüsk.

Hyden konnte kaum glauben, dass der Riese ihn als seines Vaters Sohn erkannte, doch so war es.

Doch offenbar wusste der Riese nicht, welcher Sohn er war, also stellte er das klar.

»Ich bin Hyden, Harraps ältester Sohn«, sagte er. »Einer der Königlichen, ein tätowierter Jäger namens Loudin, sagt, er kenne dich. Er hat etwas Wertvolles dabei und meint, du willst es vielleicht eintauschen.«

Hyden hielt inne, um Borgs Reaktion abzuschätzen. Er hoffte, der Riese kannte Loudin wirklich und erinnerte sich noch an ihn. Das Nicken des Riesen bestätigte dies.

»Der andere Königliche hat dringende Nachrichten für König Aldar. Er trägt sie bei sich, dazu ein Schwert, das …« Er verstummte. Er war nicht sicher, wie viel an Informationen er preisgeben sollte. Er wollte Borg nicht in die Irre führen, aber auch Mikahls Vertrauen nicht enttäuschen. Plötzlich wünschte er sich, das Schwert gar nicht erst erwähnt zu haben.

Borg schwieg lange. Er wirkte ausgezehrt und war anscheinend wegen anderer Dinge besorgt, die über die gegenwärtigen hinausgingen. Hyden fiel auf, dass das untere Ende des großen Stabes mit dunklen Flecken übersät war. Manche waren alt und bräunlich-schwarz, manche aber auch feucht und leuchtend rot. Wo jüngst ein Stück Holz abgesplittert oder weggerissen worden war, zeigte sich nun eine gelbe Stelle.

»Was ist mit dem Elfen?«, fragte Borg schließlich.

»Der Elf …« Hyden suchte nach einer sinnvollen Erklärung. Schließlich sagte er das Erstbeste, das ihm in den Sinn kam und das zugleich die unglaubwürdigste Antwort war, die er hätte geben können. »Vaegon ist mein Freund.«

Mit einem skeptischen Stirnrunzeln schien Borg die Antwort hinzunehmen. Er seufzte tief und bedeutete Hyden mit einem Nicken, vorauszugehen. Dabei hörte er Borg sagen: »Es kündet von seltsamen Zeiten, wenn ein Mitglied des Skyler-Clans beschließt, sich mit einem Elfen anzufreunden, aber eine Verständigung zwischen den beiden Völkern ist lange überfällig.«

Hyden musste sich beeilen, um vor Borgs langen Schritten zu bleiben. Er wollte nach Berda fragen, fand aber weder die richtigen Worte noch den richtigen Augenblick. Die Riesin war ihm sehr wichtig. Er hatte das Gefühl, es würde lange dauern, bis sich wieder eine Gelegenheit zu einer Begegnung ergab, wenn er sie hier im Gebirge nicht sah. Er wollte sie nach dem Mann namens Pratchert fragen, der später zum Magier Hunt Mahn geworden war. Er wollte ihr Kralle zeigen und sie fragen, was sie über solche Verbindungen wusste. Abgesehen von all dem wollte er sie einfach sehen und ihre sanfte Stimme hören, mit der sie ihn zu einem Abenteuer an irgendeinem großartigen, fernen Ort entführte. Er war schockiert, weil Borg ihm eine Frage stellte, als ob er einen Teil seiner Gedanken gelesen hätte.

»Nun, Hyden Falk, wo ist dein Vertrauter?«

Hyden ging noch zwei Schritte, dann blieb er stehen und drehte sich um.

»Woher weißt du von Kralle?« Sein Tonfall war ebenso neugierig wie ängstlich.

»Wie du spreche ich mit Tieren, Hyden Falk.« Borg schien darauf zu achten, nicht streng zu klingen. Er hatte ihn wohl nicht erschrecken wollen. »Sie unterstützen mich bei der Erfüllung meiner Pflicht. Früher oder später höre ich alles, was in diesen Bergen passiert. Was glaubst du, wie ich sonst ganz allein so eine gewaltig lange Grenze bewachen könnte? Im Augenblick ist der gesamte Himmel auf dich und Kralle neidisch. Alle Vögel zwitschern über euch.«

»Ich kann mich nur mit Kralle verständigen«, sagte Hyden und ging weiter.

»Du wirst viel schneller in deine Macht hineinwachsen, als dir lieb ist«, sagte Borg. »Das braucht Zeit, um sich zu entwickeln. Üblicherweise zeigen sich die Fähigkeiten, auf die du zufällig gestoßen bist, dann, wenn sie erforderlich sind. Ich fürchte, der Einsatz deiner Gabe wird über kurz oder lang notwendig werden.«

Wiederum seufzte der Riese, während sie weiter durch den Schnee stapften.

»In letzter Zeit sind üble Dinge auf die Welt losgelassen worden. Ich glaube, du und deine Gefährten, ihr seid vielleicht schon auf eines davon gestoßen.«

Bei der Vorstellung, dass es da draußen noch andere Dinge als die Höllenkatze gab, die Lord Gregory getötet und Vaegon ein Auge geraubt hatte, fing Hyden an zu zittern. Er fragte sich, was das für Wesen sein mochten und worauf sie aus waren. Der Höllenkatze schien es nur um Mikahl zu gehen oder vielleicht um sein magisches Schwert. Jedenfalls war Hyden sicher, dass er mehr über die Königlichen erfahren würde, als ihm lieb war.

Er war erleichtert, als sie schließlich die Höhle erreichten, wo sein Geist zumindest für ein Weilchen keine Muße haben würde, über solch finstere Zukunftsaussichten zu grübeln.

Borg musste sich bücken, um die Höhle zu betreten, und saß am Ende im Schneidersitz am Feuer, wobei sein Kopf noch immer die rußgeschwärzte Decke streifte. Hyden stellte alle einander vor.

Als sich Mikahl erhob und sich formvollendet verneigte, wie es Brauch in Westland war, konnte er sich den gewaltigen Wächter des Südens genauer anschauen. Der Anblick schockierte ihn, doch zugleich war er erleichtert. Es waren keine Riesen gewesen, gegen die seine Landsleute in Kaltfrost gekämpft hatten. Er konnte sich nicht einmal vorstellen, dass es Halbblüter gewesen waren.

Borg war nur ein großer, massiger Mensch, während diese

Wesen halb intelligente Bestien gewesen waren. Der Gegensatz zwischen dem, was Mikahl erwartet hatte, und dem, was da vor ihm saß, verwirrte ihn so sehr, dass er versäumte, Borg die Fragen zu stellen, die in den letzten Tagen an ihm genagt hatten. Er war so erleichtert, dass er eine Weile lang alles vergaß, zumindest bis er sah, wie der Riese König Baltons Schwert musterte.

KAPITEL 32

NACHDEM ALLE EINANDER VORGESTELLT UND die Formalitäten erledigt waren, machte Loudin Borg auf sich aufmerksam, indem er sorgfältig ein paar Fuß der Echsenhaut ausrollte. Die Größe der Höhle erlaubte ihm nicht, mehr davon zu zeigen, aber das war auch gar nicht nötig. Wie ein Riesenbaby kroch Borg auf Händen und Knien zu der Rolle hinüber, um sie sich genauer anzuschauen.

Die Pferde wieherten, als Mikahl, Vaegon und Hyden in der jetzt überfüllten Höhle gezwungen waren, sich gegen sie zu drängen. Einen Augenblick lang befürchtete Vaegon, die Fellstiefel des Riesen würden im Feuer landen, und Hyden sah vor seinem geistigen Auge, wie Gerard auf dem Rücken ihres Vaters ums Feuer geritten war, als sie klein gewesen waren. Wenn jemand aus der Gesellschaft gewagt hätte, auf den Rücken des Riesen zu steigen, hätte es etwa genauso ausgesehen.

Mikahl hatte die Hände schützend um Eisendorns Heft gelegt und versuchte immer noch, wieder zu Atem zu kommen. Der Riese war sehr groß, und Mikahl verglich ihn ständig mit seinen Erwartungen. Die Brutriesen in Kaltfrost waren höchstens acht bis neun Fuß groß gewesen, die Gesichter plump, mit feuchten, leicht nach oben gekrümmten Nasen, vorspringenden Kiefern und über der Nasenwurzel zusammengewachsenen Augenbrauen. Wilde und urtümliche Wesen waren es, halb Mensch, halb Tier. Borg glich ihnen nicht im Geringsten, nicht einmal, wenn er auf Knien lag und gurrte wie eine Bauersfrau beim Anblick der Spitzenauslage eines Tuchhändlers. Er erinnerte mehr an ein aufgeregtes Menschenkind. Da seine Aufmerksamkeit nun nicht mehr Eisendorn galt, entspannte sich Mikahl ein wenig. Geistesabwesend tätschelte er Windhufs Flanke und sah zu, wie Loudin und Borg, die jetzt den Großteil der Höhle beanspruchten, um den Preis für die Haut feilschten.

Borg wollte das Ding, das war klar. Er sagte, er werde eine kurze Reise unternehmen müssen, um die Summe Goldes und andere Gegenstände zu holen, die Loudin für die Rolle haben wollte. Er erklärte Mikahl, er werde die Schriftrollen zu König Aldar bringen und ihm die Antwort des Königs übermitteln. Es könnten drei Tage bis zu seiner Rückkehr vergehen, aber sie könnten in der relativen Wärme des Tales jenseits des Kammes auf ihn warten.

»Was ist mit dem Schwert?«, fragte Mikahl pflichtschuldig, wenn auch etwas zögernd.

König Balton hatte ihm befohlen, es dem Riesenkönig zu überbringen, aber eigentlich wollte sich Mikahl nicht davon trennen. Er hatte sich an die Kraft und das Selbstvertrauen gewöhnt, die es ihm verlieh. Er wollte es Borg nicht mitgeben. Wenn, dann würde er es nur König Aldar persönlich aushändigen.

»Wenn mein König es braucht, werden er oder ich zurückkommen, um es zu holen«, sagte Borg, dessen Blick wieder an dem juwelenbesetzten Heft klebte. »Es ist für mein Volk viel leichter, in diesen Landen zu reisen, als für euch.«

»Ja«, stimmte Mikahl mit einer dankbaren Verneigung zu. »Das sehe ich ganz genauso.«

Er wäre den Rest seiner Tage glücklich gewesen, keinen weiteren schneebedeckten Berggipfel sehen zu müssen.

»Wenn König Aldar das Schwert braucht, werde ich es ihm nur persönlich übergeben. Ich hoffe, du verstehst das.«

»So sei es«, erwiderte Borg ausdruckslos.

Hyden unterbrach das Gespräch und fragte Borg, ob er wisse, wo sich Berda aufhielt, und die beiden unterhielten sich kurz. Schließlich stellte Kralle sich selbst vor, indem er herabgeflattert kam und auf Borgs Schulter landete. Der Riese lächelte fröhlich und äußerte sich zur guten Gesundheit des Falklings. Bald darauf verabschiedete er sich von ihnen.

Vor der Höhle heulte ein bitterkalter Wind durch die Nacht, aber drinnen war es warm und gemütlich.

Hyden wünschte sich, jagen gehen zu können. Frischfleisch wäre ein Segen gewesen, aber mehr als Trockenfleisch und Kräuter würden sie in dieser Nacht nicht bekommen. Während er Vaegon bei der Zubereitung des Abendessens half, scherzte Loudin mit Mikahl.

»Ich werde es nur seiner Hoheit aushändigen!«, sagte der alte Meerender in spöttisch-aristokratischem Tonfall, begleitet von einer exaltierten Verneigung.

»Das ist formelle Höflichkeit«, verteidigte sich Mikahl. »Manieren und Etikette – das wirst du nie verstehen.«

»Es ist hochtrabender Unsinn«, lachte der Jäger. »Da hättest du ihm auch gleich die Stiefel lecken können.«

»Pah!«, winkte Mikahl ab. Zu den anderen am Feuer sagte er: »Habt ihr die Schädel an seinen Stiefeln und am Gürtel gesehen? Ich frage mich, von welchen Tieren die stammen.«

»Schreckenswölfe«, antworteten Hyden und Loudin wie aus einem Mund.

»Als ich klein war, waren sie in diesen Breiten eine echte Landplage«, sagte Hyden. »Sie sind weitergezogen oder ausgestorben, nachdem die Riesenhirten die meisten von ihnen erlegt hatten.«

Plötzlich erinnerte sich Mikahl, dass einige der Brutriesen in Kaltfrost wilde Wölfe als Haustiere gehalten hatten. Einer von ihnen hatte Herzog Silion und zwei seiner Männer zerfetzt. Mikahl hatte es nicht mit eigenen Augen gesehen, wohl aber das Ergebnis. Die Leichen waren noch warm gewesen und hatten im blutroten Schnee gedampft. Eine Spur silbrig-blauer Gedärme hatte sich vom Leichnam des einen Mannes weggeschlängelt, der völlig schockiert darüber wirkte, tot zu sein.

Mikahl hatte auch den Wolf zu Gesicht bekommen, der Dank der vielen Pfeile und Armbrustbolzen in seinem Leib mehr wie ein großes Stachelschwein ausgesehen hatte. Als die Wachen des Königs ihn umgedreht hatten, waren der riesige Kopf und das Gebiss des Dings sichtbar geworden. Der Unterarm eines Mannes hatte zwischen den Kiefern geklemmt, in der Hand immer noch ein bedrohlich aussehender Dolchgriff.

»Ich glaube nicht, dass sie ausgestorben sind«, murmelte er mehr zu sich selbst.

»Du glaubst doch nicht, dass Pratcherts Wolf auch ein Schreckenswolf war, oder?«, fragte Hyden den Elf.

Mikahl sah sie an, als seien ihre Köpfe gerade auf Pfirsichgröße geschrumpft.

»Unwahrscheinlich«, antwortete Vaegon. »Dank der Riesen durchstreifen heute viele Schreckenswölfe den Wald der Ewigkeit. Keiner von ihnen müsste wie Hunt Mahns Wolf geschoren werden, um die Sommerhitze zu überstehen. Pratcherts Wolf war höchstwahrscheinlich ein grauer Polarwolf oder einer von dessen Hochlandverwandten.«

»Wer bei den Sieben Königreichen ist Pratchert?«, fragte Mikahl.

Hyden stieß den Elf aufmunternd an.

»Los, erzähl ihm die Geschichte«, drängte er. »Ich würde sie auch gern noch einmal hören.«

»Ja, Vaegon, erzähl«, ermutigte ihn Loudin. »Ich würde gern zur Abwechslung mal Zuhörer sein.«

»Gut«, willigte Vaegon ein, »aber erst nach dem Essen.«

Während Vaegon die Geschichte erzählte, warf Mikahl oft Hyden einen Seitenblick zu. Er ertappte Hyden dabei, wie er seinerseits ihn ansah. Beide empfanden eine seltsame Verbindung zueinander. Konnte Hyden sein wie der große Magier Hunt Mahn? Konnte Mikahl der König sein, der eines Tages seine Hilfe brauchen würde, um die Dunklen abzuwehren und die Königreiche der Menschen zu einen? Oberflächlich betrachtet war das eine alberne Idee. Bisher war keine große Bedrohung, die sie bekämpfen konnten, über das Land gekommen. König Glendar mochte ein schrecklicher Mann sein, doch

Mikahl hielt ihn nicht für einen Diener des Bösen. Desgleichen sah sich Hyden nicht als Anführer einer Armee wilder Tiere aus dem Wald, die Mikahl und seine Königlichen retten würde. Dennoch bildete sich unleugbar ein Band zwischen ihnen aus.

Als sie vorhin Loudin mit Kralles Hilfe einen Streich gespielt hatten, schien es, als könnten sie die Gedanken des jeweils anderen lesen. Hyden hatte alles, was Mikahl hatte sagen wollen, klar vor Augen gehabt. Mikahl hatte gewusst, dass Hyden seinen Hinweis verstehen würde. Es war seltsam, und selbst jetzt fühlten beide, wie die merkwürdige Verbindung stärker wurde, wenn sie einander in die Augen sahen, auch wenn beide dazu schwiegen.

Als Vaegon mit der Geschichte von Pratchert fertig war, schnarchte Loudin leise neben dem Feuer. Bald darauf schliefen auch die anderen.

Irgendwann am frühen Morgen erlosch das Feuer. In der Höhle war es eiskalt, als Loudin erwachte. Nachdem er sich aufgesetzt und in seinen Pelzmantel gehüllt hatte, bemerkte er, dass Hyden nicht in seinem Schlafsack lag. Auch der Falkling und die warme Kleidung des Mannes waren weg, also dachte er sich nichts dabei. Grunzend erhob er seinen steifen, zerschlagenen Körper und blickte den schlafenden Mikahl düster an.

Die ständigen Witze des Jungen über sein Alter und seine Kondition waren vielleicht der Grund, warum es überall in seinem Körper schmerzte und zwickte. Doch er mochte den Jungen und war froh, ihn drunten im Reyhallwald nicht im Stich gelassen zu haben. Loudin sah sich selbst in dem jüngeren Mann. Er wünschte sich, noch so jung zu sein wie diese Burschen, und ahnte, dass ihnen viele große Abenteuer bevorstanden. Aber er wusste nicht, wie lange er noch mit ihnen reisen würde.

Wenn Borg ihn für die Haut bezahlt und er Mikahl seinen Anteil gegeben hatte, wollte er sich eine kleine Hütte bauen und sich aufs Altenteil zurückziehen. Er würde sich im Reyhall einen Platz roden; vielleicht würde er auch einfach die Lichtung am Teich benutzen, wo sie die große Echse getötet hatten. Er würde einen Garten anlegen und ein paarmal im Jahr nach Locar reisen, um Vorräte einzukaufen. Sein Fleisch konnte er jagen. Vielleicht hätte er das Glück, eine Frau zu finden, die nicht die Mitgift gehabt hatte, um sich in jüngeren Jahren zu verheiraten. Mit seiner Hälfte dessen, was Borg zurückbrachte, würde es ihm an nichts fehlen. Vielleicht würde er sich sogar ein Haus in einer der kleineren Städte kaufen und einen Handelsposten oder so etwas eröffnen. Gewinn würde er keinen machen müssen; es wäre nur ein Zeitvertreib. Endlose Möglichkeiten …

Sicher wusste er nur, dass Mikahl recht hatte. Er wurde langsam zu alt, um ständig im Wald herumzuschleichen, und er vergaß hier und da Kleinigkeiten. Wie lange noch, bis er etwas Wichtiges vergaß und so in Gefahr geriet?

Etwas, das Loudin gehört hatte, während er auf Salazar eine Runde Runenscheiben mit hohem Einsatz gespielt hatte, fiel ihm immer wieder ein. Ein Harthgarer Segelmeister hatte gerade die Hälfte der Steine auf dem Tisch gewonnen und zählte sie, um sich seinen Gewinn auszahlen zu lassen. Einer seiner Kameraden hatte ihn gefragt, warum er nicht bleibe, um mehr zu gewinnen. Der Mann hatte gekichert und den Kopf geschüttelt. »Verlässt man den Tisch nicht, wenn man gewinnt, gewinnt man gar nicht.«

Loudin würde gewinnen, und er wusste es. Er würde diese weisen Worte befolgen und mit seiner Bezahlung recht bequem bis ins hohe Alter leben können.

»Wenn ich mir nicht vorher den verdammten Arsch abfriere«, grummelte er halblaut.

Dann musste er lachen. Er hätte das nie laut gesagt, wenn Mikahl wach gewesen wäre und es hätte hören können. Das kam gar nicht infrage. Er lehnte sich an die Höhlenwand, um seine Stiefel anzuziehen, dann ging er Holz für die Feuergrube suchen. Er wollte den verzogenen Schlosswelpen nicht über die Kälte jammern hören, aber tief im Innern wusste er, dass er eigentlich wollte, dass es warm war, wenn der Junge aufwachte.

***

Hyden hatte die Jagd immer schon geliebt; mit einem Elfenlangbogen zum Schießen und mit Kralles scharfen Augen zum Sehen liebte er sie nur umso mehr.

Er begriff, dass Vaegon sein räumliches Sehvermögen verloren hatte. Der Verlust musste den Elfen furchtbar schmerzen. Das verstand er, zumindest glaubte er es. Er konnte sich nicht vorstellen, was es mit ihm gemacht hätte, seine Zielsicherheit zu verlieren. Als Vaegon ihm den Bogen geschenkt hatte, hätte er ihn beinahe abgelehnt. Ein intuitives Gefühl hatte dafür gesorgt, dass er es sich anders überlegt hatte.

Sein selbstgefälliges, hochnäsiges Verhalten hatte der Elf praktisch verloren, aber diese Veränderung hatte bereits vor dem Verlust des Auges eingesetzt. Vaegon war nicht mehr er selbst. Er hatte nicht nur eine körperliche Verletzung davongetragen, und Hyden hatte unterwegs und am Feuer viel darüber nachgedacht, wie er seinen Elfenfreund aufheitern konnte. Es war das Mindeste, was er tun konnte, um Vaegon für sein wunderbares Geschenk zu danken.

Vaegon verbrachte immer mehr Zeit damit, in sein kleines Tagebuch zu kritzeln, und das machte Hyden Sorgen. Er wünschte, ihm wäre etwas Angemessenes eingefallen, das er für seinen Freund tun konnte, etwas, das zumindest einen Teil der Leere füllen würde, die der Verlust seines Auges hinterlassen hatte. Bisher war ihm nichts eingefallen, was auch nur annähernd seiner Dankbarkeit Vaegon gegenüber und seinem Kummer über den Verlust entsprach, den der Freund erlitten hatte.

»Das Leben ist weder schön noch gerecht«, wiederholte Hyden die Worte, die er seinen Onkel Condlin unlängst halblaut hatte murmeln hören. »Irgendwie ist es immer wie jetzt.«

Ein paar Hundert Schritte entfernt führte ein Widder zwei seiner Weibchen die Bergflanke hoch, ohne etwas von Hydens und Kralles Anwesenheit zu merken. Mithilfe des Falklings beobachtete Hyden, wie die Tiere aus dem Tal in der Ferne langsam auf ihn zukamen. Er hätte schon längst eines von ihnen erlegen könne, beschloss aber zu warten. Solange sie sich auf ihn zubewegten, würde er sie näher kommen lassen. Wenn sie die Richtung änderten, würde er sie mit Kralles Hilfe zu sich hin treiben. Der herabstoßende Falkling würde sie vielleicht direkt in den Höhleneingang scheuchen können. Es würde eine Weile dauern, aber es wäre schneller und viel einfacher, als einen Kadaver den ganzen Weg zurückzuschleppen. Erst wenn Kralle sie nicht auf dem gewünschten Weg halten konnte und sie sich entfernten, würde er eins der Tiere auf herkömmliche Weise töten und transportieren müssen.

Während er sie beobachtete, merkte er, wie seine Gedanken wieder zu Pratchert wanderten. Er hatte die Geschichte noch gut in Erinnerung, und in seinem Kopf formte sich immer wieder dieselbe seltsame Frage.

In der Geschichte hatten der Magier und sein Wolf an der Sommertagsspitze haltgemacht, und ein Drache war gekommen. Sie hatten sich angeblich tagelang mit ihm unterhalten. Was an Hyden nagte, war das Thema ihres Gesprächs. Was hätte Pratchert einem Drachen zu sagen gehabt oder der ihm, und das auch noch tagelang? Hyden konnte sich nicht vorstellen, was er einem Drachen sagen oder ihn fragen würde. Wie er sich kannte, würde er den Drachen bitten, ihm eine Geschichte zu erzählen.

Was für eine Geschichte würde ein Drache wohl erzählen? Vielleicht hatte der Hundemann das Gleiche getan. Es wäre eine schrecklich lange Geschichte gewesen, wenn sie mehrere Tage gedauert hatte, aber andererseits …

»Noch zu weit weg, was?«, fragte Loudin leise, aber mit bewusster Schärfe in der Stimme.

Hyden hätte sich bei den Worten beinahe zu Tode erschrocken. Er hatte den alten Jäger nicht kommen hören. Er wartete einen Augenblick ab, damit sich sein klopfendes Herz beruhigte, ehe er antwortete.

»Du hast mich erschreckt«, flüsterte er.

»Du hast dir beinahe in die Hose geschissen«, kicherte Loudin. »Ich hätte dich noch viel schlimmer erschreckt, würdest du nicht gerade auf mein Frühstück zielen.«

Er kauerte sich neben Hyden und klopfte ihm auf die Schulter. Der Atem kondensierte vor seinem Mund.

»Betrachte es als Revanche für die Beule auf der Stirn, die mir dein verdammter Vogel gestern verpasst hat.«

Hyden spürte, wie er schamrot wurde, konnte beim Gedanken an den Streich aber ein Lächeln nicht unterdrücken. Eine ganze Weile schwiegen sie beide; sie sahen nur zu, wie der Schafbock mit seinen Weibchen immer näherkam.

»Sie sind schon sehr lange in Reichweite, Loudin«, prahlte Hyden als Antwort auf die Eingangsfrage des Meerenders. »Ich spare mir nur die Mühe, eines der Tiere den Hügel hoch und zurück zur Höhle schleppen zu müssen.«

Loudin betrachtete mit zusammengekniffenen Augen die drei sich bewegenden Punkte in der Ferne. Er wollte die Prahlerei infrage stellen, doch dann sah er den Falkling hoch droben schweben und hielt den Mund.

Er ging zu Recht davon aus, dass dessen Falkenaugen Hyden so exakte Schüsse ermöglichten, genau wie damals, als er die Pfeile in die dunkle Bestie gejagt hatte, die dem Elfen ein Auge geraubt und Mikahl beinahe getötet hatte. Hyden hatte bei Nacht vom gegenüberliegenden Hügelkamm aus geschossen. Nur das schwache Leuchten von Mikahls Schwert hatte sein Ziel erhellt, und er hatte getroffen. Er nickte Hyden respektvoll zu.

»Ja«, setzte er hinzu. Das war nur ein weiteres Beispiel für die Kraft der Jugend, die ihm nicht mehr gegeben war.

Loudin erhob sich wieder, was ihm diesmal ohne hörbares Ächzen gelang.

»Ich mache Feuer«, sagte er und kehrte dann zur Höhle zurück.

Hyden schalt sich innerlich, weil er sich so von dem Jäger hatte überraschen lassen. So unachtsam durfte er nicht sein. Er hatte den anderen nicht verraten, was Borg über weitere finstere Kreaturen gesagt hatte, die unterwegs waren.

Erst seitdem er die Geschichte von Hunt Mahn wieder gehört hatte, glaubte er wirklich, dass die Macht von Mikahls Schwert etwas mit dem Überfall zu tun hatte. Wenn das Schwert Mikahl wirklich zum König von Westland machte, dann würden sicher noch andere kommen und es haben wollen. Hyden kannte sich mit Königen und Königreichen nicht besonders gut aus, und noch weniger wusste er über magische Schwerter, aber es war klar, dass derjenige, der Westland gerade regierte, nicht wollte, dass Mikahl auftauchte und seine Pläne durchkreuzte.

Ein Warnschrei Kralles lenkte seine Aufmerksamkeit wieder auf den Schafbock. Er näherte sich von der Seite, arbeitete sich dabei aber höher auf den Berg vor. Er schickte Kralle los, der auf ihn stürzen sollte. Er brannte ebenso darauf, zu sehen, ob der Vogel den Widder dahin treiben konnte, wo er ihn haben wollte, wie darauf, sich auf den Abschuss eines seiner Weibchen vorzubereiten.

***

Vaegon erwachte beim ersten Knistern von Loudins Feuer. Der Schmerz in seiner leeren Augenhöhle hatte nachgelassen, nicht aber der in seinem Herzen. Das Loch dort war eine frische offene Wunde. Er fühlte sich, als habe ihm die Bestie einen Teil seiner selbst entrissen, den, der ihn zum Elfen machte.

Keiner seiner Gefährten konnte das Ausmaß seines Verlusts nachempfinden. Nur ein Elf konnte das verstehen. Die Nachtsicht, die Fähigkeit, die Lebensenergie von Geschöpfen und die Ströme der Magie, die den Rest der Welt um- und durchflossen, zu sehen, war so gestört, dass er sie nicht mehr einsetzen konnte. Für ihn war Sehen jetzt, als versuche ein Mensch, mit der Nase zu hören oder mit der Zunge zu riechen; als versuche er, ein Schwert mit einem gestiefelten Fuß zu führen oder auf nur einem Bein zu rennen. Er fühlte sich leer und nutzlos.

Sosehr er den Wald der Ewigkeit auch vermisste, inzwischen fand er die Vorstellung einer Rückkehr nicht mehr besonders tröstlich. Sein Volk würde natürlich mit Akzeptanz und Liebe reagieren, aber das Geflüster, wenn er an den Blumengärten vorbeiging, ohne die Formen zu erkennen, die die Gerüche bildeten, wenn das Sonnenlicht sich in ihnen brach, wäre unerträglich. Sie würden lachen, wenn er die Hinweise des Waldes auf den Weg, dem er folgen sollte, übersah. Sie würden ihn höflich trösten, und ihre guten Absichten wären eine ständige Erinnerung an all die Dinge, die er ohne seine Elfensicht nicht mehr wahrnehmen konnte. Der Gedanke machte ihn krank. Selbst jetzt waren die Flammen bloß noch ein einzelner Grillenruf, wo sie zuvor unter seinem Blick gelodert hatten wie die gesamte nächtliche Sinfonie des Waldes.

Es hatte ihm sehr wehgetan, Hyden Falk seinen Langbogen zu überlassen, aber er hätte keinen besseren neuen Besitzer dafür finden können. Keine Rasse, nicht einmal seine eigene, hatte jemanden hervorgebracht, der das Geschenk höher zu schätzen gewusst hätte als Hyden Falk. Der junge Mann war etwas Besonderes, genau wie Mikahl. In seinen dreiundsiebzig Lebensjahren hatte Vaegon noch nie jemanden getroffen, keinen Elfen, Riesen, kein Feenwesen und keinen Zwerg, der mehr Lebensenergie ausgestrahlt hatte als diese beiden. Er konnte sie nicht mehr sehen, aber er hatte sie gesehen, ehe er die Gabe der Elfensicht verloren hatte.

Jetzt war ihm klar, dass seine Sicht genau das gewesen war: eine Gabe. Er schüttelte den Kopf beim Gedanken daran, wie seinesgleichen derlei als gegeben voraussetzten. Dieser Gedanke erfüllte ihn mit noch größerer Demut als der tatsächliche Verlust. In Wirklichkeit unterschied sich sein Volk nicht sehr von den Menschen; die Götter hatten ihm nur ein paar mehr Geschenke mitgegeben. Ohne sie waren beide Völker gleich. Er konnte nicht glauben, dass er sich einmal für etwas Besseres gehalten hatte.

Vaegon wusste, dass Hyden Falk jemanden brauchte, der ihm half, seine Kräfte zu meistern. Mikahls Macht entsprang dem Schwert. Das zu verstehen würde Vaegon nicht einmal versuchen. Die Aura des Jungen aus Westland war von sehr viel Potenzial durchströmt gewesen, als sie sich vor Hydens Dorf getroffen hatten. Was nichts mit dem Schwert zu tun gehabt hatte, erinnerte er sich. Das war damals an das Pferd geschnallt gewesen. Dennoch brauchte auch der Junge aus Westland Anleitung. Das galt für beide.

Vaegon seufzte. Hätte Hyden Falks großartiger Schuss nicht den Pfeil zerstört, den der Bogenschütze der Hexenkönigin auf ihn abgeschossen hatte, wäre er gar nicht mehr gewesen. Er verdankte Hyden nach wie vor sein Leben. Diese schlichte Tatsache gab ihm ein Ziel, und das wiederum schenkte ihm ein wenig Hoffnung.

Nicht mehr nur aufgrund einer Lebensschuld, sondern als Freund und Mentor verschrieb Vaegon Hyden Falk wortlos und freiwillig sein Leben. Er war nicht sicher, inwiefern ein Zyklopenelf behilflich sein konnte, aber er würde es dennoch versuchen. Er lächelte strahlend und schien seine Sorgen zu vergessen, als Hyden Falk am Höhleneingang auftauchte, leicht außer Atem von der Last seiner Beute.

Mikahl erwachte vom köstlichen Geruch bratenden Fleisches. Die Höhle war angenehm warm. Blinzelnd rieb er sich den Schlaf aus den Augen, und Loudin reichte ihm eine Feldflasche mit kaltem Wasser. Einen Augenblick später legte ihm Vaegon mit tiefer Verbeugung ein Stück Brot in den Schoß, dann gab ihm Hyden einen Dolch, auf dessen Spitze ein kochend heißes Stück Fleisch steckte.

Mikahl biss ab und sah dabei in die Gesichter ringsum, die ihn anstarrten. Seine drei Gefährten standen alle kurz vor einem Lachanfall. Mit spöttischem Ernst verneigten sich alle drei tief. Als sie sich wieder aufrichteten, sprachen sie vollendet im Chor, wobei der Sarkasmus aus ihren Worten triefte wie Honig: »Mächtiger König Mikahl, gnädigste Hoheit, wir stehen Euch zu Diensten.« Ehe sie auch nur ausgesprochen hatten, dröhnte ihr Lachen durch die Höhle.

Mikahl lächelte breit, nickte königlich und machte sich ans Essen.

KAPITEL 33

LORD ELLRICH WAR FROH, WIEDER IN DER FESTE Settsted zu sein. Inmitten der vertrauten Steinwände, die das Wohngebäude mitsamt dem kleinen Burghof und dem einzigen Turm umgaben, und mit einer prachtvollen Aussicht auf die scheinbar endlosen grünen Marschen, die auf der anderen Seite des Flusslaufs begannen, fühlte er sich wohl und sicher.

Der Duft nach dem, was Rosila gerade kochte, wehte aus der Küche herauf, und der beruhigende Lärm der wenigen Männer, die König Glendar und sein Zauberer ihm gelassen hatten und die auf dem Übungsplatz exerzierten, waren Sinneseindrücke, die zu genießen er nicht mehr gehofft hatte. Wie er es fertiggebracht hatte, dass sein Kopf nicht in Seeburg aufgespießt wurde, war ihm ein Rätsel. Er war sicher, dass es vor allem dem Interesse König Glendars an seiner Tochter zu verdanken gewesen war.

Zum Glück war Zasha bei Lady Trella in Seegrund in Sicherheit. Er hoffte inständig, es würde ihr noch gelingen, Glendars Blick von sich abzulenken. Vielleicht konnte Trella es bewerkstelligen, dass er sich für eine andere Jungfrau interessierte. Sobald er richtig angekommen war, würde er ihr eine Nachricht schicken und beide Frauen einladen. Seegrund war wahrscheinlich ohne das heitere Wesen Lord Gregorys ein eher trauriger Ort.

Die Woche war außergewöhnlich anstrengend gewesen. Jeden Tag loszureiten, um Männer aus den Garnisonen abzuziehen, war keine leichte Aufgabe. Sein stattliches, aber altes Pferd konnte nur eine gewisse Strecke mit einer derartigen Last auf dem Rücken zurücklegen und brauchte dafür seine Zeit, also hatte alles sehr lange gedauert.

Die meisten Soldaten waren Angehörige des Flussvolkes, seines Volkes. Wen Lord Ellrich auch zum Kämpfen nach Wildermont schickte, jedes Mal protestierten Mütter, Väter und Ehefrauen heftig. Einige hatte er beschwichtigen können, andere verfluchten ihn noch immer für seine Entscheidung. Sie waren sein Volk, und er war ihr Herr. Es schmerzte ihn, diese Pflicht erfüllen zu müssen, doch der neue König von Westland führte Krieg gegen den Osten, und Ellrich versetzte lieber ein paar Familien in Rage, als für diese Sache den Kopf zu verlieren.

Das Flussvolk war nur ein Teil dessen, wofür Lord Ellrich verantwortlich war. Abgesehen davon, dass er die Küste Westlands bewachte, was auch den Westarm des Leif Greyn mit einschloss, herrschte er außerdem über einen beachtlichen Teil der südlichen Ländereien des Königreichs. Bauern, Hirten und Handwerker lebten und arbeiteten unter seinem Banner. Die Rekrutierungsoffiziere Lord Brachs waren durch diese Lande gezogen und hatten jeden Mann und Jungen, der kräftig genug war, gezwungen, sein Zuhause zu verlassen und mit in die Schlacht zu ziehen. Glücklich waren in diesem Teil des Königreichs nur sehr wenige. Ellrich konnte sich nicht vorstellen, dass es dort besser zuging als anderswo. Sein Volk mochte mit ihm unglücklich sein, aber wenigstens war es sein Volk, das ihn jetzt umgab. Er war zu Hause.

Auf dem Tisch vor ihm lagen die restlichen Bittschriften und Beschwerden, die sich in seiner Abwesenheit angesammelt hatten. König Baltons Begräbnis, Glendars Krönung und der Auftrag, dem König den Großteil seiner Männer zu schicken, hatten weit mehr als einen Monat in Anspruch genommen. Was seine Hauptleute nicht stellvertretend für ihn erledigen konnten, lag nun zur Einsichtnahme vor ihm. Anscheinend hatten sie nicht besonders viel erledigen können. In den letzten Tagen war der Stapel etwas kleiner geworden, doch seit sich die Kunde seiner Rückkehr verbreitete, wurde er wieder höher.

Mehrere Menschen hatten Scharen großer Sumpfdaktylen über die Triften fliegen sehen. Dutzende Ziegen, ein paar Schafe und eine Milchkuh wurden vermisst. Im nächsten Bericht stand, dass einige Frachtkähne gesunken oder geentert worden waren, ehe sie ihr Ziel erreicht hatten. Dabei handelte es sich um eine neue Abschrift eines älteren Reports, und so warf er ihn schnell weg. Ein junges Mädchen war von Uniformierten vergewaltigt worden, vermutlich Rekrutierungsoffiziere Lord Brachs. Ellrichs Männer wussten sich zu benehmen. Sie hatte ihre Anklage gerade erst erhoben. Wahrscheinlich hatte ihre Familie ihr geraten, auf Lord Ellrichs Rückkehr zu warten, ehe sie irgendwelche Anschuldigungen vorbrachte. Nun war es wohl zu spät, die Verantwortlichen zu finden, da der Einmarsch nach Wildermont bereits begonnen hatte.

Lord Ellrich seufzte und fuhr sich mit den Wurstfingern durch die Hautfalten am Kinn. Was für eine Schande. In einem anderen Bericht stand, in mehr als einer Stadt seien Einbruchserien zu verzeichnen. »Hochgradig organisiert«, hatte Hauptmann Lang an den Rand des Berichts geschrieben. Ellrich versuchte sich zu erinnern, ob Lang an die Front nach Wildermont geschickt worden war oder nicht. Wenn er die Diebstähle so weit untersucht hatte, dass er Aussagen darüber machen konnte, wie organisiert die Täter vorgingen, sie aber trotzdem nicht hatte fassen können, dann war das Schlachtfeld vielleicht ein besser geeigneter Ort für ihn. Oder vielleicht wollte Hauptmann Long lieber eine Expedition in die Marschen anführen und einige der lästigen Daktylen niederstrecken. Diese Idee gefiel Ellrich. Wenn man ein paar der ledrigen Biester in den Städten entlang der Küste an den Bäumen aufhängte, würden sich die Leute ein bisschen besser fühlen. Er machte sich daran, die nächste Seite zu lesen, doch dann seufzte er ein weiteres Mal und warf den Stapel Papiere wieder auf seinen Schreibtisch.

Beim Duft von Rosilas Mahl lief ihm das Wasser im Mund zusammen. Nicht einmal der erschütternde Fall des belästigten

Mädchens, dessen Vater er persönlich kannte, würde sein heutiges Abendessen stören.

Die Tafel war voll beladen mit seinen Lieblingsspeisen. Rosila bekochte und versorgte ihn, seit er einem Sumpfkäfer bis zu den Knien gereicht hatte, und sie wusste genau, was seinen immensen Hunger stillte. Seit seiner Rückkehr war er zu sehr damit beschäftigt gewesen, zu den Außenposten zu reisen und seine Runden zu drehen, um sich an seinen Tisch zu setzen und eine ihrer ausgezeichneten Mahlzeiten zu genießen, doch an diesem Abend hatte sie darauf bestanden. Sie hatte außerdem seine Ratgeber eingeladen und sie eindringlich ermahnt, den Lord nach dem Mahl in Ruhe zu lassen, damit er sich ausschlafen konnte. Sie wussten, dass man besser nicht mit ihr diskutierte, genau wie Lord Ellrich. Sie war so alt wie Settsted selbst und so unnachgiebig wie der Stein, aus dem es erbaut war.

Hauptmann Layson, ein großer, dicker Mann mittleren Alters mit dem Gebaren eines Militärs und einem bald vollständig kahlen Kopf, war eingeladen worden. Er war Lord Ellrichs Vertreter hier in der Feste.

Hauptmann Munst, eine etwas jüngere und massigere Version Hauptmann Laysons, war ebenfalls anwesend. Er stand über all jenen Männern, die die Kette von Außenposten bemannten, die Lord Ellrich gerade erst dezimiert hatte.

Sir William, der raffinierte alte Waffenmeister, der beinahe jeden Mann ausgebildet hatte, war auch da. Er wurde merkbar älter, doch sein wilder Schopf weißen Haares und sein gestählter Körperbau waren nach wie vor beeindruckend. Besonders auf dem Übungsplatz, wo er häufig unter Beweis stellte, warum er noch immer der Waffenmeister war.

Der Speisesaal mit seinen Steinmauern war nicht sonderlich groß. Er fasste nur eine lange Tafel und wurde von Fackeln erleuchtet, die gleichmäßig an den langen Wänden angebracht waren. Vor dem großen Kamin an einem Ende des Tisches stand eine hölzerne Abtrennung, die in den gleichen dunklen, matten Grün- und Brauntönen gehalten war wie die beiden

Teppiche an den Wänden, die Sumpflandschaften zeigten. Selbst so früh im Sommer hätte ein Feuer den fensterlosen Raum so aufgeheizt, dass es unerträglich geworden wäre.

Es war eine informelle Zusammenkunft alter Freunde, die einander vertrauten und respektierten, einfach ein Treffen, bei dem sie genossen, dass ihr Lehnsherr zurück war. Diese drei Männer hatten Lord Ellrich ihre Ideale mit auf den Weg gegeben und ihn aufgezogen, nachdem sein Vater vor vielen Jahren gestorben war. In ihrer Gegenwart bedeutete sein Titel wenig, sie waren wie eine Familie, und keiner von ihnen zögerte, seine Meinung zu äußern. Alle drei waren froh, sich an Rosilas Speisen laben zu dürfen. Sie ließ sie selten an den Tisch des Lords.

Beim Essen wurde wenig geredet. Gebratenes Stubenküken und Schweinefleisch in Bratensoße beschäftigten ihre Finger und Münder hinreichend. Frisch gebackene Brotlaibe mit einer ordentlichen Portion Butter, süße Gelees und grünes Mischgemüse wurden auch nicht verschmäht. Der beste Rote war aus dem Keller heraufgebracht worden, und Rosila und ihre Tochter sorgten dafür, dass die Kelche nie leer wurden. Der Nachtisch bestand aus gezuckerten Moosküchlein mit kandiertem Garwurz, einer Sumpflandspezialität, so rar wie Schnee. Die Männer nahmen alle mehr als ordentliche Portionen.

Die Gespräche waren heiter, bis Lord Ellrich, der aus allen Poren schwitzte, ein Paar Kandelaber bringen ließ, damit die Fackeln gelöscht werden konnten. Nachdem er sich das Fett und die süße Marmelade von den Händen gewischt hatte, rülpste er laut, dann begann er über König Glendars Feldzug im Osten zu sprechen. Er war angeheitert und hatte einen grünen Streifen Zuckerguss vom Mooskuchen auf der rechten Wange. Sein Benehmen und sein Ton waren fast schon komisch.

»Glaubt ihr, man kann diesen Krieg gewinnen?«, fragte er in die Runde.

»Ich kann mir nicht erklären, warum diese Hexe aus Hochvag so was auf dem Sommertag lostreten würde«, bemerkte Hauptmann Layson.

»Ich habe gehört, es war ein Scheißkerl aus Meerend, der das Blutvergießen auslöste, nachdem Lord Gregory ihren Kämpfer getötet hatte«, sagte Sir William.

Bei der Erwähnung des Löwenlords schüttelten alle einen Augenblick lang abwesend den Kopf, während sie in Gedanken dem hoch geschätzten Lord vom Seegrund nachhingen.

»Er war ein feiner Kerl«, sprach Lord Ellrich. Er hob die Flasche, um einen Trinkspruch auszubringen. »Auf einen charakterfesten und edelmütigen Krieger, der schmerzlich fehlen wird.«

»Ja, das war er«, setzte Sir William hinzu.

»Hört, hört«, stimmten die anderen zu.

»Man erzählt sich, der alte König Jarrek sitzt in seiner Schlossburg schon wie ein furchtsamer Hase im Bau fest.« Sir William wechselte das Thema, ehe der Verlust Lord Gregorys die Stimmung des Abends vollkommen ruinierte.

»Diese Rotwölfe keifen und bellen gerne ganz schön, aber wenn sie tatsächlich kämpfen sollen, suchen sie wie Köter das Weite, oder etwa nicht?«

Diese Bemerkung stammte von Hauptmann Munst, der ganz offensichtlich am wenigsten getrunken hatte. Er hatte drei Töchter und eine besorgte Ehefrau zu Hause. Wegen der verringerten Truppenstärke entlang des Flusses würde er sicher lange keine derart gute Gelegenheit mehr bekommen, sie zu sehen. In dieser Nacht bot sich ihm die Gelegenheit, sie zu besuchen, und er wollte nicht volltrunken dort erscheinen.

»Wenn sie das Fest richtig überwacht hätten, wie es ihre Aufgabe ist«, fuhr Munst fort, »wäre das alles nicht passiert. Das haben die sich selbst zuzuschreiben.«

»Diese dämliche Marionette, dieser Glendar!«, brüllte Lord Ellrich lauthals.

Nur hier in seinem Zuhause, bei den Männern, denen er vollkommen vertraute, konnte er aussprechen, was er wirklich dachte.

»Er und Lord Brach hätten früher oder später einen Grund

gefunden, Wildermont zu überfallen. Das haben die schon vor König Baltons Tod geplant.«

»Noch ein großartiger Mann, der schmerzlich vermisst werden wird«, sagte Hauptmann Munst in der Hoffnung, die hochverräterischen Gedanken seines Lehnsherrn in andere Bahnen zu lenken, ehe er zu weit ging. »Auf den guten König Balton«, sagte er feierlich. »Möge er bis in alle Ewigkeit bei den Göttern weilen.«

»Absolut«, stimmten die anderen zu, die offenbar verstanden hatten, worauf Hauptmann Munst hinauswollte.

Keiner von ihnen wollte herausfinden, was mit ihm geschah, wenn Lord Ellrich wegen Hochverrats am neuen König den Kopf verlor. Sie alle hatten Gerüchte darüber gehört, dass die Burghöfe und Gartentore der Seeburg voll von den Köpfen derer waren, die den jungen Glendar auch nur verärgert hatten. Man erzählte sich überdies, Lord Brach habe überall Spione. Hauptmann Munst fürchtete, dass Lord Ellrichs Worte Glendar dank des findigen Lords des Nordens und des seltsamen Zauberers des Königs durchaus zu Ohren kommen konnten, selbst wenn er sie in seiner eigenen Festung aussprach.

Sir William setzte zum Reden an, doch mit einem unvermittelten lauten Krachen fiel die hölzerne Kaminabdeckung plötzlich zu Boden.

Lord Ellrich schien es nicht zu bemerken, doch Hauptmann Layson und Sir William drehten ruckartig die Köpfe, von dem Geräusch instinktiv in Alarmbereitschaft versetzt.

Hauptmann Munst, der am Tafelende mit dem Rücken zum Kamin saß, entschloss sich, die Reaktion der anderen abzuwarten, statt sich in seinem Stuhl zu verbiegen. Erst als Hauptmann Layson die Stirn in Falten legte und die Brauen zusammenzog, als er aufstand und zum Ursprung des Geräuschs schritt, wurde Hauptmann Munst ebenfalls von seiner Neugier übermannt.

»Was war das?«, fragte er und trat zu Hauptmann Layson, um sich der Untersuchung anzuschließen.

Lord Ellrich war nur leidlich beunruhigt.

»Vielleicht der Wind«, sagte er mit einer verächtlichen Handbewegung. »Vergesst's einfach.«

»Was zur …?« Hauptmann Layson konnte nicht weitersprechen. Er sprang zurück, weil plötzlich eine Aschewolke in der Steinnische explodierte.

»Es ist ein verfluchter Witwenwurm!«, schrie Hauptmann Munst beim Anblick der giftigen Sumpfechse.

Sie war so lang wie sein Bein, von grauer Asche bedeckt, und huschte schon über den Boden. Sie machte einen Satz zur Seite in den leeren Stuhl Hauptmann Munsts, hielt einen halben Herzschlag lang inne und sprang dann auf den Rand des Tisches, von wo aus es auf Lord Ellrichs ungläubig dreinblickenden, wackelnden Kopf zuschoss.

Als sei er der einzige Mann im Raum, fiel das entschlossene Tier den überdimensionierten Lord von Settsted an. Gleich würde es Krallen und Zähne ins Fleisch des Lords schlagen, aber da nagelte es Sir William mit seinem Dolch auf dem Holztisch fest. Sein übles Maul schnappte nur eine Haaresbreite vor Lord Ellrichs Antlitz zu. Es suchte mit den Krallen Halt auf dem glatt polierten Esstisch, es schnappte, krümmte und wand sich und wollte immer noch den hünenhaften Mann anfallen, als wäre sein einziger Zweck der, die Zähne in ihn zu graben. Sein Schwanz peitschte umher, fegte die Reste des Essens mitsamt den Servierplatten zu Boden und warf letztlich sogar die Kandelaber um – jedoch alles vergebens. Der Dolch des alten Waffenmeisters hielt stand.

Poch! Poch! Poch!

Das Hämmern an der Holztür ließ sie alle zusammenfahren.

Sir William löschte die umgefallenen Kerzen mit dem Rest seines Weines. Rosila kam aus der Küche in den Saal gestürmt, um zu sehen, was der ganze Lärm zu bedeuten hatte, sah die zappelnde Echse auf dem Tisch und schrie auf. Ihre Tochter, die ihr dicht gefolgt war, fiel beim Anblick des blutigen Tieres in Ohnmacht.

Poch! Poch! Poch!, ertönte es wieder an der Tür.

Hauptmann Layson wollte nachschauen und versuchte unterwegs, sich die Asche vom Hemd zu klopfen.

»Töte es!«, befahl Lord Ellrich, der sich schwerfällig aus seinem Stuhl erhob.

Der Witwenwurm streckte sich noch immer nach ihm aus und schnappte mit dem Maul. Ellrich stolperte vor lauter Trunkenheit und fiel fast über seinen Stuhl. Er wusste nicht, was schlimmer war, das beharrliche Sumpftier oder Rosilas ohrenbetäubendes Gekreisch.

Sir William war nüchtern genug, um seinen Dolch nicht aus der sich windenden Kreatur zu ziehen und erneut danach zu stechen. Stattdessen griff er nach seinem leeren Pokal und schlug ihn dem Wesen mehrmals auf den Kopf. Blut und feuchte, schleimige Schuppen flogen in alle Richtungen.

Rosila schrak zurück und fiel über ihre Tochter. Hauptmann Munst reagierte blitzschnell und fing sie auf, ehe sie auf dem Boden landete, doch sie schrie weiterhin laut und hysterisch. Sir William hämmerte weiter auf das Wesen ein, während Hauptmann Layson die Tür öffnete und einen zutiefst erschrockenen jungen Soldaten einließ.

»Genug!«, schrie Lord Ellrich.

Hauptmann Munst erkannte den Jungen sofort und versuchte, Rosilas drallen Körper in seinen leeren Stuhl zu bugsieren. Dies konnte nichts Gutes bedeuten.

Sir William hatte seinen Lehnsherrn nicht gehört und hämmerte die Echse noch immer in den Tisch. Ihr gesamter Körper zuckte nun, und aus dem Zischen war ein Gurgeln und Krächzen geworden.

»Genug!« Diesmal brüllte Lord Ellrich.

Alle im Saal erstarrten. Sir William bot einen eigentümlichen Anblick, er hielt in einer Hand seinen blutigen Kelch, holte gerade zu einem weiteren Schlag aus, und sein Gesichtsausdruck zeugte von kindischer Freude und völliger Trunkenheit. Das schwere Atmen des gerade angekommenen jungen

Soldaten, Rosilas Schluchzen und Wimmern und das Scharren der Klauen der sterbenden Echse erfüllten die jähe Stille.

Der junge Soldat wollte anscheinend unbedingt etwas sagen, war aber zu verängstigt, um einen Ton von sich zu geben. Hauptmann Munst ließ Rosila ohne viel Federlesens in seinen Stuhl fallen und kam dann um diesen herum.

»Was ist los?«, fragte er mit einem Hauch von Angst in der Stimme. Der Junge hatte eine weite Reise unternommen, um seine Nachricht zu überbringen. »Jetzt red schon!«

»Sie sind aus den Marschen gekommen, Hauptmann!« Wie Wasser, das einen Damm durchbricht, platzten die Worte aus ihm heraus. »Ich bin den ganzen Weg von Mittweg hierhergerannt. Das Gleiche geschah in Halbort, als ich vorbeikam, und jetzt hier. Dane, ein Reiter aus Letzthaven, ist gerade im Hof angekommen und hat das Gleiche von der anderen Seite zu berichten.« Der junge Mann rang nach Luft, ehe er weitersprach. »Sie sind bis unter die Kiemen bewaffnet und kommen in Schwärmen. Wir haben nicht genügend Männer, um sie aufzuhalten.«

»Was zur Hölle erzählst du da, Bursche?«, fragte Lord Ellrich.

Keiner seiner beiden Hauptleute wartete die Antwort ab. Sie schossen wie der Blitz aus der Halle, um sich ein Bild von der Lage zu machen. Sir William verstand, dass etwas absolut nicht in Ordnung war, und wartete darauf, nach wie vor den Kelch hoch über seinem Kopf, dass der junge Soldat seinem Herrn Antwort gab.

»Wir werden angegriffen, mein Lord«, sagte der Jüngling, dem Tränen in die Augen schossen, augenscheinlich Tränen des Entsetzens. »Wir werden von den Skeeks überrannt!«

»Die Zard?« Lord Ellrich sah belämmert zu Sir William hinüber.

Der Arm des Waffenmeisters senkte sich endlich wieder, und mit den Lippen formte er ein deutlich erkennbares: »O.«

Die Zardmänner hatte man zu Zeiten von Lord Ellrichs

Großvater ausgerottet, oder zumindest war man davon ausgegangen. In den letzten Jahren hatte es immer wieder Berichte über Sichtungen gegeben, doch diese waren als Falschmeldungen abgetan worden. Auf all den Vorstößen in die Marschen, um Schnapper, Daktylen und Gekas zu jagen, während sämtlicher längerer Jagdexpeditionen auf Wibbins und Schrillschlangen, hatte nicht einer seiner Männer jemals auch nur einen winzig kleinen Beweis erbringen können, dass es die Zard noch gab. Ellrich konnte nicht glauben, was er da hörte, genauso wenig wie Sir William.

»Meister William«, fuhr der Junge fort, nachdem er sich die Tränen weggewischt hatte. »Es sind mehrere Tausend. Wir müssen für die Sicherheit des Lords sorgen.«

***

Vom Rücken des Drachen blickte Shaella hinab auf die klotzige Feste Settsted, einen konzentrierten und zielstrebigen Ausdruck auf dem vom Wind geröteten Gesicht. Ihr schwarzer Samtmantel flatterte am Halsband und überall dort, wo er nicht zwischen ihrem wohlgeformten Hinterteil und dem schuppigen Rücken des Drachen klemmte. Mit klarem Kopf konzentrierte sie sich allein auf ihren Plan. Jeden Gedanken an Gerard und Pael hatte sie in diesem Augenblick beiseitegeschoben. Sie fiel in Westland ein. Sie konnte sich nicht erlauben, über so triviale Dinge nachzudenken. Sie war nun die Drachenkönigin, gekommen, um Westland zu erobern und zu ihrem Reich zu machen.

Shaellas Zardarmee griff am gesamten Flusslauf an. Dieser Streifen Westlands wurde völlig überrannt. Die Außenposten der Armee und die Dörfer und Städte, die dort aus dem Boden sprossen, waren am schlimmsten betroffen. Sie bündelte ihre Truppen in diesen dicht bevölkerten Gebieten. Es waren die einzigen Orte, an denen genug Menschen verblieben waren, um Widerstand zu leisten. Kleinere Zardgruppen griffen die

Fischerdörfer an, und ihre Soldaten, die auf den Rücken der großen Gekaechsen ritten, kontrollierten mittlerweile die Straßen entlang des Flusses. Die Metropole Südhafen würde warten müssen. Durch geeignete Schreckensszenarien würde sie den Menschen dort eine Heidenangst einjagen. Das Gleiche würde in Meergmünd im Norden und in Burgblick bei Seestadt funktionieren müssen.

»Es geht doch nichts über einen großen feuerspeienden Drachen, um sich eine Stadtbevölkerung gefügig zu machen«, dachte sie.

Sie war sicher, dass Scharlach und die Brutriesen, die sie auf die nördlichen Teile Westlands loslassen wollte, mit sehr wenig Widerstand zu rechnen hatten. Wer hätte sie auch aufhalten sollen? Alle wehrhaften Männer waren bei König Glendar. Westland würde fallen wie Getreide unter der Sichel.

Wenn sie mit Settsted fertig war, musste sie nach Locar fliegen, dann nach Kaltfrost. Die Kunde vom Untergang Westlands durfte nicht bis zu König Glendar dringen, solange er noch genug Zeit hatte, aus Wildermont zurückzukehren. Mit den Halbbrutriesen würde sie ihn und seine Armee ausschalten, doch zuerst musste sie Settsted aus dem Weg räumen. Es war mit Ausnahme Seeburgs der einzige Ort in Westland, an dem es noch eine beträchtliche Schar ausgebildeter Soldaten gab.

Der Zerstörung Settsteds würde ein Exempel für den Rest des Landes statuieren. Der Fall des geliebten und überfütterten Lords der südlichen Marschen würde denen ein klares Zeichen senden, die er geschworen hatte zu beschützen. Die Botschaft wäre eindeutig. Westland ist gefallen. Ihr wart nie sicher. Verneigt euch vor eurer neuen Königin, oder ihr werdet in einem Flammenstrahl gebraten. Schwört Treue, oder euch erwarten Sklaverei und Folter oder ein Schicksal, viel schlimmer als der Tod. Immerhin mussten auch die Gekas fressen.

Die Aufregung und das herrliche Gefühl, das Shaella in diesem Moment erwartet hatte, fehlte ebenso wie der Zorn und die Leidenschaft, die sie im Drachenhort bei ihrem Vater empfunden hatte. Diese Nacht war intensiv, ja, aber Gemütslage und Haltung waren kalt und bedächtig, und ihre Handlungen und Entscheidungen wirkten fast mechanisch. Ihre Gefühle hatte sie in Scharlachs Hort zurückgelassen, neben dem dunklen Fleck, der einst Gerard gewesen war.

Sie würde dieses Königreich ohne viel Überlegung und ohne Gefühl einnehmen und jegliches Leben herauspressen. Der Verlust ihres Geliebten hatte sie so zerrüttet, dass sie sich nicht einmal auf die Rache freute, die König Glendar dafür erwartete, dass er ihr gesamtes Leben ihren Vater für sich beansprucht hatte. Es war ihr einfach gleichgültig.

Der gefräßige Adlige hatte sich noch nicht auf den Mauern blicken lassen, dafür aber seine beiden Hauptleute. Ihr lief die Zeit davon. Sie musste umsichtig und behutsam ihre Pläne anpassen. Lord Ellrich war wahrscheinlich irgendwo in der Feste und schaufelte sich Essen ins Maul. Shaella hielt ihn ohnehin für zu dick, um seinen Körper auf die Mauer zu hieven. Was sie in Kaltfrost zu tun hatte, konnte nicht länger warten.

Durch das Halsband befahl sie dem Drachen, die Festung zu zerstören. Scharlach legte kaum merkbar die Flügel an und begann den Sinkflug auf die dunklen Steingebäude. Unterwegs holte sie tief Luft.

Hauptmann Layson schickte die Hälfte der Männer der Festungsgarnison, ungefähr hundert, hinaus, sich den Angreifern zu stellen. Die übrigen besetzten mit Langbögen und Piken die Mauern.

Hauptmann Munst ordnete an, die Feuergruben zu füllen und anzuzünden und ließ die Teerkessel holen. Die Meile zwischen der Feste und dem Fluss, die dicht besiedelt war, stand schon teilweise in Flammen. Den Männern außerhalb der Mauern gelang es gegenwärtig unter großer Mühe noch, die Echsenmenschen in Schach zu halten.

»Es sind Hunderte«, beobachtete Hauptmann Munst laut, »und noch mehr von ihnen reiten auf den Rücken dieser Gekas. Warum reißen die nicht einfach die Mauern ein?

»Wahrscheinlich zu blöde«, spie Hauptmann Layson. »Das sind nur Skeeks! Sie …«

Er wollte gerade fortfahren, aber da brachten ihn Hauptmann Munsts ausgestreckter Zeigefinger und ein Laut blanken Grauens zum Schweigen.

»Nein, sie gehen dem da aus dem Weg!« Munst klang vollkommen verloren. Er wusste jetzt ohne jeglichen Zweifel, dass er seine Frau und seine Töchter nie wiedersehen würde. Ihm blieb nur, die Augen zu schließen und für sie zu beten.

»Gütige Götter«, war alles, was Hauptmann Layson herausbrachte, ehe Scharlachs Flammenodem sie und die Männer um sie herum zu rauchenden Leichen verschmorte.

Lord Ellrich zog Sir William grob mit sich in Richtung seiner Schreibstube. Der junge Soldat folgte aufgeregt. Er hatte zu große Angst, um Hand an seinen Herrn zu legen und dem Waffenmeister zu helfen, ihn daran zu hindern, obwohl sein Vorgesetzter Sir William es ihm befahl.

Sir William wollte, dass Ellrich ihn zu den Stallungen begleitete. Dort konnten sie genug Männer zusammentrommeln, die den Lord aus dem Kampfgebiet führten, doch der Herr von Settsted wollte davon nichts wissen. Nachdem er durch eine der Schießscharten im großen Saal gelinst und die brennende Stadt gesehen hatte, kannte er nur noch ein Ziel. Er erinnerte sich deutlich, als sei es erst eine Stunde her, wie Pael und König Glendar dafür plädiert hatten, die Soldaten seiner Grenzgarde abzuziehen. Ellrich war fest davon überzeugt, dass der Zauberer seine Finger im Spiel hatte, und in diesem Fall steckte ganz Westland in Schwierigkeiten.

Er schickte Sir William und den Jungen hinaus, änderte dann seine Meinung und befahl dem jungen Soldaten, ihn in seine Schreibstube zu begleiten. Der Waffenmeister war kurz davor, ernsthaft handgreiflich zu werden, um seinen Lehnsherrn zur Vernunft zu bringen, doch es hatte keinen Sinn. Ellrich zerrte ihn einfach weiter mit sich wie ein Kind.

In seiner Schreibstube stieß Lord Ellrich Sir William heftig beiseite, woraufhin dieser gegen die Wand krachte. Sir William entschied, er habe alles versucht. Sein Lehnsherr war fest entschlossen, zu tun, was auch immer er zu tun gedachte.

Lord Ellrich nahm Pergament und Schreibfeder und kritzelte eifrig etwas nieder, nachdem er tollpatschig Tinte über die Stapel der unbeantworteten Eingaben verschüttet hatte. Er löschte das Papier mit Sand und verbrannte sich die Hand, als er die Wachskerze an einer Fackel in einem Wandhaken entzündete. Er zeigte keine Reaktion und gab nicht einmal einen Mucks von sich, als die Flammen um seine Knöchel züngelten und sich Blasen bildeten. Der Raum füllte sich mit dem beißenden Geruch verbrannten Haares. Lord Ellrich war das einerlei. Er blies den Sand von der Botschaft, rollte sie rasch zusammen und tropfte dann etwas Wachs darauf, um sie zu siegeln. Nachdem er seinen Ring auf das schnell auskühlende Wachs gedrückt hatte, gab er dem Burschen die Rolle.

»Du wirst reiten!«

Er sagte es ungestüm und legte dem jungen Mann nachdrücklich die Hände auf die Schultern. Sie standen einander nun gegenüber, blickten sich in die Augen, und die Anweisung des Lords war von unermesslicher Schwere.

»Reite wie der Wind nach Seegrund und überbring das Lady Trella oder meiner Tochter. Verstehst du? Nur Lady Trella oder Lady Zasha!«

»Ja, Herr«, entgegnete der Soldat pflichtbewusst. Der Gedanke, aus dem Gemetzel geschickt zu werden, die Hoffnung, dass er in dieser Nacht womöglich doch nicht sterben würde, verlieh ihm Selbstvertrauen.

»Halt für niemanden an. Nicht mal für den König höchstpersönlich!«, sagte Ellrich mit scharfer Zunge. »Nimm so viele Pferde, wie du brauchst, um nicht rasten zu müssen. Geh!«

Der Junge zögerte keinen Augenblick. Wie der Blitz war er verschwunden, und Lord Ellrich und Sir William blieben allein zurück. Ein heller oranger Lichtstrahl fiel plötzlich durch die Fensterläden, begleitet von einem erderschütternden Brüllen, das beiden Männern das Blut in den Adern gefrieren ließ. Danach blieb keine Zeit mehr zum Überlegen. Das Gebäude bebte, und Stücke brachen aus der Decke und zerschellten auf dem Boden. Eine große Bodenplatte aus Stein kam vom oberen Stockwerk auf sie herunter und erschlug sie beide. Das Letzte, was sie hörten, war Scharlachs Kampfgebrüll, ehe sie die Feste Settsted dem Erdboden gleichmachte.

Lord Ellrich sollte es nicht mehr erfahren, aber dem jungen Soldaten gelang es, aus der Festung herauszukommen und der Zardarmee zu entwischen, die sich um sie schloss. Die Pferde, die er gewählt hatte, waren schnell, stark und, was viel wichtiger war, ausgeruht. Seine Chancen, den beiden Gekas zu entkommen, die ihn verfolgten, standen gut.

KAPITEL 34

DIE BELAGERUNG DER BERGFESTUNG DES ROTwolfs dauerte bereits eine Woche. König Jarrek entnahm den Listen, die vor ihm lagen, dass sie ein weiteres halbes Jahr oder länger durchhalten konnten. Trotz der über dreitausend Soldaten, die hinter der zweiten Mauer standen, und der annähernd achttausend übrigen Menschen hatten sie in den Höhlen gewaltige Mengen an Vorräten gelagert.

Frauen, Kinder, Adlige und Würdenträger, das Schlosspersonal und persönliche Diener, sie alle befanden sich innerhalb der Mauern. Erstaunlich! Noch mehr erstaunte ihn, dass das Burgvolk über die Belagerung wie von einem Ereignis sprach: ein Ball, ein Konzert, die Vorstellung eines Pantomimen. Selbst die Adligen und Händler, deren Häuser außerhalb der zweiten Mauer niedergebrannt und ausgeraubt wurden, schienen den Ernst der Lage nicht zu begreifen. Sie glaubten, in Sicherheit zu sein, da die Feste in ihrer langen Geschichte noch nie eingenommen worden war. Die äußeren drei Mauern waren während der blutig-dunklen Kriege von Jarreks Urgroßvater einige Male gefallen, doch die innerste Mauer, die man die Schranke nannte, war noch nie durchbrochen worden. Die Festung war darauf ausgelegt, Belagerungen auszusitzen.

Die Burg war eine Stadt für sich, gebaut in die Flanke der Wilderberge, daher der Name Schlossberg. Viele Menschen, die hier lebten, waren noch nie jenseits der Außenmauer gewesen. Den meisten kam es normal vor, Tag um Tag in einem riesengroßen Schloss zu verbringen, als ob der Krieg nicht unmittelbar vor der zweiten Mauer wartete und als würde der

Feind sich nicht darauf vorbereiten, hineinzustürmen und sie niederzumetzeln oder zu versklaven.

König Jarrek schüttelte den Kopf über die Gleichgültigkeit seines Volkes. Er hegte keinen Zweifel daran, dass die Belagerung bald enden würde, doch eines Tages würde es einem Feind vielleicht tatsächlich gelingen, die Festung ganz einzunehmen. Er konnte sich nicht vorstellen, wie das Schlossvolk reagieren würde, wenn es wirklich dazu käme.

Er und seine Berater waren in seinem Konferenzraum versammelt und schmiedeten Pläne. Der Tisch, an dem sie saßen, war vierzig Fuß lang. Seine acht Beine waren kunstvoll geschnitzte Wolfspfoten, und die Tischplatte aus Eichenholz war so perfekt lackiert und poliert, dass sie nass aussah. Die Stühle waren ebenso imposant. Den Abschluss der dick gepolsterten, mit tiefrotem Samt überzogenen Rückenlehne bildete der Kopf eines knurrenden Wolfes. Die Armlehnen waren die Vorderbeine von Wölfen, und die Stuhlbeine waren winzige Nachbildungen der Tischbeine.

Einer der beiden anwesenden Magier kam aus Hochvag. Er hieß Targon und war einen Kopf größer als alle anderen Anwesenden. Wegen seiner Körpergröße und der rein weiße Robe hob er sich geradezu dramatisch gegenüber dem opulenten, bunten Ratszimmer ab. Mit seinem langen grau melierten schwarzen Haar, seinen dunklen Augen und dem sauber gestutzten Ziegenbart sah er fast unheilvoll aus. Willa, die Hexenkönigin, hatte ihn nach Wildermont geschickt, als ihr die Berichte über Betrüger zu Ohren gekommen waren, die unter dem Banner der Schwarzklingen reisten und Pfeile in Menschenmengen schossen. Sie behauptete, kein offizieller Repräsentant der Hochvag oder ihrer Schwarzklingenarmee sei vor Ort gewesen, auch wenn einige der Kaufleute und Händler ihres Landes sicherlich an den Festivitäten teilgenommen hatten. Sie und ihr Königreich hegten gegenwärtig keinerlei Groll gegen irgendein anderes, und Targon versicherte König Jarrek, dass es ihr ansonsten vielmehr entsprochen hätte, die Streitigkeiten rasch und unverblümt zu beenden.

Targon war gekommen, um bei den Ermittlungen behilflich zu sein und herauszufinden, wer sich als Schwarzklingen ausgegeben hatte. Er war im Überraschungsangriff auf Westland stecken geblieben. Nun standen er und seine Fähigkeiten als Kriegsmagier auf Geheiß Königin Willas in diesen schweren Zeiten gänzlich König Jarrek zur Verfügung.

Der andere Zauberer, Keedle, war achtzig Jahre zuvor in ebendiesem Schloss zur Welt gekommen. Das Anwesen am Fluss, wo er aufgewachsen war, diente nun als Westländer Kommandoposten, worüber er nicht besonders erfreut war. Seine unerbittliche Wut auf König Glendar war das Einzige, was ihn davon abhielt, wegen Targons Anwesenheit in seinem Königreich eifersüchtig zu sein.

Mit seinem langen, weißen Haar und dem wallenden Bart, der über die rot-golden verbrämte schwarze Robe glitt, stand Keedle vor der verglasten Fensterwand und blickte auf seine Stadt. Die Impertinenz des neuen Königs von Westland war offensichtlich. Es machte einen verrückt, dass er sein Pavillonzelt direkt vor das Haupttor hatte stellen lassen, als wolle er sie dazu einladen, hinauszustürmen und ihn gefangen zu nehmen. Dass er seit Tagen Frauen aus Wildermont durch sein Zelt schleuste, als ob sie ihm gehörten, machte Keedle unsagbar wütend. Also hatte er beschlossen, keine Gnade zu zeigen, wenn man ihn nach seiner Meinung in dieser Angelegenheit befragte. Glendar war nicht einfach nur ein schlechter Nachbar oder ein landgieriger Despot. Er war eine Bedrohung für die Menschlichkeit als solche.

Unter den übrigen Anwesenden befanden sich General Coron und zwei seiner Hauptleute, alle drei Repräsentanten der Armee der Rotwölfe, Lordmarschall Düker von der Schlossberger Stadtgarde, einer seiner Stellvertreter und der Ermittler des Königs, Lord Greenwich mit seinem Pagen. Einige verwirrte, aber schwer beschäftigte Schreiber saßen auf einer

Seite und schrieben sich die Finger wund, während Befehle und Diskussionsbeiträge nur so durch den Raum flogen.

»Warum sollte er so wenige Männer hier lassen, um sich gegen uns zu behaupten?«, fragte Lordmarschall Düker in den Raum. Mit »er« meinte er natürlich König Glendar.

»Er hält uns hier fest, während der Hauptteil seiner Armee durch die Berge marschiert«, erklärte General Coron. »Ist es möglich, dass er seine Sachen packt und ihnen folgt, wenn sie erst mal durch sind?«

»Das ist eine sehr optimistische Frage, General«, erklärte König Jarrek höflich. »Ich bezweifle, dass er in diesem Fall den äußeren Stadtring geplündert und all unsere Frauen und Kinder in den Süden nach Dakahn geschickt hätte.«

Einen Augenblick lang sagte niemand etwas. Das höfische Protokoll schrieb vor, sich einige Augenblicke Zeit zu lassen, den Äußerungen des Königs etwas hinzuzufügen, ehe jemand die Gedanken seiner Hoheit unterbrach.

»Dem stimme ich zu«, sagte Lord Greenwich, der Ermittler des Königs, schließlich. »Warum sollte er uns hundert Gründe für Rache und Vergeltung geben und dann einfach so davonmarschieren?«

»Ganz abgesehen davon, dass Westland nahezu ohne jegliche Verteidigung sein muss«, sagte General Coron. »Zwanzigtausend Männer sind über die Brücke gekommen, vielleicht sogar mehr. Wer bewacht den Hühnerstall, während der junge Gockel draußen herumstolziert?« Die Art, wie der General seine Worte wählte, machte deutlich, dass er selbst nicht an das glaubte, was er einen Augenblick zuvor in Betracht gezogen hatte. »Sie müssen die Brücke halten, ganz gleich, was hier geschieht. Wenn wir die Belagerung durchbrechen, können wir geradewegs nach Westland einmarschieren.«

»Oh, wir werden die Belagerung brechen, General«, sagte König Jarrek bestimmt. Er wandte sich Lord Greenwich zu. »Wie viele Männer hat Glendar ungefähr in der Stadt zurückgelassen?«

»Höchstens zweitausendvierhundert, vielleicht ein paar Hundert mehr auf oder an der Brücke.«

»Wir haben genauso viele, wenn nicht mehr, innerhalb der Mauern!«, platzte Marschall Düker heraus, wobei sich erneut seine übertrieben zuversichtliche Begeisterung zeigte.

Seine Stadtgarde war in den Straßen unterlegen. Dieser Umstand verbitterte ihn ebenso, wie er ihn beschämte. Seine Männer waren nicht dafür ausgebildet, einen massiven Angriff auf die Stadt abzuwehren. Es war ihre Aufgabe, die Leute vor sich selbst zu schützen, nicht vor einer einfallenden Armee. Dafür waren General Corons Männer zuständig, von denen die meisten zu sehr damit beschäftigt gewesen waren, die Unzahl an Problemen im Zusammenhang mit dem Sommertag zu lösen, statt eine ordentliche Verteidigung aufzustellen. Marschall Düker gab nicht allein dem General dafür die Schuld. Seine Männer hatten so wenig Gegenwehr geleistet, dass sie genauso gut gar nicht hätten vorhanden sein können. Die meisten waren völlig umsonst gestorben. Er nahm einen Teil der Schuld wie ein Mann auf sich. Die Wahrheit bereitete ihm kein besonders großes Behagen, und er brannte darauf, die Belagerung zu durchbrechen. Er wollte etwas von dem Stolz wiedergewinnen, den man ihm genommen hatte.

»Ich habe dreihundert Mann oben in Hochfurt, vielleicht ein paar mehr«, bot General Coron an. »Sie haben sich in die tiefer gelegenen Teile des Waldes der Ewigkeit auf der Leif-Greyn-Seite zurückgezogen, als sich die Westländer nach Norden aufmachten. Wenn wir ihnen eine Nachricht schicken können, sollten sie zumindest das Lager durchbrechen können, von wo aus die verdammten Männer des Löwen in die Berge gezogen sind.«

»Ich kann Euch in dieser Angelegenheit behilflich sein, Majestät.«

Targon hatte bisher nur aufmerksam zugehört. Jetzt war seine Stimme tief und strahlte einen Optimismus aus, den sie alle bitter nötig hatten.

»Nicht nur dabei, den Männern die Befehle zu überbringen.« Er stand gegenüber dem Fenster, vor dem der andere Zauberer vor sich hin brütete, und glättete seine Robe. »Ich kann für ihren Schutz sorgen, wenn sie das Lager einnehmen, und mit meinem Kollegen Keedle kann ich dafür sorgen, dass die Männer rechtzeitig hier eintreffen.«

»Ja«, nickte der General und murmelte leise vor sich hin, während er in Gedanken den Plan schmiedete. Es entging ihm, dass der Magier der Hexenkönigin ihm den Plan in den Kopf gepflanzt hatte.

Der König wollte gerade den General bitten, seine Meinung zu äußern, als Keedle herumfuhr und auf den Tisch zutrat. Seine Miene machte deutlich, dass er als Nächster gehört werden musste. Jarrek nickte ihm zu und legte die Fingerspitzen beider Hände aufeinander, Zeugnis dafür, dass er dem vertrauten Zauberer seine volle Aufmerksamkeit schenken wollte.

»Wenn Ihr Eure Männer aus dem Tor stürmen lasst, General, werde ich es so aussehen lassen, als seien es doppelt so viele.« Keedles Zorn ließ seine Worte forsch und kalt klingen. »Wenn König Jarrek es gestattet, werde ich auf die Außenmauer steigen, damit ich über ihnen stehe und so viel Schaden anrichte, wie ich irgendwie bewerkstelligen kann. Ich werde ihre Aufmerksamkeit auf mich lenken. Wenn dann Targon mit den anderen Männern von hinten anrückt und meine Überraschungen zum Tragen kommen, sollten wir die Belagerung durchbrechen und unsere Stadt mit nur ganz wenig Verlusten zurückgewinnen können. Schlimmstenfalls schicken wir die Reiterei geradewegs zu den Zelten und zertrampeln den jungen Westlandhund im Schlaf.«

»Nun seid Ihr der Optimist«, bemerkte General Coron.

Obgleich er sich nichts mehr wünschte, als den großkörnigen jungen Drecksack fertig zu machen, wie Keedle vorgeschlagen hatte, stand dennoch fest, dass sie die Außenmauer nicht mehr hielten. Ein Vorstoß aus den Toren der zweiten Mauer würde Glendar rechtzeitig genug warnen, dass er bei ihrem Eintreffen längst verschwunden wäre. Er schüttelte den Kopf.

»Ich zweifle nicht daran, dass Ihr tun könnt, was Ihr sagt, aber wir können nicht sämtliche unserer Männer durch die Tore der zweiten Mauer schicken, Meister Keedle. Wir brauchen mindestens die Hälfte, um das Schloss zu halten, wenn etwas schiefgeht. Selbst fünfzehnhundert Wölfen würde es schwerfallen, all die verdammten Westländer zu erledigen. Das Verhältnis wäre knapp zwei zu eins.«

Keedle zog die Brauen zusammen, als er erkannte, dass der General die Wahrheit sagte. Selbst mit zwei Magiern würde es schwer werden, dieses Verhältnis in einer offenen Schlacht auszugleichen.

»Wir dürfen Pael nicht vergessen«, sagte Targon mit seiner tiefen Stimme. »Der Magier des Westlands ist kein bloßer Beschwörer.«

»Ich bete darum, mich Pael entgegenstellen zu dürfen!«, sagte Keedle erregt. »Dieser ganze Angriff stinkt nach seinem schlechten Einfluss.«

»General«, sprach König Jarrek, führte dann seine noch immer aneinandergelegten Hände ans Kinn und spitzte einen Augenblick lang die Lippen, ehe er fortfuhr. »Wenn es ein ausgeglichener Kampf wäre, Mann gegen Mann sozusagen, glaubt Ihr, dass der Plan dann aufgehen würde?«

Die Nasenlöcher des Generals blähten sich, und seine Brust schwoll vor Stolz an.

»Eure Rotwolfsoldaten können Mann gegen Mann jeden schlagen.«

»Wenn ich Euch also erlaubte, mit tausend Männern in die Stadt zu marschieren, die Hilfe Keedles und Targons im Rücken, ebenso die Männer aus Hochfurt als Überraschung für die Westländer, glaubt Ihr, dass Ihr dann siegen würdet?«

»Davon bin ich überzeugt«, entgegnete der General rundheraus.

»Von den tausend Männern, die zurückbleiben, sollten meiner Meinung nach vierhundert innerhalb der Mauern bleiben«, sagte König Jarrek. »Bei den Übrigen sollte es sich um unsere besten Bogenschützen handeln, und die sollten an der zweiten Mauer Stellung beziehen, wenn Ihr losmarschiert, damit Eure Männer nicht zwischen dem Tor der Zweitmauer und den Außenmauern eingekesselt werden. Sobald Eure Männer in der Stadt sind, werden sie ausgesperrt, General Coron. Ihr wisst bestimmt, dass es hier um alles oder nichts geht.«

Der General unterdrückte ein Lächeln. Er konnte sich nicht erinnern, die Unverfrorenheit seines Königs je mehr geschätzt zu haben als in diesem Moment. Jarrek, befand er, war durch und durch Krieger.

»Ich werde sie voller Stolz selbst anführen, Hoheit.« Er stand auf und beugte dann respektvoll das Haupt. »Ich bin mir der Risiken bewusst und werde großen Gefallen daran finden, die Chance zu bekommen, mich gegen sie zu behaupten.«

»Ich will, dass ihr alle diesen Plan bedenkt, während wir unser Mahl zu uns nehmen«, sagte König Jarrek in die Runde. »Vergesst nicht, dass wir es nicht tun müssen. Wir können einfach hier sitzen und auf eine bessere Gelegenheit warten. Wenn wir müssen, können wir uns den gesamten Herbst und Winter über gedulden.« Er erhob sich und fuhr sich mit der Hand durchs dunkle Haar. »Aber vergesst unsere Mitbürger nicht, die Glendar nach Süden schickte. Ihnen geht es womöglich nicht so gut wie uns. Wir müssen sie heimholen.«

Nach dem Essen, und nachdem jeder einige Zeit für sich allein zum Nachdenken verbracht hatte, holte der König ihre Meinungen ein. Alle stimmten dem Plan zu. Er war vernünftig, die Gelegenheit würde womöglich nie mehr so günstig sein, und sie mussten etwas für die Frauen und Kinder tun, die König Glendar in den Süden geschickt hatte, ehe sie auf dem dakanesischen Sklavenmarkt verkauft wurden. Sie waren alle sicher, dass das Westland bald Verstärkung entsenden würde. Zum gegenwärtigen Zeitpunkt konnten sie das Ungleichgewicht an Truppenstärke noch ausgleichen. Bald wäre es unmöglich.

König Jarrek entschied für sich, in Begleitung seiner Leibgarde durch einen geheimen Ausgang hinauszureiten. Seine erfahrene Klinge würde gebraucht werden, und er wollte seinen Stahl ebenso unbedingt in den Feind bohren wie jeder andere auch. Er befahl die Umsetzung des Planes, und die Räder des Schicksals des Königreichs Wildermont gerieten in Bewegung.

Der junge König Glendar genoss unterdes die Gesellschaft der Gattin und der Tochter eines der angesehensten Kaufleute von Wildermont. Draußen vor seinem Zelt standen sechs der blutrünstigsten, skrupellosesten Männer Wache, die Glendar nach der Schlacht um die Stadt Schlossberg unter seinen Truppen hatte finden können. Im Augenblick waren sie nicht auf Blut aus. Glendar hatte ihnen ihren Anteil an den Rüstungen und Waffen aus den vielen Schmieden und Waffenkammern der Stadt gegeben. Sie waren nun seine Leibwache. Wie sie da draußen in der Sommersonne mit ihren glänzenden Ketten- und Plattenrüstungen und unter zweien der größten Banner Westlands standen, boten sie einen prächtigen Anblick. Die Waffen waren frisch geschmiedet und rasiermesserscharf. Bei einigen handelte es sich um wahre Meisterwerke von großem Wert. Die Truppen Westlands, die in Wildermont geblieben waren, beneideten sie darum. Ihre einzige Pflicht war es, ihren König zu beschützen, wenn nötig mit ihrem Leben. Das hatten sie mit Blut geschworen.

Im Innern des Zeltes beendete Glendar gerade seine aktuellen Geschäfte. Der Schatten, den das aufgespannte Segeltuch spendete, kühlte seinen schwitzenden Körper nur in geringem Maße, und der Geruch vieler Kopulationen lag schwer in der Luft. Während er auf Paels Rückkehr wartete, hatte er die Tugend so mancher Wildermonterin geraubt oder in einigen Fällen sogar angeboten bekommen.

Er hatte getan, was Pael angeordnet hatte, und den Großteil der Frauen und Kinder in den Süden nach O'Dakahn geschickt. Selbstverständlich hatte er diejenigen, die ihm gefielen, zuvor sorgfältig ausgewählt und sie im Herrenhaus eines wohlhabenden Adligen nahe dem Stadtrand gefangen gehalten. Dem Herzog oder Fürsten oder Regenten, oder was auch immer der Mann für einen Titel führte, war das gleichgültig. Sein Kopf lockte nun auf einer Pike im Garten des Hauses die Krähen an. In der kommenden Nacht, schon sehr bald, würde König Glendar aus purer Langeweile beginnen, König Jarrek und seine Männer aus der Ferne zu terrorisieren. Es konnte Wochen dauern, bis Pael zurückkam und ihm half, das Schloss einzunehmen, und König Glendar hielt es für gut, ihre Moral zu schwächen, während sie warteten.

Dass sein Zelt direkt vor der Außenmauer der Festung stand, erfüllte ihn mit einer gewissen Selbstzufriedenheit. Es demonstrierte ziemlich dreist, dass er seine Feinde nicht fürchtete und keinen Respekt vor ihnen hatte. Zudem erfüllte es ihn mit einem Gefühl von Überlegenheit. Zunächst hatte es ihn beunruhigt. Der Gedanke, dass eine Horde Rotwolfsoldaten jeden Augenblick aus den offenen Toren stürmen konnte, war belastend gewesen. Erst nachdem er das Gelände hinter den Toren erkundet, die Schwelbrände in den Häusern, die Leichen in den Straßen und die Aasfresser, die sie heimsuchten, gesehen hatte, war ihm bewusst geworden, dass er nichts zu befürchten hatte. Er hätte seinen Pavillon vor das Haupttor der zweiten Mauer transportieren lassen, wenn es dann für all die Augenpaare oben im Schloss nicht unmöglich gewesen wäre, ihn zu sehen. Die Stelle, an der er jetzt stand, war für jeden einzusehen, der nach Westen blickte. Glendar plante, das Gebiet um sein Zelt sehr bald ordentlich dekorieren zu lassen, damit alle neugierigen Augen auch etwas zu sehen hatten, wenn sie aus dem Fenster schielten.

»Raus jetzt!«, befahl er den beiden Frauen, die splitternackt und zitternd in seinem Bett lagen.

Sie erhoben sich schnell und suchten auf dem Boden nach ihren Kleidern. »Ich sagte jetzt!«, schrie er und stieß die Mutter aus dem Zelteingang hinaus in den Schmutz. Sie war völlig unbekleidet und weinte. Der Tochter gab er einen schnellen

Tritt in den Rücken, als sie sich bückte, um das Kleid ihrer Mutter aufzuheben. Sie flog hinter ihrer Mutter aus dem Zelt und hielt so viele Kleider in den Armen, dass sie sich nicht abstützen konnte und hart auf den Boden prallte. Die schamrote, verängstigte Frau half ihrer Tochter auf. Sie kauerten sich auf der Straße aneinander, bis ein Soldat der Leibgarde Glendars herbeieilte, um sie zurück ins Gefängnis zu bringen.

»Roark!«, schrie Glendar durch den geschlossenen Zelteingang.

Der größte und charakterloseste der Leibwächter drehte sich um und ging ins Zelt. Er wandte rasch den Blick ab, bis Glendar seine Hosen über die spindeldürren weißen Beine gezogen hatte.

»Ja, Majestät?«

Der hochgewachsene Mann musste umständlich den Kopf einziehen, da das Dach des Pavillons auf die scharfen Hörner des Helmes drückte, den er trug. Glendar fand das spaßig und kicherte.

»Nimm von jetzt an deinen Helm ab, bevor du ins Zelt kommst, Roark.«

Glendar lachte erneut, als der Mann wie ein gescholtenes Kind den Helm absetzte.

»Das ist ein Befehl. Sag es den anderen.« Glendar klang nun ernst, beinahe schnippisch. »Ich möchte nicht, dass das Tuch von diesen bescheuerten Helmen aufgeschlitzt wird.«

Er sah sich im Zelt um, seufzte dann tief und fuhr fort: »Schick eine Handvoll Männer dahin, wo Lord Abel den Rest der Wildermonter Stadtgarde eingesperrt hat, und hilf ihm, sie alle hierherzubringen.«

Er zeigte zur Zeltwand und den offenen Toren dahinter.

»Wie Ihr befehlt«, nickte Roark. Er verneigte sich in seiner golden ziselierten Plattenrüstung, als wöge der schwere Stahl an seinem Körper nichts, dann drehte er sich um und verließ das Zelt.

Drei Schritte später erstarrte er mitten in der Bewegung,

seinen Helm wieder aufzusetzen. König Glendar rief seinen Namen. Er drehte sich um und wollte wieder hineingehen, doch Glendar steckte den grinsenden Kopf heraus, sodass ihm die Mühe erspart blieb.

»Sag Hauptmann Stimps, er soll Fackeln und einen Hackklotz mitbringen. O ja, Piken, Roark. Wir werden viele Piken brauchen.«

KAPITEL 35

KÖNIG GLENDAR RECHNETE NICHT ALLZU BALD mit einer Reaktion auf seine grausige Ausstellung. Die Sonne hatte den Himmel schon lange erhellt, war jedoch noch nicht ganz über den Bergen rings um Schlossberg aufgegangen. Glendars Pavillon lag noch tief im Schatten.

Er hatte einen geschäftigen Abend hinter sich. Nun wurde er aus einem wohlverdienten Schlaf gerissen. Einem Schlaf, der einen Holzfäller nach einem Tag voller gefällter Bäume ereilte oder einen Schmied, nachdem er einen ganzen Tag den Hammer geschwungen hatte. Vielleicht auch einen jungen Tyrannen, der ihn sich dadurch verdient hatte, dass er die ganze Nacht Männerköpfe auf Piken gespießt hatte.

»Majestät!«, schrie Roark zum dritten Mal. Diesmal zog er die Seidenlaken von seinem König herab und fügte eine Drohung hinzu: »Ich werde euch aus dem Bett zerren und hier raustragen! Steht auf und zieht Euch an!«

»Was ist denn los, Mann?«, brummelte Glendar. »Hat die Vorstellung letzte Nacht dir keine besseren Manieren beigebracht?«

Glendar hielt sich die Hand vor die Augen, um sie vor dem grellen Licht aus Roarks Laterne zu schützen. Abgesehen von seiner Unterwäsche war er nackt. Für Roark sah er aus wie eine ausgebleichte hölzerne Vogelscheuche, die ein dunkles Durcheinander als Perücke auf dem Kopf trug.

»Sie machen einen Ausfall!«, sagte der große Wächter aufgeregt. »Hauptmann Hinkles Männer sagten, es sind mindestens viertausend Berittene und Infanteristen. Eventuell noch mehr!«

Glendar war schlagartig hellwach.

»Was? Viertausend Mann?« König Jarrek konnte nicht so dumm sein, seine gesamten Truppen aus dem Schloss zu schicken. Verdammt!

Das waren mehr Männer, als Glendar in der gesamten Stadt zur Verfügung hatte. Panik ergriff den jungen Monarchen. Er hatte keine Ahnung, was er tun sollte. Den Großteil seiner Truppen hatte er in die Berge geschickt, wie Pael angeordnet hatte. Pael! Wo war der überhaupt?

»Zieht euch an, ähm, wenn es Euch gefällt«, stammelte Roark und hielt dabei bereits Hose und Unterhemd des Königs in den Händen.

»Bring mir mein Kettenhemd«, blaffte Glendar und nahm die dargebotenen Kleidungsstücke. Seine steife Haltung konnte seine Verwirrung nicht verbergen, verdeckte die Angst, die immer größer wurde, jedoch ganz gut.

Er hörte jetzt entfernten Schlachtenlärm, das Geräusch aufeinanderprallenden Stahls, das Klappern der Pferdehufe und gelegentlich einen Todesschrei. Die Quelle des Lärms lag hinter den offenen Toren. Er erkannte an den Rufen seiner eigenen Männer, die aus den Lagern um die Stadt angeritten kamen, und an der Hektik seiner Truppen, dass keine Zeit zu verlieren war.

Plötzlich erschütterte eine Explosion den Boden. Ein Lichtblitz flammte in der Morgendämmerung auf, so grell, dass es sogar durch die dicken Segeltuchwände des Pavillons deutlich sichtbar war. Der Lärm war ohrenbetäubend.

In der vergleichsweise langen Stille nach der Explosion verhallte ganz langsam der Schrei eines sterbenden Mannes. Die entsetzten »Oohs« und »Aahs« der Männer vor seinem Zelt ließen Glendar schaudern.

Was konnte diese Detonation hervorgerufen haben? Er hatte keine Ahnung, was los war. Er hörte die Worte »Zauberer« und »Magie«, die angsterfüllt draußen umgingen. Dunkel erinnerte er sich daran, dass Lord Brach ihn einst vor König Jarreks altem Magier Keedle gewarnt hatte. Er hatte die Warnung nicht ernst genommen und erwidert, Pael sei viel fähiger. Wo war Pael überhaupt? Glendar brauchte ihn jetzt ganz dringend.

Wenige Augenblicke später schritt König Glendar aus seinem Kommandozelt und betrat eine Welt, die vollständig dem Chaos verfallen war. Das war kein Kinderspiel wie die Übernahme der Stadt. Einige der Rotwolfreiter hatten bereits die Reihen durchbrochen. Die Männer, die das Innere der Außenmauer hielten, Glendars Männer oder das, was von ihnen übrig war, fielen zurück. Die meisten waren mit etwas Schwarzem befleckt, Schmutz oder Öl möglicherweise. Glendar konnte nicht mit Sicherheit sagen, worum es sich handelte.

Roark riss ihn aus der Bahn einer Pfeilsalve, die dort herabregnete, wo er kurz zuvor noch gestanden hatte. Die anderen Königsgardisten umschwärmten sie. Sie zwangen König Glendar, sich aus dem Kampfgetümmel zurückzuziehen, das sich genau hier vor dem Tor jenseits der Außenmauer bildete. Glendar schaute sich verzweifelt nach einem Hinweis um, der ihm zeigte, was er tun sollte.

Weitere Westländer drängten nun von Norden und Süden heran, um die Wege zu versperren, einige in organisierten Truppenverbänden, andere stolperten eher in wildem Durcheinander umher. Auf der Straße zur Brücke nach Locar jagte ein großer Trupp der Kavallerie Lord Abels mit erhobenen Waffen und finsteren Mienen heran, die anzeigten, dass die Reiter für ihr blutiges Werk bereit waren.

Bei ihrem Anblick seufzte Glendar erleichtert. Bis zu diesem Moment hatte er König Jarreks Soldaten im Vorteil geglaubt. Er hatte gedacht, es sei so gut wie vorbei. Nun, da er so viele Männer sah, die willens waren, die Soldaten aus Wildermont wieder hinter ihre Mauern zu treiben, spürte er sein Selbstbewusstsein zurückkehren.

Auf einmal fuhr von der Mauer ein glühender gelblicher Strahl zischend auf die versammelten Westländer herab, die in der Toröffnung standen. Wo das Gelb auf den Boden traf, schleuderte es mannshoch Erde und Schutt hoch, sodass Pferde und Männer rings umher sich blindlings in die hitzige Schlacht stürzten. Eine Gestalt in einer dunklen Robe, die Hände hoch erhoben, schickte noch einen Feuerstoß, dann noch einen in das Gewühl zu ihren Füßen. Zuerst glaubte Glendar, Pael vor sich zu haben, aber durch den Rauch und über die Entfernung erkannte er den langen weißen Bart des Magiers. Es war Keedle.

Als hätte er den Blick des Königs auf sich gespürt, unterbrach der alte Zauberer seinen Angriff und erwiderte Glendars staunenden Blick. Trotz der großen Entfernung sah er den Zorn und den Hass, der in Keedles Augen loderte.

Dann war der Moment vorüber. Der nächste knisternde Feuerstoß des Magiers dauerte länger und war größer als die anderen zuvor. Er schoss wie ein Blitz aus seinem Finger über die Kämpfenden zu seinen Füßen hinweg und auf die aufgespießten Köpfe vor Glendars Pavillon zu. Zusammen mit dem Zelt explodierten sie in einem Feuerball. Im Licht, das der Einschlag plötzlich spendete, sah Glendar, dass die Rotwolfsoldaten nun aus dem Torbogen drängten. Immer mehr ergossen sich in das Blutbad hinaus, und seine Westländer fielen.

Von Norden her bahnten sich noch mehr seiner Männer einen Weg durch die Stadt, um sich dem Kampf anzuschließen. Es schienen ein paar Hundert zu sein. Er wusste nicht so recht, ob es ihn optimistischer stimmte oder nicht. Als er sich in den Sattel eines bereitgestellten Pferdes schwang, blieb er in den Steigbügeln stehen und schaute nach Süden. Von dort ritt ein Grüppchen Soldaten, vielleicht drei Dutzend Kavalleristen Wildermonts, völlig lässig auf die Tore zu. Einige waren voraus und erledigten jeden Westländer, der es wagte, sich ihnen in den Weg zu stellen. Ein Reiter, der die Hauptgruppe anführte, trug das persönliche Banner König Jarreks. Glendar kniff die Augen zusammen und erkannte an den prächtig emaillierten Rüstungen dieser Männer und dem glänzenden rubinroten Wolfskopf auf dem Helm ihres Anführers, dass es der Wolfskönig selbst mitsamt seinem berüchtigten Blutrudel war.

Diese Erkenntnis versetzte ihn in Angst und Schrecken, und er war völlig durcheinander. Warum riskierte Jarrek sein Leben, wenn Wildermont den Kampf doch so schmerzlich verlor? Es ergab keinen Sinn. Glendar wünschte sich wieder, Pael wäre da. Der Magier hatte versprochen, Schlossberg für ihn einzunehmen. Es schien, als habe Pael ihn vergessen.

Roarks Keuchen lenkte Glendars Aufmerksamkeit wieder auf die Männer, die sich von Norden näherten. Glendar verfluchte sie. Dann verfluchte er Pael, weil er nicht da war.

»Ich glaube, wir sollten Euch zur Brücke bringen«, schlug der große Wachmann vor.

Glendar fehlte der Mut, sich mit ihm anzulegen. Was er für ein paar Hundert Westlandsoldaten gehalten hatte, die aus dem Norden kamen, um den Kampf zu seinen Gunsten zu wenden, waren in Wahrheit nur ein paar Dutzend Westländer, die vor einigen Hundert Soldaten Wildermonts flohen.

Um die Sache noch schlimmer zu machen, schleuderte ein weiterer Magier, der dunkles Haar hatte und eine weiße Robe trug, helle blaue Blitze in die Menge der fliehenden Westländer. Wie glühende saphirblaue Pfeile schossen die magischen Blitze aus dem Finger des Zauberers, einer nach dem anderen, so schnell er das Ziel wechseln konnte. Jeder magische Impuls war ein Treffer, und die Opfer stürzten und wurden anschließend von der Kavallerie der Rotwölfe niedergetrampelt.

Glendar wollte es nicht länger mit ansehen, doch er konnte den Blick nicht abwenden. Er war nicht in Gefahr. Jedenfalls glaubte er das. Noch umgaben ihn sechs berittene Leibwächter, und einer brannte anscheinend begieriger als der andere, in den Kampf einzugreifen. Die Brücke war nur einen kurzen Galopp entfernt. Er war absolut sicher, dass dort genug Soldaten verblieben waren, um jeglichen Vorstoß in Richtung Westland zu vereiteln, falls er gezwungen war, sich zurückzuziehen.

Ein Grüppchen Westländer, die zuvor zu sehr im Getümmel vor dem Tor festgesteckt hatten, um etwas Effektives zu tun, wurde nun auf Befehl seines schreienden Hauptmanns abgezogen. Fünfzig oder mehr Männer wandten sich um und ritten König Jarreks angsteinflößendem Blutrudel entgegen. Der erste, zweite, dann der dritte Westländer fiel den kolossalen Schwertern der scharlachrot gekleideten Wolfmänner zum Opfer. Sie schienen widerstandslos zu fallen, bis eine Pike auf eine bemalte Brustplatte traf und einer der Rotwölfe von seinem Pferd rutschte und auf den Boden fiel.

Nun schöpften die Westländer Mut und preschten brüllend vor. Der Kampf verwandelte sich in eine blutige Raserei. Schwerter rauschten herab und fegten durch die Luft, dass das Blut nur so spritzte. Männer schrien vor Qual, Pferde bäumten sich auf und fielen zappelnd auf die Seite, wenn sich Piken durch Brust und Flanken bohrten. Ein Helm trudelte durch die Luft, nachdem er dem Träger von einem riesigen Kriegshammer vom Kopf gerissen worden war. König Jarrek in seiner scharlachroten Rüstung schlug mit großen, kraftvollen Bewegungen, die alles in seinem Weg spalteten, eine Schneise durch die Westländer wie ein Entdecker, der sich seinen Weg durch den Dschungel hackt.

Die meisten Westländer, die sich der Königsgarde entgegengestellt hatten, lagen mittlerweile am Boden, doch es kamen rasch neue. Die Hälfte der rot gerüsteten Ehrengarde König Jarreks war ebenfalls tot. Zwei von ihnen waren ohne Pferde und kämpften nun unermüdlich Rücken an Rücken. Das halbe Dutzend Westländer, das sie umzingelt hatte, wirkte ermattet.

Auf der Mauer rannte ein Trupp Bogenschützen, gefolgt von einem Magier in dunkler Robe, nach Süden, um dem bedrängten König zu helfen.

Im Norden hatte der weiß gekleidete Magier inzwischen ein Pferd bestiegen. Er stand nun still da und ließ die Soldaten aus Wildermont, die er angeführt hatte, an sich vorbeiziehen. Sie teilten sich in Gruppen von vier oder fünf Männern auf und schlugen mit einem widerlichen Krachen auf die Bogenschützen Westlands ein, die die Männer auf den Außenmauern unter Beschuss genommen hatten. Der Rest stürmte geradewegs in das Getümmel der noch immer vor den Toren Kämpfenden und hackte, stach und schlitzte sich den Weg frei.

Glendar stockte der Atem, und unendliche Schwermut und Scham ergriff ihn. Es war hoffnungslos. Die Belagerung war durchbrochen. Die Schlacht war verloren. Er hatte versagt.

Targon, der Zauberer der Hexenkönigin Willa, spürte, dass etwas in der Luft lag. Es beunruhigte ihn so sehr, dass er sein Pferd von der Straße und auch von den vielen Scharmützeln, die überall im Gange waren, weglenkte.

Der Zauber, den er wirken wollte, war so kompliziert, dass er sich voll und ganz darauf konzentrieren musste. Er musste herausfinden, was er da wahrnahm, da es ihm furchtbar falsch vorkam. Der Zauber, den er zu sprechen gedachte, würde den Quell der Merkwürdigkeit offenbaren, doch das Gefühl war bereits so viel stärker geworden, dass es vielleicht schon zu spät war.

Er stieg ab und begab sich rasch unter das halbwegs schützende Vordach eines nahe gelegenen Gebäudes. Es wäre nicht gut, sich einen irregeleiteten Pfeil einzufangen, während er abgelenkt war. Er lehnte sich gegen Stein und Mörtel und begann seinen Zauber zu wirken.

Doch einige der Soldaten spürten es auch, manche so sehr, dass sie zu kämpfen aufhörten, um den Ursprung des seltsamen Gefühls zu ergründen.

Die Luft war statisch aufgeladen wie vor einem Gewitter. Nackenhaare sträubten sich, und so manchem lief ein kalter Schauer den Rücken hinunter. Ein tiefes, zitterndes Summen erfüllte die Luft. Einen winzigen Augenblick lang schien die Welt stillzustehen. Selbst die Kämpfe hörten auf. Dann wurde aus dem Summen ein dumpfes Brummen, und der Schlachtenlärm wurde wieder lauter, als sei er nie verklungen.

Auf der anderen Seite der Tore wütete Keedle von der Mauer herab. Er war so in Rage, dass er das seltsame Gefühl nicht einmal wahrnahm, ebenso wenig wie dessen Auswirkungen auf die Soldaten unter ihm. Links und rechts von ihm schossen Wildermonter Bogenschützen so schnell und präzise wie möglich tödliche Pfeile mit Stahlspitzen in die Menge. Aus den schwelenden Überresten von Glendars Pavillon erwiderten ein paar Bogenschützen Westlands den Beschuss. Einer von ihnen traf: Der Mann neben Keedle fiel mit einem Westlandpfeil in der Brust auf ihn. Als ihm klar wurde, dass er fast getroffen worden wäre, unterbrach er seine Angriffe auf die Westländer für einen Augenblick. Er wirkte einen Zauber, der ihn gegen die Pfeile abschirmte, die auf ihn zuflogen. Der Zauber würde ihn so lange schützen, wie er diesen Mauerabschnitt nicht verließ. Sobald die magische Barriere an Ort und Stelle war, schickte er wieder Blitze auf jeden Mann und jedes Pferd, die König Jarrek und seiner Leibgarde zu nahe kamen.

Das durchdringende Brummen war zu einer tiefen Vibration geworden, ein Gefühl, das jeder in den Eingeweiden spürte. Viele ängstigte es. Wildermonter und Westländer starrten einander mit weit aufgerissenen Augen an, machten Schutzzeichen und flüsterten Gebete. Roark, der in seiner glänzenden Plattenrüstung und dem Teufelshelm aussah wie der leibhaftige Kämpe des Dunklen, war entsetzt.

Nicht so Glendar, für den dem Gefühl etwas Vertrautes anhaftete, etwas, das er nur allzu gut kannte. Er würde noch nicht verschwinden. Glendar wischte Roarks massigen Arm von seiner Schulter.

»Noch ein paar Minuten«, knurrte er den großen Wächter an.

Targon fuhr mit einem Ruck aus seiner Trance. Was er gerade erfahren hatte, widersprach beinahe jedem Gesetz der Magie und der Dämonenkunde, das er kannte, und er wusste fast alles darüber. Er musste nachdenken. Schon bald würde jede Unze verfügbarer magischer Energie aus dieser Gegend verschwunden sein, aus diesem kleinen Teil der Welt gesaugt und in ein Ding transferiert, das halb Mensch, halb Dämon war. Pael, Shokin – was auch immer es war, es würde jeden Augenblick hier erscheinen. Es stand kurz davor, alle Macht, die es einsog, auf sie loszulassen, und Targon wollte dieses Grauen beileibe nicht erleben.

In Gedanken durchforstete er rasend schnell seinen Katalog an Zaubersprüchen und Vorgehensweisen, den er sich eingeprägt hatte. Er konnte sich nicht einfach davonmachen. Königin Willa verachtete Feigheit. Targon war kein Feigling, aber er wusste, wann er sich zurückziehen musste. Seine Urinstinkte drängten ihn zur Flucht. Er wiederholte im Geiste die Befehle, die sie ihm gegeben hatte. Ein Plan formte sich, und ein geeigneter Zauberspruch kam ihm in den Sinn. Ohne sich um die umherschwirrenden Pfeile, Armbrustbolzen oder gar marodierenden Westlandsoldaten zu sorgen, eilte er in die Mitte der Gasse. Er wandte sich dem noch immer tobenden Kampf am Tor zu und wirkte seinen Zauber.

Es war keine einfache Sache. Allein sich in Position zu bringen widersprach allem, was er je über Selbsterhaltung gelernt hatte – einem Thema, das für einen fähigen und mächtigen Zauberer von äußerster Wichtigkeit war. Er musste Königin Willa unbedingt vor dem Ding warnen, in das sich Pael verwandelt hatte, denn wer oder was auch immer es nun war, es würde früher oder später das Hütersteinfundament Xwardas anvisieren.

König Jarrek konnte er ebenso wenig im Stich lassen. Er hatte keine andere Wahl, als seinen Körper der physischen Welt frei und verletzlich auszuliefern. So gefährlich es auch war, er musste es tun. Es war ein Wettlauf mit der Zeit, genug der schwindenden magischen Kraft zu bündeln, um den Spruch zu wirken, ehe der Dämonenmagier alles verschlungen hatte. Genau wie beim Versuch, die Belagerung zu durchbrechen, galt hier: alles oder nichts.

Die Explosion, mit der Pael schlagartig inmitten der schwelenden Überreste von Glendars Pavillon auftauchte, erschütterte die Erde wie ein Beben. Die Welt versank noch mehr im Chaos, als erschrockene Pferde in alle Richtungen galoppierten und Männer auf die Knie fielen und sich die Köpfe hielten. Blut rann aus den Ohren aller, die bei Paels Erscheinen zu dicht neben ihm gestanden hatten. Ihnen allen versagte der Gleichgewichtssinn, und einige Männer starben allein aufgrund der Erschütterungen. Einer der nördlichsten Türme auf dem Berg kippte langsam und in einem großen Bogen auf die Gebäude unter ihm. Die Kämpfe waren unterbrochen. Aller Augen richteten sich auf Pael.

Glendar und seine Männer standen so weit hinter Pael, dass sie ihre Pferde innerhalb kürzester Zeit wieder unter Kontrolle hatten. Der erderschütternde Knall hatte sie mit Ausnahme von Glendar über alle Maße erschreckt. Er spürte so deutlich, dass Pael das alles verursacht hatte, wie ein Kind die Laune seiner Mutter spürt. Der junge König von Westland hob die Faust und stieß einen urtümlichen Schrei aus und verjagte damit das Wenige an Angst und Zweifel, das noch in ihm geweilt hatte. Nun hatte er nichts mehr zu befürchten. Pael war da!

Der Anblick des Magiers, wie er dort stand, die Arme weit ausgestreckt, die flatternde Robe, die goldenen Verzierungen auf den weiten Ärmeln und dem Kragen, die im Licht einer Morgensonne glitzerten, war Ehrfurcht gebietend.

Paels rechte Hand zuckte zu Keedle hinüber, und eine Woge blendend weißen Lichtes jagte hinauf zur Mauer, direkt auf den vollkommen fassungslosen Zauberer zu. Sie durchbohrte ihr Ziel mit voller Kraft, wobei sie ein großes Loch in den Südflügel des Schlosses riss. Beim Aufprall erzeugte sie einen Regen aus Gesteinsbrocken und brennendem Geröll und spaltete zwei der massiven Türme in der Mitte. Einer davon fiel in sich zusammen, der andere kippte langsam auf die Seite, bis die obere Hälfte ins Rutschen geriet und der gesamte Turm auf dem Schloss zerschellte.

Von der eindringlichen Machtdemonstration ermutigt, gab Glendar seinem Pferd die Sporen und trabte auf die Tore zu.

»Zu mir!«, schrie er und hob sein Schwert. »Zu mir!«

Roark und die anderen Gardisten befreiten sich mit Mühe aus der lähmenden Trance, in die Paels Explosion sie versetzt hatte, und folgten ihrem König.

»Westländer zu mir!«, schrie Glendar in einem fort. Er brachte sein Pferd noch vor dem Tor zum Stehen. Er wollte die Männer von den Rotwolfsoldaten abziehen, denn Pael, der in seinem Zorn weder Freund noch Feind kannte, würde keine Sekunde zögern, sie dem Erdboden gleichzumachen, wenn sie im Weg waren. Es war ein genialer Schachzug, der höchstwahrscheinlich der Hälfte seiner verbleibenden Truppen das Leben rettete.

Die Soldaten Wildermonts waren vom Rückzug der Westländer ebenso verblüfft wie von der wilden Magie des leichenblassen, eierköpfigen Magiers, der sie um sich schleuderte.

Paels zweite massive Ladung glühend heißer Magie schoss durch den Himmel wie ein monströser flammender Pfeil. Er war heller als die Sonne, die er auf dem Höhepunkt seiner Flugbahn schnitt. Als er auf das Schloss herunterkam, das noch im Schatten des Berges lag, leuchte er so grell wie eine Sternschnuppe. Die Explosion und die Zerstörungsgewalt des Einschlags waren markerschütternd.

Die gesamte Fassade der Burg bröckelte entzwei, sodass die nun offen liegenden Räume gänzlich dem Staubwirbel ausgesetzt waren, der dadurch entfacht wurde. Aus der Ferne nur als Farbkleckse erkennbare Menschen stolperten heraus und stürzten in den Tod, als ganze Stockwerke in sich zusammenbrachen und die kleineren Türme auf das Hauptgebäude fielen. Ein Stück der Burg, so groß wie die Villa eines Händlers, brach am südlichen Ende ab, wälzte sich wie ein gigantischer Fels den Berg hinab und verband sich dann mit den Mauerresten und Holzbalken der kleineren Gebäude zu einer Gesteinslawine.

Pael warf einen Blick über die Schulter zu der Stelle, die alle Westlandsoldaten anzog. Dort war König Glendar. Einige Hundert Männer bemühten sich, halbwegs passabel hinter ihm in Formation zu gehen. Ein großer Krieger mit Plattenrüstung und einem bedrohlich aussehenden Helm zog Paels Aufmerksamkeit auf sich, während er Befehle blaffte und die Soldaten um sich nicht gerade höflich bat, sich aufzustellen. Pael spürte etwas Dunkles, Brutales an dem Mann und merkte es sich für später. Zufrieden mit dem, was sich hinter seinem Rücken abspielte, widmete er sich wieder den Angelegenheiten vor ihm.

Mit einer kaum sichtbaren Geste jagte er einen knisternden gelben Lichtstrahl in die Brust eines in der Nähe stehenden Soldaten Wildermonts. Er hielt den Mann einen Herzschlag lang fest, schüttelte ihn und verkohlte sein Fleisch. Hinter seinem Rücken wurden zwei weitere Blitze abgefeuert und fanden andere Körper, die sie dahinraffen konnten. Der eine war ein lahmer Westländer, der zu seinem König gelangen wollte, der andere ein Soldat aus Wildermont, der auf die Knie gegangen war und sich noch immer die Ohren von Paels ohrenbetäubendem Auftritt zuhielt. Bei jedem teilte sich der Lichtblitz in viele kleinere Blitze auf, und bald lagen mehr als zwanzig Männer zusammengekrümmt, verkohlend oder tot auf dem Boden.

Pael lachte hysterisch. Er hatte den Gesichtsausdruck eines entzückten Kindes. Oh, wie er die Macht liebte, die er dazugewonnen hatte! Die Götter hatten es gut mit ihm gemeint. Shaellas Geliebter hatte seinen Bindungszauber gestört, und das Resultat war, dass Pael die volle Kontrolle über die Essenz des Dämons erlangte, der in ihm gefangen war. Diese Macht hatte Pael sofort zur Verfügung gestanden. Es störte ihn nicht, dass Shokins Proteste noch immer in seinen Ohren widerhallten, er schirmte sich gegen die wahnsinnige Raserei ab. Es waren nur leere Drohungen. Pael hatte die Kontrolle. Shokin war nun ein Teil von ihm.

Er lachte erneut und feuerte den Blitz in einen anderen Soldaten, der nahe den Toren stand, was wiederum eine tödliche Kettenreaktion in Gang setzte. Dann bündelte er seine Energie für eine noch erschütterndere Explosion. Er hätte den Spruch beinahe fallen gelassen, als auf einmal die Präsenz einer anderen magischen Handlung die Luft färbte. Er merkte schnell, dass der andere Magier keine Bedrohung für ihn darstellte, tat ihn als unwichtig ab und arbeitete weiter daran, die magische Sphäre der Zerstörung aufzubauen, die er begonnen hatte.

Nachdem er sie auf das Schloss geschleudert und den Anblick genossen hätte, wie sie Hunderte, wenn nicht Tausende Leben auslöschte, würde er sich um den verbleibenden Zauberer kümmern.

Targon war wie umnebelt von seinem Zauberspruch. Der enorme Lärm und die gewaltigen Explosionen um ihn herum waren wie ein Tumult, der an einem weit entfernten Ort vonstattenging. Vor ihm materialisierte sich ein wirbelnder Tunnel. Außerhalb seines ungefähr zehn Fuß breiten Durchmessers tobte die Schlacht weiter. Wenn man hineinsah, schaute man in eine große, leere Röhre, die einfach durch die kämpfenden Soldaten hindurchführte, am Dämonenzauberer vorbei, über die toten und sterbenden Männer rings um ihn hinweg, bis zu ihrem Ende und unmittelbar bei König Jarrek und seinen Männern.

»Kommt! Sofort! Ehe es zu spät ist!«, schrie Targon König Jarrek zu. Er wiederholte die Worte, so laut er konnte.

Diesmal hörte ihn König Jarrek, wenn auch sehr schlecht. Die Erschütterungen bei Paels Ankunft hatten ihn fast taub gemacht.

König Jarrek blickte hinab in die seltsame Teleskopröhre. Er formte eine Frage mit den Lippen. Targon nickte. Nachdem er einen Befehl gerufen hatte, führte König Jarrek sein Pferd in den Schacht, der zu Willas Magier führte. Erst drei und dann ein weiterer der Ehrengarde mit der roten Rüstung folgten ihm.

Ein greller Blitz hinter dem König und seinen Männern hätte Targon fast ins Straucheln gebracht, sodass er den Zauber verloren hätte, doch er konnte ihn aufrechterhalten. Dann galoppierte ein fünfter Soldat in die magische Röhre. Zitternd vor Anstrengung hielt Targon den Zauber fest, solange er konnte. Er war schon dabei zu verblassen, als Jarrek und die ersten vier Männer aus dem Portal an ihm vorbeischossen. Obwohl es Targon große Schmerzen bereitete, hatte er keine andere Wahl, als den Zauber fallen zu lassen, weil er sonst zusammengebrochen wäre. Er hörte das Gekreisch der fünften Wache in seinem Kopf, als die magische Röhre über ihm einstürzte. Der gellende Schrei des Mannes und seines Pferdes in dem Augenblick, als sie der Vernichtung anheimfielen, hallte noch viele Stunden in Targons Kopf wider, während er mit König Jarrek und den vier Gardisten nach Norden flohen, so schnell ihre Reittiere sie tragen konnten.

Niemand würde es je erfahren, aber der Mann, der sein Leben in Targons magischer Passage verloren hatte, war nicht umsonst gestorben. Dass er nur wenige Dutzend Schritte vor Pael so plötzlich schreiend aufgetaucht war, hatte eine Verfolgung der Gruppe verhindert. Der Mann hatte Pael so überrascht, dass er ihn und das Pferd sogleich in eine Wolke blutigen Dampfes verwandelte. Erst später, als die gesamte Stadt Schlossberg und ihre Burg bloß noch staubige Ruinen und eine Halde aus zerfetztem, blutigem Fleisch waren, begriff er, was in diesem Augenblick wirklich geschehen war.

Noch später, als die Aasfresser schmausten, nutzte Pael die Kraft Shokins, um eine der dunklen Kreaturen zu beschwören, die aus dem Siegel entkommen waren, ehe Shokin entzweigerissen worden war. Ein Paar Lindwürmer aus der Unterwelt, beide Säure geifernd und wütend, folgten seinem Ruf. Er befahl einem der beiden, den Illusionisten aufzuspüren und zu töten, der ihn getäuscht hatte. Dem anderen trug er auf, die Höllenkatze zu suchen, die einst sein Vertrauter Schimmer gewesen war.

Die Suche nach Pavreals Schwert gewann für Pael entscheidend an Bedeutung und Dringlichkeit. Der Teil von ihm, der Shokin war, hatte aus gutem Grund Angst davor. Obgleich Pael es für äußerst unwahrscheinlich hielt, dass ein einfacher Knappe seine Pläne durchkreuzte, war der Junge wohl offensichtlich doch der Sohn König Baltons, und aus diesem Grund stellte er eine Bedrohung dar. Tatsächlich sogar die einzige. Allein die Magie Eisendorns konnte ihn noch aufhalten. Sobald er es an sich gerissen hatte und im Besitz der Macht des

Hütersteins von Xwarda war, wäre die gesamte Welt gezwungen, sich ihm zu unterwerfen.

Pael musste bei diesem Gedanken unweigerlich wie wahnsinnig auflachen. Die Dinge hatten sich geändert. Er war in einer wesentlich besseren Position, als er erwartet hatte. Er würde neue Pläne schmieden müssen. Pael sah keinen Grund mehr, mit dem Angriff auf Xwarda bis zum Frühling zu warten. Mit seiner neu erlangten Macht konnte er die Überreste der Königreiche auf dem Kontinent erobern, ehe das Wetter schlechter wurde, und die Wintermonate damit verbringen, zu lernen, den Hüterstein zu manipulieren. Wenn der Frühling kam, würde er durch den Elfenwald vordringen, um den Riesen Afdeon zu nehmen.

Unter allen Männern, die das freudig-hysterische Kichern des Dämonenmagiers hörten, war König Glendar der einzige, den es nicht kopfscheu machte. Für ihn war das Gelächter gleichbedeutend mit den liebkosenden Worten einer Mutter, die ihrem Kind einen Kuss auf die Stirn gibt, wenn sie es ins Bett bringt.

KAPITEL 36

ES FIEL IHNEN SCHWER, DIE SCHÜTZENDE HÖHLE im Riesengebirge zu verlassen. Vor allem Mikahl vermisste sie, selbst nach dem ganztägigen Abstieg in das wärmere, fast frühlingshafte Tal.

Während sie später ihr Lager in einem dicht bewaldeten Bereich des Talgrunds aufschlugen, kam er zu dem Schluss, dass ihm die Augenblicke der Kameradschaft und brüderlichen Liebe im Gedächtnis geblieben waren, nicht so sehr die Höhle selbst. Hätte er nicht ständig an den Tod seines Königs und Lord Gregorys schreckliches Schicksal denken müssen, wären die letzten paar Tage eine richtig gute Zeit gewesen.

Als das Feuer brannte und die Keule eines wilden Tieres, das Hyden erjagt hatte, briet, ließen sich alle nieder und lauschten Vaegon, der ihnen die Geschichte von König Speran erzählte.

König Speran war der erste der großen Könige der Menschen gewesen. Zuvor hatten viele weniger bedeutende Könige die zerstrittenen Lande regiert, doch Speran marschierte mit einer Armee von Magiern durch die Länder südlich des Riesengebirges und einte alle Menschen unter seinem Banner. Ihm zu Ehren nannten sie das große geeinte Königreich Speranland, aber das war lange her.

Bis dahin hatten sich die Elfen im Wald der Ewigkeit verborgen gehalten.

»Ihr Menschen konntet unsere magischen Städte nicht finden«, kicherte Vaegon gutmütig und setzte hinzu: »Ihr könnt es noch heute nicht.«

Illvan, ein damals einflussreicher Elf, fürchtete, die vereinte Macht der Menschen könne sich als Bedrohung für sein Volk erweisen. Er beschloss, Boten mit Geschenken auszuschicken in der Hoffnung, die beiden Rassen könnten friedlich miteinander leben. Eines dieser Geschenke war ein magischer Bogen.

König Speran verhandelte gern mit den Elfen, und es entstand eine Beziehung. Durch die Elfen erfuhren die Menschen von den Riesen, dem lichten Volk und vielen anderen Dingen mehr. Ein Zeitalter lang war alles gut. In jener Zeit erschlug der König der Menschen eine riesige Schlange, befuhr die Meere und entdeckte die Insel, die heute Salazar hieß, und die anderen, kleineren Inseln ringsum. Die Menschen kämpften gegen einen mächtigen Drachen, konnten ihn aber nicht töten und fanden später mithilfe der Zwerge den Hüterstein.

Während Vaegon von all diesen Taten erzählte, ertappte sich Hyden beim Gedanken an den Verrat, den König Sperans Urenkel an der Welt begangen hatte.

Berda hatte ihm vom Opfer des Erstgeborenen, dem »Erwachen« der Dunklen und all den darauf folgenden schrecklichen Zeiten berichtet.

Zum ersten Mal im Leben verstand Hyden, warum die Elfen die Menschen so sehr verabscheuten. Es gab einen Grund, warum alle anderen Rassen genau im Auge behielten, was sich bei den Menschen ereignete, denn in den vielen Kriegen nach dem Erwachen waren die fröhlichen Zwerge so gut wie alle umgekommen.

Das lichte Volk, das einst ohne jede Sorge um den Monolithen getanzt und gesungen hatte, hielt sich angeblich vor dem Rest der Welt verborgen. Hyden schämte sich ein wenig für seine Rasse, besonders für die Königlichen, deren Leben sich offenbar nur um Status, Reichtum und Macht drehte.

Er war froh, dass Mikahl nicht so war. Wenn es stimmte, was Lord Gregory gesagt hatte, würde Mikahl vielleicht eines Tages König all dieser Menschen sein. Hyden hätte es großartig gefunden, wenn es Mikahl gelingen würde, die Königreiche wieder zu einen und ein Zeitalter einzuläuten, in dem das lichte

Volk sich genügend sicher fühlte, um wieder hervorzukommen und zu tanzen. Was wäre das für eine Zeit!

Über diesen Gedanken schlummerte er ein und träumte von einer Zeit, einer fernen Welt, in der wirklich alles gut war. Dann schwebte er auf den Flügeln seines Falklingsvertrauten über eine ebenso wunderbare Zukunft.

***

Mikahl wachte früh auf. Er war entschlossen, nicht schon wieder Zielscheibe eines Scherzes zu werden.

So eiskalt und frostig es an diesem Morgen auch war, er stellte fest, dass er nicht fror. Seine Gefährten – seine Freunde, verbesserte er sich – hatten es gut gemeint. Sie verstanden nur einfach nicht, wie ein Königshof funktioniert. Die Vorstellung, dass er eines Tages vielleicht in König Baltons Fußstapfen würde treten müssen, war gewagt. Dazu müsste er König Glendar und den unheimlichen Magier Pael überwinden, und das war unvorstellbar. Er hatte keine Richtung, er hatte keine Ahnung, was er tun oder wo er sich Verbündete suchen sollte. Er fühlte sich so verloren, wie ein Mann es nur sein konnte. Gut, das Schwert leuchtete, wenn er es schwang. Wieso machte ihn das zum König? Wie sollte ihnen die seltsame Sinfonie helfen, die jedes Mal seinen Geist erfüllte, wenn er Eisendorn in der Hand hielt?

Er hoffte auf Hilfe von König Aldar, dem König der Riesen. Mit einer Armee von Riesen im Rücken wäre es leichter, Glendar vom Thron zu stürzen. Aber daran glaubte er nicht wirklich. Er hatte keine Ahnung, was er von den Riesen zu erwarten hatte. Aus Respekt und Pflichtgefühl hatte er die Siegel von König Baltons Briefen nicht erbrochen, doch auch hier hoffte er, sie würden einen Teil dieses Irrsinns erklären.

Er kam zum Schluss, dass er durch etwas harte Arbeit den Kopf frei bekäme oder zumindest warm werden könnte. Der Himmel war von der aufgehenden Sonne rosig erhellt. Noch schien sie nicht direkt in die Tiefen des Tales, doch das Licht reichte zum Werken bereits aus. Er nahm die Axt, die Hydens Onkel ihnen gegeben hatte, und machte sich auf in den Wald.

Er entdeckte eine Lichtung mit einer noch stehenden toten Kiefer und beschloss, dass der Lärm die anderen nicht stören würde. Nachdem er Eisendorn abgeschnallt und weggelegt hatte, begann er, den alten Baum zu fällen.

Mikahls stetiger, unablässiger Axtschlag weckte Vaegon nach einer Weile. Seine Elfensicht mochte dahin sein, doch seine anderen Sinne waren dadurch schärfer geworden. Die Vorstellung, dass ein Baum gefällt wurde, lief all seinen Elfenüberzeugungen zuwider. Am Klang, den die stählerne Axt beim Einschlag ins Holz erzeugte, erkannte er jedoch, dass der Baum seit ein paar Wintern tot war. Daher blieb ihm das Entsetzen, das ihm das Geräusch sonst bescherte, zum Glück erspart.

Neugierig, warum jemand, der in einer Burg geboren war, wohl Holz hackte, hüllte sich Vaegon in seinen Pelzmantel und folgte dem Geräusch. Immerhin waren sie alle in der vergangenen Nacht einig gewesen, sich einen besseren Lagerplatz für die nächsten paar Nächte zu suchen.

Just als er auf die Lichtung trat, stürzte der lange, gerade Stamm der toten Kiefer langsam in einem weiten Bogen dem Boden entgegen. Bei dem schweren Aufschlag brachen mehrere Äste ab. Dann rollte der dicke Stamm ein wenig hin und her und blieb schließlich liegen.

Vaegon sah Mikahl beim lauten Krachen und dem Knirschen des brechenden Holzes zusammenzucken. Hatte der Junge wirklich geglaubt, er könne einen Baum leise fällen?

Mikahl begrüßte ihn mit einem Lächeln. Vaegons Gesicht musste seine Neugier verraten haben, denn der Junge beantwortete seine unausgesprochene Frage, während er mit der Axt auf die verbliebenen unteren Äste einhackte.

»Harte Arbeit ist ein Allheilmittel gegen Sorgen«, wiederholte Mikahl das Mantra, das ihm der alte Waffenmeister der Seeburg nach dem Tod seiner Mutter eingebläut hatte.

Wieder sauste die Axt herab, und ein Stück Rinde flog davon.

»Verzeiht, wenn ich Euch geweckt habe, Sir Vaegon.« Ein weiterer Hieb, und diesmal wirbelte ein dickes Stück Holz davon. »Habe ich die anderen auch geweckt?« Ein weiterer Hieb, dann stützte Mikahl die Axt auf den Boden, die Hand auf dem Stiel, während er den Elfen besorgt ansah.

»Ich glaube nicht«, erwiderte Vaegon mit einem trockenen Lächeln. »Es ist ohnehin Zeit, den Tag zu begrüßen.«

Er hob eine Hand, um den nächsten Axthieb zu verhindern. Er war versucht gewesen, seine Bemerkung mit »Eure Majestät« zu beenden, hatte es sich aber anders überlegt. Stattdessen stellte er seine Meinung zu Titeln klar.

»Wenn du nicht willst, dass ich dich Hoheit, Eure Majestät oder König Mikahl nenne, dann hör bitte auf, mich mit Sir Vaegon anzusprechen.« Er kicherte, denn er konnte es sich nicht verkneifen, seinen kleinen Vortrag mit einer Verneigung und den sarkastischen Worten: »wenn es Euch frommt« abzuschließen.

Mikahl schüttelte langsam den Kopf und verzog die Mundwinkel zu einem schiefen Grinsen, doch die Auswirkung seines nächsten Axthiebs vertrieb die Heiterkeit. Der Hieb hatte die verbleibende Hälfte des Astes gespalten, an dem er arbeitete.

»Kapiert«, schnaufte Mikahl und ließ dann die Axt fallen.

Er wollte sich gerade auf den gefallenen Baumstamm setzen, als das Knacken eines Zweiges vom Rand der Waldlichtung ertönte.

Instinktiv griff er nach Eisendorns Heft. Panik durchfuhr ihn, als er es nicht fand. Dann überkam ihn jedoch ein gewaltiges Gefühl der Erleichterung, weil Kralle dort aus dem Wald geflattert kam, wo das Geräusch hergekommen war. Im selben Augenblick fiel ihm auch wieder ein, wo er die Klinge seines Vaters gelassen hatte, und er sah, dass sie noch dort lag.

Hyden trat gähnend auf die Lichtung. Er sah Mikahl neugierig an und ließ den Blick über den gefällten Baum schweifen. Daraufhin sah er Vaegon an und zuckte die Achseln.

»Königliche«, sagte er, als erkläre das alles.

Vaegon unterdrückte ein Lachen. Er konnte sich gar nicht mehr vorstellen, dass er die manchmal klugen, witzigen Menschen je gehasst hatte. Die Elfen waren immer so streng und ernst, außer wenn sie feierten. Die Menschen hingegen waren entschlossen, zu lachen und ihre Probleme auf die leichte Schulter zu nehmen. Vaegon konnte sich nicht erinnern, je so viel gelacht und gelächelt zu haben wie in den letzten paar Tagen. Selbst angesichts des Schmerzes, des Leides und der Unsicherheit, die sie zu verschlingen drohten, fanden sie Wege, einander zum Lachen zu bringen. Vaegon war nahezu sicher, dass nicht alle Menschen ein so angenehmer Umgang waren. Er beschloss, einige seiner neugierigen Fragen zu sammeln, wenn er sich später am Tag die Zeit nahm, Tagebuch zu schreiben.

Hyden setzte sich auf den Baumstamm; Kralle schwebte heran und landete neben ihm auf einem Ast. Mikahl setzte sich auch und wischte sich den Schweiß von der Stirn. Ein leichter Dampf stieg von seiner Haut in die kühle Morgenluft.

»Habe ich auch den alten Mann geweckt?«, fragte Mikahl.

»Er hat tief und fest geschlafen und mehr Lärm veranstaltet als du, als ich ging«, antwortete Hyden.

Loudins Schnarchen war ein beliebtes Thema unter ihnen.

»Ich werde ihn vermissen, wenn er uns verlässt«, gestand Hyden. »Wenn sein schreckliches Geschnarche die Geschöpfe der Nacht nicht mehr verscheucht, werden wir anfangen müssen, Wachen aufzustellen.«

»Ja«, kicherte Mikahl, fand es aber eigentlich nicht lustig. Er hatte sich schon gefragt, was Loudin tun würde, wenn er das Geld für die Echsenhaut hatte. »Dann glaubt ihr, er wird gehen?«, fragte er die anderen.

»Ich glaube, er überlegt noch«, sagte Vaegon.

»Ich sehe ihn im Kopf schon sein Gold ausgeben, wenn er daran denkt«, sagte Hyden. »Aber ich sehe auch seine Sorge um dich, Mik.«

Da hörte Vaegon etwas – ein schrilles Jaulen. Kralle hörte

es auch und schwang sich nach einem Blick zu Hyden in die Lüfte.

Hyden sah Mikahl achselzuckend an. Keiner von beiden hatte das Geräusch gehört. Beim nächsten Mal spürte Hyden es durch seine Verbindung mit Kralle. Der Falkling erkannte instinktiv, dass es ein verwundetes Tier war, das große Schmerzen und große Angst um etwas hatte, und daher wusste es jetzt auch Hyden.

Ohne weiter zu überlegen, sprang er auf und eilte dem Falkling nach. Vaegon stieß ein enttäuschtes Grunzen aus, folgte ihnen und ließ Mikahl voller Neugier und aufgeregt zurück. Die letzten Tage waren weitgehend monoton verlaufen. Was diese beiden auch gehört hatten, es musste interessanter und spannender sein als Holzhacken. Kein Wunder, dass er Eisendorn im taufeuchten Gras ganz vergaß, als er ihnen nachrannte, um zu sehen, was eigentlich los war.

Die Geräusche lockten sie von der Lichtung weg und durch ein dichtes Waldstück. Es war nicht leicht, sich einen Weg durch das Gewirr der Äste und das Unterholz zu bahnen. Weiter ging es eine zerklüftete Hügelflanke hinauf und wieder hinunter und dann über ein Bächlein in einem breiten, felsigen Bett. Dort hielt Hyden inne. Er kniff die Augen zu und suchte nach Kralles Sehvermögen.

Mithilfe der scharfen Sinne des Falklings folgte er dem Geräusch aus der Vogelperspektive zu seinem Ursprung. Am Grunde einer Schlucht lag sterbend eine verwundete, staubige Kammwölfin. Ein paar schon recht große Welpen saugten verzweifelt, jedoch vergebens an den Zitzen.

Hyden spürte, dass sie schon seit einer Weile entwöhnt waren, aber noch nicht zu jagen gelernt hatten. Die Mutter hatte wahrscheinlich schon einige Tage zuvor aufgehört, Milch zu produzieren, und versucht, es ihnen beizubringen. Wenn sie keine Hilfe bekam, würden sie alle drei verhungern oder von Aasfressern gerissen werden.

Hyden kletterte in großer Hast über den Rand der Schlucht.

Innerhalb von Sekunden war er am Grund. Leise sprach er beim Näherkommen mit der Wölfin, aber sie knurrte ihn trotzdem an. Ihr Beschützerinstinkt war stark ausgeprägt. Erst nachdem Kralle herabgestoßen und auf Hydens Schulter gelandet war, stellte die Wölfin ihr zähnefletschendes Knurren ein und ließ ihn an sich heran.

War sie in die Schlucht gestürzt? Nein, befand Hyden, dann hätte sie Brüche und schwere Verwundungen aufgewiesen, und ihre Welpen wären nicht an ihrer Seite gewesen. Er untersuchte ihr Fell sorgfältig und behutsam, während er ihr über seine Verbindung mit Kralle beruhigende Zuversicht übermittelte, und entdeckte zwei Reihen tiefer Stichwunden in ihrer Seite. Bisswunden. Es war, als hätte ein großes Raubtier die Kiefer um ihren Rücken geschlossen. Ein eisiger Schauer überlief ihn. Was für ein Wesen konnte das gewesen sein?

»Vaegon!«, rief Hyden dem Elfen zu. »Du musst hier herunterkommen und sie heilen. Sie ist in keinem guten Zustand.«

Vaegon spähte vorsichtig über den Rand. Mit nur einem Auge konnte er nicht erkennen, ob der Grund vierzig oder hundert Fuß unter ihm lag. Schlimmer war noch, dass ihn angesichts dessen, was er vor sich hatte, schwindelte und er fast über den Rand der Schlucht gekippt wäre. Hätte Mikahl nicht aufgeholt und ihn von hinten gepackt, wäre er abgestürzt. Es war ihm peinlich, aber er sagte es trotzdem.

»Ich sehe keine Möglichkeit, zu Hyden Falk hinunterzugelangen. Keine.«

Hyden war die drastische Verhaltensänderung Vaegons seit seiner Verletzung aufgefallen. Er hatte keinen Zweifel an den Worten des Elfen, war jedoch entschlossen, der schönen Wölfin zu helfen, damit sie lange genug überlebte, um ihre Welpen großzuziehen. Er ließ Kralle an der Schlucht entlangsegeln und eine andere Route hinab suchen. Es gab eine, doch allein der Weg dorthin würde länger dauern, als die Wölfin noch zu leben hatte.

»Was soll ich tun?«, rief Hyden verzweifelt.

»Ich könnte ein Seil holen, und wir ziehen sie herauf zu ihm!«, schrie Mikahl hinunter. Er war nicht wirklich sicher, ob er allein zum Lager zurückfinden würde, war aber bereit, es zu versuchen.

Auch Hyden hatte bereits mit dem Gedanken gespielt, sie mit einem Seil hochzuziehen, aber dazu war die Wölfin zu schwer verletzt.

»Danke, Mik, aber das würde sie nicht durchhalten.«

Langsam stieg in Hyden aus Angst um das Leben des Tieres die Panik auf. Einer der Welpen kläffte und knurrte ihn an. Seine Haltung war misslich: halb ängstlich und halb beschützend. Er hatte das Nackenfell gesträubt, war jedoch auch fluchtbereit.

»Du wirst sie selbst heilen müssen!«, rief Vaegon nüchtern herunter. »Du kannst es, das weiß ich!«

Die Vorstellung schien ihm lächerlich. »Was? Wie?«

»Du musst dich beruhigen, Hyden Falk. Du musst dich entspannen und deinen Geist leeren.«

Vaegon setzte sich an den Rand der Schlucht, nicht zu dicht an den Abhang, aber nahe genug, um sich mit Hyden verständigen zu können, ohne schreien zu müssen.

»Sobald dir das gelungen ist, werde ich dir den Vorgang Schritt für Schritt erklären. Wenn du der Wölfin wirklich helfen willst, dann schaffen wir das.«

Mikahl sah staunend zu, wie Vaegons Worte Hyden entspannten. Etwas nagte an ihm, doch er kam nicht darauf, was es war. Der Elf sprach von Visionsgabe, von ständiger Klarheit und nicht greifbaren Ähnlichkeiten. Mikahl hatte keine Ahnung, was das alles bedeutete, hörte aber fasziniert zu, während er seinen Freund unten beobachtete.

Ihn fesselten die Intensität der Situation und seine tief empfundene Hoffnung, Hyden möge bei der Szene, die sich dort drunten vor seinen Augen entfaltete, Erfolg haben.

Hyden Falk spürte das Kribbeln, spürte, wie die Magie in der Wölfin zu wirken begann, doch das Staunen über dieses

Gefühl störte seine Konzentration. Nun versuchte er frustriert, sich wieder zu beruhigen, um erneut dieses Maß an geistiger Klarheit zu erreichen. Tiefe Atemzüge, die Vorstellung eines völlig leeren Raumes, eines Nichts, wie Vaegons wohlgesetzte Worte es nahegelegt hatten. Hyden Falk bildete die Szene, die sich in der Realität vor ihm abspielte, in der Leere vor seinem geistigen Auge nach. Ein elektrisches Kribbeln überfiel ihn, als die Magie ihn wiederfand. Diesmal gelang es ihm, sie nicht wieder entgleiten zu lassen, und er tauchte ins Fleisch der Wölfin ein.

Er wünschte, er verstünde mehr von der Anatomie der Kreatur, und beschloss, Vaegon zu fragen, wie er so etwas lernen konnte. Er hatte Mikahl von der großen Bibliothek der Seeburg sprechen hören. Im Leben hatte er noch kein Buch in der Hand gehabt, geschweige denn versucht, eines zu lesen. Er hatte am Sommertag Bücher auf den Tischen fliegender Händler und in den Zelten einiger der nobleren Händler gesehen, aber kein einziges davon zur Hand genommen. Rechnen konnte er bis zum Abwinken, aber er konnte weder lesen noch einen einzigen Buchstaben schreiben. Bücher waren ihm so fremd wie Schiffe, Burgen oder das Innere einer verwundeten Kammwölfin. Er schwor sich, alles zu lernen, was er konnte, und wusste, dass er dazu zunächst lesen und schreiben lernen musste.

Einige Wunden der Wölfin waren auch für sein ungeübtes Auge deutlich zu erkennen. Er entfernte die dunklen Klümpchen geronnenen Blutes und nähte die Löcher im dichten Pelz der Wölfin mit gelb leuchtenden Magiefäden, und zwar mit den gleichen Stichen, die seine Mutter zum Flicken von Löchern in seinen und Gerards Hosen verwendet hatte, als sie klein gewesen waren.

Den feinen Riss in dem großen Knochen, der die Wirbelsäule der Wölfin mit ihren Hinterbeinen und dem Schwanz verband, hätte er übersehen, wenn Vaegon ihm nicht gesagt hätte, worauf er achten musste. Er füllte den winzigen Spalt mit dem magischen gelben Leuchten, wie er einst einen lockeren

Stein im Kamin seines Großvaters mit Mörtel wieder befestigt hatte. Die Arbeit war mühsam und erforderte äußerste Konzentration, und als er schließlich fertig war, brach er zusammen, körperlich ausgelaugt, verschwitzt, erschöpft und dennoch stolz.

»Es hat geklappt!«, rief Mikahl erregt aus. »Die Wölfin steht auf. Du hast es geschafft!«

Vaegon wagte einen Blick über den Rand, und wirklich, die Wolfsmutter stand, stieß die Schnauze Hyden Falk ins Gesicht und leckte es. Das freute Vaegon. Er hatte in Wirklichkeit nur vermutet, dass Hyden es schaffen konnte.

»Erstaunlich«, murmelte er und zweifelte zum ersten Mal nicht mehr daran, dass es Hyden Falk bestimmt war, ein ebenso großartiger Magier zu werden, wie es der große Hunt Mahn gewesen war.

Hyden kraulte die Wölfin, die das offenbar zu schätzen wusste, geistesabwesend hinter den Ohren. Er konnte sich kaum bewegen. Die Welpen knabberten spielerisch an seiner anderen Hand, während er im Augenblick verloren dalag.

Er hatte es geschafft! Er hatte die verletzte Wölfin tatsächlich magisch geheilt. Was hätte Gerard dazu gesagt? Hyden fand es ironisch, dass Gerard immer ein großer Magier hatte werden wollen – und jetzt war er derjenige, der Wölfe heilte und mit Falklingen flog.

Da kam ihm ein seltsamer Gedanke. Gerard würde vielleicht wirklich all die Macht, nach der er sich sehnte, in den Tiefen der Drachenspitze finden, wie es die wahrsagende alte Vettel prophezeit hatte. Der Gedanke war aus dem Nichts gekommen und verschwand wieder, als Kralle ihm vom Himmel oben einen schrillen Warnschrei zurief.

Hyden blickte auf und suchte nach dem Vogel, aber die große, dunkle Gestalt der Bestie, die Lord Gregory getötet hatte, zog dort droben vorbei. Plötzlich geriet er wirklich in Panik.

Als Mikahl die Bestie oben vorübergleiten sah, galt sein erster Gedanke Loudin, aber als er nach Eisendorn greifen wollte, überkam ihn das kalte Grausen. Es lag drüben auf der Lichtung im Gras wie Reisig. Das dringende Bedürfnis, zu König Baltons Klinge zu eilen und sie zu beschützen, wurde fast überwältigt von der Scham über seine Achtlosigkeit.

Vaegon sah den Ausdruck von Verzweiflung auf Mikahls Gesicht, und nach einem ganz kurzen Blick zur Hüfte des Jungen begriff er, was geschehen war.

»Lauft!«, schrie Hyden von unten, was Vaegon die Mühe sparte, sich zu überlegen, was er sagen sollte.

Hydens Sorge galt Loudin. Er hatte keine Ahnung, dass Mikahl das Schwert im Freien hatte liegen lassen.

»Kralle wird euch den Weg zeigen! Folgt Kralle!«

Als Vaegon loslief, war er drei Schritte hinter Mikahl. Mikahl hatte Kralle erspäht und stürmte schon auf das Schwert zu. Der schnelle, leichtfüßige Elf hatte alle Mühe, mit ihm Schritt zu halten.

KAPITEL 37

MIKAHL VERSPÜRTE EISIGE FURCHT IN DER MAgengrube, während er zur Lichtung rannte, auf der Eisendorn lag. Der direkte Weg, den Klaue aus der Luft wies, ersparte ihm den kurzen Lauf durch den außergewöhnlich dichten Wald. Stattdessen folgten sie dem halb ausgetrockneten Bachbett. Der Weg war schneller, aber steiniger. In dem gesamten spärlich mit Bäumen bestandenen Gebiet war der Boden von losem Geröll bedeckt. An einer Stelle schlug Mikahl eine Hakendornranke ins Gesicht, und nun blutete er heftig aus einem breiten, offenen Riss, aber er achtete nicht darauf.

Das letzte Stück Weg führte bergauf zwischen Bäumen mit dichtem Unterholz hindurch, über das er bei jedem Schritt zu stolpern drohte. Er hatte Vaegon weit hinter sich gelassen, wagte aber nicht, auf ihn zu warten.

Vor sich hörte er Loudin trotzig über ein tiefes, fauchendes Knurren und schweren Flügelschlag hinweg fluchen. Er musste sich beeilen. Er musste König Baltons Schwert in Sicherheit bringen.

Als er auf die Lichtung stolperte, war er außer Atem, aber das war ihm egal. Er musste sich neu orientieren, weil er die Lichtung an einer ganz anderen Stelle betrat als der, an der er sie verlassen hatte. Der von ihm gefällte Baum hatte in die Richtung gewiesen, in die sie gegangen waren, um den Wolf zu suchen. Er lag jetzt quer zu seinem Weg und zeigte nach links.

Zu seiner Rechten, am Stamm, war die Höllenkatze, die Lord Gregory getötet hatte. Sie hielt sich, langsam mit den Flügeln schlagend, in der Luft, während sie mit den Klauen nach

Loudin schlug. Der tätowierte Jäger trug kein Hemd und blutete, hielt die Kreatur aber mit der Axt in Schach, die Mikahl zurückgelassen hatte. Irgendwo unter Loudins nackten Füßen war das Schwert. Mikahl stürmte sofort über die Lichtung.

Im Näherkommen sah er, dass Loudin nicht tödlich verwundet war. Es war nur eine Fleischwunde auf seinem gestreiften Rücken, die selbst im morgendlichen Schatten des Tales von hellrotem Blut glänzte.

Der Meerender brüllte und schlug wild mit der Axt nach der bedrohlichen Bestie. Mikahl kam es vor, als gäbe sich die Kreatur bei ihren Angriffen auf Loudin keine besondere Mühe. Sicher hätte sie den Jäger in Stücke reißen können, wenn sie wirklich gewollt hätte. Es war klar, dass sie es auf das Schwert abgesehen hatte. Die Höllenkatze war zu groß und zu ungeschlacht, um in den Wald einzudringen. Eisendorn lag am Rand der Lichtung, und Loudin stand direkt darüber.

Verzweifelt und entschlossen setzte die Höllenkatze die Hinterbeine auf die Erde, während sie die Flügel anlegte und mit den Vorderklauen wild zuschlug. Mikahl war nur noch zehn Schritte entfernt und kam rasch näher. Er sah die andere dunkle Gestalt nicht einmal, die über die schattenverhangene Lichtung auf ihn herabstieß. Irgendwo hinter sich hörte er einen Warnschrei Vaegons, doch bis sein Gehirn die Worte des Elfen erfasst hatte, war er schon nicht mehr auf den Beinen, sondern segelte seitwärts durch die Luft.

Während sich die Welt vor seinen Augen überschlug, schoss ein Schmerz durch seine Schulter. Er erhaschte einen Blick auf ein schlankes, schimmerndes Etwas mit schwarzen Schuppen, ehe der Grasboden auf ihn zuraste und ihm die Luft aus der Lunge trieb.

Hyden, der noch erschöpft in der Kluft lag, zuckte bei Mikahls hartem Aufschlag zusammen. Er sah alles durch Kralles Augen. Er wollte nichts mehr, als sich aufzurappeln und seinen Freunden zu Hilfe zu eilen, aber sein Körper wollte seinem Willen nicht gehorchen. Der Lindwurm war eine Überraschung gewesen. Zuerst hatte er ihn mit seinem sehnigen Körper und der großen Flügelspanne für einen kleinen Drachen gehalten, aber dann war ihm wieder eingefallen, wie er als kleiner Junge etwas Halbverrottetes im Schnee gesehen hatte, einen Lindwurm, den die Dörfler des Tuskaclans am Flügel verletzt hatten.

Onkel Condlin hatte eine Handvoll der neugierigen Jungs hinausgeführt, damit sie sich das geheimnisvolle Tier ansehen konnten, mit dessen verdünntem Blut man angeblich Stein formen konnte. Hyden erinnerte sich daran jetzt so deutlich, als sei es erst einen Tag her.

Während er zusah, wie Vaegon versuchte, die Lichtung zu umrunden, an deren Saum Loudin entlangtänzelte, zermarterte sich Hyden das Gehirn, was die Angehörigen des Tuskaclans über den Lindwurm gesagt hatten. Er hoffte, sich an irgendetwas erinnern zu können, das er oder Kralle vielleicht einsetzen konnte, um zu helfen.

Vaegon hetzte am Waldrand entlang, duckte sich hier unter einem Ast durch, sprang dort über eine Wurzel und umkurvte alles an Reisighaufen und Unterholz, was ihm in den Weg geriet. Er erreichte Loudin in nur einer Handvoll von Herzschlägen. Dennoch war er nicht schnell genug.

Die Vorderpfote der Höllenkatze traf Loudins Brust und riss ihm drei Furchen in den Leib. Als der Jäger auf die Knie fiel, quollen aus der mittleren Blut und schimmernde Eingeweide hervor. Die andere Vorderpfote der Höllenkatze schloss sich um Eisendorns Scheide neben ihm. Ungeschickt zog sie sich, das Schwert in den Krallen und Mikahls Gürtel nachschleifend, vom Waldrand zurück. Mit einem heftigen Knall spreizte sie die Flügel und hob sich eine Handbreit in die Luft.

Vaegon schnappte sich die Axt vom Boden und rannte der Bestie nach. Er hob das schwere Werkzeug mit beiden Händen über den Kopf und schleuderte es, so kraftvoll er konnte, der fliehenden Kreatur nach. Die Höllenkatze erhob sich noch ein Stück höher, und die durch die Luft wirbelnde Axt traf sie mit der Schneide voran unmittelbar hinter dem Ohr am Hals. Dort blieb sie einen Augenblick stecken und fiel dann zu Boden. Die Wunde war tief und wahrscheinlich schmerzhaft, aber alles andere als tödlich. Die Bestie brüllte Vaegon ihr Missvergnügen entgegen, floh aber weiter.

Loudin, noch immer auf den Knien, kippte nach vorn und streckte dabei die Arme aus, so weit er konnte. Seine Hände umklammerten Mikahls Gürtel, und als die pferdegroße Kreatur abhob, riss er mit aller Kraft an dem Schwert. Geschickt schloss die Höllenkatze die andere Vorderpfote um die Scheide und hielt sie fest.

Loudin schnitt eine Grimasse und zog mit aller ihm verbliebenen Kraft. Als die Bestie weiter an Höhe gewann, zerrte sie ihn auf die Knie hoch. Er spürte, wie seine Eingeweide aus ihm herausquollen, und kämpfte gegen den Schmerz und das Wissen an, dass er so gut wie tot war. Mit einem gewaltigen Ruck kam er auf die Beine, und es gelang ihm, den Arm über der Scheide zwischen die Klauen der Höllenkatze zu haken. Die Wucht des nächsten Flügelschlags hob ihn vom Boden. Der Schmerz in seinen Eingeweiden war unglaublich, doch er ließ nicht los. Er schwor sich, dass die Bestie Mikahls Schwert nicht bekommen würde, solange er noch atmete. Dann zog die Bestie ihn noch höher.

Vaegon fühlte sich völlig hilflos. Er griff nach Loudins Beinen, doch als er sah, dass die Kreatur das Schwert mit zwei Pfoten umklammert hatte, war er sicher, dass er Loudin nur herabgerissen hätte. Die Eingeweide des Jägers quollen jetzt völlig heraus. Das Bauchfell riss, und eine Schlinge feuchten silbrigen Darms hing ihm bis zu den Knien.

Da war Vaegon davon überzeugt, dass der Wundschmerz Loudin dazu bringen würde, loszulassen und zurück zum Boden zu fallen. Er schnappte sich erneut die Axt, um nach der Bestie zu schlagen, doch inzwischen waren nur noch Loudins baumelnde Füße tief genug, dass er sie hätte treffen können. Einen Flügelschlag später waren selbst sie außerhalb der Reichweite des Elfen.

Ein anderes Brüllen, höher und vogelartiger, erklang von der Stelle, wo der Lindwurm wieder auf Mikahl herabstieß.

Kralle umflatterte ihn und schlug und kratzte nach dem schwarz geschuppten, gehörnten Schädel der Bestie, um sie abzulenken. Vaegon stürmte über die Lichtung auf sie zu und hob dabei die Axt über den Kopf. Offenbar hatte Kralle dem Lindwurm eine Klaue ins Auge gerammt, denn er vergaß Mikahl für einen Moment und warf gequält den Kopf hin und her, während er einen guten Schritt über dem Boden schwebte. Irgendwie hatte Kralle dem halb benommenen Mikahl eine Warnung zukommen lassen, sodass er sich unter der rasenden Bestie wegrollen konnte. Vaegon sah eine Chance und schleuderte die Axt nach der Kreatur, genau wie zuvor nach der Höllenkatze. Kralle konnte mit knapper Not dem schweren Holzstiel ausweichen. Vaegon hatte so wuchtig geworfen, dass Mikahl das laute »Wupp! Wupp! Wupp!« hörte, mit dem sie durch die Luft wirbelte.

Die Schneide traf den Lindwurm mit einem hässlichen Knirschen ins Gesicht und schleuderte ihn zu Boden, wo er hart auf der Seite landete. Die Blutspritzer, die sowohl Kralle als auch Mikahl trafen, fraßen sich durch Federn und Haut. Instinktiv schoss der Falkling zum Wasser davon. Der Bach war nah für den Vogel, dessen winzige Hohlknochen und Leib zerfressen worden wären, wenn das heiße, säurehaltige Zeug sein Gefieder durchdrungen hätte.

Der Lindwurm keuchte, spie aus und brachte es fertig, sich ein kleines Stück zu entfernen, ehe er schließlich still liegen blieb. Rings umher wurde alles, selbst das Gras, von seinem Säureblut zerfressen.

Loudins schreckliche Schreie erfüllten die Luft und hallten von den lotrechten Wänden des Talkessels wider. Mikahl rollte sich auf die Beine und folgte Vaegons Blick, während sich sein Magen vor Angst verkrampfte.

Es war ein grauenvoller Anblick, bei dem etwas in Mikahl zerbrach.

Loudins Eingeweide hatten sich in den Ästen eines Baumes verfangen. Ein Stück Darm von mehreren Schritten Länge hing aus ihm heraus, doch er umklammerte noch immer mit beiden Armen das Schwert, während die Höllenkatze mit den mächtigen Flügeln schlug und sich drehte und wand, um sich von ihm und dem Geflecht aus Ästen und Eingeweiden loszureißen. Der Meerender stieß einen weiteren gequälten Schmerzensschrei aus, der Mikahl bis ins Mark erschütterte.

»Lass los, alter Mann«, flüsterte Mikahl halblaut, doch er wusste in der Tiefe seines Herzens, dass Loudin niemals losließe. Er spürte den brennenden Schmerz, als das Lindwurmblut seine Arme und sein Gesicht verätzte, doch im Augenblick war in ihm kein Platz für so triviale Unannehmlichkeiten. Er hätte lieber das Schwert verloren und sein ganzes Leben mit der Schande gelebt, als seinen Freund so sterben zu sehen. Seine gesamte Seele schrie Loudin zu, er möge loslassen. Tränen standen ihm in den Augen, und er wandte den Blick ab.

Erneut kreischte Loudin. Diesmal riss der Schrei ab, als ein weiteres Stück seiner Eingeweide aus ihm herausglitt. Wie ein makabrer Drachen hing er da mitten in der Luft. Ein Arm löste sich von dem Schwert, und es sah aus, als werde der Jäger gleich fallen, doch sein anderer Arm war um die Waffe gehakt, und er wollte nicht loslassen.

Er empfand keinen Schmerz mehr. Er spürte den Zug an seinen Eingeweiden und wie die kalte, raue Gebirgsluft Stellen in ihm berührte, die ihr nie hätten ausgesetzt sein sollen. Er spürte das Reißen, als sich die Höllenkatze nach vorn warf und weitere Teile seines Gedärms losriss. Diesmal gab etwas nach, und die Welt wurde unscharf und grau, doch er weigerte sich nach wie vor loszulassen. Er versuchte, noch einmal zu schreien, doch es quoll nur ein Luftstrom irgendwo neben seiner Kehle aus ihm heraus. Das war es dann, räumte er ein. Es war aus.

Besser, für einen Freund zu sterben, als ganz allein in irgendeiner Holzhütte vor sich hinzufaulen. Er war erledigt, aber so fruchtlos seine Bemühungen im Augenblick auch gewesen zu sein schienen, Loudin glaubte noch immer, die Bestie besiegen zu können.

»Du verfluchtes fliegendes, höllisches Pantherpferdedreckstück«, versuchte er zu brüllen, aber es kam kein Laut. »Du kriegst Miks Schwert nicht!«, vollendete er dennoch. Mit allerletzter Kraft streckte er die freie Hand aus, umfasste Eisendorns lederumwickeltes Heft und begann, es aus der Scheide zu ziehen.

Mikahl hatte nicht hinsehen können. Seine Sorglosigkeit hatte ihn nicht nur König Baltons Schwert gekostet, sondern auch das Leben seines Freundes. Er hatte seinen Vater und König enttäuscht. Er hatte zugelassen, dass Lord Gregory umsonst gestorben war. Er hatte die Zeit des Riesenkönigs verschwendet und überdies noch Loudin auf dem Gewissen.

Was war er für ein Narr gewesen zu glauben, er könne irgendeine Art König sein. Er war nur eines Königs törichter Bastard, ein Knappe, der vergessen hatte, wo sein Platz war, und aus einer Laune heraus sorglos seine Ehre und das Leben eines Freundes weggeworfen hatte. Er hatte versagt. Er war nicht würdig, König genannt zu werden. Er war nur ein Narr.

Vaegons plötzliches Aufkeuchen enthielt einen Hauch von Hoffnung. Es reichte gerade, um Mikahl aus seinem Gefühl von Scham zu reißen, sodass er aufblickte und nachsah, was ihn da so verhöhnte. Bei dem Anblick stockte ihm der Atem, und er stolperte unwillkürlich vorwärts. Zuerst einen Schritt, dann noch einen, und dann rannte er. Eisendorn segelte durch die Luft. Seine spiegelblanke Klinge reflektierte die Pastelltöne des Morgens in funkelnden Bögen, während es dem Boden entgegenwirbelte. Es landete mit der Spitze voran, und der Schwung trieb es zu zwei Dritteln in die Erde. Mikahl blieb stehen und starrte es an. Einen Augenblick lang bebte es noch, dann stand es still. Es sah eher wie ein schillerndes, juwelenbesetztes Kreuz aus und nicht wie ein Schwert. Er wandte sich gerade rechtzeitig ab, um mitzubekommen, wie Loudin in die Bäume krachte.

Der alte Jäger grunzte nicht einmal, als sein Körper auf die dicken Äste knallte und daran zerschellte. Mikahl betete, dass sein Freund gestorben war und seinen inneren Frieden gefunden hatte. Loudins tapferes Ende ersparte Mikahl ein Leben in Schande. Der Mann hätte einfach schon vor langer Zeit loslassen und mehr oder weniger unverstümmelt und ohne den schrecklichen Schmerz sterben können. In diesem Moment, an diesem Ort schwor sich Mikahl, niemals aufzugeben. Weder Loudin noch Lord Gregory sollten umsonst gestorben sein.

Das wütende Gebrüll der Höllenkatze, die einen Bogen schlug und wieder auf ihn losstürmte, brachte Mikahls Blut vor Zorn und Rachedurst zum Kochen. Während er das Schwert aus dem Boden zog, freute er sich über das Nahen der Bestie. Loudins Tod konnte er an diesem Tag nicht rächen, sagte er sich. Diese Bestie war nur eine Waffe, ein Werkzeug, gesandt von einem anderen, doch er konnte demjenigen, der Eisendorn so dringend besitzen wollte, eine Nachricht schicken, eine deutliche, unmissverständliche Botschaft.

Eisendorns Klinge erhellte die Lichtung wie ein Stern, und eine magische Sinfonie erklang in Mikahls Ohren. Die Höllenkatze senkte die Hinterpfoten und stieß mit rasender Geschwindigkeit auf ihn herab. Die Woge statischer Elektrizität, die Mikahl erfüllte, war ungeheuerlich. Ein Dutzend verschiedener Stimmen sangen in seinem Gehirn, jede eine andere Melodie, die zu dem Engelschor in seinem Geist hinzutrat. Jede Stimme stand für einen anderen magischen Angriff, was ihm in diesem Augenblick sonnenklar wurde. Er hatte mit einem einzigen Gedanken Zugriff auf sie, aber er wusste, dass er sie hierfür nicht brauchte. Die Zeit um ihn her verstrich langsamer, als bewege sich die ganze Welt durch Molasse, nur er nicht. Das und sein brennender Zorn reichten völlig aus, um dieses dunkle Etwas zu besiegen.

Die Höllenkatze war jetzt heran, und obwohl die Welt langsamer geworden war, näherte sich die Bestie schnell und wuchtig. Als Mikahl sich drehend in die Luft sprang, durchlief das blaue Leuchten seiner Klinge alle Lavendel- und Purpurtöne, bis sie in tiefem Blutrot leuchtete. Er brachte seinen Kopf unter die Kreatur und wirbelte herum, sodass ihre dolchartigen Vorderklauen seine Schultern verfehlten und ihre Hinterbeine an ihm vorbeisausten. Erst dann vollendete er den blendend hellen Streich mit der jetzt weißglühenden Klinge.

***

Vaegon sah voller Angst und Ehrfurcht zu, wie Mikahl das Schwert aus dem Boden riss und dem heranrasenden Ungeheuer entgegenschritt. Das Schwert gleißte hell und nahm schnell das Kirschrot in der Schmiede erhitzten Stahles an. Mikahl sprang in die Luft, doch seine akrobatische Bewegung war so schnell, dass Vaegon sie nur verschwommen wahrnehmen konnte. Alles geschah so rasch, dass dem Elfen der Kopf schwirrte.

Eben noch hatte es ausgesehen, als werde die Höllenkatze den Jungen packen und davontragen wie damals Lord Gregory. Den Bruchteil eines Herzschlags später war Mikahl hinter der Bestie, und sein Schwert fuhr wie eine weißglühende Sichel durch die Hinterbeine der Kreatur, als seien sie aus Butter. Die blutigen Stümpfe lösten sich vom Körper und fielen zischend und rauchend zu Boden. Die gewaltige Hitze der jetzt weißglühenden Klinge hatte sie glatt kauterisiert. Ein drittes Stück der Höllenkatze wirbelte wie ein halb glimmendes Stück Feuerholz durch die Luft. Vaegon sollte später herausfinden, dass es die stachelbewehrte Schwanzspitze der Bestie war, genau das, was ihm die Elfensicht genommen hatte.

Die Kreatur war drei Schritte an Mikahl vorbei und wuchtete ihren massigen Leib mit den Schwingen höher, um sich über die Wipfel zu erheben und erneut zu wenden, als sie begriff, was mit ihren Hinterbeinen und dem Schwanz geschehen war. Der urtümliche Entsetzensschrei, den sie ausstieß, war ohrenbetäubend. Die amputierte Höllenkatze konnte sich mit

Mühe und Not in der Luft halten, während sie heulend über die Bäume hinweg aus dem Tal floh.

In dem Gefühlssturm, der Mikahl traf, nachdem die Bestie verschwunden war, lag weder Stolz noch Freude.

Stattdessen brach er vor Kummer zusammen und weinte um den Verlust seines Freundes.

Der tätowierte Meerender, der in den Geschichten der Elfen wie der Menschen auf ewig als »Loudin aus dem Reyhall« unsterblich werden sollte, war tot.

KAPITEL 38

VAEGON WACHTE ÜBER MIKAHL, BIS HYDEN schließlich aus der Kluft wiederkehrte. Beide Menschen waren erschöpft, also übernahm der Elf es, Loudins Leichnam aus den Bäumen zu schneiden.

Es dauerte fast den ganzen Tag, und so schrecklich die Arbeit auch war, er wusste, er war der beste Mann dafür. Er kannte nicht nur wie alle Elfen die Bäume und konnte mit ihnen umgehen – dass er kein Mensch war, ermöglichte ihm auch, den Tod des Jägers leichter hinzunehmen als seine beiden Gefährten.

Sobald der Leichnam am Boden lag, rollte ihn Vaegon in eine Wolldecke ein und umgab ihn mit einem alten elfischen Schutzzauber, der ihn für die Nacht behüten würde. Mikahl würde bei der Bestattung mitwirken müssen, doch zuerst brauchte er Ruhe. Während die Elfen ihre Toten durch Zersetzung wieder in den Kreislauf der Natur eingehen ließen, machte die Kurzlebigkeit der Menschen und ihre anfällige seelische Verfassung Bestattungszeremonien erforderlich. Weniger für die Verstorbenen als für ihre überlebenden Freunde und Verwandten.

Während er arbeitete, hörte Vaegon die Bäume von dem großen Unheil flüstern, das sie zwischen ihren Wurzeln spürten. Das Blut des Lindwurms war jetzt in der Erde, und sie fürchteten seine Auswirkungen.

Sie spürten, dass die Anwesenheit der widernatürlichen Bestie auf der Welt nur der Anfang von etwas noch viel Schlimmerem war.

Vaegon hörte zu, und ein winziges Fünkchen Angst nistete

sich auch in seinem Herzen ein. Er hatte an diesem Tag keinen Gebirgslindwurm getötet. Dieses Ding war böse und an einem widernatürlichen Ort geboren worden, von wo eigentlich nichts entkommen sollte. Da begriff er, dass eine große, finstere Macht es und die Höllenkatze entfesselt hatte und dass wahrscheinlich noch viel Schlimmeres unterwegs war, genau wie die Bäume befürchteten.

Als die drei Gefährten am nächsten Tag auf die Lichtung kamen, um Loudin zu beerdigen, fanden sie etwas außerordentlich Seltsames vor. Inmitten der Lichtung war über Nacht ein vollkommener Kreis duftender blauer Blumen gewachsen. Der Mittelpunkt des Kreises war genau der Punkt, an dem Eisendorn sich in die Erde gebohrt hatte, nachdem Loudin es herabgeworfen hatte, und insgesamt hatte er mindestens zwanzig Schritt Durchmesser. Mikahl beschloss, seinen Freund an dieser Stelle zu begraben. Das Zeichen des guten Kreuzes, das das Schwert dargestellt hatte, hatte er noch gut im Gedächtnis. Es wäre ein schlechtes Omen, den Jäger irgendwo anders zu bestatten.

Der Umstand, dass er Loudin zum ersten Mal auf einer Lichtung getroffen hatte, die dieser ähnlich war, entging Mikahl auch nicht. Wo jene Lichtung einen schillernden Teich gehabt hatte, verfügte diese über eine Insel aus magischen Blüten. Solche Gedanken verhinderten, dass er zusammenbrach, während sie einen großen Steinhaufen auf das Grab türmten.

Sie arbeiteten langsam und sorgfältig, um die Blumen um den Grabhügel nicht zu zertreten. Anschließend segneten selbst die Bäume das Hinscheiden des alten Jägers. Die Magie des Schwertes, die in die Erde gesickert war und die Saphirblüten plötzlich hervorgebracht hatte, hatte sich auch im Boden ausgebreitet und die ätzende Kraft des schwarzen Lindwurmbluts aufgezehrt. Vaegon hörte die Bäume das Versprechen flüstern, über die heilige Stätte zu wachen, und teilte dies seinen Gefährten mit, als sie nach Einbruch der Dunkelheit ins Lager zurückkehrten.

In dieser Nacht begannen sie erstmals, abwechselnd zu wachen. Vaegon würde die erste Wache übernehmen, dann käme Hyden, dann Mikahl.

Mikahl bestand darauf, die letzte Wache zu übernehmen. Er erklärte nicht, warum, und niemand fragte nach.

Als die Morgenröte des nächsten Tages die Schatten erhellte, erfuhren sie den Grund. Der junge Westländer ging mit seiner sanft leuchtenden Klinge eine Reihe intensiver Routineübungen durch. Hyden und Vaegon erwachten und sahen mit ehrfürchtigem Respekt zu, wie Mikahl äußerst strapaziöse Kombinationen aus Hieben, Stößen und Drehungen vollführte, jede anstrengender und anmutiger als die vorherige. Zum Abschluss verneigte er sich tief in alle vier Himmelsrichtungen und brachte es sogar fertig, den anderen ein knappes Lächeln zuzuwerfen, während er sich mit einem von Loudins alten Hemden abtrocknete.

Während des dunklen Teiles seiner Wache versuchte Mikahl, die Scheide von Herzog Gutkinds Schwert an Eisendorns Klinge anzupassen. Es gelang ihm, sie zu weiten, sodass er seine Klinge völlig hineinschieben konnte, aber die Scheide war immer noch eine Handbreit zu kurz. Wenn er sie umgürtete, sah ein kleiner Teil von Eisendorns leuchtender Klinge heraus, und der Schwertknauf rieb unangenehm an seinen Rippen, aber fürs Erste würde es gehen müssen. Eisendorns Scheide war verloren.

Nach einem Frühstück mit etwas Trockenfleisch und Bachwasser wollte Vaegon nicht länger zusehen, wie Mikahl an der schlecht passenden Scheide herumbastelte. Er entschuldigte sich und verließ das Lager. Mit besorgtem Gesicht trat er in den Wald und verschwand.

Hyden legte sich hin. Es sah aus, als würde er schlafen, doch der Schein trog. Kralle war auf Erkundungsflug durch das Tal, und Hyden schwebte mit ihm und nutzte die Sinne des Falklings.

Die alte Wolfsmutter hatte es mit ihren beiden Welpen im Schlepptau aus der Kluft herausgeschafft. Es gelang ihr, einen langsamen Hasen zu erlegen, den sie fressen konnten. Hyden beobachtete sie von den Ästen eines nahe gelegenen Baumes aus, während sie die Knochen abnagten und dann mit den Zähnen knackten.

Zufrieden darüber, dass es ihnen gut gehen würde, kreisten er und Kralle hoch am Himmel über das gesamte Tal. Die scharfen Vogelaugen entdeckten Bewegung nicht allzu weit vom Lager entfernt und sandten behutsame Warnsignale über Hydens Rücken. Er war froh, dass er nicht hektisch reagierte und Mikahl aufschreckte, denn es war nur der Elf. Vaegon ging umher und sprach in einer Art Halbdämmer mit den Bäumen. Hyden und Kralle flogen weiter, weil sie nicht in die Privatsphäre ihres Freundes eindringen wollten.

Er sah den Lindwurmkadaver auf der Lichtung. Er sah aus wie ein Geschwür auf einem ansonsten gesunden Stück Wald. Selbst die Aasfresser machten einen großen Bogen darum. Der vollkommene Kreis blauer Blumen ließ den Ort unnatürlich wirken. Kralle landete kurz auf dem Steinhügel, der Loudins Grab war. Hyden fragte sich, wo der Geist des Jägers jetzt wohl war. Er hielt sich mit der Frage nicht auf, weil sie ihn traurig machte, und bald war der seltsame Gedanke vergessen, als Kralle wieder gen Himmel schoss.

Der Falkling fand einen warmen Aufwind, wo die Sonne einen Bereich dunklen Steins erwärmte, und ritt darauf in schwindelnde Höhen. Von dort sah Hyden mehrere Hundert Täler, wo immer er auch hinsah. Die einzige wirklich sichtbare Veränderung im Gelände gab es hoch im Norden: Die Berge mit den weißen Gipfeln waren höher und wirkten ziemlich unwirtlich, während im Süden die schroffen Gipfel und zerklüfteten Vorsprünge nach und nach runder wurden und wärmeren Gebirgsausläufern Platz machten.

Kralle ging in einen Sturzflug über und schoss mit angelegten Flügeln auf das Tal herab, in dem sie lagerten. Es war erhebend. Selbst mit geschlossenen Augen auf seiner Decke im Lager liegend, spürte Hyden diesen Rausch.

Plötzlich überschattete ein weiteres Warnsignal, das ihm über den Rücken lief, die Freude. Weitere Bewegung – schlaglichtartige Eindrücke von etwas Weißem, Schnellem, das am nördlichsten Kamm oberhalb ihres Tales zwischen den Bäumen dahinhuschte, waren Kralle ins Auge gefallen. Er lenkte seinen Sturzflug in diese Richtung. Da war eine weitere, dann eine dritte schneeweiße Kreatur, die durch den Wald schlich.

Es waren Vierbeiner, die rasch und vollkommen sorglos zwischen den Bäumen dahineilten. Am Kamm wurde der Wald lichter, und drei der Tiere sprangen ins Freie: Wölfe – große schneeweiße Wölfe. Zwei weitere schossen aus dem Wald hervor, und das Rudel sprang nervös über die Lichtung, ehe es sich auf verschiedenen Wegen in derselben Richtung zerstreute. Einer jagte einen anderen ein Weilchen, dann gab er es auf und nahm spielerisch die Verfolgung eines weiteren Rudelkameraden auf. Sie kamen ins Tal herab und auf das Lager zu, und Hyden zählte insgesamt neun.

Es waren nicht die grauen Dämmerwölfe, die in den Tälern und den Ausläufern der Mittelgebirge lebten wie die Wölfin, die er in der Kluft geheilt hatte. Dies waren die großen Wölfe der hohen Gipfel rings um Afdeon, der verborgenen Stadt der Riesen. Dies waren die Wölfe, von denen ihm Berda mehrfach erzählt hatte, und als er das erkannte, wusste er plötzlich, warum sie gekommen waren.

Hyden war aufgeregt und sandte Kralle über den Kamm aus, den die Wölfe überquert hatten. Natürlich fand er sie dort – drei Riesen, die entschlossen das Tal herauf zum Kamm schritten.

Borg und eine junge Riesin gingen Seite an Seite, und hinter ihnen kam ein anderer großer Mann, dessen Haltung und Gang so königlich waren, dass Hyden nur annehmen konnte, es sei König Aldar persönlich.

Hyden sprang auf und grinste vor Vorfreude. Der Kummer um Loudins Tod war für den Augenblick vergessen. Im Leben hätte er nicht gedacht, er würde je den König der Riesen zu sehen bekommen, von dem Berda so oft gesprochen hatte. Sie hatte dieses Wesen so unverkennbar verehrt, dass Hyden ihn sich immer als eine Art Gott auf Erden vorgestellt hatte, und nun würde er ihn treffen.

Sofort ließ er Kralle auf Borgs Schulter landen, damit er wusste, dass sie die Riesen gesehen hatten und erwarteten. Dann wandte er sich Mikahl zu, der besorgt erschien, und erklärte dem Freund, warum er plötzlich so aufgeregt war.

»Wir werden sie irgendwo treffen müssen, wo mehr Platz ist«, sagte Hyden und sammelte Ausrüstung im Lager ein. »Hier ist es zu niedrig. Beim Teich am Bach gibt es eine Stelle, wo die Äste weniger tief hängen, und über dem Bachbett ist nur der freie Himmel. Ich glaube, das ist der beste Ort.«

»Warum bist du so nervös?«, fragte Mikahl. »König Aldar wird Zukunft und Schicksal von mir enthüllen, nicht von dir.«

»Ja«, lachte Hyden fröhlich. »Stimmt, aber ich habe schon von Kindesbeinen an immer wieder von diesem König gehört. Er hat die Wüste durchquert und mit den Krags verhandelt, die auf der anderen Seite leben. Er hat Vipern getötet, von denen Berda sagte, sie seien mindestens hundert Schritte lang gewesen, und sein Großvater und ein paar andere Riesen haben einmal einen Drachen getötet. Sein Schädel liegt in der Ratskammer meiner Ältesten. Für die Königlichen scheinen wir Clansangehörigen ein freies Leben zu führen, und das tun wir auch, aber wir leben im Riesengebirge unter dem Schutz König Aldars.«

Er hielt inne und holte ehrfurchtsvoll Luft. Die Bedeutung dieses Treffens leuchtete aus seinem Gesicht wie Sonnenstrahlen.

»Es ist für jeden Clansangehörigen eine große Ehre, den König der Riesen zu treffen.«

»Ja«, nickte Mikahl zustimmend. »Es ist grundsätzlich eine große Ehre, einen König zu treffen.« Er dachte bei diesen Worten an König Balton, doch er stellte fest, dass sie etwas in ihm wachriefen.

Lord Gregory zufolge war er selbst ein König, und er beschloss, sich bei dem Treffen mit König Aldar entsprechend zu verhalten. Daraufhin beeilte er sich doppelt. Er hoffte, sich noch waschen zu können, und er war zwar nicht sicher, glaubte aber, er habe ganz unten in Windhufs Satteltaschen noch einen Satz recht ordentliche Kleidung vorrätig.

Am frühen Abend kamen die Wölfe an den Teich. Die Sonne war hinter den Berggipfeln verschwunden und tauchte den Talgrund in Dämmerlicht, doch der Himmel über ihren Köpfen war strahlend blau.

Die Tiere zögerten, ehe sie sich ans Ufer vorwagten und dort tranken. Nachdem sie kurz hin und her gestreift waren, platschte eines von ihnen durch das schmale Ende des Teiches. Es schüttelte sich heftig trocken. Seine Rudelkameraden folgten ihm rasch. Offenbar hatten sie keine Angst vor Vaegons Feuer, und schon nach ein paar Minuten näherte der Tapferste sich vorsichtig und setzte sich neben Hyden.

Hyden zitterte vor Aufregung und Angst und ließ zu, dass der Wolf ihn beschnüffelte. Der Kopf des Tieres war doppelt so breit wie der eines Mannes, und seine Fänge hatten die Größe von Kinderfingern. Hyden saß auf einem kniehohen Felsen, und der Kopf des Wolfes überragte seinen dennoch. Er streckte zögernd die Hand aus und kraulte den Rudelführer hinter den Ohren, und es war, als lege er einem alten Freund den Arm um die Schultern. Der große Wolf reckte den Kopf, stieß ihn mit der Schnauze an und leckte ihm mit der feuchten, rauen Zunge die Wange. Sein Fell war dicht genug, um eine ganze Hand darin zu vergraben.

Nach ein paar Minuten Ohrenkraulen zog sich der Wolf zurück, streckte die Vorderbeine aus und legte sich auf den Bauch. Die anderen Rudelmitglieder waren noch nicht bereit, Freundschaft zu schließen. Sie schritten nervös umher oder legten sich in sicherer Entfernung vom Lagerfeuer hin.

Als ganz in der Nähe in den Wäldern ein Pfiff ertönte, sprangen alle Wölfe bis auf den Rudelführer auf. Der hob nur den großen Kopf und legte ihn neugierig schief. Etwa die Hälfte des Rudels überquerte erneut den Bach und jagte dem Geräusch entgegen. Die anderen liefen immer aufgeregter und rastloser auf und ab und harrten der Ankunft ihres Herrn.

Borg kam als Erster zwischen den Bäumen hervor. Mikahl hatte seine Augen auf eine bestimmte Stelle gerichtet, wo er einen Kopf erwartet hatte, und merkte, dass er noch ein ganzes Stück hochschauen musste. Der Wächter des Südens war mehr als doppelt so groß wie ein Mensch, und ihn aufrecht statt gebückt in einer Höhle zu sehen war verblüffend.

Er trug dasselbe dunkle Elchlederhemd und dieselben Flickenhosen wie zuvor. Sein ähnlich zusammengesetzter ärmelloser Mantel stand offen und zeigte die große Gürtelschnalle mit dem Schreckenswolfschädel, die er wie eine Trophäe trug. Sein langes silberschwarzes Haar und sein Bart wehten im Wind. Er stützte sich auf seinen mächtigen Stab und stieg mit einem Schritt über den Bach zu ihnen herüber. Als er näher kam, gingen seine dunklen Augen von Gesicht zu Gesicht, und er nickte allen Anwesenden respektvoll zu.

Er merkte sofort, dass etwas nicht stimmte.

»Wo ist Loudin?«, fragte er.

»Er ist tot«, antwortete Mikahl traurig. »Verzeih, aber ich möchte die Geschichte lieber nur einmal erzählen, deshalb werde ich noch warten. Die Borkenechsenhaut gehört dir, mein Freund. Ich bin sicher, Loudin hätte es so gewollt.«

Borg senkte den Kopf und murmelte etwas, das ein Gebet hätte sein können, das aber verdächtig nach »Umsonst hätte er sie mir nicht gegeben« klang.

Er warf Mikahl einen schweren Ledersack vor die Füße. Er war locker zugebunden und öffnete sich beim Aufprall. Darin waren ein unbearbeiteter Goldklumpen von der Größe von Mikahls Faust, dazu ein paar kleinere Stücke.

»Ich bin sicher, er hätte gewollt, dass du das bekommst«, sagte Borg in einem Tonfall, der keinen Widerspruch duldete.

In diesem Augenblick trat der andere Riese zwischen den Bäumen hervor, und alle erhoben sich, um ihn zu begrüßen.

Borg stieß seinen Stab auf, vollführte eine weit ausholende Geste und sagte mit tiefer, klangvoller Stimme: »Darf ich vorstellen? König Colossi Aldar, Herr der Gipfel und Täler, Herrscher von Afdeon, Gebieter dieser Berge und aller, die sie ihr Heim nennen. Die Stütze unserer …«

»Genug, Borg«, unterbrach König Aldar kopfschüttelnd. »Von diesem Brimborium kriege ich daheim schon genug.«

Geistesabwesend tätschelte er die beiden Wölfe, die um seine Füße strichen. Ein weiterer gesellte sich hinzu und wedelte nicht nur mit dem Schwanz, sondern quasi mit dem ganzen Körper, um den König der Riesen auf sich aufmerksam zu machen.

König Aldar war einen ganzen Kopf größer als Borg, sah ihm aber sonst sehr ähnlich. Sein langes Haar und sein Bart hatten deutlich mehr silberne Strähnen als die des Wächters des Südens, aber seine Saphiraugen lagen weniger tief in den Höhlen.

Sein Stab bestand aus Knochen oder Elfenbein und war im Gegensatz zu Borgs keine Waffe. Das untere Ende war silberbeschlagen. Sein Schaft war in Gestalt einer Girlande belaubter Ranken geschnitzt, und sein Kopf hatte die Form eines großen, weißen Wolfs. Bernsteinfarbene Juwelen schimmerten in den Augen des geschnitzten Tieres, sodass es auf beunruhigende Weise so aussah, als beobachte es jeden im Umfeld des Königs der Riesen.

Wo eine gewaltige hohe Stirn Borgs Gesicht dominierte, fiel bei König Aldar die breite, aber dennoch raubvogelartige Nase ins Auge. Er war runzlig und alt, höchstwahrscheinlich sogar uralt, trotzdem noch rüstig. Er verströmte Weisheit wie ein Blumengarten Düfte.

Er betrachtete sie alle eine Weile, dann stieg er über den Bach. Er sah auf Hyden herab und lächelte freundlich.

»Meine Tochter hat sich anscheinend mit deinem Falkling angefreundet. Ich hoffe, das macht nichts. Sie ist nur mitgekommen, weil sie noch nie einen Menschen gesehen hat, und jetzt ist sie zu schüchtern, sich zu zeigen.«

Er winkte Borg, dann deutete er mit dem Stab auf einen Felsen ein Stückchen bachabwärts. Wortlos ging Borg zu dem gewaltigen Stein, um ihn dahin zu rollen, wo der König hindeutete. Als er am Rande des Lichtkreises lag, setzte sich König Aldar seufzend darauf und bedeutete den anderen, ebenfalls Platz zu nehmen.

»Prinzessin Greta ist schüchtern«, sprach er weiter über seine Tochter. »Sie ist noch keine Frau, will aber unter keinen Umständen für ein Kind gehalten werden. Sie ist neugierig – ich schätze, das ist gut.«

Er sah zum Wald hinüber, aus dem sie gekommen waren, und es sah aus, als wolle er sie rufen, entschied sich dann jedoch wohl dagegen. Stattdessen berührte er einen der Wölfe zu seinen Füßen. Der stellte die Ohren auf und huschte fiepend zusammen mit einem anderen Wolf wieder über den Bach, wo sie im Wald verschwanden. Der König der Riesen streckte seinen langen Stab zu dem Wolf zu Hydens Füßen hinüber und berührte ihn sacht.

»Jage«, flüsterte er.

Der Wolf erhob sich, streckte sich, gähnte lang, wobei er die Zunge einrollte, knurrte daraufhin das restliche Rudel an und schritt im Bachbett flussaufwärts. Bis auf zwei Wölfe folgten ihm die anderen.

Borg drehte sich um, sah Mikahl in die Augen und ergriff das Wort. »Ehe die Prinzessin sich zeigt, möchte ich hören, was Loudin aus dem Reyhall zugestoßen ist. Er war ein Mann, den ich hoch schätzte.«

Mikahl öffnete den Mund zum Sprechen, aber zum Glück kam ihm Vaegon zuvor. Der Elf erzählte die ganze Geschichte kurz und bündig, ohne etwas Wichtiges auszulassen. Er schilderte die gräuliche Szene, von der Beschreibung der beiden finsteren Bestien bis zum magischen Leuchten der Klinge Eisendorns.

Mikahl war ihm dankbar. Er konnte beim Zuhören kaum die Tränen zurückhalten. Hätte er die Geschichte selbst erzählen müssen, wäre er zusammengebrochen, und das hätte er nicht gewollt, nicht vor König Aldar.

Während der Elf von Loudins Beisetzung und dem seltsamen Kreis aus blauen Blumen erzählte, sah Mikahl Prinzessin Greta kommen, die, weil sie nicht unhöflich sein und stören wollte, am anderen Teichufer umherwanderte. Im Augenblick folgte sie Kralle hierhin und dorthin wie ein kleines Menschenmädchen einem Schmetterling. Die beiden Wölfe, die König Aldar ausgeschickt hatte, um sie holen, hielten sich mit heraushängenden Zungen in der Nähe auf. Es war deutlich, dass sie nicht nur faulenzten, sondern sie aufmerksam bewachten.

Auch Hyden fiel die Prinzessin auf, und er musterte sie, während Vaegon sprach. Sie war so groß wie er, doch ihr mädchenhaftes Verhalten machte deutlich, dass sie erst zehn oder elf war. Ihr dunkles Haar umgab in Ringellocken ein breites, aber hübsches Gesicht. Selbst von der anderen Bachseite aus konnte er die Sommersprossen erkennen, die von Wange zu Wange über ihren Nasenrücken verliefen. Sie trug ein langes Rehlederhemd, das ihr bis zu den Knien reichte, und darunter weite Hosen. Ihre hellen rosenroten Fellstiefel passten zu einem Mantel oder Umhang, der zusammengeknüllt am Bach lag.

Hyden konnte nicht erkennen, ob die Stiefel und der Umhang eingefärbt waren oder ob sie ihre Farbe von Natur aus hatten. Ihm fiel kein Wesen mit einem so hellroten Fell ein, aber man wusste nie, was für Tiere droben in den Höhen lebten, die die Riesen ihr Zuhause nannten. Eine weitere Frage, die er Berda stellen musste, wenn er sie wiedersah. Falls er sie wiedersah, korrigierte er sich in Gedanken. Mit jedem Tag wuchs das Gefühl, dass es dazu nicht kommen würde.

Als Vaegons Erzählung zu Ende war, wurde es dunkel, und die beiden Riesen machten ernste Gesichter. Es herrschte eine lange, andächtige Stille, dann rief König Aldar seine Tochter herüber und stellte sie vor.

Prinzessin Greta errötete und versteckte sich hinter ihm, während er sprach. Sie knickste an den richtigen Stellen und brachte es fertig, nicht zu kichern. Als die Vorstellung beendet war, machte sie sich, so schnell sie konnte, mit Kralle davon. Ihre beiden großen Wolfswachen folgten ihr pflichtbewusst, als sie wieder den Bach überquerte, um sich umzusehen. Mehr als einmal betrachteten Borgs wachsame Augen die Gegend, wo sie spielte.

Der König der Riesen schwieg nach ihrem Weggang lange. Immer wieder sah er Mikahl an, dann ruhte sein Blick auf den paar Zoll Eisendorn, die aus der Scheide an seiner Seite ragten und sanft leuchteten. Er dachte über die Nachricht nach, dass erneut finstere Kreaturen in seinem Königreich Reisende angegriffen hatten. Ehe Borg auf diese Gruppe gestoßen war, hatte er einen rotäugigen Hölleneber getötet, der aus dem Reyhallwald in Westland in die Berge heraufgekommen war. Das Ding hatte in einer Herde gewütet und fast einen Hirten getötet.

Unmittelbar nach Einbruch der Dunkelheit kehrte der Leitwolf wieder. Im Lichte des Feuers schimmerte seine Schnauze blutig rosa. Borg ging dem Tier nach und kehrte mit einem frisch gerissenen Reh zurück. Offenbar hatte das Wolfsrudel mehr als ein Reh gerissen, denn alle Tiere hatten blutige Schnauzen und Pfoten, und das Reh, das Borg trug, war, abgesehen von einem kleinen Stück, das am Hals fehlte, vollständig.

Während Borg und Vaegon das Fleisch zubereiteten, teilte König Aldar Mikahl höflich mit, er werde später, wenn sie gegessen hatten, mit ihm sprechen, auch unter vier Augen, wenn er das wünsche. Mikahl erwiderte, das sei nicht nötig. Was ihn anging, so konnten seine Freunde alles hören, was König Aldar ihm zu der Schriftrolle, dem Schwert und König Baltons Wünschen zu sagen hatte. Sie waren in die ganze Sache nun ebenso verstrickt wie er. Zumindest schien es so.

Bei dem appetitlichen Geruch der Rehkeulen, die über offenem Feuer brieten, hätte Mikahl das Wasser im Munde zusammenlaufen sollen, doch die Angst und die Unsicherheit, was wohl in König Baltons Schriftrolle stand und was der König der Riesen ihm zu sagen hatte, verwandelten seinen Magen in einen Eisklumpen.

Der Rudelführer der Wölfe spürte sein Unbehagen, stieß ihn mit der Schnauze in die Seite und schnüffelte an Eisendorns Klinge, die aus der Scheide ragte, bis Mikahl ihn hinter den Ohren kraulte. Wieder drückte sich der große Wolf gegen ihn.

Seltsamerweise war Mikahl das Gewicht des mächtigen Tieres ein beruhigender Trost, und dafür war er dankbar.

KAPITEL 39

»ICH WEISS NICHT, WIE VIEL IHR ÜBER DIE aktuellen Vorgänge wisst«, sagte König Aldar, nachdem sie alle gegessen hatten. »Ich glaube, es wäre das Beste, wenn ich euch alles erzähle, woran ich mich erinnere.«

Die Sonne war schon lange untergegangen. Hinter einer kleinen Wolkenbank schien hell ein Halbmond und säumte ihre Ränder silbern. Um sie herum zeigten sich in allen Richtungen Aberhunderte blinkender Sterne. Die Luft war kühl, aber das Feuer war warm und leuchtete hell.

Hyden machte aus seinem Schlafsack eine Bettstatt für Prinzessin Greta, die darauf bestand, bei den Pferden zu schlafen. Die Pferde hatten mit dem übergroßen Mädchen weniger Probleme als mit den Wölfen, die es ständig bewachten. Mikahl und Hyden hatten ihr Bestes getan, um die Tiere zu beruhigen, und für den Augenblick schienen sie recht entspannt zu sein.

»Das Blut, das jüngst auf dem heiligen Boden des Leif-Greyn-Tals rings um den Monolithen floss, verletzte einen uralten Pakt.«

Der König der Riesen zog eine Pfeife aus einer Tasche in seinen Fellen hervor. Er schaute in den Kopf, schien zufrieden mit dem, was er sah, und zündete sie mit einem brennenden Zweig aus dem Feuer an. Im Pfeifenkopf glühte es, als er daran zog, und eine dicke Wolke entstieg seinem Mund, als er fortfuhr.

»Vor vielleicht vier- oder fünfhundert Jahren wurde er geschlossen, das weiß ich nicht mehr genau, aber es ist auch nicht wichtig. Damals beschwor ein törichter, neugieriger Menschenmagier einen Dämon. Dieser kam ungebunden auf die Erde und verschlang rasch die Seele des Magiers. Dessen Namen habe ich vergessen, aber wichtig ist, dass er der Magier des Hochkönigs war. Nachdem sich der Dämon alles Wissen des Magiers angeeignet hatte, verschlang er den Hochkönig. Dessen Namen habe ich nicht vergessen. Er hieß König Steven. Er zettelte Krieg um Krieg an, und mit dem Blut der Toten rief er weitere Dämonen, wie er einer war, bis er über eine ganze Armee finsterer Wesen gebot. Es heißt auch, dass er menschlichen Kriegern, deren Herzen und Taten auf dem Schlachtfeld grausam genug waren, manchmal eine dunkle Gabe gewährte. Wenn sie tödlich verwundet wurden, starben sie nicht. Sie kämpften als Untote weiter, und die Armee des Dämonenkönigs wurde immer größer und griff uns, die Elfen und sogar die Zwerge an, wenn sie diese aus ihren Löchern locken konnte. Der Dämonenkönig war eine grausame Parodie alles Natürlichen, und schließlich störte die dunkle Macht, die er angehäuft hatte, sogar die Drachen, die sich selten in die Angelegenheiten der Menschen einmischten. Die Elfen stellten ihre einzigartige Macht zur Verfügung, ebenso die Zwerge und natürlich die Menschen. Gemeinsam kämpften sie eine gefühlte Ewigkeit gegen die finsteren Horden. Hin und her wogte das Schlachtenglück, bis es aussah wie ein hoffnungsloser Kampf. Die Dämonen gewannen, auch wenn sie auf den Schlachtfeldern Niederlagen erlitten. Schon allein der Kampf gegen sie, die Selbstverteidigung, schuf für diese dunklen Wesen ein Festmahl aus Hass und Furcht, an dem sie sich labten.«

Hyden, aufgeregt und in die Geschichte vertieft, hätte beinahe herausgeplatzt: »Was geschah dann?«, doch er riss sich zusammen, als ihm einfiel, wer da sprach.

»Dann erschien eines Tages«, fuhr der König der Riesen fort, »ein Menschenmann – ein tapferer Schwertkämpfer, der bereit war, sein Leben zu opfern, um das Unheil wiedergutzumachen, das der Menschenmagier angerichtet hatte. Eigentlich wollte er nur Rache für den Tod seiner Geliebten, doch ich glaube, die Barden lassen diesen Teil gerne weg. Er hatte jedoch keine

Angst davor, beim Versuch, Rache zu nehmen, zu sterben, und das verlieh ihm eine gewisse Macht über die Dämonen.«

»Pavreal«, sagte Hyden laut. Er errötete tief, als ihm König Aldar, Mikahl und Borg wegen der Unterbrechung strenge Blicke zuwarfen.

»Ja, Hyden Falk, Pavreal«, nickte König Aldar schließlich.

Hyden errötete noch mehr, als er den König der Riesen seinen Spitznamen verwenden hörte. Er funkelte Vaegon böse an, auf dessen wildem Gesicht ein leichtes Grinsen lag.

»Man nannte ihn auch den Gezeichneten. Den Gezeichneten, wirklich. Als Kind war er ein Grubensklave in einer der Schmieden des Dämonenkönigs gewesen, und in den Peitschenstriemen auf seinem Rücken hatten sich Ruß und Asche eingegraben, sodass er gestreift war wie manche wilden Tiere.«

Mikahl dachte an Loudin und die tätowierten Streifen auf seinem Körper. Er glaubte nicht, dass der Meerender je ein Sklave gewesen war. Vielleicht war es eine religiöse Sache oder ein Mannbarkeitsritus gewesen. Er erinnerte sich, im Rahmen seiner Lektionen etwas darüber gehört zu haben, warum diese Südländer sich tätowierten, doch er konnte sich im Augenblick nicht daran erinnern; hatte es vielleicht etwas mit dem Meer zu tun gehabt? Er schalt sich selbst, weil er seinem Lehrer nicht besser zugehört hatte. Dann schalt er sich selbst, weil er König Aldar nicht besser zuhörte. Er wollte kein Wort des Königs verpassen, also verdrängte er für den Moment die vagen Gedanken und hörte zu.

»… so sehr hasste Pavreal den König der Dämonen.«

König Aldar hielt inne und nahm einen tiefen Zug aus seiner Pfeife. Er stieß einen fetten, wirbelnden Rauchring aus, sah ihm einen Augenblick zu, wie er wabernd in die Luft stieg, und blies ihn dann zu einer unförmigen Wolke. Sein Blick blieb auf Eisendorn hängen.

Das kleine Stück Klinge, das aus der Scheide ragte, leuchtete schwach und badete Mikahls Seite und Oberschenkel in blassblauem Licht. König Aldar runzelte die Stirn, dann hob er die Augen und sah Mikahl mit einem Blick an, der deutlich machte, dass er gleich etwas Wichtiges sagen würde.

»Es fand eine große Versammlung der Oberhäupter aller Völker statt, und man traf eine Entscheidung. Man schmiedete einen Plan. Wir Riesen stellten die reinsten Erze zur Verfügung, die diese Berge zu bieten haben: unter anderem Eisen, Titan und Silber. Die Zwerge schmiedeten das Metall in Drachenfeuer, und die Elfen woben Zauber um Zauber in die Waffen, die an jenem Tag entstanden. Dann besprach sie auch der große Menschenmagier Killton Alx, nachdem man sie in die magischen Wasser des Whitten Loch getaucht hatte. Doch noch immer konnte kein Mensch sie anfassen, denn sie waren viel zu heiß. Man legte sie auf einen Hütersteinblock in einer verborgenen Höhle in der östlichen Gebirgskette jenseits von Xwarda. Nach fast einem Jahr waren sie schließlich abgekühlt, und dann waren der Kriegshammer von Doon, die Pfeile der Tayllah und das Schwert Errion Toren fertig. Der Name Eisendorn kommt von der seltsamen Aussprache von ›Errion Toren‹, was in der alten Sprache der Gelehrten so viel bedeutet wie ›Dämonenjäger‹.«

Hyden hätte gar zu gerne gefragt, wo der Hammer von Doon und die Pfeile nun waren, hatte aber Angst, den Zorn des Königs der Riesen auf sich zu ziehen.

Mikahl sah hinab auf die Klinge, die an seiner Hüfte leuchtete, und versuchte, sich vorzustellen, wie sie in Drachenfeuer getaucht war, während die Zwerge sie in Form hämmerten. Es gelang ihm nicht recht.

»Um zum Kern der Sache zu kommen«, fuhr König Aldar durch eine weitere Pfeifenrauchwolke fort, »irgendwie brachte Pavreal es fertig, mithilfe des Schwertes die Essenz des Dämons aus König Steven herauszusaugen. Dann gingen er und der Magier Killton Alx zu der Stelle in den Südmarschen, die wir den Schwarzzahn nennen, und schufen einen Zugang zur Welt der Dunkelheit. Sie verschlossen ihn mit etwas, das sie das Siegel nannten. Mittels dieses Siegels bannten sie den Dämon aus der

Klinge wieder in die höllische Unterwelt, aus der er gekommen war. Sein ganzes Leben lang jagte Pavreal Dämonen mit dem Schwert. Jedes Mal, wenn er einen erwischte, brachte er ihn zum Siegel und verbannte ihn zurück in die Dunkelheit. Er war zum unangefochtenen Führer des Feldzugs gegen die Dämonenhorden geworden, und bald nannten alle Menschen ihn König. Ein Zeitalter lang herrschte Hoffnung, während man alles wiederaufbaute und reparierte. Nach und nach brachte man die verbliebenen dunklen Wesen zur Strecke und sandte sie in die Hölle zurück, aus der sie gekommen waren. Generationen vergingen, und es wurde bekannt, dass der Dämon mehrere Kinder gezeugt hatte, während er sich in König Stevens Körper befunden hatte. Sie hatten ihrerseits Kinder, und die Dämonensaat wurde weitervererbt. Die meisten dieser Dämoniden waren nur leicht vom Bösen angehaucht. Sie lebten als Sklavenhändler, waren tyrannische Fürsten oder dilettierten in den dunklen Künsten. Nichts wirklich Gefährliches für die Welt – bis Shokin kam. Shokin, Sohn einer billigen Hure und mehr Dämon als Mann, war besessen davon, das Siegel wieder zu öffnen. Schließlich fand er einen Weg dazu. Das ist erst zweieinhalb Jahrhunderte her. Shokin war kein Narr. Er band die Macht der größeren Dämonen an sich, als er sie freiließ, und nutzte sie für sich. Sobald er genug Macht gesammelt hatte, raubte er ihnen die Essenzen und tötete sie. Die Dinge, die er tat, die Gräuel, die er beging, das Böse, die Qualen und all die finsteren Ränke, die er auf Erden schmiedete, brachten ihm den Respekt des Abbadon ein. Der Höllenfürst selbst gewährte Shokin ewiges Leben, indem er ihn zum vollwertigen Dämon machte. Schließlich durchbohrte dein Ahn, König William, ihn mit Eisendorns magischer Klinge, aber erst, nachdem der Dämon einen Großteil des Landes verwüstet und das Königreich in Fraktionen gespalten hatte, die gegeneinander Krieg führten. Jahrelang trug die Saat seiner subtilen Lügen und Täuschungen Früchte. Als die Essenz des Dämons diesmal in das Siegel einging, beschwor ein Magier einen Drachen, und sie schlossen einen Blutpakt mit König William. Der Drache, der nicht ewig von dem Pakt gebunden sein wollte, stellte Bedingungen. Aus einem Grund, den nur die Drachen kennen, verehren sie den Monolithen im Leif-Greyn-Tal, und da jener Drache wusste, dass sich dort jedes Jahr Menschen versammelten und es früher oder später zu blutigen Auseinandersetzungen kommen würde, machte er das zur entscheidenden Bedingung seiner Verpflichtung zur Bewachung des Siegels. Solange sich die Menschen weiter jedes Jahr friedlich trafen und kein unschuldiges Blut die Erde des heiligen Tales netzte, würde der Drache das Siegel bewachen, damit kein anderer es öffnen konnte wie einst Shokin. Unlängst wurde dieser Pakt gebrochen.«

König Aldar nickte Borg fragend zu. Der Wächter des Südens nickte seinerseits kurz, grimmig und zustimmend zurück.

»Der Drache bewacht das Siegel nicht mehr«, fuhr der König der Riesen fort. »Ich fürchte, es ist offen. Ich fürchte, Shokin ist wieder auf freiem Fuß. Wir alle kennen aus erster Hand einige der minderen Teufel und finsteren Kreaturen, die sich herumtreiben. Diese Wesen, diese Höllenkatzen, Lindwürmer und Hölleneber, sind nur Handlanger. Ein weitaus größeres Böses schickt sie aus und befehligt sie.«

Der König der Riesen rückte in seinem Sitz zurecht und sah Mikahl direkt ins Gesicht.

»Was ich dir von deinem Vater ausrichten sollte, ist jetzt bedeutungslos. Er wollte, dass ich dir helfe, Glendar und Pael zu stürzen und dich auf den Thron Westlands zu setzen, aber um das Königreich darf es dir jetzt nicht mehr gehen. Auf deinen Schultern ruht das Schicksal aller Königreiche.«

Nach einem weiteren tiefen Zug an der Pfeife, gefolgt von einem tiefen Seufzer, beendete König Aldar seine Erzählung.

»Vor ein paar Jahren hat dein Vater mithilfe von Eisendorns Macht an einem Ort namens Kaltfrost eine Grenze geschaffen. Das geschah um meines Königreichs und um Westlands willen, deshalb stehe ich in eurer Schuld. In dem Brief, den du mir gebracht hast, schrieb König Balton, die Schaffung der Grenze habe die Energie des Schwertes fast völlig aufgebraucht. Eines der Dinge, die er von dir wollte, war, das Schwert wieder aufzuladen, und das musst du jetzt mehr denn je tun. Du musst Eisendorn in die geheime Kammer bringen, wo seine Hütersteinwiege verborgen liegt, sodass es sich dort wieder aufladen kann. Es wird dem kühlenden Stein Energie entziehen, bis es wieder voll ist. Erst dann wirst du Shokin damit in die Unterwelt verbannen können.«

König Aldar wandte sich an Hyden. Sein Gesichtsausdruck war streng und ernst. Hyden hatte die Augen weit aufgerissen, der Mund stand ihm offen. König Aldar hatte seine volle Aufmerksamkeit.

»Wie jeder Bewohner meines Königreichs wurdest du, Hyden Falk vom Skyler-Clan, frei geboren, deshalb werde ich dir nichts befehlen. Doch ich werde dich bitten, König Mikahl auf seiner Fahrt zu begleiten und ihn an meiner statt zu unterstützen und beschützen, so gut du kannst.«

»Jawohl, Majestät«, sagte Hyden.

Er bedauerte, Mikahl je wegen seiner höfischen Sitten aufgezogen zu haben, und war froh über den Augenblick, in dem er von Mikahl die einfache Antwort gelernt hatte, die er gerade gegeben hatte.

»Wie soll ich die verborgene Höhle finden?«, fragte Mikahl. »Wie soll ich gegen einen Dämon kämpfen? Willst du uns nicht helfen?«

»Ich helfe euch doch gerade!«, blaffte König Aldar etwas barscher als beabsichtigt.

Er mochte Menschen ganz gern, besonders König Balton, Lord Gregory und den großen, fetten Fürsten aus den Südmarschen, aber meist verärgerten ihn Menschen schrecklich.

Mikahl aber war etwas Besonderes, und aus irgendeinem Grund verärgerte ihn das nur noch mehr. Er beherrschte sich, und sein Lächeln war nur halb gekünstelt.

»Wenn die Zeit kommt, da Errion Toren das Land nicht zu läutern vermag, ja, dann werden wir Riesen in den Krieg gegen die Dämonen ziehen. Bis dahin verpflichten mich die alten Traditionen meines Volkes, mich aus den Angelegenheiten der Menschen herauszuhalten. Wir haben zu der Klinge die edlen Metalle beigesteuert. Mehr konnten und können wir nicht tun, bis diese dunkle Macht uns als Volk tatsächlich bedroht. Doch ich werde unsere Schuld bei deinem Vater begleichen, der uns half, in Kaltfrost die üble Brut der Wedja einzukerkern. Die kühlende Höhle liegt in der östlichen Gebirgskette im Königreich Hochvag. Der genaue Ort ist ein Geheimnis, aber das Schwert selbst sollte euch an den richtigen Ort führen können. Um unsere Schuld bei König Balton zu begleichen, kann ich euch helfen, in ein paar Tagen dorthin zu gelangen, während ihr aus eigener Kraft einen ganzen Mond oder länger brauchen würdet.«

»Aber was ist mit Shokin?«, fragte Mikahl, in dessen Gesicht sich Unsicherheit und Verwirrung deutlich abzeichneten. »Wie töten wir ihn oder nehmen ihn gefangen oder was auch immer?« Er sah Vaegon hilfesuchend an, doch der Elf zuckte nur die Achseln und gab Mikahl mit einem Nicken zu verstehen, er solle achtgeben.

»In der alten Metropole Xwarda, der Hauptstadt Hochvags, gibt es ein Gewässer namens Whitten Loch«, sagte König Aldar. »Es ist nur ein See, aber da findet sich ein nur wenigen bekannter Tempel. Dort solltet ihr vielleicht den weisen Rat der Weißen Göttin erflehen. Sie wird euch mehr sagen können. Es heißt, es gebe eine Prophezeiung, die den Bruch des Drachenpakts betrifft. In diesem Fall weiß sie davon.«

König Aldars Gesichtsausdruck verriet, dass er wünschte, er könne Mikahl noch mehr helfen.

»Ich würde euch raten, sie aufzusuchen«, sagte er schließlich im Wissen, dass es sein bester Rat war.

»Sie sagte, die gesamte Prophezeiung sei zerstört!«, unterbrach Hyden mit sorgenvoller Stimme. »Die Weiße Göttin sagte, ich müsste den Ring haben, mit dem mein Bruder davongelaufen ist, und …«

Er verstummte, als ihm Gerards Ziel wieder einfiel. Der Ort, den König Aldar den Schwarzzahn nannte, musste die Drachenzahnspitze sein. Plötzlich überwältigte Hyden das Grauen.

»Mein Bruder ist mit einer Dakanesin zur Drachenspitze gegangen, um ein Drachenei zu stehlen. Sie muss gewusst haben, dass der Pakt, von dem du sprachst, bald gebrochen werden würde, denn sie brachen am Tag auf, bevor die Schwarzklingen aus Hochvag das Blutvergießen am Monolithen anzettelten.«

Borg, der fast im Dunkeln gesessen hatte, sprach zum ersten Mal seit dem Essen.

»Meine Spione sagen mir, dass eine Frau nach Westland vorgedrungen ist, unmittelbar nachdem König Glendar seine gesamte Armee über die Brücke von Locar geführt hat, um Wildermont anzugreifen. Man nennt sie die Drachenkönigin, weil sie auf einem großen roten Feuerwyrm reitet. Könnte das die Dakanesin sein?«

Hyden wollte Borg antworten, doch gleichzeitig stellte Mikahl eine Frage, und die tiefe Stimme des Königs der Riesen übertönte beides.

»Damit ist klar, dass die Weiße Göttin viel mehr über all das weiß als ich«, schnaufte König Aldar.

Er klopfte seine Pfeife an dem Felsen zu seinen Füßen aus und schob sie wieder in die Tasche, dann sah er Hyden an.

»Wenn dein Bruder an der Öffnung des Siegels beteiligt war, wirst du ihn zu mir bringen, auf dass ich ihn richte, wenn alles vorbei ist. Ist das klar?«

Hyden hatte das Gefühl, sich übergeben zu müssen, und König Aldars strenge Miene erfüllte ihn mit Angst um seinen Bruder.

»Verstanden«, sagte er mit einem Keuchen und setzte hinzu: »Majestät.«

»Meine Ehre verpflichtet mich, Hyden Falk zu begleiten«,

sagte Vaegon respektvoll. »Wäre es möglich, im Wald der Ewigkeit Station zu machen, da wir ohnehin nach Osten reisen müssen? Ich möchte meinem Volk diese schlimme Kunde bringen und um Rat fragen. Es würde höchstens einen Tag brauchen, und ich glaube, was uns die kurze Verzögerung an Zeit kostet, würde es am Ende zehnfach wettmachen.«

»Das mag sein«, sagte der König der Riesen und erhob sich. »Jetzt musst du dich entscheiden, Mikahl.«

Von oben herab bedachte er Hyden und Mikahl mit strengen, Achtung gebietenden Blicken.

»Mit jedem Augenblick in Freiheit wird der Dämon stärker, und jedes Mal, wenn du gezwungen bist, das Schwert zu gebrauchen, wird die Klinge schwächer. Bei meinem Drachenbeinstab, ihr werdet am Morgen mit Wolfsgeschwindigkeit aufbrechen, wenn das der Weg eurer Wahl ist. Wenn ihr einen anderen Weg wählt, werden wir uns morgen früh von euch verabschieden.«

Mit diesen Worten suchte er sich ein vergleichsweise ebenes Stück Boden unter den Bäumen, legte sich hin und ließ die Gefährten im Feuerschein allein.

In den Schatten erhob sich Borg und zog sich ebenfalls zurück. Es dauerte lange, bis einer von ihnen etwas zu sagen wagte.

Hyden sorgte sich unentwegt um Gerard. In was war sein kleiner Bruder da hineingeraten? Die alte Wahrsagerin hatte behauptet, er werde in den Tiefen der Drachenspitze die Macht finden, Legionen zu führen, aber in diese Tiefen waren sämtliche Teufel und Dämonen verbannt worden – und der Ring! Wie sollte er ihn je von Gerard zurückbekommen? Die Weiße Göttin hatte gesagt, es müsse sein. Was, wenn Gerard ihn ihm nicht freiwillig hergab?

Es waren zu viele Überlegungen auf einmal. Er würde tun, was nötig war, wollte aber lieber nicht darüber nachdenken, wie schrecklich es vielleicht sein oder wie schwer es ihm tatsächlich fallen würde.

Oh, Gerard, was hast du getan, kleiner Bruder? Immer wieder stellte er sich diese Frage. Er fragte sich, ob Shaella, die schöne dakanesische Kämpferin, die Gerard rekrutiert hatte, die Drachenreiterin war, von der Borg gesprochen hatte. Lebte Gerard noch und war an ihrer Seite, oder war er seinen törichten Träumen in die Finsternis der Unterwelt gefolgt?

Er sah über das Feuer hinweg Mikahl an. Hatte sein eigener Bruder geholfen, Mikahl seines Königreichs zu berauben? Er schüttelte den Kopf in der Hoffnung, dadurch einige der Fragen loszuwerden. Für den Augenblick wusste er, was zu tun war.

Die Weiße Göttin hatte ihm geraten, seinem Herzen zu folgen, also würde er genau das tun. Die Entscheidung lag bei Mikahl.

»Ich bin an deiner Seite, Mik«, sagte er leise. »Wo immer uns der Weg auch hinführt.«

»Ich auch«, setzte Vaegon hinzu.

»Dann ist es beschlossene Sache.« Mikahls Stimme war fest. Er hatte schon geschworen, Loudins, Lord Gregorys und König Baltons Tod zu rächen. Er nahm an, König Baltons Tod ginge auf Glendars Konto, aber die anderen waren durch Daimoniden gestorben. Dennoch war er sicher, dass alle drei Tode demselben Bösen zu verdanken waren. Er hoffte auf die Hilfe der Weißen Göttin. Er hoffte auch, dass es dem Volk von Westland gut ging. Der Gedanke, dass König Baltons treue Untertanen unter der Knute eines drachenreitenden Weibes standen, machte ihm Sorgen.

In dieser Nacht hielten sie nicht Wache, denn sie wussten, die großen Wölfe bewachten sie, aber als alle anderen schon lange schliefen, war Vaegon noch vollauf beschäftigt. Zuerst schrieb er die Ereignisse des Tages in sein Tagebuch, später dann flickte und erneuerte er, was er zuvor für Mikahl aus dem Wald geholt hatte.

Am folgenden Morgen war Mikahl vor Anbruch der Dämmerung wach und widmete sich seinem harten Übungsprogramm mit Eisendorn. Das Rudel Wölfe fand das seltsam, und sie hockten sich in einem Kreis um ihn. Sie beobachteten aufmerksam die Zurschaustellung von Willenskraft und Geschick. König Aldar richtete sich auf und sah ebenfalls zu.

Als Mikahl fertig war, trat der König zu ihm und fragte leise: »Also wirst du das Schwert wieder aufladen?« Er stellte die Frage, obgleich Mikahl die Antwort mit seinen intensiven Übungen unmissverständlich gegeben hatte.

»Ja, König Aldar«, sagte Mikahl wie von gleich zu gleich. »Habe ich denn eine Wahl? Ohne seine Macht wird mir Eisendorn wenig helfen. Was ist ein einfaches altes Schwert gegen einen Dämon oder einen Drachen? Ich werde alle Hilfe brauchen, die ich bekommen kann.«

»Du wirst sie bekommen.« Der König der Riesen klopfte ihm väterlich auf den Rücken, wobei seine Hand beide Schulterblätter gleichzeitig berührte.

»Ich habe etwas für dich. Es sollte ein Geschenk für deinen Vater sein, ein Zeichen meiner Dankbarkeit dafür, dass er in Kaltfrost die Halbblüter zurückgehalten hat.«

Er zog eine Goldkette hervor. Daran hing ein Medaillon aus demselben gelben Knochen wie sein Stab mit dem Wolfskopf.

»Das ist Drachenbein. Es verfügt über eine gewisse Schutzwirkung; sozusagen ein Talisman«, sagte er, beugte sich vor und legte sie Mikahl um.

Mikahl nahm das Stück Drachenbein in die Hand und sah es sich genauer an. Es war handtellergroß und in Form eines Löwenkopfs geschnitzt. Die Mähne war mit Gold eingelegt, und die Augen waren zwei funkelnde Smaragde. Er steckte es unter sein Hemd und verneigte sich dankbar vor dem hoch aufragenden Riesen. Er überlegte bereits, wie er das Schmuckstück in seinem Lieblingskettenhemd schützen konnte. Ein so wunderbares Geschenk durfte nicht im Kampf zerkratzt und zerschrammt werden.

Als Vaegon erwachte, erhielt Mikahl ein weiteres Geschenk. Der Elf war in den Wald gegangen und hatte den Ort gefunden, wo die Höllenkatze Eisendorns Scheide fallen gelassen hatte.

Der Gürtel war zerrissen und die Scheide selbst beschädigt, aber Vaegon hatte aus einem Teil des Schwertgurts und der Scheide von Herzog Gutkind einen Schultergurt für Mikahl gefertigt. Er saß nicht gut, weil Eisendorns Klinge quer über seinem Rücken hing und das Heft direkt über der rechten Schulter aufragte, aber es ging. Die gesamte Klinge passte perfekt in die vertraute gehärtete Lederscheide, und mehr noch, die Magie des Schwertes versank wie geplant in eine Art Schlummerzustand, wenn es darin steckte. So verlor das Schwert nicht langsam die wenige verbliebene Energie, auch wenn es nicht benutzt wurde.

Mikahl zog die Klinge mehrfach und hatte den Eindruck, dass er sich an den leichten Zugang, den ihm der Schultergurt bot, rasch gewöhnen würde. Hocherfreut bedankte er sich bei Vaegon für die freundliche Geste.

Sie erfuhren, dass sie auf dem Rücken der Wölfe die tausend Meilen zurücklegen würden, die sie von der Gebirgskette im Osten trennten. Mikahl war begeistert, aber auch traurig, weil er sich von Windhuf würde verabschieden müssen.

Borg versprach, die Pferde ins Dorf des Skyler-Clans zurückzubringen, wo er persönlich den Eingang einer der Höhlen für die Herden erweitern wollte, damit die Pferde dort, wenn nötig, den bitteren Winter überleben konnten. Dennoch war es für Mikahl ein langer Abschied nicht ohne Tränen, was wiederum Prinzessin Greta und Hyden ebenfalls zum Weinen brachte. Es war, als verabschiede er sich von allem, was er je gekannt hatte.

Weder Hyden noch Vaegon hatten je auf einem Pferd gesessen, geschweige denn auf einem Riesenwolf. Sich ohne Sattel auf den Rücken eines der großen, stämmigen Tiere zu schwingen kam auch Mikahl seltsam vor. Ein vierter Wolf wurde mit den Satteltaschen und Decken bepackt. Sie aßen, was vom Reh übrig war, das die Wölfe am Vorabend gerissen hatten. Dann stellte König Aldar den Gefährten die Tiere mit Namen vor. Nach kurzen Abschiedsworten und einem mädchenhaften Kuss der Prinzessin auf Kralles Schnabel brachen sie auf.

Am ersten Tag legten sie über hundert Meilen zurück. Es war

erstaunlich, wie schnell und trittsicher die Riesenwölfe auch mit dem Gewicht erwachsener Männer auf dem Rücken rannten. Am Abend des dritten Tages verließen sie die Ausläufer des Riesengebirges und betraten den legendären, sagenumwobenen Wald der Ewigkeit. Das dichte, üppige Blätterdach stellte eine willkommene Abwechslung dar, denn am letzten Tag in den Bergen hatte es zu regnen begonnen. Dem dunklen, wolkenverhangenen Himmel nach zu urteilen, würde es noch eine ganze Weile nicht aufhören.

Trotz der traurigen Gesamtsituation und des schlechten Wetters war Vaegon aufgeregt. Er war jetzt auf vertrautem Terrain. Selbst die unzähligen Gefahren, die der Wald der Ewigkeit barg, schienen ihn willkommen zu heißen. So, befand der Elf, fühlt sich Heimat an.

KAPITEL 40

PAEL SPÜRTE DIE PLÖTZLICHEN SCHRECKLICHEN Qualen der Höllenkatze, als Mikahl sie verstümmelte. Wäre die unermessliche Macht Shokins nicht durch seine Adern geflossen, hätte die Woge des Schmerzes, die über ihn hereinbrach, ihm vielleicht dauerhaft Schaden zugefügt. Diese Höllenkatze war noch immer tief mit dem Magier verbunden. Sie war aus Schimmers Wesen entstanden, und die vertraute Verbindung des Wichtels mit Pael war noch immer sehr mächtig.

Für Trivialitäten wie Zuneigung hatte Pael noch nie etwas übrig gehabt, doch der Wichtel war schon in jungen Jahren sein Vertrauter gewesen. Lange vor Shaellas Geburt, bevor sein Spielzeug, der Prinz, auf der Bildfläche erschienen war, und lange bevor er dem palladianischen Zauberer Ah-Rhal die geisterhafte Kugel gestohlen hatte, war Schimmer bereits bei ihm gewesen. Der Wichtel hatte Pael geholfen, seinen Mentor Allagar zu töten, nachdem der alte Meistermagier ihn für den Diebstahl des Stabes der Bosheit vom gar nicht so weit entfernten Kontinent Murga bestrafen wollte. Pael konnte sich nicht vorstellen, wie man eine Geliebte oder einen Freund vermissen konnte, aber sein teuflischer kleiner Gefährte fehlte ihm sehr.

Der alte Allagar hatte den Namen des Wichtels inspiriert, erinnerte sich Pael mit einem bösartigen Lachen. Jedes Mal, wenn Allagar Pael dabei erwischte, wie er sich mit den dunklen Künsten beschäftigte, hatte er ihm die Bücher oder Werkzeuge weggenommen und gesagt: »Du hast keinen blassen Schimmer, Junge! Weißt du, welches Unheil du damit anrichten kannst?«, oder auch: »Du hast keinen Schimmer, welche Auswirkungen dieser Spruch haben kann!« Pael hatte das nicht gefallen. Was hatte er also getan? Er hatte sich einen »Schimmer« heraufbeschworen. Er und der Wichtel hatten Allagar schließlich dem Abbadon geopfert und im Gegenzug erfahren, wo sie die geisterhafte Kugel finden konnten. Es war eine der klarsten Erinnerungen und einer der größten Triumphe im Leben des noch jungen Pael.

Pael war nicht sentimental, doch Schimmer hatte Besseres verdient, als sein Dasein im Körper einer furchtbar verstümmelten Höllenkatze zu fristen. Nachdem er sich von Mikhals gewaltigem Schlag erholt hatte, wühlte er tief im Wissen Shokins und fand einen Weg, dem Wichtel dieses Schicksal zu ersparen. Wie alle mächtigen Verwandlungszauber bedurfte auch dieser eines Opfers – in diesem Fall eines lebendigen Körpers, der Schimmers Seele und seine Essenz aufnehmen konnte, nachdem sie die Höllenkatze verlassen hatten. Schimmer würde bei der Prozedur nahezu all seine Kräfte verlieren, doch in Paels Augen war das ein kleiner Preis dafür, sein Leben zu retten. Immerhin war es Schimmer nicht gelungen, ihm Eisendorn zurückzubringen.

Pael brauchte eine Weile, um zu entscheiden, in welchem Körper Schimmer ihm am besten dienen konnte. Als er seine Wahl schließlich traf, offenbarte sie sich als reine, ironische Freude. Pael würde Schimmer zum König machen – König Glendar, um genau zu sein. Glendar hatte seinen Zweck erfüllt und die Armee Westlands aus Westland hinausgeführt. Er war bloß noch eine Galionsfigur – eine peinliche, vollkommen verzogene Galionsfigur. Pael besaß nun Shokins Macht. Er musste sich nicht hinter einem Monarchen verstecken. Erregt und voller manischer Freude traf Pael die Vorbereitungen zur Rückkehr nach Wildermont. Es würde ihm sehr viel Freude machen, König Baltons wehleidigen Sohn auf seinen Platz zu verweisen.

***

Shaella ritt bequem zwischen zwei dreieckigen Wirbeln auf Scharlachs breitem Rücken durch die eisige dünne Luft der größeren Höhen. Weit unter ihr verließen König Glendar und seine Wagenzüge soeben die südlichste Stadt Wildermonts und näherten sich der Grenze zu Dakahn. Sie hatte geduldig auf diesen Augenblick gewartet und flog nun direkt nach Kaltfrost, um die Antwort zu hören, die ihr die Brutriesen auf ihren Vorschlag hin geben würden. Sie würden natürlich annehmen. Daran hatte sie keinen Zweifel. Ihnen blieb nichts anderes übrig.

Die Tage, die seit ihrem Angebot ins Land gegangen waren, hatten sicher ihre Gemüter erregt. Sie nahm an, dass sie mittlerweile nach Freiheit gierten. Sie würden bereits bei dem Gedanken an das Rachefestmahl sabbern, das sie ihnen in der nördlichen Hälfte des Königreichs erlauben würde.

Nach Jahren der Gefangenschaft auf der Flussinsel hinter den magischen Mauern, die König Balton hatte errichten lassen, konnten sie ihr Angebot nicht ablehnen. Immerhin war es das schönste Geschenk, das sie bekommen konnten: die Erlaubnis, die Länder und Familien genau jener Männer zu verwüsten, die sie gejagt hatten, die sie auf diese elende Insel verfrachtet und dort festgesetzt hatten. Als freie Wesen zu gelten und das Land für sich beanspruchen zu können war nur noch das Tüpfelchen auf dem I.

Shaella war froh, sie entfesselt zu haben. Ein paar blutdurstige Horden riesiger Halbblüter, die durch die Straßen Kreuzlingens und Meergmünds marodierten, würde es viel leichter machen, die Rebellen und Widerstandskämpfer unter Kontrolle zu bringen, doch das war gar nicht ihr oberstes Ziel. Das bestand darin, dass die Brut die große Brücke nach Wildermont zerstörte, damit sie endlich anfangen konnte, ihre Besitztümer zu verstärken.

Die Gründe dafür, dass sie den letzten Teil Westlands endlich einnehmen wollte, waren persönlicher Natur. Sie hatte den Turm ihres Vaters in der Seeburg gefunden. Wie der Aufzug funktionierte, hatte sie noch nicht herausgefunden, doch sie hatte seine üppig ausgestattete Bibliothek erkundet, indem sie von Scharlachs Hals aus durch das klaffende Loch ins obere Stockwerk gestiegen war. Von hier aus hatte sie durch die Falltür in die Bibliothek klettern können.

Sie war inzwischen schon einige Male dort gewesen. Dabei hatte sie die Schriften über Macht und Eigenschaften des Siegels studiert, die Pael auf dem Tisch liegen gelassen hatte. Es waren jedoch die Aufzeichnungen über die geisterhafte Kugel und die Notizen ihres Vaters zu diesem Thema gewesen, die sie neugierig gemacht hatten. Etwas, das Scharlach ihr über Gerards Schicksal im Drachenhort offenbart hatte, hatte einen neuen Funken in ihr entzündet. Wenn die letzte Phase der Eroberung Westlands vollendet war, würde sie Zeit haben, sich auf das zu konzentrieren, was sie wirklich zu erreichen hoffte. Es war dieser wilde Eifer, der ihre Handlungen auch jetzt befeuerte, als Scharlach sie in langsamen Kreisen hinunter auf das flussumspülte Eiland namens Kaltfrost brachte.

So weit im Norden war es für die Zardmänner oder andere Sumpfwesen zu kalt. Sie hatte Nordwacht, die nördlichste Festung Westlands, mit Scharlachs Macht dem Erdboden gleich gemacht und so ein Exempel für die Leute statuiert, die hier oben lebten. Flick hatte im Moment das Oberkommando und regierte vom Wohnturm eines reichen Pelzhändlers aus. Lord Brach hatte nur Frauen, Kinder und gerade genug Männer für die Jagd und deren Schutz zurückgelassen. Alle hatten furchtbare Angst vor dem, was der Drache getan hatte, doch ein paar wenige Männer waren der Zerstörung in Nordwacht entkommen und hatten den Reyhallwald erreicht. Ein Veteran namens Bitterknosp führte sie an, der die vergebliche Hoffnung auf einen Aufstand hegte. Shaella wusste schon von ihnen, und wenn Flick ihren Aufenthaltsort noch nicht durch Folterungen in Erfahrung gebracht hatte, dann würden die wilden Brutriesen sie bald ausradieren.

Die einfachen Leute, die es wagten, ihre Häuser zu verlassen und an diesem schönen Tag in die rein weiße verschneite Welt zu treten, lagen bald überall herum wie Kakerlaken, die von einer Fackel verschmort worden waren. Scharlach hatte Shaellas Eintreffen mit markerschütterndem Gebrüll angekündigt, das keinen Zweifel daran gelassen hatte, von welchem Tier es stammte. Ein paar Gleitflüge über die Dörfer in der Nähe hatten dafür gesorgt, dass die Nachzügler eilig nach Hause rannten. Bald trotzte nur die dick eingepackte Gestalt Flicks der eisigen Kälte draußen und wurde Zeuge der Landung des Drachen.

Scharlachs gigantische Flügel erzeugten eiskalte Winde, die so wütend tobten wie ein echter Schneesturm, als sie aus dem Himmel herabgeschossen kam und die Hinterbeine auf dem Boden aufsetzte. Schließlich kam sie zum Stehen und senkte den Kopf. Shaella glitt geschickt von ihrem Rücken und landete vor Flick im Schnee.

»Meisterin«, sagte Flick, absichtlich zischend wie die Zard und mit einer übertriebenen Verbeugung.

»O bitte, Flick, wo ist das Feuer?«, fragte sie leicht verärgert. »Oder soll ich Scharlach bitten, dieses kleine Fort in Flammen zu setzen, um mich aufzuwärmen?«

Er lachte vorsichtig und führte sie hinein.

Ein Raum mit Stein- und Mörtelwänden war um eine große Feuerstelle errichtet, in der Flammen prasselten. Shaella legte den Stab der Bosheit weg und ging schnurstracks zum Feuer, froh über die Wärme. Der Zauber, mit dem sie sich auf Scharlachs Rücken warm gehalten hatte, war leicht, aber ihn während des Rittes stundenlang aufrechtzuerhalten war anstrengend gewesen. Sie beschloss, am wärmenden Feuer zu speisen und sich zu erholen. Später, nachdem sie sich ausgeruht hatte und der Mond am Himmel stand, würde sie die Brutriesen auf die schlummernden, nichts ahnenden Bewohner des nördlichen Westlands loslassen.

***

Flick beobachtete sie von Weitem. Er hatte Gerard gern gehabt und ihn respektiert, stellte aber fest, dass er eifersüchtig auf ihn gewesen war. Flick war nicht sicher, was er für Shaella empfand. Irgendetwas zwischen ehrfurchtsvoller Achtung und absoluter Bewunderung, aber nicht im eigentlichen Sinne das, was man als amouröse Gefühle bezeichnet. Oder doch? Wenn ja, war das kindisch.

Ihre Gefühle für Gerard waren noch immer so tief, dass man sie in jeder ihrer Bewegungen und Gesichtsausdrücke erkannte. Er war überzeugt, dass sie für ihn nichts dergleichen übrig hatte. Vielleicht konnte er sie im Laufe der Zeit für sich gewinnen. Nein! Das ziemte sich nicht. Sie war seine Königin und er ihr treuer Diener, doch das bedeutete nicht, dass er nicht auf den Tag hoffen und davon träumen konnte, an dem sie seine Gefühle erwiderte.

Diese Gedanken gingen ihm durch den Kopf, als er sie mit einer dicken Decke zudeckte und sich an die Zubereitung einer Mahlzeit machte, die sie angemessen für das stärken würde, wofür sie gekommen war.

***

»Wie viele Männer hast du zum Schutz der Brücke zurückgelassen?«, fragte Pael Glendar scharf, als er plötzlich neben ihm auftauchte.

Es bereitete Pael ein schier unglaubliches Vergnügen, den Schrecken und die Angst zu sehen, die blitzartig in den Gesichtern derjenigen standen, neben denen er unverhofft auftauchte.

Sein abruptes Erscheinen erschreckte sie alle, ganz besonders Roark, der herumwirbelte und dabei sein Schwert zog, nur um festzustellen, dass ihn eine unüberwindbare magische Kraft mitten in der Bewegung daran hinderte. Das Gewicht seiner Rüstung und sein verwirrter Gleichgewichtssinn führten dazu, dass er beinahe vom Pferd fiel. Gnädig entließ Pael ihn aus seinem Griff, damit er nicht wie eine Statue auf die Straße krachte und niedergetrampelt wurde.

Umgeben von seiner Leibwache, führte König Glendar an die vierhundert seiner Männer südwärts nach Dakahn. Vier Pferdewagen voll Gold, Juwelen und anderen Wertgegenständen fuhren mit ihnen. Ein paar andere Wagen mit Fässern, Kisten und haufenweise Waffen, Rüstungen sowie allerlei weiteren Beutestücken zockelten hinter dem Zug her. Ein Dutzend weiterer Karren voller Juwelen und Goldbarren waren mit den kunstvoll geschmiedeten Eisenwaren über die Brücke zur Stadt Locar in Westland geschickt worden. Sie sollten auf Glendars Geheiß eilig nach Seeburg und letzten Endes in die Schatzkammer des Königs gelangen. Es schien, als wisse König Glendar noch immer nichts davon, dass Westland nicht mehr sein Königreich war. Shaellas Zardmänner hatten offenbar gute, gründliche Arbeit geleistet. Sie hatten die Nachrichten, die er nach seinem Aufbruch aus Schlossberg geschickt hatte, abgefangen und die Antworten gefälscht.

»Hundert Männer, die in Schichten die Brücke bewachen«, antwortete Glendar stolz. »In Locar und Schlossberg stehen je ungefähr fünfzig, und eine Handvoll mehr bewachen Westlands Stück vom Kuchen.«

Pael lachte angesichts der vollkommenen Ignoranz des jungen Königs und nickte ihm respektvoll zu, während er Shaella im Stillen ein Kompliment für die Geduld und Umsicht aussprach, die sie dabei an den Tag legte, ihren Eroberungszug vor dem Dummkopf geheim zu halten. Sie wusste es noch nicht, aber König Glendar hatte den Reichtum ihres Königreichs durch die Wagenladungen voller Beute, die er nach Locar entsandt hatte, wesentlich gemehrt. Pael fragte sich, wann sie die Wedja-Brutbestien aus Kaltfrost entfesseln würde. Es überraschte ihn immer wieder, wie seine früheren Fehler ihm später manchmal zum Vorteil gereichten.

»Es ist später Nachmittag, Majestät«, sagte Pael. »Warum lassen wir die Männer nicht rasten? Öffnet ein paar Fässer, lasst die Köche schmackhaften Eintopf zubereiten. Die Männer haben hart gekämpft und verdienen eine Siegesfeier, und ich würde gerne mit Euch in einer bequemeren Umgebung sprechen, wo wir allein sind.«

»Meistermagier Pael!« Glendar beugte sich von seinem Sattel herunter, damit niemand außer Pael ihn hören konnte. »Ich glaube, das ist die beste Idee, die ich seit Tagen gehört habe.«

Daran hatte Pael keinen Zweifel.

Glendar richtete sich im Sattel auf und sprach mit durchdringender Stimme, um sicherzugehen, dass ihn möglichst viele Männer hörten. Außerdem ließ er es klingen, als sei es seine Idee gewesen.

»Roark, lass die Männer rasten. Heute Abend werden wir unseren Sieg über die Köter der Rotwölfe feiern und darauf anstoßen.«

Jubel machte sich breit, als die Männer in der Nähe den Befehl hörten und in die hinteren Reihen weitertrugen. Als Roark durch die Reihen ritt, um die Anordnung offiziell zu verkünden, löste sich die Formation der Truppe bereits auf.

Pael wies Glendar an, seinen neuen, viel geräumigeren Pavillon in einiger Entfernung von den Soldaten aufstellen zu lassen. Dann zog er Roark beiseite und machte ihm deutlich, dass er die ganze Nacht Dienst habe und das Zelt des Königs nüchtern und gewissenhaft bewachen müsse.

Glendars verbleibende Leibwachen entließ er aus dem Dienst, damit sie mit den anderen feiern konnten. Wenn er sein Werk erst einmal begonnen hatte, wollte Pael nicht mehr unterbrochen werden, und sobald er mit dem König fertig war, wollte er etwas an dem hochgewachsenen Soldaten mit dem gehörnten Helm ausprobieren.

Die Feierlichkeiten fanden auf einem Feld direkt an der Straße südlich von Niederbrücke statt, fernab der Grenze zu Dakahn. Die Feier verlief so feuchtfröhlich wie jedes Gelage unter freiem Himmel. Ein jeder erhielt die doppelte Ration, und der Koch gab wesentlich mehr Fleisch als sonst in die

Töpfe. Man öffnete ausreichend Fässer, damit alle guter Laune und ordentlich betrunken waren.

Der König hielt eine Siegesrede auf einer Pyramide aus Fässern. Anschließend wurde unentwegt auf den Sieg angestoßen und mächtig geprahlt. Bald darauf entfaltete der schwache Schlafzauber, mit dem Pael das Essen belegt hatte, seine Wirkung. Glendar verfiel in einen so komatösen Zustand, dass Pael Roark herbeordern musste, damit er ihm half, den König ins Zelt zu bringen. Danach brachte Pael beiläufig Roarks Herz mit einem knisternden heißen Lichtblitz aus seinem Finger zum Stillstand. Der hünenhafte Krieger sackte rauchend in sich zusammen.

Pael wirkte den Zauber, der die verletzte Höllenkatze, die einst sein Vertrauter Schimmer gewesen war, direkt in den Zeltpavillon beschwören würde.

Es dauerte mehr als die halbe Nacht, den Vorgang abzuschließen, aber danach war Glendar Collum nicht mehr Herr seines Körpers. Er war noch da und hatte ein gewisses Mitspracherecht im Denkprozess, aber Schimmer hatte den Körper weitgehend übernommen und war Pael auf hämische Weise dankbar, dass er ihn aus dem verkrüppelten, schmerzgeschüttelten Leib der Höllenkatze befreit hatte.

Dann wandte Pael seine Aufmerksamkeit Roark zu. Auf seiner Suche in den Tiefen von Shokins Wissen war er über einen nekromantischen Zauber gestolpert, den die Krawpriester angeblich genutzt hatten, um Tote zu dienstbaren Geistern zu machen. Nachdem er ihn auf Roark gewirkt hatte, regte sich der zusammengebrochene Soldat und erhob sich langsam vor ihm. Der große Krieger war ein beeindruckender Anblick, mit seinem großen Hörnerhelm und den rot glühenden Augen, die an die Glut eines Lagerfeuers erinnerten, in die ein Windhauch gefahren war. Pael wirkte unverzüglich einen Bindezauber, um Roarks Willen dem seinen zu unterwerfen.

Pael war so zufrieden mit sich, dass er beschloss, mit dem nekromantischen Zauber noch weiter zu experimentieren. Er probierte ihn bei der seelenlosen Höllenkatze aus, aber erst, nachdem er sie von Roark und Schimmer-Glendar in Stücke hatte hacken lassen.

Enttäuscht, dass die blutigen Brocken sich nicht wanden und zuckten, um wieder einen Körper zu bilden, ließ Pael die Schenkel und andere fleischige Teile der Bestie häuten und zu den Kochtöpfen bringen. Den Rest ließ er Glendar – jetzt wohl eher Schimmer – vergraben.

Danach beschwor er das Mächtigste der dunklen Wesen, die vor Shokin dem Siegel entkommen waren.

Ein Choska war kein bloßer Lakai wie ein Lindwurm oder eine Höllenkatze. Er war ein intelligenter minderer Dämon, der solche Wesen eigenständig befehligen konnte. Er war annähernd fledermausartig gebaut, aber groß genug, um problemlos einen Mann von Roarks Größe auf den ledrigen Schwingen zu transportieren. Er hatte einen breiten, kampfhundartigen Kopf mit winzigen Augen, die tief in den Höhlen lagen und kirschrot leuchteten. Sein Maul war voller scharfer Zähne von der Länge eines Dolches, und seine Klauenfüße konnten einen Menschen oder gar ein Pferd vom Boden emporheben oder mit der gleichen Leichtigkeit in blutige Fetzen zerschneiden.

Als der Choskadämon im Dämmerlicht des frühen Morgens auf die grasbestandene Ebene glitt und geräuschlos zwischen den schlafenden Soldaten landete, freute sich Pael. Größer noch war seine Freude, als das Ding vor ihn trat und ehrerbietig den hundeartigen Schädel neigte.

»Shoo-Kiin«, zischte es. »Wie kann ich dem danken, der mich freigelassen hat?«

»Das Schwert, das uns beide wieder an diesen finsteren, leeren Ort bannen kann, liegt in den Händen eines Jungen«, erwiderte Pael. »Errion Toren hat in ihm Pavreals Erben erkannt. Sei gewarnt, doch der Junge hat keine Ahnung, welche Macht das, was er da trägt, wirklich hat und wozu es dient. Er ist der Letzte seiner Blutlinie, und wenn er stirbt, vergeht auch die Macht der Bannklinge. Nimm mein Geschenk an: Du kannst diesem untoten Menschenkrieger befehlen. Benutze ihn nach Belieben, um unsere gemeinsame Bedrohung auszulöschen, und deine Schuld ist bezahlt. Töte den Jungen, oder nimm ihm Errion Toren ab.«

»Jaaaa, Shoo-Kiin«, zischte der Choskadämon und nickte befriedigt zu Roark hinüber.

Wortlos befahl der Dämon dem untoten Krieger, sich auf seine Schultern zu schwingen, und war erfreut, als Roark sich gehorsam zeigte. Nachdem der stahlgekleidete Mann saß, fragte der Choska: »Wo finde ich diesen Jungen?«

»Du wirst seine Spur in den Ausläufern des Riesengebirges finden. Ich vertraue darauf, dass du ihn von dort an verfolgen kannst. Tu, was du tun musst. Du darfst nicht scheitern!«

»Ich werde dich nicht enttäuschen, Shoo-kiin«, zischte der Choskadämon. »Wenn ich dir die Klinge und den Kopf des Jungen bringe, wird meine Schuld in alle Ewigkeit abbezahlt sein.«

»Bring mir eines von beiden, und ich schenke dir, was immer du begehrst. Ein ganzes Königreich vielleicht, das du leer fressen kannst? Oder eine mächtige Position an meiner Seite, wenn ich die Welt ins Chaos stürze? Enttäusch mich nicht, und was immer du begehrst, es sei dein.«

»Jaaaa, Shoo-Kiin. Jaaaa!«, erwiderte der Choska gierig.

Dann wartete er nicht länger. Er drehte sich um und stieß sich mit den langen Hinterbeinen ab. Nach einem zweiten, hüpfenden Sprung entfaltete er die breiten Flügel und hob ab. Roark saß mit ernstem Gesichtsausdruck auf seinen Schultern und wirkte wie ein uralter Heerführer auf dem Weg zum Kampf gegen etwas, das viel schlimmer war als der Tod.

Pael erzitterte bei ihrem Aufbruch. Er konnte sich nur annähernd vorstellen, welches Entsetzen der Anblick des finsteren Kriegers, der einen Choskadämon ritt, in den Herzen derer hervorrufen würde, die sie kommen sahen. Er war fast sicher, dass der Anblick seiner Tochter Shaella auf dem Rücken ihres gewaltigen roten Drachen nicht so viel reine Furcht vor dem

Bösen erzeugte wie der Anblick der beiden rotäugigen Wesen, die ihn gerade verlassen hatten.

Die Erinnerung an Shaellas zornigen Blick bei ihrem letzten Zusammentreffen veranlasste ihn, seine Einschätzung noch einmal zu überdenken. Nichts, befand Pael, ist entsetzlicher als ein wütendes Weib auf dem Rücken eines Drachen.

Außer natürlich Paels Zorn.

Es wurde Morgen, und die verkaterten Soldaten standen, ohne es zu wissen, um eine Ration Höllenkatzeneintopf an. Der schlabberige Eintopf half, die restliche Bierseligkeit halbwegs zu verscheuchen. Das Schinkenfleisch der Höllenkatze hatte den angenehmen Geschmack saftiger Wurst, was den fauligen Geschmack übertünchte, den Paels magische Experimente an dem Fleisch hinterlassen hatten.

Pael war fort. König Schimmer in Glendars Körper erklärte Roarks Abwesenheit seinen anderen Leibwächtern mit Anspielungen auf einen Geheimauftrag, an dem auch Pael beteiligt war. Mit dem Magier wollten sie so wenig wie möglich zu tun haben. Sie schluckten die Information und stellten wie gute Soldaten weder weitere Fragen, noch scherten sie sich weiter darum.

Schimmer verbrachte den Tagesmarsch damit, sich ans Reiten zu gewöhnen und die Grenzen des Körpers von König Glendar auszutesten. Es gefiel dem Wichtel, dass Glendars Geist grausam und schwach war. Wenigstens der mentale Aspekt seiner neuen Heimat war bequem. Ein paar Nächte später kämpfte sich ein Teil von Glendars Bewusstsein lange genug an die Oberfläche, um Schimmer dazu zu bringen, in der dakanesischen Stadt Pearsh in einer Taverne am Straßenrand einer Frau beizuwohnen. Nach dieser Nacht gab Schimmer seiner Entourage genug Vorsprung, um sich näher mit Glendars Wissen um menschliche Verhaltensweisen befassen zu können. Bald genoss Schimmer den Leib einer Frau ebenso wie Glendar, wenn nicht sogar mehr.

Die Städte Owask und Osvoin waren voller Sklavinnen aus

Wildermont. Schimmer wusste es nicht, aber seine Besessenheit von der menschlichen Sexualität ließ ihn seine Rolle perfekt spielen. Nicht einmal der Herzog von Meergmünd, einer von Glendars Hauptleuten und ein Mann, der im Laufe der Jahre viel Zeit mit dem Thronerben verbracht hatte, merkte, dass der König sich selbst nicht unter Kontrolle hatte.

Schimmer gefiel sein neuer Platz in der Welt immer besser, je weiter sie nach Süden kamen. Er vermutete, er würde enttäuscht sein, wenn sie schließlich O'Dakahn erreichten und anfangen mussten, nach Schiffen zu suchen, die sie nach Meerend brachten. Doch er irrte sich.

O'Dakahn war ein Sündenpfuhl der Lust und Gier, voller Huren und Spielhöllen. Hier war alles käuflich. Für Glendar gab es natürlich alles umsonst. Der neue König von Westland hatte Geschenke mitgebracht, die dafür sorgten, dass König Ra'Gren jeder seiner Launen nachkam. Als König Schimmer und Glendars vierhundert Soldaten an Bord der drei Schiffe gingen, die König Ra'Gren ihnen zur Verfügung stellte, war er mehr als zufrieden. Wie sagte man doch so schön? »Es ist gut, König zu sein.«

Erst später bedauerte Schimmer so einiges an seiner Situation. Ein menschlicher Körper konnte manchmal sehr unbequem sein. Er und die meisten Männer an Bord seines Schiffes erkrankten, und als die Männer Blut erbrachen und unter schrecklichen Schmerzen starben, hielten die anderen beiden Schiffe plötzlich Abstand. Es zeigte sich, dass König zu sein abergläubischen Seeleuten und Kapitänen auf See ziemlich wenig bedeutet, vor allem dann, wenn das Schiff des Königs die Pest an Bord hat.

KAPITEL 41

KÖNIG JARREK WAR DIESER TAGE EIN VERBITTERter Mann. Er hatte nicht nur aus seinem eigenen Land fliehen, sondern auch noch mit ansehen müssen, wie einige seiner engsten Vertrauten dabei umgekommen waren, als sie ihm bei der Flucht halfen. Er hatte miterlebt, wie der Zauberer Keedle, sein langjähriger Ratgeber und Vertrauter, einfach so von der Mauer gefegt worden war. Männer, Adelige, Freunde und Familie, sie alle waren um ihn herum in ihrer schwer verdienten roten Rüstung der Königsgarde umgekommen.

Er hatte hilflos mit ansehen müssen, wie der Zauberer des Westlands die Zwillingstürme der Damen umgestürzt hatte. Bei dem verheerenden Einsturz waren seine eigene Mutter und seine Verlobte zusammen mit fast jeder achtbaren Mutter, Tochter und Schwester in ganz Schlossberg gestorben.

Er hatte zusehen müssen, wie Soldat um Soldat verbrannte, und war dann schockiert Zeuge geworden, wie der Stolz seines Königreichs, die jahrtausendealte Gebirgsfestung Schlossberg, von der Magie eines einzelnen Mannes dem Erdboden gleichgemacht wurde.

Targon, der Magier aus Hochvag, sagte, dahinter habe eine dämonische Macht gesteckt, aber König Jarrek hatte mit eigenen Augen gesehen, dass es Pael gewesen war. Einige Jahre zuvor schon hatte ihm der eierköpfige Magier auf der Volljährigkeitsfeier Glendars Schauer über den Rücken gejagt, und Glendar – oh, was für eine Enttäuschung der Junge für den alten König Balton gewesen sein musste! Das Einzige, was Jarreks Zusammenbruch verhinderte, war die Hoffnung darauf, eines Tages gegen Glendar und Pael antreten zu können; und dass jemand nach Dakahn gehen und sein Volk aus den Händen der Sklavenhändler befreien musste.

Plötzlich dachte König Jarrek an die Warnung, die er an König Broderick gesandt hatte. Der Meldereiter war Marschall Dükers Sohn Brady gewesen. Der Marschall war in der Schlacht gefallen.

Jarrek hoffte, Brady würde Dreen, die Hauptstadt Thalheims, erreichen, um deren Bewohner vor dem zu warnen, was da auf sie zukam. Dort würde Brady in Sicherheit sein. Der junge Mann hatte mit Bogen und Klinge hart trainiert, um sich seine Rotwolfrüstung zu verdienen, und war außerdem ein fähiger Waldläufer. Mit zwei der vier Kavalleristen, die sie ihm von Hochfurt aus mitgeschickt hatten, hatte Brady eine bessere Chance, sein Ziel zu erreichen, als die meisten anderen. Der alte Marschall Düker wäre stolz auf seinen Sohn gewesen. Jarrek hoffte, dass er daran gedacht hatte, Brady dies zu sagen, ehe er ihn losgeschickt hatte.

Während seine Gedanken von einem Schrecken zum nächsten schweiften, starrte Jarrek geistesabwesend auf die dunklen Wolken, die sich von Norden aus dem Riesengebirge auf sie zuschoben. Noch nieselte es nur, aber es stand ein Wolkenbruch bevor. Er spürte es in den müden Knochen. Der Sturm war ein nur allzu gutes Spiegelbild seiner Stimmung, und der Niederschlag verbarg die gelegentliche Träne, die ihm über die Wange rann. Bald würden sie mitten im unteren Wald der Ewigkeit sein. Der Wald würde ihnen zumindest einen gewissen Schutz vor dem drohenden Unwetter bieten.

König Jarrek, seine drei verbleibenden Gardisten, der Hochvager Magier Targon und zwei Kavalleristen bildeten die Reisegruppe. Die Kavalleristen waren nur bessere Brückenwächter, die wahrscheinlich beim ersten Anzeichen eines Angriffs geflohen waren. Jarrek konnte ihnen daraus keinen Vorwurf machen. Was tat er denn schließlich anderes?

Die Gruppe hatte Wildermont verlassen, und es war ihnen irgendwie gelungen, die Westländer abzuhängen. Sie erreichten die Ausläufer des Waldes der Ewigkeit, wo er an die Nordspitze der Wilderberge und das Leif-Greyn-Tal grenzte.

Tagelang waren sie aufwärts über Felskämme und dann wieder abwärts durch dicht bewaldete Täler geritten. Auf und ab, auf und ab, bis sie schließlich die Hügel hatten hinter sich lassen können. Nun wären sie gleich im Wald der Ewigkeit.

Targon hatte verzweifelt versucht, seiner Königin über die Ereignisse Mitteilung zu machen, doch er hatte sich so verausgabt, als er die stollenartige Röhre durch das Geflecht der Welt geschaffen hatte, dass er erst jetzt, Tage später, langsam wieder wie ein Lebender aussah. Jarrek hatte geglaubt, der Mann würde sterben. Zunächst hatte Targon ausgesehen wie eine Leiche. Hätte er nicht darauf bestanden, mit ihnen zu kommen, hätte Jarrek ihn vielleicht in einem der Bergdörfer zurückgelassen, durch die sie in den letzten Tagen gekommen waren. Der eindringliche Wunsch des Magiers, sein Geschwätz von Dämonenmacht und gesprengten Banden mit seiner Königin zu teilen, und die schlichte Tatsache, dass Jarrek einem Mann, der ihm das Leben gerettet hatte, nichts abschlagen wollte, hatten ihn daran gehindert.

König Jarrek wusste nicht so recht, ob er der Hexenkönigin begegnen wollte. Sie war angeblich eine seltsame, mächtige Frau, die schon seit Jahrhunderten lebte. Allein der Gedanke an etwas so Widernatürliches ließ ihn erschauern.

Er bezweifelte den Wahrheitsgehalt der meisten Geschichten. Targon hatte sie abgestritten; er sagte, sie sei in Wirklichkeit keine alte Hexe und würde ihnen höchstwahrscheinlich helfen, so gut sie konnte. Aber wer vertraute schon dem Geschwätz eines halbtoten Magiers? Die Abgeschiedenheit ihres Königreichs und das seltsame Verhalten der von dort stammenden Menschen unterstrichen noch den unheimlichen Ruf Hochvags.

König Jarrek wusste, dass Hochvag, wie magisch und mystisch es auch sein mochte, einst die Wiege aller Länder der Menschen gewesen war. Der Palast in Xwarda war uralt und früher die Heimat vieler Helden und Legenden des Reiches gewesen.

Targon musste seine Königin oder das Reich, über das sie herrschte, nicht verteidigen. Ohne ihn wäre König Jarrek höchstwahrscheinlich tot gewesen. Als Ehrenmann würde Jarrek pflichtgemäß seine Schuld abtragen, indem er den Mann begleitete, wo immer er auch hin wollte. Was konnte eine Hexenkönigin ihm noch antun im Vergleich zu dem, was König Glendar und Pael schon getan hatten? Sie konnte nicht so schlimm sein, wie die Gerüchte behaupteten. Vielleicht würde sie ihm ausreichend Männer zur Verfügung stellen, dass er nach Dakahn reiten und versuchen konnte, einige der Menschen zu befreien, die Glendar in die Sklaverei geschickt hatte. Eine gewagte Hoffnung, doch sie reichte aus, dass er nicht in der Düsternis und Trauer versank.

Es regnete jetzt stark, allerdings war das Ende des Sturmes in Sicht. Im Norden, hinter den wirbelnden schwarzen Wolken, war ein Goldstreif zu erkennen. Ein paar Tage klaren blauen Himmels schoben offenbar den Sturm südwärts. Eine weitere dunkle Linie erstreckte sich jenseits der blauen Fläche am Horizont. Er hoffte, dass die Sonne noch am Himmel stehen würde, wenn der Regen schließlich über sie hinweggezogen war, damit sie vor Einbruch der Nacht noch trocknen konnten. Ein Blick nach vorn erinnerte Jarrek daran, dass sie bald in den Wald einreiten würden. Dort konnte die Sonne das Laubdach nicht durchdringen. Sie würde den feuchten Wald wie ein Dampfbad aufheizen. Er beschloss, sich gar nicht erst auf trockene Kleidung zu freuen, bis sie ein Feuer entzündet hatten.

Der erste Sturzangriff des Lindwurms erfolgte so elegant, dass niemand auch nur bemerkte, dass der Kavallerist, der die Nachhut bildete, aus dem Sattel gerissen und in den Tod geschleudert wurde. Das Grollen fernen Donners und das Klappern und Klirren der Pferde, die auf dem schweren Boden dahintrotteten, übertönten alle Geräusche, die nicht schon im stetigen Prasseln des Regens untergingen. Der zweite

Angriff des Lindwurms wäre auch erfolgreich gewesen – hätte das Pferd des ersten Opfers nicht aus Angst und Verwirrung gewiehert.

Bei dem Geräusch wandte Jarrek den Kopf. Er nahm noch eine huschende dunkle Bewegung wahr, da schloss sich die Klaue des Lindwurms auch schon um seine Schulterplatte. Ihm blieb nur noch, der anderen Pfote der Bestie auszuweichen, aber dass er sich in diesem Augenblick in die richtige Richtung umgesehen hatte, verhinderte, dass ihm das Gesicht weggerissen wurde. Der Lindwurm hatte so viel Schwung, dass er Jarrek aus dem Sattel riss. Er entglitt der Kreatur und landete hart im Schlamm. Hauptmann Proct von der königlichen Ehrengarde ergriff die Zügel von Jarreks Pferd und bellte Befehle.

»Hargh und du!« Er deutete auf den verbliebenen Kavalleristen. »Schafft den Magier in den Wald! Los!« Er hielt inne, als sein König sich im rutschigen Schlamm aufrappelte. »Markeen, hilf mir, dem König Deckung zu geben!«

Der Waldrand war nur einen kurzen gestreckten Galopp entfernt. Der Königsgardist Hargh hatte Targon schon die Zügel entrissen, während der entsetzte Brückenwächter vor ihnen seinem Pferd die Sporen gab und zu den Bäumen preschte. Dass er sich jedoch so schnell von den anderen absetzte, sollte sich rächen.

Der Lindwurm landete direkt vor dem Pferd des Mannes. Es bäumte sich auf und trat aus, aber das zahnbewehrte Maul des schwarzgeschuppten Schreckens schoss daran vorbei wie eine zubeißende Viper. Pferd und Reiter stürzten, wobei das Tier im Sterben um sich trat. Bereits die Hälfte seines Halses waren im schlangengleichen Schlund des Lindwurms verschwunden. Der Mann schrie wieder, als ihm der Pferdekadaver das Bein zermalmte, aber der Laut ging im Donnern des Sturmes unter.

Hargh führte den Magier rasch in einem Bogen um die fressende Kreatur herum in den Wald. Hauptmann Proct riskierte es, blitzschnell den Bogen zu spannen. Die Sehne würde ihre Spannung im Regen nicht lange halten, aber er hoffte, wenigstens zwei oder drei Pfeile abschießen zu können, ehe sie nicht mehr zu gebrauchen war.

Zur allgemeinen Überraschung ließ der Lindwurm den schreienden Brückenwächter unter seinem Pferd liegen und schoss über den schlammigen Boden auf Hargh und Targon zu. Unter seinen Hinterpfoten spritzten gewaltige Mengen schmutzigen Wassers auf, während er die Flügel anlegte und sich kopfüber auf den nächsten Angriff stürzte.

Hargh schlug Targons Pferd mit der flachen Seite seiner Klinge auf die Flanke, dann wendete er mit erhobenem Schwert sein eigenes Reittier. Der Magier war in Sicherheit. Harghs Stahl traf schwarze Schuppen, während rasiermesserscharfe Klauen aufwärts fuhren. Das Schwert des Mannes bohrte sich tief in den Körper des Lindwurms und trennte ihm fast eine der Vorderpfoten ab, doch die Klauen der anderen trafen Hargh unter dem Kinn und rissen ihm fast den Kiefer ab. Sein Helm wirbelte durch die Luft.

Schwarzes Säureblut spritzte aus der Wunde des Lindwurms über rote Rüstung und Pferdehaut. Der Lindwurm wich zwei Schritte zurück, zog sich in sich zusammen wie eine gespannte Feder und sprang Hargh an. Als er über ihn hinwegschoss, riss er ihn mit den Hinterpfoten aus dem Sattel. Er fiel krachend zu Boden, und ein ätzendes Zischen und eine Rauchspur stiegen von seinem zuckenden Körper in den Regen auf.

Hauptmann Proct schoss einen Pfeil auf die Bestie ab. Dann jagte er so schnell, wie es einem Mann in Rüstung möglich war, einen zweiten hinterher, der den Lindwurm in der Nähe eines Flügelansatzes traf. Die Kreatur brüllte vor Schmerz, und das Wesen lag auf seiner Flucht deutlich erkennbar schief in der Luft. Beim Versuch, mit dem verletzten Flügel den Kurs zu ändern, brüllte der Lindwurm erneut. Es half nichts. Sich überschlagend und mit den Flügeln rudernd, krachte die Kreatur auf die nasse Erde.

Harghs Pferd wieherte mit weit aufgerissenen Augen und rannte bockend auf die Bäume zu. Der kühle Regen brachte seiner brennenden, sich auflösenden Haut keine Linderung. Schon wurde ein großer Streifen seines Felles zerfressen, den das Lindwurmblut bespritzt hatte. Es sah nicht aus, als würde das Tier noch lange zu leiden haben.

König Jarrek und der andere Gardist, Markeen, ritten mit hoch erhobenen Schwertern auf den um sich schlagenden Lindwurm zu. Sie hofften, ihn erlegen zu können, ehe er wieder zu Sinnen kam.

Hauptmann Proct prüfte die Spannung der Bogensehne. Fast bedauerte er, dass sie noch straff war. Er legte einen Pfeil auf und ritt rasch hinüber zu dem zuckenden Leib seines langjährigen Freundes. Harghs Gesicht war eine entstellte, säurezerfressene Ruine, und Proct gab dem Mann den Gnadenschuss.

Als König Jarrek und Markeen den Lindwurm erreichten, richtete er sich gerade wieder auf die Hinterbeine auf. Einer seiner Flügel war auf natürliche Weise angelegt, aber der andere war halb abgespreizt und himmelwärts gerichtet. Das Untier kroch auf die näher kommenden Männer zu und schnappte nach ihnen. Die unverletzte Vorderpfote hatte der Lindwurm verteidigungsbereit erhoben. Die andere hing nutzlos von einigen Strängen blutiger Sehnen herab.

»Ich habe geglaubt, ich würde nie wieder eine Pike sehen wollen!«, brüllte König Jarrek und ließ seinen Mut und Zorn von der Erinnerung an König Glendars Enthauptungen anfachen.

Allerdings wünschte er sich, er hätte jetzt eine von Glendars Piken, als er sich von Markeen löste und die Kreatur auf der rechten Seite umging.

»Auf die andere Seite, Markeen, damit er uns nicht beide gleichzeitig sehen kann!«

Markeen tat, wie ihm geheißen, und bekam zur Belohnung einen kräftige Hieb des dicken Lindwurmschwanzes gegen die Seite seines Helms. Die Wucht des Schlages holte ihn fast vom Pferd. Eine ganze Weile sah er nur Schwärze, erfüllt von winzigen explodierenden Sternen. Er schüttelte sie ab und galoppierte wütend wie ein Berserker auf die Kreatur zu.

Er schwang das Schwert in weit ausholenden, heftigen Hieben. Sein Pferd blieb stehen und ritt an, wie es ihm Markeens Knie befahlen, doch es verweigerte und bockte, als der Schwanz des Lindwurms wieder über den Boden fegte. Markeen brachte der Bestie einen tiefen Schnitt bei. Die Klinge hätte verheerenden Schaden angerichtet, hätten die ungelenken Bewegungen seines Pferdes sie nicht beide von dem Lindwurm weggetragen. Doch es war Glück, dass das Streitross ihm nicht gehorcht hatte, denn die Bestie riss den Kopf herum und schloss den Kiefer mit einem vernehmlichen Klacken genau da, wo eben noch Markeens Kopf gewesen war.

König Jarrek, der nicht dazu neigte, sich Hals über Kopf in einen Kampf zu stürzen, trieb sein Reittier nahe genug heran, dass er das Schwert tief in den Leib des Lindwurms stoßen konnte. Das Untier war völlig auf Markeen konzentriert und achtete kaum auf ihn. Der gebrochene Flügel der Bestie vereitelte seinen Angriff, denn er kam herum und schleuderte ihn fast vom Pferd. Da hörte Jarrek den heiseren Schrei des Magiers aus Hochvag.

»Weg! Weg von ihm!«

Halb stolpernd kam Targon zu Fuß zwischen den Bäumen hervor, eine rasch anschwellende magische blaue Energiekugel in Händen. Kaum hatte Jarrek sein Pferd weggelenkt und sich von dem Lindwurm entfernt, schoss aus den Händen des Magiers ein knisternder saphirblauer Blitz, der an einen Kometen gemahnte. Er traf das Ungetüm mitten in die Flanke und explodierte. Ein kopfgroßes Stück, das aus Fleisch und Knochen bestand, verwandelte sich in säurehaltigen Nebel. Inzwischen jagten König Jarrek und Markeen in gestrecktem Galopp auf Targon zu.

Hauptmann Proct sah, dass seine Gefährten endlich nicht mehr im Weg waren, und schoss einen weiteren Pfeil ab, doch seine Bemühungen schienen zwecklos, als Targon zwei weitere seiner blauen Strahlen auf das Ding abfeuerte. Der letzte magische Treffer erwischte den Lindwurm an der Schläfe seines vipernähnlichen Kopfes. Beim Aufprall spritzten mit einem fauchenden Zischen der Schädel, Schuppen und eine grauschwarze Masse blutigen Matsches zu Boden. Unmittelbar darauf klatschten der lange Hals und der dazugehörige Leib in den Schlamm.

Erschöpft und halb benommen fiel Targon da, wo er stand, ins Gras. Hauptmann Proct rannte hinüber, um sich um ihn zu kümmern. König Jarrek stieg ab und befahl Markeen, ihm zu folgen. Zunächst untersuchten sie längere Zeit die Rüstung des jeweils anderen nach Beschädigungen.

Die Brustplatte des Königs hatte Spritzer abbekommen, und als Markeen sie mit einem Stück Stoff abwischen wollte, verschmierte er das rote Emaille und eine dünne Schicht zersetzten Stahls.

Jarreks Plattenpanzer war vor mehreren Generationen geschmiedet worden und viel leichter, als er aussah. Offenbar war er noch immer halb resistent gegen das Säureblut des Lindwurms, denn Harghs Rüstung war vollkommen zerfressen. Der verschmierte Streifen auf Jarreks Brustplatte ähnelte einem fliegenden Feuerball, doch die Rüstung als solche war anscheinend unversehrt.

Markeens Rüstung bestand aus demselben Material und war auf die gleiche Weise gefertigt wie Harghs, war jedoch zu seinem Glück nicht mit dem ätzenden Zeug in Berührung gekommen.

Bei einem Blick auf die Spitze von Markeens Klinge war Jarrek froh, dass er mit seiner den Lindwurm nicht getroffen hatte. Wie seine Rüstung wurde das Schwert namens Wolfsfang seit Generationen vom König zum Prinzen weitergegeben. Es hätte nicht gut ausgesehen, wäre wie bei Markeens Schwert eine Armlänge der Klinge zerfressen worden.

»War das ein Drache, Hoheit?«, fragte Markeen seinen König.

Jarrek verneinte, doch die schwache Stimme des Magiers, die nach ihm rief, unterband jede weitere Erklärung.

Der Hauptmann hatte Targons Pferd eingefangen und den von seiner Magie erschöpften Mann wieder in den Sattel gehievt. Er führte den Magier zu den anderen herüber.

»Lindwurm aus der Hölle«, krächzte Targon. Er wischte sich Regen aus dem Gesicht und sah König Jarrek streng an. »Das ist eine Kreatur des Schwefels, die bis vor Kurzem hinter Pavreals Siegel gefangen saß.« Er sah aus, als wolle er noch mehr sagen, hatte aber nicht die Kraft dazu.

»Betet für unsere Landsleute«, befahl Jarrek. »Wir haben keine Zeit, sie zu bestatten. Wir müssen in den Wald. Dort werden wir sicher sein. Es sind noch etwa zehn Tage bis Hochvag, und was mich angeht, so will ich nicht hier verweilen, um zu sehen, was vielleicht sonst noch so auf uns lauert.«

Vielleicht war es Schuldgefühl, vielleicht musste Jarrek es auch einfach nur aussprechen, doch als er wieder auf dem Pferd saß, sagte er unüberhörbar: »Sie würden das verstehen und uns verzeihen.«

Nach einigen Augenblicken stummer Andacht bellte Hauptmann Proct einen Befehl.

»Nimm von den Brückenwachen alles an dich, was sie an Vorräten dabei haben, Markeen.« Er wies auf die beiden gefallenen Kavalleristen. »Ich sehe mal nach, wo Harghs Pferd gefallen ist, und hole von dort, was sich lohnt.«

Es regnete jetzt stärker, und der Goldstreif am Horizont, den Jarrek zuvor gesehen hatte, war nirgends zu entdecken. Er und Targon warteten am Rande des Waldes, bis die anderen beiden mit dem Plündern der Toten fertig waren. In jeder anderen Situation hätte Jarrek ein solches Sakrileg untersagt, aber den Proviant, die Weinschläuche und andere lebensnotwendige Güter, die vielleicht in diesen Satteltaschen zu finden waren, konnten sie nicht zurücklassen.

Sie hatten einen langen Ritt durch einen der schönsten Wälder vor sich, die die Götter je geschaffen hatten. Gegenwärtig war alles willkommen, was ihnen bei der Durchquerung helfen konnte.

Der erste Soldat, den der Lindwurm aus dem Sattel gerissen hatte, ehe er sich angemessen vorgestellt hatte, war im Besitz eines Schwertes gewesen, das Markeen gern an sich nahm. Hauptmann Proct fand das Pferd des Mannes und setzte es als Packpferd ein, das die Decken und die sonstige Ausrüstung ihrer gefallenen Kameraden trug. Nun hatten sie ausreichend Proviant, um ein paar Tage nicht jagen zu müssen. Das war ein schwacher Trost nach all dem Tod und der Vernichtung, die sie in den letzten paar Tagen gesehen und überlebt hatten, aber es war ein Trost. Es bedeutete, dass sie sich beeilen und die Distanz zwischen sich und all dem Schrecken zügig vergrößern konnten. Je weiter sie in den Wald kamen, desto besser. Hofften sie zumindest.

Unmittelbar nachdem sie den Wald der Ewigkeit betreten hatten, ließ der Regen seltsamerweise nach und hörte sogar ganz auf. Es war spät am Tag, und zumindest für diesen Abend blieb ihnen die erbärmliche Feuchtigkeit erspart, die die Sonne schließlich aus dem nassen Wald sog. Sie ritten bis spät in die Nacht, dann zwangen Traurigkeit und Erschöpfung sie, ein Lager aufzuschlagen. Währenddessen betrachtete König Jarrek lange die kränkliche Gestalt des Magiers. Der Gedanke, nach Xwarda zu gehen, behagte ihm nicht, aber er konnte an Targon einfach keine Zweifel mehr hegen. Zweimal hatte der Magier aus Hochvag ihm jetzt in der Hitze des Gefechts das Leben gerettet. Wenn das nicht sein vollkommenes Vertrauen rechtfertigte, dann wusste er nicht, was er sonst hätte tun können.

Als König Jarrek in einen unruhigen Schlaf fiel, war er in Gedanken und mit seinem Herzen bei den Abertausenden seines Volkes, die König Glendar nach Dakahn verkauft hatte. Allein die Möglichkeit, dass Königin Willa ihm bei ihrer Rettung beistehen würde, reichte aus, um einen Funken Hoffnung in ihm zu entfachen. Er war dankbar dafür, denn dieser winzige Funken war alles, was er besaß.

KAPITEL 42

GRRR, DER GRÖSSTE DER VIER RIESENWÖLFE UND strenger Rudelführer, trug Hyden Falk. Wuff, der Furchtlose, trug Mikahl. Huffa, die Schnellste der vier und das einzige Weibchen der Gruppe, trug Vaegon, und Urp, der nur das Gepäck zu tragen hatte, rannte im Kreis um sie alle herum.

Durch die Berge und ihre Ausläufer hatten die Wölfe ein hohes, stetiges Tempo halten können, doch als sie tiefer in den Wald der Ewigkeit eindrangen und sich weiter von den kühlen Höhenzügen entfernten, forderte die Hitze ihren Tribut.

Die Gefährten lagerten von da an am Vormittag und verschliefen die Hitze des Tages. Dieser Zeitablauf trug viel dazu bei, dass die Wölfe besser mit dem Klima zurechtkamen, und sie wussten die Aufmerksamkeit der Männer zu schätzen. Die Wölfe zeigten ihre Dankbarkeit dadurch, dass sie das Fleisch, das sie erjagten, mit ihnen teilten und die scharfen Augen und Ohren offenhielten, falls unterwegs Gefahren lauern sollten. Es war lange her, dass einer der Gefährten so oft so gut gegessen hatte.

Weil sie die Männer trugen, entwickelten die Wölfe einen echten Heißhunger und gingen bei jeder Rast mit Ausnahme der allmitternächtlichen Trinkpausen jagen. Nun war es später Nachmittag, und alle Wölfe außer Grrr, der aufmerksam das Lager bewachte, waren auf der Jagd.

Sie lagerten nun seit zwei Tagen am selben Ort und warteten geduldig auf die Elfen. Es war keine richtige Lichtung – es war mehr eine Öffnung im dichten Wald, ein Bereich mit gerade genug Platz zwischen den Baumstämmen, dass sie sich ausstrecken und ein Feuer machen konnten. Selbst in der Hitze des

Tages bot ihnen die smaragdgrüne Kuppel der Eichen, Ulmen und Pappeln Schatten. Nur wenige Sonnenstrahlen wagten sich zwischen den Blättern hindurch, und die waren längst verschwunden, denn die unsichtbare Sonne sank.

Vaegon wurde immer reizbarer. Hyden und Mikahl war klar geworden, dass das fehlende Auge des Elfen ihm einen unkörperlichen Schmerz verursachte. Er konnte deshalb die subtilen Auren nicht sehen, die er benötigte, um sein Volk zu finden, was nun seine Qualen noch verschlimmerte. Daher gab er nur knappe Antworten und äußerte schneidende Bemerkungen.

Hyden sprach das Thema taktvoll an und wies darauf hin, dass sie keine Zeit mehr vergeuden durften. Schließlich gab sich Vaegon geschlagen. Zwei volle Reisetage waren mehr, als selbst er für eine sinnvolle Wartezeit hielt. Er versuchte, ihnen den mächtigen Tarnzauber und die ständige Ortsveränderung der geheimen Wohnstatt seines Volkes zu erläutern.

»Unsere Stadt, wenn man sie denn so nennen will, liegt nicht wirklich dort, wo man sie findet und betritt«, sagte Vaegon voller Trauer und Heimweh in der Stimme. »Sie zieht mit unserem Volk umher. Die Königinmutter ist über den Herzbaum mit dem Wald verbunden. Wenn uns danach wäre, könnte man uns im Westen im Reyhallwald oder in den Baumbezirken von Gnar jenseits des Riesengebirges finden. Wir haben Lieblingswälder. Der Wald der Ewigkeit ist einer davon. Wir haben ihn besucht, als ich vor fast einem Jahrhundert geboren wurde, also ist er meine Heimat. Doch es ist unmöglich geworden, zu meinem Volk zurückzukehren, meine Heimat zu finden. Um trotz der mächtigen Schutzzeichen die Zutrittsstellen zu finden, die sie verbergen, muss man die den Elfen vorbehaltene Sicht haben, und die habe ich verloren.«

Seine Hand spielte bei seinen Worten an seiner Lederaugenklappe herum. Das Leid und die Qual, die er empfand, lagen in jedem seiner Worte.

Für den überheblichen Elfenbogenschützen war es nicht einfach, seine neu erlittene Schwäche einzuräumen oder zu akzeptieren, dass er blind für seine Heimat war, doch er schluckte seinen Stolz hinunter und stellte sich den Tatsachen. Nachdem er seine Erklärung abgeschlossen hatte, ging er wieder in den Wald. Sie waren übereingekommen, dass er noch den Rest des Tages suchen konnte, ehe sie weiterziehen würden. Wenn sie rasteten, würde er erneut suchen, denn es gab viele Zugänge, die überall in dem großen Wald zu finden waren. Er wusste, er hatte sie zu lange aufgehalten, aber nur, weil er gehofft hatte, den Elfen würde auffallen, wie er hier umherstolperte, und sie würden eine Schar aussenden, um es sich näher anzusehen. Wenn ihn Elfen bemerkt hätten, dann hätten sie es sicher seinem Vater oder seinem Bruder mitgeteilt, wenn nicht gar der Königinmutter selbst. Schließlich war er bei seinem Volk für eine Fertigkeit, die er nicht mehr besaß, sehr bekannt.

Weder Hyden noch Mikahl war klar gewesen, wie alt Vaegon wirklich war. Äußerlich und im Vergleich zu einem Menschen war er nicht viel älter als sie, aber in tatsächlichen Jahren war Vaegon alt genug, ihr Großvater zu sein.

Mikahl konnte sich Vaegons Alter nicht richtig vorstellen, begriff aber, dass der Elf nicht nach Hause zurückkehren konnte. Ihn plagte das gleiche Gefühl. Sicher, den Heimweg nach Westland konnte er finden, aber Borg zufolge würde er dort nicht mehr seine Heimat vorfinden. Seine Gedanken wanderten zurück zu einer Kindheitserinnerung, die lange vor der Zeit lag, da Pflicht und Verantwortung seine Zukunftsaussichten verschlungen hatten.

Einmal, als Junge von sieben oder acht Jahren, als die wichtigste Pflicht in seinem Leben gewesen war, nachts in allen großen Sälen der Seeburg die Kerzen auszublasen, hatten er und ein paar andere Bengel aus der Burg einen Streich gespielt. Wäre Zasha, die Tochter des dicken Lord Ellrich, nicht dabei gewesen, hätten er und seine Mitverschwörer König Baltons Zorn vielleicht nicht überlebt.

Es fand ein Festmahl anlässlich irgendeiner örtlichen Feier statt, eines Namenstags oder einer Hochzeit. Lord Ellrich aus dem Süden und ein paar Herzöge aus dem Norden waren neben dem König die einzigen anderen wichtigen Gäste.

Der Hauptgang sollte ein großes glaciertes Schwein sein, komplett mit Apfel in der Schnauze, auf einem Silbertablett serviert in einem Bett aus grünem Salat.

Stundenlang hatte es in der Küche gestanden, ausgestreckt auf dem Servierwagen, auf dem es hereingerollt werden sollte. Mikahl erinnerte sich noch deutlich an die rosabraune Schwarte, ganz feucht und glänzend von der Honigglasur. Die Schar der Bengel und Lady Zasha, die zu Gast, damals aber noch weit entfernt davon war, eine richtige Dame zu sein, hatten sich mit ihrer Überraschung hinter den Vorhängen des Bardenalkovens im Speisesaal verborgen. Sie unterdrückten das Kichern, Grunzen und Gezappel, das Kinder immer zu plagen scheint, wenn sie Schabernack treiben. Sie spähten durch die Vorhänge auf die ahnungslos Speisenden und warteten geduldig, während die Bediensteten Gang um Gang auftrugen.

Zuerst kam der Salat, und nachdem diese Teller abgeräumt waren, folgten die Suppe und Laibe duftenden frisch gebackenen Brotes. Danach gab es ein Gericht aus Meerkrabblern, und die ganze Zeit lauschte der dicke Lord Ellrich aufmerksam, während König Balton den glacierten Schinken, der noch kommen würde, in den höchsten Tönen pries. Der König beschrieb den Hauptgang so, dass allen Gästen das Wasser im Munde zusammenlief. Natürlich machte er sich nur über Lord Ellrichs großen Appetit lustig, ließ es aber klingen, als würden sie gleich das letzte Schwein essen, das es im Reich noch gab. Sämtliche Händler, niedrige Adlige und ihre Frauen verstummten in aufgeregter Vorfreude, als der Koch die Glocke läutete.

Mit stolzgeschwellter Brust sagte der Mann: »Der Hauptgang, Majestät, süßes Schwein, im Ganzen serviert.«

Eine halbe Sekunde, bevor der Wagen hereingerollt kam, ließen die Jungen ihre Überraschung los. Die große Sau, die im Zaum zu halten sie sich so sehr bemüht hatten, schoss hinter den Vorhängen hervor in den Speisesaal. Sie hatte quiekend die

Flucht aus dem Alkoven ergriffen, nachdem eines der Kinder ihr einen scharfen Klaps aufs Hinterteil versetzt hatte.

Die Bühne, auf der sie sich verbargen, stand erhöht, und das panische Schwein segelte deshalb bald durch die Luft, sobald es über den Rand der Plattform gerannt war. Bis zum Boden des Speisesaals waren es nur zwei Fuß, doch der Sturz verursachte der Sau solche Angst, dass ihr verängstigtes Quieken nahezu ohrenbetäubend laut war.

Die Damen an den Tischen quietschten und schrien auf. Man schob Stühle zurück und zückte Schwerter. Sobald die Männer erkannt hatten, dass es kein Überfall war, versuchten ein paar von ihnen, das Schwein durch den Raum zu jagen. Der Vorfall verwandelte sich schnell in ein einziges Chaos. Mikahl erinnerte sich, dass es für die Übeltäter unglaublich witzig gewesen war, bis der alte Meister Hinten sie in die Ecke trieb und nach dem König rief.

Mikahl konnte sich noch genau an das Lächeln erinnern, das König Balton unterdrückt hatte, während er vor ihnen auf und ab schritt und überlegte, ob er sie zu einem Aufenthalt in den Verliesen oder zum Henkersbeil verurteilen sollte. Am Ende überließ er die meisten von ihnen dem obersten Koch, ein Schicksal, das schlimmer gewesen war, als es die Verliese je hätten sein können.

Bisher hatte Mikahl nie begriffen, warum ihm der Zorn des Koches erspart geblieben war. Zasha sollte natürlich von ihrem Vater bestraft werden, weil sie eine adlige Dame war. Sie in aller Öffentlichkeit zu bestrafen wäre nicht angemessen gewesen, doch man sagte Mikahl, er würde weggeschickt werden. Er hatte sich vor seiner Mutter die Augen ausgeweint, denn er glaubte, er würde sie nie wiedersehen, aber König Balton hatte nur gewollt, dass Lord Gregory Mikahl den Sommer über in Augenschein nahm.

Er verbrachte seine Zeit in der Feste Seegrund in Lord Gregorys Stall, lernte, wie man Pferde richtig pflegt und wie man sie reitet. In der Rückschau erkannte Mikahl, dass König

Balton den Vorfall als Vorwand genutzt hatte, um ihn aus der Burg zu schaffen. Der Dienst beim Herrn von Seegrund in jenem Sommer war nur ein weiterer der vielen subtilen Schritte gewesen, die König Balton im Laufe der Jahre unternommen hatte, um für seine Erziehung zu sorgen. Im Herbst war er zu seiner Mutter in die Seeburg zurückgekehrt, und seine neue Aufgabe war die eines Gehilfen des königlichen Stallmeisters gewesen. Niemand verschwendete einen Gedanken daran, als Lord Gregory ihn ein Jahr später als Pagen übernahm.

Mikahl fragte sich, was aus den anderen Bengeln aus der Burg geworden war. Nur einer war Soldat geworden. Flint hieß er. Hatte die Drachenkönigin ihn getötet? Peter war jetzt Schreiber, und Pünktchen war in die Küche gegangen, um mit ihrer Mutter zusammen dort zu arbeiten, nachdem ihr Vater eines Winters gestorben war. Vielleicht lebten sie noch, und es ging ihnen gut, vielleicht auch nicht. Mikahl hoffte, dass sie noch immer denselben Berufen nachgingen wie zuvor, nur unter einem anderen Herrscher.

Doch was war aus Zasha geworden? Sie war bestimmt inzwischen Lady Zasha. Als er sie das letzte Mal gesehen hatte, war sie so schön gewesen, wie er es sich schöner gar nicht hatte vorstellen können. Er hoffte, es ging ihr gut. Die Vorstellung, dass Soldaten sie schänden könnten, machte ihn krank. Bei diesem Gedanken verblasste alle Freude, die ihm seine Erinnerungen bereitet hatten.

Er fragte sich, woher diese sogenannte Drachenkönigin die Männer hatte, um Westland zu übernehmen und zu halten. Die Dakanesen hatten sich gewiss nicht mit ihr verbündet. Hoffnung keimte in seinem Herzen. Westland war riesig. Sie würde eine recht große Streitmacht ziemlich weit auseinanderziehen müssen, um ein so ausgedehntes Königreich zu halten.

Einen Augenblick später verwarf er den Gedanken, seines Vaters Königreich zurückzuerobern, als ihm klar wurde, dass Westland für ihn nie wieder so sein würde wie früher, gleich, wer dort herrschte. Seine Mutter, König Balton und jetzt auch

Lord Gregory waren tot. Glendar hatte ihn höchstwahrscheinlich als Dieb und Verräter gebrandmarkt. All das schien ihm plötzlich so unüberwindbar, dass schon der Versuch nichts anderes gewesen wäre als die Queste eines Narren.

Weitaus wütender und schärfer als beabsichtigt sagte er: »Ich habe das alles so satt!«

Mikahl hatte eigentlich nicht gemeint, dass er es satt hatte, im Wald zu warten, aber so verstand es Hyden. Vaegons scharfe Ohren hörten die Bemerkung auch, und auch ihm kam es gar nicht in den Sinn, dass die Worte sich auf etwas anderes als seine gegenwärtige Lage bezogen hatten. Wütend machte sich der Elf auf den Rückweg zum Lager, um eine Antwort zu geben, um sich für seine unerwartete Unfähigkeit zu rechtfertigen, doch bei Mikahls nächsten Worten erstarrte er.

»Ich weiß nicht einmal, wer ich bin!«, wütete Mikahl. Seine Stimme war verzweifelt und müde. »Ich wurde von einem König, der immer mit mir sprach und mich behandelte wie ein Vater, als Gemeiner aufgezogen und ausgebildet, aber ich war nie sein Sohn. Ich hatte nie einen Vater. Das Königreich, in dem ich aufgewachsen bin, ist jetzt von irgendeinem Weib auf einem Drachen übernommen worden. Jeder, der mir nahesteht, scheint wegen dieses Schwertes zu sterben, und jetzt soll ich die Welt vor einem verfluchten Dämon retten! Das ist Wahnsinn!«

Mikahl stand auf und ging hin und her, und da schmiegte sich Grrr an Hydens Seite und legte sich dicht neben ihn. Hyden spürte, dass die Sorge des Riesenwolfs um seinen Freund ebenso groß war wie seine. Kralle, der seine Sorge und Verzweiflung auch spürte, kam aus den Bäumen herabgeflattert und hockte sich auf seine Schulter.

In einem Akt schierer Verzweiflung raufte sich Mikahl die Haare, da kam Vaegon wieder ins Lager.

»Waaaah!«, imitierte der Elf das Geräusch eines weinenden Säuglings und warf ein zusammengeknülltes Stück Stoff nach Mikahl wie einen schweren Stein. Bei diesem spöttischen Tonfall sah Mikahl den Elfen an, als würde er gerade mit goldenen Münzen um sich werfen. Vaegon unterdrückte ein Lachen.

»Hör auf zu weinen, Mik! Trockne deine Tränen! Ich habe schon genug für uns beide geweint.«

Die letzten Worte wurden von einem breiten Grinsen begleitet. Mikahls Tirade erinnerte Vaegon daran, was er alles nicht verloren hatte. Sie zwang ihn zu der Erkenntnis, dass er nicht der Einzige war, der litt.

Mikahls wütender Gesichtsausdruck wurde sanfter, als er merkte, dass der Elf ihn aufheitern wollte. Zu sehen, wie sein gelbäugiger Freund aus der dunklen Wolke hervortrat, die ihn in den letzten paar Tagen schier erstickt hatte, trug viel dazu, ihm die eigene düstere Last zu erleichtern.

»Ich schätze, du hast dir ein Auge ausgeweint.« Mikahl versuchte nach Kräften, sich zu beherrschen, konnte sich aber ein Lachen nicht verbeißen.

Auch Hyden brach in Gelächter aus, worauf sich Grrr jäh aufsetzte.

Vaegons Gesicht wurde ausdruckslos, als er erfasste, was genau Mikahl da gesagt hatte, dann fiel auch er kichernd mit ein. Zum ersten Mal seit Tagen lächelten sie alle gleichzeitig.

Mitten in dieser neu gefundenen Heiterkeit kehrten Urp, Huffa und Wuff zurück. Huffa trug ein erschlafftes Wesen im Maul. Sie ließ es Vaegon vor die Füße fallen, und der Elf ging sofort daran, sie für den Bratspieß vorzubereiten.

»Was ist das?«, fragte Mikahl.

»Keine Ahnung«, entgegnete Hyden mit kritisch gerümpfter Nase. »So etwas habe ich noch nie gesehen.«

Das Tier hatte die Größe eines Frühlingskitzes, glich aber keinem der Rehe oder Antilopen. Sein Kopf war kleiner und ähnelte dem eines Dachses oder Opossums, hatte aber zwei kleine gegabelte Geweihenden. Sein Fell hatte die gleiche mattgrüne Farbe wie der Großteil des Unterholzes im Wald, und der lange, buschige Schwanz war dunkler geringelt wie der eines Waschbären.

»Das ist ein Ringelschwanz-Bockeichhörnchen«, klärte Vaegon sie zufrieden lächelnd auf. »So etwas nennen wir Elfen ein leckeres Abendessen.«

Er behielt recht. Das Fleisch war saftig, butterweich und schien auf der Zunge zu zergehen. Auch den Wölfen schmeckte es. Als Vaegon seine Portion aufgegessen hatte, sammelte er die Knöchelchen und die Haut ein und ging in den Wald.

»Ich sehe mich ein letztes Mal um«, sagte er, was bedeutete, er würde ein Weilchen weg sein.

Wuff und Urp stritten sich mit gesenkten Köpfen und gesträubten Nackenhaaren um das letzte Stück Fleisch, und es sah lange danach aus, als würden sie tatsächlich um den Bissen kämpfen. Als sie einander zu umkreisen begannen, gab Grrr Huffa einen lautlosen Befehl. Die Wölfin trat ruhig zwischen die beiden Streithähne und nahm sich den Bissen selbst. In herausfordernder Haltung schritt sie zurück zu ihrem Platz neben Mikahl und verschlang das Fleisch. Die beiden jüngeren Männchen standen dumm da und schauten ihr zu. Kurz darauf stießen Wuff und Urp einander mit den Schnauzen an und kläfften, als sei nichts geschehen, während Kralle die Fleischreste von dem großen Knochen pickte.

Hyden beobachtete das alles aufmerksam. Er konnte die Stimmungen der Wölfe eindeutig an der Art ablesen, wie sie sich bewegten und wie sie Schwänze und Ohren hielten. Grrrs Botschaft an Huffa war klar gewesen: »Deine Beute, dein Anspruch.«

Wuffs und Urps Reaktion darauf war mehr als nur ein schockierter, sehnsuchtsvoller Blick gewesen. Ihre Haltung hatte auch Scham und Bedauern ausgedrückt. Wohlgemerkt keine Scham, weil beide sich um das letzte Stück Fleisch gestritten hatten, sondern weil sie die Beute nicht gleich selbst erlegt hatten.

Als Hyden sich die Wölfe unterwegs durch Kralles Augen angesehen hatte, war er erstaunt gewesen. Sie umgab eine sanft leuchtende Aura, die sich Hyden als ihre Lebensenergie erklärte. Alle Lebewesen besaßen sie in einem gewissen Ausmaß, doch die höheren Raubtiere waren davon durchdrungen. Andere Raubvögel, die Baumkatzen und die schlauen Füchse, die sie gesehen hatten, sogar die schlüpfrigen Schlangen, die sich in den Bäumen verborgen hatten, sie alle waren davon umgeben gewesen. Bei den Hasen, Eichhörnchen und koketten Singvögeln, die im Wald zu Hause waren, war die Aura eher ein zögerlicher, flüchtiger Schimmer. Hyden sehnte sich danach, diese Wahrnehmung und die Kreaturen, die er damit definieren konnte, eingehender zu untersuchen.

Er hatte Vaegon und Mikahl nach Büchern gefragt, in denen er Informationen darüber finden konnte. Mikahl hatte gesagt, sie seien in größeren Städten des Königreichs erhältlich. Vaegon hatte gesagt, er habe einige Bücher zu Hause. Es ging darin weder um Tiere noch um Magie, aber er konnte mit ihrer Hilfe Hyden das Lesen lehren. Davon war Hyden unendlich begeistert gewesen, doch jetzt sah es aus, als werde Vaegon nicht heimfinden können. Hyden würde warten müssen, bis er selbst ein Buch erwerben konnte.

Er wagte nicht, seiner Enttäuschung Ausdruck zu verleihen. Seine Probleme waren im Vergleich zu denen Vaegons und Mikahls unbedeutend. Er konnte warten, bis sie nach Hochvag kamen. In der Stadt Xwarda gab es einen Tempel seiner Göttin, Whitten Loch, und er hatte genügend Münzen, um viele Bücher zu kaufen, wenn sie dort hinkamen. Er wünschte, er hätte den Weitblick besessen, am Sommertag ein oder zwei Bücher zu erwerben. Er hatte dort welche gesehen, aber keinen Gedanken daran oder an den Wissensschatz verschwendet, den sie vielleicht enthielten.

Der Gedanke an das Fest erinnerte ihn an seinen Bruder. Hoffentlich war Gerard wohlauf. Er war froh, dass sie bald weiterziehen würden. Auf Grrr zu reiten, während Kralle sich neben ihnen zwischen den Bäumen dahinschwang, war aufregend und erhebend zugleich. Er konnte den Kopf frei bekommen, konnte wie ein Tier nur im Augenblick leben und alle anderen Sorgen vergessen. Es war bis auf das Fliegen mit Kralle das Beste, was er je gefühlt hatte. Beides bereitete ihm unglaubliche Freude.

Plötzlich stellte Grrr die Ohren auf. Sogleich spürte Hyden die Wachsamkeit des Tieres. Wuff und Huffa erhoben sich rasch, während Urp Witterung aufnahm. Ohne Vorwarnung stieß Urp ein leises Knurren aus und schoss in den Wald.

Hyden rüttelte Mikahl wach.

»Was ist?«, fragte Mikahl schläfrig. Er war an einen Baum gelehnt eingeschlafen.

»Psssssst!«

Die dringende Warnung in Hydens Stimme weckte Mikahl vollends. Lautlos nahm er Eisendorn vom Schoß und hängte es sich um. Nachdem er es festgeschnallt hatte, sah er sich um und entdeckte sein Kettenhemd auf seiner Decke. »Zu spät«, dachte er bedauernd, denn Urp bellte in der Ferne, und daraufhin schossen Grrr und die beiden anderen Wölfe auf und davon.

»Zuerst dachte ich, Vaegon käme zurück«, flüsterte Hyden. »Er ist es aber nicht. Die Wölfe fühlen sich bedroht. Da draußen ist etwas.«

Durch eine kleine Lücke im Laubdach des Waldes sah Mikahl zum Himmel auf, der in einem tiefen, dämmrigen Blau erstrahlte. Da oben war nicht mehr viel Tageslicht übrig und hier unten zwischen den Bäumen noch weniger.

Plötzlich bellte einer der Wölfe mehrmals zornig hintereinander. Ein anderer Wolf, Urp, wie Hyden meinte, fiel ein. Sie waren auf etwas Unbekanntes gestoßen. Etwas, bei dem der Wolf nicht wusste, ob er es angreifen sollte oder nicht. Wäre es etwas Dunkles, Böses gewesen, dachte Hyden bei sich, würden sie schon dagegen kämpfen. Kralle glitt jetzt in die Bäume über dem Wolfsrudel, und nun schloss Hyden die Augen, um sehen zu können.

Mikahl sah Hyden die Augen schließen und seufzte missvergnügt. Er wartete eine Erklärung seines Freundes nicht ab. Vaegon könnte sie brauchen. Er stürmte den Wölfen nach.

Im Rennen zog er Eisendorn und merkte, dass das magische Leuchten beträchtlich matter war als beim Kampf gegen Herzog Gutkind. Die magische Sinfonie erklang aber nach wie vor in seinem Kopf, nur wie aus größerer Ferne. Als er die Hand um die Lederwicklung des Heftes legte, spürte er, wie die Macht der Klinge langsam erlosch.

»Alles in Ordnung!«, hörte Mikahl Hyden vom Lager aus rufen.

Er hoffte, dass Mikahl recht hatte, denn als er auf die Lichtung gestürmt kam, sah er nur fauchende Riesenwölfe, Dutzende wütender gelber Augen und eine ganze Menge rasiermesserscharfer Pfeilspitzen, die auf ihn und seine vierbeinigen Freunde gerichtet waren. Erst nachdem er mehrfach geblinzelt hatte, wurde ihm klar, dass all diese Augen zu Elfen gehörten.

KAPITEL 43

SHAELLA BRAUCHTE FAST DIE GANZE NACHT, und es kostete alle Kraft des Stabes der Bosheit, um die magische Barriere zu durchbrechen, die König Balton rund um die Insel Kaltfrost errichtet hatte, doch es war ihr gelungen. Als das leise, gleichförmige Surren der Absperrung endlich verstummte, ergossen sich die Brutriesen von ihrer Insel wie halb intelligente, halb wilde Wesen, die sie nun einmal waren.

Sie kamen ohne Umweg über den tiefen und trägen, aber mächtigen Fluss und scherten sich kaum um die eisigen Temperaturen und die tödliche Strömung. Am Ende trieb mehr als ein Dutzend der haarigen Tiermenschen erstarrt ins Meer hinaus, wurde zertrampelt, ertrank oder gefror in dem kalten Wasser. Die Intelligenteren von ihnen, die älteren Männchen und die instinktiv beschützenden Mütter, warteten mit ihren Kindern auf der anderen Seite. Sie querten den Fluss im Sonnenlicht an einer seichten Furt. Ein paar Meilen stromaufwärts von der Stelle, an der Shaella die Barriere durchbrochen hatte, gab es eine Verengung. Dort prahlte eines der jüngeren, klügeren Männchen, es könne eine Brücke errichten. Wie sich herausstellte, war das nicht nötig. Das Wasser war an dieser Stelle höchstens knietief.

Die viehischsten unter ihnen, die breit grinsenden wilden Männchen, die vor Wut und Testosteron überkochten, verwüsteten bereits die nahe gelegenen Dörfer und Städte und zogen in Gruppen langsam gen Süden. Der Größte und Bösartigste von ihnen – der schlauere, angsteinflößende und selbst ernannte Anführer aller Brutriesen – führte jedoch einen Trupp von seinesgleichen nach Locar, um den Handel zum Abschluss zu bringen, den sie mit der Drachenkönigin eingegangen hatten.

Bzorch war beinahe zehn Fuß groß, und wie bei all seinen Artgenossen war er am ganzen Körper mit einem dünnen, aber rauen Fell bedeckt, das nur sein Gesicht und seine Handflächen aussparte. Das Fell war hellbraun und noch dicht genug, dass er als jung galt, aber die grauweißen Flecken entlang der Wirbelsäule und der Brust zeigten, dass er erwachsen war.

Viele der Brutriesen wurden mit weißem oder silbernem Fell geboren. Bei diesen Bestien war es viel schwerer, das Alter zu bestimmen. Sie alle waren groß, hatten breite, feuchte Schnauzen und ein vorspringendes Kinn. Ihre Mäuler waren voller brutal aussehender Zähne, mit denen sie rohes Fleisch leicht beißen konnten, manchmal sogar das ihrer Artgenossen.

Bzorch hatte sich gnadenlose Kämpfe mit Dutzenden von Gegnern geliefert, um das Alphamännchen zu werden. In letzter Zeit jedoch hatte es keine Herausforderungen mehr gegeben. Seine gewalttätigen Siegesdemonstrationen, bei denen er den Unterlegenen vor den Augen der Zuschauer zerfleischte und verschlang, hatten viel dazu beigetragen, weitere Versuche, seine Rolle zu übernehmen, zu unterbinden.

Die Brutriesen waren erst zu Kannibalen geworden, nachdem König Balton sie auf der Insel eingeschlossen hatte. Bis dahin hatten sie in der Arktis des Nordwestens Bären, Wölfe und träge Walrosse gejagt. Schließlich hatten sie sich von den eisigen Küsten weit genug ins Landesinnere vorgewagt, um auf einige Herden der wahren Riesen und einige der nördlichsten Dörfer Westlands zu stoßen. Sie verschlangen ganze Herden, vergewaltigten Frauen und töteten Menschen und Riesen. Schließlich begann die Brut, das Fleisch der Zweibeiner zu fressen, die sie getötet hatte. Das war noch kein Kannibalismus, denn sie waren weder Menschen noch Riesen, und das Menschenfleisch schmeckte ihnen ausgezeichnet. Sie gierten nach mehr.

Lord Brach und seine kühnen Nordlandtruppen jagten sie,

folterten sie und taten alles in ihrer Macht Stehende, um die Bestien abzuschrecken, aber irgendwann verlor die Brut jegliche Furcht vor Menschen. Sie waren die Jäger, und die Menschen waren die Gejagten. Da griff König Balton ein.

Die Königlichen hielten die Brut für Halbbären oder die sagenumwobenen Yetin. Die Tatsache, dass sie offenbar auf zwei Beinen gingen und menschenähnliche Kreaturen waren, in der Lage, halb intelligente Gedanken zu formulieren, war der einzige Grund, warum die Könige Balton und Aldar sich einigten, sie nicht auszurotten.

Der Riesenkönig behauptete, sie seien eine Mutation eines Volkes namens Wedja, das von der anderen Seite des Riesengebirges stammte. Warum sie so wild und brutal geworden waren, wusste er jedoch nicht. Er hegte die Hoffnung, dass sich die Wildheit irgendwann verlieren würde.

Auf die Insel Kaltfrost beschränkt, konnten die Bestien nicht töten, vergewaltigen und die guten Leute von Westland terrorisieren und hatten auch keinen Zugriff mehr auf die Herden der Riesenhirten. Alles andere war den beiden Königen gleichgültig. Auf der Insel gab es wenig Jagdbeute, und das raue Klima machte Ackerbau unmöglich. Bald waren die Brutbestien gezwungen, einander zu fressen, um zu überleben. Der Übergang vom Menschen- und Riesenfleisch zu dem ihrer Artgenossen war leicht, aber die Tatsache, dass man sie zum Äußersten gezwungen hatte, wäre für keine empfindungsfähige Rasse leicht zu vergessen gewesen. Am wenigsten von allen vergaß Bzorch.

Westlands König und seine Adeligen aus dem Norden hatten die Brut gejagt, getötet, gefangengenommen und gefoltert. Wie Tiere hatten sie sie auf die Insel Kaltfrost getrieben und dort festgesetzt. Bis dahin waren Grenzen und Eigentum für die Brut keine Begriffe gewesen. Das Tier in ihnen, der Instinkt, der sie trieb, wollte fressen, Territorien durch Duftmarken abstecken und sich paaren.

Ihre Überfälle und Plünderungen waren nicht aus böser

Absicht geschehen. Es war dabei nicht um von Gier getriebene Eroberungspläne gegangen. Sie waren einfach Nomaden auf der Suche nach Nahrung.

All das hatte sich jetzt geändert. Nun waren sie getrieben von Hass und Rachsucht. Nun wussten sie, wie es war, eingesperrt zu sein und sich gegenseitig fressen zu müssen, um nicht zu verhungern. Die Gefangenschaft hatte nur ein paar Jahre gedauert, aber was bedeutete Zeit einem halbwilden Tier? Besonders an einem Ort, wo es das ganze Jahr bitter kalt und eisig weiß war; einem Ort, wo der Wechsel der Jahreszeiten nahezu unbemerkt vonstatten ging.

Die Brutriesen waren jetzt los, und sie tobten sich aus. Etwas Schrecklicheres hätte der Bevölkerung Nordwestlands nicht geschehen können. Es war niemand mehr da, der sie hätte beschützen können. Fast all ihre kampffähigen Männer waren in den Krieg gezogen. Die marodierenden Banden wilder Kreaturen zogen eine Spur aus Blut und Tod hinter sich her. Selbst die intelligentere Bande unter Bzorchs Führung, die einen speziellen Plan verfolgte, ging nicht weniger rabiat vor. Ihr Tun war eher noch grausamer.

Nachdem Bzorch seine Auserwählten um sich versammelt und die Insel Kaltfrost verlassen hatte, führte er die Gruppe ostwärts durch Flussbeug. Sie hielten nur kurz an, um ein paar der dortigen Einwohner zu fressen. Sie vergewaltigten keine Frauen und rissen keinen Kindern die Gliedmaßen einzeln aus, aber nur, weil Bzorch wichtigere Opfer im Sinn hatte.

Die Gruppe bestand aus dreizehn der Brutalsten ihrer Art. Bzorch hatte sie nicht nur ausgesucht, weil sie stark und bösartig waren, sondern auch, weil sie nicht klug genug waren, um selbstständig zu denken und zu planen. Sie waren die primitivsten Brutbestien, zugleich auch dem Alphamännchen gegenüber die gehorsamsten.

Bzorch selbst war recht intelligent. Er hatte sich von der Drachenkönigin etwas Wertvolleres als Land oder Gold ausbedungen. Er hatte zwei der wichtigsten Dinge erlangt, die man unter den Menschen haben konnte: eine Machtposition und Respekt. Sobald er seinen Teil der Abmachung eingehalten hatte, würde er die Stadt Locar regieren. Lord Bzorch, der Herrscher von Locar. Er genoss es, diese Worte mit seiner dicken, breiten Zunge auszusprechen, während er seine Auserwählten südöstlich in Richtung Grünseit führte.

Bzorch hatte dort noch etwas zu erledigen, und sein Rudel brauchte eine Pause und Nahrung. Drei Tage ununterbrochenen Marsches hatten ihren Tribut gefordert. Eine Nacht des Plünderns und Feierns, gefolgt von einem Ruhetag, würde ihnen allen guttun. Grünseit war der perfekte Ort dafür. Dort lebte der Mann, der sich den Beinamen »der Schlächter von Kaltfrost« verdient hatte. Es war die Heimat des herzlosen Sadisten Herzog Gutkind.

Königin Shaella hatte Bzorch erklärt, der Herzog sei höchstwahrscheinlich auf irgendeiner närrischen Queste für den neuen König von Westland unterwegs, aber das war Bzorch gleichgültig. Damals, vor ihrer Gefangenschaft, waren sein Vater und zwei seiner Geschwister gefangen genommen und nach Nordwacht gebracht worden. Man hatte sie gefoltert und dann zur Schau gestellt wie ein makabres Kunstwerk, als eine Art Warnung für die Brut. Man hatte sie zerstückelt in den blutigen Schnee gelegt, umrahmt von riesigen Schlingen ihrer eigenen Gedärme.

Bzorch erinnerte sich noch ganz genau an diesen Anblick. Er hatte ihn die gesamten Wintermonate hindurch betrachtet. Er beabsichtigte, die Frauen des Schlächters von Kaltfrost ähnlich zu drapieren. Das wärmere Klima so viel weiter im Süden würde seine Installation nicht konservieren, wie es der kalte Norden mit den Überresten seiner Familie getan hatte. Den Anblick nicht Woche um Woche sehen zu können hätte nicht den gleichen Effekt auf die Menschen, wie ihn der Anblick seiner Familie auf ihn gehabt hatte. Aber so viel Zeit konnte er sowieso nicht investieren. Er musste eine Stadt einnehmen, eine Brücke zerstören und einen Titel in Anspruch nehmen.

Eine Nacht und ein Tag der Notzucht und Folter würden seinen Rachedurst stillen müssen. Vielleicht würde ihm Herzog Gutkinds Ehefrau ein Kind gebären. Er würde sein Bestes tun, um seinen Samen in sie zu pflanzen, und vielleicht eine ihrer vielen Schwestern essen, und zwar direkt vor ihren Augen. Er konnte auch sie zwingen, ein wenig von dem Fleisch zu essen. Bei dieser Idee stieß er ein gutturales Knurren aus, während er dahineilte.

Die Feste in Grünseit war leicht zu finden. Das halbe Dutzend Bewaffnete, die sie bewachten, fielen dem Ansturm der Brut zum Opfer wie verängstigte Lämmer. Während die meisten von ihnen durch das Dorf tobten, trugen Bzorch und zwei andere den Zorn der Brut in das Gemäuer des Herzogs.

Die Frau des Herzogs und ihre Schar von Schwestern schrien, weinten und bettelten um Gnade, doch vergebens. Einer von Bzorchs Gefährten biss der dicksten der Frauen das Gesicht ab, dann vergewaltigten sie sie, während ihre Füße auf den Boden trommelten.

Einer seiner anderen Streiter schlug seine Zähne in einen ausladenden Busen und hörte erst auf, als der Boden mit Blut und Gekröse verschmiert war. Frauen fielen in Ohnmacht, wimmerten und drängten sich in den Ecken zusammen. Ein paar konnten aus der Feste fliehen, nur um festzustellen, dass draußen das gleiche brutale Chaos herrschte.

Bzorch pickte sich die Hausherrin heraus, die auf dem blutigen Boden zusammengebrochen war. Ihr juwelenbesetztes Halsband und die Ringe an ihren Fingern verrieten sie. Er trug sie in den Speisesaal und legte sie nicht besonders sanft auf den schweren Walnusstisch. Mit einem einzigen Handstreich riss er das Vorderteil ihres Kleides auf und enthüllte bleiche Gänsehaut und schwere Brüste. Er vergewaltigte sie nicht gleich. Zuerst ging er in die Wohnstube zurück und schnappte sich ein wimmerndes Mädchen am Haar. Ehe das entsetzte Mädchen wusste, wie ihm geschah, hatte er ihm den Hals umgedreht, bis der Kopf fast vom Körper abriss. Bzorch knurrte der Magen, und er stürzte sich auf sie wie ein ausgehungerter Hund. Er tränkte die halb bewusstlose Frau des Schlächters von Kaltfrost in Blut, als er das rohe Fleisch ihrer Nichte fraß, dann drang er brutal immer wieder in sie ein.

Nachdem er mit ihr fertig war, wischte er ihren Körper vom Tisch auf einen Haufen klebriger menschlicher Überreste. Eine ganze Weile später befahl er seinen Auserwählten, sich auszuruhen. Es war weit bis Locar, und auf dem Weg lag nur der kleine Handelsposten Halter. Sobald er dafür gesorgt hatte, dass die Auserwählten ihm gehorchen würden, legte er sich auf die Tischplatte des Schlächters von Kaltfrost und schlief.

***

In der Feste Seegrund, wo Lord Gregory Mikahl einst reiten und kämpfen beigebracht hatte, hatten es sich die Zardmänner der Drachenkönigin bequem gemacht. Das feuchte Tiefland war vergleichbar mit den sumpfigen Marschen, und das warme Wasser des Löwensees tat ihrer schuppigen Haut gut.

Die Brut würde so weit nach Süden nicht kommen. Königin Shaella hatte es nicht nur verboten, die Brut zog auch das kühlere Klima des Nordens vor, im Gegensatz zu den Zard, die die kälteren, nördlicheren Bereiche ihres Herrschaftsgebiets nicht über längere Zeit ertrugen. Sie hatte einigen Gruppen der primitiven Tiermenschen erlaubt, die Städte Meergmünd und Burgblick zu terrorisieren.

Burgblick war um die Seeburg entstanden. Auf dem Rücken eines Gekas waren es ein paar Tagesritte von Seegrund nach Seestadt, aber für die Zard war es nur ein kurzer Weg, denn sie durchschwammen den See. Die Brut so nahe zu wissen machte die Zardmänner in der Festung nervös.

Shaella hatte deutlich gemacht, dass sie Kämpfe zwischen den Zard und der Brut nicht dulden würde, aber das hinderte die Zard nicht daran, die Brut instinktiv zu hassen und zu fürchten, genau wie es die Brut nicht daran hinderte, sie töten und fressen zu wollen.

Die Zardsoldaten und ihre Sarzardhauptleute verabscheuten die Vorstellung, dass Shaella die Brutriesen loslassen wollte, begriffen aber die Notwendigkeit, den Norden zu schützen, und vertrauten ihrer Urteilskraft, vor allem aber ihrer Fähigkeit, die primitiven Wilden vermittels ihres Drachen im Zaum zu halten. Dennoch machte die Zard die Vorstellung wahnsinnig, zufällig auf eines der Rudel der baumhohen Ungeheuer zu stoßen, das sich so weit nach Süden gewagt hatte. Die nicht eben übertriebenen Gerüchte, die sie über den Raubzug durch den Norden gehört hatten, lenkten sie so weit ab, dass Lord Gregorys Bote Wyndall und ein paar andere aus dem Keller entkommen konnten, in dem sie eine Weile gefangen gehalten worden waren.

Nachdem die Damen Trella und Zasha Lord Ellrichs beunruhigende Nachricht erhalten hatten, hatten sie sich darauf vorbereitet, zu Schiff aus dem Königreich zu fliehen. Als wohlerzogene Damen gingen sie es jedoch völlig falsch an und verbrachten viel zu viel Zeit mit der Sorge um unwichtige Kleinigkeiten. Sie fragten sich, welche Teller und Gemälde Platz in ihren Überseekoffern finden sollten – und dann wurde die Zeit knapp. Nun schufteten sie in der Küche der Feste Seegrund, schrubbten Töpfe und kochten Schnecken, Schildkröten und andere insektenhafte Dinge für die Zard, die dort das Sagen hatten.

Wyndall war am Löwensee aufgewachsen und kannte jeden Stein an dessen Ufer. Er hatte auch in jedem Waldstück in den spärlich bewachsenen Hügeln der Gegend gejagt. Sein Vater, so hatte er erfahren, war umsonst gestorben, als er versuchte, das Gehöft der Familie gegen den ersten Angriff der Zard zu verteidigen. Seine Mutter hatte man ein paar Wochen später an einen dakanesischen Sklavenhändler verkauft. Das alles erfuhr er von anderen Gefangenen in Seegrund und von denen, die gezwungen waren, dort den Zard zu dienen.

Er hatte Lady Trella Lord Gregorys Botschaft überbracht, jedoch zu spät. Er war auf die frisch ausgehobenen Truppen gestoßen, die sich in den Dörfern um Ostwacht sammelten. Man hatte ihn irrtümlich für den Pagen eines der anwesenden Adeligen gehalten und gezwungen, ein paar sinnlose Befehle auszuführen, aber er hatte sich zügig aus dem Staub machen können.

Danach war er zu Fuß und abseits der Straßen gereist. Lord Brachs Männer hatten genau auf Personen geachtet, die sich dem Ruf zu den Waffen entziehen wollten. Es war nicht leicht gewesen, ihnen aus dem Weg zu gehen.

Er hatte Seegrund nur eine Woche vor dem Angriff der Zard auf Settsted erreicht. Er hatte gegen sie gekämpft, als sie kamen, aber es waren Schwärme von schlangengleichen Skeeks gewesen, viel zu viele, als dass man sie hätte besiegen können. Man hatte ihn zusammen mit mehreren anderen verschont und im Keller eingeschlossen. Es ging das Gerücht, ein weiteres dakanesisches Sklavenschiff sei auf dem Weg hierher, und sie sollten zusammen mit mehreren Frauen, darunter die Damen Zasha und Trella, im Austausch für Vorräte auf dieses Schiff gebracht werden.

Wyndall versicherte sich der Hilfe des jungen Reiters aus Settsted und ein paar Ortsansässiger, die Lord Gregory treu ergeben waren. Zusammen wollten sie ihr Leben aufs Spiel setzen, für die beiden Damen ebenso wie um ihrer selbst willen. Das Einzige, was ihren Plan noch durchkreuzen konnte und was dem jungen Wyndall Sorgen machte, waren die Damen selbst. Ihr törichter Wunsch, Dinge aus der Vergangenheit zu behalten, hatte sie schon die Freiheit gekostet. Er hoffte, sie hätten ihre Lektion gelernt, denn diesmal durften sie nur mitnehmen, was sie in einem Kissenbezug tragen konnten, und auch dann nur, wenn alles verstaut war, wenn er sie abholen kam.

Die entscheidende Nacht war regnerisch und dunkel – umso besser. Wyndall und Bryant, der Reiter aus Settsted, hockten im Nieselregen da, ein Wetter, das etwas zur Beruhigung ihrer Nerven beitrug. Die Sommernächte waren am See nicht viel kälter als die glutheißen Tage. Der Regen vertrieb die Insekten, und das allein war schon Grund zur Dankbarkeit. Ganz zu schweigen davon, dass dadurch die beiden jungen Männer praktisch unsichtbar waren.

»Da«, flüsterte Bryant rau. Im Küchenfenster der Feste wurde zweimal hintereinander eine Laterne abgeblendet.

»Ich seh's«, bestätigte Wyndall. Er holte tief Luft und überprüfte, ob das rostige Schwert, das er in der Scheune des alten Gander gefunden hatte, noch an seiner Hüfte hing. »Dann mal los.«

»Wir treffen uns beim Boot, Wyn«, sagte Bryant. Er sah Wyndall in die Augen. »Du wirst doch auf mich warten, oder?«

Wyndall lächelte beruhigend. Er verstand Bryants Sorge.

»Du hast mein Wort, dass wir warten werden, bis es nicht mehr geht. Mehr kann ich dir nicht schwören.«

»Ja.« Mehr konnte Bryant darauf nicht erwidern.

Wyndall wartete, bis Bryant verschwunden war, dann betete er. Danach machte er das Glückszeichen und huschte zu einem kleinen Lieferanteneingang auf der Rückseite der Feste. Von dort zählte er dreißig Schritte rechts an der Wand entlang, und nach einem panischen Augenblick der Suche fand er die an dieser Stelle verborgene kleine Holztür. Wenige Momente später hatte er das rostige alte Schwert durch das Türfutter geschoben und lockerte den Riegel.

Genau wie der alte Priester des Löwenlords gesagt hatte, der in der Kellerzelle neben ihm gestorben war, fand er sich im Rückraum der Festungskapelle wieder.

Draußen vor dem Haupttor verlangten vier Männer in Umhängen aus Jute und Ziegenfell auf zusammengestückelten Stelzen heulend und schnüffelnd Einlass. Sie knurrten, brüllten und schlugen drängend Holzknüppel gegeneinander, kurz, sie versuchten, so viel Lärm wie möglich zu veranstalten.

Der befehlshabende Sarzard stand auf der Mauer und zischte sie an: »Kommt näher.«

Er hatte Angst vor diesen Brutriesen, die sich der Anweisung der Drachenkönigin widersetzten, wollte aber sehen, wie viele es waren. Er wollte herausfinden, ob sie wirklich doppelt so groß waren wie Menschen. Die Zardmänner, die jüngst aus der Seeburg zurückgekehrt waren, hatten allerlei über die wilden Kreaturen erzählt, die sie dort gesehen hatten. Die ganze Feste war auf den Beinen. Schon sammelte sich im Hof unter dem Sarzardhauptmann eine Gruppe von Zard und machte Lärm. Manche von ihnen hatte man dorthin geschickt. Andere kamen aus Neugier und Sorge.

»Wilde an den Toren«, zischte ein Zardmann.

»Die aus Meergmünd, die all die Menschen gegessen haben«, setzte ein anderer hinzu.

»Brutriesen aus Seestadt!«

Das ganze Chaos dauerte nur ein paar Minuten. Die wilden Brutriesen fluchten über den Landregen und gaben schließlich auf, als klar war, dass man ihnen das Tor nicht öffnen würde. Sie verschwanden in der verregneten Finsternis, und die innerhalb der Mauern zurückbleibenden Zard zischten erleichtert.

»Wo ist Lady Trella?«, fragte Wyndall Lady Zasha verzweifelt im Flüsterton. Er hatte nur eine der Frauen, die er zu retten versuchte, in der Kapelle vorgefunden und war wütend darüber.

»Sie musste noch etwas holen, solange die Echsen abgelenkt waren«, erwiderte Zasha schmollend.

In diesem Augenblick war Wyndalls Gesichtsausdruck ohne Frage genauso schreckenerregend wie die Aussicht, von den Zardmännern erwischt zu werden.

»Es ist wichtig«, setzte sie in einem kleinlauten Flüsterton hinzu.

So verängstigt sie auch war, sie bemerkte sehr wohl, wie gut dieser tapfere Junge aussah, dem Lord Gregory seine letzten Worte anvertraut hatte. Ohne es zu merken, rückte Zasha näher an ihn heran. Sie fühlte sich sicher bei ihm, ein Gefühl, das sie ziemlich lange nicht gehabt hatte.

Verfluchte Frauen, dachte Wyndall.

Eine hatte sein Blut zum Kochen gebracht, ohne auch nur in der Nähe zu sein, und die andere schmolz sein Herz mit ihrer ängstlichen Stimme und den feuchten Augen. Er war froh, dass er nicht lange warten musste. Bald schob sich Lady Trella durch die Doppeltür, die zum Korridor jenseits der Kapelle führte. Sie zerrte einen Kissenbezug hinter sich her, der viel zu leer zu sein schien, um ihr solche Mühe zu bereiten. Als sie näher kam, erklärte das dumpfe Klirren von Edelmetall, warum der Sack für die dürre Frau so schwer war. Wyndall wollte ihn ihr abnehmen und sah das Zögern, ehe sie ihn schließlich losließ.

»Kommt, edle Dame«, sagte er und vergaß seine Wut.

Er wusste, dass der Wert der Juwelen und des Goldes in dem Säckchen, das er jetzt in der Hand hatte, letztlich über Erfolg oder Misserfolg ihres Fluchtplans entscheiden mochte. Zum Überleben gehörte mehr, als nur den Zard zu entkommen.

»Folgt mir und beeilt euch. Es ist nass, und wir haben wenig Zeit.«

Seine Stimme war jetzt sanft und beruhigend, und ihre Kraft und Sicherheit trug viel dazu bei, die Angst der Frauen zu lindern.

Durch den dunklen Nieselregen begaben sie sich hinab zum Fluss, an eine Stelle nur ein paar Hundert Schritte von dort, wo der Oberlauf über den natürlichen Damm in den Löwensee floss. Das Tosen des gewaltigen Wasserfalls erfüllte die Nacht, doch die Dunkelheit verbarg seine Schönheit vor ihren Augen.

Clayton Widden, der Sohn eines ortsansässigen Bauern, wartete mit einem kleinen Boot. Er hatte offenbar Mühe, es in der heftigen Strömung an Ort und Stelle zu halten.

Wyndall half den Damen in das Wasserfahrzeug, dann gab er Lady Trella ihren Sack. Sie nickte ihm dankbar zu, war aber nicht sicher, ob er es gesehen hatte. Einen Augenblick später gab er allen dreien einen improvisierten Schild. Es waren alte Wagenräder, in die er Nägel geschlagen hatte.

»Wenn man auf uns schießt, während wir abtreiben, werden sie euch beschützen«, überschrie er das Tosen des Wasserfalls.

Besorgt sah er zurück, den Hügel hinauf, von dem sie gerade herabgestiegen waren.

»Lady Zasha, könntet Ihr mir bitte diesen Bogen geben?«

Sein Ton war plötzlich drängend. Er nahm ihn ihr ab, legte die Sehne auf und warf den Köcher mit den Pfeilen über die Schulter.

»Clayton, halt dich bereit, auf mein Kommando abzustoßen«, befahl er und verließ dann das Dock wieder Richtung Hügel.

»Wir sollten schon weg sein«, sagte Clayton, aber Wyndall hörte ihn nicht.

Da rannten zwei dunkle Gestalten über die Hügelkuppe, zu erkennen nur anhand der leicht glänzenden regennassen Kleidung. Die eine war Bryant. Die andere war ein Stalljunge von etwa zehn Jahren namens Dort. Drei, vielleicht vier Zard waren dicht hinter ihnen. Sobald Wyndall ordentlich zielen konnte, schoss er einen Pfeil ab. Einer der Zard kippte nach vorn und blieb in einem Durcheinander aus Schwanz und geschuppten Gliedmaßen liegen.

»Wartet nicht! Geht!«, schrie Bryant.

»Wir kommen nachgeschwommen!«, setzte Dort hinzu.

Wyndall schoss einen weiteren Pfeil ab, verfehlte aber sein Ziel. Er spannte zum dritten Mal die Sehne, spürte jedoch, dass sie sich überdehnte und nutzlos wurde. Der Regen hatte sie auf dem Gewissen.

Clayton drängte ihn, zum Boot zurückzukommen, und sobald er eingestiegen war, legten sie ab, ließen sich von der rasenden Strömung stromabwärts treiben. Bryant und Dort waren bereits gezwungen, bei ihrer wilden Hatz den Hügel hinab einen Bogen in ihre Richtung zu schlagen.

»Schilde hoch!«, befahl Wyndall. Er zückte sein Schwert

und begab sich in den Bug des Bootes, der momentan der Verfolgungsjagd zugewandt war.

Dort sprang ins Wasser, wobei seine Beine strampelten, als laufe er in der Luft weiter. Es hagelte Pfeile, einige schlugen ins Holz des Bootes und der Schilde ein, andere fielen ins dunkle Wasser. Bryant entkam mit knapper Not den Klauen eines Zardmanns und vollführte einen Kopfsprung in den Fluss. Der Zardmann und ein paar weitere folgten ihm.

Unmittelbar hinter Dort, der mit aller Kraft auf das Boot zu schwamm, bildete sich eine schlangengleiche Welle aus. Als der Junge das Boot erreichte, konnte Wyndall nur blindlings seine rostige Klinge hinter ihm in den Fluss stoßen. Es fühlte sich an, als kratze die Schwertspitze über den Flussgrund, bis ihm die Waffe aus der Hand gerissen wurde und versank.

Direkt hinter dem Boot tauchte Bryant auf, aber ein Echsenmann sprang aus dem Fluss direkt auf ihn drauf. In dem mächtigen Schwall, den er erzeugte, schaukelte das Boot heftig. Wyndall stürzte, aber Dort nutzte den Schwung der Welle aus und zog sich hoch. Die beiden Frauen erledigten den Rest und holten ihn wie einen übergroßen Fisch herein. Das Letzte, woran sich Wyndall erinnerte, ehe er bewusstlos wurde, waren das Aufkeuchen der beiden Frauen und Bryants markerschütternder Schrei, als ihn die schwimmenden Zard im Wasser zerfetzten.

***

Bzorchs dreizehn Auserwählte wüteten im Handelsposten Halter mit ekelerregender Brutalität. Nachdem sie die langsameren Einwohner gefressen hatten, verbrachten sie zwei Nächte mit Vergewaltigungen und der Erholung von der langen Reise durch die Felder und Wälder Mittelwestlands. Dann gingen sie wieder und enteilten in Richtung Locar. Was sie dort vorfanden, war beeindruckender als alles, was sie sich in ihrem schlichten Geist je hatten vorstellen können.

Die Größe der Brückenstadt war überwältigend. Sie war größer als zehn der anderen Städte, die sie bisher gesehen hatten, zusammen. Warum jemand an einem so vollen, lauten Ort wohnen wollte, konnte sich nur Bzorch erklären.

Wie die Drachenkönigin ihnen befohlen hatte, warteten sie am Stadtrand, bis es Nacht wurde, und töteten jeden, der sich zu nahe an ihr Versteck heranwagte. In dieser Nacht erschien genau wie geplant der Drache.

Als Scharlach über Locar kam, Königin Shaella stolz auf ihrem Rücken, stürzten sich die Brutriesen voller Wut auf die Stadt. Während die meisten der Auserwählten Locar verwüsteten, erledigte Bzorch mit Scharlachs Hilfe die wichtigen Aufgaben. Gemeinsam zerstörten sie die Brücke. Scharlach zertrümmerte und zerdrückte mit ihren gewaltigen Klauen große Teile der gemauerten Brückenbögen und legte alles Brennbare in Schutt und Asche, während Bzorch die kleineren Teile des Bauwerks kurz und klein schlug. Sie waren bald fertig. Die einzige Brücke über den breiten, mächtigen Leif Greyn, die von Westland in die östlichen Königreiche führte, war nicht mehr begehbar. Nun war Westland isoliert und Shaellas Eroberung abgeschlossen. Keine Armee konnte in den Westen marschieren, ohne das Riesengebirge zu durchqueren, den Leif Greyn zu durchschwimmen oder um die große Landmasse der Marschen zu segeln, und alles wäre leicht abzuwehren.

Genau wie Bzorch unumschränkter Herrscher Locars wurde, so wurde Shaella, Drachenkönigin und Hexenmeisterin, Anführerin der halb tierhaften Brutriesen und Herrin der Zard aus den Marschen, alleinige Herrscherin Westlands. Ihr Westland war im Gegensatz zu dem Glendars eines, das ihr niemand wegnehmen konnte.

KAPITEL 44

HYDEN MUSSTE MIKAHL ERKLÄREN, WIE DIE Elfen zu Menschen standen. Wie menschliche Torheit im Laufe der Geschichte das Land immer und immer wieder in Schwierigkeiten gestürzt hatte und wie die Elfen immer wieder zu Hilfe geeilt waren. Er versuchte auch zu erklären, dass Eisendorn jederzeit weitere finstere Kreaturen auf sie herabrufen mochte, wenn er es zog.

Mikahl steckte das Schwert wieder in die Scheide, schäumte aber dennoch, weil sie in der Waldstadt der Elfen, oder was immer es auch war, nicht willkommen waren. Dass man sie draußen im Wald festhielt, während Vaegon seine Sachen packte, empörte ihn aufs Äußerste.

»Da versuchen wir, die Welt vor Dämonen und dergleichen zu retten, und diese verfluchten gelbäugigen Bastarde lassen uns nicht mal für eine Stippvisite herein!«

»Hätte auch mein Vater sagen können«, sagte Hyden mehr zu sich als zu Mikahl.

Die Wölfe jagten in dieser Nacht nicht, und Kralle flog nicht durch den Wald. Sie und die Gefährten warteten einfach nur im Lager auf Vaegons Rückkehr.

Hyden legte sich hin und streckte sich aus. Alle Wölfe außer Grrr taten das Gleiche. Grrr saß dicht bei Mikahl, der an seinem Baum lehnte, Eisendorn in der Scheide auf seinem Schoß. Ringsum bewachten sie Elfen. Sie waren unauffällig – sie hatten nicht etwa die Waffen gezogen –, aber sie waren da und versuchten auch nicht, es zu verbergen. Da drüben ein Glitzern gelber Augen, ein Rascheln im Unterholz und hier ein leises Flüstern. Mikahl wusste, sie hätten völlig lautlos sein können; er hatte zuvor gesehen, wie sie durch den Wald glitten, als sie ihn zurück ins Lager eskortiert hatten. Sie waren wohl nicht mehr so angespannt und etwas weniger wachsam, aber er begriff nicht, warum.

Hyden hatte Mikahl just in dem Augenblick eingeholt, als er auf die verzweifelten Wölfe und die bewaffneten Elfen gestoßen war. Mikahl war sicher gewesen, dass die Elfen ihn gleich mit Pfeilen spicken würden, und dennoch war sein erster Instinkt gewesen, die Wölfe zu verteidigen. Nur Hydens Ruf hatte das verhindert.

Der Elf Deiter, Vaegons jüngerer Bruder, wie Mikahl später erfuhr, hatte Hyden die Situation erklärt, nachdem sie einander die Handfläche über dem Herzen auf die Brust gelegt hatten. Nach dieser Geste hatten sich die Bögen gesenkt. Hyden hatte auf die Riesenwölfe eingeredet und sie so weit besänftigt, dass sie sich ruhig verhielten. Zögernd hatte Mikahl Eisendorn wieder in die Scheide geschoben, aber im Gegensatz zu den Elfen hatte seine Wachsamkeit nicht nachgelassen. Grrrs auch nicht.

Die Elfen wollten sie hier zweifellos nicht haben. Das war deutlich an ihren Mienen zu erkennen und daran, wie sie ihre wilden gelben Augen zusammenkniffen. Es war ein Blick, wie man ihn vielleicht hat, nachdem man herzhaft in fauliges Fleisch gebissen hatte. Ekel.

Mikahl fragte sich, warum Vaegon so anders war. Vielleicht war er das ja gar nicht, sondern verbarg seine Gefühle nur besser. Vaegon war anders. Der Elf war nett, besonnen und äußerst hilfsbereit zu ihm gewesen. Mikahl beschloss, noch über keinen von ihnen zu urteilen. Ihm musste nicht gefallen, wie sie ihn behandelten, aber er musste auch nicht das gesamte Volk der Elfen für diese mangelnde Gastfreundschaft verantwortlich machen.

Er schloss die Augen und tilgte durch bewusste Atmung die Wut aus seinem Geist. Er hatte am Morgen keine Gelegenheit gehabt, seine Routineübungen zu machen, was er seit dem

Tag von Loudins Tod rigoros allmorgendlich getan hatte. Er brauchte diese schweißtreibenden Übungen und diesen Stress als Gegengewicht zu seiner Wut und seiner Furcht. Er wusste, wenn sie auch nur ansatzweise eine Chance haben wollten, gegen die übermächtigen Widerstände zu bestehen, würde er einen völlig klaren Kopf brauchen.

***

Er war nicht sicher, wie lange er geschlafen hatte, aber er schreckte hoch, als ihn Grrrs kalte Schnauze anstieß und Vaegon lautstark zurückkehrte.

Er musste eine Weile geschlummert haben, denn inzwischen war es Nacht. Vaegon brachte zwei weitere Elfen mit ins Lager. Einer hatte silbrig-blaues Haar, das im Licht des Lagerfeuers wie Eiszapfen schimmerte.

Das Haar des anderen hatte einen ganz anderen Blauton, eher wie die Farbe eines wolkenlosen Sommerhimmels. Dieser Elf war uralt. Sein Gang war leicht zittrig, und seine Augen waren mehr bernsteinfarben als gelb und so tief, dass man sich darin hätte verlieren können. Er nickte Hyden respektvoll zu, dann sah er Mikahl direkt an. Er sprach Elfisch, und Vaegon dolmetschte.

»Es wäre eine große Ehre, Freund, wenn ich Pavreals Schwert mit eigenen Augen sehen dürfte.«

Mikahl sah Hyden schief an. Der nickte aufmunternd.

Mikahl zog das Schwert. Das sanfte bläuliche Leuchten reichte kaum aus, um das Lager zu erhellen, entlockte den beiden älteren Elfen aber dennoch einen ehrfurchtsvollen Gesichtsausdruck.

»Sag ihnen, es ist nicht mehr Pavreals Schwert«, sagte Mikahl scharf. »Frag ihn, ob sie uns höflicher begegnet wären, wenn statt meiner Pavreal hier stünde. Wir sind wochenlang unterwegs gewesen, und man hat uns nicht einmal Wasser angeboten.«

Bei Mikahls Worten zeigte sich Entsetzen auf Vaegons Gesicht, doch auf ein sanftes Drängen des älteren Elfen wiederholte er sie genau.

Die Antwort des alten Elfen kam schnell und hart.

»Er sagt, sein Großvater habe geholfen, diese Klinge zu schmieden, und einen Steinwurf entfernt von hier gebe es einen kühlen, klaren Bach.«

»Pavreal war mein Vorfahr«, sagte Mikahl noch immer verärgert. »Ihr solltet euch alle schämen, dass ihr Angst habt, das Werk eurer Großväter zu eurem Volk zu bringen, auch wenn es Probleme mit sich bringen könnte.«

Der alte Elf lauschte Vaegons Übersetzung, dann lächelte er traurig. Nach einem kurzen Augenblick sprach er weitaus sanfter. Wieder dolmetschte Vaegon.

»Er entschuldigt sich für die mangelnde Gastfreundschaft und Höflichkeit, die dir, unserer Gruppe, uns erwiesen wurde. Es war nicht seine Schuld. Er sagt, manchmal gründeten ihre Entscheidungen auf seiner Weisheit, aber richtig zu entscheiden habe er nichts. Die Königinmutter hat die Entscheidungen getroffen, die dich so ärgern, nachdem sie mithilfe des Herzbaums den Rat des Waldes gesucht hatte. Er will nur mit eigenen Augen die Früchte der Arbeit seines Großvaters schauen. Wenn es nach ihm ginge, würde das Schwert bei jeder Versammlung mit Stolz ausgestellt.«

Dann setzte Vaegon eigene Worte hinzu.

»Er ist bei meinem Volk ein angesehener Mann, Mik, einer unserer Ältesten. Bitte sei höflich zu Em Davow.«

Vaegon deutete auf den Wald voller glitzernder gelber Augen, der sie umgab. »Das ist nicht sein Werk.«

»Dann entschuldige ich mich für meine Unhöflichkeit«, nickte Mikahl. Er nahm Eisendorn an der leuchtenden Klinge und hielt Em Davow das Heft hin.

Sobald er die Klinge losließ, verschwand das bläuliche Leuchten, sodass es den tanzenden Flammen des Lagerfeuers überlassen blieb, ihre Gesichter zu erhellen.

Der alte Elf nahm das Heft, trat näher ans Feuer und betrachtete das Schwert ehrerbietig. Dass sein inneres magisches Licht für ihn nicht leuchtete, bedeutete an sich schon etwas, und Em Davow sah wiederholt neugierig zu Mikahl auf.

Der andere Elf und Hyden unterhielten sich leise. Mikahl erkannte die Ähnlichkeit zwischen Vaegon, Deiter und dem anderen Elfen und wusste, dass er ihr Vater war. Erneut betrachtete er Em Davow genau. Wenn der alte Elf mit Vaegon verwandt war, sah man es nicht.

Mikahl hoffte, er habe Vaegons Familie nicht beleidigt oder in eine peinliche Lage gebracht. Er hatte dem alten Elfen klarmachen wollen, wie wenig es ihm passte, dass man ihn im Wald bewachte, wo sie stattdessen hätten ein Bad nehmen, warm essen oder sich an einem bequemeren Ort ausruhen können. Ihm missfiel auch die Tatsache, dass das gesamte Reich derzeit von einer finsteren, bösen Macht bedroht wurde und dies den Elfen anscheinend gleichgültig war.

Vaegon dolmetschte wieder Em Davows Worte. »Er hofft, wir können das Böse, dem wir uns stellen müssen, rasch besiegen und dass du anschließend wiederkehren kannst. Er hofft, sein Baum kann dir dann so offenstehen, wie er es jetzt tun sollte.«

»Sag ihm …« Mikahl unterbrach sich. Er wusste nicht recht, was er sagen wollte.

Em Davow war wahrscheinlich ein Born uralter Weisheit. Man sah es in seinen tiefgründigen Augen. Nun, da Mikahls Geist nicht mehr zornumwölkt war, wünschte er, ihre Begegnung hätte anders begonnen. Er hätte von dem alten Elfen einige Dinge lernen können, wenn er etwas diplomatischer gewesen wäre. Nun war es ihm peinlich, ihm Fragen zu stellen.

»Sag ihm danke«, war alles, was ihm einfiel, während er Eisendorn wieder entgegennahm und schnell in die Scheide steckte, ehe es zu hell leuchtete.

Er schämte sich über seine Unfähigkeit, seinen Zorn im Zaum zu halten. In einem schwachen Versuch, seine Unhöflichkeit wiedergutzumachen, streckte er die rechte Hand aus, trat auf Em Davow zu und legte die Handfläche auf das Herz des alten Elfen. Em Davow erwiderte die Geste und senkte dann tief den Kopf, was Vaegon überraschte. Die Tatsache, dass Mikahl Pavreals Alleinerbe war, der rechtmäßige König nicht nur von Westland, sondern aller sieben Königreiche, war dem alten Elfen nicht entgangen.

»Ich finde, wir sollten aufbrechen«, sagte Hyden.

»Ja«, stimmte Vaegon zu.

Vaegon war erleichtert und angenehm überrascht, wie das Gespräch zwischen Mikahl und Em Davow ausgegangen war. Er nahm sich einen Augenblick Zeit, um seinen Vater Mikahl vorzustellen, während sie das Lager abbauten. Es ging schnell, er nannte nur beider Namen, und sie gaben einander nach Menschenart die Hand, und das war Vaegon recht.

Hyden, der Urp den Packsattel aufschnallte, unterbrach sein Tun nur so lange, bis er Deiter, seinen Vater und Em Davow die Handfläche aufs Herz gelegt hatte.

Ehe sie aufbrachen, gab Drent Vaegon einen handtellergroßen Lederbeutel und umarmte seinen Sohn innig. Nach ein paar weiteren Abschiedsworten bestiegen die Gefährten die ruhelosen Wölfe und verschwanden im nächtlichen Wald.

Mikahl ging nicht aus dem Kopf, wie sich Vaegon und sein Vater verabschiedet hatten. Es schien, als hätten beide gewusst, dass sie einander nie wiedersehen würden oder etwas ähnlich Drastisches. Dieser Gedanke rumorte in seinen Eingeweiden noch lange, nachdem die Sonne wieder am Himmel stand.

Sie ritten rasch um die gewaltigen Baumstämme des tieferen Waldes herum, über Buschwerk und silbrige Lichtungen im Mondlicht. Bald brach der Tag an, doch den Wölfen war das gleichgültig. Sie rannten bis weit in den Nachmittag weiter, dann ließ die angesammelte Energie der letzten paar Ruhetage allmählich nach.

An einem moosgesäumten Bach voller Kiesel hielten sie an, und während die Wölfe sich die Bäuche mit dem kühlen Wasser vollschlugen, baute Vaegon einen Steinkreis für ein Kochfeuer. Unverzüglich sammelte er Reisig und zündete ihn an. Dann nahm er merkwürdigerweise einen kleinen Blechtopf aus einem Gepäckstück, das er von zu Hause mitgenommen hatte, und stellte Wasser auf.

Huffa und Urp gingen jagen, und Hyden folgte ihnen nach einer Weile durch Kralles Sicht. Er spürte den Hunger des Falklings und ließ ihn sich rings um das Lager umsehen. Sobald er sicher war, dass keine unmittelbare Gefahr drohte, durfte Kralle sich eine eigene Mahlzeit jagen.

Der Falkling war inzwischen beinahe ausgewachsen und sein Appetit erstaunlich. Kralle konnte jetzt fast einen ganzen Hasen auf einmal fressen und war nur wenige Stunden später wieder hungrig. Doch Hyden sah den Sinn darin. Kralles Spannweite war fast so groß, wie wenn Hyden die Arme ausbreitete, und wenn der Falkling neben ihm auf dem Boden stand, reichte er mit dem Kopf bis über seine Knie. Die unglaubliche Energiemenge, derer es bedurfte, durch den dichten Wald der Ewigkeit zu fliegen, machte große Mengen an Nahrung erforderlich. Wenn er mit den Riesenwölfen zwischen den Bäumen hindurchjagte, konnte er nicht auf warmen Aufwinden segeln.

»Hier.« Vaegon bot Hyden einen kleinen Blechnapf mit aromatischem Tee an.

Mikahl trank bereits aus seinem. Das Lederbeutelchen, das Drent seinem Sohn gegeben hatte, lag offen auf einem flachen Stein, und darin war eine Handvoll dunkler Blätter zu sehen – der Grundstoff für dieses Getränk, wie Hyden vermutete. Es war säuerlich, aber erfrischend. Es schien in alle Winkel und Ecken von Hydens Körper zu dringen und die Schlacken abzuführen, die sich dort im Laufe der Jahre angesammelt hatten.

Nach nur wenigen Schlucken fühlte er sich auf eine Weise entspannt, wie er es noch nie empfunden hatte: nicht müde, sondern ruhig und zufrieden.

»Ich bitte euch alle um Entschuldigung«, sagte Vaegon zu ihnen.

Seine Entschuldigung galt auch den Wölfen, auch wenn er nicht sicher war, ob sie ihn verstanden oder seine Worte überhaupt hören wollten.

»Ihr müsst verstehen – mein Volk hat Angst. Sein wilder Stolz verbietet ihm aber, das zuzugeben. Das Schwert scheint finstere Kreaturen anzuziehen, und wenn eine davon das Elfenherz fände, würde das Böse vielleicht erfahren, wo es wirklich liegt. Wüssten die Kreaturen das, wäre dies das Ende meines Volkes. Dort steht der Herzbaum, und ohne ihn können wir nicht überleben. Nie darf jemand außer uns seinen Standort kennen. Ich hoffe, ihr versteht.«

Mikahl verstand gar nichts, schwieg aber. Hyden hingegen stammte aus einem Dorf, das erbaut worden war, um vor den Königlichen und anderen Gefahren verborgen zu bleiben. Er verstand und nickte seinem Elfenfreund zu. Grrr gähnte mit eingerollter Zunge, als bedeuteten ihm Vaegons Wort absolut nichts.

Vaegon wollte gerade fortfahren, da lenkte ihn ein kaum hörbares Kreischen ab.

»Der Vogel klingt ja mal seltsam«, sagte Mikahl und lauschte neugierig in den Himmel.

»War das ein Fluch?«, fragte Hyden.

»Kann sein«, erwiderte Mikahl.

Die leise kreischende Stimme kam auf Höhe der Baumwipfel schnell auf sie zu. Was sie hörten, waren jetzt eindeutig Worte des Zornes, kein Tierschrei, doch stammten sie von einer leisen, kindlichen Stimme. Die Flüche jedoch hätten die eines betrunkenen Seemanns sein können. Plötzlich wurde der Ursprung der Stimme klar, und er war so erstaunlich wie der Klang selbst.

Kralle kam zwischen den Bäumen weiter unten am Bach hervorgeschossen und näherte sich rasch.

In den Klauen trug er eine kleine Gestalt, die den Lärm veranstaltete. Es war ein Männchen! Ein winziges Männchen!

Kralle landete, so sachte er konnte, und hielt den kleinen Kerl dann fest, die Schultern unter einer Klaue, die Beine unter der anderen. Die verblüfften Gefährten starrten den Mann an, der sich knurrend und schnaufend in Kralles Griff wand. Der Vogel war gezwungen, sporadisch mit den Flügeln zu schlagen, während das Männchen sich wand, zappelte, grunzte und fluchte.

Grrr erhob sich rasch, näherte sich dem Männchen mit der Schnauze und schnupperte an Kralles Opfer. Seine Nackenhaare richteten sich auf, und er wich fauchend zurück. Alle Gefährten hatten den gleichen Gesichtsausdruck: weit aufgerissene Augen und offener Mund, aber Hyden fasste sich und redete beruhigend auf Grrr ein. Er musste auch Wuff mit ein oder zwei Worten zurückhalten, der ebenfalls nachschauen kam. Hyden spürte, dass die Wölfe nicht so reagierten, weil sie wütend waren oder eine Gefahr witterten, sondern aus Unsicherheit.

»Oh, mächtige Pilze!«, zirpte das Männchen. »Lasst mich los, lasst mich los! Ich habe nichts getan, weswegen ich es verdienen würde, zur Kackwurst eines weißbepelzten Ungeheuers zu werden!«

Mikahl sah abwechselnd Hyden und Vaegon an. Hyden war damit beschäftigt, die Wölfe zu beruhigen, doch Vaegon sah genauso schockiert aus, wie Mikahl es war. Was dazu führte, dass Mikahl seinen Augen und Ohren nur noch weniger traute. Dies war Vaegons Heimatwald. Nichts hier sollte ihn überraschen. Das aber tat es.

»Lass ihn los!«, befahl Hyden Kralle laut.

Der gehorchte, stieg aber lediglich von dem kleinen Mann herunter und stellte sich hinter ihn, bereit, ihn wieder zu packen, sollte er einen Fluchtversuch unternehmen.

Das Männchen stand auf und klopfte sich indigniert die Hose ab. Sie war blassgrün, genau wie seine Weste. Die Kleidungsstücke schienen aus Frosch- oder vielleicht Blatteidechsenhaut zu sein. An den Füßchen trug es Ledersandalen, und Haar und Bart waren grau und sauber gestutzt.

»Wer … was bist du?«, fragte Hyden.

»Ich kümmere mich lediglich um meine eigenen Angelegenheiten!«, erwiderte der Kleine in einem wütenden Zirpen. »Warum stört so ein armseliger Haufen wie ihr hier draußen überhaupt friedliche Leute?«

»Armseliger Haufen!«, stieß Mikahl hervor und setzte sich auf. Jetzt überragte er das Männchen beträchtlich.

Das Männchen deutete zuerst auf Vaegon.

»Ein Elf, der nicht klar sieht, und ein Magier, der nicht lesen kann.«

Sein Finger war zu Hyden weitergewandert. Dann deutete er auf Mikahl.

»Was ist das denn? Ein König ohne Land!« Das Männchen hielt sich den Bauch und lachte in spöttischer Hysterie. »Armseliger Haufen ist noch viel zu nett für euch!«

»Ich sollte die Wölfe dich fressen …«, setzte Mikahl an, unterbrach sich aber abrupt, als er sah, wie das Männchen die Augen aufriss und über seinen Kopf deutete. Seine Heiterkeit war verflogen, und der Mund stand ihm in einer entsetzten Grimasse offen.

»Ein Drache!«, quiekte er. »Mächtige Pilze, nein!«

Sie alle drehten sich um und sahen direkt in die Sonne; selbst die Wölfe waren dem Fingerzeig des Männchens gefolgt.

Durch die grelle Sonne erblühten bunte Punkte vor ihren Augen. Als sie die grellen Lichtpunkte weggeblinzelt hatten, huschte das Männchen schon ins belaubte Unterholz am Saum des Waldes, dicht gefolgt von Kralle.

Mikahl musste über den schlauen Streich lachen, den ihnen das unhöfliche Männchen gespielt hatte. Vaegon hingegen war alles andere als erheitert. Hyden war zu sehr damit beschäftigt, nach Kralles Sicht zu tasten, um zu reagieren, lächelte jedoch wie ein Junge, der ein Stück Kuchen bekommen hat.

Hyden und Kralle folgten dem Männchen ein Stück weit, verloren es aber schließlich im Unterholz. Grrr bot an, der Duftspur zu folgen, doch Hyden wies den Rudelführer der Wölfe an, das Männchen in Ruhe zu lassen.

Sie sprachen den ganzen Abend über das Geschehene, als sei es eine Halluzination gewesen, ausgelöst durch Vaegons säuerlichen Tee. Der Elf versicherte ihnen, dass das Getränk nichts damit zu tun habe.

»Einer vom Feenvolk«, erklärte er.

Er sagte, mehrere Arten des sagenumwobenen kleinen Volkes lebten im Wald der Ewigkeit. Feen, Kobolde, Gnome und Pixies waren einst hier überall zu Hause gewesen. Aber er musste zugeben, dass er gerade zum ersten Mal einen Vertreter des kleinen Volkes mit eigenen Augen gesehen hatte.

Nach Sonnenuntergang ritten sie weiter, und so hielten sie es auch in den folgenden Tagen. Die Wölfe jagten abwechselnd, und Vaegon übernahm die Rolle des Lagerkochs.

Hyden verbrachte seine freie Zeit mit dem Versuch, aus den Buchstaben schlau zu werden, die ihn Vaegon lehrte. Mikahls tägliches Ritual sah so aus, dass er jeden Abend nach dem Aufwachen und vor ihrem Aufbruch ein anstrengendes Übungsprogramm absolvierte.

Am vierten Tag erreichten sie etwas, das sie zunächst nur für eine große Lichtung oder eine Schneise im Wald hielten. Doch zu ihrer großen Überraschung endet hier der Wald der Ewigkeit. Jenseits des Waldessaums erstreckte sich sanftes Hügelland. Ein smaragdgrünes Meer aus grasbewachsenen runden Hügeln, hier und da durchsetzt von kleinen Pappel- und Eichenhainen, bot sich ihren Blicken. Eine Herde braun-weißer Tiere graste an einer umzäunten Hügelflanke im Südwesten, und in noch weiterer Ferne erhob sich eine graue Rauchwolke über einer kleinen Stadt oder zumindest einer große Ansammlung von Gebäuden. Genau ließ es sich auf diese Entfernung nicht sagen.

Zu ihrer Linken wurden die Hügel steiler, und zwischen den größeren Baumgruppen sahen sie grauweiße Steine aufragen. Weiter im Osten legte der Wald der Ewigkeit seine dichte Fülle um den Fuß einer kleinen Gebirgskette, deren Gipfel nur ganz leicht mit Schnee bedeckt waren.

Angesichts der Tatsache, dass die Nacht und damit ihre Reisezeit fast vorüber war, zogen sie sich ein gutes Stück in den Wald zurück und schlugen ein Lager auf.

Der Falkling schwang sich in den Himmel über dem Waldrand, und Hyden sah durch Kralles Augen. Die Aussicht auf eine richtige Stadt fand Hyden ungeheuer aufregend, und er drängte den Falkling, sich zuerst im Südwesten umzuschauen, wo die Rauchwolke aufgestiegen war.

Kralle gewann an Höhe, und Hyden erblickte gar nicht weit südlich von ihrem Lager etwas, das er für eine Straße hielt. Sie führte in Kurven, die den Tälern folgten und sich von den größeren Hügeln fernhielten, in ostwestlicher Richtung, war breit und war offenbar sehr belebt. Ein gutes Stück im Osten entfernte sich die Staubwolke eines Wagenzugs, doch für Hyden sahen die Fuhrwerke aus wie Käfer, die über ein moosbewachsenes Bachbett kriechen.

Während Kralle sich der Stadt näherte, sah Hyden eine weitere Wagenkolonne. Reiter galoppierten um sie herum, und sie verließen gerade einen Palisadenzaun aus rohen Brettern, der das Zentrum der Ansiedlung umgab. Außerhalb des Zaunes standen ein paar Gebäude, manche umgeben von Getreidefeldern, andere von großen umzäunten Tierpferchen. Innerhalb der Palisade drängten sich Dächer und kleinere Höfe dicht aneinander, einige größer als andere, aber viel enger beieinander, als Hyden erwartet hatte.

Die Straße führte durch den Ort und auf der Westseite wieder hinaus. Sie verlief direkt ostwärts in einen Ausläufer des Waldes der Ewigkeit, der die Ufer eines südwärts fließenden Flusses säumte. Am Fluss teilte sich die Straße: Ein Weg verlief über eine kleine hölzerne Wagenbrücke über den bescheidenen Wasserlauf, der andere folgte dem Lauf des Gewässers südwärts. Beide Straßen waren unbenutzt, so weit des Falklings Augen reichten.

Kralle stieß herab und kreiste über der Stadt. Sie war fast verlassen, und mehrere Gebäude innerhalb der Palisade brannten. Von einigen standen nur noch geschwärzte Gerippe. Als sich Kralle wieder ostwärts wandte, sah Hyden, dass der Wagenzug, der durch die Tore fuhr, von bewaffneten Soldaten in Rüstung umgeben war. Ihre Banner waren weiß und zeigten das Wappen Hochvags, eine schwarze Klinge. Hyden erschauerte. Dies waren die Männer Willas, der Hexenkönigin. Hyden bemerkte aber, dass die Frauen und Kinder, die in den Wagen fuhren, offenbar keine Angst vor den Schwarzklingen hatten. Es war deutlich, dass die Soldaten ihnen Geleitschutz gaben. Hyden fragte sich, wovor sie die Menschen schützen wollten. Kralle kreiste wieder höher und ritt auf den Aufwinden, die die brennenden Gebäude der Stadt hervorriefen. Augenblicke später war er in den Wolken und schwebte zurück zum Lager, bloß ein winziger Fleck am Himmel über der Straße.

Hyden war enttäuscht. Er hatte sich darauf gefreut zu sehen, wie so viele innerhalb einer Stadtmauer zusammengepferchte Menschen miteinander umgingen. Doch in der Stadt hatte er nur ein paar Dutzend Männer gesehen, die einige Wagen beluden, und eine Handvoll Hühner und Enten, die frei auf den leeren Straßen herumrannten. Er beschloss, noch nicht aufzugeben, sondern der Straße noch ein Stück weit ostwärts zu folgen, statt schon wieder zum Lager zurückzukehren. Bald war er froh über diese Entscheidung, denn der Anblick dort war noch erstaunlicher als das Feenmännlein.

In einem grünen Tal am Fuße der östlichen Berge befand sich eine gewaltige Ansammlung von Gebäuden und Leben. Von Hydens Aussichtspunkt hoch in der Luft sah die Stadt fast aus wie eine Zielscheibe. Die Mitte bildete eine Ansammlung weißer Steingebäude und Türme mit glänzenden, funkelnden Dächern. Vor dem Hauptgebäude lag ein tief saphirblauer See, in dessen Mitte eine Fontäne emporschoss. Mehrere Mauern umgaben dieses zentrale Schmuckstück. Die innerste war breit genug, dass ein Wagen auf der Krone fahren konnte, und die höhere Außenwand war mindestens so breit wie mehrere der

Straßen, die zu den verschiedenen Toren führten. Zwischen den Mauern befanden sich braune, rote und graue Quadrate und Rechtecke, die übersät waren mit geschäftigen Menschen. Für Hyden sahen sie aus wie wimmelnde Ameisen in einem Ameisenhaufen.

Von Süden führten drei weitere Straßen in die Ringmauern wie die Speichen eines Wagenrads. Hyden drängte Kralle, zur Stadt hinabzustoßen und sie genauer in Augenschein zu nehmen, doch etwas Großes, Dunkles glitt unter ihnen hindurch. Es war fledermausartig und gut und gern doppelt so groß wie die Höllenkatze, mit der sie es im Gebirge zu tun gehabt hatten. Zum Glück schienen weder die dunkle Bestie noch ihr Reiter mit dem gehörnten Helm den winzigen Falkling zu bemerken, der über ihnen dahinglitt.

Das Ding war von einer heißen und widerwärtigen Aura umgeben und verströmte ungehemmte Bösartigkeit. Schlimmer noch: Es war nach Nordwesten unterwegs, direkt aufs Lager zu. Hyden hielt sich eine Weile oberhalb des Wesens, nur um sich zu vergewissern. Als er keine Zweifel mehr hatte, löste er sich aus dem Falkling, und obschon ein massives Angstgefühl ihn zu überwältigen drohte, warnte er die anderen. Das Ding hatte es auf Mikahls Schwert abgesehen.

»Macht euch zum Kampf bereit!«, sagte er scharf, während er auf den Gepäckstapel zuging, den Urp getragen hatte. »Etwas Großes, Böses kommt auf uns zu.«

Er beschrieb die Kreatur und ihren Reiter, während er die Sehne auf seinen Elfenlangbogen legte.

Grrr erhob sich und schritt nervös auf und ab. Die anderen Wölfe beobachteten ihn und warteten mit wachsamem Blick, gespitzten Ohren und sprungbereit auf seinen Befehl.

Vaegon zog einen schmalen Beutel hervor und kippte den Inhalt vor sich auf den Boden. Drei armlange Stäbe aus kunstvoll geschnitztem Holz und eine gekrümmte und gezackte Klinge fielen heraus. Im Handumdrehen hatte er sie zu einem pikenartigen Klingenstab zusammengesetzt, der ihn um einen

Kopf überragte. Er machte ein paar Stöße damit, um zu erproben, wie gut er ausgewogen war.

»Ich bin bereit!«, sagte er zufrieden.

Mikahl fasste über die Schulter und ergriff Eisendorns Heft. Er wollte es nicht ziehen und durch seine Magie ihren Standort verraten. Für den Augenblick genügte das Wissen, dass es da war.

»Dann los«, sagte er rau und dachte an die brutale Botschaft, die er übermittelt hatte, als er die Höllenkatze verstümmelt hatte, statt sie zu töten.

Er stellte sich König Balton auf dem Sterbebett vor, völlig verschwitzt und atemlos. Dann Lord Gregory, auf dem Boden ausgestreckt, der blutige Leib so geschwollen, dass er kaum noch als Mensch zu erkennen war. Schließlich schob sich das schmerzvolle Bild Loudins vom Reyhall in den Vordergrund. Die Eingeweide seines Freundes hingen in den Bäumen, während er sich an das Schwert klammerte und der letzte Rest Leben aus ihm wich.

Mikahl schäumte vor Wut und Vorfreude. Er empfand in diesem Augenblick nicht einmal annähernd so etwas wie Furcht. Er brannte darauf, sich dem zu stellen, was da auch immer kam. Mit Zähnen, die so fest zusammengebissen waren wie ein geschlossener Schraubstock, wiederholte er: »Dann los!«

KAPITEL 45

DREEN, DIE HAUPTSTADT DES KÖNIGREICHS Thalheim, wurde wegen der Farbe ihrer in der Sonne gebrannten Ziegelsteine, aus denen die bemerkenswerte lange Stadtmauer bestand, manchmal als die Rote Stadt bezeichnet. Ihr schlichtes Schloss und die meisten anderen Gebäude bestanden aus dem gleichen leicht zu beschaffenden Material. Sie lag in einer trockenen, aber grünen Ebene gerade oberhalb des Vorgebirges östlich der Wilderberge.

König Broderick, der Thalheim gegenwärtig regierte, hatte die Warnung, dass die Armee Westlands durch die Berge auf seine Hauptstadt zumarschierte, erst wenige Tage vor ihrer vorausgesagten Ankunft erhalten. Er hatte diese Tage genutzt, um die Stadt zur Verteidigung vorzubereiten und die Reichtümer Thalheims hinter die schützenden Mauern bringen zu lassen. Die Pferdeherden waren der Stolz und die wichtigste Handelsware des Königreichs. Ihnen durfte um keinen Preis etwas geschehen.

Die Mauer umschloss die gesamte Stadt. Sie war mit ihren dreißig Fuß höher als jedes Gebäude, abgesehen von den Zwillingstürmen des schlichten Königspalasts. Die Stadt selbst war so ausladend, dass die Patrouille eine ganze Schicht dafür benötigte, um sie einmal oben auf der Mauer zu umrunden.

Vieles war zu verteidigen. Im Gegensatz zu den meisten Städten waren die Grundstücke offen und nur locker bebaut. Beinahe jedes Gebäude, sei es eine Taverne, ein Handelshaus, Warenlager oder Wohnhaus, besaß einen umzäunten Viehhof mitsamt Ställen und Trögen. Einige hatten sogar geräumige, magisch befestigte Flächen zum Grasen, die größer waren als das gewöhnliche Weidegrundstück einer Familie und das ganze Jahr über grünten.

Selbst mit all den Menschen und Tieren, die in die Stadt zogen, erweckte Dreen nicht den Anschein eines Ortes, der kurz davor stand, angegriffen oder belagert zu werden. Die Atmosphäre und die Haltung der Menschen ließen eher an einen normalen Markttag oder ein kleineres Fest denken. Niemand hatte auch nur eine Vorstellung davon, was auf ihn zukam.

Das königliche Schloss selbst war nur ein dreistöckiges Rechteck mit zwei zinnenbewehrten Türmen, die sich darüber erhoben. Die Wehrmauer des Schlosses glich eher einem hohen Zaun, der die königliche Herde beisammen- und nicht andere fernhalten sollte. Das war in Thalheim schon immer so gewesen: Rettet die Pferde und lasst den Feind die Stadt dem Erdboden gleichmachen. In den Vorhügeln gab es genug von dem leicht zu bearbeitenden roten Ton, um die Stadt hundert Mal wiederaufzubauen. In diesem Sinne fing König Broderick, der erst einen Monat zuvor die bessere Hälfte seiner Männer gegen Hochvag gesandt hatte, die besten Tiere seiner persönlichen Herde ein, um mit ihnen nach Süden zu fliehen.

Wenn die Westländer die Stadt einnehmen wollten – sei's drum. Er würde nie vor dem jungen König Glendar das Knie beugen, und deshalb würde Thalheim niemals wirklich an den Westen fallen. Schon waren Reiter losgaloppiert, um die Truppen zurückzurufen, die er nach Hochvag entsandt hatte. Er hatte auch Reiter nach Meerend geschickt, um seine Base, Königin Rachel, zu bitten, statt mit ihren Männern nach Hochvag zu marschieren, Dreen zu unterstützen. Sie würde ihn nicht im Stich lassen, schließlich waren sie blutsverwandt. Da König Brodericks Frau gestorben war, ehe sie ihm einen Erben geboren hatte, würde Prinzessin Rosa, Königin Rachels Tochter, seinen Thron ebenso erben wie den ihrer Mutter. Solange er nicht wieder heiratete, würde ihm Königin Rachel keinen Wunsch abschlagen. Außerdem lag es sowieso in ihrem Interesse, die Rote Stadt nicht in die Hände Westlands fallen zu lassen.

König Broderick vertraute darauf, dass König Glendar nicht damit rechnen würde, dass eine Streitmacht von fast zehntausend Thalheimern und Meerendern so schnell über ihn herfallen könnte. Glendars Armee würde ins Gebirge gejagt und dann zurück bis nach Westland gescheucht werden.

Die Westländer Armee war zu klein, um viel mehr als die Rote Stadt zu besetzen, sagte sich König Broderick. Thalheim war viel zu groß. Von Dreen waren es fast dreihundert Meilen nach Süden bis zur Küste und etwas mehr als hundert Meilen nach Osten bis zur Grenze nach Meerend. Wenn Glendar durch Zufall in Dreen Fuß fassen konnte, würde es nur ein paar Tage dauern, bis König Brodericks Streitkräfte aus dem Süden eintrafen und die Invasoren belagerten. Sollten die Gerüchte aus Dakahn und Ultura zutreffen, sollten eine Million Echsen und eine auf einem Drachen reitende Hexe sich aus dem Sumpf erhoben und Westland überfallen haben, dann konnte sich der törichte junge König des Westens einen langen Aufenthalt in Thalheim nicht leisten.

Alles in allem, befand König Broderick, konnte er die Verteidigung Dreens aus der Ferne besser leiten. In Wirklichkeit gab es kaum jemanden, der so feige war wie er. Er hatte Angst um sein Leben. Neben den Gerüchten über Westlands neue Drachenkönigin hörte er auch Geschichten über die zerstörerische Kraft, die der Magier Pael in Wildermont zur Schau gestellt hatte. Er hatte keinerlei Interesse daran, sich hier in so etwas verwickeln zu lassen. Also brachen in der Morgendämmerung des Tages, an dem seine Späher den Besuch der Löwenhorden erwarteten, er und ein Dutzend Wächter zusammen mit zwei Dutzend handverlesener Pferde aus der königlichen Herde südwärts nach Stroud auf.

***

Pael stand allein auf einem Hügelkamm und sah aus der Ferne auf Dreen hinab. Der Wind bauschte seine schwarze

Seidenrobe und drohte ihm die Kapuze vom Kopf zu fegen. Die Goldstickerei an den Trompetenärmeln und am Kragen seines Gewands glitzerte in der Morgensonne. Weit links unter ihm führte Lord Brach eine lange Schlange von rund achttausend Mann aus dem Gebirge auf die unbedeutende rote Mauer zu. Innerhalb der Mauern sah Pael die Thalheimer Soldaten umherwimmeln wie Maden auf altem Fleisch. Dass Lord Brachs Schlange nicht ausschwärmte und auch nicht auf eines der Tore zumarschierte, verwirrte sie. Pael wünschte sich, Xwarda statt Dreen unter sich zu haben, und zwar so sehr, dass er nur rein mechanisch handelte und nicht ganz bei der Sache war. Die manische Freude, die er bei der Zerstörung Schlossbergs empfunden hatte, fehlte an diesem Tag; die Begeisterung über die rohe, dämonische Kraft, die er besaß, schien vergessen.

Gleich würde er die Mauer für Lord Brachs Männer aufbrechen, damit sich die hungrige Schlange an den Maden laben konnte, aber jetzt formte Shokin in seinem Kopf eine Idee. Da bedauerte er, dass er Schimmer und die erkrankten Männer so weit nach Süden übers Meer geschickt hatte, aber nur für einen Augenblick. Als sich die Idee zu ihrer vollen Pracht entfaltete, lachte er laut, denn die drei Schiffe voller Männer und der Wichtelkönig, der sie führte, bedeuteten plötzlich nichts mehr.

Ihm war nämlich gerade eine neue Vorgehensweise eingefallen, die ihn nicht zwingen würde, hier in Dreen zu überwintern. Wenn sie funktionierte, konnte er Xwarda einnehmen und die Macht des Hütersteins an sich reißen, lange bevor der erste Schnee fiel. Er würde Xwarda in wenigen Tagen angreifen können, nicht erst in Monaten.

Als er sich hinunter vor die Ziegelmauer teleportierte, konnte er ein weiteres Lachen nicht unterdrücken. Diesmal war ihm die manische Heiterkeit deutlich am Gesicht abzulesen.

Es war eine wunderbare Idee. Er würde schnell handeln müssen, um sie in die Tat umzusetzen, aber dazu war er imstande. Dieses Wissen verschaffte ihm ein Gefühl der Dringlichkeit. Es würde doch noch ein großartiger Tag werden. Pael schwelgte in seiner guten Laune und den Möglichkeiten, die der bevorstehende Tag noch bringen mochte, während er einen sengend heißen Energiestrahl in die Mauer jagte.

Er schlug eine gewaltige Bresche, breit genug, dass ein halbes Dutzend Wagen problemlos nebeneinander fahren könnten. Die Wucht des Einschlags und der Schutt, den er in die Stadt schleuderte, schlugen eine Schneise des Chaos und des Todes bis tief in die von Flüchtlingen verstopften Straßen. Lord Brach und seine mäandernde Menschenschlange stürmten hindurch, und der Kampf begann.

Pael hätte die Thalheimer Soldaten und große Teile der übervölkerten Stadt selbst vernichten können, aber er unterließ es. Stattdessen wirkte er einen anderen Zauber, und zwar nicht nur auf die Thalheimer, sondern auch auf die Westländer. Der zweite Zauber, ein alter Lieblingsspruch der Nekromantenpriester von Kraw, war derselbe, den er jüngst in seiner singulären Form verwendet hatte, um Roark wiederzubeleben. Pael wollte, dass diese Schlacht dauerte. Je mehr Tote, desto besser. Nach der langen, mächtigen Wiederbelebungsanrufung war er von seinem Zauber erschöpft, doch er verwendete den letzten Rest seiner Energie, um sich wieder hinauf zu seinem Aussichtspunkt zu teleportieren. Von dort beobachtete er die Schlacht, während er die Einzelheiten seiner neuen Idee ausarbeitete.

Sobald Lord Brach die ersten paar Hundert seiner Männer durch die Bresche geführt hatte, rissen die Thalheimer ein nahe gelegenes Tor auf und machten einen Ausfall. Das war sinnvoll. Es hätte nichts gebracht, die Tore verriegelt zu halten, wenn direkt nebenan ein riesiges Loch in die Stadt hineinführte.

In einem blitzenden Zusammenprall von Rüstung und Stahl traf Kavallerie auf Kavallerie. Die rot-gelb karierten Thalheimer Banner flatterten stolz im Wind. Der schwarze Schild darauf war eine ständige Erinnerung daran, die Pferdeherden zu verteidigen. Der goldene Löwe auf seinem grünen Feld brüllte und richtete sich vor ihnen auf, während die Westländer unerbittlich vorwärtsdrängten.

Ein Kavallerietrupp löste sich aus dem mittleren Bereich des Westländer Heerzugs. Die Reiter galoppierten einem Trupp Thalheimer entgegen, der aus einem Tor an einer anderen Stelle der Mauer gekommen war. Die Thalheimer attackierten die Westländer Flanke. Der Zusammenprall von Männern, Tieren und scharfem Stahl ereignete sich in gestrecktem Galopp, und es war ein Übelkeit serregender Lärm. Männer und Pferde schrien, als sie in Stücke gehackt, zusammengeschlagen und in der heftigen Explosion von Naturkräften zermalmt wurden.

Pfeile erfüllten die Luft wie vom Wind gepeitschter Regen. Die Thalheimer Bogenschützen auf den Mauern nutzten den Vorteil, den sie gegenüber den unter ihnen Kämpfenden hatten, voll aus. Lord Brach befahl seinen Bogenschützen, sie zu beschießen, um den Männern, die in die Stadt einzudringen versuchten, Deckung zu geben. Andere Bogenschützentruppen wies er an, die offenen Tore mit fliegendem Tod zu erfüllen. Die Reihen der Pikeniere und der unausgebildeten Kämpfer erhielten den Befehl, die Breschen auszufüllen und hindurchzugelangen, wie auch immer sie es anstellen wollten. Nicht lange, und die Schlacht tobte zu beiden Seiten der Mauer.

Innerhalb der Mauer drangen die Westländer in die Menge der Thalheimer vor. Jeden Zoll Bodengewinn mussten sie mit Blut erkaufen. Dann wurde ein Mann wahnsinnig und hackte wild auf eine Gruppe von Menschen ein, wobei er Unschuldige fällte. Vom Dach eines Gebäudes aus ließ ein Magier in einer braunen Robe Feuer auf die Invasoren herabregnen. Brennend wanden sich die Männer am Boden. Sofort rückten andere nach.

Draußen zerbrach die schiere Anzahl der Thalheimer, die aus den anderen offenen Toren hervordrängten, die Überreste der Schlangenformation Westlands, und es bildeten sich kleine Gruppen wild kämpfender Männer. Ein großes Scharmützel entstand etwa tausend Schritt vor der Mauer. Thalheimer Reiter mit langen Tjostenlanzen galoppierten in die bunt gemischten Infanteristen hinein. Sie spießten Westländer auf und zogen sich dann nach Gutdünken zurück. Wegen der Länge ihrer Waffen konnten sie sich außerhalb der Reichweite der Waffen ihrer Opfer halten, und ihre überlegenen Streitrösser waren schnell, gut ausgebildet und kannten ihre Pflicht genau. Die meisten Westländer Bogenschützen waren nach vorn befohlen worden, um das Eindringen in die Stadt zu unterstützen, doch ein paar Schwadronen waren zurückgeblieben und gaben ihr Bestes, um den Angriff der furchtlosen Thalheimer Lanzenträger aufzuhalten.

Das Tor unmittelbar bei der Bresche war mit Leichen verstopft. Die Westländer Bogenschützen hatten dort hervorragende Arbeit geleistet. Es war inzwischen fast unmöglich, ein Pferd durch die Öffnung zu bekommen, und die dort festsitzenden Thalheimer Reiter fielen scharenweise den Westländer Infanteristen zum Opfer, die in die Bresche gestürmt waren.

Der Thalheimer Magus in der braunen Robe hatte Gesellschaft von einem weiteren bekommen, und gemeinsam schufen sie mehrere Scheiterhaufen aus rauchendem Westländer Fleisch. Sie waren so effektiv darin geworden, dass Pael sich zum Eingreifen entschloss. Er wollte nicht, dass alle Leichen verbrannt und unbrauchbar gemacht wurden. Er brauchte sie noch.

Unter einem knisternden Knall erschien Pael mitten unter den Thalheimer Bogenschützen auf den Zinnen. Unter den Westländern, die ihn sahen, erhob sich Jubel. Gerüchte über Paels Macht hatten Lord Brachs Armee auf dem Weg durchs Gebirge begleitet. Diejenigen, die Zeugen der Schleifung Schlossbergs gewesen waren, hatten Pael zum Helden jener Schlacht gemacht.

Ohne sich um die Bogenschützen zu kümmern, die Pfeil um Pfeil auf ihn abschossen, blickte Pael hinaus auf die etwa zweihundert Schritt weit entfernten Magier. Pfeile zerbarsten, als sie das unsichtbare Energiefeld trafen, das den Dämonenmagier umgab. Einige prallten lediglich ab und fuhren in die Gruppen von Männern hinter Pael, andere glitten einfach durch ihn hindurch. Jedenfalls interessierten sie Pael nicht, denn sie konnten kein Fleisch treffen.

Mit einer Handbewegung und einem gemurmelten Wort wies er der Reihe nach auf die beiden Magier. Sekunden später brachen ihnen zu Füßen grüne Flammen aus und züngelten langsam empor, bis ein weißglühendes Inferno beide Männer einhüllte. Wenige Augenblicke später erlosch das Feuer wieder, und geblieben waren nur ein Aschewirbel und Rauch, der sich auflöste.

So schnell Pael gekommen war, so schnell war er auch wieder verschwunden. Da die Magier ihr nicht mehr im Weg standen, ergoss sich die Sturmflut der Westländer in die Stadt. Ein Strom von fast zweitausend blutrünstigen Männern ritt oder stürmte heran und warf sich ungehindert auf die Zivilbevölkerung.

Nachdem Pael wieder auf dem Hügelkamm aufgetaucht war, beobachtete er die Schlacht unten. Nicht die Logistik der Formationen und das Chaos, das sie bedrohte, und auch nicht die Art, wie die Soldaten kämpften. Pael sah sich an, wie sie starben. Die Idee von vorhin hatte gerade auf äußerst angenehme Art konkretere Gestalt angenommen.

Er legte einen Schutzzauber um sich, setzte sich, lehnte sich gegen einen Felsblock und döste ein, während die Schlacht den gesamten Nachmittag weiter tobte.

Der Massenwiederbelebungszauber, den er zuvor gewirkt hatte, hatte ihn stärker erschöpft als erwartet. Er war ausgepumpt und brauchte Ruhe. Im Schlaf warfen die Dämonenträume Shokins ein noch genaueres Licht auf den sich entwickelnden Plan. Als er kurz vor Sonnenuntergang erwachte, taufrisch und ausgeruht, interessierte ihn die noch immer tobende Schlacht nicht mehr. Er brauchte ein Buch, das daheim in seiner Turmbibliothek stand. Doch ehe er dorthin gelangen konnte, musste er dafür sorgen, dass Lord Brach genau wusste, was er zu tun hatte, wenn diese Schlacht vorüber war.

Der plötzliche Schock und die Angst in den Gesichtern der Männer, denen Lord Brach Befehle gab, sowie der Geruch heißen Ozons, der ihm in die Nase stieg, verrieten ihm, dass Pael gerade hinter ihm aufgetaucht war.

Ohne mit der Wimper zu zucken oder die Angst und das Unwohlsein zu zeigen, die der Magier in ihm hervorrief, entließ er die Männer und wandte sich der größten Waffe seines Königreichs zu.

Brach war kein Narr. Er wusste, dass Pael die treibende Kraft hinter König Glendar und der Eroberung der östlichen Königreiche war. Das missfiel ihm, aber er war viel zu klug, um sich dagegenzustellen; es spielte ohnedies keine Rolle. Der Schock von Paels Berührung an seiner Schulter brachte nicht nur seine Zähne zum Klappern, er tötete ihn auf der Stelle.

Der Magier fing ihn auf, als er zusammenbrach, und flüsterte der Leiche die Worte eines Zaubers ins Ohr, obwohl es eigentlich gar nicht nötig gewesen wäre.

Pael hatte nicht die Geduld, bis zum Morgenrot zu warten, auch wenn dann der Massenwiederbelebungszauber Wirkung zeigen würde. Zunächst benommen, dann zunehmend kräftiger werdend, kam Lord Brach wieder zu sich. Wo gerade noch der winzige weiße Schimmer des Lebens in seinen Augen gewesen war, zeigte sich jetzt eine Glut, ein roter Funke des Bösen.

Sobald Pael davongehuscht war, befahl Brach all seinen Männern, die Bresche zu stürmen. Es war ein Befehl, von dem die Hauptleute nichts hielten, aber keiner von ihnen stellte ihren Befehlshaber infrage. Während sie sich formierten und eindrangen, blieben diejenigen, die die ganze Zeit schon darauf gewartet hatten, hineinzugelangen, ohne Deckung zurück. Den Thalheimer Pikenieren vor der Mauer blieb es überlassen, sie nach Belieben aufzuspießen.

Lange nach Sonnenuntergang, als die letzten Westländer in die Stadt gelangt waren, stellten die Thalheimer fest, dass sie ihnen bloß nach drinnen folgen konnten, mehr nicht. Dort bot sich ihnen ein seltsamer Anblick. Während sich auf den Straßen der Stadt Kampf um Kampf abspielte, schleiften Gruppen von Westländern auf Befehl ihres Kommandanten die Leichen der Opfer beider Seiten zurück in die Gebäude und Gassen, wie um sie zu beschützen.

Die Thalheimer Kämpfer hielten nicht inne, um sich zu fragen, was da geschah, weil sie noch immer beträchtlich in der Minderzahl waren. Sie konnten mit knapper Not am Leben bleiben und verhindern, dass die Westländer noch tiefer in die Stadt eindrangen, wo sich die meisten Unschuldigen und die Pferdeherden befanden.

Schließlich fanden die Westländer einige der Pferche, in denen man die kostbaren Tiere bewachte. Lord Brach befahl, alle Pferde zu töten, und mehrere weitere Gruppen seiner Männer lösten sich von der Hauptstreitmacht und machten sich daran, sie mit brutaler Effizienz abzustechen.

Die Welle der Empörung, die dieses Vorgehen in den Reihen der Thalheimer auslöste, führte unmittelbar vor Sonnenaufgang zu einem Wiederaufflammen ihres Widerstands. Doch als sich die Sonne endlich über den Horizont erhob, erstarben die Kampfgeräusche und wichen Rufen und Schreien tiefsten Entsetzens. Die Schlacht flammte wieder auf, aber diesmal hieß es nicht Westländer gegen Thalheimer. Es hieß Tote gegen Lebende. Die Leichen erhoben sich und griffen mit Feuereifer diejenigen an, die noch lebten.

Tote Pferde rasten durch die Straßen, und Soldaten mit schweren Wunden hinkten oder krochen mit entschlossenem Gesichtsausdruck vorwärts. Alle versuchten, die Lebenden zu töten oder zu verstümmeln. Nicht lange, und in der Roten Stadt Dreen fand man nur noch Tote und Untote, die sich alle formierten und den Befehlen Lord Brachs folgten, sich auf den langen Marsch nach Xwarda zu begeben.

Ein paar Männer kamen lebendig aus Dreen heraus. Einer davon war König Jarreks Eliterotwolfgardist Brady Düker. Der Sohn Marschall Dükers, der seinen roten Plattenpanzer wie ein Leichentuch trug, hatte König Broderick vor der Ankunft der Westländer Streitkräfte gewarnt und war dann pflichtbewusst geblieben, um ihm seinen Schwertarm zu leihen.

Er kämpfte die ganze Nacht an der Seite der Thalheimer Soldaten, aber als das Morgenrot kam und die Toten sich erhoben, hieß es jeder für sich. Er kämpfte wie ein in die Enge getriebenes Tier und konnte sich schließlich von dem heranrückenden Tod und der wilden Nekromantie befreien, die innerhalb der Mauern Dreens tobten. Er war mit eigenen Augen Zeuge des Erwachens der Toten geworden und floh nun entsetzt vor ihnen nach Osten, so schnell sein noch lebendes Pferd ihn tragen konnte.

Die Vorstellung, dass die Streitmacht des Bösen, die sein Heimatland verwüstet hatte, noch stärker geworden sein könnte, wollte nicht in seinen Kopf, aber genauso war es. Diese Soldaten konnte man nicht töten, denn sie waren schon tot. Sie würden wahrscheinlich weder ausruhen noch essen müssen, sondern hirnlos weiterkämpfen, während Pfeile und Stahl ihr lebloses Fleisch zerfetzten. Schlimmer noch war, dass ihr nächstes Ziel Xwarda war.

Das Wissen, dass König Jarrek sich dorthin um Hilfe gewandt hatte, war für Brady Grund genug, sich ebenfalls dorthin zu begeben und das Land zu warnen. Er würde einfach alle warnen, die er unterwegs traf. Sosehr er auch seinen Stahl gegen die Untoten einsetzen wollte, er begriff, dass es vergebens gewesen wäre. Er musste Xwarda erreichen und Zeugnis von den wahnsinnigen Ausmaßen des Bösen ablegen, das ihm folgte. Er hoffte nur, dass er seinen Vorsprung gegenüber der Armee der Untoten würde wahren können und dass man ihn aufgrund seiner Geschichte nicht für wahnsinnig halten würde, selbst wenn er Xwarda rechtzeitig erreichte.

KAPITEL 46

»WIE WEIT IST ES WEG, HYDEN FALK?«, FRAGTE Vaegon.

»Nicht sehr weit«, antwortete Hyden grimmig.

Grrr sträubte die Nackenhaare, und er raste ins Dickicht des Waldes am Nordrand ihres Lagers. Er knurrte, dann brach er in wildes Gebell aus. Die anderen Wölfe zögerten nicht, an seine Seite zu eilen.

»Jemand – nein – eine Anzahl von Leuten nähert sich«, formulierte Hyden die Gefühle, die Grrrs Warnung ihm und dem Wolfsrudel übermittelte.

Er hatte kaum ausgesprochen, da drangen die Geräusche klirrenden Zaumzeugs und das ängstliche Wiehern eines Pferdes an seine Ohren. Seltsamerweise hörte Hyden, dass aus Grrrs Knurren ein verwirrten Winseln wurde, ehe es ganz verstummte.

Zwei Reiter kamen selbstbewusst zwischen den Bäumen hervor. Hinter ihnen war ein weiterer, dem wiederum zwei folgten. Inzwischen war das Lager so voll, dass die letzten beiden Männer ihre Pferde mehr zwischen den Bäumen als auf der Lichtung verhalten mussten.

Die Person in der Mitte war eine Frau. Sie trug ein schimmerndes Kettenhemd und um die Hüfte einen breiten, stahlbeschlagenen Gürtel, aber keinen Helm. Der hing an ihrem Sattelknauf. Ihr Haar war zu einem dicken, blonden Zopf geflochten, der ihr über die Schulter hing und über ihrem Busen endete. Sie war nicht mehr jung, aber auch noch alles andere als alt. Es war schwer zu sagen, aber wahrscheinlich war sie unter der ganzen Rüstung ziemlich wohlgeformt – zumindest nahm Hyden das an. Ihr hellhäutiges Gesicht war wahrscheinlich auch hübsch, aber der finstere Gesichtsausdruck mit den zusammengezogenen Brauen verbarg es. Wie sie da so auf ihrem grauen Pferd mit der elegant geschnittenen Mähne und dem noch eleganteren Sattel und Zaumzeug saß, führte sie offenbar den Befehl.

Ihre vier Begleiter wirkten hart. Die beiden vorderen trugen Umhänge und darunter identische lederne Waldläuferkleidung ganz in Grau-, Braun- und Grüntönen. Ihre Bögen waren gespannt. Einer hatte einen Pfeil auf Vaegon gerichtet. Der des anderen zielte auf Hydens Herz.

Die beiden Männer hinter der Frau waren so gut gerüstet wie sie, doch war ihre Rüstung in weit schlechterem Zustand, als wäre sie mehrfach im Feld eingesetzt gewesen. Sie trugen ihre Helme mit offenen Visieren, und obwohl sie eng beieinander standen, waren sich beide offenbar gewiss, ihre gezogenen Klingen dennoch effektiv einsetzen zu können.

Abgesehen davon, dass er die Kreatur mit den dunklen Schwingen, die er gerade durch Kralles Augen gesehen hatte, mit aller Macht nahen fühlte, war Hyden sich der Tatsache bewusst, dass von den Wölfen weit und breit nichts zu sehen und zu hören war.

»Wo sind meine weißbepelzten Freunde?«, fragte er scharf. Auch er hatte seinen Bogen gespannt und hielt ihn so ruhig wie die anderen Männer, doch sein Pfeil zielte auf das Herz der Frau.

Sie sagte ein Wort in einer fremden Sprache und schnippte mit den Fingern. Sofort setzte Grrrs verwirrtes Winseln wieder ein. Dann sprangen die Wölfe zurück ins Lager, bauten sich vor den Eindringlingen auf und knurrten sie wild an. An dem großen Abstand, den Grrr von ihnen hielt, war deutlich abzulesen, dass er Vorsicht walten ließ. Seine Haltung übermittelte den anderen Wölfen seine Gefühle. Mehr als einmal sah er zu Hyden hinüber, als erwarte er Anweisungen.

»Ihr habt euch einen schlechten Zeitpunkt ausgesucht, um uns zu besuchen, meine Dame«, sagte Mikahl mit höflicher

Dringlichkeit. Sein Gesicht war eine Studie in widerstreitenden Gefühlen. »Eine finstere, tödliche Bestie ist auf dem Weg zu unserem Lager, während wir hier miteinander sprechen.«

»Ein Trick!«, bellte einer der Ledergekleideten in der ersten Reihe.

»Das sieht den kleinen Arschlöchern ähnlich«, stimmte der andere zu.

»Ruhe, Waldläufer!«, befahl die Dame. Dann sagte sie im selben fordernden Tonfall zu Mikahl: »Warum seid ihr hier? Es ist dumm, sich in ein Königreich zu schleichen, das gerade angegriffen wird. Willa, die Hexe, wird von eurem Eindringen nicht erbaut sein. Ihr seht nicht aus wie Thalheimer, auch nicht wie Meerender, und ihr reist mit Wölfen und einem Elfen. Auf wessen Seite steht ihr?«

Sie wandte sich Vaegon zu und fragte: »Was gehen dich Angelegenheiten dieser Menschen an?«

»Meine Dame, mein Ehrenwort, wir müssen später reden«, sagte Mikahl schnell.

Er hatte Eisendorn fester umfasst, zog die Klinge aber nicht, weil er die auf seine Freunde gerichteten Pfeile der Waldläufer fürchtete. An seiner Hand spürte er die magische Warnung des Schwertes vor rasch herankommender Gefahr.

»Dies ist kein Ort für Euch und Eure Männer. Eine Bestie …«

Der Schatten des Choskadämons glitt über sie hinweg, und er hüllte sie drei volle Herzschläge lang in Dunkelheit. Die Frau gab einen Befehl, doch ihr Pferd trabte ängstlich zur Seite, und ein schrilles, klagendes Gekreisch erfüllte die Luft.

Vaegon fiel auf die Knie und hielt sich die hochempfindlichen Ohren zu. Mikahl stieß Hyden zur Seite und zog Eisendorn. Der Waldläufer vor Vaegon hätte beinahe seinen Pfeil abgeschossen, besann sich aber eines Besseren. Eisendorns Leuchten war nicht mehr hell oder strahlend, aber es war sichtbar. Ein Schwert, das anstelle einer Stahlklinge scheinbar nur blaues Licht hatte, garantierte offenbar für seine Besonnenheit.

»Schaff die Dame hier weg, Mann!«, überschrie Mikahl das grässliche Kreischen. »Was da auf mich zukommt, ist kein normales Tier.«

Hyden schloss die Augen und fand Kralles Sicht. Der Falkling kreiste noch immer hoch am Himmel, und das geflügelte Ungeheuer hatte eindeutig beigedreht und setzte zum Sturzflug an. Hyden wirbelte herum und jagte einen Pfeil in den freien Himmel über den Bäumen am Rande der Lichtung, was ihm ein herablassendes Schnauben eines der Waldläufer eintrug. Das Schnauben verwandelte sich in ein entsetztes Keuchen, als der Choskadämon über die Baumwipfel geschossen kam und der Pfeil ihn traf. Die Stahlspitze bohrte sich tief in sein dunkel bepelzte Fleisch, aber das schien ihm nichts auszumachen. Haare wehten wild umher, und Blätter und Erde wurden vom Boden aufgewirbelt, während die Bestie mit mächtigen, donnernden Flügelschlägen auf der Stelle schwebte.

Der große Reiter mit dem Hörnerhelm auf dem Rücken des Choskas beugte sich vor und schlug mit dem langen Beidhänder zu. Er führte ihn mit nur einer Hand, als wiege er nichts. Einer der Waldläufer schoss fluchend seinen Pfeil ab und wollte sich unter dem heranrasenden Stahl wegducken. Er war zu langsam. Der Hieb spaltete seinen Körper vom Schlüsselbein bis zum Unterleib, und er kippte aus dem Sattel. Die Frau gab ihrem Pferd die Sporen und brachte sich außer Reichweite der herabhängenden Klauen des Choskas, während Hyden und der verbleibende Waldläufer Pfeil um Pfeil auf die Bestie abschossen, ohne etwas zu bewirken.

Der Choska zuckte nicht einmal, wenn die Pfeile ihn trafen. Mit einem angestrengten Zischen flatterte er wieder aus dem Lager empor und suchte sich eine bessere Position. Dabei traf ein gezackter gelber Strahl aus der Hand der Frau den Unterleib der Kreatur, was der Choska nicht einfach so hinnahm. Er bäumte sich wild in der Luft auf und warf den Reiter mit dem gehörnten Helm fast ab, während er vor Qual und Wut kreischte. Einen Augenblick später war er verschwunden. Ohne zu überlegen tastete Hyden nach Kralles Sicht und sah, wie der Dämon sich bereits wieder zum Angriff wandte. Was er sah, schrie er laut hinaus.

Der gestürzte Waldläufer stöhnte furchtbar. Vaegon rannte an seine Seite, wild entschlossen, den Mann zu retten, aber der Boden war so voller Blut, dass er ausrutschte und fast noch auf ihn gefallen wäre. Er kniete sich neben den Mann, doch der wilde Gesichtsausdruck, als er sich wieder erhob, sagte alles.

Mikahl begab sich in die Mitte des Lagers, den offenen Himmel über sich, scheuchte die anderen weg und nahm eine angriffslustige Haltung ein, als wolle er die Bestie allein bekämpfen. Seltsamerweise umringten ihn die Wölfe in einigem Abstand, wie sie es immer taten, wenn er seine allmorgendlichen Übungen machte. Grrr hob den Kopf und sandte ein wütendes Geheul voller Kampfeslust zum Himmel. Zuerst Huffa und dann Urp und Wuff stimmten ein.

Er ist wahnsinnig geworden, dachte Hyden.

»Das ist keine Höllenkatze, Mik!«, schrie Vaegon gellend und eilte an Mikahls Seite, die pikenartige Waffe hoch erhoben.

»Bleib einfach aus der Reichweite meines Schwertes, Elf!«, fauchte Mikahl.

Vaegon sah den Ausdruck Mikahls Augen und trat vorsichtshalber einen Schritt zurück. Er dachte daran, wie geschickt und akrobatisch der Westländer das Schwert handhabte, und fügte noch einige weitere Schritte hinzu.

Diesmal landete der Choska schwer. Sein massiger Leib zwang Mikahl, beiseite zu rollen, sonst wäre er zerquetscht worden. Vaegon brachte einen Aufwärtshieb in die Brust der Bestie an, und aus der Wunde ergoss sich schwarzes Blut über ihn. Für den zornigen Dämon war es offenbar nur ein Nadelstich. Erneut stach der Elf zu, aber diesmal schleuderte ihn eine Klaue beiseite.

Neben Hyden löste die Frau die Hände von den Zügeln und schleuderte einen weiteren gelb zuckenden Blitz auf den Choska. Der Dämon erduldete den Schlag mit einem Keuchen und Grunzen, dann erwiderte er den Angriff mit einem eigenen magischen Feuer. Seine glutroten Augen flackerten hell, eine karmesinrote Energiefaust schoss aus ihnen hervor und schleuderte die Frau rückwärts aus dem Sattel. Sie landete hart im dichten Gestrüpp des Waldrands, und sofort kamen die beiden gerüsteten Reiter angesprengt und drängten ihre Pferde schützend zwischen sie und die Kreatur.

Unterdessen war der verbleibende Waldläufer zwischen den Bäumen angekommen und deckte den Dämon weiterhin sinnlos mit Pfeilen ein. Hyden schoss seinen Bogen ebenfalls ab, aber seine Pfeile zielten jetzt auf den Reiter mit dem gehörnten Helm statt auf die Bestie. Einer seiner Pfeile traf Roark ins Herz, und er erwartete, den großen Krieger fallen zu sehen, aber der dachte nicht daran. Stattdessen sprang der dunkle Ritter vom Rücken des Choskas und landete knapp vor Mikahl. Der Dämon schob sich zwischen die Bogenschützen und seinen Reiter und nahm so Hyden die Sicht auf Letzteren. Wie er wusste, war auch Vaegon irgendwo da drüben, aber ihm blieb ihm keine Zeit mehr, darüber nachzudenken, da sich der Choska jetzt ihm zuwandte.

Einer der Wölfe griff den Choska lautstark von hinten an. Ein weiterer Blitz weißen Fells, tief blutrot gestreift, huschte in der Nähe zwischen den Bäumen hindurch.

Als Mikahl hochkam, griff Roark ihn mit aller Macht und all seinem Geschick an. Der untote Krieger war größer, stärker und von teuflischer Entschlossenheit getrieben, Mikahl hingegen war schneller und klüger. Sie waren einander ebenbürtig, und der Kampf zog sich in die Länge.

Grrr wollte den Gehörnten anspringen, der seinen zweibeinigen Freund angriff, doch Mikahls unberechenbare Schnelligkeit brachte ihn rasch wieder davon ab. Als er sah, wie Wuff und Huffa auf die ungeschützte Flanke des Choskadämons zujagten und sich darin verbissen, beschloss Grrr, sich stattdessen ihnen anzuschließen.

Weiße Fänge gruben sich in dunkles, faulig schmeckendes

Fleisch, während schwerer Stahl in einem Funkenregen gegen Mikahls Klinge krachte, die vor magischer Energie summte. Beide Schwertkämpfer drängten, stießen aber auf kluge, defensive Ablenkungsmanöver oder markerschütternde Solidität. Hieb um Hieb regnete in weiten Bögen aus saphirblauem Leuchten und schimmerndem Stahl herab. Ausfall, Parade, Riposte. Es regnet Funken und Speichel.

In Mikahls Kopf erklang Eisendorns Sinfonie, allerdings nur noch sehr leise. Selbst wenn sie lauter gewesen wäre, hätte Mikahl nicht gewusst, wie er die Macht des Schwertes nutzen sollte. Ihm blieb auch keine Zeit, darüber nachzudenken; er brachte es so gerade eben fertig, dank seines angeborenen Geschicks Roarks mächtigen Hieben auszuweichen.

Er fintierte in eine Richtung und drehte sich dann in die andere. Das gleißende Silber von Roarks Klinge folgte der Finte, doch die Kraft des Untoten reichte, um sich zu fangen und Mikahls Stoß abzublocken. »Drehen und ducken«, schrie eine Stimme in Mikahls Geist, als Roark seine stählerne Klinge herumschwang. Mikahl tauchte hinter dem Hieb wieder nach oben und schlug mit dem Schwert wild nach der Klinge des größeren Mannes, was deren Schwung noch erhöhte. Dann sah Mikahl endlich eine Lücke und stürzte sich darauf.

Als Roark aus der Drehung heraus das Gleichgewicht verlor, stieß Mikahl Eisendorn in die ungeschützte Kniekehle des größeren Mannes. Er war verblüfft, als der nicht zu Boden ging. Kaum hatte er die Klinge aus Roarks fauligem Fleisch gerissen, als das Schwert des untoten Kriegers seinen Schwung vollendete und ihn in die Rippen traf. Es spaltete mit brutaler Gewalt die kleinen Ringe von Mikahls Kettenhemd und grub sich schmerzhaft in sein Fleisch.

Weil ihm nichts Besseres einfiel, hob Mikahl die Hand und riss an dem abgebrochenen Pfeil, der aus Roarks Brust ragte. Die fehlende Reaktion auf seinen Angriff erfüllte ihn mit Panik. Er bemerkte auch, dass Eisendorns Sinfonie der Macht ihm nicht mehr in den Ohren klang. Gerade noch rechtzeitig riss er sein Schwert hoch, um einen von oben herabsausenden Hieb abzublocken, der ihn gespalten hätte. Der Schlag drückte Eisendorn so heftig nach unten, dass sich die verglimmende blaue Klinge bis auf den Knochen in seinen eigenen Unterarm grub. Er versuchte, sich von dem Krieger mit dem gehörnten Helm wegzudrehen, doch Roark war zu stark für ihn. Mikahls Seite brannte, und er spürte, wie sein warmer Lebenssaft unter der Lederhose über seinen Oberschenkel rann. Zum ersten Mal, seit er damals im Reyhallwald Eisendorn gegen Herzog Gutkind gezogen hatte, kamen ihm Zweifel.

Auf der anderen Seite des Lagers war es Urp gelungen, die Zähne in das Vorderbein der Dämonenbestie zu schlagen, und nun hatte er sich mit aller Kraft darin verbissen. Wie ein Terrier, der eine Ratte schüttelte, trat der Choska aus und drehte die Tatze hin und her, um den Wolf loszuwerden.

Hyden schoss auf den Kopf des Dämons und hoffte, einen Pfeil in eines der faustgroßen, glutroten Augen jagen zu können. Der Pfeil verfehlte sein Ziel, bohrte sich jedoch in ein Nasenloch der Bestie, die sich daraufhin aufbäumte und wieder dieses schreckliche Kreischen ausstieß. Ein tiefroter Energiestoß schoss aus den Augen des Choskas, und ein mächtiger Schlag traf Hyden, sodass er sich überschlug und in die Bäume rollte. Er prallte gegen den Stamm einer Eiche. In seinem Dämmerzustand war sein einziger Gedanke, dass er den Elfenlangbogen verloren hatte, den ihm Vaegon geschenkt hatte. Dann war da nur noch Schwärze.

Vaegon kam auf die Beine und sah den Krieger mit dem gehörnten Helm auf Mikahl losgehen. Wie ein fliehendes Reh setzte er durch den Wald und umrundete sie, bis er Roarks ungedeckten Rücken erreichte. Der blutüberströmte Mikahl sah mit seinem verzerrten Gesicht aus, als würde er jeden Augenblick unter dem Ansturm des Kriegers zusammenbrechen. Er lag auf den Knien, blockte mit dem Unterarm das eigene Schwert ab, und seine ganze rechte Seite war blutgetränkt.

Vaegon zog Stärke aus seiner Wut und stürmte los. Er

stieß Roark mit aller Kraft die gezackte Klinge seiner Pike in den Rücken. Mikahl spürte, wie der Schwung von Vaegons Angriff seinen verletzten, freiliegenden Unterarmknochen erschütterte. Roarks Brustplatte beulte sich von innen aus, so wuchtig hatte ihn die Spitze des Elfen getroffen. Sofort spürte Mikahl, wie der riesige Krieger schwächer wurde, doch als er aufschaute, zeigte das rotäugige, untote Gesicht nicht das leiseste Anzeichen von Furcht oder Schmerz. Roark zuckte nicht einmal, als Vaegon die Klinge wieder herausriss. Als die Sägezähne der Waffe sich in Fleisch und Stahl verhakten, taumelte er einen Schritt zurück. In diesem Augenblick und in einem Zustand blinder Panik wand sich Mikahl unter Roark hervor und griff an. Er holte weit mit Eisendorn aus und zielte auf den Hals seines Gegners. Roark sah den Streich kommen und hob einen stahlbewehrten Arm, um ihn zu blocken. Wäre er einen Sekundenbruchteil schneller gewesen oder hätte er Glück gehabt, hätte er die blassblaue Klinge völlig abwehren können. So konnte er den Hieb nur ablenken, aber nicht weit genug. Eisendorn traf Roarks Kopf unmittelbar unter dem Ohr am Kiefer. Der gehörnte Helm nahm ihm nur wenig von seiner Wucht. Der Krieger hätte den Kopf verloren, hätte seine Rüstung die Klinge nicht ein Stück nach oben abgelenkt. Doch das war gleichgültig. Roarks Kopf war zwar noch am Körper befestigt, allerdings in einem seltsamen Winkel. Der Unterkiefer war noch mit dem Hals verbunden, doch der Rest des Schädels hing grotesk schief. Ein heftiger Tritt Vaegons brachte den riesigen Krieger zu Fall, und einer der Wölfe löste sich von der Flanke des Choskadämons und riss den Schädel völlig von dem noch zuckenden Körper ab.

Mikahl wandte sich dem Choska zu, der sich aufgerichtet hatte und laut kreischte, ihm jedoch den Rücken zugewandt hatte. Er rappelte sich auf und rannte zwei Schritte, doch dabei durchzuckte eisiger Schmerz seine Seite. Er ignorierte ihn und rammte dem Dämon Eisendorn bis zum juwelenbesetzten Heft in die Flanke. Für einen kurzen Augenblick spürte er, wie die

Magie seines Schwertes die Lebensenergie des Dämons aufzusaugen versuchte, aber es war einfach zu schwach. Sonst wäre der Kampf vorbei gewesen. Die Essenz des Dämons wäre in der Klinge gefangen worden wie viele andere zuvor auch schon.

Doch es sollte nicht so sein. Eisendorn hatte seine gesamte magische Macht aufgebraucht, und Mikahl wurde klar, dass er ein ernstes Problem hatte. Er riss das Schwert heraus, aber da wirbelte der rasende Choska auch schon herum und schlug nach ihm. Er ließ sein Schwert nicht los. Er konnte es nicht, was auch als Nächstes geschehen mochte. Loudin hatte nicht losgelassen, und er würde es auch nicht. Er ließ nicht einmal los, um mit den Händen seinen Sturz abzufangen.

Der Choska konnte Urp endlich abschütteln, und der Wolf wurde ebenfalls davongeschleudert, nur landete er im Gegensatz zu Mikahl im Wald.

Mikahl fiel hart auf seine verletzte Seite, brachte es aber fertig, sich abzurollen. Ohne jegliche Luft in den Lungen lag er auf dem Rücken. Er sah die gelben, geifernden Zähne des Choskadämons auf ihn herabstoßen und versuchte davonzukriechen. Sengender Schmerz schoss von seinen Fußsohlen bis unter die Schädeldecke, als seien all seine Nerven und Sehnen weißglühende Drähte. Er konnte Eisendorns Heft kaum festhalten. Zweifellos hatte er sich das Rückgrat gebrochen. Schmerz hin oder her, seine Beine hätten sich bewegen müssen, taten es aber nicht. Eisiges Entsetzten rann durch seine Adern. Er konnte nur hilflos zuschauen, wie diese Zähne, spitz wie Dolche, nach ihm schnappten.

Vaegon stürmte los, als er sah, welches schreckliche Schicksal seinen jungen Freund aus den Königreichen gleich ereilen würde.

Gleichzeitig erkannte er, dass er nicht schnell genug sein würde, um sich zwischen den Dämon und Mikahl zu werfen. Er verhielt mitten im Schritt und schleuderte seine Waffe wie einen Wurfspeer nach dem Kopf des Choskadämons. Im selben Augenblick sprang ein Blitz aus weißem Fell auf Mikahl, und aus Grrrs Knurren wurde ein wildes Gebell, das unter einem widerwärtigen Knirschen erstarb. Ein lauter, nachhallender Knall, der seinen Ursprung unter dem Leib des Dämons hatte, erschütterte den gesamten Wald wie ein Donnerschlag.

Einen Augenblick lang schimmerten die Bäume, der Boden, ja sogar die Luft wie ein Schwall hitzeflirrender Wüstenluft, der sich explosionsartig nach außen dehnte.

Vaegon fiel auf die Knie, und in der anschließenden betäubenden Stille sah er den Leib des Choskadämons sich wie verrückt windend in die Luft heben, bis er über ihm hing. Die Wucht dessen, was dieses Geräusch erzeugt hatte, hatte das massige Wesen vom Waldboden emporgeweht wie ein Blatt im Wind. Doch die Bestie krachte nicht zurück in den Wald. Sie spreizte die ledrigen Schwingen und wirbelte über die Wipfel davon, bis sie Aufwind bekam. Dabei zog sie dickflüssiges, schwarzes Blut in langen, zähen Fäden nach. Schließlich richtete sie sich auf und flog nach Westen davon.

Der Elf eilte an Mikahls Seite. Er lag verdreht und in einem unmöglichen Winkel da, und seine Oberschenkelknochen stachen aus dem zerfetzten Fleisch hervor. Er ließ den Kopf zur Seite fallen und gab ein tiefes Knurren von sich. Er konzentrierte sich auf etwas. Tränen flossen ihm über die Wangen, dann verdrehte er die Augen, bis man nur noch das Weiße sah. Vaegon sah zwangsläufig in dieselbe Richtung, in die Mikahl geschaut hatte.

Dort lag Grrr am Boden, der Rudelführer von König Aldars Riesenwölfen. Von ihm war nur ein blutiger Haufen zerfetzten Fells geblieben, leblos, mit offenen, leeren Augen. Huffa winselte traurig und schnüffelte am Körper ihres Partners, der nicht reagierte. Auch Wuff wimmerte, dann sah er plötzlich auf und suchte nach Urp. Der kam langsam zu ihnen herübergehinkt, das Fell übersät von Blättern und Zweigen, das Maul mit rotem Blut verschmiert.

Vaegon sah sich verzweifelt um und suchte Hyden Falk. Schließlich entdeckte er ihn am Rande der Lichtung, wo er mit weit aufgerissenen Augen die Stelle anstarrte, an der sich gerade noch der Choska befunden hatte. Er hatte sich auf ein Knie erhoben und den rechten Arm ausgetreckt, und seine Hand war offen, als habe er gerade etwas nach der Bestie geworfen.

Die Dame in der Rüstung war nicht weit entfernt. Sie starrte Hyden an, und der Ausdruck auf ihrem staubigen Gesicht verriet Schock. Sie war zerzaust und hatte Zweige und Laub im Haar, schien aber ansonsten unverletzt. Sie wehrte mit einem Schulterzucken die Hilfe ihrer gepanzerten Soldaten ab, warf ihnen einen angewiderten Blick zu und schritt zu Vaegon hinüber.

Als der Elf sah, dass Hyden Falk noch lebte, verdrängte er jeden anderen Gedanken und setzte seine Magie ein, um Mikahls Wunden zu heilen. Augenblicke später hob er den Kopf und stieß ein schreckliches, klagendes Geheul aus.

Mikahl hatte schwere innere Verletzungen, die er nicht zu heilen vermochte. Er hatte getan, was er konnte. Er stoppte die Blutung und versetzte Pavreals letzten Erben in eine Art Starre, die ihn vielleicht noch eine Weile am Leben halten würde.

»Wird er es überleben?«, fragte die Frau, von deren Gesicht die ehrliche Sorge deutlich abzulesen war. »In Xwarda gibt es hervorragende Heiler – wenn es uns gelingt, ihn dort hinzuschaffen.«

»Wie weit?«, fragte Vaegon, durch dessen Qual ein Hoffnungsschimmer drang. Sein Kopf fühlte sich an, als wüte ein Bienenschwarm darin, und seine Ohren hatten von dem schrecklichen Schrei des Choskas höchstwahrscheinlich bleibenden Schaden davongetragen. Er ignorierte seinen Schmerz und sah die Frau an, auf deren Antwort er brannte.

»Wenn er reiten kann, schaffen wir es bis Tagesanbruch.«

Vaegon schloss für einen Augenblick das gelbe Auge und betastete die Augenklappe über der leeren Höhle des anderen. Er bezweifelte, dass sein Stasis-Zauber Mikahl so lange am Leben halten würde. Nach ein paar tiefen Atemzügen sah er sich um, und sein Blick blieb an Huffa hängen. Sie leckte liebevoll Grrrs Schnauze, der jedoch weiterhin keinerlei Reaktion zeigte. Offenbar wusste sie, dass er tot war – man sah es an ihrer Haltung. Das machte den Anblick nur noch unerträglicher. Ihr Blick kreuzte sich mit dem Vaegons, und der Elf spürte ihre Trauer. Er nahm auch den Stolz wahr, der aus dem Wissen erwuchs, dass ihr Partner bei dem Versuch gestorben war, das Leben eines anderen zu retten. Ihm kam eine Idee, und er sah die Dame an.

»Wenn Ihr einen Wolf reiten könnt, dann könnt Ihr ihn bis zum Anbruch der Nacht hinschaffen!« Sein Innenohr schmerzte schrecklich, und seine plötzliche Erregung verschlimmerte das Gefühl nur noch. »Vermutlich könnt Ihr ihn rasch zu diesen Heilern bringen, wenn Ihr erst einmal dort seid?«

Sie nickte, sah kurz zu Wuff hinüber und nickte erneut, wenn auch weit weniger zuversichtlich.

Vaegon blickte zu Hyden hinüber, der sich bemühte aufzustehen.

»Würdet Ihr meinem Freund helfen?«, bat er sie. »Ich brauche ihn hier drüben.«

Ohne ein weiteres Wort half sie Hyden.

Sobald sie sich entfernt hatte, richtete Vaegon vorsichtig Mikahls gebrochenes Bein und tat sein Bestes, den Knochen mit Magie zu heilen. Für mehr hatte er keine Kraft mehr, und selbst das gelang ihm nicht gut. Die Fleischwunde war tief und unregelmäßig. Er griff auf eine primitivere Form der Heilung zurück: Er riss Stoffstreifen von seinen Ärmeln und verband damit Mikahls Oberschenkel. Gegen die inneren Verletzungen konnte er nichts tun. Nachdem er zuvor schon versucht hatte, dem gefallenen Waldläufer zu helfen, und nach allem, was er gerade für Mikahl getan hatte, war er völlig erschöpft. Er hoffte ohne jeden konkreten Grund, er habe genug getan, um Mikahl am Leben zu halten, bis er besser versorgt werden konnte.

Kralle und Hyden fielen gleichzeitig neben Grrr zu Boden.

»Oh, bei der Göttin, nein!«, rief Hyden aus und schlang die Arme um den liebgewonnenen Riesenwolf.

Kralle stieß ein wimmerndes Gurren der Trauer aus. Durch das Fell des toten Wolfs und seine Tränen fragte Hyden nach Mikahl.

Vaegon erklärte ihm, dass Mikahl so gut wie tot war, wenn sie ihn nicht schnell zu den Heilern nach Xwarda schafften. Hyden hörte aufmerksam zu. Danach legte er Huffa den Arm um den Hals und umarmte sie fest, während er ihr verzweifelt etwas ins Ohr flüsterte.

Als er fertig war, stieß sie ein besorgtes Jaulen aus.

»Ja, wir werden uns um ihn kümmern«, erwiderte Hyden und meinte den unverletzten Wolf Urp.

Vaegon arrangierte die Gurte und Schnallen des Packsattels neu, mit dessen Hilfe sie auf der langen Reise ihre Vorräte auf Urps Rücken befestigt hatten. Huffa jaulte erneut, stieß Wuff mit der Schnauze an und begab sich an seine Seite, dann kam sie zu Vaegon herüber und stand stolz und reglos da.

Während der Elf Mikahl auf Huffas Rücken schnallte, befahl die Dame ihren Männern, die Pferde einzufangen. Die beiden Soldaten, die sie bewacht hatten, statt beim Kampf gegen den Choska und seinen Reiter zu helfen, warfen den Leichnam des gefallenen Waldläufers wie einen Sack Getreide über das Pferd der Dame. Sie waren nicht gerade erfreut darüber, dass sie als Strafe für ihre Untätigkeit zu Fuß nach Xwarda zurückgehen würden. Es war klar, dass die Frau diesen Männern Befehle erteilen konnte. Sie gaben ohne ein Wort der Klage ihre Pferde her, damit Hyden und Vaegon reiten konnten. Der andere Waldläufer, Drick, sollte sie nach Xwarda führen.

Hyden fragte sich, wer diese tapfere Frau war, die sich nach nur ganz kurzem Zögen auf Wuffs Rücken schwang. Erst Augenblicke, nachdem sie und Mikahls schlaffer Körper auf dem Rücken des Wolfs davongejagt waren, ging ihm auf, dass sie vielleicht auch hinter Mikahls Schwert her war. In einem Anflug von Panik sah er Vaegon an. Der Elf schob Eisendorn in seine Scheide und schnallte es an den Sattel. Das war ein kleiner Trost. Wenn Mikahl überlebte, würde Hyden ihm nicht gestehen müssen, dass sie das Schwert verloren hatten.

Hyden wünschte, er wäre gerade nicht so langsam und benommen. Er fühlte sich, als habe er wochenlang nicht mehr geschlafen, und sein Kopf schien voller Schlamm zu sein. Er hatte aus schierer Verzweiflung das Wort wiederholt, das die Dame gesagt hatte, als sie einen ihrer Blitzstrahlen verschossen hatte. Die dadurch hervorgerufene Explosion von Macht war die Druckwelle gewesen, die den Choska emporgeschleudert und verjagt hatte. Er hatte Magie angewandt, und jetzt bezahlte er dafür. Er war völlig verwirrt, voller Trauer und konnte sich nicht konzentrieren, und er war sicher, dass ihn eben gerade noch etwas beunruhigt oder aufgeregt hatte, wusste jedoch nicht mehr, was es gewesen sein mochte.

Drick drängte zum Aufsteigen. Nachdem sie tagelang auf Wolfsrücken geritten wäre, sahen die Sättel regelrecht einladend aus.

Als Vaegon ein Bein über den Pferderücken schwang und sich im Sattel niederließ, stellte er dem Waldläufer eine Frage, die Hyden wieder ins Gedächtnis rief, was ihn beunruhigt hatte.

»Wer ist diese Frau?«

Der Waldläufer sah den Elfen an, und als er Vaegons Wildheit erfasste, zeigte sich Unbehagen auf seinem Gesicht.

»Ich weiß nicht so recht, ob du das wirklich wissen willst«, erwiderte der Mann.

Es klang nicht im Geringsten scherzhaft, und der Blick, den Hyden Vaegon zuwarf, jagte diesem warnende Schauer über den schmerzenden Rücken.

KAPITEL 47

NACHDEM NUN DIE INVASION IN WESTLAND ABgeschlossen und die Grenze gesichert war, stellte Shaella fest, dass sie keine Verwendung mehr für Scharlach hatte. Mithilfe von magischen Sprüchen, die sie in der Bibliothek ihres Vaters gefunden hatte, lernte sie, sich direkt von ihrem königlichen Schlafzimmer in die Turmbibliothek zu teleportieren, weswegen sie den Drachen nicht mehr brauchte, um sie zu dem klaffenden Loch in der Mauer hinaufzufliegen.

Die Brutriesen, die Meergmünd und Schlossblick verwüstet hatten, hatte sie einfangen und wieder nach Norden treiben lassen, weg von den Zard und den Zentren der menschlichen Besiedelung. Sie hatte dafür gesorgt, dass es auch jeder zu sehen bekam, damit sie am Ende wie eine Erlöserin und ihr Drache wie ein gut abgerichtetes Haustier dastehen konnte.

Wenn die Stadtbewohner je ihre Fähigkeit bezweifelt hatten, den gewaltigen roten Drachen zu zügeln, dann nahm ihnen die Leichtigkeit, mit der sie ihn eingesetzt hatte, um die amoklaufende Brut aus den Städten und Ortschaften zu vertreiben, jeglichen Zweifel. Sie hatte zwar unmittelbar keine Aufgabe für den Drachen, jedoch entfernte sie die Halsbänder nicht. Sie wollte Scharlach jederzeit rufen können, entließ sie aber bis dahin aus ihren Diensten. Sie gab ihr auch das letzte verbliebene Ei zurück.

Der Drache flog damit wieder in sein Nest auf der Zahnspitze.

***

Scharlach lag auf der glatten Oberfläche des Siegels. Sie hatte sich um das Letzte ihrer Eier geschmiegt und war dann in tiefes Grübeln versunken. Sie konnte das Ei jederzeit ausbrüten, indem sie es mit ihrem Feuerodem bestrich. Dies hatte sie jetzt jahrhundertelang nicht mehr getan, weil sie sich nicht auch noch um Jungtiere hatte kümmern wollen, solange sie verpflichtet war, das Siegel zu bewachen.

Nun fühlte sie sich schuldig. Hätte sie die Eier früher ausgebrütet, hätten sie vielleicht eine Überlebenschance gehabt.

Nun war sie durch das Halsband gebunden. Dieses Ei konnte sie nicht ausbrüten, weil Shaella sie jederzeit abberufen konnte. Sie war diese Hilflosigkeit und Ausweglosigkeit gewohnt. Solange sie denken konnte, war sie an den Pakt gebunden gewesen. Sonst hätte sie diesem Land voller widerwärtiger Menschen schon lange den Rücken gekehrt.

Sie brauchte ein paar Tage, um sich hier wieder heimisch zu fühlen. Scharlach flog hinab in ihre Jagdgebiete und suchte besonders schöne Knochen zusammen. Sie legte das Ei auf einen Stapel von Zardschädeln. Dann verstreute sie Gekaknochen und die Kadaver frisch getöteter Schnapper auf dem glatten Boden, bis er wieder aussah und roch wie früher.

Wenn ihr langweilig wurde, versuchte sie, das Halsband zu dehnen und zu zerreißen, doch es ließ sich nicht entfernen. Das konnte nur der Träger des Zwillingshalsbands. Das wusste Scharlach schon lange. Auf einer anderen Landmasse, die fern von diesem hier lag, waren die Halsbänder regelmäßig im Einsatz. Wenn möglich, fing man Drachen als Jungtiere und zog sie mit den Halsbändern um den Hals auf. Sie wuchsen dann in der Vorstellung auf, es sei normal, anderen zu dienen. Sie bekamen nie Gelegenheit, zu erfahren, was es bedeutet, das Raubtier am Ende der Nahrungskette zu sein, der König im Nest, der wahre Herrscher aller Lebensformen im eigenen Revier.

Scharlach hatte all das einst gewusst. Lange bevor ein trickreicher menschlicher Magier sie als Wächterin an diesen Ort gebunden hatte, war sie Königin eines Landes gewesen, das sich von diesem hier gar nicht so sehr unterschied. Sie hatte die törichten Menschen um dies oder das kämpfen sehen, wobei sich jede Partei als überlegen erweisen wollte. Dann und wann war sie über sie gekommen, hatte sie an ihre Torheit erinnert und ihnen eine gemeinsame Feindin gegeben. Sie hatte ein paar Gebäude niedergebrannt, ein paar Herden überfallen und vielleicht sogar ein oder zwei Menschen gefressen, die allein unterwegs gewesen waren. Dann hatte sie sich hingesetzt und zugesehen, wie sie ihr persönliches Streben nach Vormacht vergaßen und sich für den Wiederaufbau zusammentaten. Ein paar Jahre später hatten sie ihre Lektion vergessen, und alles war wieder von vorne losgegangen.

Nach einer solchen Freiheit strebte sie nicht mehr, zumindest nicht für sich selbst. Sie wäre zufrieden gestorben, hätte sie garantieren können, dass aus ihrem letzten unbebrüteten Ei etwas schlüpfen würde, das sein ganzes Leben frei und ungebunden verbringen konnte.

Über diese Dinge dachte sie nach, während sie einen Schnapper abnagte, den sie gerade gebraten hatte. Im Augenblick konnte sie nur nachdenken, aber sie wusste, dass sich die Situation früher oder später ändern würde. Bei Menschen war das immer so.

***

Zum hundertsten Mal versuchte Shaella, die Macht der geisterhaften Kugel ihres Vaters zu nutzen. Scharlach hatte ihr gesagt, dass Gerard in das Siegel gekrochen war, als ihr Vater es geöffnet hatte. Shaella blieb nichts anderes übrig, als dem Drachen zu glauben. Solange sie ihre Halsbänder trugen, hatte Scharlach keine Möglichkeit, sie anzulügen. Tot oder lebendig, Gerards Seele befand sich nun hinter dem Siegel, und den Büchern ihres Vaters zufolge würde die Kugel es ihr ermöglichen, sich mit ihm in Verbindung zu setzen. Zunächst musste sie die winzigen Nuancen der Anrufung beherrschen lernen, die die Macht der

Kugel nutzbar machen sollte. Sie wusste nicht genau, ob sie beim Rhythmus oder der Betonung Fehler machte. Sicher war nur, dass sie einen Fehler machte.

Sie starrte durch das gezackte Loch in der Turmwand in die Finsternis. Es war spät. Der Mond versank bereits in der schwarzen Weite des westlichen Meeres. Mit einem enttäuschten Seufzen stieg sie die Leiter an der Falltür wieder hinab, weiter durch das Nest und in die Bibliothek. Mit einer auffordernden Geste entzündete sie das Dutzend Kerzen, das sie im Raum verteilt hatte. Sie trat zu einem Buch, das zwischen vielen anderen offen auf dem Schreibtisch lag. Mehrfach las sie die Abschnitte über die Anrufung der Kräfte der Kugel. Den unzulänglichen Anweisungen, die ihre Geduld auf eine so harte Probe stellten, folgte ein weiterer Abschnitt, der sich auf die Kugel bezog. Dort hieß es, die Kristallkugel müsse nicht so groß und unhandlich bleiben. Sie konnte sie schrumpfen lassen, um sie transportieren zu können.

Sie hatte gehofft, sie zuvor mindestens einmal aktivieren zu können, doch bisher war es ihr nicht gelungen.

Das Loch in der Seitenwand setzte die obere Kammer den Einflüssen der Witterung aus. Es hatte mehrfach so stark geregnet, dass sich Wasser auf dem Boden gesammelt hatte. Die Bodendielen verfaulten, und es war bereits Wasser ins Nest und in die darunterliegende Bibliothek getropft. Hätte sie die Kommandoworte für Paels Aufzug gekannt, hätte sie ein paar Steinmetze holen und den Schaden reparieren lassen können.

Sie musste einige der alten Bände umstellen, damit sie keinen Witterungsschaden davontrugen. Sie spielte mit dem Gedanken, den Bestand der Bibliothek und die Kugel aus Paels Turm an einen besseren Ort zu verlegen. Wenn Pael etwas dagegen hatte, würde sie ihm die Wahrheit sagen, zumindest, was die Bücher anging. Sie war recht sicher, dass ein wenig Regen und sogar ein Sturz durch den verfaulten Boden der Kugel kaum etwas anhaben könnte.

Sie seufzte erneut. Der Umzug der Texte und der Kristallkugel konnte bis zum Morgen warten. Sie teleportierte sich zurück in ihr Schlafzimmer und fragte sich, ob der Stab, den sie in Auftrag gegeben hatte, schon fertig war. In diesem Fall würde sie die Kugel schrumpfen lassen und an der Spitze des Stabes anbringen, sodass sie sie bei sich tragen konnte.

Cole behielt die Anfertigung des Stabes im Auge. Er wob auch Schutz- und Bindezauber in die verwendeten Materialien. Sie vertraute darauf, dass er sie nicht enttäuschen würde. Bisher hatte er sie noch nie enttäuscht. Er hatte Gerard und ihre Gefühle ihm gegenüber gekannt. Er wusste, wie wichtig ihr der Versuch war, Kontakt mit ihm aufzunehmen.

Während sie in ihrer blutroten Seidenrobe durch die Burg schlenderte, wunderte sie sich darüber, wie glatt alles lief. Die Westländer schienen einfach weiterzuleben, als habe sich nichts verändert. Sicher, sie beklagten ihre Verluste, aber die hatten sie in erster Linie Glendar zu verdanken, nicht ihr. Sie hatten die Macht gesehen, über die sie sowohl als Hexe wie auch als Drachenreiterin gebot. Es kam ihr vor, als könne sie unumstrittene Herrscherin Westlands sein, solange sie ihre Macht nicht eklatant missbrauchte. Felder wurden noch immer bestellt, und Schafe wurde noch immer geschoren oder zum Markt getrieben. Handel und Verkehr gingen unvermindert weiter, nur dass die dakanesischen Sklavenschiffe in den Häfen Westlands neu waren.

Die Zard waren in den Städten nicht wohlgelitten, doch sie fanden Orte, an denen sie leben und arbeiten konnten, und blieben ansonsten weitgehend unter sich. Es gab zahlreiche Animositäten zwischen den drei Rassen, aber Shaella stellte klar, dass sie Gewaltausbrüche nicht dulden würde. Die Brutriesen konnten sich nur schwer in den nördlichen Bereichen Westlands eingewöhnen. Ackerbau und Viehzucht waren nie Teil ihres kulturellen Erbes gewesen. Aber irgendwann würden sie beides erlernen, wenn sie überleben wollten. Raubzüge und Plünderungen würde es nicht mehr geben. Diese Botschaft hatte Shaella, unterstützt von Scharlachs durchschlagender Überzeugungskraft, unmissverständlich zu verstehen gegeben: Lernt die Zusammenarbeit und kommt miteinander aus oder sterbt.

Bzorch, ihr Herrscher über Locar, war die Ausnahme. Ihm hatte sie im Umgang mit den Menschen in seinem kleinen Teil des Königreichs gewisse Freiheiten eingeräumt. Shaella gefielen seine Bemühungen, die Verteidigungsmaßnahmen entlang des Flussufers zu verstärken. Sein Vorschlag, Türme entlang des Ufers zu errichten, hatte nicht nur für Arbeit gesorgt, sondern trug auch maßgeblich dazu bei, dass sich Flusspiraten und Schmuggler nicht mehr ungehindert in ihr Territorium einschleichen und es wieder verlassen konnten. Schon jetzt schlugen Männer im Reyhallwald das Holz für den Bau, und man bereitete Frachtkähne vor, die es an Ort und Stelle schaffen sollten.

Sie verzichtete darauf, Bzorch zu sagen, dass seine Idee alles andere als originell gewesen war. Die Westländer hatten genau so etwas ein paar Hundert Jahre zuvor entlang der Grenze zu den Marschen getan. Die Feste Settsted und all ihre Außenposten lagen weiter auseinander, als Bzorch es für seine Türme vorgesehen hatte, und waren aus Stein erbaut, aber Shaella sah keinen Grund, das barbarische Ego des Herrschers von Locar zu kränken, indem sie ihm das mitteilte.

Sie betrat den von Fackeln erleuchteten leeren Thronsaal und berührte geistesabwesend die Brandnarben an ihrer Schläfe. Die Wunde, die ihr Scharlach dort zugefügt hatte, war inzwischen verheilt, doch ihre Haare waren noch nicht wieder gewachsen. Ein Bereich, der ihre linke Schläfe, das verbrannte, aber noch funktionstüchtige Ohr und Teile ihres Halses umfasste, bestand lediglich aus Narbengewebe. Manchmal kam sie sich vor wie ein Ungeheuer. Bloß die raschen, flüchtigen Blicke in den Spiegel, bei denen sie nur ihr rechtes Profil sah, erinnerten sie noch daran, dass sie nach wie vor eine Schönheit war.

Ihre Niedergeschlagenheit der letzten Tage hatte mehr mit dem Verlust Gerards zu tun als mit ihrem eigenen Aussehen. Sie war die Frau, die zugelassen hatte, dass ihr Vater ihren sterbenden Geliebten in die Schwärze der Unterwelt stieß, und ihre Schuldgefühle, weil sie ihn nicht besser beschützt hatte, waren Grund für ihre Traurigkeit. Abgesehen davon vermisste sie ihn schlicht.

Sie versuchte, sich nichts daraus zu machen, was die anderen über sie dachten, aber das war nicht leicht. Schließlich war sie die Drachenkönigin, die Frau, die Westland erobert hatte. Sie durfte ihre Gefühle nicht zeigen. Sie musste selbstbewusst und beherrscht auftreten. Sosehr ihr das auch missfiel, das Aussehen schien doch eine Rolle zu spielen. Deshalb ging sie viel in die Öffentlichkeit und versuchte, den Aufruhr in ihrem Inneren zu verbergen.

Das plötzliche, zischende »Plopp«, mit dem sich jemand in den Raum teleportierte, schreckte sie auf. Noch verblüffter war sie, zu sehen, dass es Pael war. Er trug seine schimmernde schwarze Robe und wirkte wütend und ängstlich zugleich. Seine Pupillen waren erweitert, die Augen weit aufgerissen, und zusammen mit den Augenringen der Erschöpfung wirkte sein Kopf wie ein Totenschädel. Er bewegte sich ruckartig wie eine Aufziehpuppe. Shaella wurde klar, dass sie beträchtliche Angst vor ihm hatte.

»Wo sind meine Texte?«, fragte er scharf.

Die Frage verwirrte sie, denn noch hatte sie keine Bücher aus dem Turm entfernt. Nach kurzem Nachdenken begriff sie, dass er sich höchstwahrscheinlich auf die Bände bezog, die sie vor dem Regen gerettet hatte.

»Durch das Loch, das du oben in der Wand hinterlassen hast, regnet es herein.«

Sie sprach langsam und hielt dann inne, damit die Überlegung, dass die Bücher vielleicht hätten beschädigt werden können, in seinen polierten weißen Schädel einsinken konnte. Angesichts seines wütenden Blickes und der nervös gerungenen Hände setzte sie ihre Erklärung jedoch rasch fort.

»Ich habe sie weggeräumt, damit sie keinen Schaden nehmen.«

Langsam wurde Pael ruhiger und stieß einen tiefen Seufzer der Erleichterung aus.

»Zeig sie mir!«, befahl er.

»Komm mit!«, fauchte sie ihrerseits, wandte sich ab und schritt von dannen.

Sie fragte sich, ob auch andere Väter und Töchter so miteinander umgingen. Es hätte sie überrascht, zu erfahren, dass ihre Beziehung sich gar nicht so sehr von vielen anderen unterschied. Die meisten jungen Frauen wurden wie Vieh an Männer verschachert, nicht für Geld, sondern für Gefälligkeiten und Ämter.

»Wenn du mir zeigst, wie dein Aufzug funktioniert, lasse ich die Turmwand ausbessern, dann hat sich dieses Problem erledigt«, sagte sie über die Schulter, während sie ihn durch die Burg führte. Die Menschen und Zard, an denen sie vorbeikamen, wichen vor ihnen zurück, als hätten sie eine ansteckende Krankheit, aber jeder Einzelne dienerte oder knickste unterwürfig.

»Du würdest die Steinmetze töten müssen, wenn sie fertig sind«, sagte Pael im Plauderton.

Plötzlich überholte er Shaella und führte sie von dem viel benutzten Korridor weiter einen für die Dienstboten vorgesehenen schmalen Gang entlang. Sie folgte ihm durch ein Labyrinth von Treppen, Fluren und sogar durch einen geschickt getarnten Geheimgang. Sie hatte Mühe, sich den Weg einzuprägen.

Als sie schließlich in einem Raum anlangten, der wie eine Speisekammer in der Nähe des Zugangs zu den oberen Verliesen aussah, sprach Pael ein Wort, das sein magisches Schloss öffnete, und die falsche Tür verschwand. Mit demselben Wort ließ er die Tür wieder erscheinen und sah Shaella mit fragend hochgezogener Braue an. Sie wiederholte das Kommandowort für die magische Tür, und sie verschwand erneut.

Pael lächelte ihr lobend zu, wobei sie einen Blick auf seine schiefen mandelfarbenen Zähne erhielt. Dann rief er den Aufzug herab.

Auf dem Weg nach oben ging er eine Reihe von Kommandowörtern durch und zeigte ihr, was sie jeweils bewirkten. Nachdem sie alle fehlerfrei wiederholt hatte, durfte sie den Aufzug den restlichen Weg nach oben lenken. Sie interessierte sich nur für die Befehle für »nach oben«, »nach unten« und »halt!«. Da sie sich nicht heimlich im Schloss bewegen musste, weil keines Königs Auge auf ihr ruhte und kein naseweiser Diener sie verraten würde, hielt sie es nicht für nötig, das Schloss sowie verschiedene der anderen Befehle zu kennen. Sie lernte und wiederholte sie dennoch. Als der Aufzug sich nur von ihrer Stimme gelenkt nach oben bewegte, nickte Pael ihr erneut zu. Seine Augen verrieten väterliche Zufriedenheit. Dieser Anblick verlieh ihr den Mut, sich nach der geisterhaften Kugel zu erkundigen. Unverzüglich erzählte ihr Pael viel mehr darüber, als sie eigentlich hatte wissen wollen.

»Dieser Mensch, an dem dir so viel liegt, dieser Gerard, hat einen Teil dessen in sich aufgenommen, was mir Macht verleiht«, teilte er ihr mit. »Manchmal spüre ich ihn in meinem Geist wie einen lästigen Moskito, der über ein ätherisches Band mit mir verbunden ist. Er schwirrt in einem Zustand benommener Verwirrung herum und lässt sich manchmal nieder, um Informationen aus Shokins, nein, aus meinem Geist zu saugen, als seien es Blutstropfen.«

Daraufhin sah er Shaella in die Augen, und sein Blick war todernst wie immer.

»Du darfst nie auch nur versuchen, das, wozu er geworden ist, aus dem Siegel zu befreien. Er ist kein Mensch mehr. Er hat Dracheneigelb getrunken. Im Augenblick ist er unendlich mächtig. Ich bezweifle, dass er inmitten all des Bösen, in das er verbannt wurde, überleben kann, aber wenn es ihm gelingen sollte, hat er das Potenzial, unvorstellbar mächtig zu werden.«

»Ich will mich nur mit ihm verständigen«, log sie.

»Wenn du mir einen Bluteid schwörst, dass du nicht versuchen wirst, ihn zu befreien, solange ich lebe, zeige ich dir, wie man die Kugel benutzt, aber dann habe ich etwas bei dir gut.«

Ein Bluteid war ein magisches Band, das denjenigen sofort tötete, der den Eid brach. Der uralte Zauber war ursprünglich entstanden, um zu verhindern, dass mächtige Magier einander betrogen. Dennoch hätte Pael es eigentlich besser wissen müssen, fand Shaella, als eine Frau einen Eid schwören zu lassen, aus dem sie sich nicht herauswinden konnte. Selbst die dümmste Frau konnte ein solches Versprechen umgehen, so bindend es auch sein mochte, und wenige Frauen waren klüger und hinterlistiger als Shaella. Daher war sie ohne Zögern mit Paels Bedingungen einverstanden.

Sie wollte unbedingt Gerard erreichen. Sie war zuversichtlich, dass sie irgendwann einen Weg finden würde, ihn aus der Unterwelt zu befreien, insbesondere, da sich Pael offenbar solche Sorgen darum machte, dass es genau dazu kommen würde.

Obwohl sie sich nicht vorstellen konnte, dass Gerard so eine mächtige Kraft darstellen sollte. Er war weder gierig noch lüstern. Selbst wenn er Macht besitzen mochte, wäre er damit zufrieden gewesen und würde nicht nach mehr streben. Paels Sorge erwuchs anscheinend aus Angst. Wenn er recht hatte und sich dieselbe Macht wie in ihm auch in Gerard manifestiert hatte, dann hatte es Sinn, dass er sich vor einem befreiten Gerard fürchtete. Schließlich hatte er ihm den Dolch ins Herz gestoßen. Wenn also jemand Gerards Rache fürchten musste, dann er.

Shaella musste gegen das erregte Kribbeln im ganzen Leib ankämpfen. Sie musste einen klaren Kopf haben, wenn Pael sie den Bluteid leisten ließ. Sie durfte dann nicht voller Tagträume und Fantasien von Gerard sein. Die genaue Formulierung des jeweiligen Eides war manchmal gleichzeitig der Ausweg aus ihm.

Als sie das Stockwerk unter der Bibliothek erreichten, ließ Shaella den Aufzug anhalten. Sie zeigte Pael, wo sie die Bücher auf einem Brett gestapelt hatte, das sie auf ein paar Steinblöcke gelegt hatte, damit sie nicht mit dem Boden in Berührung kamen. Der Raum stank nach einer Mischung von Gerüchen, die man gemeinhin nicht kannte. Ein Fass Bärenurin und ein offenes Glas mit eingelegten Greifenlebern leisteten den Hauptbeitrag, aber eine Kiste voller getrockneter Fledermausflügel und viele verschiedene Beutel mit Kräutern und Pulvern, die man zum Zaubern verwendete, trugen ebenfalls zu dem strengen Aroma bei.

Pael ignorierte den Gestank, eilte zu dem Bücherstapel hinüber und kniete sich auf den staubigen Boden. Er strich mit den Fingern über die Buchrücken und suchte nach den Titeln. Mehr als einmal knurrte er frustriert. Im Handumdrehen hatte er die zuvor ordentlichen Stapel über den Boden verstreut und einen neuen angefangen. Mit fiebrigem Eifer blätterte er die Seiten dieser Werke durch und warf am Ende bis auf zwei alle in das Durcheinander.

Die beiden, die er behalten hatte, stellte er auf ein Regal neben ein Glas mit gelblich-grauer Flüssigkeit und dem Etikett »Seucheneiter«. Im Glas daneben trieb in einer klaren Flüssigkeit eine fette schwarze Spinne mit einem hellgelben Stern auf dem Rücken. Shaella sah sie sich an, während sie wartete. Die Zeichnung der Spinne erinnerte an drei doppelt gezackte Blitze, die sich alle in einem zentralen Punkt schnitten. Shaella und Cole hatten versucht, zu entscheiden, welches Symbol sie auf ihrem Banner benutzen sollten, doch jetzt war die Entscheidung gefallen. Coles Drachenwappen war wild und beeindruckend, aber dies war weder des Drachen Königreich noch Coles. Shaella würde den Stern aus Blitzen im Wappen führen.

»Was ist das für eine Spinne?«, fragte sie ihren Vater.

Pael versuchte halbherzig, die Bücher, die er durch die Gegend geworfen hatte, wieder zu stapeln, unterbrach sich aber, um einen Blick auf das zu werfen, was sie meinte.

»Eine, von der man nicht gebissen werden will«, erwiderte er und fuhr mit dem Stapeln fort. »Sie heißt *Arachnida voltonima*, der umgangssprachliche Name lautet Leuchtweberin oder einfach Schockspinne. Ihr Netz leuchtet nachts in einem sanften

Gelb, und sie kann ein Tier von der Größe eines Opossums oder eines Lemuren mit einem Biss töten, der eine Art elektrischen Schock austeilt. Der Schock reicht nicht ganz aus, um einen durchschnittlichen Menschen zu töten, aber ihr Gift ist säurehaltig, schmerzhaft und tödlich. Es eignet sich hervorragend zum Ätzen und dazu, Stahl mit einer magischen Rune oder einem Symbol zu belegen.«

Ihr Blick wanderte zum Umschlag des Buches, das Pael hatte liegen lassen. Auf dem Lederumschlag standen die vier kunstvoll verzierten Buchstaben PTGH. Sie musste genauer hinsehen, um die kleineren Buchstaben dazwischen erkennen zu können. Der Titel des Buches lautete *Pflanzen und Tränke für Gift und Heilung.*

Ein kurzer Anfall von Paranoia ergriff sie, der erst nachließ, nachdem sie sich selbst versichert hatte, dass ihr Vater keinen Grund hatte, sie zu töten, und dass er kein Gift brauchte, wenn er es trotzdem vorhatte. Weder Cole noch Flick, die beide jederzeit für sie gestorben wären, würden etwas gegen Pael unternehmen. Beide eiferten ihm nach Kräften nach. Wenn Pael sie töten wollte, musste er es einfach nur tun oder es andernfalls einem der beiden befehlen. Sie schüttelte den Kopf und schalt sich eine Närrin, weil sie einen so dummen Verdacht hegte.

Pael erhob sich und versuchte wenig erfolgreich, den Staub vom Saum seiner eleganten Magierrobe zu klopfen. Bei dem Anblick musste Shaella wider Willen lächeln.

Angesichts ihrer Belustigung fauchte Pael sie an. Er strich sich mit der Hand übers Gesicht, dann weiter über den Körper, und die Geste reinigte seine Robe vollkommen.

Shaella war nicht beeindruckt.

»Die geisterhafte Kugel?«, drängte sie, denn sie sah, dass er ihre Verabredung bereits wieder vergessen hatte. Sie hoffte, er habe auch vergessen, dass sie einen Eid leisten sollte.

»Na gut«, sagte er und schnappte sich die beiden Bücher, die er ausgewählt hatte. »Schaff uns von diesem widerwärtigen Ort weg. Oben im Nest habe ich einen Dolch.«

Enttäuscht, dass er den Bluteid nicht vergessen hatte, aber geradezu unvernünftig froh, dass sie endlich den Trick lernen würde, wie man das Artefakt benutzt, sprach sie das Kommandowort, das den Aufzug in die Bibliothek hochfahren ließ.

Pael fauchte angewidert, weil er durch die Luke hoch ins Nest und dann ins Stockwerk darüber klettern musste, doch er tat es.

Zuerst zeigte er ihr, wie man die Kugel mithilfe der Kettenwinde an der Wand vom Boden hebt, damit sie nicht verhindert, dass der Aufzug bis ganz nach oben fahren kann. Er hob sie nicht weit an, nur so viel, dass er ihr zeigen konnte, wie der Windenmechanismus funktioniert. Dann nahm er einen Dolch von einem Tisch, und ehe sie darüber nachdenken konnte, schnitt er ihr in die Handfläche.

»Schwörst du bei deinem Herzblut, niemals zu versuchen, den zu befreien, den du suchst, den Menschenjungen namens Gerard, der ins Siegel ging? Schwörst du, niemals zu versuchen, ihn von dem dunklen Ort zurückzuholen, an den er verbannt ward?«

Shaella war nicht glücklich, dass Paels Worte eine so breite Palette an Möglichkeiten abdeckten, sah aber bereits ein Schlupfloch.

»Solange du lebst und atmest, Vater, bindet mein Blut mich an meinen Eid. Ich schwöre, dass ich nie versuchen werde, den Menschenjungen namens Gerard aus der Unterwelt zu befreien.«

Pael sprach einen Bindezauber und ballte dann Shaellas blutende Hand zur Faust. Anschließend skandierte er in der alten Sprache der Magier, um den Zauber zu vollenden.

Die meisten seiner Worte verstand sie. Wenn sie ihren Eid brach, würde ihr eigener Geist ihr Herz zum Stillstand bringen, ihr Blut erfrieren lassen oder so etwas. Im Grunde würde sie sterben, wenn sie je versuchte, den Eid zu brechen, den sie gerade geleistet hatte. Das war in Ordnung für sie. Der Eid, den sie geleistet hatte, würde sie nicht daran hindern, Gerard durch jemand anderen aus dem Siegel befreien zu lassen. Außerdem hatte ihr Vater ihr schon gesagt, dass er sich verwandelt hatte. Dank des Dracheneigelbs war er nicht mehr der Menschenjunge namens Gerard. Was auch aus ihm geworden war, sie hatte nicht geschworen, nicht zu helfen, dass dieses Wesen aus dem Siegel entkam. Wenn Gerards Geist nicht überlebt hatte, dann war es sowieso gleichgültig. Sie hoffte, es auf die eine oder andere Weise bald zu erfahren.

Sie passte genau auf, als Pael sie in der Anwendung der Kugel unterwies. Die Lektion erinnerte sie an viele andere, die sie in der Vergangenheit bei ihm gelernt hatte. Mit der Kenntnis des Experten sprach er ohne überflüssige Worte über das jeweilige Thema und drückte ihr mit seiner Eindringlichkeit die Informationen fast gewaltsam in den Kopf. Es fehlten nur das Kratzen von Coles Feder, der fieberhaft versuchte, mitzuschreiben, und Flicks seltsame, aber wichtige Fragen.

Shaella begriff, dass sie ihren Vater zwar nicht besonders mochte, dass er aber deswegen noch lange kein Narr war. Tatsächlich war er so kenntnisreich wie alle anderen Männer zusammen, die sie in ihrem ganzen Leben getroffen hatte. Er war halb wahnsinnig, machthungrig und vollkommen verdorben, aber nicht dumm. Sein finsterer Geist war gründlich und organisiert, und Shaella vermutete, dass er mit seiner frisch erworbenen Macht im Grunde zu allem imstande war.

Pael löste die Kugel mit seinem kreisenden Gesang aus, und es war anscheinend nicht schwieriger, als einen Apfel vom Baum zu pflücken. Sie hatte die Worte völlig falsch betont. Alle Silben der alten Worte, die sie abgelesen hatte, hatte ihr Mund gänzlich falsch geformt, und von den drei schwarzen Kerzen, die man anzünden und um die Kugel aufstellen musste, hatte sie gar nichts gewusst.

Pael erklärte, die Kerzen seien eigentlich nicht notwendig, um die Verbindung herzustellen, doch sie seien ihm eine große Hilfe dabei, sich auf seine Aufgabe zu konzentrieren. Er erklärte auch, dass das klaffende Loch in der Wand winzige

Ablenkungen schuf, etwa das Flüstern einer Spätsommerbrise oder einen Vogelruf in der Ferne. Das hatte ihr überhaupt nicht geholfen, sich zu konzentrieren, doch wenn sie diese Ablenkungen wahrnahm und bewusst ausblendete, konnten sie sehr wohl hilfreich sein.

Sobald Pael die Kugel zum Leuchten gebracht hatte und die purpurfarbene, rauchartige Energie darin wirbelte, nahm er seine Bücher und verschwand wieder dahin, woher er gekommen war.

Shaella umkreiste den riesigen Kristall und strich dabei mit dem Finger darüber. Zuerst sprach sie leise Gerards Namen, dann lauter, fast schon ein wenig verzweifelt. Für ein paar Herzschläge oder auch eine halbe Nacht war sie mit Leib und Seele bei der Sache. Nach einer Weile zitterten ihre Beine, und sie fiel am tiefsten Punkt der summenden lavendelfarbenen Kugel zu Boden. Als sie die Augen öffnete, wurde es draußen vor dem klaffenden Loch in der Turmwand gerade hell. Sie wischte sich eine Träne aus dem Gesicht, und als sie sah, dass die geisterhafte Kugel noch leuchtete, unternahm sie einen letzten Versuch, nach Gerard zu rufen.

»Gerard, mein Liebster, höre mich. Kannst du mich hören? Gerard?« Die statische Energie, die die Kugel erzeugte, sog ihr Haar zur Oberfläche, als sie sich vorbeugte und die große Kugel voller Sehnsucht umarmte, die Seele ihres Liebsten zu berühren.

Ihr blieb beinahe das Herz stehen, als eine schwache ferne Stimme ihr antwortete und verblüfft ihren Namen krächzte.

KAPITEL 48

ALS HYDEN FALK DAS PFERD BESTEIGEN WOLLTE, misslang es ihm – er stürzte und blieb erschöpft liegen. Vaegon wehrte Dricks Versuch, ihm zu helfen, mit einer Handbewegung ab und sagte schlicht: »Er braucht Ruhe.«

Der Waldläufer nickte verständnisvoll, befahl den beiden Soldaten, Wache zu halten, nahm die Zügel aller Pferde und band sie an. Dann setzte er sich hin, den Rücken an einen Baum gelehnt. Ihm gefiel die Vorstellung nicht, dass sein gefallener Kamerad da einfach so tot über einem Pferderücken hing, aber was hätte er tun sollen? Der Elf und sein erschöpfter Freund hatten beim Begräbnis des Riesenwolfs ausgesehen, als würden sie gleich zusammenbrechen. Jetzt konnten sie sich kaum noch bewegen, geschweige denn reiten.

Drick hätte schon mal allein eine Grube für seinen Kollegen ausheben können, aber der arme, tote Arnell hatte eine Frau und einen Vater, die vielleicht nicht wollten, dass er hier draußen im Wald begraben war, auch wenn das für jeden Waldläufer die nächstliegende letzte Ruhestätte gewesen wäre. Ihm gefiel die Vorstellung nicht, seinen Freund so nahe bei diesem widerlichen, halb verrotteten, kopflosen Leichnam zu bestatten, den sie in den Wald geschleift hatten. Wenn er mit Arnells Vater gesprochen hatte, konnten sie vielleicht irgendwo eine hübsche, friedliche Lichtung für ihn finden. Geistesabwesend sann er weiter darüber nach, bis ihm auffiel, dass einer der Soldaten den Elfen anstarrte. Er fragte sich, was der Mann wohl dachte.

Drick hatte schon einmal einen Elfen gesehen, wenn auch aus großer Entfernung. Das wilde Gelb von Vaegons gesundem

Auge lenkte die Aufmerksamkeit des Soldaten ständig von dem großen, weißen Wolf ab, der sich neben Hyden legte.

Das ist wie in einer dieser verfluchten alten Geschichten, dachte er. Dämonenbestien, Elfen, die auf Wölfen ritten und ein Westländer mit einem magischen Schwert, und das alles ausgerechnet mitten im Krieg. Ah, der Krieg!

Niemand in ganz Hochvag, am wenigsten Drick, begriff, warum Thalheim und Meerend sie angriffen. Königin Willa kannte die Gründe wahrscheinlich, er aber nicht.

Ein Falkling kam durch eine Öffnung im Blätterdach herabgeschossen und landete neben dem jungen Burschen aus den Bergen. Er war während des Kampfs mit dem Choskadämon unter ihnen gewesen, und es war ihm sogar gelungen, dem Dämon eine Kralle über eines der kirschroten Augen zu ziehen. Seine Anwesenheit verstärkte noch Dricks unwirkliche Stimmung. Inzwischen hätte es ihn auch nicht mehr überrascht, wenn eine Herde winziger, nur fingerhoher Rehe aus dem Wald getreten wäre, um sich mit den Pilzen zu unterhalten.

»Diese Leute passen hervorragend an Königin Willas seltsamen Hof«, sinnierte Drick. In Anbetracht ihres Zwergenkastellans, ihrer bärtigen Zwergenvertrauten und ihrem kleinen, blauen Feenberater konnten ein einäugiger Elf und ein Mann, der sich anscheinend gerade angeregt mit einem Riesenwolf und einem Vogel unterhielt, den Wanderzirkus, mit dem sich Königin Willa umgab, aufs Vortrefflichste ergänzen. Drick stellt fest, dass er froh war, wenn er diese Leute in der Burg abgeliefert hatte und seiner Wege gehen konnte. Er würde wieder ganz profan im Wald umherstreifen und sich nie wieder über Langeweile beklagen.

Kralle war aus eigenem Antrieb Mikahl, der Frau und den Wölfen gefolgt. Er hatte versucht, Hyden seine Falklingssicht in den Kopf zu drücken, doch der war zu benommen gewesen, um etwas damit anfangen zu können. Kralle war ihnen gefolgt, bis er davon überzeugt war, dass die Dame nichts Böses im Schilde führte und Mikahl nicht von Huffas Rücken fallen würde. Diese Bilder hatten Hyden geholfen, Grrrs Begräbnis zu überstehen, ohne völlig zusammenzubrechen.

Vaegon legte sich neben Hyden und schob Eisendorn zwischen sie. Als verstehe Urp die Sorge des Elfen, rollte sich der Wolf ihnen zu Füßen zu einem Fellknäuel zusammen. Kralle landete auf dem Schwertgriff und putzte sich.

Der Elf fühlte sich in Gegenwart der Soldaten aus Hochvag nicht sicher, also ging er kein Risiko ein. Männer wie diese hatte Hyden Falk damals beim Sommertagsfest den Pfeil auf ihn abschießen sehen. Vaegon war noch nicht bereit, ihnen zu vertrauen.

Doch im Einschlafen galten seine Gedanken und Sorgen nicht ihm selbst. Er machte sich Sorgen um Mikahl. Hoffentlich waren die xwardanischen Heiler so gut, wie die Frau behauptet hatte. Sonst würden sie ihn nicht retten können.

***

Als Hyden erwachte, war es fast dunkel. Er brauchte lange, um sich zu erinnern, wo er war und was geschehen war. Er hatte geträumt, und die Traumbilder hafteten seinem wachen Geist an wie ein übler Geruch.

Er hatte von dem Drachenschädel in der Ratskammer seines Dorfes geträumt. Im Traum hatte die Weiße Göttin aus den tanzenden blauen Flammen, die die offene Hirnschale erfüllten, voller Panik nach ihm gerufen. Ihre Stimme war dünn, aber beharrlich gewesen, und es fiel ihm schwer, das Bild aus dem Kopf zu bekommen. Schlimmer noch war, dass er sich an den Zeitraum zwischen seinem Aufprall auf der Eiche und dem Aufbruch der seltsamen Frau mit Mikahl nach Xwarda nicht erinnern konnte.

Er setzte sich auf, und Urp tat es ihm sofort nach. Das weiße Fell des Wolfs schimmerte im Mondlicht, das durch die Bäume fiel, im selben magischen Blau wie die Flammen im Drachenschädel in seinem Traum. Wieder hörte er die Stimme der

Göttin seines Clans nach ihm rufen. Diesmal lief es ihm dabei eiskalt über den Rücken. Geistesabwesend streichelte er Urps Kopf und beschloss, ihrem Ruf zu folgen. König Aldar hatte von dem Tempel in Xwarda namens Whitten Loch gesprochen. Sobald er wusste, wie es um Mikahl stand, würde er ihn aufsuchen und zu ihr um Beistand beten.

Am späten Abend des nächsten Tages erreichten sie die gewaltigen Tore in Xwardas mächtiger äußerer Stadtmauer aus weißem Stein. Sie alle, selbst Drick, waren seit einer knappen Stunde geblendet davon, wie die untergehende Sonne sich an der Westflanke des Gebirges und der schimmernden Burgstadt der Hexenkönigin brach. Hyden konnte sich keinen prachtvolleren Anblick vorstellen. Er hatte die Stadt von oben gesehen, aber das hatte ihn hierauf nicht vorbereitet.

Er zählte sieben große, runde Türme, die aus dem Hauptgebäude der Burg emporragten. Mehrere kleinere Türme erhoben sich außerdem rings um die Stadt. Die Strahlen der untergehenden Sonne brachen sich in ihren schimmernden Metalldächern, sodass sie aussahen wie in flüssiges Gold getaucht.

Die Mauer selbst war mindestens fünfzig Fuß hoch und halb so dick. Drick sagte ihnen, dass es normalerweise unmittelbar vor der Mauer eine große Menge von Zeltbewohnern und Händlern gab. Königin Willa hatte ihnen jedoch befohlen, sich in die Stadt zu begeben, damit das Militär das Gelände für den Angriff der Thalheimer und Meerender vorbereiten konnte. Nur der zertrampelte Unrat, den sie hinterlassen hatten, war noch von ihnen geblieben, und der war zum größten Teil mit leicht entflammbarem Öl getränkt worden.

Hyden und Vaegon bestaunten den tunnelartigen Gang, den sie durchschritten, um in die Stadt zu gelangen.

Hyden fragte nach den Schlitzen und Löchern in den Wänden und der Decke des Eingangstunnels, und Drick erklärte deren furchtbaren Sinn. Man konnte durch sie siedendes Öl und brennendes Pech auf Eindringlinge schütten, während Bogenschützen sie durch die Schießscharten beschossen. Schon der Gedanke ließ Hyden erschauern. Als sie schließlich aus dem Eingangstunnel traten, rissen sowohl Hyden als auch Vaegon vor Staunen den Mund auf.

Ein großes Mosaik aus Buntglas erstreckte sich hoch über dem Hauptgebäude der Burg. Es war noch ein gutes Stück entfernt, aber die Darstellungen erhoben sich über der Stadt wie ein für die Götter aufgehängtes Gemälde. Was die Abbildungen genau zeigten, war aus dieser Entfernung nicht erkennbar, aber das rubinrote, saphirblaue und smaragdgrüne Gefunkel blitzte wie der Schatz eines Drachen auf der Frontseite des Schlosses. Die atemberaubende Majestät des Ganzen überlagerte sogar das unangenehme Gefühl, das die Hunderte von Schwarzklingenbannern, die im Winde wehten, in Hyden und Vaegon auslösten. Unsicherheit und Angst waren unter der Oberfläche nach wie vor vorhanden. Beide konnten das Blutbad nicht vergessen, das die Schwarzklingen am Sommertag ausgelöst hatten.

Innerhalb der Mauern stank es nach Unrat und unangenehmen Körpergerüchen, und auf den Straßen drängten sich dicht an dicht Menschen, Wagen und Vieh mit allem dazugehörigem Schmutz. Die Fülle war unvorstellbar. Wo man auch hinsah, waren Wagen, vollgeladen mit den Habseligkeiten der Menschen, die sich um sie scharten.

»Leute aus den Städten und Gehöften im Westen«, erklärte Drick. »Sie suchen Schutz innerhalb der Mauern.«

Er zeigte über die Schulter darauf, und Hyden bemerkte zum ersten Mal, dass sie Zinnen hatten. Auf dieser Seite der Mauer fehlten auch nicht die Schlitze, die er für Fenster oder Entlüftungsschlitze gehalten hatte, bis Drick erklärt hatte, dass es Schießscharten waren. Die Abneigung gegen die dicht bevölkerte Stadt war dem Waldläufer deutlich anzusehen, während er sie nervös in das Chaos hineindrängte.

»Jenseits der nächsten Tore ist es weniger voll.«

Sie hatten keine Probleme, durch die Menge zu kommen. Die Menschen teilten sich vor ihnen wie ein Kornfeld, wenn ein Bär hindurchtappte. Viele von ihnen zeigten mit offenem Mund auf Vaegon, doch Urps gesträubte Nackenhaare und sein ständiges drohendes Knurren reichten aus, dass die Hungrigen und Zerzausten einen großen Bogen um sie schlugen.

Ein paar Menschen jubelten ihnen im Vorbeigehen zu, als seien sie große Helden, gekommen, sie vor den nahenden Horden der Thalheimer und Meerender zu retten. Mehr als einmal mussten Vaegon, Hyden oder beide den verängstigten und erregten Urp beruhigen.

Der tapfere Wolf tat Hyden leid. Urp war den ganzen Weg vom Lager zur Stadt gehumpelt, ohne sie aufzuhalten oder seinem Schmerz oder Protest Ausdruck zu verleihen. Müde und verwundet, wie er war, machten ihm die Massen mit all ihren seltsamen Gerüchen zweifellos Angst. Vaegon hatte angemerkt, dass der Wolf während ihrer gesamten Rast aufmerksam über sie gewacht und nicht viel geschlafen hatte. Hyden nahm sich vor, dafür zu sorgen, dass Urp genug Futter bekam und dass das Tier an einem ruhigen Ort schlafen konnte.

Drick hatte recht gehabt. Als sie kurz darauf unter einer etwas niedrigeren, älteren, aber nicht weniger wehrhaften Mauer hindurchgegangen waren, herrschte dahinter viel weniger Betriebsamkeit als in der Außenstadt. Auch hier waren viele Menschen und Wagen unterwegs, aber an der Qualität der Kleidung und den Habseligkeiten in ihren Wagen war klar ersichtlich, dass dies eine andere Sorte Flüchtlinge war.

Die Sonne war jetzt untergegangen, aber ihre Strahlen streiften noch immer die Berggipfel, sodass sie aussahen wie eine Krone aus Goldbronze auf Königin Willas Palast.

Hyden bemühte sich, ein Schild auf der Straße, das für frische Backwaren und den besten Käse der Welt warb, laut vorzulesen. Vaegon ermutigte ihn und half ihm durch die Worte. In den vergangenen Wochen hatte er geübt, war aber nicht weit gekommen. Schreiben fiel ihm noch schwerer. Er konnte die Namen seines Elfenfreundes, Kralles und Mikahls in die Erde kratzen, hatte aber eingesehen, dass er ohne Pergament,

Tinte und Federn nicht weit kommen würde. Das und ein paar Bücher würde er hier sicher finden. Die Vorstellung, in dieser so dichten Ansammlung von Menschen und Gebäuden nach einem entsprechenden Laden zu suchen, war beängstigend. Es entmutigte und überwältigte ihn, doch er war trotzdem entschlossen, so viel wie möglich zu lernen. Lesen und Schreiben waren dazu der logische erste Schritt.

Die Farbe des Himmels erinnerte ihn an seinen Traum in der vergangenen Nacht. Ein Blick auf Urps weiches Fell beschwor das Bild der Weißen Göttin, die ihn anflehte, ihren Ruf zu erhören.

»Kennst du einen Tempel namens Whitten Loch?«, fragte Hyden Drick, während sie sich einer weiteren Mauer mit Tor näherten.

»Ja, ich kenne Whitten Loch«, antwortete Drick. »Aber es Tempel zu nennen, ist, als nenne man einen sterbenden Baum einen Wald. Es ist ein Schwanenhaus, und noch dazu ein kleines, verdrecktes. Es steht am erhöhten Rand der Stützmauer des Sees, ganz im Westen.«

»Whitten Loch heißt Weißer See«, sagte Vaegon sachlich.

»Habe ich nicht gewusst«, antwortete Drick achselzuckend. »Aber ihr werdet es gleich selbst sehen.«

Im Gegensatz zu den anderen Toren, die sie durchschritten hatten, war das vor ihnen liegende geschlossen. Die gut zwanzig Fuß hohe Mauer war mit Ranken und schimmeligem Bewuchs bedeckt und ganz oben zeigte sie eine einzelne Reihe Schießscharten, darüber einen bedrohlich wirkenden, dornenbewehrten Eisenüberstand.

Ehe Hyden ihn sich näher ansehen konnte, wandte sich jemand mit barscher Stimme an sie.

»Ihr werdet erwartet«, sagte der Torwächter, der Urp skeptisch beäugte.

Er stieß einen schrillen Pfiff aus, den Kopf einer unsichtbaren Person auf der Mauer zugewandt. Tief aus dem Mauerwerk ertönte das Rasseln von Ketten. Langsam öffneten sich die eisenbeschlagenen Tore Stück für Stück, und dahinter enthüllte sich alle Pracht der Welt vor Hyden.

Im Vordergrund befand sich ein See mit Fontäne. Um ihn erstreckte sich in alle Richtungen ein gepflegter Waldpark in die Nacht, erhellt von Laternen, die in regelmäßigen Abständen an Pfählen entlang marmorgefliester Wege hingen. Sie wanden sich zwischen den Bäumen hindurch um angelegte Gärten und perfekt gestutzte Sträucher. Bunte Blumenbeete lagen hier und da zwischen vereinzelten Bänken und üppigen Rasenflächen verstreut.

Jenseits des Sees lag der Palast von Xwarda, der sich in den Wellen spiegelte: Eine Burg aus weißen Marmorblöcken, die aus der Erde wuchsen wie Kristallsplitter. Die schimmernden Buntglasscheiben wurden von innen hell angestrahlt. Die Abbildungen darauf waren deutlich zu sehen, plastisch und mindestens vierzig Fuß hoch. Hyden erkannte einige davon aus Geschichten wieder, die er von Berda und jüngst von Vaegon und König Aldar gehört hatte.

Da war der Magier Hunt Mahn, der auf einem Schlachtfeld, umgeben von all seinen Tieren, einer Horde Ungeheuer gegenüberstand. Ein weiteres Bild zeigte das Schmieden des Hammers von Doon und von Mikahls Schwert. Zwei Zwerge, deren Gesichter im Drachenfeuer leuchteten, hämmerten auf ihren Schöpfungen herum. Ein Magier und eine Gruppe Elfen hielten sich im Hintergrund, während ein langhaariger Riese sie alle bewachte, die muskulösen Arme vor der Brust verschränkt.

Eine andere Abbildung zeigte drei Drachen. Einer war bläulich-grün, ein anderer schneeweiß und der dritte dunkelrubinrot. Sie flogen um etwas herum, das Hyden für die Sommertagsspitze hielt. Das zentrale Bild zeigte einen Krieger in goldener Rüstung, der gegen eine Horde finsterer, vertraut aussehender Kreaturen kämpfte. Eine Höllenkatze, etwas, das eine der fledermausartigen Kreaturen sein mochte, von denen eine Grrr getötet hatte, und ein Dutzend anderer Bestien mit karmesinroten Augen starrten auf den Helden herab.

»Pavreal«, hauchte Hyden ehrfurchtsvoll.

Die übrigen der insgesamt dreizehn Szenen waren nicht weniger spektakulär. Hyden schätzte, wenn man eines der Glasbilder auf den Boden gelegt hätte, wäre es zwanzig auf zwanzig Schritt groß gewesen. Er vermutete, dass nur die größte Magie ein solches Wunder geschaffen haben konnte.

Unter der Reihe monumentaler Meisterwerke erstreckten sich mehrere von unten beleuchtete Spitzbögen, geteilt von großen Säulen mit Spiralmuster. In jedem befand sich eine mit Vorhängen verhängte Glaswand, außer dem mittleren. Unter diesem sah man eine sich verbreiternde, kunstvoll gestaltete Marmortreppe und das große Doppeltor der Burg.

Vaegon war sprachlos. Selbst mit Magie musste es tausend Jahre gedauert haben, diesen Ort zu bauen. Er war sicher, dass nur die langlebigen Elfen ein solches Meisterwerk hätten erschaffen können. Der See, der das Buntglas wie ein schimmerndes Laken aus Edelsteinen reflektierte; die Türme, die sich aus dem gespiegelten Licht in die Dunkelheit erhoben und deren Dächer, scheinbar aus flüssiger Bronze, sie wie ein Heiligenschein umgaben; der weiße Marmor, der das Kaleidoskop der Farben absorbierte und reflektierte und es auf seine eigene Oberfläche legte wie eine Lackschicht – er hätte nicht geglaubt, dass Menschen zu solchen Details befähigt gewesen wären. Doch hier sah er es vor sich.

Urp war gleich zum See gestürmt und trank jetzt gierig. Die Schwäne, von denen Drick gesprochen hatte, schossen schimpfend in die Luft, und ihr Protest über den Wolf riss Hyden aus seiner ehrfürchtigen Benommenheit. Dann wurde alles vom mächtigen Dröhnen der zuschlagenden Tore hinter ihnen übertönt.

Er suchte das Ufer ab und entdeckte das bescheidene, würfelförmige Gebäude, das Drick ein Schwanenhaus genannt hatte. Der Waldläufer lag mit seiner Einschätzung absolut richtig. Es sah nicht wie ein Tempel aus, sondern vielmehr wie ein solider Marmorblock, der vom Bau des Palasts übrig war. Wenn es überhaupt Türen, Fenster oder sonstige bauliche Merkmale gab, dann mussten sie auf der dem See und dem Palasteingang zugewandten Seite liegen, denn Hyden sah nur glatten, verwitterten Stein.

Zwei der Schwäne, die Urp aufgeschreckt hatte, glitten aus der Düsternis wieder ins Fackellicht. Sie landeten mit anmutigem Platschen im See und schwammen auf das Gebäude zu, erreichten einen rampenartigen Anstieg und watschelten offenbar auf der anderen Seite ins Bauwerks hinein. Hyden wollte gerade seinem Pferd die Sporen geben, um es sich genauer anzusehen, da erfüllte nahender Hufschlag auf einem der gefliesten Steinwege die Nacht.

Ein prachtvoll gekleideter Trupp argwöhnisch aussehender Soldaten, die alle das Schwarzklingenwappen der Hexenkönigin trugen, kam aus der Dunkelheit angeritten. Drick und der Kommandant der zwölfköpfigen Abordnung nickten einander auf eine Weise zu, die sowohl bei Hyden als auch bei Vaegon die Alarmglocken läuten ließ. Die Männer hinter dem Kommandanten schauten ängstlich hin und her, was den Argwohn der beiden Gefährten nur noch verstärkte. Hyden wies Kralle instinktiv an, ihm zu helfen, ein Auge auf sie zu haben.

»Diese Männer werden euch den Rest des Weges begleiten«, sagte Drick mit halbherzigem Lächeln. »Viel Glück und viel Muße. Ich muss mich jetzt um meinen gefallenen Kameraden kümmern.«

Hyden sah Vaegon an. Der traurige Gesichtsausdruck des Elfen verriet nicht weniger Sorge, als Hyden empfand, aber er gab ihm mit einem Nicken zu verstehen, den Soldaten dennoch zu folgen.

Er tastete nach Kralles Sicht, während sie durch einen Irrgarten kopfsteingepflasterter Wege zum Palast ritten. Halb rechnete er damit, hinter Hecken und in den Bäumen Gruppen von Schwarzklingen auf der Lauer liegen zu sehen, aber da waren keine. Das war an sich schon beunruhigend.

Es war eine milde Spätsommernacht. Der Himmel war klar, und die Sterne gingen auf. Hyden sah den Mond noch nicht, aber er kam nach seinen Beobachtungen zum Schluss, dass in dieser sauberen, schönen Grünfläche Menschen hätten unterwegs sein müssen. Tatsächlich hätte der ganze Park voller Flüchtlinge sein müssen, doch die waren in den Vororten der Stadt in ihrem eigenen Schmutz zusammengedrängt.

Plötzlich sahen Kralles scharfe Augen etwas mit hoher Geschwindigkeit zwischen den Bäumen auf sie zu jagen. Hyden stellte seine Überlegungen hintan und konzentrierte sich auf den Anblick, und dann ergab alles vollkommen Sinn.

Huffa und Wuff rasten in halsbrecherischem Tempo durch den Wald auf den See zu. Dass ihre Schwänze so in der Luft tanzten, war sicheres Anzeichen für Hyden, dass keine Gefahr drohte; sie waren nur froh, Urp zu sehen. Im Park war niemand, weil sich darin die Wölfe frei bewegten. Hyden nahm an, dass sie auch für die ängstlichen Blicke und das verkrampfte Verhalten ihrer Eskorte verantwortlich waren.

»Habt ihr sie gefüttert?«, fragte Hyden einen der Männer, als Huffa vorbeischoss. Ein paar der Pferde scheuten bei dem Anblick, aber ihre Reiter konnten sie unter Kontrolle halten.

»Heute Morgen haben sie eine Lammkeule bekommen«, antwortete der Kommandant. »Sie hat für den Nachmittag eine Jagd angeordnet, also sollte es jetzt jeden Augenblick ein oder zwei Rehe geben.«

»Könntet ihr eine weitere Keule auslegen, während sie warten?«, fragte Hyden. »Urp, der Wolf, der mit uns kam, ist verletzt und erschöpft. Er braucht dringend Ruhe und Futter. Sein Herr, König Aldar aus dem Reich der Riesen, wüsste die freundliche Geste gewiss zu schätzen.«

Die letzten Worte sprach er mit einem Hauch Autorität, wobei er sein bestes gab, Mikahls würdevollen Tonfall zu imitieren. Bei der Erwähnung des Königs der Riesen erblasste der Mann, was Hyden verriet, dass die Angelegenheit sofort erledigt werden würde. Dann wollte er nach Mikahl fragen, doch sie hatten das lange Vordach erreicht, das sich über die große Treppe hinauf zum Eingang des Palasts von Xwarda spannte.

Dort warteten schon Männer, die sich um die Pferde kümmern sollten. Als sie abstiegen, wären sowohl Vaegon als auch Hyden vor Schmerzen beinahe umgefallen. Die Pein in den Innenseiten ihrer Oberschenkel und rings um den Steiß überfiel sie, sobald sie wieder standen. Beide hatten vor dem langen Ritt vom Lager nach Xwarda noch nie auf einem Pferd gesessen. Die Sättel hatten bequemer ausgesehen als ein Wolfsrücken, aber jetzt konnten beide nur mit knapper Not aufrecht stehen, ohne zu stöhnen oder umzukippen.

Hydens Wille, einen guten Eindruck zu machen und diesen Leuten, die Feinde sein mochten oder auch nicht, keine Schwäche zu zeigen, war ihm eine Hilfe, seinen Schmerz zu meistern. Vaegon schummelte und brachte den seinen mit Magie zum Verschwinden. Unter anderen Umständen hätte Hyden vielleicht über ihre Pein gescherzt, aber Mikahls bedrohliche Situation lag in der Luft und erstickte jede aufkommende Heiterkeit.

Am oberen Ende der Treppe begrüßte sie ein Zwerg. Keiner von beiden hatte je einen gesehen, und sie waren schockiert. Der Mann war diese Reaktion offenbar gewohnt und machte sich nichts daraus, dass ihnen vor Verblüffung der Mund offenstand. Hyden war sich nicht sicher, aber er hielt es für möglich, dass der Zwerg seinerseits noch nie einen Elfen gesehen hatte. Es mochte auch sein, dass ihn die Augenklappe über Vaegons leerer Augenhöhle besonders faszinierte. Schweigend musterten sie einander.

Für Hyden sah der Zwerg aus wie ein normal großer Mann, den man auf etwas mehr als Hüfthöhe zusammengedrückt hatte. Schultern und Hüfte waren so breit und kräftig wie die eines Menschen, nur komprimiert, als sei ein Riesenshagmar auf ihn getreten. Sein Haar war ein Wirrwarr aus grauen Locken und sah aus wie ein explodiertes Vogelnest. Es entspross scheinbar seiner Uniform und fiel ihm über die Schultern. Eine große Knollennase teilte buschige, weiße Augenbrauen, unter denen dunkle, aber heitere Augen blitzten. Sein Bart fiel ihm über den dicken Bauch, die Spitze berührte beinahe den Boden, und unter dem Oberlippenbart sah man nur den Ansatz seiner Unterlippe.

»Dugak«, sagte er mit tiefer, polternder Stimme.

Er verneigte sich und lächelte vielleicht sogar, aber das war bei all dem Haar schwer zu sagen.

»Sie erwartet euch im Speisesaal. Dort gibt es auch Erfrischungen.«

Er bedeutete ihnen, durch die offene Tür zu treten. Hyden ging vor. Vaegon folgte ihm und war froh, dass niemand versuchte, ihm Eisendorn abzunehmen, denn das hätte er nicht zugelassen.

Hyden fragte sich, wer »Sie« war. Zunächst nahm er an, die Frau, die sie im Wald getroffen hatten, wäre gemeint, doch als sie nun mit hallenden Schritten durch die schön eingerichteten Gänge des Palasts schritten, vermutete er, diese »Sie«, die sie erwartete, könnte Hexenkönigin Willa persönlich sein.

Der Palast, sah nicht wie der Wohnort einer Hexe aus, sinnierte Hyden. Einer Königin hingegen war er zweifellos angemessen. Gobelins, die allerlei Landschaften zeigten, hingen an den Wänden des breiten Gangs, den sie durchschritten. Dann und wann war eine kleine, aber helle Laterne an der Wand befestigt. Sie kamen an ein paar offenen Durchgängen vorbei, die den Eindruck erweckten, als seien die dunklen Räume dahinter riesig und ebenso majestätisch wie der Rest des Palasts.

Vaegon dachte über die Beleuchtung im Korridor nach. Sie rührte nicht von den Laternen her, die in großen Abständen aufgehängt waren. Ihm fiel auf, dass die hohe Decke nicht wie die Wände und der Boden aus Marmor bestand. Sie sah hell aus und bestand wahrscheinlich aus Hüterstein, der ein sanftes, beständiges Leuchten abstrahlte.

Schließlich erreichten sie einen halbdunklen, offiziell wirkenden Speisesaal. Der Raum hatte mehrere Ebenen, und auf der untersten standen drei leere Tische. Am anderen Ende befand sich auf einer erhöhten, bühnenartigen Plattform ein weiterer Tisch, erhellt von flackernden Fackeln in verzierten Ständern und bedeckt mit Platten voller Speisen und Getränken.

Die Frau, die Mikahl aus dem Wald zurückgebracht hatte, erhob sich bei ihrem Eintreten, um sie zu begrüßen. Sie trug ihren Gürtel und ihre Reitstiefel nicht mehr, und ihr Haar war nicht mehr zum Zopf geflochten. Ihre goldenen Locken fielen ihr wie ein Wasserfall über die Schultern. Das blassblaue, elegante Gewand, das sie trug, betonte ihren wohlgeformten Körper.

Ein weiterer Zwerg, ein Diener oder Page, erhob sich neben ihr. Es mochte auch eine Zwergin sein; das war schwer zu sagen. Das Wesen war gut frisiert, hatte lange Wimpern, weibliche Brauen und sogar schwellende Brüste unter den Gewändern, doch der Bart, der ihm bis zur Taille hing, war dicht und voll und verwirrte sie. Doch keiner der beiden Gefährten dachte sehr lange über das Geschlecht des Zwergs nach, denn der Gesichtsausdruck der Menschenfrau war so traurig und grimmig, dass ihre einzige Sorge Mikahl galt.

Hyden war plötzlich so überwältigt von Trauer, dass er nicht einmal hörte, wie Dugak die Frau vorstellte.

»Willkommen in der Halle der Hütersteinhexe. Willa Undite, die Königin von Hochvag, erwartet euch.«

KAPITEL 49

»SHOO-KIIN!«, RIEF DER CHOSKADÄMON UND sandte Pael ein flüchtiges Gefühl.

Es spürte den Dämonenmagier am Rande des Immerdars, nördlich der zerstörten Stadt Schlossberg. Pael war nicht weit von dem Ort entfernt, an dem König Jarrek und Targon, der Magier aus Hochvag, den Lindwurm getötet hatten, der sie angegriffen hatte. Der Choska fand Pael dort auf Händen und Knien.

Der Magier suchte den Boden nach einer bestimmten Pilzsorte ab, einer, die nur im Schatten der Graueiche im Immerdar wuchs, denn die Sporen fielen mit dem Dung der Rotspatzen herunter, die dort nisteten. Er hatte bereits einige Dutzend der violett und gelb gefleckten Pilze gesammelt, wusste aber, dass er doppelt so viele brauchte, um die Essenz herzustellen, die er benötigte. Er war zunehmend frustriert darüber, wie anstrengend sich seine Suche gestaltete, und vermisste Schimmer, der solche Aufgaben hervorragend erledigt hatte. Als der Morgen in den Nachmittag überging, zogen die Sonnenstrahlen allmählich das Gift aus den Pilzen, die daraufhin weiß, kreidig und nutzlos wurden. Im Schatten der Graueichen fand er noch brauchbare Exemplare.

Pael, der mittlerweile so daran gewöhnt war, zu bekommen, was er wollte, musste feststellen, dass auch die größte magische Macht ihre Grenzen hat. Sosehr er es sich wünschte, er konnte nicht verhindern, dass die Sonne die Pilze verdarb, und er konnte sie ebenso wenig einfach in seinem Korb materialisieren lassen. Aus diesem Grund war der mächtigste Zauberer des Reiches gezwungen, im Vogelkot herumzukriechen und dort zu suchen, was er zur Vollendung seines großen Planes dringend benötigte.

Das jähe Auftauchen des Choskadämons hatte ihn nicht überrascht, aber es hatte die Suche für den Tag endgültig beendet. Er seufzte. Es half nichts. Er würde am nächsten Morgen wieder auf die Jagd nach Blutkappen gehen müssen, um seinen Bedarf zu decken. Er warf einen prüfenden Blick in seinen Weidenkorb, um sich zu vergewissern, dass die geernteten Pilze unter einem Tuch vor den Sonnenstrahlen geschützt waren. Es wäre schlecht gewesen, wenn sie kreidig geworden wären, während er mit dem Choskadämon sprach.

Erst als er aufstand und sich den Schmutz von der Robe wischte, bemerkte er, dass Roark nicht auf dem Rücken des Choskas saß und dass dem Dämon zähflüssiges schwarzes Blut aus mehreren Wunden rann.

»Hast du das Schwert?«, fragte Pael mit wachsender Aufregung.

»Neeein«, zischelte der Choska. »Aber der Junge ist tödlich verwundet.«

»Wunden können heilen!«, blaffte Pael. »Warum bist du nicht geblieben und hast es vollbracht?«

»Da waren noch andere, die dem Jungen geholfen haben. Riesenwölfe aus dem Gebirge im Norden, die Hexenkönigin und ihre Bogenschützen. Da war auch ein junger Tierkrieger, aber das ist einerlei.« Der Choska hielt schwer atmend inne.

Eine der Verletzungen an seinem Körper gab ein nasses, saugendes Geräusch von sich.

»Schau dir die Wunde an. Die Klinge war von ihrer Macht erhellt, als sie in mich fuhr! Ich dachte, ich wäre verloren, aber sie war zu schwach, um meine Essenz zu vernichten. Errion Torens Kraft ist vergangen!«

Pael sah es sich an. Die Klinge war kurz vor dem Hinterbein des Choskas eingetreten. Die Wunde war tief und lang, doch es war eher ein Stich als ein Schlitz. Schwarzes Blut war um die Eintrittsstelle geronnen, hatte jedoch keinen Schorf gebildet.

Während des Fluges war der Schlitz bei jedem Flügelschlag wieder aufgerissen.

Mit einem resignierten Seufzer, und ohne die giftigen Überreste der Pilze von seinen Händen zu waschen, untersuchte Pael die Wunde genau. Er sprach unterdrückt ein Wort, und da erglühte seine rechte Hand in mattem Gelb, einer Farbe, die man im hellen Sonnenlicht kaum erkennen konnte. Ohne den Choska vorzuwarnen, stieß er den Arm tief in die Wunde und ging ans Werk.

Der Choska schnappte nach Luft und brüllte, brachte es aber fertig, stillzuhalten. Der Schmerz war ungeheuer groß und höchstwahrscheinlich nicht nötig. Das Dämonenbiest wusste, dass Pael es dafür bestrafte, dass es den Kopf des Jungen oder das Schwert nicht mit zurückgebracht hatte. Ihm blieb nichts anderes übrig, als den Schmerz zu ertragen. Seine Wunde war ebenso tödlich wie die des Jungen, und nur Pael würde sie heilen können.

Nachdem die Schwertwunde geschlossen war, ging Pael um die Kreatur herum, zog Pfeile aus ihrem Rücken und heilte kleinere Wunden. Es waren wesentlich mehr Pfeile, als Pael zunächst geglaubt hatte. Den im Nasenloch des Dämonenbiestes hob er sich für den Schluss auf, und er ging nicht sonderlich behutsam vor, als er ihn herausriss. Die Qualen des Choskas wichen in diesem Augenblick einer Flut der Erleichterung. Von allen Wunden war diese die qualvollste gewesen.

»Ich brauche dich bald, Dämon«, sagte Pael.

»Shoo-Kiin, du schuldest mir meine Freiheit«, zischte der Choska mit so viel Respekt, wie er aufbringen konnte. »Du sagtest …«

»Nein!«, unterbrach Pael den Dämon mit einem wütenden Schrei. »Du solltest mir den Kopf des Bengels oder das Schwert bringen. Nichts davon hast du mir gebracht, und nun schuldest du mir nicht nur deine Dienste, du verdankst mir dein Leben!«

Pael kochte, und Adern traten auf seinem vor Wut fleckigen Eierkopf hervor. Ein Speichelfaden zog sich bis auf sein zitterndes Kinn hinunter, und in seinen Augen flackerte Gewalt.

Der Choska kauerte sich vor Angst zusammen, denn Shokin sagte die Wahrheit. Er konnte noch nicht fordern, aus den Diensten des Dämonenmagiers entlassen zu werden.

»Ich werde kommen, wenn Ihr mich ruft«, lenkte der Choska ein, ehe er in die Luft sprang und sich auf der Suche nach einem Ort, an dem er ruhen konnte, entfernte.

Pael ließ sein Blut ein wenig abkühlen, dann teleportierte er sich zurück in sein provisorisches Labor. Er hatte das bescheidene Schloss mit den Zwillingstürmen für sich beansprucht, das mitten in der Roten Stadt, Dreen, stand. Als er dort ankam, legte er die Blutkappen behutsam in eine Steinkiste, deckte sie sorgfältig zu und begab sich zur Ruhe. Die Heilung des Choskas hatte ihn erschöpft. Die Tatsache, dass es wesentlich mehr Energie kostete, zu heilen als zu zerstören, war ihm ein Rätsel. Als er in den Schlaf glitt, fragte er sich, ob jemand den Kraftaufwand auf sich nehmen und den Jüngling heilen würde und ob die Kraft Eisendorns wirklich erschöpft war.

Er merkte, dass die leisen Klagerufe der Enttäuschung und der Wut, die von den verkrüppelten Untoten überall in der Stadt stammten, ihm beim Einschlafen halfen. Annähernd hundert verbrannte, verkrüppelte oder halb zerteilte Männer und Frauen, denen das Sterben verwehrt war, waren in der Stadt zurückgeblieben. Pael dachte darüber nach, jemanden auszusenden, um sie zu köpfen und endgültig zu töten und von ihrem Elend zu befreien. Zu gegebener Zeit würde er es tun, doch jetzt noch nicht. Vorerst ließ er sich von den Klängen ihrer immerwährenden Qualen und ihren furchtbaren Schreien an den tiefen Ort des Schlafes tragen, wo ihn Shokins mächtige Träume ereilten.

***

»Tut mir leid, General Chatta, dies sind die Anweisungen meines Königs«, sagte niedergeschlagen der General Vogle, Befehlshaber über die Thalheimer Truppen, den König Broderick ausgesandt hatte, um in Hochvag einzufallen.

»Aber warum?«, fragte Chatta.

Seine Königin Rachel hatte nach langen Überlegungen und unter ebenso vielen Vorbehalten zugestimmt, König Broderick bei seinem Vorgehen gegen Hochvag zu unterstützen. Nun, nachdem sie zwei Städte in Hochvag erobert, Pläne geschmiedet und Positionen bezogen hatten, um Xwarda einzunehmen, ordnete König Broderick an, dass sich die Thalheimer Truppen zurückzogen. Es ergab keinen Sinn.

»Westlands neuer König hat Dreen angegriffen«, sagte General Vogel und schüttelte ungläubig den Kopf. »Offenbar hat er Schlossberg schon geplündert und eine Schneise durch die Wilderberge geschlagen. Ich verstehe einfach nicht, wie er das getan hat.«

»Das ist absurd!«, rief Chatta aus.

Die beiden Generäle befanden sich in einem verlassenen Haus und bereiteten sich auf das Abendessen vor. Vogel hatte die Nachricht von König Broderick in der Nacht zuvor erhalten, aber erst an diesem Nachmittag genug getrunken, um sich zu trauen, General Chatta davon in Kenntnis zu setzen. Die beiden hatten längst Pläne geschmiedet und hart an den Vorbereitungen gearbeitet, die zur Einnahme Xwardas führen sollten. Die neuen Instruktionen waren eine herbe Enttäuschung. Vogel war beschämt darüber, sich jetzt zurückziehen zu müssen, doch wenn die Hauptstadt seines Königreichs angegriffen wurde, wie der Eilbote gesagt hatte, blieb kaum eine andere Möglichkeit. Er hatte den Rückzug schon um einen Tag verzögert, und das war viel zu lange.

Die vereinten Truppen der Thalheimer und Meerender hatten bereits die Hochvager Grenzstadt Tarn eingenommen, und nun saßen sie, bereit für das Abendessen, in der jüngst eroberten Handelsstadt, die als Flurstück bekannt war. Sie waren kaum einen Tagesritt von Xwarda entfernt, und die Belagerungsmaschinerie und Türme waren fast bereit zum Aufbruch.

Die neuen Entwicklungen daheim in Dreen ließen alles, was sie erreicht hatten, und alles Blut, das sie vergossen hatten, sinnlos erscheinen.

Es war nicht schwer gewesen, Flurstück einzunehmen. Die meisten Menschen hatten sich bereits hinter der großen Mauer Xwardas in Sicherheit gebracht. Es hatte einige Gegenwehr gegeben, und an die zwanzig Mann waren gestorben, doch zu guter Letzt hatten sich die Hochvager Truppen, die dort auf sie gewartet hatten, in die Berge zwischen Flurstück und Xwarda zurückgezogen. Beide Generäle hatten sich darauf geeinigt, den Vorstoß hier vorzubereiten, den es nun, da die Hälfte der Armee sich zum Aufbruch nach Hause bereit machte, nicht geben würde.

Die Haut um die schwarze Tätowierung auf General Chattas kahlem Kopf war vor Aufregung mit roten Flecken übersät. Von der Nase, wo sie spitz zulief, führte die Tätowierung hinauf zur Stirn und weiter über das Schädeldach hinweg, wobei sie allmählich breiter wurde, bis sie, seinen gesamten Nacken einnehmend, schließlich unter dem Kragen seines Ringelpanzers verschwand. Manchmal, insbesondere wenn Chatta wütend war, sah es für General Vogel so aus, als habe eine Axt Chattas Kopf gespalten. Dies war nun der Fall, denn unter seinem gesitteten Gebaren schäumte Chatta vor Wut.

Lautes Klopfen an der Tür ersparte Vogel Chattas erregten, angewiderten Blick. Draußen brach ein gedämpfter Streit abrupt ab, und die Tür flog auf. Ein Krieger in Rüstung kam mit großen Schritten herein. Er wirkte ausgezehrt und von der Reise erschöpft, als sei er tagelang geritten. Seine sonst strahlend rote Rüstung war vom Schmutz und Dreck braun gefärbt.

Der Mann zollte dem Rang der beiden Generäle keinen Respekt, und er befand sich offensichtlich in einem Zustand, der keinen Raum für solche Bedeutungslosigkeiten ließ. Chatta stand sofort auf und wollte in seinem Zorn über Brodericks entschlossene Haltung seinen Protest gegen die grobe Unterbrechung äußern, verschluckte ihn jedoch sogleich angesichts der heiseren Stimme des Mannes.

»Sie kommen«, ächzte Brady Düker. »Die Toten kommen!«

»Was?«, fragte Chatta ungläubig. Dann sagte er zu dem Soldaten, der eigentlich die Tür hätte bewachen sollen: »Ist der verrückt? Schaff ihn hier raus, ehe ich dich auspeitschen lasse!«

»Warte!«, rief Vogel quer durch den Raum. »Er ist einer der Leibwächter des Rotwolfs. Schau dir seine Rüstung an!«

Vogel trat zu Brady und wischte mit zwei Fingern über dessen Brustplatte. Zwei parallele Streifen hellen Rots kamen zum Vorschein.

»Mein König und ein paar andere sind dem Zorn des Zauberers von Westland entkommen.« Brady schluckte schwer und wies auf den Tisch.

Vogel begriff. Er reichte Brady den Zinnbecher, den er in der Hand hielt. Brady leerte ihn mit einem einzigen langen Zug.

»Hol Wasser, verdammt, und bring das Essen«, befahl Vogel der angespannten Wache in der Türöffnung. Als der Mann zögerte und General Chatta ansah, fügte Vogel seinem Befehl ein scharfes »Sofort!« hinzu.

Der Soldat verschwand, und Brady fuhr fort: »König Jarrek befahl mir, loszureiten und Dreen zu warnen, dass Westland plant, durch die Wilderberge zu marschieren. Euer König ist gerade noch rechtzeitig entkommen. Ich glaube, er floh in südliche Richtung nach Stroud. Der Zauberer aus Westland sprengte die rote Mauer, und am Morgen ließ er die Toten auferstehen.«

Brady sah nacheinander die beiden Generäle an und versuchte, sie mit seinem Blick zu überzeugen.

»Sie marschieren jetzt alle für den Magier aus Westland. Westländer wie Thalheimer. Sie waren eine Tagesreise hinter mir, vielleicht habe ich einen Tag gutgemacht, also könnten es jetzt zwei sein, aber das tut nichts zur Sache. Sie kommen hier entlang. Ich habe gesehen, wie sie den Süder bei einer Siedlung namens Spitz querten. Ich bin also ziemlich sicher, dass die Kastafeste auch gefallen ist. Ich … sie sind tot … wandelnde, kämpfende Tote. Ich habe sie gewarnt, aber sie wollte nicht auf mich hören.«

Er fiel auf die Knie, wobei seine schwere Rüstung schepperte. Er war emotional vollkommen ausgelaugt und völlig erschöpft. Tränen strömten über sein schmutziges Gesicht, und er schluchzte.

»Ich … ich … ich … habe getan, was ich konnte … alles, was ich tun konnte … was denn sonst … gegen die Toten?«

»Nun, General Vogel«, sagte General Chatta mit einer gewissen Befriedigung in der Stimme. »So viel zum Rückzug, um Dreen zu retten!«

***

Am nächsten Morgen beratschlagten die beiden Generäle, welchen Kurs sie nun einschlagen sollten. Brady war in der Nacht geflohen, hatte ein ausgeruhtes Pferd gestohlen und war Richtung Xwarda davongeritten, woraufhin sich die beiden Generäle fragten, was sie von seiner Geschichte zu halten hatten. General Chatta schlug vor, darin eine Täuschung zu sehen, damit sie nicht weiter auf Königin Willas Palast vorrückten. Vogel schickte Reiter aus, um herauszufinden, ob sich wirklich ein Heer aus dem Westen näherte. In der Zwischenzeit bereitete er seine Truppen auf den langen Rückmarsch nach Dreen vor.

Brady musste einen Meerender Wächter niederschlagen, als er sich aus der Stadt schlich. Ihm hatte die Idee nicht gefallen, einen ahnungslosen einfachen Soldaten anzugreifen, also rechtfertigte er sein Tun nach Kräften. Hätte der Mann seine Pflicht getan, sagte sich Brady, hätte er sich überhaupt nicht an ihn anschleichen können. Die Beule am Kopf würde ihn daran erinnern, besser aufzupassen.

Er hoffte, einen uneinholbaren Vorsprung gegenüber allen möglichen Verfolgern zu haben, bis die Sonne aufging und man seine Abwesenheit entdeckte. Der Ritt nach Xwarda war für einen einzelnen Reiter nicht weit. Nachdem er um Mitternacht aufgebrochen war, konnte er dort eintreffen, bevor ihn überhaupt jemand suchte.

Er hatte gegessen und sich ausgeruht, aber beides nicht gut. Er würde nicht vor Erschöpfung umfallen – das konnte er sich gar nicht leisten –, ehe er Königin Willa vor der anrückenden Streitmacht gewarnt hatte. Er hoffte, König Jarrek würde schon da sein. König Jarrek würde seine scheinbar wahnsinnige Behauptung, es rücke eine Armee wandelnder Toter an, nicht infrage stellen. Sie mussten wissen, dass nicht nur Pael und die Armee Westlands gegen sie marschierten. Es war etwas weitaus Schlimmeres.

Brady war sicher, dass Xwarda das Ziel der Armee der Untoten war. Xwarda war die älteste Stadt in allen bekannten Königreichen. Als alle Königreiche noch geeint gewesen waren, war es Regierungssitz gewesen. Aus seinen Lektionen erinnerte er sich vage, dass eine große magische Kraft die Stadt umgab, aber er konnte sich nicht an Einzelheiten erinnern. Sicher wusste er nur, dass vermutlich alle Königreiche verloren waren, wenn der Magier aus Westland diese uralte Macht unter seine Kontrolle brachte.

Er war so vertieft in seine düsteren Gedanken, dass er das Seil nicht sah, das sich über seinen Weg spannte. Es erwischte ihn quer über die Brustplatte und bremste ihn abrupt, während sein Pferd weiter geradeaus lief.

Ehe Schwärze ihn umfing, sah er nur noch die Gesichter anderer Soldaten, die neugierig auf ihn herabsahen. Er konnte nicht erkennen, woher sie stammten. Dazu war es noch zu dunkel, und ihm brummte der Schädel. Er wollte aufstehen, doch es gelang ihm nicht. Es war gleichgültig, wer sie waren. Niemand würde Xwarda warnen können. Er rang nach Luft, aber ehe er herausfinden konnte, ob ihm das Einatmen gelang, wurde bewusstlos.

***

Am nächsten Morgen ging Pael allein auf die Suche nach seinen Blutkappen. Sobald er mit dem Gewicht seines Korbes zufrieden war, kehrte er mit einem knisternden Teleportationszauber in sein rotes Schlösschen zurück und bereitete seinen Trank. Besonders sorgfältig achtete er darauf, sich vor den Auswirkungen der tödlichen Gifte zu schützen, die er ein paar Tage zuvor mit einem ebenso gefährlichen Virus kombiniert hatte. Sein Trank würde nicht nur allen, die ihn schluckten, den Tod bringen, die tödliche Wirkung würde sich auch wie eine Feuersbrunst unter den anderen ausbreiten. Nach ein paar Stunden würde das Virus sterben, aber dann wäre es zu spät: Bis dahin wären alle im Lager der Thalheimer und Meerender bereits tot.

Methodisch kochte, mischte, rührte und seihte er ab und hielt dann und wann inne, um die Seiten des Buches, das offen auf dem Tisch lag, zu studieren. Als der Trank fertig war, verschloss er die Phiole mit der schlammig-schwarzen Flüssigkeit, zog seine Glacéhandschuhe aus und verblasste.

In der Stadt Flurstück war es dunkel, als Pael hinter einer leeren Häuserzeile auftauchte, wo ihn niemand sehen würde.

Hunderte von Lagerfeuern brannten im Westteil der Stadt und jenseits der Stadtgrenzen. Beide Armeen waren noch zugegen, was ihm gefiel. Je mehr, desto besser, sagte er sich, während er sich mit der Hand über den Bauch strich und seine elegante schwarze Robe in raue, schlichte Lumpen verwandelte.

Er zog die Kapuze über den Kopf. Seine Schädeldecke hatte Blasen geworfen, während er den Choskadämon geheilt hatte. Die Behandlung hatte bis zum späten Nachmittag gedauert, und Pael hatte nicht daran gedacht, seinen Kopf vor der Sonne zu schützen. Nun kratzte der raue Stoff an seinem Sonnenbrand, und Pael stöhnte vor Schmerz. Er musste sich zwingen, das Gefühl auszuhalten, um den bevorstehenden Augenblick besser genießen zu können.

Er nahm sich Zeit und schlenderte durch die besetzte Stadt und die vielen Lager. Er sah sich die Belagerungsmaschinen, die

Katapulte und die Türme an, die die Meerender zusammengesetzt und auf große Pferdewagen montiert hatten. Er schätzte die Zahl der Pferde und Männer ab, so gut er es im schlechten Licht Hunderter kleiner Feuer konnte.

Während er bei seinem Rundgang alles in Augenschein nahm, was er bald kontrollieren würde, brachte er die nächste Stufe seines Planes zum Abschluss.

Er entdeckte den Kommandoposten in einem leer stehenden Gebäude und sah sich die aushängenden Karten Xwardas an. Die Stadt hatte sich seit Jahren nicht mehr verändert, und die Tatsache, dass ein paar der weniger bekannten Wege durch die Mauern sich auf seinen eigenen Karten finden ließen, auf diesen hier aber nicht, rang Pael ein Lächeln ab.

Dann fand er das Gebäude, das dazu diente, die großen Kessel mit Grütze aufzuheizen, aus denen bei Sonnenaufgang die verschiedenen Soldatendivisionen ihr Frühstück erhalten würden. Eine Handvoll Männer war gähnend und fluchend dabei, die Getreidemischung in das kochende Wasser einzurühren, Obst zu schneiden und die Eier bereitzustellen, die für die Offiziere gebraten werden würden. Der Geruch gebackenen Brotes lag in der Luft und erinnerte Pael auf seltsame Weise an die Zeit, als Shaella noch ein Säugling gewesen war. Es war eine flüchtige Erinnerung.

Die Männer schienen ihn nicht zu bemerken, wie er da stand und sie beobachtete. Er war alles andere als unsichtbar; er hatte nur dafür gesorgt, dass er Menschen, die sich zu ihm umsahen, nach Möglichkeit nicht auffallen würde. Vor Freude zitternd gab er ein paar Tropfen seines Gebräus in die Kessel. Er hatte ein seltsames Déjà-vu-Erlebnis beim Gedanken daran, wie er den Kelch von Glendars Vater vergiftet hatte, aber seine abartige Heiterkeit gewann rasch die Oberhand.

Als die Phiole leer war, warf er sie weg und wirkte den Zauber, der diejenigen wiederbeleben würde, die durch sein Gift oder die ansteckende Seuche starben. Diese untoten Soldaten würden sich gesund und unversehrt erheben. Seine untoten

Truppen würden keine offenen Wunden und keine beschädigte Rüstung aufweisen, und mehr noch, sie waren bereits in Stellung, um Xwarda für ihn einzunehmen.

Er ging mit Feuereifer ans Werk, und bald entstand der Zauber. Lord Brach hatte er bereits seine neuen Befehle erteilt. Er würde herkommen und sehr bald den Befehl über diese neuen Bataillone übernehmen. Pael hatte alles so geplant, dass er sich voll konzentrieren und all seine Macht auf den finsteren, mächtigen Auferstehungszauber lenken konnte. Er sparte sich nur genug Kraft auf, um sich in sein geschütztes Schlafzimmer im Schloss von Dreen teleportieren zu können.

Nachdem der Zauber vollendet war, schüttelte er ungläubig den Kopf. Die Macht des Dämons Shokin, die er durch Zufall oder vielleicht auch durch das Schicksal erworben hatte, verschaffte ihm die Möglichkeit, sein Ziel viel schneller zu erreichen, als er je geglaubt hatte. Er hatte die Anzahl von Soldaten, die er hier in Flurstück vorfinden würde, massiv unterschätzt. Mit Mühe unterdrückte er das irre, manische Zittern, das ihn beim Gedanken an den Hüterstein ergreifen wollte. Bald würde er Unmengen roher, natürlicher Kraft sein Eigen nennen. Mit einem Gebirge aus Hüterstein, das er nutzen konnte, um seine Wünsche zu befriedigen, würden die Riesen, Drachen und sogar der Rest der Dämonen gezwungen sein, das Knie vor ihm zu beugen. Voller Freude vollendete er seinen Zauber und teleportierte sich müde nach Dreen zurück. Bis er aus dem Schlaf erwachte, würden sich seine Armeen der Untoten erhoben haben, und er würde mit ihrer Hilfe Xwarda erobern.

Am nächsten Tag bereiteten die drei untoten Befehlshaber, Lord Brach, General Vogel und General Chatta, ihre Truppen der Untoten auf den Marsch nach Xwarda vor.

Sie teilten sie in drei Gruppen auf, die jeweils aus mehr als zehntausend Untoten bestanden. Jede Gruppe sollte sich auf eines der vier Haupttore in Xwardas gewaltiger Außenmauer konzentrieren. Das letzte Tor an der Straße, die ostwärts durch die Ausläufer der Wanderberge in die Stadt Jenkanta führte, sollte unbewacht bleiben. Pael wollte, dass die Hexenkönigin und ihre Flüchtlinge aus der Stadt entkommen konnten, wenn sie die Armee der Untoten kommen sahen. Selbst ein herzloses Wesen wie Pael hatte Vorbehalte dagegen, die Wunder des Palastes von Xwarda zu zerstören. Er konnte die Flüchtlinge später immer noch nach Belieben zur Strecke bringen. Wenn er vermeiden konnte, die Stadt und ihren Palast zu zerstören, dann wollte er das tun. Außerdem streichelte die Vorstellung, die bedauernswerte Bevölkerung entsetzt fliehen zu sehen, sein Ego.

Früher oder später würde Königin Willa erkennen, dass es keinen Sinn hatte, sich gegen seine Armee zu wehren. Sie war keine gewöhnliche Belagerungsstreitmacht. Sie musste sich keine Gedanken über Pfeilhagel oder Kessel mit kochendem Pech machen, die man über sie auskippte. Sie brauchte keine Nahrung und scherte sich nicht um das Wetter. Furcht und Angst machten ihr nichts aus, und keiner der Soldaten hatte Angst zu sterben, denn sie waren alle bereits tot.

KAPITEL 50

ABGESEHEN VOM KRÄCHZENDEN LUFTHOLEN und mühsamen Heben und Senken der Brust lag Mikahl völlig still da. Die Heiler hatten getan, was sie konnten. Vielleicht hatte es ja gereicht. Sie hatten ihm das Kettenhemd und die zerfetzte Reisekleidung ausgezogen. Stattdessen trug er eine schlichte weiße Robe. Sie hatten ihn gewaschen und ihm das lange, hellbraune Haar gebürstet, bis es glänzte.

Er lag auf einem unbehauenen Hütersteinblock in einem schlichten Raum in einem Flügel, der den Heilkünsten und der Erholung derjenigen vorbehalten war, die sie brauchten. Der Raum bestand aus denselben weißen Marmorblöcken wie der Rest des Gebäudes und wurde von einem weichen, magischen Licht erhellt, das aus allen Richtungen zugleich zu kommen schien, sodass es keinerlei Schatten gab. Es gab keine Stühle, keine Fenster, keine Tische; nur den Raum ohne besondere Merkmale und Mikahl auf dem Hütersteinblock, wie ein vergessenes Opfer auf einem Altar.

Für Hyden Falk sah Mikahl aus wie ein antiker Heiliger aus einer von Berdas Geschichten, der nach einer Schlacht dort lag. Für Vaegon wirkte er so gut wie tot. Für fast alle anderen sah es aus, als stünde in dem Raum ein Sarkophag, dessen Deckel das gemalte Abbild der Person darin zeigte, damit Gäste und Trauernde es sehen konnten.

»Wir wissen, was er vorhatte. Sollen wir damit weitermachen?«, fragte Vaegon.

Er hob Mikahls Schwert samt Scheide, um zu verdeutlichen, was »damit« war. Er war versucht gewesen, es Mikahl auf die Brust zu legen und dessen Hände um das Heft zu legen, aber das war ihm wie eine sehr endgültige Geste vorgekommen.

»Ja«, antwortete Hyden mit halb erstickter Stimme. »Ich glaube, ich werde in den Tempel der Weißen Göttin gehen und sie um Rat fragen. Ich werde sie bitten, mir zu verraten, wo dieser Kühlstein ist, von dem König Aldar sprach. Hoffentlich wird sie mir sagen, was jetzt zu tun ist.«

»Nachdem ich die Darstellung der Erschaffung Eisendorns gesehen habe, glaube ich, Königin Willa oder einer ihrer Leute könnte wissen, wo dieser Kühlstein ist. Ich werde Dugak, den Zwerg, fragen, während du in Whitten Loch bist. Vielleicht weiß er etwas darüber oder kann mir sagen, wen wir fragen müssen.«

»Ja.« Hyden wischte eine ungebetene Träne weg. »Zuerst schicke ich die Wölfe heim. König Aldar wird …«

Er sprach nicht weiter. Der Anblick Mikahls und die Erinnerung an Grrrs tapferes Opfer überwältigten ihn. Er wandte sich ab und schritt aus dem Raum, wobei er auf dem Flur fast zwei ernst aussehende, bärtige Robenträger umgerannt hätte. Als sie sahen, aus welchem Raum er gekommen war, winkten sie freundlich ab, als er sich entschuldigen wollte, und machten ihm Platz. Die beiden uniformierten Schwarzklingen am Ende des Ganges taten dasselbe.

Hyden brauchte eine Weile, um den Weg aus dem Schloss zu finden. Er bekam Platzangst und musste sich mehr als einmal salzige Tränen abwischen, die seine Sicht trübten und seine wachsende Panik noch verstärkten. Sobald er jedoch draußen stand, waren die reine Luft und die Offenheit des Parks rings um den See so erfrischend, dass jeder Atemzug ein wenig seines Kummers vertrieb und seine Lungen mit etwas Frischem füllte, das noch nicht ganz Hoffnung, aber zumindest Erleichterung war.

Er suchte nach Kralle und fand mithilfe der scharfen Sicht seines Falklingsvertrauten die Wölfe. Er ging mit der Leichtigkeit eines Mannes, der sich selbst von oben beobachten konnte, einen Steinweg entlang, der zu ihnen führte. Als er sie erreichte, kamen alle drei näher und begrüßten ihn mit viel Lecken und Schwanzwedeln. Sie fingen seine Stimmung auf, und als er sich zu ihnen ins Gras setzte, sprachen sie von Grrr, Mikahl und der Königin. Sie teilten ihm mit, sie müssten zu König Aldar zurückkehren und ihm sagen, dass sein stolzer, wilder Rudelführer sein Leben beim Versuch gelassen hatte, Mikahl zu retten.

Als er, Kralle und sechs Soldaten von den inneren Toren die Riesenwölfe durch die Stadt geleiteten, bemerkte Hyden, wie viel voller sie geworden war. Er und Vaegon waren nur anderthalb Tage zuvor hindurchgegangen, und schon hatte sich die Zahl der Flüchtlinge in den Straßen verdoppelt. Er erinnerte sich an die anderen nach Xwarda führenden Straßen, die Speichen des Rades, die er von oben gesehen hatte, und fragte sich, wie viele wohl noch hereindrängen würden, ehe die Armeen Thalheims und Meerends angriffen.

Beim Abendessen am Vorabend hatte Königin Willa ziemlich glaubwürdig geleugnet, etwas davon zu wissen, dass ihre Männer beim Sommertag das Blutvergießen ausgelöst hatten. Angesichts der Tatsache, dass Dämonen im Land unterwegs waren und eine Drachenkönigin Westland beherrschte, erschien die Vorstellung sinnvoller, dass als Hochvager Soldaten verkleidete Diener einer dunklen Macht diese Schweinerei vom Zaun gebrochen hatten, besonders jetzt, da Hochvag angegriffen wurde.

Die Soldaten, die Hyden Falk und die Wölfe begleiteten, bedeuteten ihnen, sich an den Straßenrand zu drücken. Eine weitere Prozession von Soldaten auf dem Weg zur Burg passierte sie. Unter ihnen sah Hyden zwei Männer in roter Rüstung, von denen einer einen Wolfsschädel mit Rubinaugen auf dem Helm trug. Er hatte Geschichten von den rot gerüsteten Wachen aus Wildermont am Sommertag gehört. Jedes Jahr sorgten sie auf dem Fest für Ordnung, und jeder von ihnen verehrte die Rotwolfgarde. Diese Männer sahen ausgezehrt und reisemüde aus.

Ein weiteres Mitglied der Gruppe, ein dunkelhaariger Mann mit Bart und Roben, die einst gestärkt und weiß gewesen, jetzt aber vom Weg durch den Wald verdreckt waren, sah Hyden im Vorübergehen neugierig an. Die Riesenwölfe hatten seine Aufmerksamkeit erregt, so hoffte Hyden, doch der Blick des Mannes hing an Hyden und dem Falkling, der hoch aufgerichtet auf seiner Schulter saß.

Nachdem die beiden Prozessionen aneinander vorbei waren, wurde der Weg zum Außentor leichter. Die andere Gruppe hatte sämtlichen Müll und alle Habseligkeiten aus dem Weg schaffen lassen. Beim Gang durch den tunnelartigen Torweg in der Außenmauer stellte sich Hyden vor, er sei voller Soldaten, samt und sonders bereit, zu gegebener Zeit auszuschwärmen und die Stadt zu verteidigen.

Vor den Toren fanden sie einer mehr oder weniger abgeschiedene Mauernische, und Hyden und die Riesenwölfe drängten sich aneinander. Er wollte nicht weinen, aber es war hoffnungslos. Er hatte sie liebgewonnen. Urps ewige ausgelassene Verspieltheit, Wuffs Übermut und Stolz und Huffas mütterliche Autorität hatten tief in seinem Herzen ihren Platz gefunden. Sie waren jetzt ebenso seine Freunde wie Vaegon und Mikahl.

Er sprach mit ihnen, und sie erinnerten ihn daran, dass sie einander wiedersehen würden. Hier war es viel zu warm für sie, und man brauchte sie daheim als Grenzgänger, zusammen mit Borg und den anderen Wächtern.

Hyden verstand. Er umarmte sie der Reihe nach und trocknete seine Tränen an ihrem Fell. Huffa leckte ihm gründlich das Gesicht ab, dann richtete er sich auf und sah den Wölfen nach, die in nordwestliche Richtung rannten, zum Wald der Ewigkeit und darüber hinaus. Kralle flog ihnen eine Weile nach, und Hyden sah durch die Augen des Falklings. Es tat gut, seine Freunde frei und unbeschwert laufen zu sehen, wie es ihnen bestimmt war.

Schließlich überwand einer der Soldaten seine Ehrfurcht

und Angst und teilte ihm mit, sie müssten die Tore schließen. Hyden antwortete nicht; er wandte sich nur um und folgte stumm den Männern.

Vaegon fand derweil mithilfe einiger unruhiger Diener Dugak. Ihn amüsierte die Vorstellung, dass er hier, an einem Ort, wie er ihn sich merkwürdiger nicht hätte vorstellen können, der Seltsame war. Für ihn war es Dugak, der unter all den Menschen herausstach. Vaegons gesundes Auge mochte gelb sein und wild aussehen, und seine Ohren waren leicht spitz, aber zumindest war er nicht gebaut wie ein Baumstamm, der so viel Gesichtsbehaarung hatte, dass nur seine Nase hervorragte. Wie die gedrungenen, massigen Leute einst das Reich regiert hatten, war ihm ein Rätsel.

Er fand den Zwerg im Ratssaal der Königin.

Wenn Dugak und seine bärtige Frau Andra ihm seltsam vorgekommen waren, so war ihm der kleine, blauhäutige, geflügelte Feenmann, der ein paar Fuß vor Königin Willa in der Luft schwebte, völlig fremd. Der winzige Mann war höchstens einen Spann groß und schwebte auf glasartigen Flügeln in der Luft, die sich so schnell bewegten, dass das Auge sie nicht richtig wahrnehmen konnte. Der Anblick eines fliegenden Feenmannes machte den Elfen vollkommen sprachlos.

»Starkle«, stellte Königin Willa den kleinen Mann vor, als Vaegon mit aufgerissenem Auge und offenem Mund herantrat. »Dies ist der Elf Vaegon. Vaegon, das ist Starkle. Wie du siehst, ist er ein Kobold. Er ist einer meiner engsten Vertrauten.«

»Wie geht's?«, fragte Starkle mit einer Stimme, die viel zu volltönend für eine so winzige Kreatur war.

Vaegon war in Ehrfurcht erstarrt. Dieser spatzengroße Mann trug eine weiße Robe, die um die Taille mit einem Goldfaden gegürtet war. Die Robe war hinten offen, um den Flügeln Platz zu bieten, und an den Füßchen hatte er geflochtene Sandalen. Er war halb so groß wie der kleine Mann, den Kralle im Wald der Ewigkeit gefangen hatte, doch sein sauber geschnittenes Haar und sein Bart hatten genau dieselbe mattgraue Farbe.

Vaegon gelang es nur mit Mühe, auf die freundliche Begrüßung zu antworten.

»Offenbar besser als meinen Gefährten«, erwiderte er schließlich und versuchte nun, die Bedeutung der Gründe für seine Anwesenheit in den Vordergrund zu stellen.

»Sir Vaegon sucht den Kühlstein«, verkündete Dugak und ersparte ihm so die Mühe einer Erklärung.

»Warum?«, fragte Königin Willa spitz.

Vaegon bemerkte, dass ihr Blick von seinen Augen zu dem Schwert wanderte, das er trug. Dann kehrte er wieder zurück, ohne dass ihr Gesicht irgendeine Gefühlsregung verriet.

Der Elf sah sich im Raum um. Außer ihnen war niemand hier. Er wusste nicht so recht, was er sagen sollte, also sagte er so wenig wie möglich.

»Ich suche ihn nicht für mich, sondern für meinen Gefährten. Die Gründe kann nur er Euch nennen.«

»Das also ist der Bruder des Hammers von Doon?« Sie erwartete keine Antwort.

»Eisendorn, wie es die Westler törichterweise nennen. Wir haben lange seiner Heimkehr geharrt.« Sie hielt inne, als sei ihr etwas eingefallen. »Warum hat es dem Dämon nicht die Essenz geraubt, als König Mikahl es in den Choska trieb? Der Junge stammt aus Pavreals Blutlinie, oder?«

»Mikahls Vater hat seine Macht weitgehend aufgebraucht, als er den Riesen und Westland einen Dienst erwies.«

Vaegon wählte seine Worte mit Bedacht. Er wollte Mikahl helfen, nicht verraten. Er wusste auch nicht genau, was Königin Willa mit ihrer Bemerkung andeuten wollte, hier sei Eisendorns Heimat. Ihm wurde langsam unwohl, und er beschloss, seinen Worten noch etwas Gewicht zu verleihen.

»König Aldar, der Herrscher der Riesen, sagte Mik – äh – König Mikahl, er müsse das Schwert in die Wiege im Kühlstein legen, um es wieder aufzuladen.«

»Dugak?« Königin Willa sah den Zwerg erwartungsvoll an.

Starkle summte hinter Königin Willas Kopf herum und hockte sich auf den höchsten Punkt ihrer Rückenlehne. Dugak kratzte sich an der Schläfe. Seine Hand verschwand dabei völlig im Dickicht seines Haars.

»Das kann man so machen, Hoheit.« Dugak sah Vaegon etwas unsicher an. »Das Volk der Tiefe mag vielleicht über das Eindringen nicht erbaut sein, aber das Schwert hat jedes Recht, in seiner Wiege zu liegen.«

»Das Volk der Tiefe!«, sprudelte Starkle hervor. »Dein Volk, Dugak, sollte sich keine Gedanken machen, wenn jemand an einen Ort direkt unter der Oberfläche vordringt, den es zurückgelassen und vergessen hat.« Der Kobold stieß sich von seinem Sitzplatz ab und schwirrte wieder durch die Luft. »Wenn sich das Volk der Tiefe Sorgen über den Kühlstein macht, dann hätte es ihn mitnehmen sollen!«

»Er befindet sich unter der Erde«, erwiderte Dugak nachgiebig, als sei jede Diskussion sinnlos. »Ist es falsch, die Domäne meines Volkes zu respektieren? Es könnte ebenso rasch wieder an die Oberfläche zurückkehren, wie es unter die Erde gegangen ist.«

»Es ist seit Jahrhunderten unter der Erde …«

Königin Willa brachte den Kobold mit einem angedeuteten Schlag zum Schweigen.

»Wenn Euer Volk wiederkehren will, um jemandem die Schuld zu geben, Meister Dugak, dann mir«, sagte sie diplomatisch zu dem Zwerg. »Nur damit das klar ist: Ich befehle Euch, Sir Vaegon zu der Kammer zu bringen. Dann trifft Euch keine Schuld, denn Ihr habt nur meine Befehle befolgt.«

Stimme und Gesichtsausdruck der Königin ließen nun ihr Missfallen deutlich erkennen war, als sie sich dem Kobold zuwandte.

»Auf unserer Schwelle steht nicht nur eine Armee, Starkle, sondern gleich zwei. Du hast Botschaften zu überbringen und Pflichten zu erfüllen, zu denen es nicht gehört, dir Gedanken über die Zwerge und ihren Herrschaftsbereich zu machen.«

Der Kobold verneigte sich in der Luft.

»Jawohl, Majestät. Bitte verzeiht.«

Ehe sie antworten konnte, schoss er im Zickzackkurs auf die offene Tür zu.

Dugak wollte wohl selbstgefällig erscheinen, aber es gelang ihm nicht so recht.

Die Zwerge von Doon hatte seit Äonen niemand mehr gesehen, wenn man einmal die kleine Gruppe nicht berücksichtigte, die vor etwas mehr als hundert Jahren durch Zufall an die Oberfläche gekommen war. Diese Zwerge waren Dugaks und Andras Ahnen gewesen. Jene kurzlebigen Zwerge, die versehentlich in Xwarda aufgetaucht waren, waren praktisch ausgestorben. Im Gebirge in der Nähe von Jenkanta lebten noch ein halbes Dutzend Familien, und eine Handvoll diente dem Königreich hier in Xwarda. Der Rest des Volkes lebte hoffentlich noch in den Tiefen der Erde, wohin es sich nach dem Krieg zurückgezogen hatte.

Dugak schien mit seinen Befehlen zufrieden zu sein. Vaegon wusste nicht, was den gedrungenen Mann mehr störte: Dass jemand in die Erde eindrang oder die Vorstellung, dass er dafür bestraft werden könnte. Er war froh, dass der Zwerg den Befehl ernst nahm. Dugak ordnete unverzüglich Reisevorbereitungen an und ließ Vorräte für ihre kurze Expedition aus der Stadt hinaus zusammentragen.

Der Zwerg erklärte, dass der Weg zu Fuß nur ein paar Stunden erforderte. Aus naheliegenden Gründen wollte er nicht reiten. Vaegon war das ganz recht, auch er wollte lieber gehen. Allerdings hatte er keine Ahnung, wie lange sie mit dem Schwert beim Kühlstein würden bleiben müssen. Es sollte sich wieder völlig aufladen, aber er hatte keine Vorstellung davon, ob und wann dieser Zustand erreicht wäre. Er war sich allerdings sicher, dass er das Schwert nicht dort lassen würde. Er wies Dugak an, ausreichend Vorräte für mindestens eine Woche mitzunehmen. Er hatte damit gerechnet, dass dem Zwerg diese Vorstellung missfallen würde, aber das Gegenteil war der Fall. Dugak war ganz aus dem Häuschen bei der Aussicht, ein paar Tage unter der Erde verbringen zu können.

Der Elf wollte Hyden eine Nachricht hinterlassen, aber dann fiel ihm ein, dass sein Freund sie wahrscheinlich nicht lesen konnte. Weil er ihm die Peinlichkeit ersparen wollte, jemanden darum zu bitten, ihm die Nachricht vorzulesen, bat er Dugaks Frau, ihm etwas auszurichten. Die Zwergin war nur zu gerne bereit, die einfache Erklärung zu übermitteln, wohin Vaegon ging und warum.

Als Dugak Vaegon zu dem verborgenen Ausgang im Burgkeller hinabführte, wurde es irgendwo draußen unruhig. Der Zwerg gab sich alle Mühe, den Tumult pflichtschuldig zu ignorieren, aber die Nachricht, dass der Magier Targon zusammen mit dem König der Rotwölfe vor den Toren eingetroffen war, drang trotzdem an ihre Ohren. Keiner von beiden äußerte sich dazu, denn es hatte keinen Einfluss auf ihre Mission. Sie würden gleich die Sicherheit Xwardas hinter sich lassen und eine kurze Wanderung nach Osten in die Hügel unternehmen, um eine Katakombe aufzusuchen.

***

Hyden stand vor dem gedrungenen Bauwerk, das König Aldar als Tempel bezeichnet hatte. Er war sicher, der Waldläufer hatte ihn in die Irre geschickt. Das konnte nicht der Tempel Whitten Loch sein. Es waren nur drei schlichte Wände mit einem Flachdach und einer Steinbank im Inneren. Die Bank stand so, dass man im Sitzen das Spiel der Fontäne auf der Seeoberfläche beobachten konnte. Boden und Bank waren komplett mit grünlich-grauen Schwanenkotspritzern bedeckt. In einer Ecke befand sich ein Nest, das bis auf ein paar Federn und Schalenreste leer war.

Während er mit sich rang, ob er eintreten solle oder nicht, schoss Kralle aus dem Himmel herab und flog hinein. Der Falkling landete auf der Bank und hüpfte in einem seltsamen kleinen Tanz auf und ab, als wolle er Hyden hereinlocken. Er begriff, dass er sich dorthin setzen sollte, also ließ er sich zögernd nieder und schnitt er eine Grimasse wegen des Schleims, der die Bank bedeckte. Die Burgbediensteten hatten schon einmal seine Lederhose gereinigt, und er hoffte, diesen Dienst erneut in Anspruch nehmen zu können. Als er sich setzte, fühlte er sich mutlos, doch dann blickte er aufs Wasser hinaus und wusste sofort, dass er am rechten Ort war.

Aus diesem Blickwinkel spiegelte sich der rein weiße Marmor des Palastes auf der Seeoberfläche, und das Gewässer sah aus wie ein großer, bewegter Teich voller Milch. Die blitzende Gischt der Fontäne nahm das Grün des Waldparks und das Blau des Himmels auf, sodass scheinbar Smaragde und Saphire in die Luft gespien wurden, nur um wieder ins Wasser zurückzufallen. Hyden nahm an, dass der Anblick nach Sonnenuntergang noch eindrucksvoller wäre, weil die Farbmischung dann noch um die Gelb- und Rottöne der Buntglasfenster bereichert würde.

Die Tröpfchen und kleinen Wellen vollführten einen bunten, hypnotisierenden Tanz, der Hyden bald in eine tranceartige Ruhe versetzte. In seinem Geist war nur noch das Schillern vor ihm. Seine Sorge um Mikahl und ihre gegenwärtige Lage verflog, und im Gischtnebel der Fontäne bildete sich verschwommen eine wohlgerundete Gestalt aus. Langsam wandte sie sich zu ihm hin und breitete dabei die Arme aus, und ein trauriges Lächeln huschte über ihr schönes Nebelgesicht.

»Ich glaube, du bist zur rechten Zeit am rechten Ort«, sagte sie mit leiser, wohlklingender Stimme zu ihm. »Dein Herz war dir ein guter Führer.«

»Mein Freund … er … oh, Herrin, ich weiß nicht …« Hyden hatte keine Ahnung, was er sagen wollte und wie, also sprudelte er hervor, was ihm auf dem Herzen lag. »Könnt Ihr ihm helfen? Könnt Ihr mir helfen, ihm zu helfen? Er ist dem Tode so nahe, und ich weiß nicht, was ich tun soll. Mein Herz sagt mir, ich soll mich dem Bösen stellen, das auf der Jagd nach dem Schwert ist, und dagegen kämpfen, aber … aber …« Er wischte sich eine Träne von der Wange. »Wenn Mikahl das Schwert nicht führt, haben wir wohl keine Chance.«

»Solange es Hoffnung gibt, gibt es immer eine Chance«, widersprach sie ihm. »Was Mikahl angeht, so ist er in einen Kampf gegen sich selbst verstrickt, aber auch in einen äußeren Kampf. Die Prophezeiung des Drachen sagt, ein unbekannter Sohn von königlichem Blut werde Errion Toren an sich nehmen und den wahren Erben auf den Thron seines Vaters setzen. Das widerspricht der gegenwärtigen Lage, und da der Kern der Prophezeiung zerstört ist, kann ich nicht entscheiden, was das Beste für Mikahl ist.«

»Mikahl ist der wahre Erbe!«, sagte Hyden defensiv.

»Ist er nicht auch der unbekannte Sohn? Oder hatte König Balton noch einen?«, fragte die Göttin. »Der Sieger des Kampfes, der in Mikahl tobt, wird über sein Schicksal entscheiden. Der Elf ist aufgebrochen, um die Wiege des Schwertes zu finden und seine Macht wieder aufzuladen, doch du, Hyden Falk vom Skyler-Clan, Freund der Gefiederten und der Fangbewehrten, musst dich auf deine eigenen Kämpfe vorbereiten. Dein Herz hatte gesagt, du musst das bekämpfen, was dich und deine Gefährten verfolgt. Diese finstere Macht wird mit jedem Tag stärker, und sie wird nicht in ihren Bestrebungen innehalten, alle Liebe und Hoffnung zu vernichten. Mit oder ohne Mikahl und sein Schwert muss der Dämon dorthin zurückgeschickt werden, wo er herkommt.«

»Aber wie?«, fragte Hyden. Er war vollkommen verwirrt und hatte keine Ahnung, was er tun sollte.

»In Hunt Mahns Turm liegt ein Kristallsplitter, der das Böse, das sich befreit hat, zwingen kann, zu seiner anderen Hälfte in der Unterwelt zurückzukehren. Der Kristall muss in den Furchen des Siegels aufgelöst werden, das Pavreal in der Drachenzahnspitze eingraviert hat. Das wird die beiden Hälften des Dämons wieder vereinen, das Siegel aber auch für immer schließen – und der Dämon wird dahinter gefangen sein.«

Die Weiße Göttin streckte den Arm nach Hyden aus und fuhr mit einem Nebelfinger über seine Wange. »Das ist keine einfache Aufgabe, Hyden Falk Skyler. Schon Pratcherts Turm zu betreten, wird hart werden. Du musst herausfinden, wie du den Splitter zur Drachenspitze schaffen kannst, ehe der Dämon Xwarda vernichtet und sich des Hütersteins bedient.« Ihr Tonfall wurde mütterlich und liebevoll. »Nutze deine Geistesschärfe und deine List und vertraue darauf, dass deine guten Taten und deine harte Arbeit ihre Belohnung finden werden.«

Hyden versuchte, die Informationen zu verarbeiten, aber etwas nagte an ihm. Er hatte keinen Beweis dafür, aber er empfand es ganz deutlich.

»Was ist mit Gerard und dem Ring? Mein Bruder ist zur Drachenspitze gegangen. Eine Wahrsagerin prophezeite ihm, er würde darin die Macht finden, Legionen zu führen. Ich kenne meinen Bruder. Gerard könnte – würde einer solchen Versuchung nicht widerstehen.«

»Er hat den Ring, der an deinen Finger gehört, in die Unterwelt mitgenommen?«, fragte die Göttin plötzlich aufgeschreckt.

»Ich kann es nicht beschwören, Herrin, aber mein Herz sagt mir, dass es so ist«, antwortete Hyden ernst. »Er ist entweder in die Tiefen der Drachenspitze vorgedrungen oder bei dem Versuch gestorben.«

»Dann könnte ein Sieg jetzt eine katastrophale Niederlage später bedeuten«, flüsterte sie mehr zu sich als zu Hyden. Dann sagte sie, direkt an ihn gewandt: »Der Kern der Prophezeiung ist wahrlich zerbrochen, denn ich kann keinen klaren Weg erkennen, dem du folgen müsstest. Ich weiß nicht, wie ich dich leiten soll, ich weiß nur, was ich dir schon gesagt habe. Du musst deinem Herzen und deinem Falklingsvertrauten folgen. Den einen richtigen Weg gibt es nicht für dich.«

»Was ist dann mit Pratcherts … ich meine, mit Hunt Mahns Turm?«, fragte Hyden, der verzweifelt versuchte, einen Hoffnungsschimmer in ihren Worten zu finden.

»Um hinein zu gelangen, musst du nur sein, wer und was du bist.« Ihre Stimme wurde sanfter, und während sie weitersprach, sah sie ihn neugierig an. »Denk daran: Du bist ebenso sehr dein Vertrauter, wie dein Vertrauter du ist. Wenn ihr eins werdet, könnt ihr besser sehen, was vor euch liegt.«

Er spürte, wie ihre Nebelhand wieder seine Wange streichelte.

»Ich beneide dich nicht, Hyden Falk Skyler. Es könnte durchaus sein, dass du deinen eigenen Bruder in die Finsternis der Unterwelt einschließen musst, um den Dämon aufzuhalten. Doch eines Tages wirst du ihm den Ring wieder abnehmen müssen, damit die Natur der Prophezeiung wiederhergestellt werden kann. Der einzige Führer, der dir jetzt noch bleibt, ist dein Herz. Folge ihm, und du wirst nicht scheitern.«

Mit diesen Worten begann sie zu verblassen.

Hyden wollte ihr noch etwas zurufen, ihren Weggang hinauszögern, doch ihm fiel keine Frage ein, kein Grund, warum sie hätte bleiben sollen. Er wusste, was er als Nächstes tun musste. Pratcherts Turm ragte über ihm auf. Er hoffte wider besseres Wissen, dass er sich hinsichtlich seines Bruders irrte, aber so sehr er sich auch etwas anderes wünschte, sein Herz verriet ihm die Wahrheit.

KAPITEL 51

KURZ NACH SEINER RÜCKKEHR IN DIE BURG wurde Hyden in Königin Willas Ratssaal gerufen. Durch schräg einfallendes Sonnenlicht, in denen Stäubchen tanzten, schritt er durch den Gang, während Kralle hoch aufgerichtet auf seiner Schulter saß und gelegentlich mit den Flügeln schlug, um nicht das Gleichgewicht zu verlieren. Andra, die Zwergin, begrüßte ihn an der schweren Doppeltür und sagte ihm rasch, dass Vaegon mit Dugak und Eisendorn unterwegs war. Ihm blieb keine Zeit mehr, ihr Fragen zu stellen, denn die Tür öffnete sich quietschend, und jemand kam auf ihn zu. Ein müde aussehender Mann mit langem, glattem dunklem Haar und einem akkurat gestutzten Bart, der eine weiße Magierrobe mit Glockenärmeln trug, trat vor ihn und verneigte sich tief. Kralle krächzte, und Hyden erkannte, dass dies einer der Männer war, die er zuvor in die Stadt hatte einreiten sehen. Er wusste nicht genau, wie er auf die tiefe Verneigung reagieren sollte, also nickte er langsam und beugte leicht die Knie.

»Lord Hyden Falk«, sagte der Mann und richtete sich wieder zu voller Größe auf. »Es ist mir eine Ehre. Königin Willa lobt Euch und Eure Gefährten in den höchsten Tönen. Mein Name ist Targon. Ich bin der Hochzauberer von Xwarda und stehe Euch zu Diensten.«

Hyden wünschte, Mikahl sei da, um ihm die angemessenen Worte und Gesten im Umgang mit all diesen hochstehenden Persönlichkeiten zu erklären. Er wünschte auch, er habe nicht gerade auf einer Bank voller Schwanenkot gesessen. Er kam sich vor wie ein Fisch, der einem Köder aus dem Wasser ans Ufer und mitten ins hohe Gras gefolgt ist. Was konnte er auf diese Vorstellung erwidern? Was sollte er sagen? Ihm fehlten die Worte, bis er das sanfte Flüstern der Weißen Göttin in seinem Ohr vernahm. »Folge deinem Herzen«, sagte sie.

»Wenn all das abgeschlossen ist, Meister Targon …«, Hyden wies auf den Tisch und die Versammlung, die im Saal gleich beginnen würde, »… könntet Ihr mir dann bitte Pratcherts … Ich meine, Hunt Mahns Turm zeigen?«

Der Meistermagier legte den Kopf leicht schief und kniff die Augen zusammen, wie um hinter Hydens Stirn zu blicken. Bald huschte ein Lächeln über sein Gesicht, und er nickte zustimmend.

»Es gibt Dinge, die Ihr wissen solltet, ehe Ihr diese Tür öffnet, Lord Hyden Falk. Ich werde sie Euch erklären, wenn all das, wie Ihr gesagt habt, abgeschlossen ist.« Er legte Hyden die Hand auf den Rücken, drehte ihn zur Tür und schob ihn sanft in den Ratssaal. »Ich habe Euch einen Platz neben meinem reserviert.« Targon wies auf den Stuhl, den er für Hyden besetzt hatte. »Ich hoffe, Ihr habt nichts dagegen.«

Hyden ließ sich zu dem Stuhl führen. Im Raum waren ein halbes Dutzend Leute, denen er noch nicht vorgestellt worden war, und im Augenblick schien keiner von ihnen seine Anwesenheit auch nur zur Kenntnis zu nehmen. Ein paar der Männer sahen wie hochrangige Soldaten oder Wachen aus. Die anderen gehörten wohl dem niederen Adel an oder waren wohlhabende Kaufleute. Alle wirkten wichtig. Er war froh, dass keiner von ihnen den Schwanenkot sehen konnte, mit dem die Rückseite seiner Hose beschmiert war. Er schnüffelte beiläufig und stellte erfreut fest, dass er nicht nach dem Zeug roch.

Er war gerade dabei, sich in der seltsamen Umgebung zu entspannen, als alle, die nicht ohnehin standen, aufsprangen. Weil er nicht wusste, was er anderes tun sollte, stand auch er auf, achtete aber darauf, seinen Hintern im Schutz der Stuhllehne zu halten.

»König Jarrek, der Rotwolf von Wildermont!«, rief ein Herold mit dröhnender Stimme und stieß einen Stab wuchtig auf den Boden.

Hinter einer Reihe schwerer Vorhänge trat hinkend ein großer, abgekämpft wirkender Mann in den Raum. Als er sich dicht am Kopfende des Tisches niedersetzte, ließ sich der Herold erneut vernehmen. »General Spyra, Befehlshaber der Schwarzklingen, und Ihre Majestät, Königin Willa.«

»Genug! Bitte setzt Euch. Bitte setzt Euch!« Die Stimme der Königin war ehern. »Dies ist ein Kriegsrat, kein Sommernachtsball.«

Sie sah ganz wie eine Kriegerkönigin aus, dachte Hyden: wild, befehlsgewohnt und kampfbereit. Sie trug wieder den metallbeschlagenen Ledergürtel über dem schimmernden Kettenhemd, das sie auch bei ihrer Begegnung im Wald getragen hatte.

Früher am Tag hatte Hyden von Andra erfahren, dass Königin Willa von seiner, Mikahls und Vaegons Ankunft geträumt hatte. Natürlich ritt die Königin von Hochvag nicht jedem entgegen, der sich auf ihr Land verirrte. Er hatte noch keine Gelegenheit gehabt, mit ihr darüber zu sprechen, wollte das aber noch nachholen. Er war neugierig, zu erfahren, ob ihr Traum auch den Angriff des Choskas umfasst und ob er ihr noch etwas anderes vorhergesagt hatte, das noch nicht eingetreten war.

Die Natur der Prophezeiung war zerstört, erinnerte er sich, war aber trotzdem neugierig. Nach einigen weiteren Fragen hatte Andra ihm eröffnet, dass Mikahl im Traum der Königin auf einem Pferd aus Feuer und Licht geflogen war und verhindert hatte, dass Xwarda belagert wurde. Hyden glaubte nicht an Mikahls Überleben, geschweige denn, dass er in nächster Zeit irgendetwas auf irgendeinem Pferd würde tun können.

General Spyra war ein großer Mann mit rundem Gesicht und dem Körperbau eines Bierfasses. Er war weder fett noch plump; er war nur rund und groß. Sein Kopf wurde kahl, und das wenige Resthaar war weiß mit grauen Strähnen und verlief in einem Streifen um seinen Hinterkopf, von Schläfe zu Schläfe. Er trug einen alten Ringelpanzer, der aussah, als habe er im Laufe der Jahre so manchen Einsatz gesehen, und hielt einen mattgrauen Helm unter dem Arm. An der Hüfte hatte er eine Klinge in einer Scheide, die etwa so breit war wie Hydens Oberschenkel und mindestens vier Fuß lang. Sein Gesichtsausdruck zeigte, dass er mit der gegenwärtigen Situation alles andere als zufrieden war.

Hyden sah, wie hinter den Vorhängen hervor eine große Motte auf die Königin zuflatterte. Erst nachdem Willa die Hand ausgestreckt hatte und das Ding darauf gelandet war, erkannte er, dass es keine Motte war, sondern eine männliche blaue Fee, die direkt aus einer von Berdas Geschichten hätte stammen können. Er versuchte, den Blauen nicht anzustarren, und konnte Kralle nur mit Mühe daran hindern, sich instinktiv auf den kleinen Kerl zu stürzen.

Ein Diener reichte Kelche mit einem leichten, fruchtigen Wein herum. Als er fort war, schlug der Herold dreimal heftig mit seinem Stab auf den Boden. Der Kriegsrat hatte begonnen.

»König Jarrek, Ihr kennt die Geschichte von dem Dämon schon, der uns im Wald unmittelbar nördlich von hier entkommen ist«, eröffnete Königin Willa die Beratung. »Bitte berichtet uns allen von der Schlacht von Schlossberg, damit wir besser verstehen, mit was für einem Feind wir es zu tun haben!«

»Verzeihung, Majestät«, unterbrach General Spyra, ehe Jarrek beginnen konnte. »Eine Armee – nein, zwei Armeen marschieren ungehindert durch das Königreich und haben vor, diese Stadt hier einzunehmen. Was sich in Wildermont zwischen ihnen und den Westländern abgespielt hat, hat mit unserer gegenwärtigen Situation eigentlich nichts zu tun.«

»Ich verstehe Eure Sorge um das Wohlergehen Hochvags und Xwardas, General, aber ich glaube, dass dieselbe finstere Macht, die hinter dem Angriff auf Wildermont steckt, für den ganzen Wahnsinn verantwortlich ist.«

Königin Willa streckte die Hand nach dem General aus, der unmittelbar zu ihrer Rechten saß, und drückte ihm beruhigend die Hand. »Ich versichere Euch, zur Verteidigung Xwardas kommen wir noch.« Dann sagte sie zu König Jarrek, der geduldig wartete, bis sie ihm das Wort erteilte: »Bitte, fahrt fort.«

Jarrek erhob sich und sprach sehr gefühlsbetont vom Fall seiner Burgstadt, davon, wie man sein Volk zusammengetrieben und an die dakanesischen Sklavenhändler verkauft hat, und sogar davon, wie der junge König Glendar ganz beiläufig mehrere Würdenträger seines Königreichs hatte enthaupten und ihre Köpfe zur Schau stellen lassen. Doch in erster Linie sprach er von der unglaublichen Zerstörungskraft des Westländer Magiers. Als er geendet hatte, ließ er sich auf seinen Stuhl fallen, als sei er ein für alle Mal besiegt, und überließ das Wort Targon, der auch Zeuge der Geschehnisse gewesen war.

»Paels Macht überschritt die Fähigkeiten jedes Menschen. Nicht einmal die großen Magier aus alten Tagen hätten so mühelos eine solche Zerstörung anrichten können. Ich nahm in der Luft auch den Gestank nach Schwefel wahr.«

Targon sprach, als dozierte er vor einem Klassenzimmer voller Schüler.

»Es war, als habe einer der größeren Dämonen Pael seine Macht geliehen. Er hat sogar …«

»Der Dämon wurde entzweigerissen!«, platzte Hyden heraus und übertönte damit den Meistermagier.

Er war so schnell aufgesprungen, dass Kralle mit den Flügeln schlagen musste, um nicht herabzufallen.

»Die Weiße Frau, die Göttin meines Volkes, sagte mir, nur ein Teil des Dämons sei dem Siegel entkommen. Die andere Hälfte ist noch in der … in der …«

Hyden fiel das Wort nicht mehr ein, das sie verwendet hatte. In der peinlichen Pause landete Kralle vor ihm auf dem Tisch.

»… unteren Welt«, sagte er schließlich, auch wenn er wusste, dass das nicht ganz stimmte.

Er sah sich am Tisch um, blickte in all die Gesichter, die

ihn anstarrten, und setzte sich mit schamrotem Gesicht schnell wieder hin. Doch Kralle begegnete den Gesichtern mit einem wilden Starren, und viele wandten abrupt den Blick ab. Hyden war nie dankbarer für seinen gefiederten Gefährten gewesen. Die Haltung des Falklings signalisierte Unnachgiebigkeit, und seine Brust war stolzgeschwellt.

General Spyra nutzte den Augenblick der Stille, um sich zu erheben und Targon niederzustarren.

»Mit dieser Armee und der Macht dieses Dämons haben wir es nicht zu tun, mein Herr. Von Flurstück marschieren zwei Bataillone auf die Stadt zu, während wir hier diskutieren. Die Magier unter ihnen sind im besten Falle Pfeilablenker und Brandstifter! Ich sehe nicht, wie ein Hexer …«

Ein eisiger Windstoß wehte durch den Raum, und plötzlich ertönte über dem Tisch ein tiefes, zischelndes Summen, das in einem winzigen Donnerschlag endete.

Alle waren verblüfft. Kralle stieß einen Warnschrei aus, und General Spyra zog schnell sein Schwert. Eine Gestalt war erschienen, die jetzt ein paar Fuß über dem Tisch schwebte. Kralle stieß sich ab, flog darauf zu und glitt mitten hindurch. Königin Willa hinderte General Spyra daran, sich auf die Erscheinung zu stürzen, die langsam klarer und detailreicher wurde, und hielt den Raum ruhig.

Robe und Stiefel der Gestalt glänzten schwarz. An den Ärmeln, am Kragen und am Saum der Robe schimmerten Reihen blutroter Formen, die stark an funkelnde Blutströpfchen erinnerten. Unter der Kapuze erkannte Hyden ein bedrohliches Lächeln in einem blassen, gräulichen Gesicht.

Der kleine blaue Kobold schwebte hinter die Königin, und Andra, die halb unter dem Tisch kauerte, vollführte die Gebärde zur Abwehr von Bösem.

»Nur ein Sendbild«, sagte Targon rasch und gezwungen beschwichtigend.

Um zu demonstrieren, was er meinte, streckte er die Hand aus und fuhr durch die Erscheinung.

»Siehst du, es ist nur ein magisch gesendetes Bild ohne Substanz.«

»Ein wenig wie deine gespielte Selbstsicherheit«, kicherte Pael leise.

»Wer bist du? Was willst du?«, fauchte Königin Willa.

Ihre Stimme war barsch und befehlsgewohnt, doch ihre Augen verrieten ihre Furcht.

»Hmm.« Paels Stimme, von magischer Energie erfüllt, drang kalt von überall und nirgends zugleich in den Raum.

Er hob die Hände und ließ die Kapuze von seinem Kopf gleiten. Seine Hautfarbe passte so perfekt zu den weißen Marmorwänden des Raumes, dass die Form seines Schädels für einen Augenblick schwer auszumachen war. Doch sein durch und durch böser Gesichtsausdruck und die kalten, dunklen Augen waren unübersehbar.

»Hinaus aus meiner Burg! Alle!«, sagte Pael drohend. »Ihr habt Zeit bis morgen Abend, um die Stadt zu räumen. Meine Armee wird die Jenkantapassage für die freihalten, die klug genug sind, vor mir zu fliehen.«

Er wies mit großer Geste auf König Jarrek.

»Wie euch der frühere Herrscher von Wildermont bestätigen wird, kann und werde ich diese uralte Stätte dem Erdboden gleichmachen. Doch wenn du mir den Lehnseid schwörst, Hexe Willa, gestatte ich deinen Bürgern vielleicht, Wildermont neu zu besiedeln. Dort wohnt im Augenblick niemand mehr.«

Pael kicherte kalt und wandte sich von Jarreks rot angelaufenem Gesicht ab.

»Wenn nicht, werden meine dakanesischen Freunde dein Volk mit dem größten Vergnügen in die Fremde verkaufen.«

Es hätte Hyden nicht überrascht, wenn aus König Jarreks Ohren Rauchwölkchen gestiegen wären. Der Mann schäumte vor Wut, brachte es aber irgendwie fertig, seine Zunge im Zaum zu halten.

Als Pael Jarreks Reaktion auf seine Worte sah, lachte er noch heftiger, dann schritt er durch die Luft über den Tisch auf Königin Willa zu.

»Ich würde diese Stadt lieber nicht zerstören, aber du solltest besser keine Sekunde daran zweifeln, dass ich es tue, wenn du Widerstand leistest, Hexe.«

»Wir werden nicht vor dir fliehen!«, sagte Willa hitzig.

Von irgendwo hoch oben im Raum stieß Kralle einen stolzen Schrei der Bekräftigung aus. Der Ruf des Falklings hallte grell von den Steinmauern des Raumes wider. Pael zuckte zusammen und blickte sich um. Sobald der Magier zu der Auffassung gekommen war, es bestehe keine Gefahr für ihn, brauste er auf: »Ihr Narren werdet eure Meinung ändern, wenn ihr erst meine Armee seht.«

Pael drehte sich um und schritt über den Tisch hinweg auf Targon, Hyden und Andra zu. Mit hinter dem Rücken verschränkten Händen setzte er seine Tirade fort.

»Meine Tochter, die jetzt zufällig als Drachenkönigin von Westland bekannt ist, sollte auf dem geweihten Boden des Leif-Greyn-Tals nur für Blutvergießen sorgen, um den Drachenpakt zu brechen. Nachdem der Drache nicht mehr an das Siegel gebunden war, hatte ich völlige Handlungsfreiheit. Dass ihre kleine Gruppe in ihrer Verkleidung als deine Schwarzklingen König Broderick und Königin Rachel dazu brachten, dich anzugreifen, war eine Dreingabe, wie ich sie selbst nicht besser hätte planen können.«

Er blieb stehen und wandte sich wieder General Spyra zu. Über den Tisch hinweg begegnete er seinem Blick.

»Übrigens, General, ihr müsst euch über die Thalheimer und Meerender keine Sorgen mehr machen. Ich habe den ganzen jämmerlichen Haufen getötet. Wenn der Morgen kommt, werdet Ihr feststellen, dass sie jetzt für mich marschieren!«

Pael schritt rasch wieder ans Kopfende des Tisches, wo er stehen blieb und sich bückte, um Königin Willa in die Augen zu sehen. Sie stand stocksteif da, ballte unablässig die Fäuste und hatte die Zähne so fest zusammengebissen, dass es wehtun musste, und in ihren Augen loderten Angst und Wut.

»Sie sind schon tot, Hexe!«, brüllte Pael ihr ins Gesicht. »Sieh sie dir morgen an. Lass ein paar Pfeile in die Reihen jagen und überzeug dich selbst. Sie werden nicht fallen. Aber wenn der Morgen endet, werden sie Xwarda angreifen. Es wäre klug von dir, zu fliehen, ehe ich eintreffe, um die Besetzung zu beaufsichtigen!«

»Wir haben das Schwert, und wir werden dich aufhalten!«, schrie Hyden Paels Rücken an.

Targon legte ihm die Hand auf die Schulter, aber Hyden befreite sich davon, als Pael sich umwandte und über den Tisch hinweg fast auf ihn zu rannte.

Pael erkannte den Jungen, und das überraschte ihn. Doch er erinnerte sich nicht an *sein* Gesicht, sondern an das seines Bruders, und zwar gut genug, um das Verwandtschaftsverhältnis sofort zu erkennen.

»Deines Bruders Herzblut hat das Siegel geöffnet und den Dämon für mich gebunden, Junge!« Pael zitterte vor Wut, und Speichel spritzte ihm beim Sprechen aus dem Mund. »Meine Tochter hat ihn benutzt, um dem Drachen ein Halsband anzulegen, und ihn mir dann als Opfer überlassen!«

Von oben stieß Kralle herab und landete auf Hydens Schulter. Hyden hatte schreckliche Angst vor der weißhäutigen Abscheulichkeit. Er wusste nicht, was er tun oder sagen sollte oder warum er seine Worte hervorgestoßen hatte. Nur mit Mühe gelang es ihm, seinen trotzigen Gesichtsausdruck beizubehalten, als Pael sich auf ein Knie niederließ und sich vorbeugte, um ihm in die Augen zu sehen. Lange starrte der Dämonenmagier ihn einfach nur an.

Dann sagte Pael mit einer kindischen, fast schon schmollenden Stimme: »Kleiner Fawlkra Mahn, du hättest deinem törichten Bruder den Ring abnehmen sollen, als du Gelegenheit dazu hattest. Er war für dich bestimmt, und ohne ihn bedeutest du mir nichts.« Paels Stimme wurde kalt und bedrohlich.

»Richte diesem Idioten von einem Knappen aus, wenn er den Choska überlebt hat, werde ich ihn persönlich zerkauen und die Bröckchen über meine gesamten götterverfluchten Königreiche ausspucken!«

Die letzten paar Worte kreischte er mit einer dämonischen Stimme, die so tief war, dass sie die Kelche auf dem Tisch zum Beben brachte.

Pael fuhr hoch und wirbelte zu Königin Willa herum. Seine Stimme knirschte wie ein Steinblock, der über eine Schotterstraße gezogen wird.

»Wenn du morgen in der Abenddämmerung noch hier bist, werde ich euch alle abschlachten lassen!«

Dann war die Erscheinung mit wehenden Roben und einem zischenden Ploppen verschwunden.

Später, bei Sonnenuntergang, zeigte Targon Hyden die Tür zu Pratcherts Turm und warnte ihn eindringlich: »Entweder bestehst du Hunt Mahns Prüfungen, oder du kehrst nie wieder zurück.«

»Wie viele haben sie bestanden?«, fragte Hyden in der Hoffnung, mit einem von ihnen sprechen zu können.

»Keiner«, erwiderte Targon schlicht.

Hyden nickte. Er war noch nicht bereit, durch diese Tür zu treten. Aber Bereitschaft hin oder her, er würde es bald tun müssen. Der Dämonenmagier würde ihm keine Zeit für weitere Vorbereitungen einräumen.

Sein Problem war nicht die Angst vor der Prüfung. Er vertraute darauf, dass die Weiße Göttin ihn nicht ausgeschickt hatte, damit er in der Falle eines uralten Magiers starb. Was ihm Sorgen bereitete, war die Frage, was er mit dem Kristall tun sollte, falls und wenn er ihn aus dem Turm bergen konnte. Es konnte Wochen dauern, ihn quer durchs Land in die Marschen zu schaffen, wo sich die Drachenspitze erhob. Bis dahin würde es zu spät sein. Wenn er klein genug war, konnte Kralle ihn vielleicht hintragen. Doch selbst wenn es Kralle gelingen würde, wie würde er ihn in dem eingravierten Siegelsymbol auflösen?

Er seufzte und versuchte all die Fragen zu sortieren, die sich in seinem Geist bildeten. Dann schnitt er ein anderes Thema an.

»Kannst du etwas für Mikahl tun?«, fragte Hyden, während er sich zusammen mit Targon von Pratcherts Tür entfernte.

Das Wissen um Gerards Schicksal zeigte ihm, dass dies ebenso sein Krieg war wie der Mikahls. Seine persönliche Verantwortung für die Taten seines Bruders und das brennende Gefühl der Sehnsucht nach Rache, das in ihm wuchs, verliehen ihm anscheinend Kraft und Entschlossenheit. Mit oder ohne Mikahl und Eisendorn, er würde sich der Finsternis stellen, die vor ihnen lag, aber er hätte es viel lieber an der Seite seines Freundes getan.

»Das ist möglich, aber nichts, was ich tun könnte, wird ihn auf die bevorstehende Schlacht vorbereiten«, antwortete Targon ehrlich. »Königin Willa sagte, er war … ist … ein tapferer Mann.«

»Ja«, stimmte Hyden zu, »und er kann mit der Klinge umgehen wie kein anderer. Nicht nur mit Eisendorn, sondern mit jedem Schwert.«

Nach einem kurzen Augenblick fragte er: »Wie hat mich Pael genannt? Fawlkra Mahn?«

»Das bedeutet Falkenmann, genau wie Hunt Mahn Hundemann bedeutet.«

Das erinnerte Hyden an Vaegon. Wenn er jemand war, an den man sich erinnerte, woran er eher zweifelte, dann sollte es lieber »Hyden Falk« sein. Fawlkra Mahn klang eher wie eine Speise oder vielleicht wie ein Wagenbauteil. Der Gedanke an den Elfen und die Tatsache, dass Vaegon draußen war, um etwas zu tun, statt herumzuwandern und Reden zu schwingen, bestärkte seine Entschlossenheit nur noch mehr. Er zwang sich, sich zu konzentrieren.

»Weißt du von einem magischen Kristall, den Hunt Mahn besaß?«, fragte Hyden hoffnungsfroh.

»Ich nehme an, du meinst den Nachtsplitter.«

Targon blieb mitten in dem viel benutzten Gang stehen, den sie betreten hatten.

»In der königlichen Bibliothek gibt es einen Text, der ihn erwähnt. Er stammt aus den Tiefen der Erde, und die Zwerge überreichten ihn Pratchert für irgendeine magische Großtat, die er angeblich für sie vollbrachte.«

Er hielt inne und legte den Finger ans Kinn.

»Es gibt einen Gobelin, der die Übergabezeremonie zeigt. Es heißt, der Splitter sei eines seiner kostbarsten Besitztümer gewesen.«

»Kannst du mir diesen Gobelin zeigen?«

Hoffnung keimte in Hydens Herz auf. Wenn er erst einmal wusste, wie groß der Kristall war, konnte er tatsächlich beginnen, einen Plan zu schmieden. Sicher zeigte die Abbildung die Größe des Artefakts im Vergleich zu einem Menschen.

Während sie die Meile von Treppen und Gängen zurücklegten, die zu der Halle führten, in der die alten Gobelins gelagert waren, erklärte Hyden, was er laut seiner Göttin mit dem Kristall tun sollte. Plötzlich sah sich Hyden um und stellte fest, dass sie im Freien waren und die Sterne über ihnen leuchteten; sie überquerten einen offenen Hof, in dem sein gesamtes Dorf Platz gehabt hätte.

Targon ging immer schneller, während sie über Größe und Gewicht des Kristalls sprachen. Wenn er zu groß für Kralle war, gab es andere Möglichkeiten, ihn zu seinem Bestimmungsort zu transportieren. Wenn der Falkling eine kleine Markierung an den genauen Zielort tragen konnte, würde Targon den Kristall ohne Probleme dorthin senden können. Ihn aufzulösen, sagte Targon, sei eine ganz andere Sache.

Er erklärte Hyden die Struktur der Kristalle, die er nur ansatzweise verstand. Dass Salz ein wasserlöslicher Kristall und Eis eigentlich kristallisiertes Wasser war, das bei Wärme taut, verwirrte ihn nur. Manche Kristalle lösten sich in Säure, manche zerfielen einfach mit der Zeit. Sie hatten keine Möglichkeit, zu erkennen, was den Nachtsplitter auflösen würde, ohne mit

Proben davon Versuche anzustellen. Um Proben davon zu nehmen, würde Hyden die Prüfungen bestehen müssen, die sich Pratchert Jahrhunderte zuvor ausgedacht hatte; Prüfungen, die dazu geführt hatten, dass man keinen der Hunderte von aufstrebenden Magiern und Narren, die den Turm betreten hatten, je wiedergesehen hatte.

Mit einer Bewegung seines Handgelenks ließ Targon die Fackeln in den Halterungen an den Wänden des muffig riechenden alten Raumes aufflackern, den sie betraten. Der offene Lagerraum war voll von Statuen, Rüstungen, Gemälden und anderen Relikten aus der Geschichte Xwardas. Sie mussten sich zwischen staubigen Stapeln von irgendwelchem Kram und wackligen Regalen regelrecht hindurchzwängen.

»Einer meiner Schüler müsste alles vor Kurzem katalogisiert haben, aber wenn ich mir den Staub und die Unordnung so ansehe, hat er mich offenbar angeschwindelt.«

Targon trat ein Stück von Hyden weg und wirkte einen Zauber, bei dem er den Namen des Schülers rief. Kurz darauf erschien ein dümmlich wirkender Junge in der peinlichen Übergangsphase zwischen Jugend und Erwachsensein verschwommen vor dem Meistermagier.

»Aber ich habe es gemacht!«, hörte Hyden den Jugendlichen sich verteidigen.

»Wie hast du alles katalogisiert, ohne auch nur den Staub hier drinnen aufzuwirbeln, Phenilous?«, fragte Targon den Jungen.

»Ihr hattet mich angewiesen, den Inhalt des Raumes zu katalogisieren, ohne etwas durcheinanderzubringen … Meister.« Letzteres fügte er wie eine Nachbemerkung an.

»Aber wie, Phen? Wie hast du …? Ach, schon gut, es ist nicht wichtig. Erinnerst du dich an einen Gobelin, der zeigt, wie Hunt Mahn den Nachtsplitter überreicht bekommt?«

Der Junge überlegte einen Augenblick, dann huschte ein Lächeln über sein Gesicht.

»Wer geht denn in Pratcherts Turm?« Sein Blick fiel auf Hyden, und seine Augen leuchteten hoffnungsvoll auf.

»Phen, sag mir, wo der Gobelin ist, sonst schrubbst du einen Monat lang in der Küche Töpfe!«, befahl Targon.

Das Lächeln des Jungen verschwand.

»Im dritten Regal an der Vitrinenwand, aber wollt Ihr mir nicht wenigstens sagen …«

Targon ließ das Abbild des Jungen mit einer wegwerfenden Geste verschwinden.

Während er zu dem Regal mit den Gobelins hinüberging, betrachtete Hyden den Wandbehang direkt an der Tür. Darauf kämpften Zwerge und Elfen verzweifelt gegen einen Schwarm Drachen, auf denen, wenn Hyden das richtig sah, Menschen ritten. Hyden fiel auf, dass die Drachen ebenso wie ihre Reiter Halsbänder trugen.

»Meine Tochter hat ihn benutzt, um dem Drachen ein Halsband anzulegen, und ihn mir dann als Opfer überlassen!«, klangen Paels kalte Worte in Hydens Ohr nach.

Der böse Dämonenmagier hatte es voller Stolz gesagt, wie eine Provokation oder eine vollmundige Prahlerei. Aufgebracht und angewidert entfernte sich Hyden von der Darstellung und versuchte, sich wieder zu beruhigen und konzentriert zu bleiben.

»Hier«, rief Targon nach einigen Augenblicken.

Als Hyden zu ihm ging, sah er die Skepsis auf Targons Gesicht, doch als er den Magier erreichte, verzog er den Mund zu einem Grinsen, verschränkte die Arme vor der Brust und warf Hyden einen selbstzufriedenen Blick zu, der verriet, dass er dem Plan, der ihm eingefallen war, vertraute.

Hyden betrachtete den Gobelin und zog unwillkürlich so schnell die Luft ein, dass er fast seine Zunge verschluckt hätte. Er zeigte einen Mann, der ihm auffällig ähnlich sah und einen glitzernden rauchfarbenen Kristall in Händen hielt, etwa von der Größe eines neugeborenen Kindes. Vor ihm stand der Zwergenkönig oder zumindest ein Hochadeliger der Zwerge, der sich vor dem legendären Magier verneigte. Eine Horde Zwergensoldaten dahinter verneigte sich ebenfalls.

»Das lässt sich machen«, sagte Targon. »Jetzt musst du nur noch Hunt Mahns Prüfungen bestehen, damit ich eine Probe des Nachtsplitters auflösen kann.«

Hyden, der den Zorn über Paels beleidigende Worte noch immer in sich spürte, sagte nur: »Schon erledigt!«

KAPITEL 52

»WIE VIELE, UND WIE LANGE WIRD ES DAUERN?«, fragte Königin Willa General Spyra und seine beiden Berater.

Sie waren wieder im Ratssaal. Nach Paels Unterbrechung hatten sie eine Pause eingelegt, hielten jetzt aber wieder Kriegsrat.

Zwei von Targons Hochmagiern, einer, der sich auf Verteidigung und Befestigung spezialisiert hatte, und der andere, dessen Fachgebiet Kampfmagie war, waren gekommen und hatten den Platz des Meistermagiers eingenommen.

Die Königin hatte Targon und Hyden Falk entschuldigt, die »andere Wege erkundeten«, wie sie es formuliert hatte. Der Kobold Starkle und Andra, die Zwergin, waren ebenfalls entschuldigt, doch König Jarrek war noch da, außerdem Parooka, der Bürgermeister von Xwarda, und sein Untergebener, Kommandant Strate, Oberhaupt der Stadtwache.

»Etwa dreitausend Mann, verteilt auf Hochhafen, Althafen und Jenkanta«, antwortete einer von General Spyras Untergebenen ängstlich. »Sie sammeln sich gerade in Jenkanta. Dort werden sie auf neue Befehle warten. Es wird höchstens zwei Tage dauern, wenn wir einen Vogel schicken.« Er hielt inne und sah die Hochmagier schief an. Er wusste, es war kein Briefvogel vonnöten, versuchte aber nicht einmal zu verstehen, wie man eine Botschaft sonst transportieren konnte. »… und zwar sofort«, schloss er.

»Was ist mit der Bevölkerung, Hoheit?«, fragte Bürgermeister Parooka rasch, ehe jemand anders sich zu Wort melden konnte. »Wenn wir über den Tunnel weitere Soldaten aus Jenkanta heranschaffen, wie sollen wir dann die Stadt evakuieren?«

»Ja, und wer soll die Bevölkerung beschützen, wenn sie erst einmal in den Hügeln ist?«, setzte Kommandant Strate hinzu.

»Wer redet von Evakuierung? Ich brauche diese Männer!« General Spyras Tonfall war scharf. Der Blick aus seinen zusammengekniffenen Augen huschte von der Königin zum Bürgermeister und zurück. Er hatte sich beim Sprechen erhoben und stützte sich jetzt mit beiden Fäusten auf die Tischplatte. Genau wie geplant bot er einen einschüchternden Anblick.

»Setzt Euch!«, befahl Königin Willa dem General leise, aber nachdrücklich.

Grollend gehorchte er.

»Wenn es stimmt, was Pael sagt, dann werden seine Soldaten im Kampf durch normale Verletzungen nicht sterben, und dann sehe ich nicht, wie Euch weitere Männer helfen können, General.«

Willa holte langsam und sorgenvoll Luft, ehe sie weitersprach.

»Ich habe eine Pflicht der Bevölkerung gegenüber. Ich muss sie um jeden Preis beschützen. Aber es ist auch meine Pflicht, zu bleiben und den Hüterstein zu bewachen.«

Sie hielt lange genug inne, um dem General deutlich zu machen, dass er das Wort hatte. Er fuhr sich mit der Hand über den schweißfeuchten Schädel, als habe er dort noch Haare. Am Ende umfasste seine Hand sein fleischiges Kinn.

»Wie bekämpft man einen solchen Feind?« Er sah die beiden Magier an, als seien sie seine Unteroffiziere. »Sagt es mir!«, befahl er.

Meister Amill, der Magier, der sich auf Verteidigung spezialisiert hatte, sah die Königin von der Seite an. Er erwies ihr den Respekt, der seiner nicht besonders hohen Stellung angemessen war. Sie lächelte erfreut über seine guten Manieren und bedeutete ihm mit einem Nicken zu antworten. Der Blick, den sie dem Bürgermeister und dem General zuwarf, besagte, sie sollten sich in Sachen Etikette ein Beispiel an dem Magier nehmen.

»General Spyra.« Amill erhob sich. »Kann ein Einbeiniger gehen? Selbst einem Toten fiele das schwer. Kann ein Mann eine Waffe führen, wenn seine Muskeln und Sehnen verbrannt und steif sind? Wenn er keinen Arm mehr hat, kann er nach Euch schlagen? Außer dem Verbrennen zu Asche gibt es nur einen Weg, Untote völlig unschädlich zu machen: den Kopf vom Rumpf zu trennen. Doch es gibt viele Wege, sich gegen sie zu verteidigen oder sie unschädlich zu machen. Der naheliegendste ist, sie zu verbrennen, doch das ist eine offensive Strategie. Dazu kann Euch mein Kollege mehr sagen.«

Meister Amill deutete auf den anderen Magier. Meister Sholt schien überrascht, so bald an der Reihe zu sein, doch er erhob sich und räusperte sich. Er trank einen Schluck Wein aus dem Kelch und nahm sich ein paar Sekunden Zeit, um sich zu sammeln.

»Feuer ist die mächtigste Angriffsform, die mir einfällt.«

Sein Selbstvertrauen wuchs, während er zu den mächtigsten Menschen in seiner kleinen Welt sprach.

»Aber das Feuer muss lange genug brennen, um das Fleisch der Leichen zu denaturieren – zu kochen, wenn Ihr so wollt. Untote sehen nicht mit ihren Augen, deshalb hat es keinen Sinn, sie zu blenden oder ihre Gesichter zu verbrennen. Es gibt auch eine Theorie über …«

So ging es bis spät in der Nacht. Am Ende befahl Königin Willa die Evakuierung der Bevölkerung in einen Tunnel, der von einer Kathedrale hinter dem Palast unter sämtlichen Stadtmauern hindurch in die Gebirgsausläufer bei Jenkanta führte. Der Tunnel war fast zwei Meilen lang und breit genug, dass zwei Wagen einander passieren konnten. Die Zwerge hatten ihn vor Äonen gegraben. Niemand kannte den Grund hierfür, aber es gab ihn, und sie würden ihn nutzen.

Die Schwarzklingen aus Jenkanta und den Hafenstädten sammelten sich am anderen Ende, um ihn vor Paels Soldaten zu schützen. Es gab mehrere Bereiche, die man leicht zum Einsturz bringen konnte. Wenn also Paels Untote sie vom Palast her verfolgten, konnte man ihnen den Weg versperren. Willa hatte allerdings vor, die Menschen in den Gang zu pferchen und ihn als eine Art Bunker zu verwenden. Nur wenn Xwarda zu fallen drohte, wollte sie den Wachen aus Jenkanta den Befehl geben, das Tor am anderen Ende zu öffnen und den Menschen damit die Chance zu geben, durch die Hügel nach Jenkanta zu fliehen. Willa wusste, dass ihre Untertanen dann allein um ihr Überleben kämpfen müssten. Wenn Xwarda fiel, konnte sie höchstens garantieren, dass sie nicht verfolgt wurden, wenn sie den Gang verließen.

Während General Spyra und die Magier ihre Defensiv- und Offensivpläne schmiedeten, bereiteten der Bürgermeister, die Königin und der Kommandant der Stadtwache die Evakuierung Xwardas vor.

Königin Willa bestand darauf, dass die Armen, die in dem Bereich zwischen der Außen- und der zweiten Wand zusammengepfercht waren, den Tunnel zuerst betreten durften. Bürgermeister Parooka argumentierte, die Händler und die Adeligen der Stadt sollten zuerst gehen, aber Willa blieb unerbittlich. Schon während sie die Einzelheiten der Nahrungs- und Wasserversorgung ausarbeiteten und Hilfsstationen für die Flüchtlinge einrichteten, ließ sie Kommandant Strate das gemeine Volk aus den äußeren Stadtvierteln evakuieren.

Ihr Vorgehen war vernünftig. Sie war sicher, dass Paels Armee der Untoten bei Sonnenaufgang in Sichtweite sein würde, genau wie er es versprochen hatte. Daher wäre es für die schlichteren Gemüter besser, wenn sie längst in dem Tunnel wären, ehe die Gerüchte über Unsterbliche und Magier mit finsterem Herzen von den Mauern herab zu ihnen drangen. Aus dem daraus resultierenden Entsetzen und Chaos könnten Aufstände erwachsen, die jede Chance zunichte machten, Truppen durch die Stadt zu schaffen.

Sie erklärte Bürgermeister Parooka, dass es die Pflicht der Adeligen und Reichen war, sich um diejenigen zu kümmern, die für ihren Stand und ihr Geld sorgten, nicht umgekehrt.

Der Bürgermeister konnte nur zustimmend nicken und hoffen, einen Weg zu finden, die Familien derer, die ihm schon Bestechungsgelder gezahlt hatten, an die Spitze der Prozession zu schmuggeln.

In der Gewissheit, dass man ihre Befehle ausführen würde, verließ Königin Willa den Rat und begab sich in die Eingeweide der Burg hinab, in den uralten Tempel von Doon.

Es war nur ein kleiner Raum in den Tiefen des Hauptgebäudes des Palasts; schwer zu finden, wenn man nicht wusste, was genau man suchte. Der Gott alles Unterirdischen wurde nur noch von den wenigen Zwergen verehrt, die an der Oberfläche lebten, sowie von einer Handvoll anderer Anhänger. Königin Willa gehörte nicht dazu, doch sie hoffte zu Recht, Andra dort zu finden.

Die Zwergin kauerte schluchzend auf einer der Steinbänke in der fast völlig abgedunkelten Kammer unweit des Altars, der komplett aus Jade geschnitzt, mit Gold und Silber belegt und hier und da mit Edelsteinen verziert war. Er glitzerte heftig im schwachen, flackernden Licht eines dreiarmigen Leuchters. Es war die einzige Lichtquelle in dem Raum mit der hohen Decke, und sein Licht verlor sich, ehe es eine der Wände erreichte, von der Wand direkt hinter dem Altar einmal abgesehen. Andras Schluchzen und Schniefen hallte durch die finsteren Höhen, hörte aber auf, als sie Königin Willas Schritte herankommen hörte.

»Es wird alles gut, meine liebe Andra«, sagte Königin Willa, stieg über Andras kurze Beinchen und setzte sich neben ihre Freundin.

»Oh Willa, er ist da draußen! Er ist außerhalb der Mauern mit diesem Elfen und all diesen Toten!«

Sie drehte sich zur Königin um, klammerte sich an sie und vergrub ihr bärtiges Gesicht in Willas Ausschnitt. Dann schluchzte sie herzzerreißend.

Königin Willa tätschelte die Zwergin liebevoll und drückte sie fest an sich.

»Komm schon. Dugak kennt die Tunnel so gut wie jeder andere. Er wird bald wieder da sein.«

Willa sah über Andra hinweg zu dem halb im Schatten liegenden Horn auf dem Altar.

»Aber er weiß nicht, wie man sie verwendet.« Andra sah gequält zu der Königin auf. »Er und Vaegon wissen außerdem noch nichts von diesem schrecklichen Magier.«

Sie schniefte und wischte sich wie ein Kind mit dem Unterarm den Rotz von Mund und Schnurrbart und versuchte dann, sich zusammenzureißen.

»Wenn ich ins Horn stoße, werden sie kommen?«, fragte Willa geistesabwesend.

Ihre Augen waren nach vorn gerichtet, doch ihr Blick ging an einen anderen Ort, in eine andere Zeit, irgendwo weit jenseits der Mauern des dunklen Tempels.

Andra folgte dem Blick der Königin zu dem glitzernden Altar.

»So lautete König Malachits Versprechen.« Ihre Stimme war hoffnungsvoll, doch ihre Augen verrieten ihren Zweifel.

»Würdest du mein Volk wirklich ans Tageslicht zurückrufen?«

»Ich habe vielleicht keine andere Wahl, aber König Malachit ist schon lange tot.«

Königin Willa zwang sich, in die Gegenwart zurückzukehren, und sah Andra ernst an. »Würden sie ein Versprechen halten, das vor über tausend Jahren gegeben wurde?«

»Die Nachfahren eines Königs sollten seine Versprechen halten. Das Wort eines Zwergs bindet ihn. Ich glaube, das Versprechen eines Königs ist noch mehr wert.«

»Der Hammer von Doon ist eine ebenso mächtige Waffe wie König Mikahls Schwert!«, setzte Willa mit wachsender Zuversicht hinzu.

Sie stand auf und schob sich an Andra vorbei zum Altar.

Das Horn war leichter, als sie erwartet hatte. Es war ein einmal gewundenes Bockshorn, und nur das Mundstück war aus Silber. In die gesamte raue Oberfläche waren Runen eingraviert. Es hatte eine Lederschlaufe, damit man es im Feld am Gürtel tragen konnte. Willa zog sich die Schlaufe über den Kopf, sodass das Horn unmittelbar unter ihren Brüsten hing.

»In Zeiten großer Not und Finsternis stoße ins Horn, und die Macht Doons wird aus den Tiefen der Erde kommen und helfen, den Hüterstein zu beschützen.«

Willa murmelte die Worte des über tausend Jahre alten Versprechens, das die Zwerge gegeben hatten, unmittelbar bevor sie sich unter die Erde zurückgezogen hatten. Sie befand, dass die Not noch nicht groß genug war. Vielleicht bluffte Pael oder übertrieb seine Macht. Doch allein schon das Ding um den Hals zu tragen, verlieh ihr Kraft. Die Zuversicht, die Paels Prahlerei ihr zuvor genommen hatte, kehrte zurück. Dennoch behielt sie das Horn um den Hals, als sie und Andra den Tempel von Doon verließen, um sich etwas auszuruhen.

***

Shaella saß auf ihrem Thron im leeren Audienzsaal der Seeburg. Schon vor Stunden hatte sie die Höflinge und die Bittsteller dieses Tages fortgeschickt. Cole, ihre rechte Hand und praktisch Herr der Burg und der Stadt, hatte sie widerstrebend bei Sonnenuntergang allein gelassen.

Shaella wollte sich einfach nicht bewegen. Sie erholte sich noch immer vom jüngsten Einsatz der geisterhaften Kugel. Zwei Tage und Nächte in Folge war sie geistig und körperlich bei Gerard gewesen.

Sie war erschöpft.

Durch die Kugel konnte sie ihn spüren, doch er war schwach und hatte sich irgendwie verändert. Er war allein und hatte sich offenbar in der Finsternis verirrt, in die er verbannt war. Sie sprach, und er schien sie zu hören. Manchmal murmelte er gar eine passende Antwort, aber meist gab er seltsame Sätze von sich oder schrie in wirrem Entsetzen.

Doch er lebte, und das war für Shaella das Wichtigste. Sie würde jetzt nicht die Hoffnung aufgeben – sie konnte es nicht. Sobald sie sich ausgeruht und erneut genügend Kraft gesammelt hatte, die Verbindung durch die Kugel wiederherzustellen, würde sie es tun. Doch im Augenblick war sie geistig dazu nicht in der Lage. Sie erschrak nicht einmal, als Pael plötzlich und unerwartet vor ihr auftauchte. Tatsächlich schien sie ihn nicht einmal zu bemerken.

Pael betrachtete sie einen Moment lang mit dem besorgten Blick eines Vaters, doch als er sah, was sie im Schoß liegen hatte, galt seine Aufmerksamkeit sofort diesem Gegenstand. Seine Geisterkugel war auf die Größe einer Wassermelone geschrumpft und steckte auf einem kunstvoll geschnitzten Holzstab. Neugierig trat er an sie heran und streckte die Hand danach aus, doch kurz bevor er sie berührte, feuerte der Stab einen hellroten Energiebogen ab, der ihn schmerzlich traf. Shaella fuhr hoch und hob den Stab, um Pael damit zu schlagen.

Pael jaulte vor Überraschung und Schmerz, den ihm die magischen Verteidigungsmaßnahmen des Stabes zugefügt hatten, und sein Kopf rötete sich in zunehmender Wut.

Als Shaella begriff, wen sie vor sich hatte, ließ sie den Stab sinken und entschuldigte sich rasch, ehe ihr Vater ihr etwas Furchtbares antat. Als Hexe war sie recht mächtig. Sie hatte sich zahlreiche Zauber eingeprägt und lernte jeden Tag neue. So konnte sie mühelos und mit großem Selbstvertrauen wirken, aber im Vergleich zu ihrem Vater war sie das Kätzchen, und er war der Säbelzahntiger. Sie wagte es nicht, ihn zu verärgern. Sie wusste, dass das Band, das sie als Vater und Tochter teilten, bestenfalls so dick war wie ein Spinnenfaden. Sein Zorn allein hätte es verbrannt, ehe er ihn wieder im Griff hatte, besonders, wenn sie ihn provozierte.

»Vater«, sagte sie sanftmütig, während er versuchte, sich zu beruhigen.

»Ich sehe, du hast meine Kugel gut beschützt.« Die Betonung des Wortes »meine« entging Shaella nicht, aber Paels

Stimme klang nicht besonders feindselig, und sein Zorn schien größtenteils verflogen.

Er starrte sie an, doch dann wurde sein Gesichtsausdruck milder. Er brauchte die Kugel nicht mehr. In Xwardas Schatzkammern lagen weitaus mächtigere Dinge, wenn man wusste, was man damit anstellen konnte. Zum Glück hielt Shokin dieses Wissen für Pael bereit.

»Warum bist du hier?«, fragte Shaella freundlich und erhob sich. »Kann ich dir etwas bringen lassen? Etwas zu essen? Wein? Irgendetwas?«

Er nahm ihre Hand und half ihr die drei Stufen herunter, die das Podest des Löwenthrons bildeten. In ihrem Geist überschlugen sich die Möglichkeiten. Angesichts seines plötzlich so väterlichen Verhaltens vermutete sie, dass er etwas von ihr wollte. Aber was mochte Pael wollen, das er sich nicht einfach nehmen konnte?

»Nein, meine Liebe, ich brauche keine Erfrischung.« Er legte ihr die Hände auf die Schultern und sah ihr in die Augen. »Du hast mich stolz gemacht, Shaella.« Er meinte es anscheinend wirklich ernst, doch Shaella ließ sich nicht täuschen; zumindest nicht vollkommen. »Ich will dich an meiner Seite, wenn ich morgen Xwarda einnehme. Ich will den Sieg mit dir teilen und hoffe, dich so stolz machen zu können wie du mich.«

Sie hätte gedacht, er wolle sie nur dabei haben, damit sie mit ihrem Drachen die Einwohner einschüchterte, aber sie trug im Augenblick nicht einmal das Halsband. Es störte sie bei der Nutzung der Kugel, denn es gestattete den Gedanken des Drachen, in ihre und Gerards private Augenblicke einzudringen, also hatte sie es abgelegt. Tatsächlich hätte Pael das Halsband einfach zu sich rufen, es anlegen und die Kontrolle über den Drachen übernehmen können. Sie hatte nicht den geringsten Zweifel, dass Pael genau wusste, wo das Halsband war, doch er hatte nicht versucht, es an sich zu bringen.

Sie wagte nicht, an seinen plötzlichen Ausbruch väterlicher Zärtlichkeit zu glauben. Die Stimme ihrer Mutter erklang in ihrem Kopf, die seinen Mangel an eben diesem Gefühl milliardenfach verflucht und sie gewarnt hatte, sich nicht von ihm täuschen zu lassen.

Shaella erwiderte den liebevollen Blick in Paels kalten, dunklen Augen und suchte in ihnen nach Anzeichen von Täuschung oder Spott. Aber vergebens, so sehr sie sich auch bemühte. Er schien es völlig ernst zu meinen.

Sie merkte, dass es sie rührte, und ohne weiter zu überlegen, willigte sie ein, ihn bei seiner Eroberung Xwardas zu begleiten.

***

Starkle weckte Königin Willa unmittelbar nach Sonnenaufgang. Hastig flog er im Zickzack in respektvollen Abstand vor dem Bett der Königin hin und her und sprach mit seiner tiefen, aufgeregten Stimme mit ihr.

»Es ist, wie er sagte, Hoheit; der Nekromant hat nicht gelogen. Das müsst Ihr mit eigenen Augen sehen. Schnell.«

Er musste einem Kissen ausweichen, das sie nach ihm geworfen hatte. »Ich bin nur der Bote!«, rief er indigniert, nachdem er sich gefangen hatte. »General Spyra und Hochmagier Targon haben mich geschickt. Sie erwarten Euch am Tor an der Küstenstraße. Schnell, Majestät.«

»Würdet Ihr Euch entschuldigen, damit ich mich ankleiden kann, mein Herr?«, fauchte Königin Willa scharf. Auch ein winzig kleiner Koboldmann war ein Mann, und sie war und blieb eine Dame, egal wie ernst die Lage auch war.

»Natürlich, Hoheit, natürlich, vergebt mir.« Starkle verbeugte sich mitten in der Luft und schoss dann quer durch den Raum und durch die angelehnte Tür.

»Milly!«, rief Willa kühl. »Ich weiß, dass du lauschst! Jemand musste ja die Tür für diese kleine Schnake öffnen!«

Eine Frau mittleren Alters schob sich tief errötend ins Zimmer. Willa tauschte ihr Nachthemd schnell gegen ein schweres, einteiliges Gewand.

»Warum hast nicht du mich geweckt?«, fragte die Königin. »Hol mir meinen Kapuzenmantel, während du antwortest. Nein, den dunkleren.«

Milly verbarg das Gesicht in einem von Willas großen Schränken.

»Wer kennt sich schon mit den Feen aus, Hoheit? Ich ganz sicher nicht«, rief sie von dort.

Willa schnappte sich einen schwarzen Ledergürtel und legte ihn um das samtene, lavendelfarbige Gewand, dann nahm sie den Mantel, den ihr Milly hinhielt.

»Das Verhalten der Feen macht mir keine Sorgen, Milly«, sagte Willa, während sie ihr Haar zum Pferdeschwanz zusammenband. »Kobolde können ohne Hilfe keine Türen öffnen.«

Willas Grinsen zeigte, dass sie ihre Zofe nur ärgern wollte. Plötzlich wurde sie ernst und sah Milly streng in die Augen.

»Ich möchte, dass du einen Kopfkissenbezug mit deinen liebsten Besitztümern füllst und dich dann bei Lady Andra meldest. Tu es, sobald ich weg bin, und sag ihr, ich bitte sie, dich persönlich in den Stollen zu bringen.«

Eine halbe Stunde später betrat Königin Willa über die endlose Wendeltreppe die breite Mauerkrone der Außenmauer. Sie brauchte ein paar Augenblicke, um sich zu sammeln und zu Atem zu kommen, lang genug, um den General und Meister Targon ausfindig zu machen.

In ihrem Mantel mit hochgeschlagener Kapuze nahm niemand Notiz von ihr oder versuchte gar, ihr weiterzuhelfen. Das war ihr ganz recht. Sie wollte die Männer nicht stören. Willa sah sich um und stellte fest, dass sie völlig nackt hätte heraufkommen können, und trotzdem hätte niemand den Blick von dem abgewendet, was gerade die Aufmerksamkeit aller Anwesenden in seinen Bann geschlagen hatte.

Als sie zu ihren Beratern trat, sah sie es mit eigenen Augen. Unter ihr standen kühn in Reichweite der Bogenschützen Reihe um Reihe von Soldaten in perfekter Formation. Tausende von Männern, dazwischen hohe Leitertürme und große Rammböcke. Katapulte und Wagen voller kopfgroßer Steine als Munition waren parallel zur Mauer gleichmäßig verteilt, und zwar knapp außerhalb der Reichweite der Bogenschützen.

»Seht.« General Spyra deutete hinunter und half der Königin, sich an den Zinnen vorbeizulehnen, damit sie besser erkennen konnte, was er ihr zeigen wollte.

Ein wenig rechts unter ihnen, direkt vor einem bestimmten Tor, stand ein halbes Dutzend Soldaten in Habachtstellung. Sie waren mit derart vielen Pfeilen gespickt, dass sie wie Stachelschweine aussahen, doch keiner von ihnen war gefallen. Vor ihnen standen drei Fässer zur Pyramide gestapelt.

»Was ist mit den anderen Toren?«, fragte Willa.

Sie hatte das Gefühl, in Treibsand zu versinken, mit der Last der Welt auf den Schultern.

»Genau wie hier«, antwortete Spyra ohne merkliche Emotion in der Stimme. »Etwa zehntausend Mann, denen unsere Pfeile nichts anhaben können und die bereit sind, alle äußeren Tore mit diesen Ölfässern in Brand zu stecken.«

»Verflucht seien die Götter des Himmels und der Erde«, murmelte Willa vor sich hin und betastete das Horn, das sie beim Verlassen des Schlafzimmers vom Nachttisch genommen hatte.

In diesem Augenblick löste sich ein kleiner, maultiergezogener Wagen, der Vorräte über eine der langen, sanft geneigten Rampen auf der Innenseite der Mauer hinauftransportierte, aus seiner Verankerung. Männer schrien und riefen einander zu, aus dem Weg zu gehen, während der Wagen ungehindert die Rampe hinabraste und dabei an der Mauer entlangkratzte. Männer hechteten aus dem Weg, als er Fahrt aufnahm und dann in den nächsten Maultierkarren krachte, der auf halbem Weg die Rampe hinauf war. Ein Mann und ein Maultier wurden zerquetscht, und ein paar Männer erlitten Verletzungen durch die Stürze beim Versuch, einem direkten Treffer auszuweichen.

Königin Willa beschloss, die Götter nicht mehr zu lästern, und stellte fest, dass ihr im ganzen Leben noch nie so hoffnungslos zumute gewesen war.

»Was habt ihr, du und Hyden Falk, euch einfallen lassen?«, fragte sie Targon und wusste, dass ihre letzte Hoffnung von seiner Antwort abhing.

»Es gibt einen Plan«, antwortete Targon mit skeptischem Gesichtsausdruck. »Aber den können wir erst in die Tat umsetzen, wenn er wiederkommt.«

»Wiederkommt?« Sie begriff nicht.

Targon zuckte bereits ahnungsvoll zusammen, bevor er es ihr erklärte.

»Er ist in den Turm gegangen.«

»Wel… welchen Turm?«, fragte Willa.

Der Treibsand, in dem sie sich versinken fühlte, würde sie gleich völlig einsaugen, denn sie kannte die Antwort auf ihre Frage, ehe er sie aussprach.

Mindestens zehn Möchtegernhelden waren zu ihren Lebzeiten in Pratcherts Turm gegangen. Von keinem davon hatte man je wieder etwas gehört. Den Annalen zufolge hatten im Laufe der Äonen über hundert Magier, Hexer, Zauberer und Narren versucht, Hunt Mahns Prüfungen zu bestehen. Keinem von ihnen war es gelungen.

Ohne groß zu überlegen, zog sie das Horn von Doon aus ihrer Robe zog und setzte es an ihre Lippen. Sein lauter, trompetenhafter Ton erschreckte General Spyra derart, dass er beinahe von der Mauer gefallen wäre. Targon konnte ihn gerade noch zurückreißen. Diese Szene bestätigte ihr nur über jeden Zweifel hinweg, dass dies in der Tat eine Zeit großer Not war.

KAPITEL 53

VAEGON SASS GEDULDIG NEBEN DEM GROSSEN nichtssagenden Hütersteinblock und wartete darauf, dass etwas geschah. Eisendorn lag genau da, wo es sich vor einigen Jahrtausenden eine Mulde in die recht weiche Oberfläche geschmolzen hatte. Daneben befanden sich eine Vertiefung in Form eines Streithammers und ein paar kleinere in Form von Pfeilspitzen, die aber alle leer waren.

Als Vaegon es dort hineingelegt hatte, war gar nichts geschehen. Er hatte halb mit einem Lichtblitz, einem verräterischen Leuchten oder vielleicht sogar einem Summen gerechnet, doch nichts wies darauf hin, dass das Langschwert sich auflud. Er hatte eine Weile geschlafen und wurde jetzt langsam unruhig. Dugaks langgezogenes Schnarchen erfüllte die Höhle. Das Geräusch hallte von den Steinwänden wider und rückte immer näher an den Elfen heran.

Wenn es etwas gab, das Vaegon – genau wie übrigens jeder andere Elf – überhaupt nicht leiden konnte, dann war es, unter der Erde eingeschlossen zu sein. Die rußende Flamme der Fackel, die in der groben Halterung am Eingang flackerte, war das Einzige, was sich bewegte, sah man einmal von den grotesken Schatten ab, die sie auf die roh behauenen Wände warf.

»Kein Wind, das Gras und die Bäume zu bewegen, selbst wenn es Gras und Bäume gäbe …« Sarkastisch sang Vaegon die Parodie auf ein altes Elfenlied. »Kein Lied, denn alle Vögel sind fort, und uns blieb nur der Verfall …«

Schlimmer als die abgestandene Luft und das Gefühl des Erstickens war, dass dies nicht einfach eine Höhle war, sondern auch eine Katakombe. In diesem speziellen Raum lagen keine

Leichen, aber unmittelbar davor befand sich ein Tunnel, der mit ebensolchen Räumen gesäumt war, und die waren nicht so leer.

Vaegon erschauerte bei dem Gedanken und verdrängte ihn sofort wieder. Er wollte nicht darüber nachdenken. Er wollte es nicht wissen. Er wollte nur wieder ins Freie, die Sonne, den Mond oder die Sterne am Himmel sehen und frische Luft atmen. Er saß hier schon so lange, dass er nicht mehr recht wusste, ob es Tag war oder Nacht.

Er beschloss aufzubrechen, wenn Dugak erwachte. Er und der Zwerg konnten nicht erkennen, ob das Schwert aufgeladen war. Wichtig war, dass er jetzt wusste, wo der Kühlstein verborgen war. Er konnte Mikahl herbringen, falls … nein, korrigierte er den Gedanken. Nicht falls, sondern sobald sich Mikahl von seinen Verletzungen erholt hatte.

Vaegon stand auf und betrachtete das Schwert. Es wirkte nicht anders als beim letzten Mal, als er es betrachtet hatte. Er seufzte enttäuscht. Er ging in der Kammer mit dem staubigen Kiesboden auf und ab und kämpfte gegen seine Anflüge von Klaustrophobie und sein allgemeines Unwohlsein an. Das Knirschen seiner Schritte war seltsam tröstlich in den ansonsten totenstillen Katakomben. Er hätte sich bestimmt viel besser gefühlt, hätte er seine Elfensicht noch gehabt. Im Dunkeln sehen zu können war eines der Dinge, die er sein ganzes Leben lang für selbstverständlich gehalten hatte. Er fand sich in der Finsternis noch immer ohne Fackeln zurecht, aber mit seiner Sicht hätte er … ja, was?

»Könnte, hätte und würde nützen dir jetzt nichts, törichter Elf!«, sagte er laut zu sich selbst. »Das ist dein Schicksal, also akzeptiere es, und weiter geht's.«

»Mit wem redet Ihr?«, fragte eine melodische Stimme von der Tür her.

Der plötzliche Klang erschreckte Vaegon so sehr, dass er beinahe auf die Knie gefallen wäre. Er sah sich nach der Quelle der Worte um und entdeckte eine geisterhafte Gestalt; einen

Mann in einer langen, fließenden Robe mit einer Krone auf dem Kopf. Die Gestalt war nicht stofflich und hatte fast keine Farben, zeigte sich jedoch sehr detailgetreu in rauchigem Weiß. Das geisterhafte Etwas war einst ein Mensch mit einer spitzen Nase, hohen Wangenknochen, tief liegenden Augen und langem, glattem Haar gewesen.

»Was? Wer bist du?«, fragte Vaegon und wich langsam zum Kühlstein zurück.

»Ich war einst ein König«, sagte der Geist traurig. »Doch heute bin ich nur ein harmloser Geist.«

In seiner Stimme lag ein Hauch von Sarkasmus.

»Es sind so viele Untote unterwegs, dass ich beschlossen habe, mir einen Gesprächspartner zu suchen. Es ist einsam hier unten, wisst Ihr? Ich habe das Schwert dort gespürt und Euch singen gehört.« Die Erscheinung deutete mit einem knorrigen Finger auf Eisendorn, das auf dem Kühlstein lag. »Solch eine Macht taucht hier nicht jeden Tag auf. Sie vertreibt sie, aber das soll wohl so sein. Keine untote Seele will spüren, wie seine Klinge in sie dringt. Es ist so ein endgültiger Gedanke, findet Ihr nicht?«

Vaegon brachte nur ein erneutes »Was?« heraus. Das laute Schnarchen des Zwergs füllte die anschließende Stille.

Der Geist sah Dugak neugierig an, dann wandte er seinen Blick wieder Vaegon zu.

»Nun, mein Herr, hier drinnen gibt es weder Geister noch Untote, und ich bezweifle, dass Ihr meine Lage ausreichend nachvollziehen könnt, um eine ordentliche Unterhaltung zu führen, also mache ich mich mal wieder auf den Weg.«

Der Geist verneigte sich tief.

»Guten Tag«, sagte er noch, ehe er vollkommen verschwand.

Sofort spürte Vaegon, wie sich rings umher die Luft erwärmte. Er hatte zu viel Angst gehabt, um zu bemerken, wie kalt es in der Kammer geworden war. Lange blinzelte er mit seinem gesunden Auge und versuchte herauszufinden, ob er das Ding wirklich gesehen hatte oder ob er hier unten, unter der

Erde, verrückt geworden war. Er kam zu dem Schluss, dass das einerlei war. Verrückt hin oder her, das Ding hatte Eisendorns Macht gespürt, also war es Zeit zu gehen.

Er schob das Schwert wieder in die Scheide und weckte Dugak so höflich wie möglich.

Sie kehrten auf demselben Weg zurück, wie sie gekommen waren. Vaegon war noch nie so glücklich gewesen, das Tageslicht zu sehen, wie jetzt, da sie aus dem Eingang der Nekropolis in die Nachmittagssonne traten. Doch im selben Augenblick, in dem ihre helle Wärme sie durchdrang, wusste er, dass etwas nicht stimmte. Er drehte sich um und sah die Quelle des widerlichen Gestanks, der ihm in die Nase gedrungen war. Da war ein Trupp Soldaten, die genauso überrascht wirkten wie er und Dugak. Sie waren alle tot und verrottet bis ins Mark, fielen aber trotzdem in mörderischer Absicht über sie her.

***

Mikahl war wieder in seinem Kinderbett in der winzigen Wohnung seiner Mutter im Dienertrakt der Seeburg. Seine Mutter saß in dem knarzenden alten Schaukelstuhl in der Ecke und strickte irgendetwas aus pfirsichfarbenem Garn. Ihr goldenes Haar umspielte ein engelsgleicher Glanz, und er war erfüllt von seiner Liebe zu ihr.

»Quiietsch … knarz … quiietsch … knarz …«, machte der Stuhl, während sie sich vor und zurück wiegte. Mit fast unhörbarer Stimme summte sie im Rhythmus des Schaukelns ein altes Wiegenlied.

Leise, wie um die Ruhe der Szene nicht zu stören, in der er sich wiedergefunden hatte, glitt Mikahl aus dem Bett und huschte auf Zehenspitzen zum Fenster.

Draußen sah er in der Ferne das wogende Meer. Vor diesem Fenster hätte keine tiefe, dunkle See sein sollen, doch er nahm es so hin. Er spürte, wie eine tröstende Gegenwart neben ihn trat und das pelzige Haupt hob, um zu sehen, was er betrachtete. Es war Grrr, und ihn dort zu spüren erzeugte einen eisigen Klumpen in Mikahls Bauch. Während er den Wolf hinter den Ohren kraulte, wurde ihm klar, dass er kein Junge mehr war und dass das Geräusch, das er hörte, nicht der Schaukelstuhl seiner Mutter war, sondern das Quietschen und Ächzen eines Schiffes. Er löste seinen Blick von dem Wolf und sah wieder aus dem Fenster, und da war es, fuhr ganz dicht an ihnen vorbei.

»Quiietsch … knarz … quiietsch … knarz …«, ächzten die Balken langsam und protestierte die straff gespannte Takelage.

Das Deck des Schiffes war mit Leichen übersät. Eine kleine Gruppe müder, ausgezehrt wirkender Männer bemühte sich, sie eine nach der anderen über Bord zu werfen, wie Getreidesäcke. Jeder Einzelne zeigte ein Gesicht voller Angst und Niedergeschlagenheit. Im Bug des Schiffes stand König Glendar, vorgebeugt wie eine halbtote Galionsfigur.

Glendar wandte sich um und sah Mikahl mit kalten, pechschwarzen Augen an, dann grinste er und zeigte dabei nadelspitze Zähne. Es war weder ein siegessicheres noch ein bedrohliches Grinsen. Es zeigte lediglich Verachtung: Verachtung für die Lebenden, denn das Schiff trieb jetzt ziellos auf dem Meer. Es war keine Mannschaft zu sehen, nur König Glendar und ein paar Soldaten aus Westland, die Leichen in die kobaltblaue Wasserfläche warfen, während sie selbst ihrem eigenen sicheren Tod entgegentrieben.

Mikahl wandte sich vom Fenster ab und eilte zur Tür des kleinen Raumes, doch sie öffnete sich nicht. Er versuchte immer wieder, den Türknauf zu drehen, aber er ließ sich nicht bewegen. Entsetzen raste durch ihn hindurch wie ein Waldbrand.

»Es muss einen Weg geben!«, sagte Loudins Stimme von dem Stuhl aus, in dem seine Mutter gesessen hatte.

Mikahls Furcht verflog, und er lächelte seinen tätowierten großen Freund an.

»Ja, Loudin, aber welcher ist es?«

»Es gibt nur einen Weg!«, krächzte König Baltons heisere Stimme vom Bett her.

Er war unter einem dicken Stapel Decken verborgen. Seine Gesichtshaut war grünlich-bleich und schweißnass. Das Gift verzehrte noch immer sein Leben, und er rang keuchend nach Atem.

»Denke … dann handle … Denke … dann handle … Denke … dann handle …«, erscholl unablässig das krächzende Mantra.

Plötzlich erhob sich Grrr mit gesträubtem Nackenfell, und ein tiefes Grollen tönte aus seiner Kehle.

Mikahl wandte sich dem Fenster zu. Mit einem fröhlichen Lächeln auf dem kränklich weißen Gesicht spähte Pael herein. Sein keckerndes Gelächter hallte durch den Raum, und alles versank in einer plötzlichen Schwärze, die Mikahl übermannte.

Wieder allein, wieder im Koma hörte Mikahl an jenem dunklen, finsteren Ort nur ein Geräusch, das Geräusch seines eigenen gebrochenen Leibes, der verzweifelt versuchte, Luft zu holen. »Quiietsch … knarz … quiietsch … knarz …«

***

Nachdem Hyden Falk eingetreten war, schloss er die Tür zu Pratcherts Turm hinter sich. Kralle flatterte jäh von seinen Schultern auf, und auch er selbst erschrak ein wenig.

Vor ihm lag kein Raum, kein Gang. Er fand sich in einem Wald wieder. Zumindest einer Art Wald. Vor ihm erstreckte sich ein stollenartiger Gang aus Pflanzen. Was an Raum über seinem Kopf nicht von Ästen und Zweigen vereinnahmt wurde, war angefüllt von einem Wirrwarr bunter blühender Ranken und Hängemoosbärten. Das Moos leuchtete gelblich, sodass die Unterseite des Laubdachs erhellt wurde wie von einer Laterne. Dicke Baumstämme, umwachsen von Efeu und anderen Schlingpflanzen, säumten den Bogengang in fast perfekten Reihen. Zwischen und hinter den Stämmen versperrte ein unnachgiebiger Wall aus Dornengestrüpp jeden noch so kleinen Zwischenraum. Dahinter schien nur Schwärze zu liegen.

Kralle flog zum höchsten Punkt des Bogens empor und versuchte unermüdlich, dorthin durchzukommen, wo der Himmel sein musste, doch vergebens. Hyden fand sich damit ab, dass er diesen Ort nicht aus der Vogelperspektive sehen würde.

Nachdem Hyden es weiter probiert hatte, stellte er fest, dass die Wände dieses Ganges genauso undurchdringlich waren wie das Dach. Daher blieb ihm nur, herauszufinden, wohin der Weg durch den Wald führte. Er ging also los, über einen graswachsenen, mit Laub bedeckten Grund. Kralle flog neben ihm her.

Hier und da sprossen Büschel von Wildblumen. Manche hatten winzige weiße, andere große herabhängende orange Blüten. Um den Fuß eines großen Baumes herum wucherte ein purpurfarbenes gekräuseltes Pilzgeflecht. Ein strahlend gelber Schmetterling flatterte auf dem Weg zu einer noch strahlenderen azurblauen Blüte vorüber, die jenseits der Bäume im Dorngestrüpp stand. Hyden rechnete fast damit, dass Feen vor ihm auftauchten und für ihn tanzten.

Bald endete der Stollen an einem Quergang, und er konnte sich nach rechts oder links wenden. Ein paar Dutzend Schritte weiter im rechten Gang kauerte ein Mann. Er hatte den Kopf zwischen den Knien und den Rücken an den Stamm eines der Bäume gelehnt, die den Weg säumten.

Vorsichtig ging Hyden auf den Mann zu, während Kralle den Gang zur Rechten weiter entlangflog, um ihn zu erkunden. Hyden rief den Mann an, aber der reagierte nicht. Als er noch näher kam, bekam er plötzlich ein seltsames Gefühl in der Magengrube. Er stieß den Mann mit dem Stiefel an der Schulter an und war nicht einmal besonders überrascht, als das verstaubte Skelett mit einem rasselnden, dumpfen Knall zur Seite kippte.

Durch Kralles Augen sah er, dass der rechte und der linke Gang ein Spiegelbild voneinander waren. Beide gingen eine Weile geradeaus und endeten dann genau wie der erste Stollen an einem Quergang. Er beschloss, sich an jeder Kreuzung nach rechts zu wenden. Auf diese Weise konnte er zu dem Skelett zurückfinden, indem er auf dem Rückweg immer nur links abbog. Zu seiner Überraschung saß das Skelett vor ihm, als er das zweite Mal rechts abgebogen war, genauso zur Seite gekippt, wie sein Stiefel es hinterlassen hatte.

Hyden dachte darüber eine Weile nach, dann schickte er Kralle zur ersten Kreuzung zurück. Nachdem der Vogel um die Ecke geflogen war, tauchte er plötzlich auf der anderen Seite wieder auf und flog direkt auf Hyden zu, wieder von der rechten Ecke des anderen Endes des Ganges. Das war unerwartet und verwirrend. Schließlich beschloss Hyden, links abzubiegen. Es überraschte ihn nicht, dass er das umgekippte Skelett vor sich liegen sah, nachdem er zweimal nach links abgebogen war. Kralle kam herabgeflattert und landete auf seiner Schulter. Der Vogel stieß ein frustriertes Krächzen aus und begann sich dann zu putzen, während Hyden weiter über ihr Dilemma nachdachte.

Während er so dastand, das Kinn in die Hand gestützt, hörte er ein zirpendes Kichern aus den nahen Bäumen. Dann noch einmal. Er sah sich um und erblickte zwei Baumeichhörnchen, die über eine Wurzel am Rande des Dornenwalls spähten. Ein paar andere Eichhörnchen rannten durch das Geäst und gingen ihrem Tagwerk nach, schienen ihn aber nicht zu bemerken. Die beiden Eichhörnchen beim Baumstamm jedoch musterten ihn eingehend und kicherten.

»Ihr findet das also witzig?«, fragte Hyden fröhlich. Er rechnete nicht mit einer Antwort und war schockiert, als er die Eichhörnchen deutlich miteinander reden hörte. Sicher, er hatte zuvor schon mit Tieren kommuniziert, aber nicht so richtig mit Worten. Das hier war etwas ganz anderes. Die Eichhörnchen konnten sprechen.

»Kann er uns hören?«, fragte das eine Eichhörnchen das andere.

»Ich glaube schon!«, erwiderte das andere.

»Das ist viel besser als die meisten, die herkommen.«

»Gibt es einen Weg, der aus dieser … dieser …«, Hyden deutete auf den Gang aus Bäumen, wusste aber nicht recht, wie er ihn nennen sollte, »… dieser Schleife weiterführt?«

»Na, na, na, der könnte es glatt schaffen«, sagte ein Eichhörnchen, das über den Köpfen aller auf einem Ast entlang huschte, zu den anderen.

»Er hat nicht nach einem Fluchtweg gefragt!« Eines der Eichhörnchen bei der Wurzel nickte voller Ehrerbietung . »Er fragte nach einem Weg, der weiterführt. Das ist doch schon mal ein Anfang.«

»Der fragte nach einem Weg, der auf die andere Seite führt, das hat er getan«, korrigierte ihn das Eichhörnchen neben ihm. »Ein weises Wort … ›Weiter.‹ Eine kluge Frage, keine dumme.«

»Hallo, hier bin ich!«, fauchte Hyden. »Ihr redet von mir, als wäre ich gar nicht da oder könnte euch nicht verstehen. Ihr seid ungeheuer unhöfliche Buschhörnchen. Ihr solltet wissen, dass ich Freunde habe, die mit großer Vorliebe Buschhörnchen essen.« Letzteres sagte er so ganz nebenbei, aber die leise Drohung brachte ihm die volle Aufmerksamkeit der kleinen Wesen ein.

»Eure Freunde dürfen unvorsichtige Buschhörnchen essen«, erwiderte eines von ihnen indigniert. »Aber wir sind vorsichtig.«

»Ganz und gar nicht unvorsichtig«, setzte das andere hinzu.

»Unvorsichtig oder nicht, es ist unhöflich, über jemanden zu sprechen, als wäre er gar nicht da«, schalt Hyden. »Da ihr nun mit mir sprecht statt über mich, wärt ihr aber doch sicher so nett, mir meine Frage zu beantworten?«

»Nein«, antwortete eines der Eichhörnchen schlicht. »Du kennst die Antwort auf die Frage schon, die du gestellt hast.«

»Benutz deinen Kopf und stell die richtige Frage«, befahl ihm das andere. »Wir werden nur eine beantworten.«

Hyden sah die Eichhörnchen finster an, denn er wusste, sie hatten recht. Natürlich gab es einen Weg aus der Schleife. Plötzlich lag die richtige Frage auf der Hand, aber Hyden überlegte noch einmal gründlich, ehe er sie stellte.

»Wie kommt man hier heraus?«

»Folge deinem Herzen!«, kicherte ein Eichhörnchen aus dem Geäst.

»Folge deinem Vertrauten!«, setzte ein weiteres hinzu.

Die beiden Eichhörnchen an den Wurzeln sprangen davon, mitten ins Dornengestrüpp hinein. Unmittelbar bevor sie außer Hörweite waren, wandte sich eins der beiden um und sagte: »Versuch, in beide Richtungen gleichzeitig zu gehen und mit all deinen Augen gleichzeitig zu sehen.«

Er brauchte mehrere Versuche und ebenso viel Konzentration wie beim Erklettern des Nistfelsens der Fallklinge, um mit offenen Augen zugleich durch Kralles Augen sehen zu können, doch schließlich gelang es ihm. Noch schwerer war es, Kralle langsam durch den linken Tunnel schweben zu lassen, und zwar in einem Tempo, das genau seinem raschen Lauf durch den rechten Tunnel entsprach. Als sie es schließlich hinbekamen, als vier Augen gleichzeitig beide Korridor entlangsahen, wurde alles deutlicher. Er bog links ab, gleichzeitig wandte Kralle sich am Quergang nach rechts, sie trafen sich in der Mitte, und die beiden Gänge verblassten. Die Bäume wichen einem langen, von Fackeln erleuchteten, schmucklosen Gang, an dessen Ende sich eine einzelne Tür befand.

Dahinter lag ein leerer Raum. Wie zuvor veränderte er sich, nachdem Hyden die Tür hinter sich geschlossen hatte. Die Tür verschwand, und er fand sich an einem ebenso schönen wie schrecklichen Ort wieder. Kralle schwebte reglos unmittelbar hinter seinem Kopf über ihm und stieß einen erleichterten Schrei aus, als er den freien Himmel über sich sah.

Sie standen auf einer fruchtbaren grünen Ebene mit sanften Hügeln, einem smaragdgrünen Meer aus Erde, das sich erstreckte, so weit das Auge – oder in diesem Fall die Augen – reichte. Unmittelbar hinter ihm ragte eine einzelne gewaltige Eiche auf. Zehn Männer mit ausgestreckten Armen hätten sie nicht umfassen können können. Zwischen dem Laub und dem Reisig an ihrem Fuß waren die Gebeine von mindestens zwanzig Männern verstreut. Manche waren durcheinandergeworfen, manche sauber gestapelt. Einige waren noch an den Gelenken miteinander verbunden und saßen in halb verrotteten Gewändern da, Rucksäcke und Taschen umgeschnallt. Ein paar leere Wasserschläuche, eine Handvoll Bücher und sogar ein oder zwei Schwerter lagen in verschiedenen Stadien der Verwitterung zwischen Ihnen.

Plötzlich fiel ihm eine Bewegung ins Auge. Ein dunkles Astloch im Baumstamm hatte sich bewegt, dessen war er sich sicher. Vorsichtig wich er ein paar Schritte zurück. Kralle landete auf seiner Schulter und schlug die Klauen fest und beruhigend in seine Muskeln. Eine Brise kühlte seine Haut, und rings umher raschelte das Laub.

Jenseits des Baumschattens war es warm, wahrscheinlich sogar heiß. Er wollte Kralle gerade auf einen Erkundungsflug ausschicken, als sich das Astloch wieder bewegte. Diesmal gab es kein Vertun. Das Loch schloss und schürzte sich wie ein Mund, und dann ertönte eine Stimme, so tief, wie die Wurzeln des alten Baumes reichten. Langsam und rhythmisch ertönte ein Rätsel in Versen.

»Ein Führer kommt, ist rein dein Herz, und leitet dich zur Tür.
Bedenke dies, solang du wartest, der du willst zu mir;
Die Pyramide, ein Klopfen gar – besteht aus zehn allein.
Von unten geh nach oben vor, dann lasse ich dich ein.«

Nachdem die Stimme verstummt war, sprach Hyden die Worte immer wieder vor sich hin. Es fiel ihm schwer in Anbetracht des Schocks und der Verwirrung, hatte doch gerade ein Baum zu ihm gesprochen.

Die Worte erschienen ihm im Augenblick wenig sinnvoll, aber über ihre Bedeutung würde er später nachdenken. Im Augenblick wollte er sich nur das Rätsel einprägen. Dem Aussehen der anderen Wartenden nach zu urteilen, hätte er wohl jede Menge Zeit, es zu lösen.

Angesichts seines morbiden Sinns für Humor schnitt er eine

Grimasse. Seine Überzeugung, dass die Weiße Göttin seines Clans ihm einen Führer schicken würde, wankte nicht, zumindest noch nicht. Er war sicher, sie würde ihn nicht wie all die anderen verfaulen und verrotten lassen.

Erst als er den Vers auswendig konnte, versuchte er, mit dem Baum in Verbindung zu treten. Dieser reagierte auf keine seiner Fragen oder Befehle. Er raschelte nur mit den Blättern, wenn er ihn anflehte. Nach einer Weile gab er auf, setzte sich zwischen die Überreste der anderen, den Rücken an den Baumstamm gelehnt, und dachte über das Rätsel nach.

»Die Pyramide, ein Klopfen gar – besteht aus zehn allein.
Von unten geh nach oben vor, dann lasse ich dich ein.«

Er hatte keine Ahnung, was das bedeutete, und nachdem es ein paarmal laut gesagt hatte, merkte er, wie er müde wurde. Innerhalb weniger Augenblicke trug ihn der Schlaf an einen tiefen, finsteren Ort, wohin sich nicht einmal Träume wagten.

***

Da Vaegon keine andere Waffe zur Hand hatte, verfluchte er sich dafür, weil er nicht daran gedacht hatte, eine mitzubringen. Also zog er Eisendorn aus seiner Scheide. Dugak hob seinen Wanderstab wie einen Knüppel. Für einen Augenblick zögerten die untoten Soldaten. Das Schwert jagte ihnen Angst ein. Vaegon wusste es nur deshalb, weil es der Geist zuvor gesagt hatte. Er wusste auch, dass ihnen langsam klar wurde, dass er nicht Mikahl war und Eisendorns Macht nicht entfesseln konnte.

»Lauf, Dugak!«, schrie Vaegon.

Er hielt das Schwert dem nächststehenden Untoten entgegen und sprach einige Worte auf Elfisch. Der Zwerg hastete auf seinen kurzen Säbelbeinen von dannen. Die verrottenden Soldaten zuckten zurück, als könne das Schwert plötzlich zum Leben erwachen und sie niederstrecken. Doch die List hielt nicht lange vor, und bald wandte sich Vaegon ab, um Dugak nachzurennen. Rasch nahmen die Untoten die Verfolgung auf.

Allein hätte Vaegon die Soldaten problemlos abhängen können. Sie rannten mit verkümmerten Muskeln, die von verfaulten Sehnen bewegt wurden, über die sich schwärende Haut spannte. Die Rüstung, die sie zu Lebzeiten wie eine zweite Haut getragen hatten, behinderte ihre zerfallenden Körper jetzt nur noch, machte sie langsam und ungeschickt. Dugak hingegen lief wie verrückt mit seinen Beinchen und fiel trotzdem zurück. Nachdem sie schließlich die Kuppe eines Hügels erreicht hatten, blieb der Zwerg stehen.

»Du kennst den Weg! Geh schon!«, sagte Dugak keuchend. »Ich werde sie in die Irre führen. Ich halte dich doch nur auf.«

»Ich werde dich nicht verlassen, Zwerg«, sagte Vaegon streng. »Also spar dir den Atem.«

Mit diesen Worten wandte er sich um, sprang dem vordersten Soldaten entgegen und schwang Eisendorn mit aller Macht. Die Stahlklinge schnitt in das faulige Fleisch und die Knochen an der Schulter, und der Arm des untoten Soldaten fiel ab. Das Wesen kippte nach vorn, und Vaegon musste es mit seinem Stiefel wegtreten. Der Gestank war so übel, dass ihm seine Sinne den Dienst verweigerten. Er schmeckte die Fäulnis beinahe auf der Zunge, beugte sich vor und erbrach sich.

Ein Felsbrocken, doppelt so groß wie Vaegons Schädel, segelte über ihn hinweg der heranrückenden Schar entgegen. Dugaks starke Arme hatten ihn geworfen wie ein Kinderspielzeug. Er schlug mit einem dumpfen Klatschen auf und fällte zwei Angreifer. Die anderen zögerten. Der nächste Felsbrocken zertrümmerte einem von ihnen die Schläfe und bespritzte die anderen mit graugelbem Schleim.

Vaegon stand mit erhobenem Schwert da und stürmte dann ein paar Schritte auf sie zu. Vier waren noch übrig. Zwei wandten sich ab und hüpften davon, als habe die Begegnung nie stattgefunden. Einer der anderen beiden stellte sich dem Angriff des Elfen. Der Letzte stand einfach nur da, als sei er plötzlich auf der Stelle festgefroren.

Vaegon streckte den Soldaten vor ihm durch einen brutalen

Hieb mit Mikahls Klinge nieder. Der verbleibende Untote stand weiterhin stocksteif da. Er wirkte so reglos wie eine Statue. Doch ganz in der Nähe waren Gemurmel und Grunzen zu hören. Da draußen in den Hügeln waren noch weitere Untote.

Weder Vaegon noch Dugak verspürten den Drang herauszufinden, warum das Wesen gerade stehen geblieben war. Sie waren vollauf damit beschäftigt, zu dem schmalen Gang zu rennen, der fast eine Meile entfernt in den felsigen Gebirgsausläufern versteckt lag. Wenn sie ihn erreichen konnten, stand ihnen der Weg zurück in die relative Sicherheit der Mauern Xwardas offen.

KAPITEL 54

MIKAHLS TRÄUME VON SEINEM HALBBRUDER Glendar waren gar nicht so unzutreffend.

Das Schiff, das den Leib des untoten Königs von Westland an Bord hatte, trieb ziellos auf dem Meer. Doch die Leichen, die man über Bord warf, waren nicht gewillt, tot zu bleiben. Genauso wenig wie die Werfenden. Die anderen Schiffe hatten des Königs seuchenbefallenes Schiff im Stich gelassen. Sie waren sogar so weit gegangen, mit ein paar gut platzierten Harpunen den Großteil seiner Takelage herunterzuholen und hatten zudem versucht, das Schiff in Brand zu setzen, indem sie Tongefäße voller Lampenöl hinübergeschleudert hatten. Niemand wollte riskieren, dass der König sein Martyrium überlebte, an Land ging und sie als Meuterer oder Deserteure anklagte.

Genau wie Mikahl ihn am Bug des Schiffs hatte stehen sehen, stand Glendar, Schimmer oder eine Mischung aus beiden jetzt im Bug des Wasserfahrzeugs im Wind. Er schrie verzweifelt nach Pael.

Pael war tausend Meilen weit weg und zu beschäftigt, um die Hilferufe zu bemerken. Selbst wenn er sie hätte hören können, wäre er zu abgelenkt gewesen. Außerdem hätte er sich um den Narren Glendar kaum Gedanken gemacht, und sein Band zu Schimmer war zur Bedeutungslosigkeit verkommen.

Glendar hatte durch schiere Willenskraft ein gewisses Maß an Kontrolle über die Untoten erlangt, was jedoch nur verhinderte, dass sie über ihn herfielen. Dass sie übereinander herfielen, daran konnte er nichts ändern. Das verdorbene Höllenkatzenfleisch, das Pael ihnen zu essen gegeben hatte,

hatte etwas Böses in ihnen hinterlassen, und so herrschte auf dem Schiff jetzt das Chaos. Bald mussten alle darum kämpfen, nicht im Meer zu landen.

Als die ersten ins Wasser fielen, kamen die Haie. Nachdem sie den ersten Mann angegriffen und zu einer braunen Blutwolke zerfetzt hatten, flohen die Haie und suchten sich eine bekömmlichere Mahlzeit. Dann kamen jedoch die Aasfresser. Eine ganze Flottille von Krebsen und Saugkarpfen erschien, und bevor ihre noch belebten Leiber den sandigen Meeresgrund auch nur erreicht hatten, waren die meisten Untoten Skelette. Auf dem Schiff verblieben waren lediglich noch ein paar von König Glendars Männern, und von denen lebte keiner mehr so richtig.

Unter der Sonne pellte sich ihre Haut fast ebenso schnell, wie die Meeresbewohner das faulige Fleisch ihrer untergehenden Kameraden abpellten. Das dahintreibende Schiff zog in seinem Kielwasser eine halbe Meile weit zerfetzte Kleidungsstücke hinter sich her, in denen es von tellergroßen rosa Krabben nur so wimmelte. Weiter unten im Wasser streifte ein Grüppchen irritierter Skelettsoldaten über den Meeresgrund und suchte eine Stelle, wo sie wieder ans Tageslicht steigen konnten. Sie waren in einem Zustand andauernder Belebung gefangen und dazu verdammt, durch die Tiefen zu wandern.

»Sie werden nicht lange ziellos umherwandern«, dachte Glendar oder Schimmer mit verächtlichem Lächeln. Er würde bald gezwungen sein, sich ihnen anzuschließen, und vielleicht würde er sie eines Tages aus dem Meer herausführen und Rache an Pael nehmen können. Eines Tages vielleicht.

***

»Drachengeschütze?«, fragte König Jarrek ebenso erstaunt wie skeptisch.

Er betrachtete einen der großen, armbrustartigen Mechanismen, die auf den Zinnen der Außenmauer Xwardas befestigt waren. Männer fetteten seine Spille mit Speck und warteten seine anderen beweglichen Teile mit größter Sorgfalt. Die Sonne würde gleich untergehen, und überall herrschte ein Gefühl großer Dringlichkeit. Der Tag, den ihnen Pael eingeräumt hatte, war fast vorüber, und die Vorbereitungszeit verrann ebenso schnell wie das Tageslicht.

»Sie verschießen von hier oben brennende Speere«, sagte General Spyra zuversichtlich, »und sind immer paarweise verbunden, sodass sie aus dreißig Fuß Entfernung zeitgleich in die Straßen hinabfeuern. Zwischen den Geschossen ist ein straffer Draht gespannt.«

»Ein straffer Draht?«, fragte Jarrek.

Diesmal hörte er sich nur skeptisch an. Was glaubten diese Leute, mit wem sie es zu tun hatten? Hatte er nicht unmissverständlich klargemacht, wozu schon Pael allein in der Lage war? Hatten sie ihm überhaupt zugehört?

»Seht, Majestät!« Der General unterbrach mit gereiztem Blick ihren Rundgang über die Verteidigungsanlagen. »Das wirkt wie eine dreißig Fuß breite Rasierklinge, die auf Hüfthöhe fliegt. Wenn diese Wesen die Außenwände überwinden, brauchen die da«, er deutete auf eine Gruppe seiner Schwarzklingen, »Zeit, um hinter die zweite Mauer zurückzufallen. Ganze Stadtteile sind in Öl getränkt, und die meisten großen Straßen sind so präpariert, dass sie den Feind buchstäblich entzweischneiden. Wir haben drei Meistermagier, fünf Magier und dreimal so viele Lehrlinge, die überall Fallgruben ausheben und Brandbomben platzieren. Diese Wesen werden sich wünschen, nie hergekommen zu sein, wenn sie diese Mauer überwinden!«

Um klarzumachen, von welcher Mauer er gesprochen hatte, stampfte General Spyra schwer mit dem gestiefelten Fuß auf und verschränkte die Arme vor der breiten Brust.

König Jarrek nickte seine Zweifel an General Spyras Vorbereitungen weg. Er hatte den Mann nicht provozieren wollen. Dennoch hatte er immer noch das Gefühl, das alles sei umsonst.

Pael würde diese Mauer und dann die nächste ganz allein einreißen, genau wie er Schlossberg dem Erdboden gleichgemacht hatte. Xwardas Palast mochte dieses Schicksal erspart bleiben, aber nur, wenn Pael das so wollte. Wenn sie es nur mit diesen untoten Soldaten zu tun bekämen, sagt sich Jarrek, würden sie zweifellos einen Weg finden zu siegen. Doch Pael war unberechenbar; Jarrek zumindest hatte ihm nichts entgegenzusetzen.

Sie schlenderten weiter über die Zinnen. Jarrek nahm ein Katapult in Augenschein, das man so umgebaut hatte, dass es Fässer mit Öl und Pech in die Formationen vor der Mauer schleuderte. Dann sah er einer vorbeiziehenden Prozession singender Zauberlehrlinge unter Führung eines Untergebenen Targons nach. Sie ließen eine kreideartige, weiße Substanz durch ihre Finger rieseln und verstreuten im Vorübergehen etwas, das wie Gänsefedern aussah. Der beißende Geruch des Pulvers war nicht viel besser als der von unten heraufdringende Gestank der Untoten.

Der lange, sonnige Tag hatte die Luft mit ihrem Gestank erfüllt, bis man eine Brigade Eimerträger eingesetzt hatte, damit die Männer auf der Mauer irgendwo hineinkotzen konnten. Inzwischen half die abendliche Brise, den Geruch zu vertreiben, aber am Nachmittag hatte er noch schwer in der Luft gelegen.

»General!«, rief König Jarrek dem schwer beschäftigten Mann zu, der gerade einem Bogenschützen erklärte, wie er seinen locker hängenden Köcher zu tragen hatte.

»Wenn Ihr mich entschuldigen würdet – ich würde mich gerne vorbereiten. Meine Rüstung ist noch in der Burg, und ich wäre lieber hier auf der Mauer, wenn es losgeht.«

»Ein Mann soll Euch den schnellsten Weg zurück zeigen«, sagte Spyra mit einer höflichen Verneigung.

Er fuhr sich mit der Hand über die Glatze und seufzte frustriert. Dann wandte er sich an einen Mann, der neben einem der Drachengeschütze Speere stapelte.

»Gratton, bring das später zu Ende. König Jarrek muss erst einmal auf schnellstem Wege in die Burg zurück.«

Er wandte sich wieder König Jarrek zu und ergänzte: »Ich bin erstaunt, dass wir die Randbezirke der Stadt überhaupt räumen konnten. Gratton hier wird Euch durch einen unterirdischen Gang an den verrammelten zweiten Toren vorbeischleusen.«

Gratton führte ihn eine der langen Rampen hinab, die an der Innenseite der Außenmauer entlang führten. Jarrek bemerkte, dass ein großer, aus Holz bestehender Teil so präpariert war, dass man ihn zum Einsturz bringen konnte – man musste nur bestimmte Stifte herausschlagen. Einige wenige gut platzierte Hammerschläge, und sie wäre für Angreifer, die die Mauer erklommen hatten, völlig nutzlos. Allerdings gab es an der Innenseite der Außenmauer überall Wendeltreppen und schmale Gänge. Sie führten auf unterschiedlichen Höhen zu Schießscharten, die sich nach außen öffneten.

Der Soldat geleitete ihn zu einer Treppe, die mehrere Stockwerke abwärts führte, ehe sie sich in einen breiten, viel benutzten Tunnel öffnete. Kisten mit Speeren und Pfeilen, Fässer und Truhen säumten die Wände, und es gab Räume voller weiterer Kriegsvorräte, die von dieser Hauptverkehrsader abgingen.

In einem Raum sah Jarrek Männer, die eine Rüstung anlegten, wie auch er es vorhatte. Das Befestigen von Plattenteilen und Kettenzeug am eigenen Körper war von Natur aus ein Ritual, und keiner der Männer in dem Raum hatte es eilig. Ein Stück weiter rissen bereits gerüsteter Schwarzklingen bei einem Becher Bier Witze. Einer von ihnen erkannte König Jarrek und stieß seine Kameraden mit dem Ellbogen an, woraufhin sich alle knapp, aber respektvoll verneigten.

Xwarda war bereit für den Krieg, dachte Jarrek, aber war es bereit für Pael?

Alles in allem wäre die Stadt sehr wehrhaft gewesen, wäre es gegen einen normalen Feind gegangen. Wenn er es sich recht überlegte, hatte kein normaler Feind eine Chance, die Außenmauer zu überwinden, und angesichts all der Tunnel und Geheimgänge war eine Belagerung sinnlos.

Doch der Feind vor den Toren war alles andere als normal.

Der Dämonenmagier war schlimmer als sämtliche Untoten zusammen. Jarrek hoffte, sie würden einen Weg finden, Pael und seine Totenbrigade zu bezwingen, doch ehrlich gesagt hegt er wenig Hoffnung, dass einer von ihnen die Nacht überleben würde.

***

Die Sonne war längst untergegangen, als Vaegon und Dugak durch eine Falltür im Boden eines Weinkellers im unteren Teil des Palasts heraufkamen. Der Zwerg leerte rasch seinen Wasserschlauch aus und füllte ihn mit Starkbier vom Fass. Er bot Vaegon einen Schluck an, doch der Elf lehnte ab. Er wartete geduldig, während Dugak wieder zu Atem kam und sich sammelte, dann bat er ihn, ihn zu Mikahl zu bringen.

Vaegon hatte eine grobe Vorstellung davon, wo sich der Heilerflügel befand, doch die Burg war groß und voller Soldaten und Flüchtlinge. Er wollte nicht riskieren, sich zu verirren. Dugak leerte seinen Schlauch in drei großen Schlucken, füllte ihn erneut und machte sich dann auf in die Burg.

Die Räume und Gänge waren so bevölkert, wie es die Straßen am Tag ihrer Ankunft gewesen waren. Doch diese Leute waren nicht arm und schmutzig. Dies waren die Familien, die wohlhabend genug waren, um sich Zutritt zur Burg zu erkaufen – die Herzöge und Fürsten, die Grundbesitzer und sonstigen Günstlinge des Bürgermeisters, wie Dugak erklärte.

Das Gerücht, der Feind werde um Mitternacht angreifen, machte unter ihnen die Runde. Sowohl Dugak als auch Vaegon spürten, dass das nicht nur Gerede war, weshalb der Zwerg noch schneller ging.

Der Flügel, in dem Mikahl lag, war weit weniger überfüllt als der Rest des Palasts, aber geschäftiger als bei Vaegons letztem Besuch.

Mikahl lag unverändert da, scheinbar friedlich und still, sah man von seinem mühsamen Atmen ab. Nur das Heben und

Senken seiner Brust und das leise Rasseln verrieten, dass er überhaupt noch lebte.

Vaegon unterdrückte eine bei Elfen seltene Träne und legte Eisendorn auf Mikahls Brust, als sei er tatsächlich schon tot.

Die Spitze der Klinge, die in ihrer Scheide steckte, ruhte zwischen Mikahls Schieinbeinen, die Parierstange auf seiner Brust über dem Herzen. Vaegon nahm sanft die Hände seines Freundes und legte sie um das lederumwickelte Heft. Sie schlossen sich reflexartig darum, und einen Augenblick lang keimte Hoffnung in dem Elfen auf, doch das Gefühl war nicht von Dauer. Der Griff war kraftlos; er erinnerte an einen Säugling, der nach einem Finger griff, den man ihm hinhielt.

Mikahl bewegte sich ansonsten nicht. Vaegon blieb eine ganze Weile, um sicherzugehen. Er wusste selbst nicht recht, warum er es tat, aber der Drang, Mikahls Schwert von seiner Scheide zu befreien, war überwältigend. Erleichterung durchflutete ihn, als das erste Stück Klinge, das sichtbar wurde, strahlend blau leuchtete. Es gleißte so hell, dass es den magisch erleuchteten Raum in tiefe Schatten hüllte.

Er betrachtete seinen Freund noch eine Weile in der Hoffnung, irgendeine Reaktion auf die Magie der wieder aufgeladenen Klinge zu erkennen, doch vergebens. Er war enttäuscht, wenn auch nicht völlig, weil das Schwert einen Teil, ja vielleicht sogar all seine Macht zurückgewonnen hatte, und stieß einen langen Seufzer aus.

»Ich muss Hyden Falk finden«, sagte er zu Dugak.

Der Zwerg lehnte an der Wand und trank gerade den zweiten Schlauch Starkbier aus. Als er leer war, warf er ihn weg und rülpste laut.

»Dann geh, Elf«, sagte er verwaschen. »Ich bin für ein' Tag genug rumgerannt. Ich bin alt und müde und spüre das gerade sehr.«

»Außerdem bist du ziemlich betrunken«, lächelte Vaegon trotz seiner Traurigkeit. »Lass nicht zu, das jemand das Schwert berührt.«

»Wird gemacht. Wenn de mein' Zwergendame siehs', würdest du sie zu mir schicken, Junge?«, flüsterte Dugak verschwörerisch.

Vaegon konnte nur halbherzig über den Zwerg lachen, während er sich entfernte.

Nachdem er sich durch die überlaufenen Gänge und Korridore gekämpft hatte, sah er den Kobold, Starkle, der über einer wüsten Auseinandersetzung zwischen Adligen schwebte. Sein Anblick brachte Starkle zum Schweigen und lenkte ihn lange genug von dem Streit ab, dass Vaegon die Aufmerksamkeit des Kobolds auf sich ziehen konnte.

»Kannst du mir sagen, wo ich Hyden Falk finde?«, fragte er.

»Im Turm von Hunt Mahn«, erwiderte Starkle.

Aus dem Epizentrum der Menge erhob sich ein leises Flüstern. Aller Augen ruhten jetzt auf ihnen. Dieses Gefühl beunruhigte Vaegon ebenso wie die Art und Weise, wie es bei Starkle klang: als läge dieser Turm auf der Rückseite des Mondes.

»Wie komme ich da hin?«, fragte der Elf.

Irgendwo in der Menge sagte eine Frau laut: »Der Falkenmann ist verloren.«

Eine andere Stimme äußerte sich ähnlich, und das Gemurmel wurde zu einer Diskussion, bei der düstere Spekulationen über Hydens mögliches Schicksal angestellt wurden.

»Das kann dir nur der Magier Targon sagen«, beantwortete Starkle fast bedauernd seine Frage.

»Targon ist an der Außenmauer und bereitet sich auf den bevorstehenden Angriff vor.«

»Danke«, sagte Vaegon, dem die Brust eng wurde.

Er schob sich durch die Menge, und währenddessen klang die Stimme der Dame in seinen Ohren nach: »Der Falkenmann ist verloren.«

Es dauerte ewig, sich einen Weg durch die Menge Menschen, die in den Straßen zwischen der Burg und den offenen Toren der zweiten Mauer drängten, zum Haupttor zu bahnen. Von dort eine der vielen Rampen zu erreichen, die zur Innenseite der Außenmauer emporführten, war schon leichter.

Auf den Straßen zwischen den beiden Mauern waren in erster Linie Soldaten und gelegentlich Magier unterwegs. Trotz der Dunkelheit war deutlich zu erkennen, wo man entlanggehen sollte, denn es gab einen von Fackeln gesäumten Durchgang. Überall sonst waren Soldaten und andere Männer postiert, die vor den Stellen warnten, an denen Brandfallen lauerten.

Die körperliche Anstrengung seines Laufs durch die Hügel forderte ihren Tribut, als er eine der Rampen erreichte. Über ihm begannen Männer zu schreien. Es war klar, dass dort oben etwas vor sich ging. Trotz seiner Erschöpfung rannte er die Rampe hoch, um zu sehen, was es war. Aufregung und Angst jagten Adrenalin durch seinen Körper.

Als er gerade die Mauerkrone erreichte, ertönte ein Gebrüll, furchterregend tief, und Vaegon fiel aus reinem Reflex wie ein verängstigtes Kind auf die Knie.

Ein greller, donnernder Flammenstoß, so heiß, dass er ihn aus über hundert Fuß Entfernung spürte, raste über die Mauer. Im eigenen Feuer spiegelten sich der hin und her zuckende, gepanzerte Leib eines rot schimmernden Tieres, die Quelle des Flammenstoßes. Es war so furchterregend, dass es nur eins sein konnte: ein Drache. Vaegon hatte schon den Choskadämon, gegen den sie im Wald gekämpft hatten, für ein beeindruckendes Wesen gehalten. Der Drache, der gerade alles auslöschte, was sein Feuerodem traf, hätte den Choska mitten entzweibeißen können.

In der Ferne grollte Donner und kam mit unnatürlicher Geschwindigkeit näher. Unter einem Stoß blendend weißer Energie barst ganz in der Nähe ein Teil der Außenmauer und fiel in sich zusammen. Das Mauerwerk unter Vaegons Füßen erbebte von der Wucht der Explosion.

Scharlachs mächtiges Gebrüll erklang erneut, diesmal irgendwo hinter dem Elfen. Männer schrien wild durcheinander, eine Kakophonie des Chaos. Das tiefe Summen der

Maschinen, die Flammenspeere verschossen, ertönte in der Nähe.

Vaegon hatte sich gerade wieder aufgerappelt, da erfolgte vor der Mauer eine flammende Explosion. In ihrem gleißenden Licht sah er große Holztürme heranrollen. Die Männer, die sie schoben und erklommen, kümmerten sich nicht um die bedrohlichen Flammen und klammerten sich nur fest an die Türme.

Ein Fass schoss aus der Finsternis herab und knallte in die Menge, und beim Aufprall verteilte es seine Flüssigkeit in einem großen Umkreis. Augenblicke später surrte ein weiterer Flammenpfeil von der Mauer herab, und ein gelb-orangefarbener Feuerball loderte mit einem hallenden Fauchen auf. Die untoten Soldaten in dem Inferno krümmten und wanden sich am Boden. Diejenigen, die nur zum Teil brannten, rückten weiter vor, als sei nichts geschehen.

Ein wenig weiter sah Vaegon einen, zwei, nein drei der Leitertürme an der Mauer lehnen. Der Gestank von Fleisch, das in der Sonne verrottete, hing in der Luft wie Nebelschwaden. Die Untoten schwärmten bereits über die Mauer, dabei hatte der Kampf gerade erst begonnen.

Vaegon sah sich in dem wild flackernden Licht um. Dort, ein ganzes Stück entfernt, stand ein Mann in einer weißen Robe, vielleicht ein Magier. Vaegon stürmte auf den Zinnen entlang, ohne auf all die Pfeile zu achten, die an ihm vorbeischossen. Ein Mann an einer Schießscharte schrie auf und stürzte, landete in seinem Weg. Ein Pfeil ragte aus seinem Kopf wie ein Horn. Vaegon blieb stehen und half dem Mann, ihn aus der Haut zu ziehen. Er hatte den Schädelknochen nicht durchbohrt, war aber durch Kopfhaut und Fleisch bis zum Knochen eingedrungen. Vaegon nahm sich einen Augenblick Zeit, um die Haut magisch zu heilen, doch war er dabei hastig und wenig sorgfältig.

Voraus sah er zwischen sich und dem Mann in der Robe, von dem er hoffte, es sei Targon, eine Gruppe von Männern mit Piken, die verzweifelt versuchten, einen der Leitertürme umzustürzen. Ein anderer Mann schüttete eimerweise Öl hinab auf die Angreifer, die die Mauer erklommen. Während der Elf an ihnen vorbeistürmte, gingen sie alle in Flammen auf.

»Targon!«, schrie Vaegon, als er den Mann in der weißen Robe erreichte.

Dieser antwortete nicht. Er war mitten in einem Zauber, und Vaegons Bitten verhallten ungehört. Der verzweifelte Elf wollte ihn gerade schütteln, als ein knisternder, gelber Blitzstrahl aus den Händen des Mannes hinab in einen Schwarm untoter Soldaten fuhr, die noch eine weitere Sturmleiter an die Mauer legen wollten. Der Fuß des hölzernen Konstrukts explodierte, da sich der Saft in dem frischen, grünen Holz, aus dem es bestand, unter Targons Blitz überhitzte. Langsam kippte die Leiter rückwärts in die Truppen an Ihrem Fuß. Als sich der Zauber erschöpft hatte, wandte sich Targon mit zusammengebissenen Zähnen und einem wilden, beinahe wahnsinnigen Blick dem Elfen zu.

»Wenn du heilen kannst, heile!«, rief der Magier aufgeregt. »Wenn nicht, dann schnapp dir eine Waffe! Mehr können wir hier nicht tun, bis Hyden Falk zurückkehrt!«

Vaegon wollte fragen: »Von wo?«, aber ein grelles Licht erhellte plötzlich die Dunkelheit jenseits der Soldaten unter ihnen. In der Ferne bildete sich über dem Kopf einer kahlen, weißhäutigen Gestalt in einer schwarzen Robe eine Kugel purpurroter Energie. Sie hatte jetzt die Größe eines Wagenrades erreicht, schwoll aber stetig an.

»Pael«, zischte Targon und schleuderte sogleich erneut einen Zauber.

Die Füße fest auf den Holzsteg gestemmt, sah Vaegon zu, wie der Drache das immer heller werdende, lavendelfarbene Licht des bösen Magiers durchflog. Vor Angst zitternd beobachtete er, wie der gehörnte Schädel der Bestie durch den Rand des Lichts glitt. Mehrere endlose Sekunden vergingen, bis sein Schwanz schließlich wieder in der Finsternis verschwand, aber wirklich gesehen hatte er nur einen Flügelsaum, ein paar schillernde Schuppen und eine große, undefinierbare Masse in schlangengleicher Bewegung. Inzwischen hatte die Energiekugel, die sich über Paels Eierkopf bildete, die Größe eines Bauernhauses. Er vollführte die Geste des Werfens und schleuderte sie mit einem irren Schrei, fast ein Urschrei, hoch über die Mauer hinweg, wie einen Kometen. Im Fallen erhellte sie den gesamten Stadtteil. In ihrem wogenden, wabernden Leuchten wirbelten die Schatten von Gebäuden und Türmen wie finstere Schwerter durch die Stadt. Es war, als habe Pael eine purpurrote Miniatursonne in die Luft geworfen.

Viel zu dicht bei Vaegon ertönte das durchdringende Kreischen des Choskas, und er warf sich gerade noch rechtzeitig zur Seite, um dessen zupackenden Klauen zu entgehen. Er riss Targon an der Robe mit sich zu Boden, und die rasiermesserscharfen Krallen der Dämonenbestie griffen ins Leere. Dann erbebte die Stadt, und ein fast unhörbar tiefer, durch Mark und Bein gehender Knall löschte regelrecht die Nacht aus.

Die Explosion, die der Einschlag von Paels Kometen verursachte, war grell und weißglühend, und ihr folgten orangegelbe Flammenzungen und ein Hagel aus Schutt, als die Fallen, die die Magier von Hochvag vorbereitet hatten, vorzeitig ausgelöst wurden. Diese Explosionen waren allerdings bloß ein leises Knallen und Zischen in dem nahezu ohrenbetäubenden Dröhnen, das Paels Geschoss erzeugt hatte. Alles war jetzt unnatürlich leise, besonders für Vaegon, der sah, wie sich die Münder der Männer rings umher bewegten, aber rein gar nichts hörte.

Targon und Vaegon blinzelten, bis sie wieder klar sehen konnten, und begriffen gleichzeitig, dass sie keine Chance hatten, sich zur zweiten Mauer zurückfallen zu lassen. Nicht von dort, wo sie gestrandet waren. Wie um die Situation noch zu verschlimmern, zerbarst ganz in der Nähe ein Stück der Mauer in einer flackernden, donnernden Explosionen silberweißer Energie. Ehe sich der Staub auch nur gelegt hatte, strömten Tausende untoter Soldaten durch die Lücke und schwärmten in die Stadt aus.

Irgendwo am Himmel brüllte der Drache erneut. Als der Schrei verhallte, durchdrang hinter ihnen ein Befehlsruf das Chaos.

Targon ergriff Vaegon am Ärmel und zog ihn zu der Rampe zurück, die Vaegon zuvor heraufgekommen war. Unter ihnen blockierte ein Krieger in schimmernder, roter Plattenrüstung mit blitzendem Schwert die Gasse. Die Schwarzklingen scharten sich um ihn. Wenn es ihm gelang, zum Fuß der Rampe zu kommen, bestand vielleicht eine Chance, die zweite Mauer zu erreichen. Sie mussten sich beeilen. Schon rappelte sich eine Schar untoter Soldaten auf und überwand die Mauer mit einer Belagerungsleiter unmittelbar jenseits der Stelle, die sie erreichen mussten, um zur Rampe zu gelangen.

Targon blieb stehen und wirkte rasch einen Zauber. Zischende blaue Strahlen schossen aus seinen Fingerspitzen, aber nicht zu den Untoten hinüber, sondern zu der Holzplanke unmittelbar vor ihnen. Mit lautem Knall wurden Löcher ins Holz gerissen, aus denen sich wie ein Schrapnell Splitter und Holzteilchen lösten und sich ins verfaulende Fleisch der Untoten bohrten. Es verlangsamte das Vorrücken der Geschöpfe, hielt sie aber nicht ganz auf.

Dicht gefolgt von Targon erreichte Vaegon knapp vor dem Feind die Rampe. Sie stürmten panisch die schiefe Ebene hinab, doch es war zu spät. Auf halbem Weg hinunter hatte bereits ein Hammerschlag die Bolzen getroffen, die den hölzernen Teil der Rampe arretierten. Der Mann, der den letzten Bolzen herausgeschlagen hatte, sah bedauernd zu, wie der gesamte Teil wegbrach. Targon konnte gerade noch verhindern, dass Vaegon in den jetzt leeren Bereich vor ihnen stürmte. Während Vaegon am Rand eines dreißig Fuß tiefen Abgrunds balancierte, schlug von hinten der heftige, fast schon zu schmeckende Gestank der Untoten über ihnen zusammen.

***

Hyden Falk erwachte davon, dass sich nadelspitze Zähne um seine Hand schlossen. In einem Anfall schieren Entsetzens öffnete er die Augen. Er spürte heißen, feuchten Atem im Nacken und sah ein totenschädelartiges Gesicht vor sich. Mit einem Schrei sprang er auf. Sein Herz raste wie verrückt.

Kralle kam aufgeregt von dem Baum über ihm herabgeflattert, und der Flügelschlag des Falklings verstärkte noch das Pochen in Hydens Brust. Er wäre beinahe in die endlose Weite der Hügel davongestürmt, die den Baum und all seine toten Gäste umgaben. Nur das fröhliche Lachen zweier junger Wolfswelpen, die ihm um die Füße sprangen, ließ ihn innehalten. Er erkannte sie sofort, doch er brauchte ein paar Minuten, um sich zu beruhigen und sich von dem Entsetzen zu befreien, das ihn befallen hatte. Er hatte ihre Mutter in der Schlucht geheilt, am selben Tag, an dem die Höllenkatze Loudin zerrissen hatte. Als er schließlich wieder ruhig atmen konnte und sein Herzschlag sich beruhigt hatte, beugte er sich zu ihnen hinab und begrüßte sie.

»Wo ist sie?«, fragte Hyden.

»An der Tür«, antwortete einer der Welpen.

»Sie wartet auf uns«, setzte der andere hinzu.

Sie verwendeten anders als die Buschhörnchen nicht wirklich Worte, doch was sie sagten, war für Hyden völlig klar. Die Unterschiede zwischen ihnen spiegelten sich in ihrer jeweiligen Persönlichkeit wider. Es waren beides Rüden, junge, pubertierende Kammwölfe, gesünder als die meisten anderen und unerschütterlich selbstsicher.

»Die große Mutter des Waldes hat gesagt, du brauchst einen Führer«, sagte der mit Namen Rurran.

»Wir hätten nicht kommen müssen«, setzte sein Bruder Arrah hinzu. »Aber wir wollten es, weil du unsere Mutter gerettet hast.«

»Ohne sie hätten wir verhungern müssen.« Rurran stieß mit der Schnauze gegen Hydens Bein. »Du hast also auch uns gerettet.«

»Sieht aus, als hätte die niemand gerettet.« Arrah nickte zu den Skeletten hin, die rings um den Fuß des großen Baumes lagen.

»Komm, Hyden Falk, folge uns.«

»Wie heißt der Vogel?«

»Kralle«, antwortete Hyden leicht erstaunt.

Er versuchte, sich das Rätsel ins Gedächtnis zu rufen, während er den beiden ausgelassenen Wolfsjungen folgte, aber es gelang ihm nicht. Die neugierigen Jungtiere erzählten ihm aufgeregt, wie sie eine Feldmaus gejagt und getötet und einen Dachs in seinen Bau gescheucht hatten. Sie beanspruchten seine Aufmerksamkeit ganz für sich. Rurran verspottete Arrah, weil er Angst bekommen hatte, gab aber zu, dass der Dachs sich tapfer gegen sie gewehrt und auch ihm ein wenig Angst eingejagt hatte.

Kurz nachdem Hyden sie geheilt hatte, hatte die Mutter sie zu einer Höhle oben am Kamm geführt. Sie sagten, die Höhle habe nach Menschen gerochen, doch da es Hyden Geruch gewesen war, hatten sie gewusst, dass sie dort sicher sein würden.

Ihre Mutter hatte ein Reh erlegt, und sie hatten zum ersten Mal rotes Fleisch geschmeckt. Oh, wie sie Fleisch liebten! Dafür lebten sie jetzt; sie waren ständig auf der Suche danach. Hyden musste über sie und mit ihnen lachen. Sie waren schlau, fantasievoll und so voller Leben; die Freude, die von ihnen ausging, war ansteckend.

Es dauerte eine Weile, eine Stunde, vielleicht den halben Tag, Hyden wusste es nicht so genau. Die einzige Störung in der Landschaft war ein kleiner Teich, auf den sie stießen und der von einem Bächlein gespeist wurde. An einem Felsbrocken an dessen Ufer lehnte ein weiteres Skelett, das noch immer eine zerfetzte, scharlachrote Robe trug. Die Welpen hielten nur kurz an, um zu trinken, dann hasteten sie weiter. Hyden blieb nicht stehen. Dort gab es nichts, was er sehen wollte.

Zwischen dem Geplauder und den aufgeregten Gedankenausbrüchen der neugierigen Wölfe überlegte Hyden, warum die Königlichen die anmutige, höfliche Königin von Hochvag »Willa die Hexenkönigin« nannten. Sie kam ihm überhaupt nicht vor wie eine Hexe. Die alte Vettel, die ihm und Gerard die Zukunft vorhergesagt hatte, das war mal eine Hexe gewesen!

Er wollte nicht darüber nachdenken, wie sehr ihm Gerard fehlte. Das verdarb nur die großartige Stimmung, in die ihn die Wolfsjungen versetzt hatten, doch er konnte nichts dagegen tun. Zum Glück stießen sie auf die Wolfsmutter, und seine Traurigkeit konnte sich nicht in ihm festsetzen.

Sie faulenzte neben einer Elfenbeintür mit Goldrahmen, die inmitten des Meeres wogender Hügel allein auf einer Kuppe aufragte.

Er erblickte drei Schädel, die halb in der schweren Erde vergraben waren, und dicht daneben lag ein seltsamer Kristallstab. Hyden umkreiste ihn und musste feststellen, dass die Tür von beiden Seiten genau gleich aussah, doch er ignorierte das seltsame Portal und die Versuchung, den Stab aufzuheben, und genoss einfach die Gesellschaft der Wölfe und seines Vertrauten.

Die Wolfsmutter machte eine Bemerkung darüber, dass ihm der Geruch der Riesenwölfe anhaftete, und er musste den Jungen die Geschichte von Grrr erzählen und davon, wie er gestorben war, um König Mikahl vor dem Choska zu retten. Beim Erzählen kam er sich vor wie Berda, und das gefiel ihm irgendwie. Die Geschichte war traurig, doch sie machte die Welpen stolz auf ihre Art. Die Wolfsmutter spürte die allem zu Grunde liegende Eile, die in Hydens Geist loderte, und lockte die Welpen vorsichtig mit dem Versprechen einer frisch gejagten Mahlzeit weg. Hyden umarmte sie und ließ sich von ihnen das Gesicht ablecken, dann sah er ihnen nach, wie sie lässig davontrotteten, und dabei brodelte in ihm ein Kessel voller widerstreitender Gefühle.

Kralle hockte auf dem goldenen Türrahmen und putzte sich geduldig das Gefieder. Die Tür im Rahmen war vom Alter leicht vergilbt. In ihr Blatt war eine Lichtung in einem Wald aus hohen Kiefern geschnitzt, dahinter Berge, und im Vordergrund floss ein Bächlein. Wie er da so stand und sich das alles ansah, wiegten sich die Bäume vielleicht ein wenig, und vielleicht gurgelte und plätscherte auch der Bach. Doch er ließ sich von dem hypnotisierenden Anblick nicht ablenken. Seine gesamte Aufmerksamkeit galt dem Rätsel, das ihm der sterbende Baum aufgegeben hatte.

»Die Pyramide, ein Klopfen gar – besteht aus zehn allein. Von unten geh nach oben vor, dann lasse ich dich ein.«

Er hoffte, es sich richtig gemerkt zu haben. Er sagte es auf, wie es ihm in den Sinn kam. Als er es etwa zum fünfzehnten Mal vortrug, kannte er plötzlich die Antwort. Es war so einfach, dass es ihn regelrecht verblüffte. So einfach, und doch konnte man sich so leicht verwirren lassen, dass es kein Wunder war, dass niemand je von diesem Ort zurückgekehrt war.

Eine Pyramide, bestehend aus zehn: Eins plus zwei plus drei plus vier ergab zehn. Von unten nach oben war das wirklich eine Pyramide: vier, drei, zwei, eins.

Voller Zuversicht klopfte er viermal an die Tür. Nach einer kurzen Pause klopfte er dreimal, dann zweimal und schließlich einmal. Beim letzten Klopfen flatterte Kralle vom Türrahmen herab auf seine Schulter.

Quietschend öffnete sich die Tür und gab den Blick auf einen Raum frei, der aus demselben weißen Marmor bestand wie der Palast von Xwarda. Das kreisrunde Turmzimmer war dunkel, aber Sprünge in den nicht sehr passgenauen Fensterläden ließen das wogende, orangefarbene Leuchten irgendeines in der Ferne tobenden Infernos ein.

Hyden wusste, er war jetzt in Pratcherts Turm, denn das dicke, üppige Fell eines Eisbären bedeckte den Boden. Es war derselbe Eisbär, den Pratcherts Vater ein paar hundert Jahre zuvor für seinen König getötet hatte.

KAPITEL 55

DER CHOSKADÄMON SCHNAPPTE NACH MIKAHL, doch ein pelziges wildes Bündel warf sich zwischen ihn und das Maul, aus dem der Geifer triefte. Die Zähne bohrten sich dennoch in sein Fleisch, aber der Körper des Wolfs, der durch die Rettungstat zermalmt wurde, nahm ihnen viel von ihrer Wucht. Grrr hatte sich geopfert, und der Kummer, den der Verlust einer so stolzen, schönen Kreatur ihm bereitete, war fast schlimmer als seine körperlichen Schmerzen.

Fast.

Plötzlich setzte sich Mikahl auf.

Die Erinnerung an das Dämonenmaul voller Zähne und an Grrrs blutigen Körper verflog rasch. Seit Stunden strömte Eisendorns Magie in sein Blut, und nun waren seine Adern voll reiner, flüssiger Blitze.

In seinem verwirrten und doch beunruhigend klaren Geist rief ein Chor himmlischer Stimmen in einer Sinfonie gewaltiger, alles vereinnahmender Klänge nach ihm. Jede Stimme sang eine andere Melodie der Möglichkeiten. Eine Stimme sang von Verteidigungsmaßnahmen: von einem Schild, von Rüstung, von einem Energiefeld, das etwas festhalten oder ein Objekt ablenken konnte. Er war nicht sicher, wie er diese herrliche Musik verstehen konnte, aber er tat es. Eine weitere Stimme sang vom Binden und Fesseln, wieder eine andere vom Finden, Suchen und Beschwören. Eine Melodie, die eher lauter war als der Rest der Sinfonie, sang von Feuerbällen und Druckwellen, von dahinschießenden Projektilen und Blitzstrahlen. Er hörte Heilkraft und eine ganze Rhythmusgruppe von Portalbefehlen, aber der Klang, der zu einer eigenen Solostimme anschwoll und den Rest des harmonischen Getöses übertönte, war die Stimme, die vom »Hellen Pferd« sang.

Er hatte keine Ahnung, was das war und warum es auf zu ihm kam, aber irgendwie hatte Mikahl danach gerufen, und jetzt war es da.

***

Königin Willa beobachtete wütend vom zinnenbewehrten Dach des Königturms aus die im fernen Dunkel tobende Schlacht. Dass sie nicht dort bei ihren Soldaten sein konnte, machte sie halb wahnsinnig.

Andra, General Spyra und der Bürgermeister hatten ihr verboten, sich in die Schlacht an der Außenmauer zu stürzen. Es war ihre Pflicht, über den Hüterstein zu wachen und ihn gegen die zu verteidigen, die Böses im Schilde führten. Die Hauptader des magischen Gesteins lag mehr oder weniger unter ihrem Palast, und darauf hatte der Dämon es abgesehen, das wusste sie.

Sie bezweifelte, dass es Pael bekannt war, doch auf dem Grund des Whitten Loch konnte man tatsächlich die Hand auf den Kern dieses mächtigen Materials legen. Hätte er es gewusst, hätte er sich einfach aufs Burggelände schleichen, schwimmen gehen und sich eine Menge Ärger ersparen können.

Man kam noch auf anderen Wegen an den Hüterstein heran. Die Mine bestand aus mehreren Stollen, manche groß genug für Wagen, aber alle mündeten in den inneren Mauern oder zumindest in deren Nähe. Wenn sie sich in den Kampf gestürzt hätte und an der Außen- oder der zweiten Mauer gefallen wäre, wäre es eine Katastrophe gewesen. Sie war die letzte Verteidigungslinie, und das ärgerte sie, denn im Augenblick konnte sie nur zusehen, wie Xwarda brannte und ihre Männer überrannt wurden.

Ein großer Teil der Stadt im Westen und Süden brannte nieder. Hilflos stand sie da, während Abschnitt um Abschnitt der Außenmauer zerfiel und durchbrochen wurde. Der Feind war jetzt in der Stadt. Ihre Soldaten versuchten verzweifelt, sich zur zweiten Mauer zurückfallen zu lassen, aber vielen von ihnen gelang es nicht.

Große Gruppen ihrer Schwarzklingen saßen in der Stadt fest und kämpften um ihr Leben. Sie musste sich sehr beherrschen, um nicht auf einem wilden Zauber an ihre Seite zu eilen und sie im Kampf zu unterstützen. Sie setzte ihre Hexenzauber bereits ein, um große Lichter am Himmel erblühen zu lassen, damit ihre Leute die fliegenden Gegner sehen konnten und eine Chance hatten, sich zu wehren.

Plötzlich flammte am Boden direkt unter dem Turm ein helles Licht auf. Sie betete zu allen Göttern, dass Pael noch nicht die eigentliche Burg in die Luft gesprengt hatte.

Sie kletterte in eine Schießscharte, beugte sich hinaus, um zu sehen, was da vor sich ging, aber der Blickwinkel stimmte nicht. Der Wächter, der hinter ihr an der Dachluke des Stiegenhauses postiert war, bedeutete ihr, dass man von unten eine Nachricht heraufrief. Sie kletterte wieder herunter, rannte zu der kleinen Hütte, mit der das Treppenhaus überbaut war, um es vor Witterungseinflüssen zu schützen, und lauschte angestrengt. Sie verstand die Worte nicht, bekam aber mit, dass sie etwas mit dem zu tun hatten, was die Burgfassade so hell erleuchtete.

Ungeduldig eilte sie wieder zum Rand der Brüstung hinüber. Was auch immer es war, es strahlte inzwischen so stark, dass der Waldpark und der Teich mit der Fontäne fast taghell erleuchtet waren und lange Schatten warfen. Sie sah, wie sich Gruppen ihrer Reservisten zwischen den Bäumen und auf den Wegen im Park vor der Helligkeit in Sicherheit brachten. Sie sollten sich versteckt halten, und nun bemühten sie sich, sich in die Schatten zu flüchten, die die Bäume wegen des Lichtes warfen.

Wie eine Mutter, die ihre Kinder schützen wollte, suchte Willa instinktiv den Himmel ab und war erleichtert, im Augenblick dort weder den Choska noch den Drachen zu sehen.

Der Wächter am Treppenabsatz rief nach der Königin und wiederholte die Botschaft, die der Mann gerade von unten erhalten hatte. Seine Stimme verriet seine Hoffnung und Erregung.

»Der junge König des Westens ist auf dem Rücken eines Pegasus aus Blitzen und Flammen durch die halbe Burg geritten!«

Sie hätte es nicht geglaubt, hätte sie nicht, noch während der Mann sprach, auf Mikahl und sein unwirkliches Reittier hinabgeschaut.

Es sah nicht genauso aus wie in ihrem Traum, aber da war es – es galoppierte auf einem der kopfsteinpflasterten Wege rund um Whitten Loch. Mikahl gab dem Pferd die Sporen, und es sprang ab, schimmernde Flügel aus weißglühendem Feuer entfalteten sich, und der Flammenpegasus schwang sich in die Lüfte. Die leuchtende Saphirklinge Errion Torens hatte er in der hoch erhobenen Rechten. Sie konnte nicht umhin, bei diesem Anblick Hoffnung zu empfinden. Wie um diese Hoffnung zu nähren und als reite die ganze Welt mit dem jungen König des Reiches, färbte hinter ihr das Morgenrot den Himmel und tauchte die Ränder der Welt in kupferne und goldene Farbtöne.

Mikahl überflog die innerste Mauer und stürzte sich in die Schlacht. Plötzlich wurde alle Hoffnung, die Königin Willa gerade noch empfunden hatte, aus ihrer Brust gesogen und hinterließ eine verzweifelte Leere.

Das Licht der Morgenröte hatte enthüllt, dass am Himmel noch etwas anderes glitzerte. Der gewaltige rote Drache, auf dem eine winzige, schwarzhaarige Frauengestalt ritt, stürzte sich aus dem Himmel auf Mikahl herab wie eine zubeißende Schlange. Seine Absicht war so klar und sein Kurs so genau, dass Willa den Blick abwenden musste.

Der junge König erschien im Vergleich zu der gewaltigen Bestie, die ihn gleich mit ihrem Feuerodem verbrennen würde, wie eine Fliege neben einem Falken.

***

Vaegon wirbelte herum und nutzte die Tatsache, dass Targon sich in sein Hemd gekrallt hatte, um ihn im Gleichgewicht zu halten. Er wäre beinahe in die Lücke gestürzt, die durch das Wegbrechen eines Teils der Rampe entstanden war. Sobald er wieder richtig stand, ließ der Magier ihn los und zauberte.

Vaegon schob sich zwischen die Handvoll stinkender Angreifer und den vornübergebeugten Targon, bereit, sich und ihn wenn nötig mit bloßen Händen zu verteidigen. Ein Pfeilhagel schoss von unten herauf, um ihnen beizustehen, hielt die vorrückenden Untoten aber nur kurz auf.

Vaegon beschloss, bis zum letzten Atemzug zu kämpfen – kein leichter Entschluss für einen Elfen. Er trat vor und schlug einem der Geschöpfe, das ausholte und mit der Klinge nach ihm schlagen wollte, mit der Faust ins ungeschützte, halb zerschmolzene Gesicht, doch Targon riss ihn erneut beiseite.

Die untoten Soldaten waren mitten in der Bewegung erstarrt, doch ihr Schwung riss sie weiter vorwärts. Ihre Körper waren steif wie Statuen, und sie konnten nicht anhalten. Zwei von ihnen erreichten die Rampe und kamen schlitternd zum Stehen. Die anderen kippten hinab in den dunklen, überlaufenen Bereich darunter.

»Stoß die anderen über den Rand, Elf!«, schrie Targon. »Der Zauber hält sie nur noch wenige Augenblicke so reglos.«

Damit rannte er zur nächsten Belagerungsleiter, an deren oberen Ende eine weitere Welle Untoter hing.

Der Magier hatte recht gehabt. Noch während Vaegon die letzte stinkende Leiche über den Rand der Rampe wälzte, kam wieder Bewegung in sie. Ehe das Ding wegkippte, stellte Vaegon einen Fuß auf die Klinge des Mannes. Es war ein Langschwert wie Eisendorn und wirkte gut gepflegt. Als der Mann es losließ und abstürzte, hob Vaegon die Klinge auf und stürmte zu Targon hinüber, um ihm zu helfen. Doch er kam zu spät, oder vielleicht rettete ihn auch einfach nur sein verspätetes Eintreffen vor demselben schlimmen Schicksal wie Targon.

In halsbrecherischer Geschwindigkeit stieß aus dem Nichts

der Choskadämon herab. Seine Krallenfüße packten Targon und rissen den schreienden Magier in den noch dunklen Himmel empor.

Wie über ein unsichtbares magisches Seil mit dem Hochvager Magier verbunden, löste sich die nächste Belagerungsleiter von der Mauer. Die plötzliche Seitwärtsbewegung schleuderte die untoten Kletterer wieder hinab in die Dunkelheit. Nur zwei von ihnen hatten den Mauerabschnitt erreicht. Vaegon machte sich bereit, sie niederzustrecken, als das Licht des Morgenrots über die Berge hinter der Burg stieg. Er und die beiden Verfallenden waren allein auf dem isolierten Stück Mauerwerk. Ringsum, aber etwa sechzig Fuß unter ihnen, tobte ein Meer aus blutigen Kämpfen und sengenden Flammen.

Vaegon hackte, hieb, blockte und parierte mit dem Schwert. Er kämpfte sich wild vom einen Ende der zerbröckelnden Plattform zum anderen, aber die Untoten wurden weder müde, noch senkten sie ein einziges Mal die Klingen. Fast am Rand teilten sich die beiden lebenden Leichen und brachten Vaegon so in eine äußerst heikle Lage.

Der erste Hieb riss ihm den Arm vom Handgelenk bis zum Ellbogen auf. Er duckte sich und wirbelte herum, wobei dicke Tropfen seines Elfenbluts durch die Luft spritzten. Er vollführte sogar einen Satz wie eine Baumkatze im Versuch, zwischen den beiden herauszukommen.

Der zweite Schlag traf ihn auf der Rückseite seines Oberschenkels, sodass er auf ein Knie fiel. Doch er gab nicht auf. Er blockte und wirbelte herum, wobei er sich die Kniescheibe an der rauen Oberfläche der Bohle aufrieb, und irgendwie gelang es ihm, das Bein des untoten Kämpfers am Unterschenkel abzutrennen. Nachdem er den Kampf gegen drei endlich auf ein Duell beschränkt hatte, wandte er sich auf der Suche nach dem anderen Untoten um und sah dessen Klinge, deren Spitze in der Sonne gleißte, rasend schnell herabsausen. Ihm blieb nur noch ein Sprung nach vorn. Er hörte das Rauschen des Stahls, der seine Schädeldecke um Haaresbreite verfehlte, und dann vernahm er ein anderes Geräusch – ein raues, brummiges Grunzen.

Er wälzte sich auf den Rücken, um zu sehen, wo der Todesstoß herkam, damit er ihm vielleicht noch ausweichen könnte, doch was er jetzt sah, war ebenso verblüffend wie furchterregend.

Das Hinterteil und der wehende Schweif eines Pferdes aus silberhellen Flammen schoss gerade aus seinem Sichtbereich. Offenbar hatte es den untoten Schwertkämpfer von der Mauer gefegt. Er wollte sich aufrappeln, doch der große rote Drache rauschte auf der Jagd nach dem Flammenpferd über ihn hinweg. Sein sengend heißer Flammenstrahl strich direkt über Vaegon. Er war so heiß, dass er spürte, wie seine Haut Blasen warf und seine Haare angesengt wurden. Er befand, er habe noch Glück gehabt. Der Strahl hätte gut und gern auch etwas tiefer gezielt sein oder er hätte bereits wieder stehen können. In beiden Fällen wäre er jetzt nur noch eine glimmende Hülle gewesen.

Er setzte sich auf, um wieder zu Atem zu kommen. Ein Stück entfernt versuchte die einbeinige Leiche immer noch, auf ihn loszugehen. Sie zog sich mit den Händen zu ihm hin. Sie war jetzt nahe genug heran, um mit dem Schwert nach Vaegons Beinen zu schlagen, wollte aber noch näher kommen. Ihre Augen waren dunkel, gefühllos und lagen in einem verfaulenden Gesicht, das scheinbar lächelte und dabei lange, grünlichgelbe Zähne zeigte.

Vaegon biss seinerseits die Zähne zusammen und kam auf die Beine. Der Wundschmerz sorgte dafür, dass er einen gequälten Schrei ausstieß. Der Untote spürte den Augenblick der Schwäche des Elfen und kam rasch herangekrabbelt wie eine groteske, dreibeinige Krabbe. Entschlossen, aber unter Schmerzen, wich Vaegon zur Seite aus und erledigte den Untoten, indem er ihm die Schwertspitze durch den Hals stieß und seine Wirbelsäule durchtrennte.

Er hielt Ausschau nach dem Flammenpferd und erfasste gerade noch, dass dessen stolzer Reiter Mikahl war, da traf ihn der Choskadämon mit den rasiermesserscharfen Krallen voll in die Brust. Das Letzte, was Vaegon sah, ehe die Welt in einem irren Wirbel davonglitt, war Mikahl, der aus der Spitze Eisendorns einen magischen, blauen Blitzstrahl in Richtung des Drachen schleuderte.

***

Pael bewegte sich durch die Stadt, indem er unmittelbar über dem Kopfsteinpflaster dahinschwebte. Das plötzliche Auftauchen des Schwertes und des Bastardknappen hatten ihm Angst gemacht, aber nicht so sehr, dass er seinen Eroberungsfeldzug eingestellt hätte.

Niemand wagte es, sich ihm zu nähern, auch wenn mehrere Pfeile auf ihn zuflogen. Sie wurden abgelenkt, zerbrochen oder aus der Bahn geworfen, als seien sie nur Strohhalme im Wind. Er entdeckte, was er suchte, und wurde schneller, bis die zweite Mauer vor ihm aufragte. In diesem Teil der Mauer gab es kein Tor, es war nur ein Händlerviertel in der Innenstadt. In Erwartung seiner Ankunft hatte man es klugerweise verlassen.

Am Ende des Häuserblocks stand ein großes Handelshaus, dessen Rückwand die Mauer bildete. Dort wollte Pael die Mauer durchbrechen, damit die Hochvager Soldaten herausströmen konnten, um ihren eingekesselten Kameraden zu helfen. Seine Untoten konzentrierten sich darauf, die Bereiche um die Tore zu blockieren und anzugreifen. Er tat das, weil er nicht wollte, dass die Kampfhandlungen in der Nähe des Palastes stattfanden. Je mehr Soldaten zwischen der zweiten Mauer und dem Schutt der Außenmauer fielen, desto weniger Widerstand würde man ihm jenseits der inneren Burgmauer entgegensetzen. Er wollte den Palast nicht einreißen müssen, um ihn zu erobern. Er wollte seine Pracht für sich.

Er stand unerschrocken auf der Straße und wirkte seinen Zauber. Ein Strahl statischer Energie zuckte aus seiner Hand und wurde unterwegs größer und stärker. Das Gebäude wurde gegen die Mauer gedrückt, dann explodierte sie dröhnend in einem Schauer aus Backsteinen, Glas und Holzsplittern.

Zufrieden, dass die Bresche groß genug war, glitt Pael davon und überlegte, ob er Mikahl in der Luft töten oder ihn zuerst zur Landung zwingen sollte. Mit einem langen Blick zum Morgenhimmel entschied er sich für Letzteres. Mit einem Gedanken befahl er dem Choska, anzugreifen und dem Knappenkönig sein magisches Reittier zu nehmen, solange seine gesamte Aufmerksamkeit noch Shaella und ihrem Schoßdrachen galt.

***

Hyden stürmte in wilder Hast auf das Dach des Königturms und holte mehrmals tief Luft. Wäre Kralle ihm nicht vorausgeflogen, hätten die Wachen ihn vielleicht aufgehalten. So aber ließen sie den jungen Mann mit dem wilden Blick passieren. Jeder hatte die Gerüchte gehört, wohin er gegangen war, und bei seinem Anblick hielten selbst die hartgesottensten Wachen kurz inne. Abgesehen davon, dass er gerade aus Hunt Mahns Turm zurückkehrte, warnte sie der Ausdruck von Dringlichkeit auf seinem Gesicht, dass sie ihn keinesfalls aufhalten durften.

»Hoheit, Herrin oder wie immer ich Euch nennen soll – ich brauche Euch!«

Er holte Luft und bemerkte, dass Königin Willa ihn mit weit aufgerissenen Augen ansah. Hoffentlich machte er ihr keine Angst! In seinem Rucksack war der große, schwere Nachtsplitter. In der Linken hielt er den Elfenlangbogen, den ihm Vaegon geschenkt hatte, und an seiner Hüfte hing ein Köcher voller Pfeile. Er hatte keine Ahnung, wie lange er im Turm gewesen oder wie schockierend es für alle war, dass er überlebt hatte.

»Targon sagte, Ihr könntet ihn mit einem Zauber rufen. Ich … wir brauchen ihn.«

»Du hast Pratcherts Turm überlebt?«, fragte die Königin ehrfürchtig.

»Ja«, nickte er.

Endlich bekam er nach dem Spurt die vierhundert Stufen zum Turm hinauf wieder ausreichend Luft. Er konnte sich eines Lächelns nicht erwehren und warf sich voller Stolz ein wenig in die Brust. Er hatte gesehen, wie viele Männer vor ihm an Hunt Mahns Prüfungen gescheitert waren.

»Niemand ist je von dort zurückgekehrt. Von Rechts wegen gehören der Turm und alles darin jetzt dir.«

Hyden zuckte die Achseln, und Kralle stieß irgendwo in der Nähe ein drängendes Krächzen aus.

»Targon?«

Sie schüttelte leicht den Kopf, so unwirklich kam ihr das alles vor; Bastardkönige mit Flammenpferden und ein ungebildeter junger Mann aus den Bergen, der sich mit Elfen und Falklingen anfreundete, mit Riesenwölfen sprach und sich Zutritt zu Pratcherts Turm verschaffte. Fehlte nur noch, dass die Macht Doons, die Hilfe, die die Zwerge vor Äonen versprochen hatten, aus dem Berg hervorbrach, dem Ruf des Horns folgend, in das sie vor Kurzem gestoßen hatte. Sie schalt sich selbst dafür, dass sie wie ein junges Mädchen an der Hoffnung festhielt, die Hyden und Mikahl in ihr geweckt hatten. Doch dies war keine Zeit, um sich über das Wie und Warum Gedanken zu machen.

Sie konzentrierte sich und wirkte den Zauber, der ihren Hochmagier rufen würde, erhielt jedoch keine Antwort. In der Annahme, sie habe sich in der Eile versprochen, wiederholte sie die Formel, nur diesmal drängender und gebieterischer.

Die schrecklich verrenkte Gestalt des Magiers flackerte einmal, zweimal auf den Fliesen zu ihren Füßen auf und blieb beim dritten Mal liegen. Targon war blutüberströmt, hielt den Kopf in einem seltsamen Winkel, sein Hals wirkte langgezogen und unnatürlich geneigt. Sein Körper war von den Lenden bis zur Brust aufgerissen, und ein Teil der Bauchhöhle, in der sich seine Innereien hätten befinden sollen, war leer. Er sah aus wie tot und konnte ohne jeden Zweifel nicht mehr sprechen, doch er öffnete die Augen, als Königin Willa ihn beim Namen nannte.

Sie kniete neben ihm nieder, wollte seinen Kopf in ihren Schoß legen, fürchtete aber, ihm Schmerzen zuzufügen.

Hyden stand mit offenem Mund da. Was sollten sie jetzt tun? Targon hätte den Nachtsplitter zum Siegel bringen sollen. Dieser Plan war jetzt hinfällig. Der Hochmagier konnte nicht einmal sprechen, um Königin Willa seine Idee zu erläutern, sonst hätte sie seinen Part übernehmen können. Ein schreckliches Gefühl von Niederlage überkam ihn, aber nur, bis er das donnernde Gebrüll des Drachen hörte, das den Morgenhimmel erfüllte.

Er sah auf und erblickte in der Ferne ein gleißendes geflügeltes Pferd, das einen Bogen am Himmel beschrieb. Sein Reiter schleuderte grellblaue Strahlen auf die gewaltige, rotgeschuppte Bestie, die gerade ihre Wut in den Morgen hinausgebrüllt hatte. Hyden vermochte nicht zu sagen, was ihn an diesem Anblick mehr erstaunte: Mikahl, der einen Flammenpegasus ritt, oder wie der Drache hinter ihm sich mühelos mit seinem massigen Leib durch die Luft schlängelte, um seinen Angriffen auszuweichen.

Für einen Augenblick war der Kristall vergessen, es zählte nur noch der Instinkt. Hyden wusste nur, er musste etwas tun, um seinen Freund zu retten. Er hatte mit Buschhörnchen, Falklingen und Wölfen gesprochen – jetzt war es Zeit, sich an etwas Größerem zu versuchen. Er dachte an Vaegons Geschichte von Pratchert, konzentrierte sich und rief in Gedanken nach dem Drachen.

***

Mikahl war sicher, den Drachen getroffen zu haben, aber er hatte sich um seinen magischen Energiestrahl herumgewunden wie eine Schlange um einen Ast. Seine Beweglichkeit in der Luft war atemberaubend. Die Bestie schnappte nach ihm, zögerte aber eine Sekunde lang. Sie schoss an ihm vorbei, und ihre Reiterin schüttelte fauchend einen seltsam aussehenden

Stab in Mikahls Richtung. Sie sah wütend aus, und ihr halber Schädel war kahl und vernarbt. Jetzt schrie sie dem Drachen etwas zu, doch plötzlich erforderte Mikahls Helles Pferd seine ganze Aufmerksamkeit, weil es sich rasch und heftig mit den Flügeln schlagend aufbäumte.

Der ohrenbetäubend Knall, unter dem der peitschenartige Schwanz des Drachen die Stelle traf, an der er sich gerade befunden hatte, riss ihn vollends aus seinen Betrachtungen. Als er sich umsah, raste der Drache mit weit ausholenden, mächtigen Schlägen seiner ledrigen Flügel zur Burg davon.

Er lenkte das Helle Pferd in einen Sinkflug. Vaegon hatte auf einem noch stehengebliebenen einzelnen Mauerstück festgesessen und nicht allzu gut ausgesehen. Mikahl hatte das Blut an seinem Arm gesehen, außerdem auch, wie der Elf unmittelbar, bevor er seinen Angreifer von der Mauer gestoßen hatte, zu Boden gegangen war.

Zu Mikahls Überraschung befand sich Vaegon nicht mehr auf dem Mauerstück. Voller Panik und mit einem eisigen Klumpen der Furcht im Magen ging er tiefer, umrundete das unnatürliche Plateau und suchte die letzten Scharmützel und die Leichenberge nach seinem Freund ab. Sein Magen krampfte sich zusammen, und das Eis rutschte ihm in die Eingeweide, als er den Elfen sah. Er kniff die Augen zu und hoffte, er würde Vaegon nicht halb unter Schutt begraben dort liegen sehen, wenn er sie wieder öffnete, doch an dem Bild änderte sich nichts. Die Augenklappe und das schimmernde Haar… kein Zweifel. Ohne zu überlegen setzte er mit dem Hellen Pferd zu einem Landeanflug an, um dabei zu helfen, seinen gefallenen Freund auszugraben, doch im Näherkommen wurde ihm klar, dass er nur einen Teil des Elfen sah. Die untere Hälfte von Vaegons Körper war nicht begraben. Sie war abgeschnitten worden und nirgendwo zu erblicken.

Traurigkeit drohte ihn zu übermannen. König Balton, Lord Gregory und Loudin, von Grrr ganz zu schweigen, und jetzt Vaegon, der einzige Elf im ganzen Reich, der tapfer genug gewesen war, sich diesem Unheil entgegenzustellen – sie alle waren tot. Wie viele der Menschen, die er liebte, mussten sterben? Lebte überhaupt noch jemand von ihnen? Was war mit Hyden, Kralle und den anderen Riesenwölfen? Er wusste es nicht, und das löste eine Explosion von Entschlossenheit in ihm aus.

Als Reaktion auf seine wachsende Empörung strahlte Eisendorns Klinge immer heller, seine Leuchtkraft wuchs und wechselte von Blau zu Purpur und dann zu einem glühenden Blutrot. Mikahl trieb das Helle Pferd in den Morgenhimmel hinauf, bis er den Choskadämon sah. Er freute sich über dessen Angriff. In blendendem, weißglühendem Zorn spornte er sein magisches Reittier zu einem gestreckten Galopp an und raste der näherkommenden Bestie entgegen wie ein Tjoster, der mitten in der Luft auf seinen Gegner zustürmte. Er hatte genug. Es war Zeit, diesem Wahnsinn ein Ende zu bereiten.

KAPITEL 56

»DER DRACHE KOMMT!«, ZISCHTE KÖNIGIN Willa Hyden Falk zu.

»Ja«, erwiderte Hyden schlicht. Er lächelte sie grimmig an. »Keinen Zauber wirken, Herrin. Befehlt den Wachen, nicht anzugreifen.«

»Du willst ihn uns braten lassen?«, fragte sie ungläubig.

Sein finsterer Blick erstickt jeden weiteren Protest, und sie tat, wie ihr geheißen.

»Zeigt keine Furcht. Wenn er da ist, gebt mir ein Zeichen.«

Er legte einen Pfeil auf den alten Elfenlangbogen und ging an den Rand des Turms. An der Brüstung duckte er sich in eine Schießscharte und richtete den Blick auf die ängstliche Königin. Wieder sprach er in Gedanken mit dem Drachen.

Shaella schrie Scharlach drängend zu, sie solle sie vor dem Mann auf dem feurigen Pegasus in Sicherheit bringen. Scharlach zischte nur und erduldete die Qual der Bestrafung durch das Halsband. Sie war froh, dass Shaella sie anbrüllte und herumschrie, denn das hinderte ihre Reiterin daran, ihr auf viel schlimmere Weise Schmerzen zuzufügen. Scharlach wusste auch, dass Shaella ihr im Flug nicht allzu viel Schaden zufügen durfte, also ging sie nachsehen, wem die seltsame, mächtige Stimme gehörte, die sie herbeirief. Es tat ihr schrecklich weh, sich dem Willen ihrer Reiterin zu widersetzen, doch die Versprechungen der Stimme waren zu groß, um sie unbeachtet zu lassen.

Als Shaella die Hexenkönigin von Hochvag allein auf dem Dach des Turms stehen und wie ein Kind mit großen Augen zu ihr aufblicken sah, vergaß sie in ihrer Aufregung völlig, den

Drachen zu bestrafen. Sie konnte an Ort und Stelle den Eroberungsfeldzug ihres Vaters beenden und seinen Respekt und seine Bewunderung erringen. Sie drängte Scharlach, den Turm zu umrunden. Shaella wollte verhindern, dass die Hexe das Stiegenhaus erreichte, wenn sie aus ihrer Erstarrung erwachte und einen Fluchtversuch unternahm.

Zu Shaellas wachsender Verärgerung umrundete Scharlach nicht wie befohlen den Turm, aber die Hexenkönigin verlor auch nicht die Nerven und floh. Stattdessen machte Scharlach Anstalten, auf der Brüstung des Turms zu landen, unterließ es aber im letzten Augenblick und verharrte langsam schwebend. Shaella verfluchte den Drachen, während die Hexenkönigin wie verrückt die Arme schwenkte. Shaella wirkte einen Zauber und wollte gerade einen Strahl statischer Energie auf sie abfeuern, da blieb ihr fast das Herz stehen. Sie sah, wie Gerard sich hinter einer der Schießscharten erhob und einen Pfeil auf sie abschoss. Als sie begriff, dass es Hyden war, Gerards Bruder, und nicht ihr Liebhaber, versuchte sie verzweifelt, den Drachen zu einem Sturzflug zu bewegen oder ihn wenigstens aus der Flugbahn des Pfeils zu lenken. Nichts geschah. Sie hatte nicht mehr die Willenskraft, um Luft zu holen, während der Schaft mit der Stahlspitze auf sie zuschoss. Sie war schockiert, dass er sie nur unterm Ohr streifte, und für einen kurzen Moment glücklich.

In diesem kurzen Augenblick begriff sie allerdings etwas anderes. Er hatte sie nicht töten wollen. Aber warum?

Zwischen zwei pochenden Flügelschlägen Scharlachs hörte sie den stolzen Schrei eines Falklings, der direkt an ihr vorbei aus dem Himmel herabschoss. Er hielt nicht inne, sondern verschwand unter ihr in den Schatten. Plötzlich hatte sie Angst. Sie nahm all ihre Überzeugungskraft zusammen und drängte Scharlach abzudrehen, doch der Drache rührte sich nicht. Dann versuchte sie, ihm über das Halsband einen klareren, schmerzhafteren Befehl zu senden, stellte aber fest, dass ihre Verbindung zu dem Feuerwyrm irgendwie abgerissen war. Voller Panik fasste sie sich an den Hals.

Scharlach spürte, wie die Verbindung abriss und brüllte vor Freude. Das bedrohlich-triumphierende Geräusch war so laut und durchdringend, dass der ganze Königsturm erbebte, als habe er Angst.

Shaella wollte einen Zauber wirken. Hyden sah es und schoss einen zweiten Pfeil auf sie ab. Er traf ihren Stab einen Finger breit über ihrer Hand. Der dumpfe Aufprall störte ihre Konzentration, und sie vergaß den Zauber, den sie gerade angefangen hatte.

»Bezaubert die Reiterin!«, rief Hyden Königin Willa zu. »Bindet sie, wenn Ihr könnt.«

Sofort gehorchte Willa. Die Anwesenheit des Drachen hatte sie dermaßen in Angst und Schrecken versetzt, dass sie vielleicht auch vom Turm gesprungen wäre, wenn Hyden es ihr befohlen hätte.

Einen halben Herzschlag später legten sich unsichtbare Stricke um Shaella und zogen sich zusammen. Ihre Arme und ihr Stab wurden fest gegen ihre Brüste gepresst . Als sie einen Protest äußern wollte, stellte sie fest, dass sie auch geknebelt war. Sie konnte Hyden nur anfunkeln, als er dem Drachen bedeutete zu landen.

Halb gelähmt vor Angst wich Willa zurück. Scharlachs gewaltiger Leib nahm drei Viertel der Turmspitze ein, aber auch nur, weil der Drache aufrecht saß und sein Schwanz in voller Länge über die Brüstung hing. Der Turm selbst schien unter seinem Gewicht zu ächzen. Ein Blick zu der Stelle, wo der Treppenwächter gestanden hatte, zeigte nur gähnende Leere. Willa konnte dem Mann keinen Vorwurf machen. Die Flucht vor einer Bestie mit gelben Augen, die größer als ein Wagenrad waren und geschlitzte Pupillen hatten, und Zähnen von der Länge der Beine eines ausgewachsenen Mannes konnte man kaum als Pflichtverletzung betrachten, oder?

Bei allem Entsetzen konnte Willa nicht umhin, darüber zu staunen, wie die Morgensonne sich schillernd in den handtellergroßen Schuppen des Drachen brach und sie vergoldete;

wie die Hitze um seinen Körper flimmerte, als sei er ein großer Schmelzofen. Das Schlagen kleiner Flügel, von Kralles Flügeln, erregte ihre Aufmerksamkeit. Der Vogel hielt etwas in den Krallen. Er bemühte sich, den Gegenstand zu Hyden zu bringen. Der nahm ihn entgegen und lächelte hinterhältig. Dann flog Kralle höher und landete auf dem halb kahlen Schädel der Drachenreiterin. Dort blieb er sitzen und streckte die gefiederte Brust heraus, so stolz, als sei er selbst ein Drache.

Hyden nestelte an dem Gegenstand herum, den ihm Kralle gebracht hatte. Kurz darauf hatte er Shaellas Halsband um sein Handgelenk gewickelt und band es mit den Zähnen zu. Sofort senkte der mächtige Drache den Kopf und streckte eine Vorderpfote aus und bildete dermaßen eine improvisierte Treppe auf seinen Rücken. In diesem Augenblick hatte Königin Willa keinen Zweifel mehr daran, dass es Hyden Falk bestimmt war, ein Magier vom Kaliber eines Hunt Mahn zu werden, wenn nicht gar etwas noch Größeres. Ihr fiel gar nicht auf, dass Hyden der Drachenkönigin ihren Drachen ohne den Einsatz von Magie abgenommen hatte. Er hatte nur seine Geistesschärfe und sein Geschick im Umgang mit den Bogen ins Feld geführt. Den Rest hatte Kralle erledigt.

Hyden schulterte Vaegons Bogen, erklomm den Rücken des Drachen und setzte sich hinter Shaella. Er lächelte Willa selbstsicher an und schickte Kralle auf ihre Schulter hinunter.

»Haltet den Dämonenmagier hin, solange Ihr könnt«, rief er zu ihr hinunter.

Er klopfte auf den Nachtsplitter in seinem Rucksack. »Wenn das hier funktioniert, ist er anschließend bloß noch ein einfacher alter Magier.«

Mit diesen Worten schwang sich der Drache in die Luft und wandte sich scharf gen Westen. Mit Flügelschlägen, unter denen die Luft erbebte, schoss er mit unglaublicher Geschwindigkeit davon und verschwand in der Ferne.

Nachdem Pael gesehen hatte, wie Shaella und ihr Drachen nach Westen davongeflogen waren, ließ er seine Wut an der Außenstadt ab. Er glaubte, seine Tochter lasse ihn im Stich.

Er wirkte einen Zauber, sodass die Erde vor ihm zurückwich wie die Ringe, die entstanden, wenn man einen Kiesel in einen Teich warf. Ein großer Ring aus Erde erhob sich und wogte nach außen weg, wobei er alles auf seinem Weg zermalmte. Gebäude stürzten ein, Pferde und Menschen wurden herumgeschleudert oder zerquetscht. Ein Großteil der zweiten Mauer und der dahinterliegenden Innenstadt brach in sich zusammen. Für ein paar Augenblicke schien das grollende Beben die gesamte Schlacht zu beenden.

Pael stand im Epizentrum der Verwüstung und sah auf. Er kochte vor Wut. Sein normalerweise weißer Schädel glühte vor Zorn, und er wedelte mit den Armen wie ein irrer Dirigent, während er einen Zauber nach dem anderen wirkte.

In der Luft verfolgte Mikahl den Choska. Der große schwarze Dämon konnte seinen Vorsprung vor dem flammenden Hellen Pferd kaum halten. Vom Boden aus versuchte Pael, ihm beizustehen.

Um den wütenden Magier bildeten sich mehrere schwarze Wolken. Drei Lindwürmer nahmen Gestalt an, und ein Tier mit rasiermesserscharfen Stoßzähnen, das ein wenig wie ein wilder Keiler aussah, aber so groß war wie ein Ochse, stand schnaubend und stampfend hinter ihm. Die Lindwürmer schwangen sich sofort in die Luft. Das stoßzahnbewehrte Tier stürmte auf der Suche nach Menschen, die es töten konnte, durch die schuttübersäten Straßen.

Plötzlich zuckte Paels Arm vor; er zeigte zum Himmel, und ein knisternder Strahl schoss aus seinen Fingerspitzen empor, heller als das Tageslicht. Er überraschte Mikahl, sodass er durch die Luft wirbelte, fort von den ersterbenden Flammen seines Hellen Pferdes.

Sofort entfernte sich der Choskadämon von seinem Verfolger und landete neben seinem Herrn. Pael sprang auf seinen gesenkten Hals; gemeinsam erhoben sie sich in den Himmel.

Einige Herzschläge lang fiel Mikahl wie ein Mehlsack aus einem Fenster. Fast hätte er Eisendorn losgelassen, doch irgendwie gelang es ihm, diesen tödlichen Fehler nicht zu begehen. Er hatte seine magische Sinfonie noch immer im Kopf und konnte so das Helle Pferd wieder ins Leben rufen. Der feurige Pegasus bildete sich zwischen seinen Schenkeln neu und bremste seinen Fall, doch er brauchte einen Augenblick, um sich neu zu orientieren, und in dieser Zeit brachten sich Pael und der Choska gegen sie in Stellung.

Pael hatte nur Sekunden gebraucht, um den Spieß umzudrehen. Der Jäger wurde zum Gejagten. Mikahl konnte sich nur festklammern, als ihn die Verfolgungsjagd zwang, die Spinnweben abzuschütteln, die Paels Blitz ihm ins Hirn gebrannt hatte. Er durfte sich nicht überholen lassen. Mikahl spürte das Böse hinter sich. Es war ein Übelkeit erregendes, eisiges Gefühl, das stärker wurde, je näher ihm der Magier kam. Das Helle Pferd flog einen Zickzackkurs und warf sich dann scharf nach rechts. Plötzlich ordnete sich etwas in Mikahls Gehirn.

Das Wesen namens Pael auf dem Rücken des Choskas war der geheimnisvolle Feind, der die Höllenkatze und den Lindwurm geschickt hatte. Vor Pael hatte ihn König Balton in Sicherheit bringen wollen. Pael hatte seinen König vergiftet und Prinz Glendar all die Jahre fehlgeleitet. Pael hatte Lord Gregory ebenso auf dem Gewissen wie Loudin vom Reyhall, Grrr und Vaegon. Die ganze Zeit war es Pael gewesen. Jetzt wusste er es. Sein Blut erhitzte sich und kochte jetzt fast über. Sein Zorn verwandelte Eisendorns helles Leuchten in ein blendendes, silbriges Leuchtfeuer am Himmel. Er war nicht mehr der Gejagte. Er hatte jetzt die Kontrolle. Er führte Pael über die Außenmauer der Stadt hinweg, fort von den Einwohnern. Solange Pael ihn jagte, würde er nicht die Stadt verwüsten.

Mikahl schloss die Augen und ließ das Helle Pferd nach Gutdünken über den Himmel galoppieren. Er suchte in Eisendorns Sinfonie nach etwas, das er brauchte, das er verwenden konnte, um Pael zu Fall zu bringen. König Baltons Worte, die

Worte seines Vaters, hallten in seinem Kopf im Rhythmus der Harmonien wider wie Kesselpauken. »Denke. Dann handle! Denke. Dann handle! Denke. Dann handle!«

***

König Jarrek kämpfte heldenhaft, um die Schwarzklingen hinter die zweite Mauer zu führen. Beinahe wäre er dabei eingekesselt worden. Dann hatte General Spyra mit einem Reitertrupp einen Ausfall unternommen, und sie hatten durch unvergleichlichen Einsatz ihrer Langpiken den rot gerüsteten Wolfskönig und seine Schar vor den Untoten gerettet.

Kaum war König Jarrek in Sicherheit und hatte ein paarmal tief durchgeatmet, da hörte er Rufe, die besagten, im Norden sei die zweite Mauer durchbrochen worden. Er wurde zu alt für so etwas. Ihm taten die Knochen weh, ebenso seine Muskeln. Er beschloss, sich auf die Suche nach Königin Willa zu begeben und zu schauen, ob er ihr irgendwie helfen konnte, den bevorstehenden Wahnsinn zu überleben. Diese Männer waren tapfer, ergeben und gaben alles, aber Jarrek wagte nicht einmal zu hoffen, dass einer von ihnen überleben würde.

Pael, sein Choskadämon und jetzt auch noch mehrere säurespuckende Lindwürmer schienen überall zugleich zu sein. Er wusste nicht, ob er auch nur den Rückweg zur Burg überleben würde. Wenigstens war der Drachen geflohen. Jarrek war neugierig, was auf der Spitze des Königsturms geschehen war. Alle hatten geglaubt, Königin Willa sei gefallen, bis sie auf eine Zinne stieg und offiziell das Signal gab, die Tore in der zweiten Mauer zu schließen und zu verriegeln.

Als sich König Jarrek dem inneren Tor näherte, das zum Burggelände führte, beugten sich fünfzig Bogenschützen herunter und zielten auf ihn. Der Torhauptmann wirkte panisch.

»Helm ab!«, befahl er.

König Jarrek nahm ihn ab und erkannte die Furcht in den Augen des Hauptmanns, als er finster zu ihm aufschaute.

»Tore… auf!«, schrie der Hauptmann. »Los, Tuck! Los, Walden! Sucht den Betrüger in der roten Rüstung! Er könnte hinter der Königin her sein! Los! Los! Los!«

Jarrek sah den Torhauptmann verwirrt an, dann quetschte er sich durch den schmalen Spalt des sich noch öffnenden Tores und war nicht überrascht, als es sich wieder schloss, sobald er hindurch war. Abgesehen von den großen Soldatentrupps, die darauf warteten, zum Dienst auf der Mauer gerufen zu werden, wirkten der Bereich um den Teich mit der Fontäne und der Waldpark so friedlich, wie es nur ging.

Jarrek sah hoch zu dem verängstigten Hauptmann und rief: »Was ist, Mann? Was ist Euch denn über die Leber gelaufen?«

»Er trug eine rote Rüstung wie Ihr«, erwiderte der entsetzte Hauptmann. »Mir fällt erst jetzt der Wolfsschädel auf Eurem Helm auf. Niemand hat ihn aufgehalten, weil wir ihn für Euch hielten. Ich hätte es wissen müssen. Er roch furchtbar nach Tod. Ich dachte, das wäre vielleicht nur von der Schlacht, aber jetzt ist er unterwegs zur Burg. Vielleicht will er der Königin ans Leben.«

Beide Rotwolfgardisten Jarreks waren bei den Bogenschützen auf der Mauer gewesen, als die Schlacht begonnen hatte, und beide hatten ihre schwere Plattenrüstung nicht getragen. Jarrek hatte gesehen, wie der gesamte Teil der Mauer weggesprengt worden war. Keiner von beiden hatte in seiner Rotwolfrüstung hier durchkommen können. Ein aufgeregt-hoffnungsvolles Kribbeln stahl sich in sein Herz, doch genauso rasch wandelte es sich in Sorge. »Er roch nach Tod«, hatte der Hauptmann gesagt.

Sofort stürmte König Jarrek hinter Tuck und Walden her. Er rannte, so schnell er es in seiner lärmenden Metallhülle konnte. Ihm missfiel der Gedanke, gegen Brady Düker kämpfen zu müssen, auch wenn der junge Mann schon tot war, aber er würde es tun. Er wollte verdammt sein, wenn er zuließ, dass einer seiner Männer, einer der Söhne seines besten Freundes, die Ehre seiner Elitegarde befleckte. Der Gedanke, dass sich der Bursche in eines von Paels untoten Dingern verwandelt hatte, machte ihn traurig, und er musste schwer schlucken und beim Laufen die Feuchtigkeit aus seinen Augen blinzeln.

Er holte sie auf einem kopfsteingepflasterten Weges ein und war nur vom Geruch des jüngsten und furchterregendsten seiner Rotwolfgardisten überrascht.

Der junge Mann sah halbtot aus, war es aber nicht. Er hatte seinen Helm in den Händen und starrte die beiden Wachen, die ihre Schwerter gezogen und ihn gegen die Bäume gedrängt hatten, nur verständnislos an. Seine Rüstung war mit Blut verschmiert und verkrustet und seine Schwertscheide leer. Unter all dem Schmutz sah er ausgezehrt und bleich aus. Seine blutunterlaufenen Augen lagen tief in den Höhlen. Er machte keine Anstalten, anzugreifen oder sich zu verteidigen. Als König Jarrek hinzutrat, brach Brady in Tränen aus und fiel schluchzend auf die Knie. Der junge Mann roch nur nach verrottetem Fleisch. Jarrek bezweifelte nicht, dass Brady noch lebte. Was er hier wollte oder wie es ihm gelungen war, durch die Reihen der Untoten zum inneren Burgtor zu gelangen, konnte Jarrek sich nicht einmal ansatzweise vorstellen. Er half dem Jungen auf und befahl den beiden Wachen, den Gestank zu ertragen und Brady in die Burg zu bringen, wo man ihn säubern und versorgen sollte.

»Ist schon gut, Brady«, log Jarrek den offenbar völlig verzweifelten Sohn seines langjährigen Freundes väterlich an. »Jetzt wird alles gut.«

Jarrek wünschte nur, er könne seinen eigenen Worten Glauben schenken.

***

Als Mikahl plötzlich wendete, das Schwert auf Pael richtete und einen pulsierenden magischen Strahl entfesselte, kam das für den Dämonenmagier völlig überraschend. Die Energie traf Pael mitten ins Gesicht und riss ihn vom Choska. Der geflügelte Dämon war gezwungen, schnell in einen Sturzflug überzugehen, um nicht mit Eisendorn oder Mikahls Hellem Pferd zusammenzustoßen. Pael fing sich ab und schwebte mitten in der Luft. Seine Hände vollführten blitzschnell die Gesten eines weiteren Zaubers. Mikahl lauschte der Sinfonie des Schwertes und bereitete sich vor. Es gefiel ihm und verlieh ihm Hoffnung, Blut aus Nase und Mund des Magiers rinnen zu sehen.

Der weiße Energiestrahl, der aus Paels Händen schoss, traf den magischen Schild vor Mikahl mit brutaler Wucht. Er richtete zwar weder bei ihm noch bei seinem Flammenpferd unmittelbaren Schaden an, schleuderte sie aber heftig durch die Luft. Als der Zauber abklang, erwiderte Mikahl den Angriff, und wieder war Pael kurz schockiert.

Der Dämonenmagier konnte nicht glauben, dass Mikahl die Menge roher Energie, die er ihm gerade entgegengeschleudert hatte, überlebt hatte. Paels eigener magischer Schild entstand einen Lidschlag zu spät, und er wurde zu Boden geschleudert.

Der Choska schoss so dicht an Mikahl vorbei, dass er dessen Krallen über seine Haut kratzen spürte. Er drehte sich und stach mit Eisendorns weißglühender Klinge nach der Bestie, traf aber bloß die leere Luft.

Irgendwie behob Pael den Schaden, den das Schwert bei ihm angerichtet hatte, knapp bevor er zu Boden krachte. Er verharrte unmittelbar über einem Haufen verkohlter Leichen in der Luft und versuchte, sich zu sammeln. Der Choska drehte schnell bei und flog unter ihn. Sobald er wieder auf dem Dämonenrücken hockte, verrenkte er sich fast den Hals, während er den Himmel absuchte. Zu seiner Überraschung waren der Knappe und das Flammenpferd nirgends zu sehen, was ihn halb wahnsinnig machte.

Zum ersten Mal, seit er Shokins Macht in sich aufgenommen hatte, merkte Pael, dass er besorgt war, vielleicht sogar etwas ängstlich. Er lenkte den Choska wieder zur Stadt zurück und suchte unterwegs vorsichtig den Himmel ab. Angewidert spie er zähflüssiges, dunkles Blut aus, und sein Blick zuckte hin und her. Da drüben … da unten … er reckte den Hals und drehte den Kopf, um herauszufinden, ob er verfolgt wurde. Das gefiel ihm ganz und gar nicht mehr. Er sagte sich, es sei wohl besser, auch zu verschwinden. Das konnte er ganz gut, aber noch war der Zeitpunkt nicht gekommen. Er wollte auf dem Schlachtfeld eine bleibende Erinnerung hinterlassen, damit die Hexenkönigin und jede einzelne ihrer Schwarzklingen seine Anwesenheit nicht vergaßen.

Der Choska kreiste hoch am Himmel und schoss dann herab, an der Fassade der Burg vorbei. Im Vorbeijagen zerstörte Pael die großen Buntglasbilder, die jahrhundertelang über Xwarda geleuchtet hatten. Wie eine Explosion von Juwelen zerbarsten sie über dem Waldpark, in und über Whitten Loch und draußen über der Innenstadt, wo der Kampf noch immer unvermindert tobte. Dann drehte Pael wieder bei. Der Choska flog mit halsbrecherischer Geschwindigkeit dahin. Von seinem Rücken aus schleuderte Pael einen heftigen Strahl Magierfeuer in den Park hinab. Ein breiter, grüner Baumstreifen wurde erst braun, dann schwarz, ehe er in bläulich-grüne Flammen aufging. Rauch hing in der Luft, und fast ein Viertel des Parks stand in Dämonenflammen.

Pael lachte angesichts seiner Macht, die er hier zur Schau stellte, und schwelgte im Rausch all seiner Dämonenkräfte. Mikahl und das Helle Pferd waren fast vergessen. Ein verhängnisvoller Fehler.

Wie aus dem Nichts kreuzte Mikahl blitzschnell den Kurs des Choskas. Pael duckte sich und überließ sich dem Schutz seiner magischen Schilde. Nachdem Mikahl und das Helle Pferd vorbeigeschossen waren, brauchte der Magier einige Augenblicke, um zu begreifen, dass der Kopf des Choskadämons kaum mehr an dessen Leib hing. Eisendorn hatte der Kreatur nicht nur den Kopf, sondern auch die Seele genommen.

Der Leib rauschte jetzt auf Flügeln, die unter Muskelkrämpfen zuckten, der Erde entgegen, während der Kopf davonflog, zähflüssiges, schwarzes Blut verspritzend. Pael, der die Lage jetzt erfasst hatte, teleportierte sich unmittelbar vor dem Aufschlag weg. Der leblose, fledermausartige Gigant stürzte in den See mit der Fontäne, ein Wirrwarr aus Flügeln und Klauen. Er hüpfte übers Wasser wie ein schlecht geworfener Stein, dann krachte er in der Nähe des Schwanenhauses gegen die Ufermauer.

Königin Willa beobachtete sprachlos von ihrer Turmspitze aus, wie sich ein Jubelschrei unter ihren Truppen erhob und das dunkle Blut der geflügelten Dämonenbestie langsam das klare Wasser des Whitten Loch pechschwarz einfärbte.

Als sie hinüber zu den vielen Kämpfen blickte, die in der gesamten Innenstadt noch immer tobten, sah sie die Nachmittagssonne auf den Millionen von kleinen Buntglassplittern spielen. Welche Schönheit inmitten all des Grauens, dachte sie. Die Toten, die Sterbenden und die, die sich weigerten zu fallen, Angreifer wie Verteidiger, hackten und stachen aufeinander ein, töteten einander inmitten eines Feldes voller funkelnder Juwelen.

Auf ihrer Schulter krächzte Kralle und nickte mit dem gefiederten Kopf, wie im Einverständnis mit der morbiden Ironie der Szene, die sich vor ihren Augen abspielte.

KAPITEL 57

DEN GANZEN RESTLICHEN TAG ÜBER TAUCHTE Pael an verschiedenen Orten in der Stadt auf. Er blieb nie irgendwo länger als ein, zwei Augenblicke, doch wo er war, war Verwüstung. Pael achtete jetzt nicht mehr darauf, Teile der Innenstadt oder ihrer alten Bauten zu erhalten, sondern verheerte Xwarda systematisch, schäumend vor Wut und Angst.

Im Südteil der Stadt hatten ein paar hundert Schwarzklingen endlich eine große Gruppe der Untoten eingekesselt, doch dann kam Pael. Wohin die Männer die Untoten auch zurücktrieben, explodierten auf beiden Straßenseiten Gebäude. Ziegel, Steine, Holzsplitter und Glasscherben trafen die Soldaten. Pael war fort, ehe sich der Staub gelegt hatte, und hinterließ nur eine blutige, schleimige Masse auf den Pflastersteinen.

Ein frisches Bataillon Hochvager Soldaten, das gerade aus der Burg gekommen war, um die Breschen zu verteidigen, die Paels Erdbeben zuvor geschlagen hatte, traf am Ziel auf den Dämonenmagier. Blitze zuckten aus seinen Fingerspitzen. Einer, dann zwei, dann vier, dann acht Schwarzklingen fielen. Wieder erzeugte Pael eine Schockwelle, dann noch eine, bis nur noch rauchende Leichen seinen Weg pflasterten. Einen Augenblick später war er woanders.

Ein Streifen statischer Energie löschte einen ganzen Häuserblock voller Menschen aus. Ein Strahl Magierfeuer ließ die Pferde eines Kavallerietrupps durchgehen und mit brennenden Flanken und glimmenden Mähnen blindlings durch die kopfsteingepflasterten Straßen rasen. Alles, was ihnen im Weg war, zertrampelten sie, und die meisten Reiter wurden abgeworfen und zurückgelassen.

Im Nordteil der Stadt lagen über hundert Hochvager zusammengesackt da, mitten auf der Straße in den Schlaf gezaubert. Die große, keilerartige Kreatur, die Pael beschworen hatte, labte sich an ihrem noch lebenden Fleisch. Die Männer konnten sie nicht aufhalten, und wenn der Hölleneber die gewaltigen Zähne in sie schlug und sie damit aus ihrem Zauberschlaf riss, war es zu spät.

Im Osten krachte eine Flammenkugel wie ein Meteor in Xwardas Handelsbezirk. Eine Fläche von mehr als vier Blocks im Quadrat wurde dem Erdboden gleichgemacht, und fast tausend Menschen wurden zerquetscht, erschlagen oder gebraten.

In seinem Zorn schien der Dämonenmagier unaufhaltsam.

Mikahl, der noch immer auf dem Rücken des Hellen Pferdes saß, versuchte alles, um Pael auf frischer Tat zu ertappen. Er raste von Katastrophe zu Katastrophe durch die Stadt, kam aber immer ein wenig zu spät, um den hinterlistigen Dämonenmagier auszumachen. Er erschlug einen Lindwurm und schleuderte mit einem pulsierenden Strahl aus Eisendorns Klinge eine Horde untoter Soldaten zu Boden. Er sah einen Flankenangriff von Paels Toten voraus und rettete damit ein paar hundert Schwarzklingen vor einer bösen Überraschung. Er vernichtete zahllose untote Soldaten, indem er ihre befleckten Seelen mit einer Berührung seiner Klinge ins Vergessen sandte, aber Pael erwischte er nicht.

Bei Sonnenuntergang schließlich befand er, ihm bliebe nur noch eine Option. Er landete das Helle Pferd mitten in den Trümmern des Erdbebens, das Pael zuvor verursacht hatte, und stieg ab.

Sofort verschwand der feurige Pegasus. Mikahl stand unsicher auf den Beinen, riss sich aber rasch zusammen. Spöttisch rief er nach Pael und schleuderte ihm jede nur erdenkliche Beleidigung entgegen. Er steckte sogar Eisendorn in die Scheide, sodass er kurzzeitig nicht unter dem Schutz der Magie des Schwertes stand. Wie er da in seiner blutgetränkten Robe stand, spürte er zum ersten Mal das intensive Brennen des

Schmerzes, den Eisendorns Magie ihm vorenthalten hatte. Es war qualvoll. Sein Körper schmerzte derart heftig, dass er kaum denken konnte, doch er forderte den Dämonenmagier weiter zu einem Duell Mann gegen Mann heraus. Ungeschützt und taumelnd wegen der unverheilten Wunden, die ihm der Choska damals im Wald zugefügt hatte, wartete er. Etwas Besseres fiel ihm nicht ein.

***

Während sie auf Scharlachs Rücken über den Kontinent rasten, lösten sich allmählich die Fesseln, in die Königin Willa Shaella geschlagen hatte. Hyden musste ihr einen Arm um die Taille legen und ihr mit der anderen Hand den Mund zuhalten, damit sie nicht Zauber gegen ihn einsetzte. Irgendwann mitten in der Nacht ließ er Scharlach auf einer saftigen Wiese mit kniehohem Gras landen. Der Hufschlag einer flüchtenden Tierherde verklang, und es blieben nur die Geräusche der Insekten und das schwere, etwas angestrengte Atmen des Drachen. Der Halbmond tauchte den wogenden Grasteppich unter ihnen in ein gelbliches Licht.

Hyden zerrte Shaella aus ihrem Sitz und stieß sie vom Rücken des Drachen. Sie landete ungeschickt, hielt aber immer noch ihren Stab umklammert, als trüge er die Welt in seiner Kristallspitze. Sobald sie auf den Beinen war, wollte sie einen Zauber wirken, doch Scharlach wandte ihr den großen, gehörnten Schädel zu, zeigte ihr Maul voller Zähne und richtete sich in der Dunkelheit neben ihr auf, um sie an ihre Lage zu erinnern. Sogleich stellte sie den Zauber ein. Der heiße Schwefelgestank des Drachenodems hätte sie sonst dazu gebracht, sich zu übergeben. Allerdings zeigte sie keine Furcht, nur Wut und Empörung über das, was sie hatte geschehen lassen.

»Ich frage nur einmal«, knurrte Hyden zu ihr hinab. »Wenn du die Wahrheit sagst, überlasse ich dich deinem Schicksal. Wenn du mich anlügst, wird Scharlach hier dir mit Freude viel mehr als den Rest der Haare vom Schädel brennen. Ist das klar?«

Shaella gab keine Antwort. Sie wandte sich ab und funkelte Scharlachs großes Auge an, das offenbar niemals blinzelte. Sie wusste, dass der Drache Hyden über das Halsband alles mitteilen konnte, was er wusste, und verfluchte sich, weil sie ihre Gefühle so sorglos mit dem Tier geteilt hatte. Dann sah sie zerknirscht zum älteren Bruder ihres Geliebten auf.

Ihr Gesicht war verkniffen und von Emotionen verfinstert, sah man einmal von der bleichen Narbe ab, die wie eine Träne über eine Wange verlief.

»Lebt er?«, fragte Hyden. »Hast du ihn verraten? Ist er an jenen finsteren Ort gegangen? Lebt er noch?«

Sie versteifte sich, als Hyden ihr die Schuld gab, doch seine brüderliche Sorge um Gerard schwächte ihre Entschlossenheit. Wenn sie Gerard oder das, was einst Gerard gewesen war, wirklich liebte, dann konnte sie sein Fleisch und Blut hinsichtlich seines Schicksals nicht belügen.

»Der Gerard, den du kennst, ist tot, doch ich liebe, was er jetzt ist, nicht weniger, als ich ihn zuvor geliebt habe.« Ihre Antwort war keine Lüge, wie Hyden durch Scharlach wusste.

»Wozu ist er geworden?« Hyden begriff nicht.

»Frag den Drachen«, antwortete Shaella kalt. »Durch die wahnsinnige Magie meines Vaters und wegen der Auswirkungen des Dracheneigelbs ist das, was von Gerard übrig ist, kaum noch am Leben und in der Unterwelt gefangen.«

Sie wandte sich ab und schritt steif in die Finsternis davon, wobei sie sich die Tränen aus dem Gesicht wischte.

Hyden musste Scharlach daran hindern, sie mit Drachenfeuer niederzustrecken. Er war nicht sicher, ob es an den Tränen lag, die sie vergoss, an ihrem Blick oder an dem Wissen um das Ausmaß ihrer Liebe, aber sein Herz sagte ihm, dass sie die Wahrheit gesprochen hatte, und er wollte sie nicht töten.

Ein Teil von Hyden wollte sie töten, und wenn sich Mikahl je von seinen Verletzungen erholte, würde er ihm wahrscheinlich nie verzeihen, wenn er es nicht tat. Doch was war eine Drachenkönigin ohne Drachen? Er würde sich später um sie kümmern. Bald schon wäre er gezwungen, seinen Bruder in ein schwarzes Nichts voller Dämoniden, böser Geister und sonstiger finsterer Dinge aller Art einzuschließen. Wenn Mikahl nicht verstand, warum er hier Mitleid zeigte, dann sollte es so sein. Gerard hatte Shaella geliebt. In Scharlachs Gedächtnis hatte er die letzten Augenblicke des Lebens seines Bruders gesehen. Wie konnte er sie da töten?

Als Scharlach wieder abhob, versuchte Hyden, den Kopf klarzubekommen. Er wusste, was er zu tun hatte, wenn sie das Siegel erreichten. Wenn er einen Weg fand, den Nachtsplitter aufzulösen und in die eingravierten Symbole zu verteilen, würde er es tun müssen. Es hatte keinen Sinn, sich deswegen zu quälen. Tiefe Trauer nagte an seinem Herzen, als er die Augen schloss und nach Kralles Sicht tastete.

***

Jenseits der innersten Stadtmauer, die den Palast selbst schützte, war Xwarda eine rauchende Ruine. Das Mondlicht, das zuckende Licht der zahllosen brennenden Gebäude und der Gestank der verrottenden Leichen verliehen der Gegend eine höllische Atmosphäre. Der schrille, unablässige Ruf eines Lindwurms und das grässliche Flehen eines Sterbenden unterstrichen das nur noch. Dies war kein Ort für die Lebenden, und jeder, der noch atmete, setzte alles daran, sich in die trügerische Sicherheit des Burggeländes zurückzuziehen.

Auf der Verteidigungsmauer der Burg rannten Männer hin und her. Bogenschützen wehrten die Untoten ab, während Gruppen erschöpfter Soldaten sich aus der Stadt aufs Burggelände schleppten. Die Hochvager Magier setzten Feuer, Rauch und allerlei Illusionen ein, um den finsteren Feind zu verwirren, damit so viele Männer wie möglich die Tore passieren konnten.

Die Burgmauer blieb intakt, doch niemand fühlte sich

dahinter noch sicher. Ihre letzte Verteidigungsbastion war die älteste und am wenigsten eindrucksvolle der drei Schutzmauern, die Whitten Loch und den Palast umgaben. Die anderen beiden Mauern waren nicht nur durchbrochen, sondern regelrecht pulverisiert worden – an manchen Stellen hatte der Feind sie dem Erdboden gleichgemacht. Jeder wusste, es war nur noch eine Frage der Zeit, bis auch diese Mauer fiel.

Von oben sah sich Königin Willa die Verwüstung an. Langsam umkreiste sie einmal das Turmdach und ließ dabei eine Hand müßig über die Zinnen gleiten. Im Süden tobte die Schlacht noch. Sie sah die Spiegelungen des Feuerscheins auf Schwertern und Rüstungen in den Straßen und Gassen zwischen der Burg und den Überresten der zweiten Mauer. Jeden Augenblick würden diese Männer ihren Befehl bekommen, sich aufs Burggelände zurückzuziehen. Sie hoffte, sie würden lange genug leben, um den Rückweg zu finden.

Im Osten hob sich die Verwüstung durch Paels Feuerballmeteor von dem ansonsten unbeschädigten Bereich der Handelsniederlassungen und Wohngebäude ab. Am Osttor der Innenmauer tobte im hellen Laternenlicht des Torturms ein isoliertes Gefecht zwischen einer riesigen, eberartigen Bestie und einem Grüppchen Männer.

Im Norden und Westen sammelten sich im Schatten der brennenden Gebäude große Gruppen Untoter und reorganisierten sich. Unmittelbar innerhalb der zweiten Mauer im Süden war das Trümmerfeld leer bis auf eine einsame Gestalt in einer schmutzigen weißen Robe. Willa konnte sie kaum als Person erkennen.

Der Mann stand inmitten von etwas, das nur noch ein großer Schuttkreis war. Als Kralle das sah, sprang er von Willas Schulter und glitt mit weit gespreizten Flügen durch die Luft hinab und entfernte sich vom Turm. Diese plötzliche Bewegung des so lange reglosen Vogels bereitete der Königin Sorgen.

König Jarrek räusperte sich auf dem obersten Treppenabsatz, um auf seine Anwesenheit aufmerksam zu machen. Er hatte einige lange Minuten ein paar Stufen weiter unten in dem kastenförmigen Schutzaufbau gestanden, um Atem zu holen, ehe er Königin Willa entgegentreten wollte. Nachdem er den ganzen Morgen auf dem Feld gekämpft und sich am Nachmittag um Brady Düker gekümmert hatte, hatte der lange Weg die Treppe hinauf ihn ermüdet. Er war nicht mehr jung. Als sie sich umdrehte und ihn mit einem müden und offenbar gezwungenen Lächeln begrüßte, vergaß er seine Erschöpfung und war überwältigt von ihrer schlichten, natürlichen Schönheit.

Sie schien ihm seit Ewigkeiten der erste angenehme Anblick zu sein. Das Bild seiner Mutter und seiner Verlobten, zerquetscht in den Trümmern des eingestürzten Damenturms daheim in Schlossberg, löschte rasch jede Fröhlichkeit oder Bewunderung aus, die in ihm aufkeimten. Sogleich brach er den Blickkontakt ab, damit sie nicht die Sorge und Hoffnungslosigkeit sah, die er plötzlich empfand. Sein Blick wanderte zu dem Leichnam mitten auf dem Dach hinüber, der in einen Mantel gehüllt war. Er wollte etwas sagen, überlegte es sich dann aber anders.

Sie verstand sein Schweigen und ging zurück zum südlichen Rand der Brüstung. Erleichtert sah sie, dass die Männer dort sich einen Weg zurück zur Innenmauer bahnten. Sie hatten ihre Befehle erhalten und weitergegeben. Man hatte also zum Rückzug geblasen, daher wandte sie sich Jarrek zu.

»Ich hörte, Ihr hättet viele unserer Männer gerettet.«

Er schüttelte den Kopf, als sei das gar nichts, nicht der Rede wert.

»Ihr ruft sie zurück?«, fragte er taktvoll.

»Etwas in der Art.« Sie erwiderte seinen Blick.

»Der Falkenjunge ist auf dem Drachen davongeflogen. Er sagte, wenn ihm gelingt, was immer er vorhat, wird Pael einen Teil seiner dämonischen Macht verlieren.«

Sie sah merkwürdig bedachtsam aus und unterdrückte die bei seinen Worten aufkeimende Hoffnung.

»Er sagte, wir sollen Pael hinhalten, solange wir können.« Sie deutete in einer weit ausholenden Geste auf das Burggelände ringsum.

»Hier, wo ich auf den Hüterstein zugreifen kann, geht das am besten. Über die Stadt verteilt nimmt der Magier uns auseinander.«

»Ihr setzt alles auf eine Karte«, sagte Jarrek weder tadelnd noch kritisierend. »Hat das Wort dieses ›Falkenjungen‹ ein solches Gewicht?«

»Ich hoffe es sehr.« Sie wandte sich von ihm ab.

Ihr war ein plötzliches blaues Licht aufgefallen, draußen, wo die einsame Gestalt in der weißen Robe gestanden hatte.

»Hier ist die Macht des Hütersteins groß, und ich kann …« Sie unterbrach sich plötzlich und holte hörbar tief Luft.

Es war Mikahl. Das saphirblaue Leuchten war Eisendorns Klinge, und der Dämonenmagier Pael war gerade hinter ihm aufgetaucht.

»Uns allen ist es bestimmt, unser Haupt vor ihm zu neigen«, sagte Willa geistesabwesend. Ihre Aufmerksamkeit galt jetzt ausschließlich Mikahl.

»Ja«, stimmte Jarrek zu.

Er beugte sich zwischen zwei Zinnen hinaus, um besser sehen zu können, und zuckte entsetzt zurück, als er sah, wie sich eine wirbelnde, smaragdgrüne Säule Magierfeuer bilden und Mikahl verschlang.

Pael schäumte über die Dreistigkeit dieses idiotischen Knappen. Wie konnte er es wagen, ihn herauszufordern, als sei er nur ein Säufer in irgendeiner jämmerlichen Taverne? Er ließ sich Zeit, um sich die Lage und das Gelände aus der Ferne ausführlich anzusehen, ehe er seinen Zug machte.

Er war zu klug, um sich einfach durch Beleidigungen ködern zu lassen. Konnte der Junge ihm überhaupt eine Falle stellen? Verwendete er sich selbst als Köder? Nein. Er war nur ein Knabe, den der Rachedurst trieb, geblendet von seiner Jugend und Unerfahrenheit. Pael ließ ihn da sitzen, ließ ihn warten und sich fragen, ob er wohl kommen würde. Pael ließ ihn da sich entspannen und müde werden. Er ließ das weißglühende Feuer, das Mikahls Zorn genährt hatte, erlöschen. Erst dann griff er an.

Mit einem knisternden »Plopp« erschien Pael ein paar Schritte hinter Mikahl. Er hatte den Knappen, und er wusste es. Er hatte das Überraschungsmoment vollkommen auf seiner Seite. Das letzte Wort seines Zaubers lag ihm auf der Zunge, und Errion Toren steckte noch in der Scheide auf dem Rücken des Jungen. Er grinste, als er die letzte Silbe sprach, die dafür sorgen würde, dass Magierfeuer den törichten Bastardwelpen verschlingen würde, da zerfetzte ihm plötzlich etwas, womit er nie gerechnet hätte, das Gesicht.

Flügelschlag, der kreischende Schrei eines Raubvogels und rasiermesserscharfe Klauen, die ihm in ein Auge fuhren – das alles zusammen riss Pael das Wort von den Lippen. Das hellblaue Leuchten von Eisendorns Klinge erfüllte sein anderes Auge. Er schrie vor Schmerz und schlug den Falkling mit einer brutalen Rückhand aus seinem Gesicht. Der Schmerz war grauenhaft, aber er brachte es fertig, mit zusammengebissenen Zähnen das Wort zu sagen, das seinen Zauber auslöste. Warme Flüssigkeit aus seinem verletzten Auge rann ihm übers Gesicht, während den Knappen plötzlich sein magisches Jadeinferno umhüllte.

Das Magierfeuer umloderte Mikahl heiß und klebrig und versengte seine Robe und sein Fleisch. Durch das Schwert beschwor er die magische Rüstungsmelodie. Sie schob zwar eine Schutzschicht zwischen seine Haut und die Flammen, aber sie verhinderte nicht jegliche Hitzeeinwirkung.

Oh, wie dankbar er für Kralles Eingreifen war! Hätte der Falkling ihm nicht die Zeit verschafft, das Schwert zu ziehen, wäre er inzwischen sicher schon bis auf die Knochen verbrannt gewesen. Da er keine naheliegende Methode, das Feuer zu löschen, in der Sinfonie hörte, trat er einfach zurück, hinaus aus dessen geringem Wirkungsbereich. Er war erleichtert, als der Großteil der Flammen blieb, wo er war. Nur kleine, tropfende Tentakel hingen an seiner magischen Schutzhülle, und sie erloschen, als er sich dem Dämonenmagier zuwandte.

Er war überrascht, die blutigen Fetzen zu sehen, die aus Paels Augenhöhle hingen. Kralle hatte ihm ein Auge ausgekratzt, und mehrere breite Blutspuren verliefen über die Wange des Magiers, wo Kralles Klauen sie aufgerissen hatten. Pael selbst kochte vor Wut. Er blockte scheinbar mühelos den funkelnden Hieb mit Eisendorns Klinge und jagte dann einen heißen, roten Strahl direkt in Mikahls Brust.

Mikahl stolperte, der Atem entwich seiner Lunge wie nach einem Hammerschlag. Während er taumelnd versuchte, das Gleichgewicht wiederzuerlangen, sah er den Magier ein paar Schritte gehen und dann nach etwas treten. Es war Kralle. Der Vogel war halb betäubt und versuchte verzweifelt abzuheben; er sah den Stiefel nicht kommen. Angewidert stieß Mikahl, der den Tritt vorausahnte, einen Warnschrei aus, aber vergebens. Ein Federbüschel wirbelte zu Boden, wo der Vogel gerade noch gewesen war – mehr sah er nicht. Der zufriedene Ausdruck in Paels verwüstetem Gesicht bestätigte, dass er getroffen hatte. Als Mikahl das Gleichgewicht wiedererlangt hatte, raste ein weiterer roter Strahl auf ihn zu, dann noch einer. Wieder trafen sie ihn voll in die Brust. Er hatte Mühe, sein Schwert festzuhalten, als ihn die mächtigen Energiestrahlen ins Wanken brachten.

***

Hyden Falk spürte tatsächlich den Rückhandschlag, mit dem Pael Kralle aus seinem Gesicht entfernt hatte. Er hatte dem Vogel die Sicht genommen und Hyden zurück in die Gegenwart auf Scharlachs schlangengleich dahinjagenden Leib katapultiert. Das Glitzern einer gewaltigen Wasserfläche tief unter ihnen, in der sich das Mondlicht spiegelte, und das Gefühl des Windes, der ihm ins Gesicht wehte, ließen ihn kurzzeitig in Panik geraten, doch dann fing er sich wieder. Er war, während er Mikahl half, so sehr auf die Sinne des Vogels eingestimmt gewesen, dass er sich selbst vergessen hatte. Er war froh, dass Kralle dem Dämonenmagier echten Schaden zugefügt hatte. Er war auch glücklich und erleichtert, dass Mikahl am Leben war und sein Schwert in voller Macht schimmerte.

Was der törichte Dummkopf aus der Burg da draußen im Freien gemacht hatte, bekleidet nur mit einer dreckigen weißen Robe, begriff Hyden nicht. Er wechselte wieder in Kralles Sicht und sah nur brennenden grünen Stein und die wilden Schatten, die dieser warf. Der Falkling war vollkommen verwirrt. Dann hörte er Mikahl nach ihm rufen. War das eine Warnung? Der Tritt von Paels schwerem Lederstiefel gegen Kralles zerbrechlichen Körper erschütterte Hyden so sehr, dass er beinahe vom Rücken des Drachen gefallen wäre. Diesmal wurde er endgültig bewusstlos.

Durch die Verbindung der Halsbänder spürte Scharlach Hyden Falk erschlaffen. Sie schob ihn mit einem Flügel zurecht, damit er nicht von ihr herunterrutschte, und beeilte sich noch mehr, ihren Hort zu erreichen. Sie hätte für Hyden alles getan, was sie konnte. Durch die Verbindung der Halsbänder las sie seine Absichten und wusste, dass er ihr das Halsband abnehmen und sie befreien würde, sobald diese äußerst wichtige Tat getan war. Er hatte sie nicht belogen. Er würde sie befreien, und dann konnte sie sich einen Ort fernab aller Menschen suchen. Dort konnte sie ein neues Nest bauen und endlich ihr verbleibendes Ei ausbrüten.

***

Die Schutzwälle der Burg, die nicht annähernd so hoch waren wie die gewaltigen äußeren Mauern, wurden rasch überrannt. An mindestens einem Dutzend Stellen erreichten Horden von Paels verwesenden Soldaten das Burggelände. Obschon die Nähe der Magier zum Hüterstein ihre Kraft verstärkte und ihre Zauber intensivierte und kräftigte, kamen die Toten.

Die Schwarzklingen kämpften mit Zähnen und Klauen, um die Burg zu verteidigen. Sie waren tapfer und gnadenlos. Eingekesselt, wie sie waren, und angesichts einer unmöglichen Überzahl waren sie ständig im Nachteil. Für jeden Untoten, der über die Mauer kam, wurde eine halbe Handvoll Hochvager getötet oder verletzt.

Wie Maden auf dem Leichnam eines verrottenden Schädlings drang die Armee der Toten durch die Breschen und kämpfte sich aufs Gelände vor. Königin Willa nutzte die Macht des Hütersteins und ließ silbriges Hexenfeuer und heftige statische Energieblitze auf sie herabregnen, aber auch ihre Macht war begrenzt. Sie war nicht nur erschöpft – auch ihre eigenen Männer waren dort unten, und sie wollte sie mit ihren Angriffen nicht verletzen. Durch die Bäume des Waldparks, von den Dächern der niedrigeren Nebengebäude der Burg und durch die schwarzen Wasser des Whitten Loch kamen die Untoten.

Schließlich überwältigten sie die wilden Schwarzklingen und erreichten das Burgtor. Ein schlanker, schwarz geschuppter Lindwurm kam durch das Loch gesegelt, wo sich einst die Abbildung der Schaffung Eisendorns befunden hatte. Auf der Spitze des Königsturms drängte König Jarrek Königin Willa, sich zurückzuziehen, solange sie noch konnte. Sie wollte davon nichts wissen.

Die Schreie der Burginsassen hallten jetzt von unten herauf. Der Lindwurm war unter sie gefahren. Willa gelang es mit großer Mühe, nicht vor Verzweiflung zusammenzubrechen. Wenn nicht bald etwas geschah, war Xwarda verloren. Nahm Pael Xwarda ein, würde er rasch einen Weg finden, den Hüterstein zu nutzen. Sie hatte geschworen, bis zum Schluss zur Verteidigung des Hütersteins zu kämpfen.

Sie konnte nicht weg, doch sie konnte die Tausende Menschen, die sich in den Tunnel unten versteckten, nach Jenkanta weiterschicken, wo sie wenigstens eine Chance hatten, Paels Zorn zu entgehen.

»Geht«, sagte sie streng zu König Jarrek. »Die Leute, die

entkommen, werden starke Männer brauchen, die ihnen beim Überleben helfen.«

»Ich kann Euch nicht unbewacht hier zurücklassen, meine Dame«, erwiderte er schlicht. »Das werde ich nicht.«

»Ihr seid ein ritterlicher Narr«, schalt sie ihn. »Dann gebt Befehl, die Flüchtlinge zu evakuieren. Sagt ihnen, sie sollen dabei die Tunnel zum Einsturz bringen.«

KAPITEL 58

EHE PAEL IHN MIT EINEM WEITEREN MARKerschütternden roten Strahl treffen konnte, rollte sich Mikahl ab und sprang auf die Füße. Er bekam noch immer kaum Luft, und ihm war schwindlig, aber wenn er still stehenblieb, war er erledigt. Ein weiterer rotglühender Strahl raste auf ihn zu, und diesmal wehrte er ihn mit Eisendorns Klinge ab. Trotzdem überfiel ihn die Panik. Er konnte nicht lange so weitermachen. Schon schwanden ihm die Sinne. Er brauchte dringend Luft.

Pael jagte einen weiteren Strahl los. Mikahl versuchte, auch ihn mit dem Schwert abzuwehren, doch er konnte seine Bewegungen nicht mehr richtig koordinieren. Der Strahl traf ihn, aber es war nur ein sengender Streifschuss, kein direkter Treffer. Er hatte Glück gehabt. Hätte sein Körper nicht unwillkürlich mit Schluckauf reagiert und so etwas dringend benötigte Luft eingesogen, hätte der Strahl ihn voll getroffen.

Er konnte die Erleichterung für seinen Körper nicht genießen, denn Pael beschoss ihn schon wieder. Mikahl wich dem Strahl aus, nahm einen weiteren Atemzug und griff den Dämonenmagier an. Statt auf Magie zu setzen, vertraute er seinem Instinkt und führte mit aller Kraft einen physischen Angriff mit seinem Schwert. Er schlug zu, wirbelte herum, hackte erneut auf Pael ein, stieß dann zu und ließ dem Gegner keine andere Wahl, als seinen Angriff abzubrechen und sich zu wehren. Der Magier konnte sich den bedrohlichen Stahl kaum vom Leib halten, geschweigen denn, gegen Mikahl zum Angriff übergehen.

Zunächst glaubte Pael, er werde die Attacke möglicherweise nicht überleben. Die Klinge musste ihn nur berühren, und er verlor seine Dämonenessenz. Schlimmer noch, er sah mit seinem gesunden Auge kaum etwas und konnte beinahe nicht erkennen, wo die lavendelblaue Klinge als Nächstes herkommen würde. Erst als Mikahl innehielt, um einen Blick nach unten auf die ausgestreckte Gestalt des Falklings zu werfen, der schlaff auf einem Haufen Glas- und Holzsplitter lag, konnte der Magier etwas unternehmen.

Pael sprang in die Luft und schwebte knapp außerhalb der Reichweite Eisendorns. Er jagte einen knisternden Strahl viskoser, prismatischer Energie auf Mikahl hinab und überschüttete ihn mit dem Zeug, das Fleisch zum Schmelzen bringen konnte. Als stehe er in einer Kugel aus durchscheinendem blauem Glas, brach sich Paels Magiestrom zu einem purpurnen Strudel, der den Knappenkönig umfloss, ihm jedoch nichts antat.

Mikahl nutzte den kurzen, unerwarteten Schutz und berührte Kralle mit der Spitze von Eisendorns Klinge. Er lauschte der magischen Sinfonie des Schwertes, pflückte sich dann die Heilmelodie heraus und ließ sie in den Vogel fließen. Der Liedstrom erschöpfte sich rasch, doch Kralle lag immer noch reglos da. Der Falkling war tot, und angesichts dieser schlichten Tatsache zerbrach etwas in Mikahl. Er unterdrückte die Zornestränen, biss die Zähne zusammen und wirbelte zu dem Dämonenmagier herum.

Er schleuderte seinen eigenen, nun weißglühenden Energiestrahl hinauf zu Pael. Er traf dessen Strahl, und es entstand ein markerschütternder Funkenregen, begleitet von zischendem Rauch. Am Berührungspunkt der beiden mächtigen, zerstörerischen Energiebahnen knirschte, zischte und knallte es, aber er rückte langsam auf Pael zu, vorangedrängt von Mikahls Zorn. Paels versehrtes Gesicht verzerrte sich voller Panik, während das Licht seine zerfetzten Züge beleuchtete. Shokins Macht in ihm fürchtete die Magie der Klinge derart, dass der Dämon Mikahl mit aller Kraft entgegenwirkte wie ein in die Ecke getriebener Wildling, der um sein Leben kämpfte.

Die Energie der Angst des Dämons ergoss sich aus Pael

heraus, und der gleißend helle, zischende Berührungspunkt raste wieder auf Mikahl zu. Mikahls Zorn bremste die drohende Kollision purer Energien, aber aufhalten konnte er sie nicht. Mit zusammengebissenen Zähnen, angespannten Muskeln und einem Körper, der hart und unbeugsam war wie ein Stahlbarren bereitete er sich auf die Todesqual vor, die Paels Strahl ihm zweifellos bereiten würde. Mehr konnte er nicht tun.

***

Hyden Falk öffnete in völliger Dunkelheit die Augen. Er lag auf felsigem Untergrund. Seine Hand wanderte nach hinten, um nach dem Rucksack mit dem Nachtsplitter zu tasten, und die Panik traf ihn wie ein Peitschenhieb. Er spürte nichts. Der Rucksack war weg.

Taumelnd kam er auf die Beine und spürte eine feuchte, kühle Brise auf der Haut. Neben dem widerlichen Gestank alten Verfalls roch er den erdigen Duft dichter Vegetation. Instinktiv tastete er nach Kralles Sicht, fand aber bloß weitere Schwärze.

Seine Panik verzehnfachte sich. Er tastete mit ausgestreckten Händen in der Finsternis herum. Wo war er? Was geschah? Was war mit Kralle? Als er ringsum nur harte, felsige Steinoberflächen und Geröll spürte, ergab er sich seiner plötzlichen Panik.

Als Scharlach sah, dass er kurz davor war, aus einem Ende ihrer Wurmlochhöhle herauszustolpern, sprach sie ihn an.

»Hier bin ich«, zischte sie.

Schwache Feuerranken erhellten den Bereich vor dem roten, von Knochenplatten geschützten Drachenkopf. In diesem kurzen Augenblick sah Hyden auch ein dunkles, rauchgraues Kristallprisma. Der Nachtsplitter lag vor dem zusammengekauerten Drachenleib auf einem glatten Stück Boden, das mit kreisförmigen Runengravuren bedeckt war.

»Ich will, dass du mir vertraust, Hyden Falk«, zischte das Drachenweibchen leise.

Das schwache Leuchten der Flammen aus den höhlentiefen Nasenlöchern begleitete seine Worte. Hyden ging zu ihm, während es fortfuhr: »Ich bezweifle nicht, dass du mich von den Halssbändern befreien willst.« Seine Stimme war wie Schotter und Asche. »Trotzdem will ich sie weghaben, ehe ich zu Ende bringe, was du angefangen hast. Du brauchst mein Feuer, um den Kristall da zu schmelzen. Entferne die Halsbänder, und ich tue es.«

Hyden blieb wie angewurzelt stehen und drängte seine Angst und Sorge um Kralle erst einmal beiseite. Er brauchte ein paar Minuten, um sich zu sammeln. Vorsichtig betastete er sein Handgelenk, um sich zu vergewissern, dass das Halsband noch vorhanden war, ehe er sprach.

»Ich könnte dich durch das Halsband dazu zwingen.« Seine Stimme war nicht drohend, sondern sachlich.

»Ja, Hyden Falk, das könntest du«, zischte das Drachenweibchen, und Flammen züngelten durch die Luft. »Aber dann würdest du nie erfahren, ob du mir trauen kanst oder nicht. Du würdest nie mein wahres Wesen kennenlernen. Ich wüsste ein solches Band der – wie heißt das Menschenwort dafür? – Freundschaft mit einem wie dir sehr zu schätzen.«

»Ja«, entgegnete Hyden, der seine Worte mit Bedacht wählte. »Ich wüsste eine solche Freundschaft auch zu schätzen. Aber wenn du mich austrickst, verurteile ich mein Volk zu einem Schicksal, das vom Willen der Dämonen abhängt.«

»Es ist keine leichte Entscheidung, einem Drachen zu trauen«, kicherte es, woraufhin sich helle Flammenstöße vor ihm ausbreiteten. »Ich nehme es dir nicht übel, wenn du dich dagegen entscheidest.« Es wandte sich um, sodass die bernsteinfarbenen Augen auf ihm ruhten.

Er spürte und roch die stinkende Hitze seines Odems.

»Doch es wird mir das feurige Herz betrüben, dich nicht meinen Freund nennen zu können.«

Hyden dachte an Vaegons Geschichte über Pratchert und daran, was dieser und der Drache wohl am Sommertagsmonolithen besprochen hatten. Er fragte sich, was der große Hunt Mahn in einer solchen Situation getan hätte. Er dachte an die beiden jungen Wölfe und daran, wie der einfache Akt der Rettung ihrer Mutter ihn am Ende gerettet hatte. Wenn es seine Gottesgabe war, mit Tieren zu sprechen und sich gegenseitig zu beeinflussen, dann blieb ihm eigentlich gar keine Wahl. Ihm fiel wieder ein, was er empfunden hatte, als er den Gobelin des Drachen mit den Halsbändern gesehen hatte. Hier ging es nicht um Vertrauen. Hier ging es um richtig oder falsch.

»Dann dreh den Kopf«, sagte Hyden.

Sein Entschluss stand fest. Als der Drache richtig lag, ließ er ihn genügend Licht ausatmen, dass er die Verschlüsse an dem großen, juwelenbesetzten Lederstreifen erkennen konnte. Er brauchte eine Weile, bis er begriffen hatte, dass das Öffnen der Verschlüsse eher eine geistige als eine körperliche Anstrengung war. Die Schließen waren magisch mit seinem Halsband verbunden. Es war mühsam, und er musste ein wenig herumprobieren, aber schließlich gehorchten die Verschlüsse seinem Willen. Sie öffneten sich, und das schwere Halsband fiel zu Boden.

In der entstandenen Dunkelheit gab es plötzlich hektische Bewegung. Hyden wurde zu Boden geworfen. Er spannte sich an, war mit einem Mal sehr konzentriert. Vielleicht hatte er gerade einen schrecklichen Fehler begangen. Er drehte sich hin und her, suchte nach einem optischen Orientierungspunkt in seiner Umgebung. Außer den beiden gezackten Löchern, von denen er wusste, dass es die Öffnungen der Höhle waren, war nichts zu erkennen. Die Löcher konnte er nur wahrnehmen, weil der Nachthimmel draußen ein paar Farbnuancen heller war als die Pechschwärze hier.

»Dein Bruder hat meine Eier gestohlen!«, knurrte Scharlach mit einer tiefen Stimme, die nicht mehr beherrscht klang.

Es war, als habe der Donner gelernt, Worte zu formen. Flammen erfüllten die Luft über Hydens Kopf, und plötzlich hatte er große Angst.

»Dein Volk hat mich versklavt – zahllose Jahre musste ich dieses Portal bewachen und derweil hilflos zusehen, wie meine Jungen unbebrütet dalagen. Ich konnte nur auf eine Zeit hoffen, da ich mit dem Brüten würde beginnen und sie aufziehen können, bis ich sie in die Freiheit entlassen konnte.«

Wieder wurde die Höhle schwarz, als der Drache langsam tief Luft holte.

»Ich sollte dir das Fleisch von den Knochen brennen, Hyden Falk Skyler«, sagte er, während sich seine gewaltige Lunge bis zum Bersten füllte. »Doch da ich nicht wie meine Artgenossen bin und ihre Taten und Gedanken nicht die meinen sind, werde ich dich nicht für die Taten deiner Artgenossen verantwortlich machen.« Scharlach hielt inne, und große, gelbe Augen starrten auf ihn herab. »Denk immer daran, wer deine wahren Freunde sind, Hyden Falk«, befahl sie. »Jetzt tritt beiseite und bring dich in Sicherheit, damit ich dich nicht aus Versehen brate.«

***

Ehe sich Königin Willa zurück in die Burg schleppen ließ, riss sie sich das Horn von Doon mit seinem Silbermundstück vom Hals und warf es über die Brüstung. Sie schalt sich eine Närrin, weil sie geglaubt hatte, jemand erinnere sich noch an das alte Versprechen der Zwerge oder würde es gar in dieser Zeit schlimmer Not halten.

Das farbenprächtige Schauspiel von Mikahls Kampf gegen Pael in der Ferne lenkte König Jarrek so weit ab, dass Willa sich aus seinem Griff befreien konnte. Beide gingen zur Brüstung zurück, um zuzusehen. In der Luft unmittelbar über Mikahl brachen rote Streifen in sich zusammen und bildeten eine blaue Kuppel, die lavendelfarbene und purpurrote Leuchtfackeln wie ein Stern ausschickte. Es war unmöglich zu sagen, wer nun wer war oder was eigentlich geschah, aber gleich darauf wurde es klarer.

Jarrek und Willa sahen, wie Pael über Mikahl schwebte und ihn angriff. Mikahls Schild lenkte die Energie des Dämonenmagiers ein wenig ab. Dann ging er mit einem eigenen weißglühenden Strahl zum Gegenangriff über, und als sich die beiden Energiestrahlen trafen, erhellte explodierendes, gleißendes Licht die beiden Kämpfer.

Jeder, der hoch genug stand, konnte sie jetzt deutlich sehen. Sie hätten genauso gut in der Mittagssonne kämpfen können. Mikahls Zorn schob und drängte, doch eine Woge aus dämonischer Macht und bösem Willen stellte sich ihm entgegen. Der blutrote prismatische Energiestrahl Paels verschlang Mikahls Strahl und prallte wieder gegen die durchsichtige blaue Energiekuppel, die ihn schützte, doch diesmal zersprang die schützende Kugel in einem Schauer herumwirbelnder, leuchtender Splitter.

Zu allem Überfluss verschlang Paels roter Strahl Mikahl.

Nachdem dort, wo der Knappenkönig gerade noch gestanden hatte, eine Wolke weiß schimmernder, rauchartiger Energie aufgestiegen war, drangen Schwärze und Kampfgeräusche vom Burggelände drunten zum Turm herauf und erfüllten abermals die Nacht. Das Licht der Hoffnung in Gestalt von Mikahl war erloschen, und König Jarrek musste Königin Willa auffangen, ehe sie verzweifelt auf die Knie fiel.

***

Mikahl spürte, wie die Willenskraft des Dämons seinen magischen Schild zerschlug. Er bekam mit, wie seine magische Rüstung so viel Energie absorbierte wie möglich, ehe sie sich in einer weißen Wolke aus Rauch und Funken auflöste. Dann spürte er den Strahl des Dämonenmagiers auf der Haut, der ihm bis ins Mark drang, jedoch nur einen Augenblick lang.

In diesem flüchtigen Augenblick spürte er den Schrecken

und Schmerz einer Million Leben, aber er ging vorbei. Er hörte Pael mit einem unterdrückten, grunzenden Husten im Schutt landen, dann schrie der Schwarzmagier vor Zorn, Schmerz oder wegen eines anderen großen Gefühls auf, und als Mikahl die Augen öffnete, sah er Eisendorn vor sich am Boden liegen. Er streckte die Hand danach aus, aber seine Muskeln fühlten sich irgendwie falsch und steif an, und ein schrecklicher Schmerz raste durch seinen Körper. Er hatte das Gefühl, gekocht worden zu sein.

Er dachte an Loudin vom Reyhall und den grässlichen Schmerz, den er empfunden haben musste, während er sich an die Klinge klammerte, um sie vor der Höllenkatze zu retten. Er erinnerte sich an Vaegons obere Hälfte, die zwischen den Steinen gelegen hatte und an Grrrs tapferen Sprung in die Kiefer des Choskas, um ihn zu retten. Der furchtbare Schmerz, den er empfand, war nichts im Vergleich zu den Opfern, die sie für ihn, für genau diesen Augenblick gebracht hatten. Er biss die Zähne zusammen, warf sich nach vorn und packt das Schwert seines Vaters.

Sofort tönte ihm Eisendorns harmonische Sinfonie wieder den Ohren, und er versank in einem Gefühl der Erleichterung. Schnell überwand er den Schmerz, der durch einen Energieschub ersetzt wurde. Er sammelte sich, kam hoch und sah sich um.

Keine zehn Schritte entfernt versuchte Pael, sich aufzurappeln. Im hellblauen Licht seiner Klinge sah er, dass Paels gesundes Auge wild in der Höhle hin und her rollte. Der Dämonenmagier biss abwechselnd die Zähne zusammen und entspannte seinen Kiefer wieder, während an seinem Hals die Adern deutlich hervortraten. Mit ihm stimmte etwas nicht. Pael schien in eine quälende innere Auseinandersetzung verstrickt zu sein. Mikahl hielt sich nicht mit der Frage auf, warum der bleiche Dämonenmagier in diesem Zustand war. Er hob einfach Eisendorn und griff an.

Mit Unterstützung von Shokins Macht durchdrang Pael

Eisendorns mächtigen Schutz, griff in Mikahls Seele hinein und machte sich daran, sie zu verfinstern, aber es war etwas geschehen. In einem einzigen schrecklichen Augenblick wurde ihm Shokin entrissen.

Pael klammerte sich mit all seiner Kraft an die Macht des Dämons, dennoch entglitt er ihm langsam. Eine unvorstellbare Kraft nahm ihm Shokin. Mit seinem gesunden Auge sah er, wie der Junge auf ihn losging.

Was tun? Er krallte sich an die Essenz des Dämons und wirkte einen weiteren zerstörerischen Zauber, doch es sollte nicht sein. Eisblauer Stahl drang in seinen Hals. Er sah saphirblau strahlenden Schutt, dann den dunklen, gestirnten Himmel. Nach einem verrückten Herumwirbeln von Dunkelheit konnte er wieder normal sehen.

Er erblickte einen blutigen Leib, aus dessen Halsstumpf Blut spritzte, gekleidet in eine schwarze Robe, die mit schimmernden blutroten Tränen gesäumt war, und da wusste er, dass er seinen eigenen enthaupteten Leichnam sah. Schlimm war, wie sein Herzblut aus seinem Körper strömte, während sein Gehirn langsam starb, aber weitaus schlimmer war der Anblick seiner Seele, die noch an der Essenz des Dämons hing, und die Qual, mit dem sie sich von seinem Bewusstsein losgerissen hatte, währte, bis er schließlich ins Vergessen verging.

Mikahl war nicht damit zufrieden, dass Paels Eierkopf ein gutes Stück neben seiner Leiche lag. Er schätzte ab, wo der Magiers Herz sein mochte, fiel auf die Knie und trieb Eisendorn hinein. Er stieß so wuchtig zu, dass die Parierstange gegen Paels Wirbelsäule prallte, als Eisendorn den Dämonenmagier an den Boden nagelte.

Eine tiefe, pulsierende Vibration ging von dieser Stelle am Boden aus. Mikahl spürte sie und ließ das Schwert los. Er wälzte sich zur Seite und blieb liegen, nackt bis auf die Fetzen seiner Robe.

Er hatte erwartet, dass Eisendorns Macht versiegen würde, wenn er das Heft losließ, aber das Gegenteil trat ein. Sie vibrierte und pulsierte so heftig, dass die Erde unter ihm erbebte. Er wollte vom Leichnam des Dämonenmagiers wegkriechen, spürte aber sofort seine eigenen schweren Verletzungen. Er musste darum ringen, nicht das Bewusstsein zu verlieren.

Vom Heft des Schwertes aus erhob sich eine goldene Lichtsäule himmelwärts. Sie wurde immer heller und schraubte sich hinauf wie ein riesiger Korkenzieher. Die Unterseite einer Wolkenbank teilte sich, als das Licht darauf traf, sodass die leuchtende Säule die Wattewölkchen durchdrang.

Geisterhafte Männer mit einem Ausdruck der Qual auf den langgezogenen, verzerrten Gesichtern schossen unter einem lautem Rauschen vorüber. Eisendorns Heft zog sie an wie Seifenblasen, die um einen Abfluss herumwirbelten. Nachdem das Schwert sie eingesaugt hatte, schickte es sie weiter gen Himmel. Vier, fünf, zehn. Dann zwanzig. Weitere Tausende. Es waren so viele, dass die Luft um den himmelwärts weisenden Lichtstrahl schimmerte, ein Wirbelsturm geisterhafter Seelen.

Große Erleichterung drängte Mikahls Schmerzen zurück, doch es wollte nicht recht gelingen. Selbst die Augen zu schließen schmerzte, aber er tat es trotzdem, und plötzlich wurde er bewusstlos.

König Jarrek hätte beinahe Königin Willa fallengelassen, als er den gleißenden, goldenen Lichtstrahl in der Ferne die Finsternis durchdringen und in den Himmel hinaufschießen sah. Von unten auf dem Burggelände vernahm er die Schreie und Rufe der Soldaten, die das letzte Stück Terrain zwischen dem Feind und denen verteidigten, die sich im Palast zusammendrängten.

»Sie fallen!«, schrie einer.

»Die Toten sterben«, setzte ein anderer ungläubig hinzu.

»Das könnte ein Trick sein! Wo ist der Magier?«

»Es ist kein Trick, seht nur!«

Freuden- und Schmerzensschreie aus den Reihen der Schwarzklingen mischten sich mit solchen des Verlusts und der Qual. Das wütende Kreischen eines Lindwurms übertönte sie alle, als die Bestie aus dem großen Loch in den Bildern über ihren Köpfen hervorschoss und sich so schnell wie möglich davonmachte. Sie war nicht mehr dem Willen des Dämonenmagiers unterworfen und hatte keinen Grund, sich in die Nähe so vieler Menschen zu wagen. Ein paar Pfeile jagten hinter der dunkel geschuppten Kreatur her, aber keiner davon traf.

König Jarrek legte Königin Willa ganz sachte auf dem Dach ab und rannte dann zur Brüstung zurück. Als die untoten Soldaten fielen, stieg von jedem eine weiße, nebelhafte Gestalt auf. Sie wurde zum Fuße des wirbelnden Lichtturms hingesogen, als habe ein magischer Windstoß sie erfasst. Ganze Wolken nebelhafter Seelen rasten auf dem Weg zum Richtspruch des Schwertes durch die zerstörte Stadt. Der Anblick war ebenso atemberaubend wie nervenaufreibend.

Der Wächter am oberen Ende der Treppe war aus seinem Versteck gekommen und stürmte mit dem Schrei »Die Burg ist frei! Die Toten sterben! …« aufs Dach.

Er verstummte plötzlich, und sein Gesicht verzerrte sich in nackter Panik beim Anblick Königin Willas, wie sie auf der Dachterrasse lag. Erleichterung ergriff ihn, als er neben ihr niederkniete und sah, wie sich ihre Augen öffneten.

»Die Toten sind tot, Hoheit«, sagte er leise. »Die Nacht ist unser! Ich … ich … ich rufe einen Heiler.«

Ein plötzliches Geprassel, das an Regentropfen auf einem Blechdach erinnerte, zog die Aufmerksamkeit aller auf dem Turm auf sich. Über dem Leichnam von Meistermagier Targons bildete sich eine Nebelwolke, löste sich hörbar von ihr und schoss dann rasend schnell davon.

»Stimmt es?«, fragte Willa König Jarrek.

Das goldene Licht, dem seine Aufmerksamkeit galt, erleuchtete seine vordere Körperhälfte.

»Ja, Herrin«, antwortete er nach Art des Westens, ohne sich von der Szene vor seinen Augen ablenken zu lassen.

Seine Stimme war voller Ehrfurcht und Andacht, aber auch tiefer Traurigkeit und Bedauern.

»Ich hoffe, es ist Zeit für eine Wiedervereinigung der Königreiche, denn ohne Hilfe werde ich mein Volk niemals aus der Hand der dakanesischen Sklavenhändler befreien können. König Ra'Gren und dieses Weib aus Westland dürfen nicht entkommen, ohne für ihre Beteiligung hieran zu bezahlen.«

Mikahl spürte etwas Kratziges auf seinem Bauch, wo sich ein kleiner Ball aus Wärme zusammenrollte. Es war weich, fedrig weich. Er öffnete nicht die Augen, denn er wusste, was es war. Das leise Krächzen, das trotz allem den übernatürlichen Lärm ringsum übertönte, konnte nur von einem stammen: Kralle.

Eisendorn hatte den Vogel doch geheilt, oder vielleicht war der Falkling auch nur benommen gewesen. Jedenfalls stellte Mikahl fest, dass er sich im ganzen Leben noch nie geborgener gefühlt hatte als in diesem Augenblick. Halb nackt und waffenlos lag er auf einem leichenübersäten Schlachtfeld, doch es gab niemanden, der ihm in diesem Augenblick als Wächter lieber gewesen wäre.

Da er sich endlich sicher und außer Gefahr fühlte, brauchte er nur einen kurzen Moment, um wieder völlig das Bewusstsein zu verlieren. Sein teilweise geheilter und mit neuen Verletzungen geschlagener Körper zerrte ihn zurück in eben jenes Koma, in dem ihn Vaegon vorgefunden hatte, als er ihm das aufgeladene Schwert in die Hände gelegt hatte.

KAPITEL 59

DER TEIL VON SHOKIN, DER DER UNTERWELT entkommen war, riss sich von Paels Körper los und raste über das Land, hin zum Siegel.

Niemand sah ihn oder hörte seine Schreie, denn er war nicht stofflich und konnte keine Geräusche erzeugen. Doch er war da, und Paels schwarze Seele klammerte sich verzweifelt an ihn.

Die körperlosen Wesenheiten rasten über das Ackerland Mittelmeerends und dann über die fruchtbaren Weiden Thalheims. Anschließend zogen die Dämonenessenz und ihr geisterhafter Parasit weiter über den Rand O'Dakahns, des dakanesischen Sündenpfuhls, der jetzt mit Sklaven aus Wildermont überlaufen war. Sie überquerten die fast unbewohnten Marschen, in denen die Zard und andere Sumpfbewohner gelebt hatten, ehe Shaella sie nach Westland geführt hatte. Sie schossen empor zur Drachenzahnspitze, vorbei an Hyden Falk und dem Drachen. Dann wurden sie grob in den geschmolzenen Kristall gesogen, der durch die gravierten Symbole floss, die das Siegel bildeten.

Paels Seele wurde abgestoßen und zurückgelassen, aber Shokins Essenz wurde mit brutaler Gewalt von ihrer anderen Hälfte angezogen. Kurz nachdem sie die Barriere durchquert hatte, zerfraß der geschmolzene Kristall die gravierten Symbole völlig. Die Macht des Siegels war nicht mehr. Seine einst glatte, polierte Oberfläche war nur noch ein pockennarbiges Trümmerfeld.

Die Seele Paels war nicht dämonisch und zugleich nicht mehr bedeutend genug, um auch nur als böse zu gelten. In der Welt der Dämonen, der Seelen und der Geistessenzen hätte das, was von Pael übrig war, ungefähr so viel gegolten wie eine Schnake oder ein sonstiges kleines Ungeziefer. Es versuchte, in den jungen Mann einzudringen, der an dem Steinhaufen kauerte, konnte es aber nicht. Es unternahm einen Versuch bei dem faulenzenden Drachen, aber die Hitze des großen Raubtiers verscheuchte es. Als die zischende Lache verflüssigten Steins sich endlich abkühlte, schoss Paels lästiger Geist aus dem Drachenhort und ging auf die Suche nach etwas Vertrautem.

***

Gerard Skyler kratzte sich an dem spitzen Knochen, der aus seinem Ellbogen wuchs. Sein anderer Ellbogen hatte vor einer Weile aufgehört zu jucken. Das Dracheneigelb, das er getrunken hatte, um seinen blutleeren Leib wieder aufzufüllen, hatte ihn verändert, vom Mark seiner sich umbildenden Knochen bis hin zu seiner mit dicken Platten besetzten, schleimigen Haut.

Die Finsternis der Unterwelt war so tief, dass er sich selbst nicht sehen konnte. Es war eine Schwärze, an die sich die Augen nie gewöhnen konnten, doch Gerard musste nicht sehen, was mit ihm geschah, und es war ihm auch gleichgültig. Er war auf einer Wendeltreppe, die hinab führte – einer unendlichen Treppe, deren Ende zu erreichen seine Leidenschaft geworden war. Er verlor das Bewusstsein und kam wieder zu sich. Manchmal erwachte er mitten in einem Schritt, manchmal zusammengerollt auf einem Treppenabsatz ohne Tür. Stets erwachte er in dieser Schwärze, und dann stieg er weiter abwärts, als läge am Fuße der Treppe seine Bestimmung.

Manchmal sprach Shaella zu ihm. Ihre sanfte Stimme linderte den Schmerz seiner sich verformenden Knochen und seines sich verhärtenden Fleisches. Wenn sie in seinem Kopf war, verstummte das endlose Geschrei und Geplapper des Teils von Shokin, den Pael zurückgelassen hatte, und hörte zu. Dann kühlten sich seine kochenden Innereien ab, und seine verwirrte Benommenheit schien sich zu ganz annehmbaren Gedankengängen zu ordnen. Wenn Shaella bei ihm war, fand Gerard Skyler einen Weg durch die wirbelnde, chaotische Verwandlung seines Geistes und seines Körpers. Nur dann hatte er keinen Hunger, keine Angst und empfand nicht das irre Verlangen, den Fuß der Treppe zu erreichen.

Als Shokins andere Hälfte in Gerards elongierten Schädel einbrach, füllte sich sein Kopf mit Bildern chaotischer Verwüstung, untoter Armeen und geschleifter Burgen. Hätte das Dracheneigelb, das er getrunken hatte, seinen Geist und seinen Körper nicht so gründlich abgehärtet, wäre er auf der Stelle allein auf Grund des Schocks gestorben. So aber genoss er die Ablenkung von der Leere ringsum. Irgendwie isolierte er die beiden Hälften Shokins in seinem Gehirn und beobachtete sie neugierig, während sie sich mit einer einzigen Stimme stritten, was ebenso unterhaltsam wie verstörend war.

Die beiden Hälften des einst mächtigen Dämons versuchten schließlich, sich wieder zu vereinigen, wieder eins zu werden, doch Gerard ließ es nicht zu. Er erlaubte, dass sie sich unterhielten und konspirierten, aber sie sich durften sich nicht wieder vereinigen.

Instinktiv wusste er, dass er sonst alles verloren hätte, was ihn noch ausmachte. Irgendwo in den Tiefen seines Geistes wusste er immer noch, dass er Gerard Skyler war. Er mochte jetzt mit Spornen, harten Knochenplättchen und feuchtem Schleim überzogen sein. Seine Körpermasse mochte sich verdreifacht und er sich in ein Ungeheuer verwandelt haben, aber ein Stück weit war er immer noch Gerard. Sein Gehirn sagte ihm, dass er zwar auf dieser scheinbar endlosen Treppe gefangen war, dass er aber die Macht finden würde, Legionen zu führen, sobald er unten ankam.

Das alte Weib hatte es geweissagt. Manchmal hörte ihre alte, keckernde Stimme, die das Geschwätz des Dämons durchschnitt. Er eignete sich Wissen und Macht in kleinen Portionen und Bruchstücken von den beiden Hälften des Dämons an und nutzte sie zu seinem Vorteil. Er wusste bereits, dass es noch andere Wege dort hinaus gab. Ein Teil Shokins hatte durch Paels Augen ihre Beschreibung in den Texten gesehen, die der törichte Magier in seinem Turm aufbewahrt hatte. Jetzt war es Shaellas Turm, und da er manchmal mit ihr sprechen konnte, entwickelt er bereits Ideen.

Gerard wäre beinahe gestolpert und gefallen, als die Treppe abrupt an einer glatten, harten Oberfläche endete. Der Boden unter seinen klauenbewehrten Füßen fühlte sich kühl an, und ringsum spürte er die Anwesenheit dunkler Wesenheiten. Manche waren am Leben und hungrig, manche waren bloß Geister, manche nur böse Absichten. Alles andere war Beute.

Während er da auf der flachen Ebene stand, spürte er, wie sie vor ihm zurückschreckten und sich verzogen. Sie hatten Angst vor ihm, vor dem, was aus ihm geworden war. Er wusste, sie hatten keinen Grund, ihn zu fürchten. Er war kaum lebendig, so furchtbar schwach, so hungrig. Doch er war froh, dass sie vorsichtig waren, denn er brauchte Ruhe. Als er sich niederließ, spürte er etwas da draußen in der Leere, etwas, das dunkler und intensiver war als die anderen Dinge. Diese Gestalt kannte keine Furcht. Sie war ein Jäger auf der Suche nach Beute, doch sie ging fort, um etwas anderes zu jagen, und ließ Gerard ruhen.

Er setzte sich auf die unterste Stufe und schloss die Augen. Hinter seinen Augenlidern war es viel heller als ringsum in der Unterwelt. Er hoffte, Shaella würde bald kommen. Er liebte sie. Er bemühte sich, sie sich vorzustellen, und fiel in einen tiefen Schlaf, um von ihr zu träumen.

Der Traum verflog, als die beiden Hälften Shokins plötzlich zu streiten aufhörten. Als Gerard erwachte, war er völlig ausgehungert. Er brauchte Nahrung. Seltsamerweise flüsterte ihm eine Hälfte Shokins zu, wo und wie er sich gefahrlos nähren konnte.

Beide Hälften Shokins wussten, dass Gerard diesen finsteren Ort nur überleben würde, wenn er stärker wurde, und wenn Gerard nicht überlebte, würden auch sie zugrunde gehen.

Sie brauchten sein Bewusstsein, denn nur darin existierten sie noch. Auch wenn sie wieder in der Unterwelt waren, fesselte Paels mächtiger Bindezauber sie völlig, durch und durch und für alle Ewigkeit, an Gerard. Seit sie begriffen hatten, dass Gerard über Shaella und die geisterhafte Kugel Zugang zur Welt der Menschen hatte, waren die beiden Hälften Shokins ununterbrochen mit dem Schmieden von Plänen beschäftigt.

***

General Spyra persönlich ritt mit einer Ehrengarde hinaus, um Mikahl zu bergen. Sie mussten geduldig auf ihren Pferden warten, bis er sich rührte, ehe sie ihm wirklich helfen konnten. Kralle ließ sie nicht in seine Nähe. Der Falkling hielt tapfer und mit stolzgeschwellter Brust Wache, einen wilden Blick in den Augen. Keiner der Männer, nicht einmal der General, wagte es, sich mit dem Vogel anzulegen.

Es war schon lange Tag, als es Mikahl endlich gelang, sich aufzusetzen. Erst dann hob Kralle ab und flog zur Burg zurück. Sie hüllten Mikahl in einen purpurroten Mantel und halfen ihm zu seinem Schwert, und sobald er es in der Hand hatte, vertrieb es all seinen Schmerz.

Mikahl setzte einen bloßen Fuß auf Paels Halsstumpf und zog Eisendorn aus dem Boden. Das tröstliche blaue Leuchten des Schwertes pulsierte und schwang im Rhythmus der Sinfonie seiner Macht. Er hielt die Klinge hoch, als sie zwischen den Soldaten hindurchritten, die verfaulende Leichen auftürmten und sie aus der verwüsteten Stadt hinauskarrten.

Manche jubelten, wenn er vorbeiritt. Andere warfen sich anbetend zu Boden. Ein paar brachen gar in Tränen aus und dankten den Göttern, dass sie ihnen Pavreals Erben als Retter gesandt hatten. Mikahl lächelte sie an, weil er hoffte, ihnen so Mut machen zu können, doch sein Lächeln wirkte gequält. Ringsum war viel zu viel Tod und Verwüstung, als dass es mehr als einen winziger Hoffnungsschimmer hätte geben können.

»Ein Funke reicht, um einen Waldbrand zu entfachen«, sagte General Spyra, der Mikahls Gesichtsausdruck gelesen hatte.

Er hatte deutlich gesprochen, aber so leise, dass bei all dem Lärm nur Mikahl ihn hören konnte.

»Ihr müsst für die Überlebenden dieser Funke sein. Wenn Ihr geduldig seid und Xwarda helft, all das«, er wies mit einer Geste auf die Verwüstung ringsum, »zu überstehen, dann schwöre ich bei den Göttern des Himmels und der Erde, alles in meiner Macht Stehende zu tun, um Euch zu gegebener Zeit bei der Wiedereroberung Westlands zu helfen.«

Mikahl nickte dem Mann knapp zu und richtete sich in den Steigbügeln auf, um Eisendorn noch höher in die Luft zu recken. Es war eine kleine Geste, doch sie provozierte erneute Jubelrufe der Soldaten auf der Straße.

Wenn die Flüchtlinge aus ihren Verstecken wiederkehrten, so vermutete Mikahl, würden sie sich nicht besonders über diesen Pyrrhussieg freuen. Die Stadt stank nach Verwesung. Er hätte gewürgt und Galle gespuckt, wäre nicht die Magie des Schwertes in ihm gewesen.

Klagen und Schreie von Ehefrauen und Müttern würden bald durch die Luft tönen. Die Verwirrung vaterloser Kinder und die Verzweiflung der Trauernden würde die Gegend viel nachhaltiger erfüllen als jetzt der Gestank des Todes. Mehr als ein gequältes Lächeln brachte er nicht zustande, aber er behielt es bei und versuchte aufzutreten, wie es König Balton in dieser Lage getan hätte.

Während sie durch die Überreste des Burgtors ritten, sah Mikahl den kopflosen Kadaver des Choskas am Rand des Sees mit der Fontäne vor dem Palast liegen. Er zuckte zusammen und fragte sich, ob Willa, die Hexenkönigin, ihn bestrafen würde, weil er ihre Springbrunnenanlage zerstört hatte.

Er hatte zahllose Geschichten an den Lagerfeuern seiner Jugend gehört, in denen es geheißen hatte, Willa sei eine schreckliche, gemeine alte Frau. Sie hatte angeblich ihre Eltern ermordet, um den Thron zu erringen, und Jahrhunderte länger gelebt, als es einer normalen Frau zustand. Es hieß, sie gäbe ihren Schwarzklingen jedes Jahr zum Jultag das Fleisch ihrer Feinde als Eintopf zu essen.

Wenn die Königin von Hochvag wirklich eine alte Hexe war, dann verstand sie zweifellos zu leben, dachte Mikahl. Selbst inmitten der Verwüstung war der Palast spektakulär, viel schöner als die reetgedeckten Hütten, die die Hexen aus den Geschichten bevorzugten. Dennoch hatte er Angst. Lord Gregory hatte erklärt, Königin Willa sei König Balton gar nicht so unähnlich. Es seien nur Gerüchte, die Entfernung, die Angst und ein paar Generationen ausschmückender Übertreibungen, die sie in etwas so Exotisches und Finsteres verwandelt hätten. Doch der Löwenlord hatte hinzugesetzt, dass die meisten Geschichten, so absurd sie auch sein mochten, ein Körnchen Wahrheit enthielten. Mikahl hatte keine Ahnung, was oder wen er zu erwarten hatte. Als er das letzte Mal in den Palast gekommen war, war er dem Tode nahe gewesen. Er hoffte nur, er würde Hyden Falk und die Riesenwölfe unter den Lebenden finden.

Die Versammlung abgekämpfter und müder, offensichtlich aber adliger Personen erwartete ihn an der Freitreppe der Burg. Kralle schwebte neben Mikahl und stieß einen stolzen, krächzenden Schrei aus. Was war das? Mikahl kniff die Augen zusammen, um sicherzugehen, dass er richtig gesehen hatte. Ein bärtiger Zwerg mit Brüsten? Er wusste nicht so recht, was das haarige Etwas daneben war. Das einzige besondere Kennzeichen, das er außer dem Haar und dem Zwergenwuchs ausmachen konnte, war ein knolliger, roter Fleischklumpen, der aus dem Gewirr ragte und vielleicht eine Nase war.

Auffällig war auch ein großer Mann in abgenutzter roter Plattenrüstung. Mikahl erkannte ihn sofort als Mitglied der Elitegarde des Rotwolfkönigs von Wildermont, doch dann dämmerte es ihm. Es war König Jarrek persönlich.

Mikahl hatte einmal sein Pferd versorgt, als er zum Fest anlässlich von Prinz Glendars Volljährigkeit gekommen war.

Die Soldatin aus dem Wald, wo Grrr sich geopfert hatte, trug eine Krone. Mikahl zitterte und war froh, auf einem Pferd zu sitzen, denn seine Beine hätten sicher verraten, wie ängstlich er war.

Der General ließ die Prozession vor der Versammlung anhalten. Ein Verwalter kam herbeigelaufen und nahm die Zügel des Pferdes, das der General Mikahl mitgebracht hatte. Auch wenn er es nicht wollte, er würde absteigen müssen.

Irgendwo hinter der Abordnung schlug ein Stab dreimal laut knallend auf Stein. »Peng! Peng! Peng!« Dann trat ein Herold vor und stellte ihn laut rufend vor.

»Hier kommt Pavreals wahrer Erbe, Mikahl Collum, Töter von Dämonen und Schwarzmagiern, Träger des Errion Toren, der gesegnete Hochkönig, gekommen, das Reich wieder zu einen.«

Das Einzige, was Mikahl noch mehr schockierte als der Anblick König Jarreks und der gekrönten Frau, die Willa, die Hexenkönigin, sein musste und die sich beide vor ihm verneigten, war ein kleiner, flatternder, blauer Kobold, der unmittelbar über Königin Willas Kopf mitten in der Luft schwebte.

Seine Ungläubigkeit nahm noch zu, als Kralle laut schreiend aus dem Himmel herabstieß. Der kleine blaue Kobold geriet in Panik und flüchtete sich in Königin Willas Ausschnitt. Einen Augenblick später landete Kralle anmutig auf der Leiche des Choskas, und ringsum erhob sich Jubel.

Mikahl lächelte und sah sich nach Hyden Falk um, während er für die Menschen, die aus der Burg strömten, Eisendorn in der Luft schwenkte. Er wünschte, er hätte sich in diesem Augenblick wirklich freuen können. Vielleicht hätte er es gekonnt, wenn Vaegon, Loudin oder Lord Gregory an seiner Seite gewesen wären.

Eine dicke Träne trat ihm ins Auge und rann über seine Wange. Er musste Hyden finden, und sei es nur, um sich daran zu erinnern, dass er im Kampf gegen das Böse Paels nicht alles verloren hatte, was ihm etwas bedeutete. Dass er seinen Freund noch immer nicht gesehen hatte, ließ den Kloß in seinem Hals anschwellen.

Die Erinnerung an Vaegons zerfetzten Körper holte ihn ein und drohte, ihn zu übermannen. Zum Glück sah die gar nicht so böse Hexenkönigin Willa die Gefühle in seinem Gesicht. Sie schob ihren Arm durch Mikahls, während Starkle, der Kobold, an den Flügeln von ihrer Hand herabhing, und führte in die Burg, fort von der Menge.

***

Irgendwo draußen vor der Küste Meerends fand der körperlose Geist von Pael, dem Magier, Schimmer, der noch immer an Glendars untergegangenen Leib gebunden war. Seesterne, Krabben und Dutzende anderer Mollusken, dazu ein paar Saugfische, befreiten Glendars Gebeine vom Fleisch. Bald würde nur noch ein Skelett übrig sein; ein Skelett, das zum Leben verflucht war, Hunderte von Meilen tief auf dem Meeresgrund.

Die Hackordnung der drei Wesenheiten, die Glendars skelettierten Wirtskörper bewohnten, war schnell klar. Der stets willensschwache und törichte Glendar wurde an die Seite gedrängt, während Pael und sein Vertrauter um die Kontrolle über die motorischen Fähigkeiten des Skeletts rangen. Ironischerweise gewann Schimmer den Kampf, und sobald er die Aasfresser des Meeresgrundes abgeschüttelt hatte, brach er in die Richtung auf, von der er hoffte, es sei Norden.

Er machte sich keine Sorgen darüber, womöglich in die falsche Richtung zu gehen, denn er hatte die ganze Ewigkeit Zeit, auf dem Meeresgrund zu wandeln. Solange sie immer in dieselbe Richtung gingen, würden sie irgendwann früher oder später die Tiefen verlassen und wieder ans Tageslicht treten.

Er würde die Zeit nutzen, um sich zu überlegen, was er dann tun würde. Inzwischen schmiedete Pael halbherzig Pläne, wie er Schimmer Glendars Willen wieder entreißen konnte. Beide schienen die lange Parade anderer Skelette nicht zu bemerken, die ihnen durch den Ozean folgten.

***

Hyden faulenzte in der Nachmittagssonne in der Öffnung des Wurmlochs und ließ die Füße in der Luft baumeln.

Keine drei Fuß von ihm entfernt lag der alte Schnapperknochen, den sein kleiner Bruder verwendet hatte, damit sein Seil nicht über den Boden rieb, während er eines der Dracheneier hinunterließ.

Der Drache erzählte ihm eine Geschichte, berichtete langatmig von einem großen blauen Drachen und einem silbernen Schädel, die ihm vielleicht helfen konnten, in die Unterwelt zu gelangen und den Ring zurückzuholen, den Gerard getragen hatte, als er dem Schwarzmagier entkommen war und sich dorthin geflüchtet hatte.

Der Drache in der Geschichte hatte einen Odem, der eher flüssiger Blitz als Feuer war, und war so groß, dass er das Schiff eines berüchtigten Piraten namens Seepockenschädel einfach aus dem Meer gepflückt hatte. Die Worte des Drachen fesselten Hyden. Er liebte gute Geschichten, und Scharlach war mit Abstand die beste Geschichtenerzählerin, die er je getroffen hatte. Der Drache war sogar noch besser als Berda, auch wenn er nie so etwas zu ihr gesagt hätte.

Seine Hand spielte mit einem kristallisierten, tränenförmigen Juwel, das aus dem großen Auge des Drachen gefallen war, als er von den Hoffnungen gesprochen hatte, die er für alle drei seiner ungeschlüpften Nachkommen gehabt hatte. Der daumengroße Kristall war zunächst gewesen wie jede andere Träne auch, doch bis er den Boden berührt hatte, war er hart geworden wie Diamant. Scharlach hatte ihm gesagt, er könne sie mit Hilfe des Juwels rufen, wenn er sie brauchte, und es werde ihm außerdem als Schutzamulett dienen, wenn er es auf seinen Reisen bei sich trug.

Er hatte ihr gesagt, er werde ein Medaillon daraus machen und es immer tragen, nicht zum Schutz, sondern zum Andenken an die Freundschaft zwischen ihnen beiden. Scharlach gefiel diese Vorstellung, und sie hatte ein tiefes, liebevolles Grollen ausgestoßen, das weitaus lauter war als das Schnurren eines Kätzchens, einem solchen jedoch merkwürdig ähnelte.

Hyden erzählte ihr von seinem Bruder und dem alten Weib beim Sommertagsfest. Sie hörte zu, auch, als er ihr die Weiße Göttin seines Volkes erklärte und berichtete, dass sie ihm gesagt habe, er würde irgendwann in die Tiefen der Unterwelt hinabsteigen müssen, um den Ring zurückzuholen, den sein Bruder dorthin gebracht hatte. Daraufhin sagte ihm Scharlach, Weissagungen und Prophezeiungen seien nicht immer in Stein gemeißelt, wie sehr man auch daran glauben wollte, und diejenigen, die einträfen, täten es nie wie erwartet.

»Ein Beispiel«, zischte sie leise. »Ich habe einmal eine Prophezeiung über das Schwert namens Errion Toren und Pavreals Blutlinie ausgesprochen. Ich habe sie so formuliert, dass früher oder später die Torheit der Menschen eine Ereigniskette in Bewegung setzen würde, die den Pakt brechen würde, in den man mich hineingezwungen hatte. Dabei hatte ich nur meine unbebrüteten Eier im Sinn.«

Sie hielt inne und gähnte, wobei sich eine zarte, wogende Wolke um ihre eingerollte Zunge bildete.

»Hier bin ich nun, wieder frei«, fuhr sie fort. »Aber was ich prophezeit habe, ist nicht eingetreten. Der jüngste Nachfahre Pavreals hat die Klinge nicht anstelle des wahren Königs an sich genommen, um das Land vor den finsteren Legionen zu schützen.«

Sie richtete ein großes, gelbes Auge auf Hyden und betrachtete ihn genau.

»Ich glaube, deine Göttin hat recht, Hyden Falk. Der falsche Mann trägt den seltsamen Ring. Erst wenn er am rechten Ort ist, wird sich das Wesen der Prophezeiung wieder richten, sodass geschehen kann, was geschehen muss. Tut mir leid, dass du in all das hineingeraten bist. So erweist sich das Wesen der Prophezeiung als fehlerhaft. Denn wenn du den Ring birgst, wird sich vielleicht ereignen, was ich vorhergesagt habe. Ein größeres Übel als der Dämonenmagier Pael mag sich erheben. Schlimmer noch, einer, den ich meinen Freund nenne, wird gezwungen sein, gegen dieses Übel zu kämpfen. Ich wollte eigentlich nur verhindern, dass jemand meine Brut beherrscht. Jetzt ist nur noch eines meiner Kinder übrig.«

»Mein Vater sagte mir einst, ich solle aufpassen, was ich mir wünsche, denn es könnte wahr werden«, sagte Hyden sanft.

»So ist es«, stimmte Scharlach zu und nickte mit dem gehörnten Schädel.

Dann nahm sie die Geschichte über den blauen Drachen namens Kobalt und den Piraten, der seinen Hort gestohlen hatte, wieder auf. Hyden war klar, warum sie ihm diese Geschichte erzählte. Mithilfe des Silberschädels, den der Pirat im Frachtraum seines Schiffes aufbewahrte, konnte man von der irdischen Ebene an dunkle Orte wie die Unterwelt wechseln.

Hyden hörte genau zu, und bald traten die Sorgen in den Hintergrund, so spannend waren die vielen Methoden des schlauen Piraten, dem Drachen und den königlichen Schiffen zu entkommen, die ihn unablässig jagten, und die unsagbare Beharrlichkeit des Drachen, der entschlossen war, seine Schätze zurückzubekommen.

Am Ende der Geschichte war Hyden gleichermaßen aufgeregt und traurig. Er konnte es kaum erwarten, bei seiner Rückkehr Vaegon und Mikahl von Scharlach zu erzählen. Das Band zwischen ihm und dem Falkling war so stark gedehnt, dass es fast schmerzte. Doch er war traurig, denn er würde Scharlach vermissen. Der Drache stellte eine gewaltige Macht dar. In seiner Nähe fühlte er sich sicher und unangreifbar. Er würde ihn zweifellos vermissen.

Doch noch lag der lange Rückflug nach Xwarda vor Ihnen, und da Hyden nicht in Eile war, hoffte er, noch ein oder zwei weitere Geschichten von Scharlach zu hören. Sie würde diesen Teil der Welt verlassen und sich in die Abgeschiedenheit zurückziehen, um ihr letztes Ei auszubrüten. Er konnte es ihr nicht verübeln. Allmählich begriff er, wie barbarisch selbst die zivilisierten Menschen waren. An ihrer Stelle hätte er sich so weit von der Menschheit zurückgezogen, wie es ihr die Grenzen der Welt erlaubten. Sie hatte versprochen zu kommen, wenn er sie rief. Das würde reichen müssen.

***

Der Himmel war bewölkt, und ein leichter, kalter Nieselregen fiel auf Xwarda, als entsetzte Schreie durch die Straßen hallten: »Drache! Drache am Himmel!« Es sprach sich in Windeseile in der Burg herum, und Mikahl traf sich sofort mit Königin Willa und König Jarrek auf der langen Wendeltreppe zum Königsturm hinauf.

Er hatte sich nicht die Zeit genommen, Eisendorn mitzunehmen, und vermisste es auf dem langen Weg zum Turm hinauf immer mehr.

Dugak bewachte die Klinge für ihn. Mikahls Verletzungen waren alles andere als geheilt, und ohne die Unterstützung des Schwertes ging sein Atem rasselnd, ungleichmäßig und geräuschvoll, und seine Muskeln brannten und schmerzten. Doch bei der Aussicht, Hyden Falk wiederzusehen, vergaß er seine Schmerzen.

Bis Mikahl das Dach erreicht hatte, war Scharlach schon wieder weg, aber Hyden Falk stand dort und begrüßte ihn mit einer herzlichen Umarmung.

Während sie einander in den Armen lagen, flatterte Kralle aufgeregt um sie herum. Als sie sich trennten, fiel Hyden auf, dass der Elf nicht da war. Er nahm Mikahl bei den Schultern, und die Traurigkeit, die er in den Augen seines Freundes sah, erschütterte ihn zutiefst.

»Was ist mit Vaegon?« Bei Hyden Falks Frage bildete sich ein Nebel vor seinem Mund.

Der Eisregen hatte nachgelassen, aber am Himmel war kein Sommer mehr, um die Wolken wegzubrennen oder die eisige Luft zu erwärmen. Es wurde langsam Herbst, und der Winter stand vor der Tür.

»Er starb im Kampf an der Seite meiner Männer auf der Mauer«, sagte Willa leise aus der Tiefe der Mäntel, in die sie gehüllt war, und ersparte Mikahl damit, es aussprechen zu müssen.

»Sein Leichnam liegt in einem Sarg in der Halle der Bewahrer«, setzte Mikahl schniefend hinzu. »Ich will ihn mit dir zusammen heimbringen.«

»Ja.« Hyden wischte sich die eigenen Tränen ab und streckte den Arme aus, sodass Kralle auf seinem Handgelenk landen konnte. »Was ist mit dem Dämonenmagier? Hast du ihn erledigt?«

»Ja«, antwortete Mikahl. Er schniefte erneut, und diesmal gab er sich nicht die Mühe, die Tränen abzuwischen. »Sein Kopf verrottet in einer Einzelzelle im Verlies. Sein Körper in einer anderen. Was ist mit dem Weib, das meines Vaters Königreich überfallen hat?«

Was Hyden Falk dann tat, war schwer, doch sein Freund hatte die ganze Wahrheit verdient. Er erklärte, was er warum getan hatte. Es missfiel Mikahl, doch er gab sich Mühe, es mit Hydens Augen zu sehen. Er musste an seinen eigenen Bruder denken.

»Ich frage mich, was mit Prinz Glendar geschehen ist«, sagte er und ließ Hyden damit vom Haken. Während sie die Treppe hinuntergingen, um dem Wetter zu entgehen, erwog König Jarrek mehrere kluge Möglichkeiten, was aus Glendar geworden sein mochte.

Die Traurigkeit über so viele Tote und die unsichere Zukunft hing schwer in der Luft, aber ehe sie auch noch am Fuß der langen Treppe angekommen waren, schlug Jarrek eine Vorgehensweise vor, die Mikahl zusagte. Königin Willa ergänzte sie um die Anfänge eines eigenen Plans, die Hilfe Königin Rachels und möglicherweise des feigen Königs Broderick anzufordern. Paels finsterer Ehrgeiz hatte vieles zerstört und zunichte gemacht, doch gab es Hoffnung offenbar immer noch im Überfluss.

Die Wildermonter waren noch immer Sklaven in Dakahn, doch jetzt sah es nicht mehr ganz so schlimm für sie aus. Die Echsenmenschen und Brutbestien der drachenlosen Drachenkönigin hielten nach wie vor Westland besetzt. Es gab viel zu tun. Sie schmiedeten einen vorläufigen Plan, aber vor dem Einbruch des Winters blieb nicht mehr viel Zeit. Erstaunlicherweise gingen alle sofort ans Werk.

EPILOG

VAEGONS RÜCKKEHR ZU SEINEM VOLK IM WALD der Ewigkeit lief nicht gut.

Während des langen, viertägigen Weges von Xwarda tief in die Wälder hatten sie die Hoffnung gehegt, die Elfen würden der dezimierten menschlichen Bevölkerung zu Hilfe eilen. Die Handwerkskunst und das Geschick der elfischen Baumeister und Handwerker hatten einst geholfen, die große Stadt auf dem Hüterstein-Fundament zu errichten. Seite an Seite hatten Elfen, Zwerge und Menschen das Wunder Xwarda geschaffen. Die Hoffnung, die sie gehegt hatten, dass nämlich die Elfen ihnen zu Hilfe eilen würden, wurde noch genährt von Worten, die Vaegon in sein Tagebuch geschrieben hatte. Hochkönig Mikahl hatte sie den Xwardaern bei einer Zeremonie vor dem Aufbruch in den Wald der Ewigkeit vorgelesen.

Der Elf hatte die Menschen gepriesen, mit denen er sich angefreundet hatte, und an sein Volk appelliert, die Brücke neu zu errichten, die die Kluft zwischen den beiden Völkern überspannt hatte. Die Elfen aus dem Wald der Ewigkeit wollten jedoch nicht einmal zur Kenntnis nehmen, dass wieder Menschen in ihrem Wald waren. Ihnen war es gleichgültig, dass Vaegon Weidenbraue sein Leben geopfert hatte, um Paels böse Pläne zu durchkreuzen. Ihnen war es auch gleichgültig, dass seine Überreste oder das, was von ihnen geblieben war, in dem Sarg lagen, den die Menschen mit sich führten.

Sieben Tage lang saßen Mikahl und Hyden mit dem Sarg im Wald. Hyden konnte die Elfen durch Kralles Augen ringsum wie Geister durch den Wald huschen sehen. Doch sie wollten nicht gesehen werden. Als Mikahl erfuhr, dass die Elfen um ihre Anwesenheit wussten, schickte er ihre Eskorte, die Ehrengarde, die Vaegons Leichnam getragen hatte, nach Xwarda zurück. Er ahnte, dass die Elfen sich wegen all der Menschen nicht zeigten.

Das war am zweiten Tag gewesen. Jetzt, fünf Tage später, beobachteten die Elfen sie immer noch aus der Ferne. Kralle flog zwischen sie und lenkte ihre Aufmerksamkeit auf sich, damit Mikahl oder Hyden ihnen eine Erklärung zurufen konnten, warum sie gekommen waren. Sie riefen, Vaegon sei im Kampf darum, die Welt gegen Dämonen zu verteidigen, den Heldentod gestorben. Sie erklärten, dass der Elf oft über seine Liebe zu seinem Volk in diesem Wald gesprochen hatte. Schließlich nannte Mikahl sie alle Feiglinge.

Endlich gab Deiter Weidenbraue, Vaegons jüngerer Bruder, zwischen den Bäumen hervor Antwort. »Geht fort und lasst meinen Bruder zurück!« Seine Stimme war voller Gefühl. Er war hin und hergerissen zwischen der Liebe zu seinem Bruder und seiner Pflicht sturen, engstirnigen Ahnen gegenüber.

»Wir gehen erst, wenn wir wissen, dass der Leichnam unseres Freundes in den Händen derer ist, die ihn ehren werden«, erwiderte Mikahl wütend.

»Deiter!«, rief Hyden Falk. »Vaegon bat mich einmal, dir sein Tagebuch zu geben, wenn ihm etwas zustoßen sollte. Ich gehe erst, wenn du es in Händen hältst.«

Um seine Willenskraft zu betonen, flatterte Kralle laut krächzend vor Deiters Gesicht herum. Dieses Schauspiel erschreckte die Elfen ein wenig, und es geschah einen weiteren Tag nichts. Schließlich hatte Mikahl, auf dessen Schultern das Schicksal mehrerer Königreiche ruhte, genug.

Er zog Eisendorn hervor. Die Klinge erstrahlte in Mikahls Hand grell und gleißend weiß unter seinem Zorn. Der Anblick erschreckte die Elfen so sehr, dass einige von ihnen alle Heimlichkeit vergaßen und voller Ehrfurcht und Überraschung aufkeuchten. Mikahl stieß einen Schrei urtümlichen Zorns aus und machte sich dann daran, in einem großen Umkreis um

Vaegons Sarg herum einen uralten Baum nach dem anderen zu fällen. Die große Eichen und Ulmen fielen und schlugen neben den Elfen ein, die sich im umliegenden Wald verbargen.

Schließlich zeigte sich Deiter und trat mit tränenüberströmtem Gesicht aus der Verwüstung hervor. Die wilden gelben Augen hatte er schamhaft gesenkt. Er schämte sich nicht nur für sich, sondern auch für sein Volk. Rings um den Ort, der als Vaegons Lichtung bekannt werden sollte, schrien die anderen Elfern wütend und zornig angesichts des Sakrilegs, das Mikahl bei den Bäumen begangen hatte.

Mikahl schritt um Vaegons Sarg herum, funkelte sie an und forderte sie auf, sich ihm zu stellen.

Hyden wusste, dass Elfen selten weinten. Er hatte Mitgefühl mit Deiter, der offenbar von widerstreitenden Empfindungen hin und her gerissen war. Er wusste, wie es sich anfühlte, einen Bruder zu verlieren.

»Vaegon war doppelt so viel wert, wie irgendeiner von euch je sein wird!«, stieß Mikahl mit zusammengebissen Zähnen hervor. »Er dachte nicht nur an sich und an Seinesgleichen. Er wusste, wie stark das Böse war, mit dem wir es zu tun hatten, und sah ihm furchtlos in die Augen. Er versteckte sich nicht im Wald. Er floh nicht davor, und er suchte keinen Schutz! Er stand stolz seinen Mann! Ihr blamiert euer Volk mit eurer Feigheit, mit eurer hoffärtigen Gleichgültigkeit gegenüber allen anderen.«

Mikahl spie auf den qualmenden Stamm eines der Bäume, die er gefällt hatte.

»Einst wird der Tag kommen, an dem euer Volk die Hilfe der Menschen braucht. Betet, dass ich an jenem Tage herrschen werde, denn ich werde euch in der Not nicht abweisen. Denn schon allein Vaegons wegen werde ich, wenn diese Zeit gekommen ist, Menschen um mich scharen und an eurer Seite stehen, auch wenn ihr nicht besser seid als Straßenköter. Kommt jetzt, holt euch den Leichnam des Besten unter euch, ehe ich diesen ganzen Wald abholze!«

Hyden gab Deiter das Tagebuch und trat dann an Mikahls Seite. Er musste Mikahl regelrecht von Vaegons Sarg wegziehen. Beiden waren die Dutzende von Pfeile offenbar gleichgültig, die auf sie gerichtet waren, als sie die neu geschaffene Lichtung verließen. Beide waren wütend und traurig darüber, wie sich die Dinge entwickelt hatten. Es dauerte lange, bis ihre Tränen versiegten. Als sie Rast einlegten, sah Hyden wieder durch Kralles Augen und freute sich, dass der Falkling die Elfen aufmerksam beobachtete, während sie für Vaegon ein Grab nach Art der Menschen aushoben und sich dabei ein wenig Furcht in ihren wilden Augen zeigte.

Als sie nach Xwarda zurückkamen, beschloss Hyden, Königin Willa zu bitten, ihm einen Lehrer zuzuweisen. Er war entschlossen, lesen zu lernen. Er musste die Geschichte der Piraterie erforschen und herausfinden, wohin der Drache Kobalt Seepockenschädels Schiff gebracht hatte, nachdem er es sich aus dem Meer geschnappt hatte.

Hochkönig Mikahl hätte den ganzen Winter mit der Ausbildung der Truppen, die er und König Jarrek für den geplanten Feldzug im Frühling selbst ausgewählt hatten, alle Hände voll zu tun. Dabei war Hyden keine große Hilfe. Er konnte höchstens den Bogenschützen Ratschläge geben. In seiner Freizeit würde er den Xwardaern und dem Rest Hochvags beim Wiederaufbau helfen. Paels Armee der Untoten hatte eine Spur der Verwüstung durch das gesamte Reich gezogen.

Nach Vaegons Beisetzung hatte sich Kralle Hyden und Mikahl wieder angeschlossen. Der lange Marsch zurück in die Stadt war voller Hoffnung und Trauer gewesen, doch als Xwardas Türme mit den goldenen Dächern in Sicht gekommen waren, hatten die beiden jungen Männer in sich die eiserne Entschlossenheit verspürt, die sie für ihre zukünftige Aufgabe brauchen würden.

Kralle hatte nichts von alldem empfunden. Das Hochgefühl, oben am Himmel auf den Aufwinden in der kühlen Herbstluft zu reiten, war viel interessanter als zurückliegende oder kommende Tage. Auch der Falkling hatte eine Aufgabe, doch seine war leicht. Kralle musste nur dafür sorgen, dass der Blick seiner Freunde zum Himmel gerichtet blieb.

5520100R00449

Printed in Germany
by Amazon Distribution
GmbH, Leipzig